Das Buch

England 1924: Während einer rauschenden Party auf dem Landsitz Riverton Manor kommt der junge Dichter Lord Robert Hunter ums Leben. Einzige Zeuginnen sind die Hartford-Schwestern Emmeline und Hannah, die danach nie wieder ein Wort miteinander reden. Was genau geschah in jener Sommernacht? Und welche Rolle spielte Grace Reeves dabei, die als blutjunges Hausmädchen nach Riverton Manor kam und Hannah und Emmeline seitdem hingebungsvoll begleitete?

Mehr als fünfundsiebzig Jahre lang hütet Grace das schreckliche Geheimnis. Dann wird sie von einer jungen Frau kontaktiert, die das Drama von damals verfilmen will. Die Gespräche mit ihr wühlen alte Erinnerungen wieder auf. Kann sich Grace endlich der großen Schuld stellen, die sie ihr Leben lang nicht mehr losgelassen hat?

Die Autorin

Kate Morton wuchs im australischen Queensland auf und studierte Theaterwissenschaften in London und Englische Literatur in Brisbane. Sie lebt mit ihrer Familie in Australien und England.

Kate Mortons Romane erscheinen weltweit in 38 Sprachen und 45 Ländern und eroberten ein Millionenpublikum. Sie sind allesamt SPIEGEL-Bestseller:

Das geheime Spiel – Der verborgene Garten – Die fernen Stunden – Die verlorenen Spuren – Das Seehaus – Die Tochter des Uhrmachers – Heimwärts

KATE MORTON

DAS GEHEIME SPIEL

ROMAN

*Aus dem Englischen
von Charlotte Breuer*

WILHELM HEYNE VERLAG
MÜNCHEN

Die Originalausgabe erschien 2006 unter dem Titel
The Shifting Fog bei Allen & Unwin, Crows Nest, Australien

Penguin Random House Verlagsgruppe FSC® N001967

1. Auflage
Neuausgabe 03/2024
Copyright © 2006 by Kate Morton
Copyright © 2007 der deutschen Erstausgabe
by Diana Verlag, München
Copyright © 2024 dieser Ausgabe
by Wilhelm Heyne Verlag, München,
in der Penguin Random House Verlagsgruppe GmbH,
Neumarkter Straße 28, 81673 München
Redaktion: Angelika Lieke
Umschlaggestaltung: t.mutzenbach design, München,
unter Verwendung von Shutterstock.com
(bogumil, ZoranKrstic, NGarden21, naskopi)
Satz: satz-bau Leingärtner, Nabburg
Druck und Bindung: GGP Media GmbH, Pößneck
Printed in Germany
978-3-453-42789-1

www.heyne.de

Für Davin,
der mir in der Achterbahn die Hand hält

Inhalt

Teil 3

Teil 4

Teil 1

Drehbuch
Endgültige Fassung, November 1998, Seiten 1–4

Nebelschwaden
Buch und Regie Ursula Ryan © 1998

Musik: Titelmelodie. Wehmütige Musik, wie sie um die Zeit des Ersten Weltkriegs populär war. Eine romantische Melodie, in der gleichzeitig etwas Unheilvolles mitschwingt.

1. Außenaufnahme: Eine Landstraße – Abenddämmerung

Eine Landstraße, die an endlosen grünen Feldern vorbeiführt. Es ist 20:00 Uhr. Die Sommersonne zögert noch am fernen Horizont, als sträubte sie sich dagegen unterzugehen. Wie ein glänzender schwarzer Käfer gleitet ein Automobil der Zwanzigerjahre über die schmale Landstraße, fährt an alten Brombeerhecken vorbei, die im Abendlicht blau schimmern und deren Ranken über die Straße hängen.

Die Lichtkegel der Scheinwerfer wackeln, während das Auto über die holprige Straße fährt. Wir holen langsam auf, bis wir neben dem Wagen herfahren. Die Sonne ist inzwischen untergegangen, es ist Nacht. Der Vollmond wirft weißes Licht auf die dunkle, glänzende Kühlerhaube.

Im dunklen Innern des Wagens erkennen wir die Profile der Insassen: ein MANN und eine FRAU in Abendgarderobe. Der Mann sitzt am Steuer. Die Pailletten auf dem Kleid der Frau schimmern, wenn das Mondlicht darauf fällt. Beide rauchen, die orangefarben glühenden Spitzen ihrer Zigaretten bewegen sich im Takt mit den Autoscheinwerfern. Die FRAU lacht über etwas, das der MANN gesagt hat, wirft den Kopf zurück, sodass ihr blasser, schlanker Hals unter der Federboa zum Vorschein kommt.

Sie halten vor einem großen, schmiedeeisernen Tor, hinter dem eine von hohen Bäumen überschattete Allee zu sehen ist. Der Wagen biegt in die Einfahrt ein und fährt durch den dunklen Korridor aus Baumkronen. Wir schauen durch die Windschutzscheibe, bis das dichte Laub sich teilt und den Blick auf unser Ziel freigibt.

Vor uns auf einem Hügel erhebt sich ein herrschaftliches englisches Herrenhaus: drei Stockwerke mit jeweils zwölf spiegelnden Fenstern; Gauben und Kamine ragen aus dem Schieferdach. Im Vordergrund, mitten auf einem perfekt gepflegten Rasen, prangt ein großer marmorner, von Laternen beleuchteter Springbrunnen: riesige Ameisen, mächtige Adler und gewaltige feuerspeiende Drachen, dazwischen Wasserfontänen, die fast dreißig Meter hoch in die Luft schießen.

Wir behalten unsere Position bei und verfolgen, wie der Wagen ohne uns um den runden Brunnen herumfährt. Als er vor dem Hauseingang hält, öffnet ein junger DIENER die Wagentür und hilft der FRAU beim Aussteigen.

Untertitel: Riverton Manor, England. Sommer 1924.

2. Innenaufnahme: Dienstbotentrakt – Abend

Der warme, schwach beleuchtete Dienstbotentrakt von Riverton Manor. Eine Atmosphäre emsiger Betriebsamkeit. Wir befinden uns auf Knöchelhöhe und sehen die Beine der Dienerschaft in alle Richtungen über den grauen Steinboden eilen. Im Hintergrund knallen Champagnerkorken, werden Befehle erteilt, Küchenmädchen gescholten. Eine Glocke läutet. Immer noch auf derselben Sichthöhe folgen wir dem DIENSTMÄDCHEN in Richtung Treppe.

3. Innenaufnahme: Treppenhaus – Abend

Wir folgen dem DIENSTMÄDCHEN die schwach beleuchtete Treppe hinauf; ein leises Klimpern verrät uns, dass ihr Tablett mit Champagnergläsern beladen ist. Mit jedem Schritt hebt sich unser Blick – von ihren schmalen Knöcheln zu ihrem schwarzen Rocksaum, weiter zu den weißen Spitzen der Schürzenschleife und hin zu den blonden Locken in ihrem Nacken – bis wir die Umgebung schließlich mit ihren Augen sehen.

Die Geräusche aus dem Dienstbotentrakt werden leiser, während die Musik und das Lachen der Gäste lauter werden. Am Ende der Treppe öffnet sich vor uns die Tür.

4. Innenaufnahme: Eingangshalle – Abend

Gleißendes Licht, als wir die imposante, mit Marmor gefliese Eingangshalle betreten. An der Decke ein glitzernder Kronleuchter. Der BUTLER öffnet die Haustür, um das elegant gekleidete Paar aus dem Auto zu begrüßen. Ohne innezuhalten durchqueren wir die Eingangshalle und gehen zu der breiten, doppelflügeligen Glastür, die auf die Terrasse führt.

5. Innenaufnahme: Terrasse – Abend

Die Glastüren öffnen sich. Musik und Lachen schwellen an: Wir befinden uns mitten in einer glamourösen Party. Eine Atmosphäre von Nachkriegsextravaganz: Pailletten, Federn, Seide, so weit das Auge reicht. Bunte chinesische Lampions schaukeln an einer über den Rasen gespannten Schnur im leichten Sommerabendwind. Eine Jazzband spielt, und Frauen tanzen Charleston. Wir bewegen uns durch die Menge lachender Gesichter. Sie wenden sich uns zu, Hände nehmen ein Glas Champagner vom Tablett: eine Frau mit leuchtend roten Lippen; ein dicker Mann, dessen gerötetes Gesicht von Erregung und ausgiebigem Alkoholgenuss zeugt; eine magere alte Dame, über und über mit Schmuck behängt, eine lange Zigarettenspitze mit aufsteigenden Rauchkringeln in der knochigen Hand.

Plötzlich ertönt ein lauter KNALL, und alle Blicke richten sich nach oben, wo ein riesiges Feuerwerk den Nachthimmel erleuchtet. Freudenschreie und Applaus. Bunte Feuerräder spiegeln sich in den staunenden Gesichtern, die Kapelle spielt noch lauter, und die Frauen tanzen immer schneller.

Schnitt

6. Außenaufnahme: See – Abend

Einen halben Kilometer weit entfernt steht ein JUNGER MANN am dunklen Ufer des Riverton-Sees. Im Hintergrund sind Partygeräusche zu hören. Der JUNGE MANN schaut in den Himmel. Wir nähern uns und sehen, wie das rote Licht des Feuerwerks auf seinem schönen Gesicht spielt. Obwohl elegant gekleidet, strahlt er etwas Wildes, Ungezähmtes aus. Sein braunes Haar ist zerzaust, fällt ihm in die Stirn und verdeckt beinah seine dunklen Augen, mit denen er in panischer Angst in den Nachthimmel starrt. Er senkt den Blick und schaut an uns vorbei zu jemandem hinüber, der im Schatten nicht zu erkennen ist. Seine Augen sind feucht, er wirkt plötzlich entschlossen. Seine Lippen öffnen sich, als wollte er etwas sagen, aber er seufzt nur.

Wir hören ein KLICKEN. Unser Blick geht nach unten. Der JUNGE MANN hält eine Pistole in der zitternden Hand. Er bewegt die Pistole aus unserem Gesichtsfeld hinaus. Wir hören einen Schuss.

Seine andere Hand, die an seiner Seite herabhängt, zuckt plötzlich und erstarrt dann. Der JUNGE MANN stürzt auf den schlammigen Boden am Seeufer. Eine Frau schreit, während die Partymusik weiterspielt.

Ausblenden

Abspann: »Nebelschwaden«

Der Brief

Ursula Ryan
Focus Film Productions
1264 N. Sierra Bonita Ave 32
West Hollywood, CA
90046 USA

Mrs Grace Bradley
Heathview Pflegeheim
64 Willow Road
Saffron Green
Essex, CB10 IHQ UK

27. Januar 1999

Sehr geehrte Mrs Bradley,
bitte verzeihen Sie, dass ich mich erneut an Sie wende,
aber ich habe leider keine Antwort erhalten auf meinen
letzten Brief, in dem ich Ihnen mein Filmprojekt
»Nebelschwaden« vorgestellt habe.

Bei dem Film handelt es sich um eine Liebesgeschich-
te, die Geschichte des Dichters R. S. Hunter, um sein
Verhältnis mit den Hartford-Schwestern und seinen
Selbstmord im Jahr 1924. Zwar haben wir die Geneh-
migung erhalten, die Außenaufnahmen vor Ort in
Riverton Manor zu drehen, werden die Innenszenen
jedoch im Studio aufnehmen.

Viele Sets konnten wir anhand von alten Fotos und
Beschreibungen rekonstruieren, aber ich würde sie gern
von jemandem beurteilen lassen, der sie aus erster
Hand kennt. Der Film liegt mir sehr am Herzen, und

16

ich möchte um jeden Preis historische Ungenauigkeiten vermeiden, seien sie auch noch so gering. Ich wäre Ihnen also sehr zu Dank verpflichtet, wenn Sie sich bereit erklärten, sich den Set einmal anzusehen.

Ich habe Ihren Namen (Ihren Mädchennamen) auf einer Liste in einem von mehreren Notizbüchern gefunden, die dem Museum of Essex geschenkt wurden. Auf die Verbindung zwischen Ihnen und Grace Reeves bin ich nur gekommen, weil ich im Spectator ein Interview mit Ihrem Enkel Marcus McCourt gelesen habe, in dem er kurz die weit zurückreichende Verbundenheit seiner Familie mit dem Dorf Saffron Green erwähnt.

Beiliegend finden Sie einen kurzen Artikel aus der Sunday Times über meine bisherigen Filme, damit Sie sich ein Bild von meiner Arbeit machen können, sowie einen Artikel aus der LA Film Weekly über »Nebelschwaden«. Sie werden feststellen, dass es uns gelungen ist, eine Reihe hervorragender Schauspieler für die Rollen von Hunter, Emmeline Hartford und Hannah Luxton unter Vertrag zu nehmen, unter anderen Gwyneth Paltrow, die kürzlich für ihre Rolle in »Shakespeare in Love« einen Golden Globe erhalten hat.

Bitte verzeihen Sie mir meine Aufdringlichkeit, aber wir werden bereits Ende Februar in den Shepperton Studios nördlich von London mit den Dreharbeiten beginnen, und ich brenne darauf, Sie persönlich kennenzulernen. Ich hoffe sehr, Ihr Interesse für dieses Projekt geweckt zu haben, und würde mich freuen, wenn Sie uns Ihre Unterstützung zusagen könnten.

Sie erreichen mich unter folgender Adresse: Mrs Jan Ryan, 5/45 Lancaster Court, Fulham, London SW6.

Mit freundlichen Grüßen
Ursula Ryan

Geister regen sich

Letztes Jahr im November hatte ich einen Albtraum. Es war das Jahr 1924, und ich war wieder in Riverton. Alle Türen standen weit offen, seidene Vorhänge bauschten sich im Sommerwind. Ein Orchester spielte auf dem Hügel unter dem alten Ahornbaum. Schwungvolle Geigenmelodien, helles Lachen und das Klirren von Kristall erfüllten die warme Luft, und der Himmel erstrahlte in einem Blau, von dem wir alle geglaubt hatten, der Krieg hätte es für immer geraubt. Einer der Diener, adrett in Schwarz und Weiß gekleidet, goss Champagner in das oberste Glas eines Turms aus Sektflöten, und alle klatschten Beifall und amüsierten sich über diese köstliche Verschwendung.

Wie es oft in Träumen der Fall ist, konnte ich mich selbst zwischen den Gästen sehen. Ich bewegte mich sehr langsam, viel langsamer, als es in Wirklichkeit möglich ist, und nahm die anderen nur noch verschwommen als Meer aus Seide und Pailletten wahr.

Ich suchte jemanden.

Dann änderte sich das Bild, und ich befand mich in der Nähe des Sommerhauses, nur dass es nicht das Sommerhaus von Riverton war – das konnte es unmöglich sein. Es war nicht das nagelneue Haus, das Teddy selbst entworfen hatte, sondern ein alter Schuppen, umrankt von Efeu, das durch die Fenster hineinkroch und sich wie würgend um die stützenden Balken schlängelte.

Eine Frauenstimme, die ich erkannte, rief vom Seeufer hinter dem Haus meinen Namen. Als ich den Weg hinunterging, streiften meine Hände das Schilf. Am Ufer hockte eine Gestalt.

Es war Hannah in ihrem Hochzeitskleid, die am Oberteil applizierten Rosen waren mit Schlamm bespritzt. Sie blickte mit bleichem Gesicht zu mir auf. Als ich ihre Stimme hörte, lief mir ein eiskalter Schauer über den Rücken. »Du kommst zu spät.« Sie zeigte auf meine Hände. »Du kommst zu spät.«

Ich betrachtete meine Hände, junge, mit dunklem Flussschlamm bedeckte Hände; sie hielten den kalten, steifen Körper eines toten Jagdhundes.

Natürlich weiß ich, was den Traum verursacht hat. Es war der Brief von dieser Filmemacherin. Ich bekomme schon lange kaum noch Post: hin und wieder mal eine Urlaubskarte von pflichtbewussten Freunden, einen nichtssagenden Brief von der Bank, bei der ich ein Sparkonto unterhalte, eine Einladung zur Taufe eines Kindes, dessen Eltern, wie mir dann plötzlich bewusst wird, inzwischen selbst keine Kinder mehr sind.

Ursulas Brief war an einem Dienstagmorgen Ende November eingetroffen, und Sylvia hatte ihn mir ans Bett gebracht. Mit hochgezogenen Brauen hatte sie mit dem Brief in der Luft gewedelt.

»Post für Sie. Irgendwas aus den Staaten, nach den Briefmarken zu urteilen. Vielleicht von Ihrem Enkel?« Ihre linke Braue krümmte sich zu einer Art Fragezeichen, und sie senkte die Stimme zu einem heiseren Flüstern. »Schreckliche Sache. Einfach schrecklich. Dabei ist er doch so ein netter junger Mann.«

Während Sylvia seufzend den Kopf schüttelte, bedankte ich mich für den Brief. Ich mag Sylvia. Sie gehört zu den Wenigen, die hinter meinem faltigen Gesicht die Zwanzigjährige erkennen können, die noch immer in mir lebendig ist. Aber in ein Gespräch über Marcus lasse ich mich deswegen noch lange nicht von ihr verwickeln.

Als ich sie bat, die Vorhänge aufzuziehen, schürzte sie einen Moment lang die Lippen, dann ging sie zu einem ihrer anderen Lieblingsthemen über: das Wetter. Sie überlegte, wie groß die Wahrscheinlichkeit war, dass wir zu Weihnachten Schnee bekämen, und was für eine Katastrophe das für die alten, gebrechlichen Leute wäre. Ich antwortete auf ihre Fragen, war jedoch eigentlich mit dem Umschlag auf meinem Schoß beschäftigt, wunderte mich über die krakelige Schrift, die ausländischen Briefmarken, die zerknitterten Ecken, die darauf schließen ließen, dass der Brief einen langen Weg hinter sich hatte.

»Kommen Sie, ich lese Ihnen den Brief vor«, sagte Sylvia, während sie meine Kissen noch einmal aufschüttelte. »Dann können Sie Ihre Augen ein bisschen ausruhen.«

»Nein danke. Aber würden Sie mir bitte meine Brille reichen?«

Nachdem sie sich mit dem Versprechen verabschiedet hatte, noch einmal zurückzukommen und mir beim Anziehen zu helfen, sobald sie ihre Runde gemacht hatte, nahm ich mit meinen ständig zitternden Händen den Brief aus dem Umschlag, in der vagen Hoffnung, dass Marcus endlich wieder nach Hause kommen würde.

Doch der Brief war nicht von ihm. Er kam von einer jungen Frau, die einen Film über die Vergangenheit drehte. Sie wollte, dass ich mir ihre Kulissen ansah, dass ich mich an Dinge und Ereignisse erinnerte, die lange zurückliegen. Als hätte ich mich nicht mein Leben lang bemüht, all das zu vergessen.

Ich schenkte dem Brief keine weitere Beachtung. Ich faltete ihn sorgfältig wieder zusammen und steckte ihn in ein Buch, das zu Ende zu lesen ich längst aufgegeben hatte. Und dann atmete ich tief durch. Es war nicht das erste Mal, dass ich an das erinnert wurde, was Robbie und den Hartford-Schwestern auf Riverton widerfahren war. Einmal hatte ich das Ende eines Dokumentarfilms im Fernsehen gesehen, eine Sendung über Soldatendichter, die Ruth sich gerade anschaute. Als Robbies Gesicht auf dem Bildschirm erschien, darunter sein Name in geraden Buchstaben, lief ein Prickeln über meine Haut. Aber nichts passierte. Ruth zuckte nicht zusammen, der Sprecher fuhr fort, und ich trocknete weiter die Teller ab.

Ein anderes Mal entdeckte ich beim Studieren der Fernsehzeitschrift einen vertrauten Namen in einer Filmbeschreibung. Es ging um eine Sendung mit dem Titel »Siebzig Jahre britischer Film«. Mit klopfendem Herzen notierte ich mir die Uhrzeit, überlegte, ob ich es wirklich wagen würde, mir das anzusehen. Am Ende schlief ich während der Sendung ein. Emmeline wurde nur flüchtig erwähnt. Ein paar Fotos, von denen keins ihre wahre Schönheit zeigte, und ein Ausschnitt aus einem ihrer Stummfilme, *The Venus Affair*, in dem sie einen recht merkwürdigen Eindruck machte, hohlwangig und mit ruckartigen Bewegungen wie eine Marionette. Es gab keine Hinweise auf ihre anderen Filme, die beinahe einen Skandal ausgelöst hätten. Wahrscheinlich ist so etwas heute, in Zeiten der sexuellen Freizügigkeit, nicht mehr der Rede wert.

Ich war also durchaus schon mit solchen Erinnerungen konfrontiert worden, aber Ursulas Brief war etwas anderes. Zum ersten Mal seit über siebzig Jahren brachte jemand *mich* in Verbindung mit den Ereignissen, zum ersten Mal erinnerte sich jemand daran, dass eine junge Frau namens Grace Reeves in jenem Sommer auf Riverton gewesen war. Ich fühlte mich irgendwie verwundbar, ertappt und – schuldig.

Nein. Ich würde diesen Brief auf keinen Fall beantworten.

Und dabei blieb ich.

Aber dann passierte etwas sehr Merkwürdiges. Erinnerungen, die lange in den dunkelsten Ecken meines Unterbewusstseins geschlummert hatten, begannen durch Ritzen zu sickern. Bilder tauchten vor meinem geistigen Auge auf, so klar und frisch, als wäre nicht inzwischen eine halbe Ewigkeit vergangen. Und dann, nach den ersten vereinzelten Rinnsalen, kam die Sintflut: ganze Gespräche, wortwörtlich, mit allen Einzelheiten, Szenen, die wie Kurzfilme vor mir abliefen.

Ich wundere mich über mich selbst. Während mein Gedächtnis mich schon seit einigen Jahren oft schmählich im Stich lässt, stehen meine Erinnerungen an diese längst vergangenen Ereignisse klar und deutlich vor mir. Sie kommen immer häufiger, die Geister der Vergangenheit, und zu meiner eigenen Überraschung beunruhigen sie mich gar nicht sonderlich. Längst nicht so sehr, wie ich befürchtet hatte. Im Gegenteil, die Gespenster, vor denen ich ein Leben lang davongelaufen bin, haben inzwischen beinahe etwas Tröstliches, ich freue mich auf sie wie auf eine von diesen Fernsehserien, von denen Sylvia dauernd schwärmt, wenn sie sich beeilt, um mit ihrer Runde pünktlich zum Sendebeginn fertig zu sein. Ich hatte wohl ganz vergessen, dass unter all den düsteren Erinnerungen auch einige heitere wiederzuentdecken sind.

Als vergangene Woche der zweite Brief kam, in derselben krakeligen Handschrift und auf dem gleichen weichen Papier, wusste ich, dass ich ja sagen würde. Ich würde mir die Kulissen ansehen. Ich war tatsächlich neugierig, ein Gefühl, das ich schon lange nicht mehr empfunden hatte. Wenn man achtundneunzig Jahre alt ist, gibt es nicht mehr viel, worauf man neugierig sein kann, aber diese Ursula Ryan wollte ich kennenlernen, die Frau, die sie alle zum Leben erwecken will, eine Frau, die sich so leidenschaftlich für ihre Geschichte einsetzt.

Also schrieb ich ihr einen Brief, bat Sylvia, ihn für mich zur Post zu bringen, und wir verabredeten ein Treffen.

Der Salon

Meine Haare, die früher einmal hellblond waren, sind jetzt schneeweiß und sehr, sehr lang. Und sie scheinen von Tag zu Tag feiner zu werden. Sie sind mein ganzer Stolz – und es gibt weiß Gott nicht mehr viel, worauf ich stolz sein kann. Seit 1989 habe ich keinen Friseur mehr an meinen Kopf gelassen. Zu meinem großen Glück macht es Sylvia Spaß, mir die Haare Tag für Tag zu bürsten – ganz sanft macht sie das – und zu flechten. Ich bin ihr umso dankbarer, weil das eigentlich gar nicht zu ihren Pflichten gehört. Das muss ich ihr unbedingt einmal sagen.

Heute Morgen habe ich es vor lauter Aufregung ganz vergessen. Als Sylvia mir meinen Saft brachte, konnte ich ihn kaum trinken. Die nervöse Energie, die mich die ganze Woche über begleitet hatte, war über Nacht zu einem Knoten in meinem Magen geworden. Sylvia half mir in mein neues pfirsichfarbenes Kleid – das Kleid, das Ruth mir zu Weihnachten geschenkt hat – und in die Straßenschuhe, die gewöhnlich unbenutzt in meinem Schrank stehen. Das Leder war ziemlich steif, und es war gar nicht so einfach, meine Füße hineinzuzwängen, aber die Eitelkeit hat ihren Preis. Ich bin zu alt, um meine Angewohnheiten noch zu ändern, und ich finde es fürchterlich, dass die jüngeren Bewohner dieses Hauses in Hausschuhen ausgehen.

Ein Hauch von Puder ließ meine Wangen etwas rosiger erscheinen, aber ich habe darauf geachtet, dass Sylvia es nicht übertrieb. Schließlich möchte ich nicht aussehen wie die Schaufensterpuppe eines Leichenbestatters. Ich bin so blass und so klein, dass schon ein kleines bisschen mehr zu viel sein kann.

Mit einiger Mühe legte ich mir das goldene Medaillon um den Hals, ein elegantes Schmuckstück aus dem neunzehnten Jahrhundert, das eigentlich nicht so recht zu meiner praktischen Kleidung passt. Ich rückte es zurecht, wunderte mich über meine Kühnheit, fragte mich, was Ruth dazu sagen würde.

Dann fiel mein Blick auf den kleinen silbernen Rahmen auf meinem Schminktisch. Ein Foto von meinem Hochzeitstag. Meinetwegen bräuchte es nicht da zu stehen – es ist schon so lange her, und die Ehe war sehr kurz; armer John –, aber ich räume es Ruth zuliebe nicht weg. Ich glaube, sie stellt sich gern vor, dass ich mich nach ihm sehne.

Sylvia führte mich in den Salon – es wurmt mich immer noch, den Raum so zu nennen –, wo gerade das Frühstück aufgetragen wurde und wo ich auf Ruth warten sollte, die sich (obwohl sie eigentlich dagegen war, wie sie behauptet) bereit erklärt hatte, mich zu den Shepperton Studios zu fahren. Ich ließ mich von Sylvia an einen einzelnen Tisch in der Ecke geleiten und bat sie, mir ein Glas Saft zu bringen. Dann las ich Ursulas Brief noch einmal.

Ruth kam um Punkt halb neun. Sie mag ihre Bedenken gehabt haben, was diesen Ausflug anging, aber sie ist schon immer ein Muster an Pünktlichkeit gewesen. Ich habe einmal gehört, dass Kinder, die in schweren Zeiten geboren werden, immer etwas Leidendes ausstrahlen, und Ruth, ein Kind des Zweiten Weltkriegs, ist der lebende Beweis für dieses Gesetz. Ganz anders als Sylvia, die nur fünfzehn Jahre jünger ist und in engen Röcken zur Arbeit erscheint, zu laut lacht und jedes Mal, wenn sie einen neuen Freund hat, die Haarfarbe wechselt.

Ruth kam auf meinen Tisch zu, makellos gekleidet und zurechtgemacht, aber steifer als ein Stock.

»Guten Morgen, Mum«, sagte sie und hauchte mir mit kalten Lippen einen Kuss auf die Wange. »Schon fertig gefrühstückt?« Sie warf einen prüfenden Blick auf das halb leere Glas vor mir. »Ich hoffe, das war nicht alles, was du zu dir genommen hast. Wir werden sicherlich in den Berufsverkehr geraten und keine Zeit haben, irgendwo anzuhalten.« Sie schaute auf ihre Uhr. »Musst du noch mal aufs Klo?«

Ich schüttelte den Kopf und fragte mich, wann wir die Rollen getauscht hatten und ich zur Tochter geworden war.

»Du trägst ja Vaters Medaillon; das hab ich schon ewig nicht mehr an dir gesehen.« Mit einem beifälligen Nicken rückte sie es zurecht. »Er hatte einen guten Geschmack, nicht wahr?«

Ich stimmte ihr zu, gerührt von der Vorbehaltlosigkeit, mit der Kinder einem kleine Lügen abkaufen. Eine Welle der Zuneigung für meine kratzbürstige Tochter überkam mich, und ich beeilte mich, die vertrauten elterlichen Schuldgefühle zu unterdrücken, die jedes Mal in mir hochkommen, wenn ich in ihr besorgtes Gesicht sehe.

Sie nahm meinen Arm, hakte sich bei mir unter und drückte mir meinen Spazierstock in die andere Hand. Die meisten anderen hier im Heim bevorzugen Gehhilfen auf Rollen oder sogar elektrische Rollstühle, aber ich komme immer noch ganz gut mit meinem Spazierstock zurecht und liebe meine alten Gewohnheiten zu sehr, um ihn gegen irgendetwas anderes einzutauschen.

Sie ist ein gutes Mädchen, meine Ruth – solide und zuverlässig. An diesem Tag war sie sehr förmlich gekleidet, wie für einen Besuch bei ihrem Anwalt oder ihrem Arzt. Aber damit hatte ich gerechnet. Sie wollte einen guten Eindruck machen, dieser Filmemacherin zeigen, dass Ruth Bradley McCourt, egal, was ihre Mutter in der Vergangenheit getan haben mochte, eine seriöse, respektable Angehörige der Mittelschicht ist.

Nachdem wir eine Weile gefahren waren, schaltete Ruth das Radio ein. Sie hat die Finger einer alten Frau, die Knöchel geschwollen, weil sie am Morgen mit Gewalt ihre Ringe darübergezwängt hatte. Es ist verblüffend, die eigene Tochter altern zu sehen. Ich betrachtete meine auf dem Schoß verschränkten Hände. Hände, die früher einmal so agil waren, die einfache und komplexe Arbeiten verrichtet haben, Hände, die jetzt grau, schlaff und träge dalagen. Endlich hatte Ruth sich für einen Sender entschieden, der klassische Musik spielte. Der Sprecher plauderte eine Weile über belanglose Dinge, dann legte er Chopin auf. Purer Zufall, dass ich ausgerechnet heute Chopins Walzer in Cis-Moll zu hören bekam.

Ruth hielt vor ein paar riesigen weißen Gebäuden, die so breit waren wie Flugzeughallen. Nachdem sie den Motor ausgeschaltet hatte, blieb sie noch einen Moment lang sitzen, den Blick nach vorn gerichtet. »Ich weiß nicht, warum du dir das antust«, sagte sie leise mit gespannten Lippen. »Du hast so viel aus deinem Leben gemacht, bist gereist, hast studiert, eine Tochter großgezogen … Warum willst du daran erinnert werden, was du einmal gewesen bist?«

Sie erwartete keine Antwort, und ich gab ihr auch keine. Plötzlich seufzte sie, sprang aus dem Wagen und nahm meinen Spazierstock aus dem Kofferraum. Wortlos half sie mir beim Aussteigen.

Eine junge Frau erwartete uns. Ein schmächtiges Mädchen mit sehr langen blonden Haaren, die ihr glatt über den Rücken fielen und über den Augen zu einem dichten Pony geschnitten waren. Der Typ Mädchen, den man als unscheinbar hätte bezeichnen können, wäre sie nicht mit so unglaublichen Augen gesegnet gewesen. Sie hätten in ein Ölgemälde gehört, rund, ausdrucksstark und so schimmernd dunkel wie nasse Farbe.

Sie kam lächelnd auf uns zu und nahm meine Hand von Ruths Arm. »Mrs Bradley, wie schön, dass Sie es einrichten konnten. Ich bin Ursula.«

»Grace«, sagte ich, bevor Ruth dazu kam, sie auf meinen Doktortitel hinzuweisen. »Nennen Sie mich Grace.«

»Grace.« Ursula strahlte. »Sie glauben gar nicht, wie ich mich über Ihren Brief gefreut habe.« Sie sprach mit englischem Akzent, eine Überraschung, wo doch auf dem Brief ein amerikanischer Absender gestanden hatte. Sie wandte sich an Ruth. »Vielen Dank, dass Sie sich als Chauffeurin zur Verfügung gestellt haben.«

Ich spürte, wie Ruth neben mir ganz steif wurde. »Ich konnte meine Mutter ja wohl schlecht in einen Bus setzen, oder?«

Ursula lachte. Zum Glück sind junge Leute so schnell bereit, Unhöflichkeit als Ironie aufzufassen. »Kommen Sie rein, es ist ja eiskalt draußen. Tut mir leid, dass das alles so schnell gehen muss. Wir fangen nächste Woche an zu drehen, und im Moment wissen wir kaum noch, wo uns der Kopf steht vor lauter Stress. Ich hätte Sie gern unserer Bühnenbildnerin vorgestellt, leider musste sie nach London fahren, um Stoff zu kaufen. Aber falls Sie noch hier sind, wenn sie zurückkommt … Vorsicht an der Tür, da ist eine kleine Stufe.«

Ursula und Ruth bugsierten mich in ein Foyer und durch einen dunklen Gang mit einer Reihe von Türen rechts und links. Einige davon standen offen, und ich erkannte schattenhafte Gestalten vor leuchtenden Computerbildschirmen. Es war alles ganz anders als das Filmstudio, in das ich Hannah damals begleitet hatte, um Emmeline abzuholen.

»Da sind wir«, verkündete Ursula, als wir vor der letzten Tür angekommen waren. »Kommen Sie rein, ich besorge uns einen Tee.« Sie öffnete die Tür, und ich wurde über die Schwelle direkt in meine Vergangenheit geschoben.

Es war der Salon von Riverton Manor. Selbst die Tapete war die gleiche, eine burgunderrote Jugendstiltapete der Firma Silver Studios, Design »Flammende Tulpen«, so frisch wie an dem Tag, als die Tapezierer sie aus London mitgebracht hatten. In der Mitte, vor dem Kamin, stand ein Ledersofa, drapiert mit indischer Seide, genau wie die, die Lord Ashbury, Hannahs und Emmelines Großvater, als junger Marineoffizier aus Indien mitgebracht hatte. Die Schiffsuhr stand, wo sie immer gestanden hatte, auf dem Kaminsims neben dem Waterford-Kandelaber. Jemand hatte sich große Mühe gegeben, den Raum exakt nachzubilden, und doch verriet er sich in allen Details als Hochstapler. Selbst heute noch, nach achtzig Jahren, erinnere ich mich an das Ticken der Uhr im Salon. An die stille, beharrliche Art, mit der sie die Zeit maß: geduldig, unbeirrbar, kalt – als hätte sie damals schon gewusst, dass die Zeit denen, die in diesem Haus lebten, nicht wohlgesonnen war.

Ruth begleitete mich bis zu dem Ledersofa und platzierte mich dort in einer Ecke. Hinter mir nahm ich geschäftiges Treiben wahr, riesige Scheinwerfer auf insektenartigen Beinen wurden hin und her geschoben, irgendwo lachte jemand.

Ich musste an das letzte Mal denken, als ich in dem Salon gewesen war – dem echten, nicht diesem nachgestellten –, an den Tag, an dem ich begriffen hatte, dass ich Riverton verlassen und nie wieder zurückkehren würde.

Ich hatte es Teddy gesagt. Er war nicht gerade erfreut, aber er besaß längst nicht mehr seine frühere Autorität, die Ereignisse hatten sie ihm genommen. Er wirkte blass und leicht verwirrt wie ein Kapitän, der wusste, dass sein Schiff sank und dass er es nicht verhindern konnte. Er bat mich, nicht zu gehen, flehte mich an, wenn schon nicht seinetwegen, wenigstens Hannah zuliebe zu bleiben. Und ich hätte beinahe nachgegeben. Beinahe.

Ruth stieß mich an. »Mum? Ursula spricht mit dir.«

»Verzeihen Sie, ich habe Sie nicht gehört.«

»Meine Mutter ist ein bisschen schwerhörig«, erklärte Ruth. »Das ist in ihrem Alter nicht anders zu erwarten. Ich habe schon mehrmals versucht, sie zum Ohrenarzt zu bringen, aber sie ist ein bisschen starrsinnig.«

Dass ich starrsinnig bin, gebe ich zu. Aber ich bin nicht schwerhörig, und ich mag es nicht, dafür gehalten zu werden – ich sehe schlecht ohne Brille, ich werde schnell müde, trage ein Gebiss und überlebe nur mithilfe meines täglichen Pillencocktails, doch ich höre so gut wie eh und je. Im Alter habe ich allerdings gelernt, nur noch das zu hören, was ich wirklich hören will.

»Ich sagte gerade, Mrs Bradley, Grace, dass es ein seltsames Gefühl sein muss, an diesen Ort zurückzukehren. Na ja, mehr oder weniger zurückzukehren. Das weckt doch sicherlich eine Menge Erinnerungen?«

»Ja.« Ich räusperte mich. »Ja, das tut es.«

»Wie schön«, sagte Ursula lächelnd. »Dann darf ich wohl annehmen, dass wir alles richtig hinbekommen haben.«

»O ja.«

»Steht irgendetwas an der falschen Stelle? Haben wir etwas vergessen?«

Ich sah mich noch einmal auf dem Set um. Akribisch genau nachgebaut, mangelte es dem Raum dennoch auf seltsame Weise an Atmosphäre. Er wirkte wie ein Museum: interessant, aber ohne Leben.

Das war natürlich verständlich. Die Zwanzigerjahre, so lebendig in meiner Erinnerung, sind für die Bühnenbildner des Films die »alten Zeiten«. Eine historische Kulisse, deren Gestaltung eine ebenso intensive Recherche und einen ebenso genauen Blick fürs Detail erfordert wie die Nachbildung einer mittelalterlichen Burg.

Ich spürte, wie Ursula mich ansah und begierig auf eine Antwort wartete.

»Es ist perfekt«, erklärte ich. »Alles ist genau getroffen.«

Dann sagte sie etwas, das mich zusammenzucken ließ. »Bis auf die Familie.«

»Ja«, antwortete ich. »Bis auf die Familie.« Ich blinzelte, und einen Augenblick lang sah ich sie alle vor mir: Emmeline mit ihren langen Wimpern und schlanken Beinen wie hingegossen auf dem Sofa, Hannah stirnrunzelnd ein Buch im Regal betrachtend, Teddy, der auf dem türkischen Teppich auf und ab geht ...

»Emmeline muss eine Frohnatur gewesen sein«, sagte Ursula.

»Ja.«

»Über sie etwas in Erfahrung zu bringen war ganz einfach – ihr Name taucht so ziemlich in jeder Klatschspalte auf, die je gedruckt wurde. Ganz zu schweigen von den Briefen und Tagebüchern zahlloser begehrter Junggesellen der damaligen Zeit!«

Ich nickte. »Sie war sehr beliebt.«

Sie schaute mich durch ihre Ponyfransen an. »Mir ein Bild von Hannah zu machen war nicht so einfach.«

Ich räusperte mich. »Ach?«

»Sie war eher mysteriös. Nicht dass wir in den Zeitungen vergeblich nach ihrem Namen gesucht hätten – im Gegenteil. Und sie hatte auch ihre Bewunderer. Aber es sieht so aus, als hätte kaum jemand sie wirklich gekannt. Die Leute bewunderten sie, ja, sie verehrten sie sogar, aber sie *kannten* sie nicht wirklich.«

Ich dachte an Hannah. An die schöne, kluge Hannah, die so voller Sehnsucht war. »Sie war eine komplexe Persönlichkeit.«

»Ja«, sagte Ursula, »den Eindruck hatte ich auch.«

Ruth, die die ganze Zeit zugehört hatte, bemerkte: »Eine der beiden hat doch einen Amerikaner geheiratet, nicht wahr?«

Ich sah sie überrascht an. Sie hatte stets betont, *nichts* über die Hartfords zu wissen.

Unsere Blicke trafen sich. »Ich hab ein bisschen nachgelesen.«

Wie typisch für Ruth, sich auf dieses Treffen vorzubereiten, egal, wie geschmacklos ihr das Thema erscheinen mochte.

Ruth wandte sich wieder Ursula zu und sagte zögernd, darauf bedacht, nur ja keinen Fehler zu machen: »Ich glaube, eine hat nach dem Krieg geheiratet. Welche von beiden war das noch?«

»Hannah.« So. Es war geschehen. Ich hatte ihren Namen laut ausgesprochen.

»Und was war mit der anderen Schwester?«, fuhr Ruth fort. »Emmeline. Hat sie je geheiratet?«

»Nein«, sagte ich. »Sie war verlobt.«

»Mehrmals«, sagte Ursula lächelnd. »Anscheinend konnte sie sich für keinen Mann entscheiden.«

O doch, das konnte sie. Am Ende hat sie ihre Entscheidung getroffen.

»Wahrscheinlich werden wir nie erfahren, was in jener Nacht passiert ist.« Das war Ursula.

»Nein.« Meine müden Füße begannen, gegen das harte Leder meiner Schuhe zu protestieren. Bis zum Abend würden sie geschwollen sein, und Sylvia würde stöhnen und darauf bestehen, mir ein Fußbad zu verpassen. »Wahrscheinlich nicht.«

Ruth richtete sich in ihrem Sessel auf. »Aber *Sie* müssen doch wissen, was passiert ist, Miss Ryan. Schließlich drehen Sie einen Film darüber.«

»Sicher«, sagte Ursula, »in groben Zügen weiß ich, was sich abgespielt hat. Meine Urgroßmutter war an dem Abend auf Riverton – sie war durch ihre Heirat mit den Schwestern verschwägert –, und die Geschichte ist zu einer Art Familienlegende geworden. Meine Urgroßmutter hat sie an meine Großmutter weitergegeben, meine Großmutter an meine Mutter und meine Mutter an mich. Meine Mutter hat sie mir immer wieder erzählt – ich war zutiefst beeindruckt. Ich habe schon immer gewusst, dass ich eines Tages einmal einen Film daraus machen würde.« Sie zuckte lächelnd die Achseln. »Aber Geschichte ist immer mit Lücken behaftet, nicht wahr? Ich habe ganze Aktenordner voll mit Unterlagen, die Polizeiberichte und Zeitungsartikel zählen alle Fakten auf, aber sämtliche Informationen stammen aus zweiter Hand. Und sie sind stark zensiert, fürchte ich. Leider sind die einzigen beiden Menschen, die Zeugen des Selbstmords wurden, schon seit Jahren tot.«

»Ein makabres Thema für einen Film, finde ich«, bemerkte Ruth.

»Aber nein, es ist faszinierend«, erwiderte Ursula. »Ein aufgehender Stern am englischen Dichterhimmel nimmt sich während eines großen Empfangs an einem dunklen Seeufer das Leben. Seine einzigen Zeugen sind zwei schöne Schwestern, die von da an nie wieder ein Wort miteinander sprechen. Die eine ist die Verlobte des jungen Mannes, die andere angeblich seine Geliebte. Das ist doch unglaublich romantisch.«

Der Knoten in meinem Magen löste sich ein wenig. Hannahs Geheimnis war also noch gewahrt. Ursula kannte die Wahrheit nicht. Ich fragte mich, warum ich etwas anderes erwartet hatte und was für eine falsch verstandene Loyalität mich veranlasst hatte, mir darüber den Kopf zu zerbrechen. Warum interessierte mich nach all den Jahren überhaupt noch, was die Leute dachten?

Ich wusste natürlich genau, warum. Ich war damit geboren. Mr Hamilton hatte es mir gesagt an dem Tag, als ich Riverton verließ. Ich stand mit meinem Lederkoffer, der vollgestopft war mit meinen wenigen Habseligkeiten, auf der Treppe zum Dienstboteneingang, während Mrs Townsend in der Küche weinte. Er hatte gesagt, ich hätte es im Blut, genau wie meine Mutter und deren Eltern, er hatte mir erklärt, es sei dumm wegzugehen, eine gute Stellung bei einer guten Familie einfach so aufzugeben. Er hatte sich bitter über den Verlust von Stolz und Treue beklagt, Werte, die der englischen Nation immer eigen gewesen seien, und er hatte geschworen, Riverton vor diesem Verlust zu bewahren. Schließlich habe man den Krieg nicht gewonnen, um die britischen Traditionen aufzugeben.

Damals hatte er mir leidgetan: so starr in seinen Prinzipien verhaftet, so überzeugt, dass ich, indem ich meine Stellung aufgab, den sicheren Weg in den finanziellen und moralischen Ruin einschlug. Erst viel später begriff ich, wie entsetzt er gewesen sein musste, wie gnadenlos ihm wohl der gesellschaftliche Umbruch erschienen war, der die Welt um ihn herum erfasst hatte und auch ihn einzuholen drohte. Wie verzweifelt er sich an die alten Traditionen und Gewissheiten klammerte.

Aber er hatte recht behalten. Nicht ganz, nicht, was meinen Ruin betraf – weder meine Finanzen noch meine Moral haben nach meinem Weggang gelitten –, aber ein Teil von mir ist in dem Haus zurückgeblieben. Oder, besser gesagt, ein Teil des Hauses hat mich nie verlassen. Noch Jahre später brauchte ich nur das Bienenwachs von Stubbins & Co. zu riechen, das Knirschen von Reifen auf Kies oder eine bestimmte Art von Glocke läuten zu hören, und ich war wieder vierzehn, erschöpft nach einem langen Arbeitstag, trank Kakao am Kamin des Dienstbotenzimmers, während Mr Hamilton ausgewählte Passagen aus der *Times* vorlas (die, die er als geeignet für unsere besonders empfindlichen Ohren erachtete), während Nancy über irgendeinen abfälligen Kommentar von Alfred die Stirn runzelte und Mrs Townsend leise in ihrem Schaukelstuhl schnarchte, das Strickzeug auf dem breiten Schoß ...

»Ah, da kommt ja der Tee«, sagte Ursula. »Vielen Dank, Tony.«

Ein junger Mann mit einer Ansammlung unterschiedlicher Henkeltassen und einem Marmeladenglas voll Zucker auf einem behelfsmäßigen Tablett war neben mir aufgetaucht. Er stellte seine Last auf dem Beistelltisch ab, und Ursula verteilte die Tassen. Ruth reichte eine an mich weiter.

»Was ist los, Mum?« Sie zog ein Taschentuch heraus und betupfte mein Gesicht. »Geht es dir nicht gut?«

Da spürte ich, dass meine Wangen feucht waren.

Der Duft nach Tee war schuld. Dass ich dort in diesem Raum auf diesem Ledersofa saß. Das Gewicht von Erinnerungen an längst Vergangenes, das Wiedererwachen lange gehüteter Geheimnisse. Der Zusammenprall von Vergangenheit und Gegenwart.

»Grace? Kann ich etwas für Sie tun?«, fragte Ursula. »Möchten Sie vielleicht, dass ich die Heizung herunterdrehe?«

»Ich werde sie nach Hause bringen müssen.« Ruth schon wieder. »Ich habe ja gleich gewusst, dass das keine gute Idee ist. Das ist einfach zu viel für sie.«

Ja, ich wollte zurück nach Hause. Zu Hause sein. Ich spürte, wie ich aus dem Sofa gezogen wurde, wie man mir meinen Spazierstock in die Hand drückte. Stimmen umschwirrten mich.

»Es tut mir leid«, murmelte ich vor mich hin. »Ich bin nur müde.« So müde. Alles ist so lange her.

Meine Füße schmerzten, begehrten auf gegen das Eingesperrtsein. Jemand – vielleicht Ursula – stützte mich. Kalter Wind schlug mir ins feuchte Gesicht.

Dann war ich in Ruths Auto, Häuser, Bäume und Straßenschilder flogen vorüber.

»Keine Sorge, Mum, es ist schon vorbei«, sagte Ruth. »Ich mache mir große Vorwürfe. Ich hätte dich nie da hinbringen sollen.«

Ich legte eine Hand auf ihren Arm, spürte, wie sie sich anspannte.

»Ich hätte mich auf mein Gefühl verlassen sollen«, sagte sie. »Das war wirklich dumm von mir.«

Ich schloss die Augen, lauschte dem Summen der Heizung, dem Pulsieren der Scheibenwischer, dem Dröhnen des Straßenverkehrs.

»So ist es gut, ruh dich ein bisschen aus«, sagte Ruth. »Ich bringe dich nach Hause. Du brauchst da nicht noch mal hin.«

Ich lächelte, während ich eindöste.

Zu spät. Ich bin zu Hause. Ich bin wieder zurück.

Unfallopfer identifiziert: Bekannte Schönheit tot

Die Frau, die gestern Vormittag bei einem Automobilunfall auf der Braintree Road ums Leben kam, wurde als die bekannte Schönheit und Filmschauspielerin Miss Emmeline Hartford, 21, identifiziert. Miss Hartford war zusammen mit drei weiteren Personen auf dem Weg von London nach Colchester gewesen, als das Fahrzeug von der Straße abkam und gegen eine alte Eiche prallte.

Miss Hartford ist die Einzige, die bei dem Unfall den Tod fand. Die anderen Insassen des Wagens wurden schwer verletzt ins Krankenhaus von Ipswich eingeliefert.

Die vier Personen wurden am Sonntagnachmittag im Godley House, dem Landsitz von Miss Hartfords Jugendfreundin Mrs Frances Vickers erwartet. Mrs Vickers verständigte die Polizei, als ihre Gäste nicht eintrafen.

Eine polizeiliche Untersuchung soll die Ursache des Unfalls ermitteln. Zum jetzigen Zeitpunkt steht noch nicht fest, ob gegen den Fahrer Anklage erhoben wird. Laut Aussage von Zeugen war der Unfall auf zu hohe Geschwindigkeit und eine vereiste Fahrbahn zurückzuführen.

Miss Hartford hinterlässt eine ältere Schwester, Mrs Hannah Luxton, die Ehefrau des konservativen Abgeordneten für Saffron Green, Mr Theodore Luxton. Weder Mr noch Mrs Luxton waren bereit, einen Kommentar abzugeben; Gifford & Jones jedoch, die Anwälte der Familie, erklärten, ihre Mandanten stünden unter Schock und wünschten momentan in dieser Angelegenheit nicht behelligt zu werden.

Dies ist nicht das erste Unglück, von dem die Familie in jüngster Zeit heimgesucht wurde. Im vergangenen Sommer wurden Miss Emmeline Hartford und Mrs Hannah Luxton auf dem Anwesen Riverton Manor Zeuginnen des tragischen Selbstmords von Lord Robert Hunter. Lord Hunter war ein bekannter Dichter. Er hat zwei Lyriksammlungen herausgegeben.

Das Kinderzimmer

Es ist ein milder Morgen, ein Vorbote des Frühlings, und ich sitze im Garten auf einer schmiedeeisernen Bank unter der Ulme. Die frische Luft tut mir gut, meint Sylvia, also sitze ich hier und genieße die scheue Wintersonne. Meine Wangen sind so kalt und schlaff wie zwei Pfirsiche, die zu lange im Kühlschrank gelegen haben.

Ich muss an den Tag denken, an dem ich auf Riverton Manor als Dienstmädchen angefangen habe. Ich sehe alles noch genau vor mir. Es ist Juni 1914. Ich bin wieder vierzehn: naiv und linkisch. Ängstlich folge ich Nancy Stufe um Stufe die Treppe aus poliertem Ulmenholz hinauf. Ihr Rock raschelt gebieterisch bei jedem Schritt, jedes Rascheln ein Tadel meiner Unerfahrenheit. Ich mühe mich hinter ihr her die Treppe hoch, der Koffergriff schneidet mir in die Hand. Als Nancy um die Ecke biegt, um die nächste Treppe zu erklimmen, verliere ich sie aus dem Blick und folge nur noch dem Rascheln ...

Oben angekommen ging Nancy einen dunklen Flur hinunter und blieb schließlich mit einem harten Klappern ihrer Absätze vor einer kleinen Tür stehen. Sie drehte sich stirnrunzelnd um, als ich auf sie zugewankt kam, ihr Blick so dunkel wie ihr Haar.

»Was ist los mit dir?«, fragte sie in abgehacktem Englisch, unfähig, ihren irischen Akzent zu verbergen. »Ich wusste gar nicht, dass du so langsam bist. Mrs Townsend hat mir nichts davon gesagt, da bin ich mir sicher.«

»Ich bin nicht langsam. Es ist nur mein Koffer. Er ist so schwer.«

»Nun«, erwiderte sie, »so ein Theater hab ich noch nie erlebt. Ich möchte wissen, was für ein Dienstmädchen du abgeben willst, wenn du noch nicht mal einen Koffer tragen kannst, ohne zu wanken. Lass das bloß nicht Mr Hamilton sehen, wenn du den Teppichkehrer herumschleppst wie einen Sack Mehl.«

Sie drückte die Tür auf. Das Zimmer war klein und kärglich eingerichtet, und es roch unerklärlicherweise nach Kartoffeln. Die eine Hälfte davon – ein eisernes Bett, eine Kommode, ein Stuhl – sollte mir gehören.

»So. Das ist deine Seite«, sagte Nancy mit einem Kopfnicken in Richtung Bett. »Mir gehört die andere Seite, und ich wäre dir dankbar, wenn du nichts anrühren würdest.« Sie fuhr mit den Fingern über ihre Kommode, an einem Kreuz, einer Bibel und einer Haarbürste entlang. »Langfinger werden hier nicht geduldet. Und jetzt pack deine Sachen aus, zieh deine Arbeitskleidung an und komm nach unten, damit ich dich in deine Pflichten einweisen kann. Dass du mir ja nicht trödelst, verstanden? Und du darfst dich nur im Dienstbotenbereich aufhalten. Mittagessen gibt's heute um zwölf, weil die Enkel des Hausherrn zu Besuch kommen und wir mit dem Herrichten der Zimmer jetzt schon im Hintertreffen sind. Dich suchen zu müssen, ist das Letzte, was ich noch brauchen kann. Ich hoffe bloß, dass du keine Trödlerin bist.«

»Nein, Nancy«, antwortete ich, immer noch gekränkt, dass sie mich für eine Diebin halten könnte.

»Na, das werden wir ja sehen«, erwiderte sie. Sie schüttelte den Kopf. »Ich weiß nicht. Ich sage ihnen, ich brauche ein neues Dienstmädchen, und was schicken sie mir? Ein Gör ohne Erfahrung, ohne Empfehlungen, und wie mir scheint, auch noch eine Trödlerin.«

»Ich bin keine ...«

»Pah!« Sie schnaubte und stampfte mit ihrem schmalen Fuß auf. »Mrs Townsend sagt, dass deine Mutter flink und geschickt war und dass der Apfel nicht weit vom Stamm fällt. Ich kann nur für dich hoffen, dass sie recht hat. Bummelei von deinesgleichen wird von der Mistress nicht geduldet, und von mir ebenso wenig.« Dann warf sie ein letztes Mal missbilligend den Kopf in den Nacken und ließ mich allein in dem winzigen, dunklen Dachzimmer zurück.

Ich hielt den Atem an und lauschte auf das sich entfernende Rascheln.

Endlich allein mit dem ächzenden Haus schlich ich auf Zehenspitzen zur Tür, zog sie vorsichtig zu und drehte mich um, um mein neues Zuhause in Augenschein zu nehmen.

Es gab nicht viel zu sehen. Ich fuhr mit der Hand über den Bettrahmen, zog den Kopf unter der Dachschräge ein. Am Fußende der Matratze lag eine graue Decke, an einer Ecke von geschickten Händen geflickt. Ein kleines, gerahmtes Bild, die einzige Andeutung von Zimmerschmuck, hing an der Wand: eine typische Jagdszene mit einem verletzten Hirsch, aus dessen Flanke rotes Blut rann. Hastig wandte ich mich von dem sterbenden Tier ab.

Ganz vorsichtig setzte ich mich aufs Bett, darauf bedacht, das glatte Laken nicht zu zerknittern. Als die Federn im Sprungrahmen quietschten, sprang ich schuldbewusst auf und spürte, wie meine Wangen sich röteten.

Durch ein schmales Fenster fiel ein Streifen staubiges Licht ins Zimmer. Ich kniete mich auf den Stuhl und spähte nach draußen.

Das Zimmer befand sich im hinteren Teil des Hauses und war sehr hoch gelegen. Ich konnte über den Rosengarten hinweg bis zu den Gartenlauben und dem Brunnen im Süden sehen. Dahinter lag der See, das wusste ich, und auf der anderen Seite das Dorf, in dem ich die ersten vierzehn Jahre meines Lebens verbracht hatte. Ich stellte mir vor, wie meine Mutter am Küchenfenster saß, wo das Licht am besten war, den Rücken über eine Flickarbeit gebeugt.

Ich fragte mich, wie sie allein zurechtkam. Mutter ging es in letzter Zeit nicht gut. Einmal hatte ich sie nachts im Bett stöhnen hören, als ihre kranken Knochen ihr unsägliche Schmerzen bereiteten. Manchmal waren ihre Finger morgens so steif, dass ich sie unter warmem Wasser massieren musste, ehe sie überhaupt eine Garnrolle aus ihrem Nähkorb nehmen konnte. Mrs Rodgers aus dem Dorf hatte sich bereit erklärt, täglich nach meiner Mutter zu sehen, und der Lumpenmann kam zweimal pro Woche, aber sie würde schrecklich viel allein sein. Es bestand kaum Hoffnung, dass sie ohne mich mit den Flickarbeiten weitermachen konnte. Aber womit würde sie dann Geld verdienen? Mit meinem mageren Lohn würde ich sie unterstützen können, aber hätte ich nicht lieber bei ihr bleiben sollen?

Andererseits war sie es gewesen, die darauf bestanden hatte, dass ich mich um die Stelle bewarb. Meine Einwände hatte sie gar nicht hören wollen, hatte nur den Kopf geschüttelt und erklärt, sie wisse besser, was gut für mich sei. Sie hatte gehört, dass ein Dienstmädchen gesucht wurde, und war davon überzeugt, dass ich genau die Richtige für diese Position war. Kein Wort darüber, von wem sie das gehört hatte. Typisch für meine geheimnistuerische Mutter.

»Es ist nicht weit weg«, sagte sie. »An deinen freien Tagen kannst du nach Hause kommen und mir helfen.«

Sie muss mir meine Bedenken angesehen haben, denn sie streichelte mir zärtlich die Wange. Eine ungewohnte Geste, mit der ich nicht gerechnet hatte. Ich zuckte unwillkürlich zusammen, als ich die raue Haut ihrer zerstochenen Fingerspitzen an meiner Wange spürte. »Es wird alles gut, meine Kleine. Du wusstest doch, dass irgendwann der Tag kommen würde, an dem du dir eine Stellung suchen musst. Es ist das Beste, eine gute Gelegenheit. Du wirst schon sehen. Nicht viele würden ein so junges Mädchen wie dich einstellen. Lord Ashbury und Lady Violet sind keine schlechten Herrschaften. Mr Hamilton mag dir streng erscheinen, aber er ist gerecht. Und Mrs Townsend auch. Arbeite fleißig, tu, was man dir sagt, dann wirst du keinen Ärger bekommen.« Sie kniff mich mit zitternden Fingern in die Wange. »Und Gracie! Dass du mir nicht vergisst, wo du herkommst. Viel zu viele junge Dinger bringen sich damit in Schwierigkeiten.«

Ich hatte ihr versprochen, ihren Rat zu befolgen, und am folgenden Samstag war ich in meinem Sonntagskleid zu dem großen Herrenhaus gestapft, um mich bei Lady Violet vorzustellen.

Es sei ein kleiner, ruhiger Haushalt, erklärte sie mir, nur ihr Mann, Lord Ashbury, der sich meist in seinen Clubs aufhalte, und sie selbst. Ihre beiden Söhne, Major Jonathan und Mr Frederick, seien beide erwachsen und lebten mit ihren Familien in der Nähe, kämen jedoch gelegentlich zu Besuch, und ich würde sie bestimmt kennenlernen, wenn ich ordentlich arbeitete und die Stellung behielt. Da sie nur zu zweit auf Riverton wohnten, kämen sie ohne Haushälterin aus, sagte sie, und verließen sich auf Mr Hamiltons langjährige Erfahrung, während die Köchin, Mrs Townsend, für alles zuständig sei, was mit der Küche zu tun hatte. Wenn die beiden mit mir zufrieden wären, würde ihr das als Empfehlung reichen, um mich anzustellen.

Dann hatte sie mich so durchdringend angesehen, dass ich mich gefühlt hatte wie eine Maus in der Falle. Ich musste an den hässlichen Rand an meinem Rocksaum denken, den meine Mutter mehrmals herausgelassen hatte, wenn ich wieder gewachsen war, an den kleinen Flicken auf meinem Strumpf, der in meinem Schuh drückte und immer dünner wurde, an meinen zu langen Hals und meine zu großen Ohren.

Schließlich ein Blinzeln und ein Lächeln – ein schmallippiges Lächeln, das ihre Augen in eisige Halbmonde verwandelte. »Nun, du wirkst sauber, und Mr Hamilton hat mir gesagt, dass du nähen kannst.« Ich nickte, und sie stand auf und ging hinter ihren Schreibtisch, wobei sie ihre Finger leicht über die Sessellehne gleiten ließ. »Wie geht es deiner Mutter?«, fragte sie, ohne sich umzudrehen. »Wusstest du, dass sie früher auch hier in Stellung war?« Ich antwortete, ja, ich wisse es, meiner Mutter gehe es gut, danke.

Ich muss das Richtige gesagt haben, denn gleich darauf bot sie mir fünfzehn Pfund pro Jahr an und verkündete, ich könne gleich am nächsten Tag anfangen. Dann läutete sie nach Nancy und bat sie, mich nach draußen zu begleiten.

Ich löste mich vom Fenster, wischte den feuchten Film ab, den mein Atem auf der Scheibe gebildet hatte, und kletterte vom Stuhl.

Mein Koffer lag da, wo ich ihn abgestellt hatte, neben Nancys Seite des Betts, und ich schleppte ihn auf die andere Seite bis zu der Kommode, die für mich vorgesehen war. Ich bemühte mich, den blutenden, im letzten, grauenvollen Moment seines Lebens dahingestreckten Hirsch nicht anzusehen, während ich meine Kleider in die oberste Schublade legte: zwei Röcke, zwei Blusen und ein Paar schwarze Strümpfe, die meine Mutter mich zu stopfen gebeten hatte, damit sie den nächsten Winter noch überdauern würden. Dann, nach einem kurzen Blick zur Tür und mit klopfendem Herzen, packte ich meinen geheimen Schatz aus.

Es waren drei Bücher. Eselsohrige grüne Einbände mit verblassten goldenen Lettern. Ich verstaute sie ganz hinten in der untersten Schublade und bedeckte sie mit meinem Halstuch, das ich so um sie herum drapierte, dass sie vollständig verborgen waren. Mr Hamilton hatte sich deutlich ausgedrückt. Die Bibel sei akzeptabel, aber alles andere an Lesestoff sei meist schädlich, müsse ihm zur Begutachtung vorgelegt werden und würde andernfalls konfisziert. Ich war keine Rebellin – im Gegenteil, damals war ich noch zutiefst pflichtbewusst –, aber ohne Holmes und Watson zu leben war undenkbar.

Den Koffer schob ich unters Bett.

An einem Haken hinter der Tür hing meine Arbeitskleidung: schwarzes Kleid, weiße Schürze, mit Rüschen besetzte Haube. Als ich sie anzog, kam ich mir vor wie ein Kind, das sich vom Kleiderschrank seiner Mutter bedient hat. Der Stoff des Kleids, das offenbar einmal von einer kräftigeren Person getragen worden war, fühlte sich steif an, und der Kragen kratzte am Hals. Während ich mir die Schürze umband, flatterte eine winzige weiße Motte auf und flog auf der Suche nach einem neuen Versteck in die Dachbalken hinauf. Am liebsten wäre ich ihr gefolgt.

Die Haube war aus weißem Baumwollstoff und gestärkt, sodass die vordere Rüsche hochstand. Vor dem Spiegel vergewisserte ich mich, dass sie ordentlich saß, und schob mein helles Haar hinter die Ohren, so wie meine Mutter es mir gezeigt hatte. Als mein Blick kurz auf das Mädchen im Spiegel fiel, dachte ich: Was für ein ernstes Gesicht sie hat. Es passiert nur ganz selten, dass man sich selbst ganz entspannt im Spiegel sieht, und es ist ein bisschen unheimlich. Ein Augenblick der Unbefangenheit, ohne jede Verstellung, wenn man sogar vergisst, sich selbst etwas vorzumachen.

Sylvia hat mir eine Tasse dampfenden Tee und ein Stück Zitronenkuchen gebracht. Sie sitzt neben mir auf der schmiedeeisernen Bank, wirft einen kurzen Blick in Richtung Büro und zieht eine Schachtel Zigaretten aus der Tasche. Seltsamerweise scheint sie immer gerade dann das Bedürfnis nach einer heimlichen Zigarette zu überkommen, wenn ich angeblich frische Luft brauche. Sie bietet mir eine an. Ich lehne wie immer ab, und sie sagt darauf wie immer: »Ist wahrscheinlich auch besser so in Ihrem Alter. Ich rauche halt eine für Sie mit, okay?«

Sylvia sieht heute gut aus – sie hat irgendetwas an ihrer Frisur verändert –, und ich mache ihr ein Kompliment. Sie nickt, bläst eine Rauchwolke aus und wirft mit einer Kopfbewegung einen langen Pferdeschwanz über die Schulter.

»Ich hab mir die Haare verlängern lassen«, sagt sie. »Davon hab ich schon ewig geträumt, und schließlich hab ich mir gesagt, Mädel, das Leben ist zu kurz, um auf Glamour zu verzichten. Sieht echt aus, stimmt's?«

Ich zögere mit meiner Antwort, was sie als Zustimmung auffasst.

»Das liegt daran, dass es tatsächlich echt ist. Solches, wie die Filmstars verwenden. Hier. Fühlen Sie mal.«

»Meine Güte«, sage ich, während ich ihren Pferdeschwanz streichle. »Echtes Haar.«

»Heutzutage ist einfach alles möglich.« Sie wedelt mit ihrer Zigarette, an deren Filter ihre Lippen eine schmierige rote Spur hinterlassen haben. »Das kostet natürlich. Zum Glück hatte ich ein bisschen was für Notfälle beiseitegelegt.«

Sie lächelt, glüht vor Stolz wie eine reife Pflaume, und allmählich dämmert mir, was hinter dieser Rundumerneuerung steckt. Und siehe da, aus ihrer Brusttasche zaubert sie ein Foto hervor.

»Anthony«, sagt sie strahlend.

Betont umständlich setze ich mir die Brille auf und betrachte das Bild eines Mannes in reiferem Alter mit grauem Schnurrbart. »Er sieht gut aus.«

»Ach, Grace«, sagt sie mit einem glücklichen Seufzer. »Er ist wunderbar. Wir haben uns erst ein paarmal zum Tee getroffen, aber ich habe so ein gutes Gefühl bei ihm. Er ist ein echter Gentleman, wissen Sie. Nicht wie diese Tagediebe, die ich früher hatte. Er hält mir die Tür auf, schenkt mir Blumen, rückt mir im Restaurant den Stuhl zurecht. Ein richtiger, altmodischer Kavalier.«

Letzteres sagt sie extra meinetwegen, entsprechend der allgemeinen Annahme, dass alte Leute nur das Altmodische zu schätzen wissen. »Was macht er denn beruflich?«, erkundige ich mich.

»Er ist Lehrer an der örtlichen Oberschule. Heimatkunde und Englisch. Er ist unglaublich gebildet. Und Gemeinsinn hat er auch – er arbeitet ehrenamtlich für den Heimatkundeverein. Das ist sein Hobby, sagt er, all die Ladys und Lords und Herzöge und Herzoginnen. Er weiß jede Menge über diese Familie, die früher in dem Herrenhaus drüben auf dem Hügel gewohnt hat …« Sie unterbricht sich und späht mit zusammengekniffenen Augen zum Büro hinüber. »O Gott, o Gott. Schwester Ratchet. Ich soll den Tee auftragen. Wahrscheinlich hat Bertie Sinclair sich mal wieder beschwert. Wenn Sie mich fragen, täte es ihm ganz gut, wenn er sich das eine oder andere Stück Kuchen verkneifen würde.« Sie drückt ihre Zigarette aus und stopft die Kippe in die Streichholzschachtel. »Ach ja, die Gottlosen haben keinen Frieden. Kann ich Ihnen noch was bringen, bevor ich mich um die anderen kümmere, meine Liebe? Sie haben Ihren Tee ja kaum angerührt.«

Ich versichere ihr, dass ich nichts brauche, und sie eilt von dannen, Hüften und Pferdeschwanz im Gleichtakt schwingend.

Es ist angenehm, umsorgt zu werden und den Tee serviert zu bekommen. Ich finde, ich habe diesen Luxus verdient. Ich habe weiß Gott oft genug anderen Leuten den Tee aufgetragen. Manchmal stelle ich mir vor, wie Sylvia sich als Dienstmädchen auf Riverton gemacht hätte. Aber die stille Fügsamkeit der Dienstboten liegt ihr nicht. Sie hat zu viel Charakter, hat nicht oft genug zu hören bekommen, wo »ihr Platz« ist; wohlmeinende Zurechtweisungen, die verhindern sollten, dass man seine Erwartungen allzu hoch schraubt. Nein, Nancy hätte in Sylvia keine so willfährige Schülerin gehabt wie in mir.

Ich weiß, der Vergleich ist nicht fair. Die Menschen haben sich zu sehr verändert. Unser Jahrhundert hat seinen Tribut gefordert. Selbst die Jungen und Privilegierten tragen heute ihren Zynismus wie ein Ehrenabzeichen, die Augen leer und den Kopf voll mit Dingen, die sie nie wissen wollten.

Das ist einer der Gründe, warum ich nie über die Hartfords und Robbie Hunter und über das, was sich zwischen ihnen abgespielt hat, gesprochen habe. Denn es hat durchaus Zeiten gegeben, als ich drauf und dran war, mich von dieser Last zu befreien und alles zu erzählen. Ruth zum Beispiel. Oder Marcus. Aber irgendwie spürte ich jedes Mal schon im Voraus, dass sie es nicht begreifen würden. Sie würden nicht verstehen, wie es zu dem tragischen Ende kam. Warum es dazu kommen *musste*. Und wie sehr die Welt sich verändert hat.

Natürlich nahmen wir auch damals schon die Anzeichen des Fortschritts wahr. Der Erste Weltkrieg hatte alles verändert, bei denen da oben und bei uns hier unten. Wie schockiert wir alle waren, als nach dem Krieg die neuen Dienstboten eintrafen (und meist kurz darauf wieder verschwanden) und Mindestlöhne und bezahlte Urlaubstage verlangten. Vorher war die Welt noch in Ordnung gewesen, die gesellschaftlichen Unterschiede eindeutig und unerschütterlich.

An meinem ersten Tag auf Riverton rief Mr Hamilton mich in sein Anrichtezimmer im hinteren Ende des Dienstbotentrakts, wo er gerade die *Times* bügelte. Er richtete sich auf und rückte die runde Brille auf seiner langen Nase zurecht. Meine Einführung in »die Gepflogenheiten« war so wichtig, dass Mrs. Townsend, die gerade dabei war, die Galantine fürs Mittagessen zuzubereiten, ihre Arbeit unterbrach, um Zeugin des Vortrags zu werden. Nachdem Mr Hamilton sorgfältig meine Arbeitskleidung überprüft und offenbar nichts daran auszusetzen hatte, begann er, mir den Unterschied zwischen ihnen und uns zu erklären.

»Vergiss nie«, sagte er feierlich, »welches Glück dir widerfahren ist, dass du in einem so vornehmen Haus Dienst tun darfst. Aber das Glück bringt auch Verantwortung mit sich. Dein Betragen fällt immer auf die Familie zurück, und deswegen musst du stets dein Bestes geben, ihre Geheimnisse wahren und dir ihr Vertrauen verdienen. Denk daran, dass der Hausherr immer weiß, was das Richtige ist. Nimm dir ihn und seine Familie zum Vorbild. Diene ihnen still … willig … dankbar. Du wirst wissen, dass du deine Arbeit gut gemacht hast, wenn niemand davon Kenntnis nimmt, du wirst wissen, dass du eine gute Arbeitskraft bist, wenn niemand dich bemerkt.« Dann hob er den Kopf und blickte über mich hinweg, die Wangen vor Ergriffenheit gerötet. »Und Grace – vergiss nie, welche Ehre sie dir erweisen, indem sie dir gestatten, in ihrem Haus Dienst zu tun.«

Ich wage kaum, mir vorzustellen, was Sylvia wohl dazu gesagt hätte. Auf keinen Fall hätte sie sich diesen Vortrag so still angehört, wie ich es tat, ihr Gesicht hätte nicht geglüht vor Dankbarkeit und dem vagen Gefühl, im Gefüge der Welt eine Stufe emporgehoben worden zu sein.

Als mein Blick auf den Platz auf der Bank neben mir fällt, bemerke ich, dass sie das Foto hat liegen lassen, das Foto von diesem neuen Mann, der sie mit Plaudereien über Geschichte becirct und sich in seiner Freizeit mit der Aristokratie beschäftigt. Ich kenne diese Sorte. Sie sammeln Zeitungsausschnitte und Fotos und fertigen aufwendige Familienstammbäume an von Familien, zu denen sie nie gehören werden.

Meine Worte klingen verächtlich, aber das täuscht. Ich finde es höchst interessant, wie die Zeit Lebensläufe ausradiert und nur blasse Spuren übrig lässt. Blut und Geist verschwinden, und nur Namen und Daten bleiben übrig.

Ich schließe die Augen. Die Sonne steht inzwischen tiefer, und meine Wangen sind jetzt warm.

Die Leute von Riverton sind alle schon so lange tot. Mich hat die Zeit verwittern lassen, während sie ewig jung und schön bleiben.

Gott, ich werde schon wieder sentimental. Denn sie sind weder jung noch schön. Sie sind tot. Begraben. Nichts mehr. Existieren nur noch in der Erinnerung derer, die sie einmal gekannt haben.

Andererseits sind die, die in der Erinnerung weiterleben, unsterblich.

Als ich Hannah und Emmeline und ihren Bruder David zum ersten Mal sah, debattierten sie gerade über die Auswirkungen der Lepra auf das menschliche Gesicht. Sie waren schon seit einer Woche auf Riverton – sie verbrachten jedes Jahr den Sommer dort –, aber bis zu dem Tag hatte ich nur hin und wieder ihr Lachen gehört und ihre Schritte in den ächzenden Mauern des alten Hauses vernommen.

Nancy war der Meinung, ich sei zu unerfahren, um Angehörige der vornehmen Gesellschaft zu bedienen – mochten sie auch noch so jung sein –, und hatte mir nur Arbeiten aufgetragen, die mich möglichst von den Besuchern fernhielten. Während die anderen Dienstboten zwei Wochen lang damit beschäftigt gewesen waren, alles für die Ankunft der erwachsenen Gäste vorzubereiten, oblag mir die Verantwortung für das Kinderzimmer.

Selbstverständlich waren sie zu alt für das Kinderzimmer, erklärte Nancy, und sie würden es wahrscheinlich nicht einmal betreten, aber es gehörte zur Tradition, und deswegen musste das große Zimmer am Ende des Ostflügels gründlich gelüftet und gesäubert und täglich mit frischen Blumen versehen werden.

Ich könnte das Zimmer noch heute genau beschreiben, aber ich fürchte, es wird mir nicht gelingen zu vermitteln, welch seltsame Anziehungskraft es auf mich ausübte. Das Zimmer war groß, rechteckig und düster, und es wies überall Spuren geduldeter Vernachlässigung auf. Es strahlte Verlassenheit aus, als stammte es aus einem uralten Märchen, und schien wie nach einem Fluch in einen hundertjährigen Schlaf versunken. Die Luft lastete schwer und kalt und reglos, und in der Puppenstube neben dem offenen Kamin war der Esstisch für Gäste gedeckt, die nie kommen würden.

Die Tapete mochte einmal blau-weiß gestreift gewesen sein, aber die Zeit und die Feuchtigkeit hatten dafür gesorgt, dass sie grau und fleckig war und sich an manchen Stellen von den Wänden löste. Verblasste Bilder mit Szenen aus Hans-Christian-Andersen-Märchen hingen an einer Wand: der tapfere Zinnsoldat im Feuer, das hübsche Mädchen in den roten Schuhen, die kleine Meerjungfrau, die um ihre Vergangenheit weint. Es roch muffig in dem Zimmer, nach Geisterkindern und altem Staub. Als gäbe es noch einen Rest Leben dort.

An einer Seite befand sich ein verrußter Kamin mit einem Ledersessel davor, die angrenzende Wand hatte riesige Fenster mit Rundbögen. Wenn ich auf die Fensterbank aus dunklem Holz kletterte und durch die Bleiglasfenster hinausspähte, konnte ich in einen Hof sehen, in dem zwei bronzene Löwen auf verwitterten Säulen auf den Gutsfriedhof unten im Tal hinausschauten.

Ein abgenutztes Schaukelpferd stand vor dem Fenster, ein würdevoller Apfelschimmel mit freundlichen schwarzen Augen, der dankbar zu sein schien, als ich ihn von der Staubschicht befreite, die ihn bedeckte. Und daneben, still und treu, stand Raverley. Der schwarzbraune Jagdhund, der Lord Ashbury gehört hatte, als dieser noch ein Junge war, war eingegangen, nachdem er mit einem Bein in eine Falle geraten war. Der Tierpräparator hatte sich Mühe gegeben, den Schaden zu beheben, aber kein noch so schöner Fellflicken konnte verbergen, was darunter lauerte. Ich gewöhnte mir an, Raverley mit einem Laken zu bedecken, während ich meine Arbeit in dem Zimmer verrichtete. So konnte ich beinahe so tun, als sei er nicht da, als würde ich die klaffende Wunde und das Starren der gläsernen Augen nicht sehen.

Aber trotz Raverley, trotz des modrigen Geruchs und der sich lösenden Tapete wurde das Kinderzimmer zu meinem Lieblingszimmer. Wie vorhergesagt, fand ich es Tag für Tag leer vor, weil die Kinder sich anderswo auf dem Anwesen vergnügten. Ich begann, mich mit der Arbeit zu beeilen, damit ich ein paar Minuten für mich allein in dem Zimmer hatte, weit weg von Nancys ständigen Ermahnungen, von Mr Hamiltons tadelnden Blicken, von der rauen Kumpelhaftigkeit der anderen Dienstboten, die mich immer spüren ließen, wie viel ich noch zu lernen hatte. Nach einer Weile verbrachte ich meine gestohlenen Minuten nicht mehr mit angehaltenem Atem, sondern genoss die Einsamkeit, betrachtete das Kinderzimmer als mein Zimmer.

Und dann waren da noch die Bücher, so viele Bücher, mehr, als ich je auf einem Haufen gesehen hatte: Abenteuergeschichten, historische Romane, Märchenbücher, alle dicht an dicht auf einem riesigen Regal neben dem Kamin. Einmal habe ich es gewagt, eins herauszunehmen, eines, das ich nur wegen des schönen Rückens ausgesucht hatte. Ich fuhr mit der Hand über den staubigen Einband, schlug es auf und las den erhaben gedruckten Namen des Autors: TIMOTHY HARTFORD. Dann blätterte ich die steifen Seiten um, atmete den schimmeligen Geruch ein und ließ mich an einen anderen Ort und in eine andere Zeit davontragen.

Ich hatte in der Dorfschule lesen gelernt, und meine Lehrerin, Miss Ruby, anscheinend erfreut über eine so eifrige Schülerin, hatte irgendwann angefangen, mir Bücher aus ihrer eigenen Sammlung zu leihen: *Jane Eyre, Frankenstein, Die Burg von Otranto*. Wenn ich sie zurückgab, unterhielten wir uns über unsere Lieblingsstellen. Es war Miss Ruby, die mir vorschlug, vielleicht selbst Lehrerin zu werden. Aber meine Mutter war nicht gerade begeistert, als ich ihr davon erzählte. Sie meinte, es sei ja nett von Miss Ruby, mir große Ideen in den Kopf zu setzen, aber große Ideen reichten nicht, um Brot und Butter auf den Tisch zu bringen. Kurz darauf hatte sie mich nach Riverton geschickt, zu Nancy und Mr Hamilton und zu dem Kinderzimmer ...

Und eine Zeit lang war das Kinderzimmer mein Zimmer, waren die Bücher meine Bücher.

Aber eines Tages kam Nebel auf, und es begann zu regnen. Als ich den Flur hinuntereilte, um mich in ein Bilderlexikon zu vertiefen, das ich am Tag zuvor entdeckt hatte, blieb ich plötzlich wie angewurzelt stehen. Aus dem Zimmer kamen Stimmen.

Das musste der Wind sein, redete ich mir ein, der die Geräusche von einem anderen Raum im Haus herübertrug. Eine Täuschung. Aber als ich die Tür einen Spaltbreit öffnete und hineinlugte, zuckte ich vor Schreck zusammen. Drinnen waren Leute. Junge Leute, die perfekt in dieses verwunschene Zimmer passten.

Und in diesem Augenblick, ohne die geringste Vorwarnung, hörte es auf, mein Zimmer zu sein. Ich stand da wie versteinert, wusste nicht, ob ich hineingehen und meine Arbeit verrichten oder später noch einmal wiederkommen sollte. Ich riskierte noch einen Blick, eingeschüchtert von dem Lachen der Menschen. Von ihren selbstsicheren Stimmen. Von ihren glänzenden Haaren und den noch strahlenderen Schleifen in ihren Frisuren.

Die Blumen halfen mir, eine Entscheidung zu treffen. Sie verwelkten in der Vase auf dem Kaminsims. Blütenblätter waren über Nacht abgefallen und lagen um die Vase herum wie ein stummer Vorwurf. Ich konnte nicht riskieren, dass Nancy sie zu sehen bekam, sie hatte mich ganz eindeutig auf meine Pflichten hingewiesen. Hatte mir zu verstehen gegeben, dass meine Mutter davon erfahren würde, falls ich das Missfallen meiner Dienstherren erregen sollte.

Mr Hamiltons Anweisungen im Kopf, Besen und Handfeger vor die Brust geklemmt, schlich ich auf Zehenspitzen zum Kamin und konzentrierte mich darauf, mich möglichst unsichtbar zu machen. Ich hätte mir keine Sorgen zu machen brauchen. Sie waren es gewöhnt, ihr Heim mit einer Armee von unsichtbaren Hausgeistern zu teilen. Sie ignorierten mich, während ich so tat, als würde ich sie ignorieren.

Zwei Mädchen und ein Junge: das jüngste Kind etwa zehn, das älteste noch nicht ganz siebzehn. Alle drei sahen aus wie typische Ashburys – goldblondes Haar und Augen so blau wie ceylonesische Saphire –, das Erbe von Lord Ashburys Mutter, einer Dänin, die, will man Nancy glauben, aus Liebe geheiratet hatte und daraufhin enterbt worden war. Aber sie hatte zuletzt triumphiert, sagte Nancy, als der Bruder ihres Mannes starb und sie Lady Ashbury wurde.

Das größere Mädchen stand mitten im Zimmer, einen Stapel Zettel in der Hand, und beschrieb die Auswirkungen einer Leprainfektion. Das jüngere Mädchen hockte im Schneidersitz auf dem Boden und lauschte ihrer Schwester mit großen Augen, einen Arm um Raverleys Hals gelegt. Überrascht und leicht entsetzt stellte ich fest, dass der Hund aus seiner Ecke gezerrt worden war und einen seltenen Moment der Zugehörigkeit genoss. Der Junge kniete auf der Holzbank unter dem Fenster und schaute durch den Nebel zum Friedhof hinüber.

»Und dann drehst du dich zum Publikum um, Emmeline, und dein Gesicht ist vollkommen entstellt von der Lepra«, sagte das große Mädchen mit hämischem Vergnügen.

»Was ist Lepra?«

»Eine Hautkrankheit«, sagte das ältere Mädchen. »Verwachsungen und Fäule, wie das eben so ist.«

»Vielleicht könnte ihre Nase abfaulen«, sagte der Junge und zwinkerte Emmeline zu.

»Ja«, erwiderte Hannah ernst. »Großartige Idee.«

»Nein«, jammerte Emmeline.

»Mensch, Emmeline, stell dich doch nicht an wie ein Baby. Sie wird dir doch nicht wirklich abfaulen«, sagte Hannah. »Wir basteln eine Maske. Irgendwas Scheußliches. Ich seh mal in der Bibliothek nach, vielleicht finde ich ja ein medizinisches Buch. Am besten eins mit Bildern.«

»Wieso muss ich unbedingt diejenige sein, die Lepra kriegt?«, quengelte Emmeline.

»Das musst du Gott fragen«, sagte Hannah. »Er hat's geschrieben.«

»Aber warum muss ich die Miriam spielen? Kann ich nicht eine andere Rolle bekommen?«

»Es gibt keine anderen Rollen«, entgegnete Hannah. »David muss Aaron spielen, weil er der Größte ist, und ich spiele Gott.«

»Kann ich nicht Gott sein?«

»Natürlich nicht. Ich dachte, du wolltest unbedingt die Hauptrolle haben.«

»Wollte ich ja auch«, sagte Emmeline. »Will ich auch.«

»Na bitte. Gott erscheint ja nicht mal auf der Bühne«, sagte Hannah. »Ich muss meinen Text hinterm Vorhang aufsagen.«

»Ich könnte Moses spielen«, meinte Emmeline. »Dann kann Raverley Miriam sein.«

»Den Moses spielst du auf keinen Fall«, erklärte Hannah. »Wir brauchen eine richtige Miriam. Sie ist viel wichtiger als Moses. Er hat nur eine einzige Textzeile. Deswegen kann Raverley die Rolle übernehmen. Ich kann seinen Text hinter dem Vorhang sprechen – oder ich streiche Moses ganz aus dem Stück.«

»Vielleicht könnten wir eine ganz andere Szene aufführen«, schlug Emmeline hoffnungsvoll vor. »Eine mit Maria und dem Jesuskind?«

Hannah schnaubte verächtlich.

Sie probten für ihr Theaterstück. Alfred, der Hausdiener, hatte mir erzählt, dass es am kommenden Feiertag einen Theaterabend geben würde. Es war eine Familientradition: Einige Familienmitglieder sangen, andere trugen Gedichte vor, und die Kinder führten jedes Mal eine Szene aus dem Lieblingsbuch ihrer Großmutter auf.

»Wir haben diese Szene ausgesucht, weil sie wichtig ist«, sagte Hannah.

»*Du* hast sie ausgesucht, weil sie wichtig ist«, entgegnete Emmeline.

»Ganz genau«, sagte Hannah. »Sie handelt von einem Vater, der zwei verschiedene Erziehungsprinzipien hat: eins für seine Söhne und eins für seine Töchter.«

»Klingt für mich absolut vernünftig«, bemerkte David ironisch.

Hannah beachtete ihn nicht. »Miriam und Aaron haben sich desselben Vergehens schuldig gemacht: Sie haben über die Ehe ihres Bruders diskutiert ...«

»Was haben sie denn gesagt?«, wollte Emmeline wissen.

»Das spielt keine Rolle, sie haben einfach ...«

»Haben sie Gemeinheiten gesagt?«

»Nein, und darum geht es auch nicht. Das Wichtige ist, dass Gott Miriam mit Lepra bestraft, während Aaron mit einer Standpauke davonkommt. Findest du das etwa gerecht, Emmeline?«

»Hat Moses nicht eine Afrikanerin geheiratet?«, fragte Emmeline.

Hannah schüttelte entnervt den Kopf. Mir fiel auf, dass sie das häufig tat. Jeder Bewegung ihres langgliedrigen Körpers wohnte eine grimmige Energie inne, was zur Folge hatte, dass sie schnell frustriert war. Emmeline dagegen besaß die bedächtige Haltung einer zum Leben erwachten Puppe. Die Gesichtzüge der beiden, die sich, einzeln betrachtet, ähnelten – zwei niedliche Nasen, zwei Paar leuchtend blaue Augen, zwei hübsche Münder – waren in ihrer Gesamtheit einzigartig und außergewöhnlich. Während Hannah an eine Feenkönigin erinnerte – leidenschaftlich, geheimnisvoll, unwiderstehlich –, war Emmelines Schönheit mehr irdischer Natur. Zwar war sie noch ein Kind, aber wenn sie entspannt war und ihre Lippen sich öffneten, erinnerte sie mich an ein Foto von einer Filmdiva, das ich einmal gesehen hatte, als es einem Hausierer aus der Tasche gefallen war.

»Was ist? Das hat er doch, oder?«, beharrte Emmeline.

»Ja, hat er«, sagte David lachend. »Moses hat eine Äthiopierin geheiratet. Hannah ist bloß frustriert, weil wir ihre Leidenschaft für die Suffragettenbewegung nicht teilen.«

»Hannah! Das meint er doch nicht ernst, oder? Du bist doch keine Suffragette!«

»Natürlich bin ich das«, erwiderte Hannah. »Und du auch.«

»Weiß Papa davon?«, flüsterte Emmeline. »Er wird sich fürchterlich aufregen.«

»Pah«, schnaubte Hannah. »Papa ist ein Kätzchen.«

»Nein, ein Löwe«, sagte Emmeline mit bebenden Lippen. »Bitte mach ihn nicht wütend, Hannah.«

»Mach dir keine Sorgen, Emmeline«, sagte David. »Eine Suffragette zu sein ist neuerdings der letzte Schrei unter den Damen der High Society.«

Emmeline sah ihn zweifelnd an. »Fanny hat noch nie was davon erwähnt.«

»Jede Frau, die etwas auf sich hält, wird in diesem Jahr einen Abendanzug zum Debütantinnenball tragen«, verkündete David.

Emmelines Augen weiteten sich.

Ich hörte ihnen zu, während ich die Bücherregale abstaubte, und fragte mich, was das alles zu bedeuten hatte. Das Wort »Suffragette« hatte ich noch nie gehört, stellte mir jedoch vor, dass es sich um eine Art Krankheit handelte, eine von der Sorte, die Mrs Nammersmith aus dem Dorf sich zugezogen hatte, als sie sich bei der Osterdemonstration das Korsett vom Leib gerissen hatte und ihr Mann sie nach London ins Krankenhaus bringen musste.

»Du bist gemein«, sagte Hannah. »Bloß weil Papa Emmeline und mir nicht erlaubt, eine Schule zu besuchen, brauchst du nicht dauernd nach einer Gelegenheit suchen, dich über uns lustig zu machen.«

»Da muss ich nicht lange suchen«, entgegnete David, setzte sich auf die Truhe mit dem Spielzeug und schob sich eine Locke aus der Stirn. Ich hielt die Luft an: Er war genauso schön und golden wie seine Schwestern. »Und außerdem verpasst ihr nicht viel. Die Schule wird absolut überbewertet.«

»Ach ja?« Hannah hob argwöhnisch die Brauen. »Normalerweise ergötzt du dich daran, mir zu erzählen, was ich alles verpasse. Woher der plötzliche Sinneswandel?« Ihre Augen weiteten sich: zwei eisblaue Monde. Der Schrecken schnürte ihr die Kehle zu. »Sag bloß nicht, du hast was Schlimmes angestellt und wurdest von der Schule verwiesen?«

»Natürlich nicht«, antwortete David hastig. »Ich glaube einfach nur, dass das Leben nicht nur aus Büchern besteht. Mein Freund Hunter sagt, das Leben selbst ist die beste Bildung ...«

»Hunter?«

»Er hat erst in diesem Jahr in Eton angefangen. Sein Vater ist so eine Art Wissenschaftler. Offenbar hat er was entdeckt, das dem König sehr wichtig ist, woraufhin der König ihm den Titel eines Marquis verliehen hat. Er ist ein bisschen verrückt. Robert auch, wenn man den anderen Jungen glaubt, aber ich finde ihn prima.«

»Tja«, sagte Hannah, »dein verrückter Freund Hunter sollte sich glücklich schätzen, dass er sich den Luxus leisten kann, seine Ausbildung zu verachten. Aber wie soll ich eine erfolgreiche Dramatikerin werden, wenn Papa mir jede Bildung vorenthält?« Hannah seufzte frustriert. »Ich wünschte, ich wäre ein Junge.«

»Ich fände es schrecklich, wenn ich zur Schule gehen müsste«, sagte Emmeline. »Und ich fände es auch schrecklich, ein Junge zu sein. Keine Kleider, langweilige Mützen und den ganzen Tag über Sport und Politik reden müssen.«

»Mir würde es Spaß machen, über Politik zu reden«, sagte Hannah. Im Eifer des Gefechts hatten sich ihre sorgfältig geflochtenen Zöpfe gelöst. »Als Erstes würde ich Herbert Asquith zwingen, Frauen das Wahlrecht zuzugestehen. Selbst jungen Frauen.«

David lächelte. »Du könntest Englands erste Stücke schreibende Premierministerin werden.«

»Ja«, sagte Hannah.

»Ich dachte, du wolltest Archäologin werden«, bemerkte Emmeline. »So wie Gertrude Bell.«

»Politikerin, Archäologin. Ich könnte beides werden. Wir leben schließlich im zwanzigsten Jahrhundert.« Sie zog die Brauen zusammen. »Wenn Papa mir bloß erlauben würde, zur Schule zu gehen.«

»Du weißt genau, wie Papa über die Schulausbildung von Frauen denkt«, hielt David ihr entgegen, und Emmeline gab ihren Senf dazu, indem sie den bekannten Spruch nachplapperte: »Der gefährliche Weg in die Frauenemanzipation.«

»Außerdem sagt Papa, dass wir von Miss Prince alles bekommen, was wir an Bildung brauchen«, fügte Emmeline hinzu.

»Ist doch klar, dass Papa das sagt. Er hofft, dass er aus uns langweilige Ehefrauen für langweilige Ehemänner machen kann, die passabel Französisch sprechen, passabel Klavier spielen und ihre Männer höflicherweise beim Bridge gewinnen lassen. Und die nur ja nirgendwo unangenehm auffallen.«

»Papa sagt, niemand mag Frauen, die zu viel denken«, bemerkte Emmeline.

David verdrehte die Augen. »Wie diese Kanadierin, die ihn nach dem Besuch in der Goldmine nach Hause gefahren hat und die ganze Zeit nichts Besseres zu tun hatte, als über Politik zu reden. Die hat uns allen damit keinen Gefallen getan.«

»Ich *will* überhaupt nicht von jedem gemocht werden«, erklärte Hannah mit entschlossen vorgerecktem Kinn. »Ich würde glatt meine Selbstachtung verlieren, wenn alle mich immer nur nett fänden.«

»Die Sorge kann ich dir nehmen«, sagte David. »Ich weiß aus sicherer Quelle, dass etliche meiner Freunde dich nicht mögen.«

Hannah runzelte die Stirn, musste jedoch gleichzeitig grinsen. »Ich gehe jedenfalls heute nicht zu ihr in den Unterricht. Ich hab es satt, *Die Lady von Shalott* zu rezitieren, während Miss Prince sich in ihr Taschentuch schnäuzt.«

»Sie weint um ihre verlorene Liebe«, seufzte Emmeline.

Hannah verdrehte die Augen.

»Das stimmt!«, sagte Emmeline. »Ich hab gehört, wie Großmama es Lady Clem erzählt hat. Miss Prince war verlobt, bevor sie zu uns gekommen ist.«

»Wahrscheinlich ist der Mann rechtzeitig zur Besinnung gekommen«, schnaubte Hannah.

»Er hat stattdessen ihre Schwester geheiratet«, verkündete Emmeline.

Hannah schwieg verblüfft, aber nur einen Augenblick lang. »Sie hätte ihn anzeigen sollen, weil er sein Heiratsversprechen gebrochen hat.«

»Das hat Lady Clem auch gesagt – und sogar noch schlimmere Dinge –, aber Großmama meinte, Miss Prince wollte dem Mann keinen Ärger machen.«

»Dann ist sie dumm«, sagte Hannah. »Sie sollte froh sein, dass sie ihn los ist.«

»Hör sich einer diese Romantikerin an«, höhnte David. »Die arme Frau ist hoffnungslos in einen Mann verliebt, den sie nicht haben kann, und du bringst es nicht mal über dich, ihr hin und wieder ein trauriges Gedicht vorzutragen. Grausamkeit, dein Name sei Hannah.«

Hannah sah ihn ernst an. »Ich bin nicht grausam, ich denke nur praktisch. Romantik bringt die Leute dazu, sich selbst zu vergessen und Dummheiten zu begehen.«

David lächelte, das amüsierte Lächeln eines älteren Bruders, der sich sicher ist, dass die Zeit seine Schwester schon noch eines Besseren belehren wird.

»Es stimmt«, insistierte Hannah. »Miss Prince täte besser daran, sich den Kerl aus dem Kopf zu schlagen und sich – und uns – mit interessanten Dingen zu beschäftigen. Wir könnten zum Beispiel den Bau der Pyramiden durchnehmen, den Untergang von Atlantis oder die Abenteuer der Wikinger …«

Emmeline gähnte und David hob die Hände zum Zeichen seiner Kapitulation.

»Jedenfalls«, fuhr Hannah fort, während sie ihre Zettel einsammelte. »Wir vergeuden unsere Zeit. Wir machen da weiter, wo Miriam Lepra kriegt.«

»Das haben wir doch schon hundertmal geprobt«, nörgelte Emmeline. »Können wir nicht was anderes machen?«

»Was denn?«

Emmeline zuckte verlegen die Achseln. »Ich weiß nicht.« Sie schaute erst Hannah, dann David an. »Könnten wir nicht das SPIEL spielen?«

Nein. Damals war es noch nicht das SPIEL. Es war einfach ein Spiel. Gut möglich, dass Emmeline an jenem Morgen Conkers oder Jacks oder Murmeln spielen wollte. Erst viel später begann ich, das SPIEL in Gedanken mit Großbuchstaben zu schreiben und das Wort mit Geheimnissen und Fantasien und ungeahnten Abenteuern in Verbindung zu bringen. Aber an jenem trüben, feuchten Morgen, als der Regen gegen die Fenster des Kinderzimmers prasselte, schenkte ich ihm kaum Beachtung.

Während ich hinter dem Sessel still und unbeobachtet die vertrockneten Blütenblätter zusammenfegte, stellte ich mir vor, wie es wäre, Geschwister zu haben. Ich hatte mir immer einen Bruder oder eine Schwester gewünscht. Einmal hatte ich meiner Mutter von meinem Wunsch erzählt und sie gefragt, ob ich vielleicht eine Schwester bekommen könnte. Eine, mit der ich plaudern und Streiche aushecken, mit der ich flüstern und träumen könnte. Meine Mutter hatte gelacht, aber es war ein verbittertes Lachen gewesen. Und dann hatte sie mir erklärt, sie sei nicht gewillt, denselben Fehler ein zweites Mal zu begehen.

Wie mochte man sich fühlen, fragte ich mich, wenn man wusste, wohin man gehörte, wenn man der Welt als Angehöriger eines Stammes, im Verein mit einer ganzen

Schar Verbündeter entgegentreten konnte? Während ich darüber nachdachte und geistesabwesend den Sessel abstaubte, regte sich plötzlich etwas unter meinem Staubwedel. Eine Decke wurde zurückgeschlagen, und eine weibliche Stimme krächzte: »Was ist? Was ist los? Hannah? David?«

Sie war so alt wie die Zeit. Eine uralte Frau, die, vor Blicken verborgen, zwischen den Kissen lag. Das musste Nanny Brown sein, das Kindermädchen. Ich hatte schon öfter gehört, wie mit leiser, ehrfürchtiger Stimme über sie gesprochen wurde, sowohl im Dienstbotentrakt als auch im Salon. Sie hatte Lord Ashbury großgezogen und war so eng mit der Familie verbunden wie das Haus selbst.

Unter den Blicken aus drei Paar blauen Augen stand ich wie versteinert da, den Staubwedel in der Hand.

Die alte Frau fragte: »Hannah? Was geht hier vor?«

»Nichts, Nanny Brown«, sagte Hannah, die endlich ihre Sprache wiedergefunden hatte. »Wir proben nur für das Theaterstück. Von jetzt an werden wir leise sein.«

»Passt auf, dass Raverley nicht zu ausgelassen wird, wenn er zu lange drinnen eingesperrt ist«, sagte Nanny Brown.

»Nein, Nanny Brown«, erwiderte Hannah. Ihr Tonfall verriet, dass sie nicht nur engagiert, sondern auch empfindsam sein konnte. »Wir sorgen dafür, dass er nichts anstellt.« Sie trat an den Sessel und deckte die winzige alte Frau wieder zu. »So, Nanny Brown, Sie müssen sich jetzt ausruhen.«

»Na ja«, flüsterte Nanny Brown schläfrig. »Vielleicht ein Weilchen.« Ihre Augen fielen zu, und kurz darauf atmete sie tief und gleichmäßig.

Mit angehaltenem Atem wartete ich darauf, dass eins der Kinder etwas zu mir sagte. Sie schauten mich immer noch mit großen Augen an. Eine endlos lange Minute verging, während ich mir ausmalte, wie ich vor Nancy oder, schlimmer noch, vor Mr Hamilton gezerrt würde und erklären müsste, wie ich die Unverfrorenheit besitzen konnte, Nanny Brown abzustauben. Ich stellte mir den missbilligenden Blick meiner Mutter vor, wenn ich nach Hause käme, entlassen ohne Empfehlungsschreiben …

Aber sie schalten mich nicht, zogen nicht die Stirn kraus und machten mir keine Vorwürfe. Sie taten etwas völlig Unerwartetes. Wie auf ein Zeichen hin brachen sie in schallendes Gelächter aus, krümmten sich vor Lachen, bis sie regelrecht ineinander verknäuelt waren.

Ich stand abwartend da, durch ihre Reaktion noch stärker verunsichert als durch die Stille, die ihr vorausgegangen war. Meine Unterlippe zitterte.

Schließlich ergriff das große Mädchen das Wort. »Ich bin Hannah«, sagte sie und wischte sich die Augen. »Kennen wir uns?«

Ich atmete aus und knickste. »Nein, Mylady. Ich bin Grace«, sagte ich leise.

Emmeline kicherte. »Sie ist keine Lady. Sie ist bloß eine Miss.«

Wieder machte ich einen Knicks, bemüht, ihrem Blick nicht zu begegnen. »Ich bin Grace, Miss.«

»Du kommst mir bekannt vor«, sagte Hannah. »Bist du sicher, dass du nicht Ostern schon hier warst?«

»Ja, Miss, ich hab gerade erst angefangen. Vor einem Monat.«

»Du siehst gar nicht aus, als wärst du schon alt genug, um als Dienstmädchen zu arbeiten«, sagte Emmeline.

»Ich bin vierzehn, Miss.«

»Ha!«, sagte Hannah. »Ich auch. Und Emmeline ist zehn, und David ist schon uralt – sechzehn.«

David ergriff das Wort. »Und machst du das immer so, dass du nicht nur die Sitzmöbel abstaubst, sondern die Leute, die sich darauf ausruhen, gleich mit?« Woraufhin Emmeline wieder losprustete.

»O nein. Nein, Sir. Das war das erste Mal, Sir.«

»Schade«, sagte David. »Ich würde es ganz praktisch finden, nie wieder baden zu müssen.«

Ich war vollkommen ratlos, und meine Wangen glühten. In meinem ganzen Leben war ich noch nie einem echten Gentleman begegnet. Jedenfalls keinem in meinem Alter, keinem, der vom Baden redete und mich damit so in Verlegenheit brachte, dass mir das Herz bis zum Hals schlug. Seltsam. Heute bin ich eine alte Frau, aber wenn ich an David denke, kommen diese alten Gefühle wieder hoch. Das bedeutet also, dass ich noch nicht tot bin.

»Nimm ihn nicht ernst«, sagte Hannah. »Er hält sich für unglaublich witzig.«

»Ja, Miss.«

Sie sah mich fragend an, als wollte sie noch etwas hinzufügen. Aber bevor sie dazu kam, hörten wir schnelle, leichte Schritte auf der Treppe und dann auf dem Flur. Sie kamen näher. *Tack, tack, tack, tack …*

Emmeline lief zur Tür und spähte durchs Schlüsselloch.

»Das ist Miss Prince«, sagte sie und drehte sich zu Hannah um. »Sie kommt hierher.«

»Schnell!«, flüsterte Hannah. »Sonst werden wir mit Tennyson gefoltert.«

Füßescharren und Röckerascheln um mich herum, und ehe ich wusste, wie mir geschah, waren sie alle drei verschwunden. Dann wurde die Tür aufgerissen und kalte, feuchte Luft wehte herein. Eine sittsam gekleidete Person stand auf der Schwelle.

Sie schaute sich im Zimmer um, bis ihr Blick an mir haften blieb. »Du«, sagte sie. »Hast du die Kinder gesehen? Ihr Unterricht hat angefangen. Ich warte schon seit zehn Minuten in der Bibliothek.«

Ich war keine Lügnerin, und ich kann nicht sagen, was mich dazu getrieben hat. Aber als Miss Prince dort stand und mich über ihre Brille hinweg beäugte, zögerte ich keine Sekunde.

»Nein, Miss Prince«, sagte ich.

»Ach nein?«

»Nein, Miss.«

Sie schaute mir in die Augen. »Ich war mir sicher, aus diesem Zimmer Stimmen gehört zu haben.«

»Das war meine, Miss. Ich habe gesungen.«

»Gesungen?«

»Ja, Miss.«

Das Schweigen schien sich eine Ewigkeit hinzuziehen und wurde erst gebrochen, als Miss Prince ihren Zeigestock dreimal in ihre Handfläche schlug, ins Zimmer trat und langsam umherging. *Tack … tack … tack … tack …*

Sie blieb vor dem Puppenhaus stehen und sah einen verräterischen Zipfel von Emmelines Schärpe darunter hervorlugen. Ich schluckte. »Ich … Ich glaube, ich habe sie vor einer Weile gesehen, Miss. Durchs Fenster. Im alten Bootshaus, unten am See.«

»So, so, unten am See«, wiederholte Miss Prince. Inzwischen stand sie an der Terrassentür und schaute in den Nebel hinaus, das Gesicht bleich im weißen Licht. »Wo Weiden ergrauen, Espen erzittern, eine leichte Brise über die Wellen streicht …«

Damals kannte ich Tennyson noch nicht, fand nur, dass das eine schöne Art war, den See zu beschreiben. »Ja, Miss«, sagte ich.

Schließlich drehte sie sich um. »Ich werde den Gärtner bitten, sie zu holen. Wie heißt er?«

»Dudley, Miss.«

»Ich werde Dudley bitten, sie zu holen. Wir dürfen nicht vergessen, dass Pünktlichkeit die höchste Tugend ist.«

»Nein, Miss«, sagte ich und machte einen Knicks.

Ohne mich eines weiteren Blickes zu würdigen, verließ sie das Zimmer und schloss die Tür hinter sich.

Wie durch Zauberei kamen die Kinder aus ihren Verstecken hinter dem Vorhang, unter dem Schutzüberwurf und unter dem Puppenhaus hervor.

Hannah lächelte mich an, aber ich hatte es eilig zu verschwinden. Ich konnte nicht begreifen, was ich getan hatte. Warum ich es getan hatte. Ich fühlte mich verwirrt, beschämt und freudig erregt.

Ich machte einen Knicks und lief aus dem Zimmer, hastete mit glühenden Wangen den Flur hinunter, flüchtete in die Sicherheit des Dienstbotentrakts, flüchtete vor diesen seltsamen, exotischen Kindern, die so altklug und erwachsen wirkten und vor den eigenartigen Gefühlen, die sie in mir auslösten.

Das SPIEL

Ich hörte Nancy meinen Namen rufen, als ich die Treppe hinunterlief, die in das düstere Dienstbotengeschoss führte. Am Fuß der Treppe wartete ich, bis meine Augen sich an die Dunkelheit gewöhnt hatten, dann eilte ich in die Küche. Auf dem riesigen Herd köchelte etwas in einem Kupfertopf, und in der Luft hing der salzige Geruch von gekochtem Schinken. Katie, das Küchenmädchen, stand über die Spüle gebeugt, schrubbte Pfannen und Töpfe und starrte aus dem vom Dampf beschlagenen Fenster. Mrs Townsend machte wahrscheinlich gerade ihr nachmittägliches Nickerchen, bis die Mistress zum Tee läutete. Nancy saß im Dienstbotenzimmer am Esstisch, umgeben von Vasen, Kandelabern, Platten und Kelchgläsern.

»Da bist du ja«, sagte sie und zog dabei die Brauen so stark zusammen, dass ihre Augen sich zu zwei dunklen Schlitzen verengten. »Ich dachte schon, ich müsste dich holen kommen.« Sie deutete auf den Platz ihr gegenüber. »Nun steh da nicht so rum. Nimm dir einen Lappen und hilf mir beim Polieren.«

Ich setzte mich und griff nach einer bauchigen Milchkanne, die seit dem vergangenen Sommer nicht mehr benutzt worden war. Während ich die alten Schmutzflecken entfernte, musste ich die ganze Zeit an das Kinderzimmer in der oberen Etage denken. Ich malte mir aus, wie die drei dort zusammen lachten, scherzten und spielten. Es war, als hätte ich ein wunderschönes, farbenfrohes Buch aufgeschlagen und mich von der Geschichte, die es enthielt, verzaubern lassen – und wäre gleich darauf gezwungen worden, es wieder zur Seite zu legen. Die Hartford-Kinder hatten mich bereits in ihren Bann gezogen.

»Vorsicht«, sagte Nancy und riss mir den Lappen aus der Hand. »Das ist das beste Silber Seiner Lordschaft. Pass bloß auf, dass Mr Hamilton nicht sieht, wie du es zerkratzt.« Sie hielt die Vase hoch, die sie gerade bearbeitete, und begann, sie mit kreisenden Bewegungen zu polieren. »So. Siehst du, wie ich es mache? Mit Gefühl. Und immer in eine Richtung.«

Ich nickte und nahm mir wieder die Kanne vor. Mir schwirrten so viele Fragen über die Hartford-Kinder im Kopf herum, Fragen, die Nancy mir bestimmt würde beantworten können. Dennoch traute ich mich nicht, sie zu stellen. Nancy besaß die Macht und wahrscheinlich auch die Gemeinheit, dafür zu sorgen, dass meine Pflichten mich in Zukunft so weit wie möglich vom Kinderzimmer fernhalten würden, falls sie argwöhnte, dass mir außer der Genugtuung über gut gemachte Arbeit womöglich noch andere Dinge Freude bereiteten.

Aber ebenso wie eine neue Liebe ganz gewöhnlichen Dingen eine besondere Bedeutung verleiht, war ich begierig, so viel wie möglich über die Geschwister zu erfahren. Ich dachte an meine Bücher, die oben in der Dachkammer in ihrem Versteck lagen, daran, wie es Sherlock Holmes gelang, durch geschickte Fragen den Leuten die geheimsten Informationen zu entlocken. Ich holte tief Luft. »Nancy ...?«

»Mmmm?«

»Was ist Lord Ashburys Sohn für ein Mann?«

Ihre dunklen Augen funkelten. »Major Jonathan? Oh, er ist ein begabter ...«

»Nein«, sagte ich, »nicht Major Jonathan.« Über Major Jonathan wusste ich schon genug. Auf Riverton verging kein Tag ohne Neuigkeiten über Lord Ashburys ältesten Sohn, der, einer langen Tradition entsprechend, erst in Eton und dann auf der Militärakademie in Sandhurst studiert hatte. Sein Porträt hing neben dem seines Vaters – und denen der männlichen Vorfahren – im vorderen Treppenhaus und überblickte die Eingangshalle: mit hoch erhobenem Kopf, glänzenden Orden und kalten blauen Augen. Er war der Stolz von Riverton, sowohl in den oberen Etagen als auch im Untergeschoss. Ein Held des Burenkriegs. Der nächste Lord Ashbury.

Nein. Ich meinte Frederick, den »Papa«, von dem die drei im Kinderzimmer gesprochen hatten, und den sie zu lieben und zugleich zu fürchten schienen. Lord Ashburys zweitgeborener Sohn, bei dessen Erwähnung Lady Violets Freundinnen hingerissen den Kopf schüttelten und Seine Lordschaft in sein Sherryglas grummelte.

Nancy öffnete den Mund und schloss ihn wieder, wie ein Fisch, den ein Sturm ans Seeufer geworfen hat. »Stell mir keine Fragen, dann erzähle ich dir auch keine Lügen«, sagte sie schließlich, während sie ihre Vase prüfend gegen das Licht hielt.

Nachdem ich die Kanne blank geputzt hatte, nahm ich mir eine silberne Platte vor. So war das mit Nancy. Sie war auf ihre eigene Weise kapriziös: mal offenherzig, mal geheimnistuerisch.

Ganz unvermittelt, wahrscheinlich nur, weil die Zeiger der Uhr fünf Minuten weitergewandert waren, gab sie dann doch nach. »Du hast sicherlich einen von den Hausdienern reden hören, nicht wahr? Bestimmt Alfred. Fürchterliche Klatschmäuler, diese Burschen.« Sie machte sich über die nächste Vase her. Beäugte mich argwöhnisch. »Deine Mutter hat dir also nie etwas über die Familie erzählt?«

Als ich den Kopf schüttelte, hob Nancy ungläubig die Brauen, als wäre es unvorstellbar, dass die Leute überhaupt Gesprächsstoff fanden, der nichts mit der Familie auf Riverton zu tun hatte.

Was die Angelegenheiten auf Riverton Manor anging, war meine Mutter immer ganz besonders wortkarg gewesen. Als kleines Mädchen hatte ich sie häufig mit Fragen gelöchert, begierig auf Geschichten über das vornehme alte Herrenhaus auf dem Hügel. Im Dorf kursierten schon reichlich Anekdoten, und ich hätte den anderen Kindern nur zu gern ein paar pikante Neuigkeiten zu bieten gehabt. Aber sie hatte nur den Kopf geschüttelt und mich daran erinnert, dass Neugier der Katze Tod war.

Schließlich sagte Nancy: »Mr Frederick ... wo soll ich bloß anfangen, über Mr Frederick zu berichten?« Sie attackierte die Vase mit dem Lappen und seufzte. »Er ist eigentlich kein schlechter Kerl. Ganz und gar nicht wie sein Bruder, weißt du, ein Held ist er nicht, aber er ist ein anständiger Mann. Ehrlich gesagt, die meisten hier unten mögen ihn. Na ja, wenn man hört, wie Mrs Townsend über ihn redet – er sei immer ein Lausebengel gewesen, den Kopf voller Flausen. Aber zu uns war er immer sehr freundlich.«

»Stimmt es, dass er mal Goldgräber war?« Das schien mir ein ziemlich aufregender Beruf zu sein. Und irgendwie passte so ein interessanter Vater in meinen Augen zu den Hartford-Kindern. Mein eigener Vater war eine große Enttäuschung gewesen: eine gesichtslose Gestalt, die sich in Luft aufgelöst hatte, noch bevor ich geboren wurde, und nur in geflüsterten Gesprächen zwischen meiner Mutter und ihrer Schwester wieder auftauchte.

»Eine Zeit lang«, antwortete Nancy. »Er hat sich schon in so vielen Berufen versucht, dass ich aufgehört habe zu zählen. Unser Mr Frederick gehörte noch nie zu denen, die sich auf eine Sache festlegen. Er war nie einer, der den Kontakt zu anderen Menschen sucht. Erst war es die Teeplantage in Ceylon, dann die Goldsuche in Kanada. Irgendwann meinte er, sein Glück als Zeitungsherausgeber zu finden. Jetzt sind es Automobile, Gott beschütze ihn.«

»Er verkauft Automobile?«

»Er stellt sie her. Oder vielmehr, die, die für ihn arbeiten, stellen sie her. Er hat drüben in Ipswich eine Automobilfabrik gekauft.«

»Ipswich. Wohnt er da? Mit seiner Familie?«, fragte ich, um das Gespräch unauffällig auf die Kinder zu bringen.

Nancy ignorierte den Köder, war mit ihren eigenen Gedanken beschäftigt. »Mit ein bisschen Glück könnte er diesmal Erfolg haben. Seine Lordschaft wäre weiß Gott dankbar, wenn seine Aufwendungen für den Sohn endlich mal Ertrag abwerfen würden.«

Ich blinzelte, verstand nicht, was sie meinte. Doch ehe ich dazu kam zu fragen, fuhr sie fort: »Na ja, du wirst ihn bald kennenlernen. Er kommt am nächsten Dienstag, zusammen mit dem Major und Lady Jemima.« Ein anerkennendes Lächeln. »Ich kann mich an keinen Feiertag im August erinnern, an dem die Familie nicht zusammengekommen wäre. Keiner von ihnen würde auch nur im Traum daran denken, das Mittsommerdinner zu versäumen. Das ist in diesem Haus Tradition.«

»Genau wie das Theaterstück«, sagte ich verwegen, aber ohne sie anzusehen.

»Ach?« Nancy hob eine Braue. »Also hat's dir schon jemand auf die Nase gebunden?«

Ich überging den gereizten Unterton. Nancy war es nicht gewöhnt, in der Gerüchteküche übertrumpft zu werden. »Alfred hat gesagt, dass die Dienstboten eingeladen werden, sich das Theaterstück anzusehen«, sagte ich.

»Hausdiener!« Nancy schüttelte verächtlich den Kopf. »Verlass dich nie auf einen Hausdiener, wenn du die Wahrheit hören willst, Mädchen. Von wegen eingeladen. Den Dienstboten ist es *gestattet*, dem Theaterstück beizuwohnen, und das ist sehr großzügig von Seiner Lordschaft. Er weiß, was die Familie uns allen hier unten bedeutet, wie wir uns daran freuen, die Kinder groß werden zu sehen.« Ich hielt den Atem an, als sie sich wieder auf die Vase auf ihrem Schoß konzentrierte, hoffte, sie würde fortfahren. Nach einer Weile, die mir wie eine Ewigkeit erschien, sagte sie: »Das ist jetzt das vierte Jahr, dass sie ein Theaterstück aufführen. Seit Miss Hannah zehn ist und sich in den Kopf gesetzt hat, Theaterregisseurin zu werden.« Nancy nickte. »Sie ist wirklich ein eigenwilliges Persönchen, diese Miss Hannah. Kommt genau nach ihrem Vater.«

»Inwiefern?«, fragte ich.

Nancy überlegte. »Sie sind beide von Fernweh beseelt«, sagte sie schließlich. »Sind beide sehr klug und haben den Kopf voller neumodischer Ideen, und die Tochter ist genauso stur wie der Vater.« Sie sprach jedes Wort betont deutlich aus, wie um mir einzuschärfen, dass derartige Marotten für die in den oberen Etagen vollkommen akzeptabel waren, jedoch bei meinesgleichen keinesfalls toleriert würden.

Solche Belehrungen hatte ich mir mein Leben lang von meiner Mutter anhören müssen. Ich nickte einsichtig, während sie fortfuhr: »Meistens verstehen sie sich großartig, aber wenn nicht, dann bekommen es alle mit. Niemand kann Mr Frederick so aus der Fassung bringen wie Miss Hannah. Schon als ganz kleines Mädchen wusste sie genau, wie sie ihn zur Weißglut bringen konnte. Sie war ein kleiner Wildfang und vollkommen unberechenbar. Ich weiß noch, wie sie einmal aus irgendeinem Grund fürchterlich wütend auf ihn war und sich in den Kopf gesetzt hatte, ihm einen gehörigen Schrecken einzujagen.«

»Und was hat sie getan?«

»Lass mich überlegen … Master David war zum Reitunterricht. Damit hat alles überhaupt angefangen. Miss Hannah, die wütend war, weil sie sich ausgeschlossen fühlte, hat kurzerhand Miss Emmeline an die Hand genommen, und gemeinsam sind sie Nanny Brown entwischt. Bis hinters Dorf sind sie marschiert, bis zu den Feldern, wo die Bauern dabei waren, Äpfel zu ernten.« Sie schüttelte den Kopf. »Hat Miss Emmeline überredet, sich mit ihr in einer Scheune zu verstecken, unsere Miss Hannah. Das ist ihr sicher nicht schwergefallen, Miss Hannah kann sehr überzeugend sein, außerdem hat Miss Emmeline sich über all die vielen frischen Äpfel gefreut, an denen sie sich gütlich tun konnten. Dann plötzlich kommt Miss Hannah zum Haus zurückgelaufen, keuchend und schwitzend, als wär sie um ihr Leben gerannt, und ruft nach Mr Frederick. Ich war gerade dabei, im Esszimmer den Mittagstisch zu decken, und da höre ich, wie Hannah ihm erzählt, ein paar Fremde mit dunkler Haut hätten sie in der Apfelplantage angesprochen. Sie sagte, die Männer hätten Miss Emmeline die schönsten Komplimente gemacht und ihr versprochen, sie auf eine Reise übers Meer mitzunehmen. Miss Hannah meinte, sie könnte sich nicht sicher sein, aber sie fürchtete, die Männer wären Mädchenhändler.«

Meine Augen weiteten sich vor Schreck über Hannahs Kühnheit. »Und was ist dann passiert?«

Nancy, die sich immer sehr wichtig vorkam, wenn es um Geheimnisse ging, kam allmählich in Fahrt. »Nun, Mr Frederick war immer schon ängstlich besorgt, was Mädchenhändler betraf. Er ist erst ganz bleich geworden, dann plötzlich puterrot angelaufen, und ehe wir bis drei zählen konnten, hatte er Miss Hannah schon auf dem Arm und war unterwegs zu den Apfelplantagen. Bertie Timmins, der an dem Tag bei der Apfelernte war, erzählte uns später, Mr Frederick wäre völlig außer sich gewesen, als er ankam. Hätte Befehle gebrüllt und Leute für einen Suchtrupp zusammengetrommelt und geschrien, zwei dunkelhäutige Männer hätten Miss Emmeline entführt. Sie sind in alle Richtungen ausgeschwärmt, haben jeden Winkel durchsucht, aber keiner hatte zwei dunkelhäutige Männer mit einem goldblonden Mädchen gesehen.«

»Und wie haben sie sie gefunden?«

»Sie haben sie überhaupt nicht gefunden. Miss Emmeline hat die Leute vom Suchtrupp gefunden. Nach einer Stunde oder so, als es ihr in ihrem Versteck zu langweilig wurde und sie von all den Äpfeln schon Bauchweh hatte, ist sie aus der Scheune gekommen und hat sich über das ganze Theater da draußen gewundert. Wollte wissen, warum Miss Hannah sie nicht abgeholt hat …«

»War Mr Ferderick sehr wütend?«

»O ja«, sagte Nancy trocken, während sie der Vase erneut mit dem Lappen zu Leibe rückte. »Aber sein Zorn ist schnell verraucht – er konnte nie lange böse auf sie sein. Die beiden hängen viel zu sehr aneinander. Um ihn richtig gegen sich aufzubringen, müsste sie schon was noch Schlimmeres anstellen.« Sie hielt die glitzernde Vase prüfend hoch, dann stellte sie sie zu den anderen. Legte ihren Lappen auf den Tisch, neigte den Kopf und rieb sich den dünnen Hals. »Und nach allem, was ich gehört hab, ist er als Junge auch kein Engel gewesen.«

»Wieso?«, fragte ich. »Was hat er denn getan?«

Nancy warf einen Blick in Richtung Küche, um sich zu vergewissern, dass Katie außer Hörweite war. Im Dienstbotentrakt auf Riverton gab es eine altbewährte, im Laufe der Jahrhunderte ständig verfeinerte Hackordnung. Ich mochte das unterste Dienstmädchen sein, dem man regelmäßig Standpauken hielt und nur die niedrigsten Arbeiten auftrug, aber Katie, das Küchenmädchen, war absolut nichtswürdig. Ich würde an dieser Stelle gern behaupten, dass mich die grundlose Ungerechtigkeit ärgerte, dass ich, wenn mich diese Diskriminierung schon nicht aufbrachte, mir ihrer wenigstens bewusst war. Aber dann würde ich mich eines Mitgefühls rühmen, das ich als junges Mädchen einfach nicht besaß. Im Gegenteil, ich genoss jedes kleine Privileg, das mir meine Stellung gewährte – es gab weiß Gott noch genug andere, die in der Rangordnung über mir standen.

»Unser Mr Frederick hat seinen Eltern ganz schön das Leben schwer gemacht, als er noch ein Junge war«, flüsterte Nancy. »Er war so schwer zu bändigen, dass Lord Ashbury ihn nach Radley schicken musste, um zu verhindern, dass er dem guten Ruf seines Bruders in Eton schadete. Auch die Aufnahmeprüfung für Sandhurst hat er ihn nicht machen lassen, als die Zeit reif war, obwohl Frederick unbedingt zur Marine wollte.«

Während ich noch dabei war, diese Information zu verdauen, fuhr Nancy bereits fort: »Das war natürlich verständlich, wo Major Jonathan doch so eine erfolgreiche Laufbahn bei der Armee eingeschlagen hatte. Der gute Name einer Familie ist schnell ruiniert. Es war das Risiko einfach nicht wert.« Sie hörte auf, sich den Nacken zu massieren, und nahm sich ein angelaufenes Salzschälchen vor. »Na ja. Ende gut, alles gut. Jetzt hat er seine Automobile und dazu noch drei wundervolle Kinder. Du wirst sie ja sehen, wenn sie das Theaterstück aufführen.«

»Treten die Kinder von Major Jonathan zusammen mit den Kindern von Mr Frederick auf?«

Nancys Gesicht wurde ernst. »Du bist wohl von allen guten Geistern verlassen!«

Die Luft knisterte. Ich hatte etwas Falsches gesagt. Nancy blickte mich finster an, bis ich die Lider senkte. In der Platte, die ich auf Hochglanz poliert hatte, konnte ich verfolgen, wie sich meine Wangen röteten.

»Der Major hat doch keine Kinder«, sagte Nancy mit einem Zischen in der Stimme. »Jedenfalls nicht mehr.« Sie riss mir mit ihren langen, dünnen Fingern den Lappen aus der Hand. »Und jetzt verzieh dich. Bei all dem Gerede werde ich mit meiner Arbeit nicht fertig.«

Nancy ging davon aus, dass ich wusste, was mit den Kindern des Majors passiert war, und ich konnte sie nicht davon überzeugen, dass das tatsächlich nicht der Fall war.

So war es oft auf Riverton. Weil meine Mutter vor meiner Geburt jahrelang im Haus gearbeitet hatte, gingen die anderen Bediensteten einfach davon aus, dass ich mit der Familiengeschichte bis ins Detail vertraut war. Wahrscheinlich betrachteten sie mich als ein untrennbares Anhängsel meiner Mutter und glaubten, ich hätte irgendwie durch eine seltsame Art von Osmose Zugang zu all ihrem Wissen über Riverton und die Hartfords. Besonders Nancy empfand es jedes Mal als persönlichen Affront, wenn ich erklärte, von irgendetwas noch nie gehört zu haben. Ich musste doch schließlich wissen, dass die Mistress zu jeder Jahreszeit eine Wärmflasche brauchte, dass sie im Sommer im Zwielicht zu speisen bevorzugte, dass sie ihren Frühstückstee immer in dem Limoges-Service serviert haben wollte … Stellte ich mich etwa mit Absicht dumm? Oder, schlimmer noch, war ich gar frech?

Während der folgenden Wochen ging ich Nancy so weit aus dem Weg, wie es möglich ist, wenn man mit jemandem zusammenlebt und arbeitet. Abends, wenn sie sich auskleidete, lag ich reglos im Bett, das Gesicht zur Wand gedreht, und stellte mich schlafend. Ich war jedes Mal erleichtert, wenn sie endlich die Kerze ausblies und das Bild mit dem sterbenden Hirsch im Dunkeln verschwand. Wenn wir uns tagsüber auf dem Flur begegneten, rümpfte Nancy verächtlich die Nase, während ich demütig zu Boden blickte.

Zum Glück hatten wir alle Hände voll zu tun mit den Vorbereitungen für den Empfang von Lord Ashburys Gästen. Die Gästezimmer im Ostflügel mussten gelüftet, die Überwürfe entfernt und alle Möbel poliert werden. Das gute Linnen wurde aus riesigen Truhen auf dem Dachboden geholt, auf schadhafte Stellen überprüft und gewaschen. Da es angefangen hatte zu regnen und die Wäscheleinen hinter dem Haus nicht zu gebrauchen waren, trug Nancy mir auf, die Laken über die Wäscheständer im oberen Wäscheraum zu hängen.

Und dort erfuhr ich etwas mehr über das SPIEL. Denn weil der Regen anhielt und Miss Prince fest entschlossen war, den Hartford-Kindern die subtileren Aspekte von Tennysons Lyrik näherzubringen, suchten die drei sich ständig neue Verstecke, die immer tiefer im Herzen des Hauses lagen. Der Leinenschrank im Wäscheraum befand sich hinter dem Kamin und war von allen Verstecken am weitesten vom Unterrichtszimmer entfernt. Und so richteten sie sich dort ein.

Wohl gemerkt, ich habe sie das SPIEL nie spielen sehen. Regel Nummer eins: Das SPIEL ist geheim. Aber ich habe sie belauscht und beobachtet, und ein paarmal, wenn die Versuchung mich übermannte und die Luft rein war, habe ich in die Kiste gelugt. Und dabei habe ich Folgendes herausgefunden:

Das SPIEL war alt. Sie spielten es schon seit Jahren. Nein, spielen ist nicht das richtige Wort. »Leben« trifft es besser. Sie lebten das SPIEL seit Jahren. Denn das SPIEL beinhaltete mehr, als sein bloßer Name erahnen ließ. Es war ein komplexes Fantasiegebilde, eine andere Welt, in die sie entflohen.

Es gab weder Kostüme noch Schwerter noch gefiederten Kopfschmuck. Nichts, wodurch das Ganze als SPIEL erkennbar gewesen wäre. Denn das war das Wesen des SPIELS. Es war geheim. Das einzige Requisit war die Kiste, eine schwarz lackierte Holzkiste, die einer ihrer Ahnen aus China mitgebracht hatte, ein Beutestück von einer Forschungs- und Plünderungsreise. Sie war etwa so groß wie eine Hutschachtel, und der Deckel war mit Intarsien aus Halbedelsteinen verziert, die eine Landschaftsszene darstellten: ein Fluss mit einer Brücke, am Ufer ein kleiner Tempel, daneben eine Trauerweide. Drei Gestalten standen auf der Brücke und über ihnen zog ein einzelner Vogel seine Kreise.

Die Geschwister hüteten die Kiste wie ihren Augapfel, denn sie enthielt alles, was für das SPIEL vonnöten war. Denn obwohl das SPIEL verlangte, dass man viel umherrannte, sich versteckte und miteinander rang, lag das eigentliche Vergnügen ganz woanders. Regel Nummer zwei: Alle Reisen, Abenteuer, Erforschungen und Entdeckungen mussten aufgezeichnet werden. Die Wangen gerötet von den Gefahren, die sie überstanden hatten, kamen sie ins Haus, um ihre neuesten Abenteuer festzuhalten, und dann wurden Karten und Diagramme angelegt, Codes aufgeschrieben, Zeichnungen und Bücher angefertigt.

Die Bücher waren im Miniaturformat, mit Faden gebunden, und die Schrift war so winzig, dass man die Büchlein ganz dicht vor die Augen halten musste, um sie lesen zu können. Sie hatten Titel wie: *Die Flucht vor Koshchei dem Unsterblichen; Die Begegnung mit Balam und seinem Bären; Die Reise in das Land der Mädchenhändler.* Einige waren in einer Geheimschrift verfasst, die ich nicht entziffern konnte, aber hätte ich genug Zeit gehabt, danach zu suchen, hätte ich den Schlüssel bestimmt auf einem Stück Pergament in der Kiste gefunden.

Das SPIEL selbst war einfach. Eigentlich hatten Hannah und David es sich ausgedacht, und als die beiden Älteren waren sie auch die Hauptakteure. Sie entschieden, welcher Ort reif war für eine Forschungsexpedition. Die beiden hatten sich ein Kabinett aus neun Beratern zusammengestellt – eine eklektische Mischung aus berühmten Viktorianern und ägyptischen Pharaonen. Es gab immer nur neun Berater, und wenn sie beim Stöbern in Geschichtsbüchern auf eine neue Figur stießen, die man unmöglich übergehen konnte, dann ließen sie eins der ursprünglichen Mitglieder entweder sterben oder auf andere Art verschwinden. (Der Tod ereilte den Betreffenden stets in Ausübung seiner Pflicht und wurde in einem der winzigen Bücher gebührend vermerkt.)

Neben den Beratern gab es noch die Charaktere, historische Persönlichkeiten, die jeweils von einem der drei Mitspieler verkörpert wurden. Hannah war Nofretete, und David war Charles Darwin. Emmeline, die erst vier war, als die Spielregeln festgelegt wurden, hatte sich für Königin Victoria entschieden. Eine langweilige Figur, da waren sich Hannah und David einig, und wenn man

Emmelines Alter in Betracht zog, war die Entscheidung durchaus verständlich, aber Victoria war keinesfalls abenteuertauglich. Dennoch wurde sie in das SPIEL aufgenommen, meist als Entführungsopfer, dessen Gefangennahme anschließend eine waghalsige Rettungsaktion erforderte. Während die beiden Großen ihre Berichte schrieben, durfte Emmeline die Diagramme ausschmücken und Landkarten ausmalen: blau für das Meer, violett, wo es besonders tief war, grün und gelb für Land.

Hin und wieder war David nicht mit von der Partie – wenn der Regen nachließ, schlich er sich nach draußen, um mit den anderen Jungs Murmeln zu spielen, oder er setzte sich zum Üben ans Klavier. Dann verbündete Hannah sich mit Emmeline, und die beiden versteckten sich, nachdem sie sich aus Mrs Townsends Vorrat mit Zuckerwürfeln eingedeckt hatten, im Wäscheschrank und erfanden spezielle Namen in Geheimsprachen, um den flüchtigen Verräter zu beschreiben. Aber egal, wie groß ihre Lust auf das SPIEL auch sein mochte, sie spielten es nie ohne ihn. Das war einfach undenkbar.

Regel Nummer drei: Es gibt immer nur drei Spieler. Nicht mehr und nicht weniger. Drei. Eine Zahl, die sowohl in der Kunst als auch in der Wissenschaft eine bevorzugte Stellung genießt: drei Grundfarben, drei Punkte, die nötig sind, um ein Objekt räumlich zu definieren, drei Noten, die einen Dreiklang bilden, drei Punkte, die ein Dreieck bilden, die erste geometrische Figur. Unbestreitbare Tatsache: Zwei gerade Linien können keinen Raum beschreiben. Die Punkte eines Dreiecks mögen ihre Position ändern, wechselnde Bündnisse eingehen, die Entfernung zwischen zweien davon kann sich verändern, wenn sie sich immer weiter vom dritten entfernen, aber gemeinsam bilden sie immer ein Dreieck. Unabhängig, real, vollständig.

Ich kannte die Regeln des SPIELS, weil ich sie gelesen hatte. Niedergeschrieben in sauberer, wenn auch kindlicher Handschrift auf vergilbtem Papier, aufbewahrt unter dem Deckel der Kiste. Ich werde sie nie vergessen. Unter die Regeln hatten sie alle drei ihre Unterschrift gesetzt. *Einstimmig beschlossen am heutigen Tag, dem 3. April 1908. David Hartford, Hannah Hartford*, und schließlich, in etwas wackeligen Großbuchstaben die Initialen *EH*. Regeln sind für Kinder eine ernste Angelegenheit, und das SPIEL erforderte ein Pflichtbewusstsein, das Erwachsene nicht verstehen würden. Es sei denn, sie waren Dienstboten, die mit jeder Art von Pflichten sehr vertraut waren.

Na ja. Es war nur ein Kinderspiel. Und es war nicht etwa das Einzige, das sie spielten. Irgendwann hatte das SPIEL sich dann überlebt, sie waren größer geworden, vergaßen es, ließen es hinter sich. Das glaubten sie zumindest. Als ich die drei kennenlernte, spielten sie es nur noch äußerst selten. Schon bald sollte das wirkliche Leben dazwischenkommen: Echte Abenteuer, echte Fluchten und das Erwachsenwerden lauerten um die Ecke.

Nur ein Kinderspiel, und doch … Was am Ende passierte, wäre ohne das SPIEL sicherlich nicht geschehen.

Der Tag, an dem die Gäste eintreffen sollten, rückte näher, und unter der Bedingung, dass ich alle meine Arbeiten erledigt hatte, erhielt ich die Erlaubnis, von der Galerie im ersten Stock aus zuzusehen. Als draußen die Abenddämmerung einsetzte, hockte ich hinter dem Geländer, das Gesicht zwischen zwei Gitterstäbe gedrückt, und lauschte auf das Knirschen von Autoreifen auf dem Kies in der Einfahrt.

Als Erste traf Lady Clementine de Welton ein, eine Freundin der Familie, die eine düstere Würde ausstrahlte wie die Queen, und ihre Adoptivtochter Miss Frances Dawkins (von allen Fanny genannt): eine magere, geschwätzige junge Frau, deren Eltern mit der *Titanic* untergegangen waren und die, so hieß es, mit ihren siebzehn Jahren verzweifelt auf der Suche nach einem Ehemann war. Nancy zufolge war es Lady Violets größter Wunsch, dass Fanny den verwitweten Mr Frederick heiraten sollte, der sich jedoch noch nicht hatte überreden lassen.

Mr Hamilton führte die beiden in den Salon, wo sie von Lord und Lady Ashbury erwartet wurden, und meldete mit schwungvoller Gebärde ihre Ankunft. Als ich sie durch die Tür gehen sah – zuerst Lady Clementine, dicht gefolgt von Fanny –, musste ich an Mr Hamiltons Tablett mit Cocktailgläsern denken, auf dem Cognacschwenker und Champagnerflöten um ihren Platz wetteiferten.

Mr Hamilton kehrte zurück in die Eingangshalle und rückte sich gerade die Manschetten zurecht – eine seiner typischen Angewohnheiten –, als der Major und dessen Frau eintrafen. Sie war eine kleine, rundliche, braunhaarige Frau mit einem freundlichen, von Kummer gezeichneten Gesicht. Das kann ich natürlich nur im Rückblick sagen, aber schon damals gewann ich den Eindruck, dass sie zum Opfer irgendeines Unglücks geworden war. Nancy mochte nicht bereit gewesen sein, mich in das Geheimnis um die Kinder des Majors einzuweihen, aber meine jugendliche Fantasie, gut genährt durch Schauerromane, war eine stetig sprudelnde Quelle. Außerdem wusste ich damals noch nichts über die Feinheiten der Anziehungskraft zwischen einem Mann und einer Frau, und ich sagte mir, dass nur eine Tragödie die Erklärung dafür sein konnte, dass ein so großer, gut aussehender Mann wie der Major mit einer so unscheinbaren Frau verheiratet war. Ich nahm an, dass sie einmal sehr hübsch gewesen sein musste, bis ein Schicksalsschlag ihr alles genommen hatte, was sie an Jugend und Schönheit besessen hatte.

Der Major, der noch ernster und kantiger wirkte, als sein Porträt erahnen ließ, erkundigte sich wie üblich nach Mr Hamiltons Gesundheit, ließ einen von Besitzerstolz erfüllten Blick durch die Eingangshalle schweifen und führte Jemima in den Salon. Als sie durch die Tür gingen, sah ich, dass seine Hand zärtlich auf ihrem Rücken lag, eine Geste, die seine harte äußere Erscheinung irgendwie Lügen strafte und die ich nie wieder vergessen habe.

Meine Beine waren vom Hocken schon ganz steif, als endlich Mr Fredericks Automobil knirschend über den Kies in der Einfahrt gefahren kam. Nachdem er einen missbilligenden Blick auf die Uhr in der Eingangshalle geworfen hatte, öffnete Mr Hamilton die Tür.

Mr Frederick war kleiner, als ich erwartet hatte, nicht annähernd so hochgewachsen wie sein Bruder, und alles, was ich von seinem Gesicht sehen konnte, war seine Brille, denn selbst als er den Hut abnahm, schaute er nicht auf, sondern fuhr sich nur mit einer Hand über den Kopf, um sein blondes Haar zu glätten.

Erst als Mr Hamilton die Tür zum Salon für ihn aufhielt und seine Ankunft ankündigte, wurde Mr Frederick aus seiner Versunkenheit gerissen. Sein Blick wanderte flüchtig durch den Raum, über den Marmor, die Porträts, die vertraute Umgebung seiner Jugend, bis er schließlich an der Stelle haften blieb, wo ich auf der Galerie hockte. Und in diesem kurzen Moment, bevor er von dem von Geräuschen erfüllten Salon verschluckt wurde, erbleichte er, als hätte er einen Geist gesehen.

Die Woche verging wie im Flug. Bei so vielen zusätzlichen Personen im Haus war ich den ganzen Tag damit beschäftigt, Zimmer aufzuräumen, Teetabletts herumzutragen, Tische zu decken. Ich war's zufrieden, denn ich schreckte nicht vor harter Arbeit zurück – dafür hatte meine Mutter schon rechtzeitig gesorgt. Außerdem wartete ich sehnsüchtig auf das Wochenende und auf das alljährliche Theaterstück. Während die anderen Bediensteten sich auf die Vorbereitungen für das Mittsommerdinner konzentrierten, konnte ich an nichts anderes als das Theaterstück denken. Seit die Erwachsenen eingetroffen waren, hatte ich die Kinder kaum noch gesehen. Der Nebel löste sich ebenso schnell auf, wie er heraufgezogen war, und der klare, blaue Himmel war viel zu schön, um die Zeit im Haus zu vergeuden. Jeden Tag, wenn ich am Kinderzimmer vorbeikam, hielt ich gespannt den Atem an, aber das sommerliche Wetter hielt sich, und in jenem Jahr sollten die Kinder das Zimmer nicht wieder aufsuchen. Sie nahmen ihren Lärm und ihren Unfug und ihr SPIEL mit nach draußen.

Und mit ihnen verschwand der Zauber des Zimmers. Stille verwandelte sich in Leere, und die kleine Flamme des Vergnügens, der ich immer wieder Nahrung gegeben hatte, verlosch. Ich verrichtete hastig meine Arbeit, ordnete die Bücher in den Regalen, ohne auch nur einen flüchtigen Blick auf ihren Inhalt zu werfen, bemerkte nicht länger die Augen des Schaukelpferds, stellte mir vor, was die drei wohl gerade treiben mochten. Und anstatt noch ein bisschen herumzutrödeln, wenn ich fertig war, beeilte ich mich, meine nächsten Aufgaben in Angriff zu nehmen. Hin und wieder, wenn ich das Frühstückstablett aus einem der Gästezimmer im zweiten Stock abräumte oder einen Nachttopf zum Leeren nach unten trug, drang fernes Lachen an mein Ohr, zog meinen Blick zum Fenster hin, und dann sah ich sie in der Ferne, sah, wie sie zum See liefen, am Ende der Einfahrt verschwanden oder sich mit langen Stöcken duellierten.

Im Untergeschoss hatte Mr Hamilton die Dienstboten zu hektischer Aktivität angetrieben. Zu gewährleisten, dass ein Haushalt trotz Anwesenheit von zahlreichen Gästen reibungslos funktionierte, sei ein Gütetest für das Personal und eine Herausforderung für jeden Butler, erklärte er. Jeder Wunsch, der an uns herangetragen wurde, müsse erfüllt werden. Wir sollten zusammenarbeiten wie eine gut geölte Maschine, uns jeder Aufgabe stellen und die Erwartungen des Hausherrn stets zu übertreffen suchen. Es sollte eine Woche der kleinen Triumphe werden, deren Höhepunkt das Mittsommerdinner bildete.

Mr Hamiltons Feuereifer war ansteckend, selbst Nancy erlitt einen Anfall von guter Laune, ließ sich auf eine Art Waffenstillstand ein und bot mir widerstrebend an, ihr beim Säubern des Salons zur Hand zu gehen. Es stehe mir zwar eigentlich nicht zu, erinnerte sie mich, Arbeiten im Erdgeschoss zu übernehmen, aber da die Familie des Hausherrn zu Besuch sei, könne sie mir gestatten, diese höheren Pflichten auszuüben – allerdings unter strenger Aufsicht. So lud ich mir also dieses zweifelhafte Vorrecht zusätzlich zu meinem ohnehin erhöhten Arbeitspensum auf und begleitete Nancy täglich in den Salon, wo die Erwachsenen an ihrem Tee nippten und sich über Dinge unterhielten, die mich herzlich wenig interessierten: über Landpartien am Wochenende, europäische Politik und einen Österreicher, der bedauerlicherweise an einem weit entfernten Ort erschossen worden war.

Am Tag der Theateraufführung – Sonntag, der 2. August 1914; ich erinnere mich an das Datum, wenn auch nicht wegen der Aufführung, sondern wegen der Ereignisse, die darauf folgten – hatte ich meinen ersten freien Nachmittag und durfte zum ersten Mal meine Mutter besuchen, seit ich auf Riverton angefangen hatte. Nachdem ich meine morgendlichen Pflichten verrichtet hatte, tauschte ich meine Arbeitsuniform gegen meine Alltagskleider, die sich seltsam steif und ungewohnt an meinem Körper anfühlten. Ich bürstete meine Haare – die ganz kraus waren, weil ich sie immer zu Zöpfen geflochten trug – und steckte sie zu einem Nackenknoten zusammen. Ob ich mich wohl verändert hatte? Würde meine Mutter das so empfinden? Seit ich meine Stellung angetreten hatte, waren erst fünf Wochen vergangen, und dennoch fühlte ich mich auf unerklärliche Weise verändert.

Als ich über die Dienstbotentreppe in die Küche kam, wurde ich von Mrs Townsend empfangen, die mir ein Päckchen in die Hand drückte. »Hier, nimm. Eine Kleinigkeit zum Tee für deine Mutter«, raunte sie mir zu. »Etwas von meinem Zitronenkuchen und ein paar Stücke Baisertorte.«

Ich schaute sie an, verblüfft über die untypische Geste. Mrs Townsend war ebenso stolz auf ihre tadellose Haushaltsführung wie auf ihr prächtiges Baisergebäck.

Nach einem kurzen Blick in Richtung Treppe flüsterte ich: »Sind Sie sicher, dass die Mistress …«

»Mach dir mal keine Gedanken wegen der Mistress. Sie und Lady Clementine werden schon nicht zu kurz kommen.« Sie klopfte ihre Schürze aus und straffte ihre runden Schultern, sodass ihr Busen noch gewaltiger wirkte als sonst. »Sag deiner Mutter, dass wir hier auf dich aufpassen.« Sie schüttelte den Kopf. »Eine gute Frau, deine Mutter. Hat sich nichts zuschulden kommen lassen, was nicht schon tausendmal vorher passiert wäre.«

Dann drehte sie sich um und verschwand ebenso unvermittelt wieder in der Küche, wie sie kurz zuvor daraus aufgetaucht war. Und ich stand allein am Fuß der dunklen Treppe und fragte mich, was sie wohl gemeint haben konnte.

Auf dem ganzen Weg ins Dorf zerbrach ich mir den Kopf darüber. Es war nicht das erste Mal, dass Mrs Townsend mich mit einem Beweis der Zuneigung zu meiner Mutter verblüfft hatte. Mein Erstaunen machte mir ein schlechtes Gewissen, ich kam mir regelrecht vor wie eine treulose Tochter, aber das, was sie mir über das liebenswürdige ehemalige Dienstmädchen erzählte, hatte wenig zu tun mit der launischen, wortkargen Mutter, die ich kannte.

Sie erwartete mich an der Tür. Stand unbeweglich da, als sie mich erblickte. »Ich dachte schon, du hättest mich vergessen.«

»Tut mir leid, Mutter«, sagte ich. »Ich musste erst meine Arbeit beenden.«

»Ich hoffe, du hattest Zeit, heute Morgen in die Kirche zu gehen.«

»Ja, Mutter. Die Dienstboten gehen immer zum Gottesdienst in die Kirche von Riverton.«

»Das weiß ich, meine Kleine. Ich habe in dieser Kirche am Gottesdienst teilgenommen, lange bevor du auf der Welt warst.« Mit einer Bewegung ihres Kinns deutete sie auf meine Hände. »Was hast du da mitgebracht?«

Ich reichte ihr das Päckchen. »Von Mrs Townsend. Sie hat sich nach dir erkundigt.«

Meine Mutter öffnete das Päckchen vorsichtig an einer Ecke und biss sich auf die Innenseite ihrer Wange. »Davon krieg ich bestimmt heute Nacht Sodbrennen.« Sie deckte den Kuchen wieder zu und knurrte: »Trotzdem. Nett von ihr.« Sie trat zur Seite und drückte die

Tür auf. »Komm rein. Du kannst mir eine Kanne Tee aufsetzen und mir erzählen, was du erlebt hast.«

Ich erinnere mich nicht mehr so recht, worüber wir redeten, denn an jenem Nachmittag war ich keine aufmerksame Gesprächspartnerin. Meine Gedanken waren nicht bei meiner Mutter und ihrer winzigen, freudlosen Küche, sondern im Ballsaal auf dem Hügel, wo ich am Vormittag Nancy dabei geholfen hatte, Stühle in Reihen aufzustellen und goldene Vorhänge vor der Bühne anzubringen.

Während meine Mutter mich alle möglichen Arbeiten verrichten ließ, behielt ich die Zeiger der Küchenuhr im Auge, die unbeirrbar auf fünf Uhr zumarschierten, die Stunde des Theaterstücks.

Als wir uns schließlich verabschiedeten, war ich spät dran. Bis ich das Tor von Riverton erreichte, stand die Sonne schon tief am Horizont. Ich ging den schmalen, gewundenen Weg entlang zum Haus hinauf. Prächtige, von Lord Ashburys Vorfahren vor langer Zeit gepflanzte Bäume säumten ihn zu beiden Seiten, bildeten mit ihren ausladenden Kronen und ineinander verwobenen Ästen ein Blätterdach, sodass der Weg mir wie ein dunkler, raschelnder Tunnel erschien.

Als ich an jenem Nachmittag ins Licht hinaustrat, war die Sonne gerade hinter dem Dach verschwunden und ließ das Haus orangerot und malvenfarben erstrahlen. Ich durchquerte den Park, eilte vorbei am Springbrunnen mit den Statuen von Eros und Psyche, weiter durch Lady Violets Rosengarten und betrat schließlich das Haus durch den Hintereingang. Die Dienstbotenräume waren leer, und meine Schritte hallten von den Wänden wider, als ich Mr Hamiltons goldene Regel verletzte und den mit Steinplatten gefliesten Flur entlangrannte. Ich lief durch die Küche, vorbei an Mrs Townsends mit Fleischpasteten und Kuchen beladener Anrichte und die Treppe hinauf.

Im Haus herrschte eine gespenstische Stille, alle warteten gespannt auf die Theateraufführung. Vor der Tür des güldenen Ballsaals ordnete ich meine Haare, glättete meinen Rock, schlüpfte in den verdunkelten Raum und nahm meinen Platz an der Seitenwand zwischen den anderen Bediensteten ein.

Das Theaterstück

Ich hatte nicht damit gerechnet, dass es so dunkel sein würde. Es war die erste Theateraufführung, der ich je beigewohnt hatte, bis auf ein Stück im Kasperltheater, das ich einmal gesehen hatte, als meine Mutter mich nach Brighton mitgenommen hatte, um ihre Schwester Dee zu besuchen. Die Fenster waren mit schwarzen Vorhängen verdunkelt worden, und das einzige Licht im Raum kam aus vier Scheinwerfern, die man extra vom Dachboden geholt hatte. Sie waren vor der Bühne aufgereiht, wo sie gelbes Licht nach oben verströmten und die Darsteller mit einem geisterhaften Schimmer umhüllten.

Fanny stand gerade auf der Bühne und trällerte wimpernklimpernd die letzten Akkorde von »The Wedding Glide«. Sie verfehlte das abschließende G mit einem durchdringenden F, und das Publikum applaudierte höflich. Fanny lächelte und knickste gespielt schüchtern. Leider erzielte ihre Koketterie wegen des unruhigen Vorhangs hinter ihr, der von Ellbogen und Kulissenteilen, die für den nächsten Akt bereitstanden, seltsam ausgebeult wurde, nicht ganz die gewünschte Wirkung.

Als Fanny nach rechts abging, betraten Emmeline und David – beide in eine Toga gehüllt – die Bühne von links. Sie hatten drei lange Holzlatten und ein Laken mitgebracht, woraus sie mit wenigen Handgriffen ein brauchbares, wenn auch windschiefes Zelt bauten. Sie knieten sich in das Zelt und verharrten reglos, bis das Publikum schwieg.

Aus dem Hintergrund ertönte eine Stimme: »Meine Damen und Herren, eine Szene aus dem Vierten Buch Mose.«

Anerkennendes Gemurmel.

Die Stimme: »Stellen Sie sich bitte eine Familie in alten Zeiten vor, die am Fuße eines Berges ihr Lager aufgeschlagen hat. Ein Geschwisterpaar spricht über die kürzlich erfolgte Hochzeit seines Bruders.«

Leichter Applaus.

Dann sagte Emmeline mit vor Stolz bebender Stimme: »Aber Bruder, was hat Moses denn getan?«

»Er hat sich eine Frau genommen«, antwortete David leicht verschmitzt.

»Aber sie ist keine von uns«, sagte Emmeline, während sie einen Blick ins Publikum warf.

»Nein«, erwiderte David, »da hast du recht, Schwester. Denn sie ist Äthiopierin.«

Emmeline schüttelte übertrieben besorgt den Kopf. »Er hat eine Frau geheiratet, die nicht zu seinem Clan gehört. Was soll nur aus ihm werden?«

Plötzlich ertönte hinter dem Vorhang eine klare Stimme, laut schallend, als käme sie aus dem All (wahrscheinlich kam sie eher aus einem zusammengerollten Stück Pappe): »Aaron! Miriam!«

Emmeline zuckte gekonnt ängstlich zusammen.

»Hier spricht Gott. Euer Vater. Kommt in den Tempel, ihr beiden.«

Emmeline und David taten, wie ihnen geheißen, schlüpften aus dem Zelt und traten nach vorne an den Bühnenrand. Flackernde Lichter warfen eine Armee von Schatten auf das Laken hinter ihnen.

Meine Augen hatten sich inzwischen an die Dunkelheit gewöhnt, und ich konnte einige Personen im Publikum an ihrer vertrauten Gestalt erkennen. In der ersten Reihe saßen die elegant gekleideten Damen, Lady Clementine mit ihren Hängebacken, Lady Violet mit ihrem federgeschmückten Hut. Einige Reihen weiter hinten der Major nebst Gattin. Noch weiter hinten Mr Frederick, den Kopf hoch erhoben, die Beine übereinandergeschlagen, den Blick konzentriert nach vorn gerichtet. Ich betrachtete sein Profil. Irgendwie sah er verändert aus. Im unruhigen Halblicht wirkten seine Wangen ausgezehrt und seine Augen wie aus Glas. Seine Augen. Er trug keine Brille. Ich hatte ihn noch nie ohne Brille gesehen.

Gott begann mit seinem Urteilsspruch, und ich wandte meine Aufmerksamkeit wieder der Bühne zu. »Miriam und Aaron, wie konntet ihr es wagen, eure Stimme gegen meinen Diener Moses zu erheben?«

»Verzeih uns, Vater«, flehte Emmeline. »Wir wollten doch nur …«

»Genug! Mein Zorn ist gegen dich entflammt!«

Ein Donnergrollen – wahrscheinlich von einer Trommel herrührend – ließ das Publikum erzittern. Eine Rauchwolke quoll hinter dem Vorhang hervor und breitete sich auf der Bühne aus.

Lady Violet schrie auf, und David flüsterte: »Keine Sorge, Großmama, das gehört zur Show.«

Amüsiertes Lachen im Publikum.

»Mein Zorn ist gegen dich entflammt!« Hannahs strenge Stimme brachte das Publikum zum Schweigen. »Tochter«, sagte sie, woraufhin Emmeline sich umdrehte und in die sich auflösende Rauchwolke blickte. »DU – SOLLST – AN – LEPRA – ERKRANKEN!«

Emmeline schlug sich die Hände vors Gesicht. »Nein!«, schrie sie. Einen Moment lang hielt sie in einer dramatischen Pose inne, dann wandte sie sich wieder dem Publikum zu, sodass alle ihr entstelltes Gesicht sehen konnten.

Ein kollektives Aufstöhnen; sie hatten sich am Ende doch gegen eine Maske entschieden und Emmeline stattdessen eine Handvoll Erdbeermarmelade und Sahne ins Gesicht geschmiert, was einen schauerlichen Effekt hatte.

»Diese Strolche«, flüsterte Mrs Townsend verärgert. »Mir haben sie gesagt, sie bräuchten die Marmelade für ihre Scones!«

»Sohn!«, sagte Hannah nach einer dramatischen Pause. »Du hast dich derselben Sünde schuldig gemacht, und dennoch kann ich keinen Zorn gegen dich empfinden.«

»Danke, Vater«, sagte David.

»Versprichst du mir, in Zukunft nicht mehr über die Frau deines Bruders zu sprechen?«

»Ja, mein Vater.«

»Dann darfst du gehen.«

»O Herr«, sagte David, ein Grinsen unterdrückend, während er auf Emmeline zeigte. »Ich flehe dich an, heile meine Schwester!«

In gespanntem Schweigen wartete das Publikum auf die Antwort des Herrn. »Nein«, lautete sie. »Das werde ich nicht tun. Sie soll sieben Tage lang ausgestoßen sein. Erst dann wird sie wieder in die Gemeinschaft aufgenommen werden.« Als Emmeline auf die Knie sank und David ihr die Hand auf die Schulter legte, trat Hannah von links auf die Bühne. Das Publikum atmete hörbar ein. Sie war gekleidet wie ein Mann: Anzug, Zylinder, Spazierstock, Uhrkette und auf der Nase Mr Fredericks Brille. Den Spazierstock wie ein Dandy schwingend, schritt sie in die Mitte der Bühne. Es gelang ihr auf hervorragende Weise, die Stimme ihres Vaters zu imitieren:

»Meine Tochter muss lernen, dass es für junge Frauen andere Regeln gibt als für junge Männer.« Sie holte tief Luft und rückte ihren Hut zurecht. »Davon abzuweichen, bedeutet, sich auf den gefährlichen Weg der Frauenemanzipation zu begeben.«

Das Publikum schwieg wie elektrisiert, Reihe um Reihe, mit vor Staunen offenem Mund.

Die Dienstboten waren gleichermaßen schockiert. Selbst im Dunkeln konnte ich erkennen, wie Mr Hamilton erbleichte. Ausnahmsweise wusste er einmal nicht, wie er sich verhalten sollte, und kam seinem unerschütterlichen Pflichtgefühl nach, indem er sich Mrs Townsend, die in die Knie gegangen war und umzukippen drohte, als Stützpfeiler zur Verfügung stellte.

Meine Augen suchten nach Mr Frederick. Er saß noch auf seinem Platz, war aber wie zur Salzsäule erstarrt. Ich sah, wie seine Schultern zu zucken begannen, und fürchtete schon, er stünde kurz vor einem seiner Wutausbrüche, auf die Nancy angespielt hatte. Auf der Bühne standen die Kinder wie zu einem Gemälde eingefroren und beobachteten die Zuschauer, die wiederum sie beobachteten.

Hannah war ein Muster an Gelassenheit und trug einen betont unschuldigen Gesichtsausdruck zur Schau. Einen Moment lang schienen unsere Blicke sich zu begegnen, und ich meinte, ein Lächeln über ihre Lippen huschen zu sehen. Unwillkürlich erwiderte ich das Lächeln, wenn auch ein wenig ängstlich, und wurde erst wieder ernst, als Nancy mir von der Seite einen warnenden Blick zuwarf und mich in den Arm kniff.

Hannah, vor Stolz glühend, nahm Emmeline und David an die Hände, die drei traten vor und verbeugten sich. Dabei tropfte etwas von der Sahne-Marmelade-Mischung von Emmelines Nase und landete zischend auf einem der Scheinwerfer.

»Ganz genau«, flötete eine Stimme aus dem Publikum – Lady Clementine. »Ein Bekannter von mir kannte mal einen Mann in Indien, der an Lepra litt. Dem ist die Nase genau so abgefallen, als er sich rasieren wollte.«

Das war zu viel für Mr Frederick. Er schaute Hannah an, ihre Blicke begegneten sich, und er brach in schallendes Gelächter aus. Ein solches Lachen hatte ich noch nie gehört: ansteckend allein durch seine Aufrichtigkeit. Nach und nach fielen die anderen Zuschauer in das Lachen ein. Bis auf Lady Violet.

Auch ich lachte spontan und befreit, bis Nancy mir ins Ohr zischte: »Das reicht, Miss. Du kannst mitkommen und mir mit dem Abendessen helfen.«

Ich würde den Rest des Theaterstücks verpassen, aber ich hatte gesehen, was ich hatte sehen wollen. Während wir den Korridor hinuntergingen, hörte ich, wie der Applaus sich legte und die nächste Szene begann. Und ich fühlte mich erfüllt von einer seltsamen Energie.

Bis wir Mrs Townsends Abendessen und die Tabletts mit dem Kaffee in den Salon getragen und die Sesselkissen aufgeschüttelt hatten, war das Theaterstück zu Ende, und die Gäste trafen Arm in Arm und ihrem gesellschaftlichen Rang entsprechend nacheinander ein. Zuerst erschienen Lady Violet und Major Jonathan, dann Lord Ashbury und Lady Clementine gefolgt von Mr Frederick mit Jemima und Fanny. Die Kinder, so nahm ich an, waren immer noch oben.

Nachdem alle Platz genommen hatten, stellte Nancy das Tablett mit dem Kaffee auf den Tisch, damit Lady Violet einschenken konnte. Während ihre Gäste miteinander plauderten, beugte Lady Violet sich über Mr Fredericks Sessel und sagte mit einem schmallippigen Lächeln: »Du verwöhnst die Kinder zu sehr, Frederick.«

Mr Fredericks Lippen spannten sich. Ich spürte, dass er diese Kritik nicht zum ersten Mal hörte.

Ohne den Blick von dem Kaffee zu nehmen, den sie einschenkte, fuhr Lady Violet fort: »Heute magst du ihre Possen noch amüsant finden, aber der Tag wird kommen, an dem du deine Nachsicht bereuen wirst. Du lässt ihnen zu viel Freiheit. Vor allem Hannah. Es gibt nichts, was die Anmut einer jungen Dame so verdirbt wie die Impertinenz des Intellekts.«

Mit diesen schroffen Worten richtete Lady Violet sich auf, verlieh ihrem Gesicht einen betont liebenswürdigen Ausdruck und reichte Lady Clementine eine Tasse Kaffee.

Wie vorauszusehen wandte sich das Gespräch kurz darauf dem Konflikt in Europa zu und damit der Frage, wie wahrscheinlich Großbritanniens Mobilmachung im Falle eines Krieges wohl sei.

»Es wird Krieg geben. Es gibt immer Krieg«, sagte Lady Clementine trocken, nahm den Kaffee entgegen und zwängte ihr ausladendes Gesäß in Lady Violets Lieblingssessel. Dann fuhr sie etwas vernehmlicher fort: »Und wir werden alle leiden. Männer, Frauen und Kinder. Die Deutschen sind nicht so zivilisiert wie wir. Die werden unser Land ausplündern, unsere Kinder in ihren Betten abschlachten und englische Frauen versklaven, damit wir ihnen kleine Hunnen gebären. Denk an meine Worte, meine Liebe, denn ich irre mich selten. Bevor der Sommer vorüber ist, werden wir uns im Krieg befinden.«

»Du übertreibst, Clementine«, entgegnete Lady Violet. »Der Krieg – falls er überhaupt kommt – wird schon nicht so schlimm werden. Schließlich leben wir in modernen Zeiten.«

»Allerdings«, warf Lord Ashbury ein. »Ein Krieg des zwanzigsten Jahrhunderts – ganz neue Kriegsführung, völlig neue Spielregeln. Ganz abgesehen davon, dass kein Hunne einem Engländer das Wasser reichen kann.«

»Es mag vielleicht nicht schicklich sein, das zu sagen«, flötete Fanny, ließ sich an einem Ende der Chaiselongue nieder und schüttelte dabei aufgeregt ihre Löckchen, »aber ich hoffe doch sehr, dass der Krieg kommt.« Hastig wandte sie sich an Lady Clementine. »Die Plünderei und das Morden wünsche ich mir natürlich nicht, liebe Tante, und auch nicht das mit den kleinen Hunnen. Das würde mir gar nicht gefallen. Aber ich finde Gentlemen in Uniform so unglaublich fesch.« Sie warf Major Jonathan einen flüchtigen Blick zu. »Heute habe ich einen Brief von meiner Freundin Margery bekommen ... Du erinnerst dich doch an Margery, nicht wahr, Tante Clem?«

Lady Clementines schwere Lider zuckten. »Bedauerlicherweise. Ein törichtes Mädchen mit ungehobelten Manieren.« Sie beugte sich zu Lady Violet hinunter. »In Dublin aufgewachsen, weißt du. Eine echte irische Katholikin.«

Ich schaute zu Nancy hinüber, die gerade Zuckerwürfel verteilte, und sah, wie sie zusammenzuckte. Sie bemerkte meinen Blick und funkelte mich finster an.

»Also«, fuhr Fanny fort, »Margery verbringt ihre Ferien bei Verwandten an der Küste, und sie schreibt, als sie ihre Mutter vom Bahnhof abgeholt hat, waren die Züge überfüllt mit Reservisten, die zu ihren Garnisonen fuhren. Gott, ist das aufregend.«

»Fanny, Liebes«, sagte Lady Violet und blickte von ihrer Kaffeekanne auf. »Ich halte es für ziemlich geschmacklos, einen Krieg herbeizuwünschen, bloß wegen der Aufregung, die er mit sich bringt. Meinst du nicht auch, Jonathan, Liebling?«

Der Major, der vor dem Kaminsims stand, straffte sich. »Nun, ich teile zwar Fannys Motivation nicht, aber doch ihre Gefühle. Ich hoffe ebenfalls, dass wir in den Krieg ziehen werden. Der ganze Kontinent hat sich in einen *verabscheuungswürdigen* Schlamassel manövriert – verzeiht mir meine heftigen Worte, Mutter, Lady Clem –, aber es ist die Wahrheit. Es wird Zeit, dass das gute alte Britannien sich erhebt und die Welt wieder in Ordnung bringt. Wir werden diesen Hunnen gehörig einheizen.«

Seine Worte wurden mit Hochrufen bejubelt. Jemima legte eine Hand auf den Arm des Majors und schaute ihn aus ihren glühenden Augen voller Bewunderung an.

Der alte Lord Ashbury stopfte aufgeregt seine Pfeife. »Eine gute sportliche Partie«, rief er und lehnte sich in seinem Sessel zurück. »Nichts geht über einen Krieg, wenn es darum geht, die Männer von den Knaben zu trennen.«

Mr Frederick rückte sich in seinem Sessel zurecht, nahm die Kaffeetasse entgegen, die Lady Violet ihm anbot, und machte sich daran, Tabak in seine Pfeife zu stopfen.

»Was ist mit dir, Frederick?«, fragte Fanny kokett. »Was wirst du tun, falls es Krieg gibt? Du wirst doch nicht etwa aufhören, Automobile zu produzieren, oder? Es wäre eine Schande, wenn es bloß wegen eines albernen Kriegs keine schicken Automobile mehr gäbe. Ich hätte jedenfalls keine Lust, wieder in einer Kutsche zu fahren.«

Mr Frederick, peinlich berührt von Fannys eindeutigen Avancen, klaubte einen Tabakkrümel von seinem Hosenbein. »Da mach dir mal keine Sorgen. Dem Automobil gehört die Zukunft.« Er drückte den Tabak in seiner Pfeife fest und murmelte vor sich hin: »Gott bewahre, dass ein Krieg einfältigen, gelangweilten Damen Unannehmlichkeiten bereitet.«

In diesem Augenblick öffnete sich die Tür, und Hannah, Emmeline und David kamen hereingelaufen, die Wangen immer noch glühend vor Aufregung. Die Mädchen hatten die Kostüme abgelegt und trugen wieder ihre weißen Kleider mit den Matrosenkragen.

»Prima Darbietung«, bemerkte Lord Ashbury. »Ich konnte zwar kein Wort davon hören, aber die Vorstellung war prima.«

»Gut gemacht, Kinder«, sagte Lady Violet. »Aber vielleicht lasst ihr euch nächstes Jahr von eurer Großmama bei der Auswahl des Stücks beraten.«

»Und was ist mit dir, Papa?«, fragte Hannah begierig. »Hat dir das Stück auch gefallen?«

Mr Frederick wich dem Blick seiner Mutter aus. »Wir unterhalten uns später über die kreativeren Stellen, einverstanden?«

»Und was ist mit dir, David?«, trällerte Fanny. »Wir haben gerade über den Krieg gesprochen. Wirst du dich zu den Waffen melden, falls Großbritannien in den Krieg eintritt? Du würdest bestimmt einen feschen Offizier abgeben.«

David nahm von Lady Violet eine Tasse Kaffee entgegen und setzte sich. »Ich hab noch nicht darüber nachgedacht.« Er zog die Nase kraus. »Aber wahrscheinlich werde ich das tun. Es heißt, es ist die große Chance für jeden jungen Mann, ein echtes Abenteuer zu erleben.« Mit funkelnden Augen schaute er Hannah an, denn er witterte die Chance, sie zu necken. »Aber ich fürchte, das gilt nur für Jungs, Hannah.«

Fanny brach in kreischendes Gelächter aus, und Lady Clementines Lider zuckten. »David, sei nicht albern. Hannah würde nie in den Krieg ziehen wollen. Das ist doch einfach lächerlich.«

»O doch, das würde ich«, zischte Hannah.

»Aber meine Liebe«, sagte Lady Violet verdutzt. »Du hättest doch gar nichts zum Anziehen für eine Schlacht.«

»Sie könnte doch ihre Reithose und die Reitstiefel anziehen«, schlug Fanny vor.

»Oder ein Kostüm«, sagte Emmeline. »Wie das, was sie im Theaterstück getragen hat. Nur vielleicht ohne den Hut.«

Mr Frederick bemerkte den strafenden Blick seiner Mutter und räusperte sich. »Auch wenn Hannahs Problem bezüglich der angemessenen Kleidung Raum für geistreiche Spekulationen bietet, möchte ich euch daran erinnern, dass dieses Thema in keiner Weise zur Debatte steht. Weder sie noch David werden in den Krieg ziehen. Mädchen kämpfen nicht, und David hat sein Studium noch nicht abgeschlossen. Er wird sich eine andere Möglichkeit suchen müssen, dem König und seinem Land zu dienen.« Er wandte sich an David. »Wenn du erst einmal Eton und Sandhurst erfolgreich durchlaufen hast, sieht die Sache schon anders aus.«

David reckte das Kinn vor. »*Falls* ich in Eton den Abschluss mache, und *falls* ich nach Sandhurst gehe.«

Plötzlich herrschte Totenstille im Zimmer. Jemand räusperte sich. Endlich klopfte Mr Frederick mit dem Löffel gegen seine Tasse. Nach kurzem Zögern sagte er: »David scherzt. Nicht wahr, mein Junge?« Das Schweigen dehnte sich. »Nun?«

David blinzelte, und ich sah sein Kinn kaum merklich zittern. »Ja«, sagte er schließlich. »Natürlich. Ich wollte nur für ein bisschen heitere Stimmung sorgen. All das Gerede von Krieg. Aber anscheinend hat es keiner lustig gefunden. Tut mir leid, Großmama und Großvater.« Er nickte den beiden zu, während Hannah unauffällig seine Hand drückte.

Lady Violet lächelte. »Du hast recht, David. Lass uns nicht über einen Krieg sprechen, den es vielleicht nie geben wird. Hier, probier mal eins von Mrs Townsends Törtchen.« Sie gab Nancy ein Zeichen, die noch einmal mit dem Tablett herumging.

Eine Weile knabberten sie schweigend an ihrem Gebäck, lauschten dem Ticken der Schiffsuhr auf dem Kaminsims und warteten darauf, dass jemand ein Thema anschnitt, das ebenso spannend war wie der Krieg. Schließlich sagte Lady Clementine: »Das Töten ist gar nicht das Schlimmste. Im Krieg sind Krankheiten die schlimmsten Mörder. Das liegt natürlich an den großen Schlachtfeldern – das sind wahre Brutstätten für alle möglichen fremden Seuchen. Ihr werdet sehen«, fügte sie säuerlich hinzu. »Wenn der Krieg kommt, wird er die Pocken mitbringen.«

»Falls der Krieg kommt«, sagte David.

»Aber wie werden wir erfahren, ob er kommt?«, fragte Emmeline mit großen blauen Augen. »Wird jemand von der Regierung kommen und es uns sagen?«

Lord Ashbury verschlang ein ganzes Törtchen auf einmal. »Einer von den Jungs in meinem Club meinte, es sei jeden Tag mit einer Ankündigung zu rechnen.«

»Ich komme mir vor wie ein Kind am Heiligen Abend«, sagte Fanny händeringend. »Wie ein kleines Mädchen, das den Morgen herbeisehnt und es gar nicht erwarten kann, all seine Geschenke auszupacken.«

»Freu dich nicht zu früh«, warnte der Major. »Falls Großbritannien in den Krieg zieht, wird der wahrscheinlich in wenigen Monaten beendet sein. Ein verlängertes Weihnachten.«

»Trotzdem«, sagte Lady Clementine. »Gleich morgen früh schreibe ich an Lord Gifford und teile ihm mit, wie ich mir meine Beerdigung wünsche. Das solltet ihr alle tun. Bevor es zu spät ist.«

Ich hatte noch nie gehört, dass jemand über seine eigene Beerdigung sprach, geschweige denn, dass er sie auch noch plante. Meine Mutter hätte mir sicherlich erklärt, das würde Unglück bringen, und verlangt, dass ich Salz über meine Schulter werfe, um das Unglück abzuwenden. Verwundert sah ich Lady Clementine an. Nancy hatte einmal etwas davon erwähnt, dass sie dazu neigte, alles schwarz zu sehen – unter den Dienstboten wurde gemunkelt, sie hätte sich über das Bettchen der neugeborenen Emmeline gebeugt und ganz trocken verkündet, so ein hübsches Baby würde bestimmt nicht lange leben. Dennoch war ich schockiert.

Die Hartfords dagegen waren offenbar an derartige Äußerungen gewöhnt, denn ich sah keinen von ihnen auch nur mit der Wimper zucken.

Hannahs Augen weiteten sich in gespielter Entrüstung. »Soll das etwa heißen, dass du uns nicht zutraust, die bestmögliche Beerdigung für dich auszurichten, Lady Clementine?« Sie lächelte süß und nahm die Hand der alten Dame. »Ich jedenfalls würde mich geehrt fühlen, wenn ich dafür sorgen dürfte, dass du den Abschied bekommst, den du verdient hast.«

»Ach, wirklich?«, höhnte Lady Clementine. »Wenn man solche Angelegenheiten nicht höchstpersönlich regelt, kann man nie wissen, in wessen Hände am Ende die Verantwortung fällt.« Sie sah Fanny durchdringend an und schnaubte so nachdrücklich, dass sich ihre Nüstern weiteten. »Außerdem bin ich äußerst wählerisch, was diese Dinge angeht. Ich habe meine Beerdigung jedenfalls schon seit Jahren genauestens geplant.«

»Wirklich?«, fragte Lady Violet interessiert.

»O ja«, antwortete Lady Clementine. »Es handelt sich schließlich um einen der wichtigsten öffentlichen Auftritte im Leben eines Menschen, und meiner wird absolut spektakulär werden.«

»Ich freue mich jetzt schon darauf«, bemerkte Hannah trocken.

»Und zu recht«, sagte Lady Clementine. »Heutzutage kann man sich keinen kläglichen Abgang leisten. Die Leute sind längst nicht mehr so anspruchslos, wie sie früher einmal waren, und man möchte schließlich keine schlechte Kritik riskieren.«

»Ich hätte gar nicht gedacht, dass du dir etwas aus Zeitungskritiken machst, Lady Clementine«, sagte Hannah, wofür sie prompt einen strafenden Blick von ihrem Vater erntete.

»Normalerweise tue ich das auch nicht«, antwortete Lady Clementine. Sie deutete mit ihrem mit protzigen Ringen geschmückten Finger erst auf Hannah, dann auf Emmeline und dann auf Fanny. »Neben der Heiratsanzeige ist der Nachruf die einzige Gelegenheit, bei der der Name einer Dame in der Zeitung erscheinen sollte.« Sie richtete ihren Blick gen Himmel. »Und Gott stehe ihr bei, wenn die Beerdigung von der Presse verrissen wird, denn sie wird in der nächsten Saison keine zweite Chance bekommen.«

Nach dem Triumph des Theaterstücks fehlte nur noch das Mittsommerfestessen, um den Tag zu einem vollen Erfolg zu machen. Es sollte der Höhepunkt des Familienfests werden. Ein letzter Luxus, bevor die Gäste abreisten und auf Riverton wieder Ruhe einkehrte. Dinnergäste – unter ihnen Lord Ponsonby, ein Vetter des Königs, wie Mrs Townsend durchblicken ließ – wurden selbst aus dem weit entfernten London erwartet, und Nancy und ich hatten unter der strengen Aufsicht von Mr Hamilton den ganzen Nachmittag damit zugebracht, den Tisch im Speisezimmer zu decken.

Wir legten für zwanzig Personen auf, wobei Nancy jeden Gegenstand benannte, den sie auf dem Tisch platzierte: Suppenlöffel, Fischmesser und Fischgabel, zwei Messer, zwei große Gabeln, vier unterschiedliche kristallene Weingläser. Bewaffnet mit seinem Maßband und einem Poliertuch folgte uns Mr Hamilton um den Tisch herum, vergewisserte sich, dass der Abstand zwischen den Gedecken immer exakt gleich groß war und dass er in jedem Löffel sein verzerrtes Spiegelbild erblicken konnte. In der Mitte des weißen Damasttischtuchs arrangierten wir Efeuranken und streuten Rosenblütenblätter um Kristallschalen mit glänzendem Obst. Die Dekoration gefiel mir sehr, sie war so hübsch und passte perfekt zu Lady Violets bestem Tafelservice – ein Hochzeitsgeschenk von den Churchills, wie Nancy mir anvertraut hatte.

Gemäß der sorgfältig ausgearbeiteten Sitzordnung verteilten wir Tischkarten mit den Namen der Gäste in Lady Violets eleganter Handschrift. Die Bedeutung der Platzierung dürfe man nicht unterschätzen, betonte Nancy. Ihrer Meinung nach hing der Erfolg oder Misserfolg einer Dinnerparty allein von der Sitzordnung ab. Lady Violets Ruf als perfekte Gastgeberin beruhte offenbar auf ihrer Fähigkeit, die richtigen Leute einzuladen und diese dann so um den Tisch zu gruppieren, dass die Geistreichen und Unterhaltsamen zwischen den Langweiligen, aber Wichtigen saßen.

Leider war ich bei dem Mittsommerdinner von 1914 nicht zugegen. Den Salon sauber zu machen mochte ein Privileg sein, aber beim Abendessen bei Tisch zu bedienen war eine ganz besondere Ehre, die mir in meiner bescheidenen Position nicht zukam. Zu Nancys großem Verdruss war diesmal auch ihr das Vergnügen nicht vergönnt, weil Lord Ponsonby weibliches Personal bei Tisch verabscheute. Immerhin fühlte sie sich ein wenig getröstet, als Mr Hamilton bestimmte, dass sie in der Nische des Speisezimmers, verborgen vor den Blicken der Gäste, die Teller entgegennehmen sollte, die er und Alfred vom Tisch abräumten, um sie dann mit dem Speisenaufzug nach unten zu schicken. Auf diese Weise würde sie wenigstens einen Teil des Klatschs am Tisch mitbekommen. Sie würde hören können, was gesagt wurde, wenngleich die Gesichter der Sprechenden für sie im Verborgenen blieben.

Meine Pflicht, erklärte mir Mr Hamilton, bestand darin, mich unten neben dem Speisenaufzug zu postieren. Ich nahm meinen Platz ein, auch wenn Alfred scherzhafte Bemerkungen über die Wichtigkeit dieser Aufgabe machte. Er machte dauernd irgendwelche Scherze; sie waren gut gemeint, und die anderen Dienstboten lachten darüber, aber ich war mit derartigen freundlichen Neckereien nicht vertraut und eher gewöhnt, stille Zurückhaltung zu üben. Unwillkürlich zuckte ich zusammen, wenn mir Aufmerksamkeit zuteil wurde.

Staunend sah ich zu, wie der Schacht die erlesensten Speisen verschluckte – Schildkrötensuppe, Fisch, Bries, gebratene Wachteln, Spargel, Kartoffeln, Aprikosenpasteten, Pudding – und später leere Teller und Platten wieder ausspuckte.

Während die Gäste oben dinierten, sorgte Mrs Townsend dafür, dass unter dem Speisezimmer die Küche dampfte und pfiff wie eine von diesen neuen, glänzenden Dampfmaschinen, die neuerdings durchs Dorf stampften. Mit rasender Geschwindigkeit wuchtete sie ihr enormes Gewicht von Anrichte zu Anrichte, schürte das

Ofenfeuer, bis ihr Schweißperlen über die geröteten Wangen liefen, klatschte in die Hände und bemängelte in gespielter Bescheidenheit die knusprige braune Kruste an ihren Pasteten. Die Einzige, die sich von der ganzen Aufregung nicht anstecken ließ, war die arme Katie, der ihr Unglück ins Gesicht geschrieben stand: Die erste Hälfte des Abends verbrachte sie mit dem Schälen von zahllosen Kartoffeln, die zweite mit dem Schrubben von ebenso zahllosen Töpfen und Pfannen.

Endlich, nachdem die Kaffeekannen, Sahnekännchen und kristallenen Zuckerschalen auf einem silbernen Tablett nach oben geschickt worden waren, band Mrs Townsend ihre Schürze ab, ein Zeichen für uns, dass die Arbeit für diesen langen Abend bald beendet war. Sie hängte die Schürze an einen Haken neben dem Herd und stopfte einige graue Strähnen zurück in ihren bemerkenswerten Dutt.

»Katie?«, rief sie, während sie sich mit dem Unterarm den Schweiß von der Stirn wischte. »Katie?« Sie schüttelte den Kopf. »Also, ich weiß nicht! Dieses Mädchen steht entweder im Weg herum oder ist nicht zu finden.« Sie wankte zum Tisch hinüber und ließ sich seufzend auf ihren Platz sinken.

Katie erschien in der Tür, einen nassen Lappen in der Hand. »Ja, Mrs Townsend?«

»Ach, Katie«, schalt Mrs Townsend und zeigte auf den Boden. »Was denkst du dir eigentlich, Mädel?«

»Nichts, Mrs Townsend.«

»Danach sieht es auch aus. Du machst ja alles nass.« Mrs Townsend schüttelte den Kopf und seufzte. »Los, besorg dir einen Lappen und wisch das auf. Mr Hamilton dreht dir den Hals um, wenn er die Sauerei sieht.«

»Ja, Mrs Townsend.«

»Und wenn du damit fertig bist, kannst du uns allen eine ordentliche Tasse heißen Kakao machen.«

Katie verschwand in Richtung Spülküche und wäre beinahe mit Alfred zusammengestoßen, der gut gelaunt die Treppe heruntergelaufen kam. »Uups! Vorsicht, Katie, sei froh, dass ich nicht auf dich draufgefallen bin!« Mit einem strahlenden Lächeln kam er um die Ecke. »Guten Abend, meine Damen!«

Mrs Townsend nahm ihre Brille ab. »Nun? Alfred?«

»Nun? Mrs Townsend?«, erwiderte er, die braunen Augen weit aufgerissen.

»Nun?« Sie wackelte ungeduldig mit den Fingern. »Mach es nicht so spannend!«

Ich setzte mich auf meinen Platz, streifte die Schuhe ab und streckte die Zehen. Alfred war zwanzig – groß, mit schönen Händen und einer warmen Stimme –, und er stand schon im Dienst von Lord und Lady Ashbury, seit er ins Arbeitsleben eingetreten war. Ich glaube, Mrs Townsend hatte ihn ganz besonders ins Herz geschlossen, auch wenn sie nie ein Wort darüber verlor, und damals hätte ich auch niemals gewagt, sie nach so etwas zu fragen.

»Spannend?«, fragte Alfred scheinheilig. »Ich weiß gar nicht, was Sie meinen, Mrs Townsend.«

»Von wegen.« Sie schüttelte den Kopf. »Wie ist es gelaufen? Haben sie irgendwas gesagt, das mich interessieren könnte?«

»Aber Mrs Townsend«, antwortete Alfred, »das erzähle ich doch erst, wenn Mr Hamilton runterkommt. Ich kann doch nicht alles ausplaudern, bevor er da ist.«

»Jetzt hör mir mal gut zu, mein Junge«, sagte Mrs Townsend. »Ich möchte nur wissen, ob Lady Ashburys Gästen das Essen geschmeckt hat. Mr Hamilton wird wohl kaum etwas dagegen haben, dass du mir diese Frage beantwortest, oder?«

»Also, das kann ich Ihnen nun wirklich nicht sagen, Mrs Townsend.« Alfred zwinkerte mir schelmisch zu, und ich errötete. »Allerdings ist mir aufgefallen, dass Lord Ponsonby von Ihren Kartoffeln noch eine Portion nachgenommen hat.«

Mrs Townsend lächelte in ihre verschränkten Hände und nickte vor sich hin. »Mrs Davis, die für Lord und Lady Bassingstoke kocht, hat mit erzählt, dass Lord Ponsonby eine besondere Vorliebe für Kartoffeln *à la crème* hat.«

»Vorliebe? Die anderen konnten froh sein, dass er ihnen überhaupt was davon übrig gelassen hat.«

Mrs Townsend tat so, als wäre sie entsetzt, aber ihre Augen strahlten. »Alfred, wie kannst du nur solche Reden führen. Wenn Mr Hamilton das gehört hätte …«

»Wenn Mr Hamilton was gehört hätte?« Nancy erschien in der Tür, nahm ihren Platz ein und begann, sich die Haube von den Haaren zu lösen.

»Ich habe Mrs Townsend gerade erzählt, wie vorzüglich den Damen und Herren das Abendessen geschmeckt hat«, sagte Alfred.

Nancy verdrehte die Augen. »Ich hab noch nie erlebt, dass die Teller so leer gegessen wurden. Grace kann das bestätigen.« Ich nickte, als sie fortfuhr. »Das letzte Wort hat natürlich Mr Hamilton, aber ich würde sagen, Sie haben sich selbst übertroffen, Mrs Townsend.«

Mrs Townsend strich ihre Bluse über dem Busen glatt. »Tja«, sagte sie selbstgefällig. »Wir tun halt alle unser Bestes.« An der Tür war das Klappern von Porzellan zu hören, und im nächsten Augenblick kam Katie vorsichtig um die Ecke, ein Tablett mit Tassen in den Händen. Bei jedem Schritt, den sie machte, schwappte der Kakao über die Tassenränder in die Untertassen.

»Ach Gott, Katie«, stöhnte Nancy, als das Tablett unsanft auf dem Tisch abgestellt wurde. »Was für ein Schlamassel. Sehen Sie bloß, was sie wieder angestellt hat, Mrs Townsend.«

Mrs Townsend rollte die Augen. »Manchmal glaube ich, ich vergeude meine Zeit an diesem Mädchen.«

»Oh, Mrs Townsend«, jammerte Katie. »Ich gebe mir große Mühe, wirklich. Ich wollte nicht ...«

»Was wolltest du nicht, Katie?«, fragte Mr Hamilton, der mit schnellen Schritten die Treppe herunterkam. »Was hast du denn jetzt schon wieder angestellt?«

»Nichts, Mr Hamilton. Ich wollte nur den Kakao servieren.«

»Und du hast ihn serviert, du dummes Gör«, sagte Mrs Townsend. »Jetzt geh zurück an die Arbeit und spül die Teller ab. Bestimmt hast du das Wasser kalt werden lassen, du wirst schon sehen.«

Sie schüttelte den Kopf, als Katie im Korridor verschwand, dann strahlte sie Mr Hamilton an. »Sind sie alle abgereist, Mr Hamilton?«

»Ja, Mrs Townsend. Ich habe gerade die letzten Gäste, Lord und Lady Denys, zu ihrem Wagen begleitet.«

»Und die Verwandten?«, fragte ich.

»Die Damen haben sich zum Schlafen zurückgezogen. Seine Lordschaft, der Major und Mr Frederick nehmen im Salon noch einen Sherry ein und werden ebenfalls bald zu Bett gehen.« Mr Hamilton stützte sich mit den Händen auf seiner Stuhllehne ab und schaute einen Moment lang ins Leere, wie immer, wenn er sich anschickte, etwas Wichtiges zu berichten. Wir anderen nahmen unsere Plätze ein und warteten.

Mr Hamilton räusperte sich. »Sie dürfen alle stolz sein. Das Abendessen war ein voller Erfolg, und Lord und Lady Ashbury sind äußerst zufrieden mit uns allen.«

Er lächelte schmallippig. »Lord Ashbury hat großzügigerweise seine Erlaubnis gegeben, dass wir eine Flasche Champagner öffnen und unter uns trinken. Als Zeichen seiner Dankbarkeit, sagte er.«

Alle klatschten in die Hände und riefen aufgeregt durcheinander, während Mr Hamilton eine Flasche aus dem Keller holte und Nancy Gläser auf den Tisch stellte. Ich blieb ganz still sitzen und hoffte inbrünstig, ein Glas abzubekommen. All das war ganz neu für mich: Meine Mutter und ich hatten nie Grund zum Feiern.

Als er bei der letzten Champagnerflöte angekommen war, schaute Mr Hamilton mich über seine Brille und seine lange Nase hinweg an. »Ja«, sagte er schließlich, »ich glaube, selbst du darfst heute Abend ein Gläschen trinken, kleine Grace. Es kommt schließlich nicht allzu oft vor, dass Lord Ashbury so großzügig ist.«

Dankbar nahm ich das Glas entgegen. »Ich möchte einen Toast ausbringen«, sagte Mr Hamilton. »Auf alle, die in diesem Hause leben und arbeiten. Möge uns ein langes und angenehmes Leben vergönnt sein.«

Wir stießen an. Ich lehnte mich auf meinem Stuhl zurück, nippte an dem Champagner und spürte das Prickeln der Luftbläschen an meinen Lippen. Seitdem fühle ich mich jedes Mal, wenn ich die Gelegenheit habe, ein Glas Champagner zu trinken, an jenen lange zurückliegenden Abend im Dienstbotenzimmer auf Riverton erinnert. Es ist eine ganz besondere Energie, die bei einem gemeinsamen Erfolg freigesetzt wird, und Lord Ashburys großes Lob ließ unsere Wangen glühen und unsere Herzen höher schlagen. Über sein Glas hinweg schenkte Alfred mir ein Lächeln, das ich schüchtern erwiderte. Ich lauschte gebannt, während die anderen sich eifrig über die Einzelheiten des Abends austauschten: Lady Denys' Diamanten, Lord Harcourts moderne Ansichten über die Ehe, Lord Ponsonbys Vorliebe für Kartoffeln *à la crème*.

Ein schrilles Klingeln riss mich aus meiner Versunkenheit. Alle am Tisch schwiegen abrupt. Verdutzt sahen wir einander an, bis Mr Hamilton aufsprang. »Ach, das ist das Telefon«, sagte er und eilte aus dem Zimmer.

Lord Ashbury besaß eine der ersten Haustelefonanlagen Englands, was alle Bediensteten mit großem Stolz erfüllte. Der Hauptapparat war in Mr Hamiltons Anrichtezimmer installiert, damit er, wenn es klingelte, den Anruf schnell entgegennehmen und nach oben durchstellen konnte. Trotz dieses gut durchdachten Systems kam das äußerst selten vor, da leider nur sehr wenige von Lord und Lady Ashburys Freunden ein Telefon besaßen. Dennoch wurde das Telefon mit beinahe religiöser Ehrfurcht betrachtet, und die Dienstboten von Besuchern wurden jedes Mal unter irgendeinem Vorwand in das Anrichtezimmer geführt, damit sie das Furcht einflößende Gerät mit eigenen Augen bestaunen und sich davon überzeugen konnten, dass Riverton ein ganz besonders vornehmer Haushalt war.

Es war also kein Wunder, dass das Läuten des Telefons uns alle verstummen ließ. Dass das Telefon zu so später Stunde läutete, ließ die Verwunderung in böse Vorahnung umschlagen. Wie gebannt saßen wir da, lauschten angestrengt und hielten den Atem an.

»Hallo?«, rief Mr Hamilton in den Hörer. »Hallo?«

Katie kam hereingelaufen. »Ich habe gerade ein merkwürdiges Geräusch gehört. Ooh, hier gibt's ja Champagner ...«

»Schsch«, zischten wir wie aus einem Mund. Katie setzte sich und begann, ihre Nägel zu kauen.

Aus dem Anrichtezimmer hörten wir Mr Hamilton sagen: »Ja, Sie sind mit dem Anschluss von Lord Ashbury verbunden … Major Hartford? Ja, Major Hartford ist hier zu Besuch bei seinen Eltern … Ja, Sir, sofort. Wen darf ich als Anrufer melden? … Einen Augenblick, bitte, Captain Brown, ich verbinde Sie.«

Mrs Townsend flüsterte wichtigtuerisch: »Jemand für den Major.« Dann spitzten wir wieder die Ohren. Von meinem Platz aus konnte ich durch die offene Tür gerade eben Mr Hamiltons Profil ausmachen, seinen steifen Hals und die nach unten gezogenen Mundwinkel.

»Guten Abend, Sir«, sagte Mr Hamilton in den Hörer. »Es tut mir außerordentlich leid, Sie stören zu müssen, Sir, aber der Major wird am Telefon verlangt. Es ist Captain Brown, der aus London anruft, Sir.«

Mr Hamilton schwieg eine Weile, blieb jedoch am Telefon. Er hatte die Angewohnheit, den Hörer noch eine Weile ans Ohr zu halten, um sich zu vergewissern, dass der Anruf oben entgegengenommen und nicht getrennt wurde.

Ich sah, wie seine Hände den Hörer immer fester umklammerten, während er wartete und lauschte. Sein ganzer Körper spannte sich an, und sein Atem schien schneller zu gehen.

Schließlich legte er leise auf und strich seine Jacke glatt. Langsam kehrte er an seinen Platz am Kopfende des Tischs zurück, blieb jedoch stehen, die Hände auf die Stuhllehne gestützt. Er ließ seinen Blick um den Tisch wandern, schaute jeden von uns kurz an. Schließlich sagte er ernst:

»Unsere schlimmsten Befürchtungen haben sich bestätigt. Großbritannien befindet sich im Krieg. Möge Gott uns allen beistehen.«

Ich weine. Nach all den Jahren weine ich endlich um sie. Warme Tränen fließen aus meinen Augen, folgen den Linien in meinem Gesicht, bis sie an der Luft trocknen und kühl und klebrig an meiner Haut haften.

Sylvia ist wieder bei mir. Mit einem Papiertaschentuch betupft sie vergnügt mein Gesicht. Für sie sind die Tränen nichts weiter als ein Problem mit fehlerhaften Rohrleitungen. Ein weiteres unausweichliches, harmloses Anzeichen für mein hohes Alter.

Sie weiß nicht, dass ich um die sich ändernden Zeiten weine. Dass ich, genauso, wie wenn ich ein Lieblingsbuch zum hundertsten Mal lese, gegen besseres Wissen hoffe, dass die Geschichte diesmal anders ausgeht. Dass ich bei der Erinnerung an die Zeit auf Riverton gegen alle Vernunft hoffe, dass der Krieg nicht ausbrechen möge. Dass er uns alle diesmal auf wundersame Weise verschonen wird.

Aus dem *Mystery Maker Trade Magazine*
Winterausgabe 1998

Nachrichten in Kürze

Ehefrau von Erfolgsautor tot: Inspektor-Adams-Reihe auf Eis gelegt.

LONDON: Die Fans, die ungeduldig auf die sechste Folge der beliebten Inspektor-Adams-Reihe warten, werden sich gedulden müssen. Wie verlautet, hat der Schriftsteller Marcus McCourt die Arbeit an dem Roman *Tod im Kessel* eingestellt, nachdem seine Frau Rebecca McCourt im vergangenen Oktober ganz unerwartet an einem Aneurysma gestorben ist.

McCourt stand zu einem Kommentar nicht zur Verfügung, aber ein Freund des Ehepaars hat MM gegenüber erklärt, der normalerweise durchaus nicht öffentlichkeitsscheue Autor sei nicht bereit, über den Tod seiner Frau zu sprechen und leide seit dem tragischen Verlust an einer Schreibhemmung. McCourts britischer Verlag, Raymes & Stockwell, verweigerte jeglichen Kommentar.

Die ersten fünf Inspektor-Adams-Romane wurden kürzlich für eine angeblich siebenstellige Summe an den amerikanischen Verlag Foreman Lewis verkauft. *Das Böse entlarvt sich selbst* wird bei Hocador verlegt. Der Roman soll im Frühjahr 1999 in den USA erscheinen und kann im Internet vorbestellt werden.

Rebecca McCourt hat ebenfalls als Schriftstellerin gearbeitet. Ihr Erstlingsroman *Purgatorio* behandelt die fiktive Entstehungsgeschichte von Mahlers unvollendeter zehnter Sinfonie und wurde 1996 für den »Orange Prize for Literature« vorgeschlagen.

Marcus und Rebecca McCourt hatten sich erst vor Kurzem getrennt.

Saffron High Street

Es wird bald Regen geben. Mein Rücken ist wesentlich sensibler als jedes meteorologische Messgerät, und letzte Nacht habe ich wach gelegen, während meine Knochen sich gegenseitig etwas vorstöhnten und sich Geschichten von längst vergangener Geschmeidigkeit zuflüsterten. Ich wälzte meinen steifen, alten Körper hin und her: aus Unwohlsein wurde Frustration, aus Frustration Langeweile, und die Langeweile verwandelte sich in Angst. Angst, dass die Nacht nie enden und ich auf ewig in ihrem langen, einsamen Tunnel gefangen bleiben würde.

Aber genug davon. Ich weigere mich, meine Schwächen endlos wiederzukäuen. Damit langweile ich sogar mich selbst. Und irgendwann muss ich eingeschlafen sein, denn heute Morgen bin ich aufgewacht, und soweit ich weiß, geht das eine nicht ohne das andere. Ich lag immer noch im Bett, mein Nachthemd um den Bauch verknäuelt, als eine junge Frau mit hochgekrempelten Ärmeln und einem langen, dünnen Zopf – nicht so lang wie meiner – in mein Zimmer kam und die Vorhänge aufriss, um das Morgenlicht hereinzulassen. Es war nicht Sylvia, und daran erkannte ich, dass heute Sonntag ist.

Die junge Frau – Helen, wie ihr Namensschild besagte – half mir unter die Dusche, ihre maulbeerfarbenen

Fingernägel gruben sich in die schlaffe, weiße Haut an meinem Oberarm. Sie warf ihren Zopf über die Schulter und summte, während sie mir erst den Rumpf und dann die Arme und Beine einseifte, eine Melodie vor sich hin, die mir unbekannt war. Anschließend drückte sie mich auf meinen Badestuhl und ließ mich allein unter der warmen Dusche sitzen. Mit beiden Händen hielt ich mich an dem unteren Griff fest und zog mich nach vorne. Ich stöhnte erleichtert auf, als das Wasser über meinen verspannten Rücken lief.

Mit Helens Hilfe saß ich also um halb acht frisch gebadet, ordentlich angezogen und adrett frisiert am Frühstückstisch. Ich würgte eine Scheibe labberiges Toastbrot herunter und trank eine Tasse Tee. Dann holte Ruth mich zum Kirchgang ab.

Ich bin nicht sonderlich religiös. Es gab sogar Zeiten, in denen ich jeden Glauben verloren hatte, als ich den ach so gütigen Vater verwünschte, der es zuließ, dass seine Kinder solche irdischen Schrecken erleben mussten. Aber ich habe schon vor langer Zeit meinen Frieden mit Gott gemacht. Das Alter macht milde. Außerdem geht Ruth gern in die Kirche, und es kostet mich wenig, ihr den Gefallen zu tun.

Es ist Fastenzeit, die Zeit der Gewissensprüfung und der Reue, die dem Osterfest vorausgeht, und heute Morgen war die Kanzel mit violetten Tüchern drapiert. Die Predigt zum Thema Schuld und Verzeihen war recht ansprechend. (Und passend angesichts der Mühen, die auf mich zu nehmen ich mich entschlossen habe.) Der Pfarrer las aus Johannes, Kapitel 14, und flehte die Gemeindemitglieder an, nicht auf die Angstmacher zu hören, die den drohenden Weltuntergang heraufbeschwören, und ermahnte sie, stattdessen durch Christus ihren inneren Frieden zu finden. »Ich bin der Weg, die Wahrheit und das Leben«, las er vor, »niemand kommt zum Vater außer durch mich.« Und dann empfahl er uns, uns ein Beispiel am Glauben der Apostel zu Beginn des ersten Jahrtausends zu nehmen. Judas natürlich ausgenommen: Ein Mann, der Jesus für dreißig Silberlinge verriet und sich anschließend erhängte, taugt nicht gerade als Vorbild.

Nach dem Gottesdienst machen wir gewöhnlich einen Spaziergang zur High Street, um in Maggie's Café eine Tasse Tee zu trinken. Wir gehen immer in Maggie's Café, obwohl Maggie schon vor Jahren mit einem Koffer und dem Ehemann ihrer besten Freundin die Stadt verlassen hat. Als wir heute Morgen die Church Street hinuntergingen, Ruths Hand an meinem Arm, entdeckte ich die ersten vorwitzigen Knospen an den Hecken entlang der Straße. Das Rad der Zeit hat sich einmal mehr gedreht, und der Frühling ist unterwegs.

Auf der Holzbank unter der hundertjährigen Ulme, an deren dickem Stamm sich die Church Street und die Saffron High Street treffen, ruhten wir uns eine Weile aus. Die Wintersonne sickerte durch das Geflecht der kahlen Äste und wärmte mir den Rücken. Seltsam, diese sonnigen Tage am Ende des Winters, an denen einem kalt und warm zugleich sein kann.

Als ich ein kleines Mädchen war, rollten von Pferden gezogene Kutschen und Karren durch diese Straßen. Nach dem Krieg dann auch Automobile: Austens und Tin Lizzies, deren Fahrer Schutzbrillen trugen und kräftig auf die Hupen drückten. Damals waren die Straßen verdreckt, voller Schlaglöcher und mit Pferdeäpfeln übersät. Alte Damen schoben Kinderwagen mit großen Speichenrädern, und kleine Jungs mit leerem Blick verkauften Zeitungen aus Pappkartons.

An der Ecke, wo sich heute die Tankstelle befindet, stand immer die Salzverkäuferin. Vera Pipp: eine drahtige Frau mit Kopftuch, stets eine dünne Tonpfeife im Mundwinkel. Ich habe mich immer hinter dem Rock meiner Mutter versteckt und mit großen Augen zugesehen, wie Mrs Pipp riesige Salzbrocken auf ihren Handkarren hievte, die sie dann mit einer Säge und einem Messer in kleinere Stücke zerteilte. Sie ist in vielen meiner Albträume vorgekommen mit ihrer Tonpfeife und ihrem glänzenden Haken.

Auf der anderen Straßenseite befand sich der Laden des Pfandleihers, erkennbar an drei Messingkugeln über dem Eingang, genau wie in jeder anderen Stadt in ganz Großbritannien zu Anfang des Jahrhunderts. Meine Mutter und ich gingen jeden Montag dorthin, um unsere Sonntagskleider gegen ein paar Schillinge einzutauschen. Am Freitag, wenn das Geld für die Flickarbeiten kam, schickte sie mich los, um die Kleider wieder auszulösen, damit wir für den Sonntagsgottesdienst etwas Anständiges zum Anziehen hatten.

Den Lebensmittelladen mochte ich am liebsten. Heute ist es ein Copyshop, aber zu meiner Zeit gehörte der Laden einem großen, hageren Mann mit einem starken Akzent und buschigen Augenbrauen und seiner molligen Frau, die es sich beide zur Aufgabe gemacht hatten, jeden noch so ausgefallenen Wunsch ihrer Kunden zu erfüllen. Selbst während des Krieges gelang es Mr Georgias immer, noch ein zusätzliches Paket Tee aufzutreiben – zu einem angemessenen Preis natürlich. In meinen Kinderaugen war der Laden das reinste Wunderland. Staunend schaute ich ins Schaufenster und betrachtete die bunten Schachteln mit Horlicks Malzpulver und Ingwerplätzchen von Huntley & Palmer. Köstlichkeiten, die es bei uns zu Hause nie gab. Auf breiten, glatten Verkaufstheken lagen gelbe Butter- und Käseblöcke, Schachteln mit frischen Eiern – die manchmal sogar noch warm waren –

und getrockneten Bohnen, die auf Waagen aus glänzendem Messing abgewogen wurden. An manchen Tagen – in meinen Augen die besten – nahm meine Mutter von zu Hause einen Topf mit, den Mr Georgias dann mit schwarzem Zuckersirup füllte …

Ruth tippte meinen Arm an und zog mich auf die Beine, und wir setzten unseren Weg die Saffron High Street hinunter fort bis zu der ausgeblichenen, rot-weiß gestreiften Markise von Maggie's Café. Wir bestellten das Übliche – zwei Tassen englischen Frühstückstee und einen Scone zum Teilen – und setzten uns an den Tisch am Fenster.

Die junge Frau, die uns den Tee brachte, war neu, und zwar nicht nur in Maggie's Café, sondern auch in ihrem Beruf, nach dem zu urteilen, wie ungeschickt sie eine Untertasse in jeder Hand hielt und den Teller mit dem Scone auf ihrem zitternden Handgelenk balancierte.

Ruth betrachtete missbilligend die unvermeidlichen Teepfützen in unseren Untertassen. Sie hielt sich jedoch gnädig zurück und presste die Lippen zusammen, als sie Papierservietten zwischen Tassen und Untertassen schob.

Wie üblich nippten wir schweigend an unserem Tee, bis Ruth schließlich ihren Teller über den Tisch schob. »Du kannst meine Hälfte auch haben. Du siehst so mager aus.«

Ich überlegte kurz, ob ich sie an Mrs Simpsons Maxime erinnern sollte, nach der eine Frau niemals zu reich oder zu dünn sein kann, ließ es dann aber bleiben. Ruths Sinn für Humor, der nie besonders ausgeprägt gewesen war, hatte sie in letzter Zeit gänzlich verlassen.

Ich sehe wirklich mager aus. Mir ist der Appetit abhanden gekommen. Das liegt weniger daran, dass ich keinen Hunger mehr habe, sondern rührt daher, dass ich nichts mehr schmecke. Und wenn die letzte Geschmacksknospe sich zusammenrollt und stirbt, vergeht einem auch die Lust am Essen. Das modische Ideal, nach dem ich in meiner Jugend vergeblich gestrebt habe – dünne Arme, kleine Brüste, Blutarmut –, ist jetzt mein Schicksal. Allerdings gebe ich mich nicht der Illusion hin, dass es mir ebenso gut steht wie seinerzeit Coco Chanel.

Ruth betupfte sich die Lippen, um einen unsichtbaren Krümel zu entfernen, dann räusperte sie sich, faltete ihre Serviette zweimal und schob sie unter ihr Messer. »Ich muss mir noch etwas aus der Apotheke besorgen«, sagte sie. »Kann ich dich einen Augenblick allein lassen?«

»Aus der Apotheke?«, fragte ich. »Warum? Was ist los?« Sie ist Mitte sechzig, Mutter eines erwachsenen Mannes, und immer noch bleibt mir fast das Herz stehen, wenn ich fürchte, dass etwas mit ihr nicht in Ordnung sein könnte.

»Nichts«, sagte sie. »Nichts Schlimmes.« Sie erhob sich steif und flüsterte: »Ich brauche nur was zum Schlafen.«

Ich nickte; wir wissen beide, warum sie nicht schlafen kann. Es steht zwischen uns, eine gemeinsame Traurigkeit, sauber verpackt durch unsere unausgesprochene Übereinkunft, nicht darüber zu reden. Nicht über *ihn* zu reden.

Ruth beeilte sich, das Schweigen zu brechen. »Du kannst hier sitzen bleiben, bis ich zurück bin. Hier an der Heizung hast du es schön warm.« Sie nahm ihre Jacke und ihre Handtasche und schaute mich an. »Dass du mir nicht auf die Idee kommst, spazieren zu gehen!«

Ich schüttelte den Kopf, als sie zur Tür eilte. Ruth hat ständig Angst, dass ich verschwinden könnte, sobald sie mich allein lässt. Ich frage mich, was sie glaubt, wohin ich wohl so dringend möchte.

Durchs Fenster sah ich ihr nach, bis sie zwischen den dahineilenden Menschen nicht mehr auszumachen war.

Alle diese unterschiedlichen Körperformen und -größen. Und erst die Kleidung! Was hätte Mrs Townsend wohl dazu gesagt?

Ein rosawangiges Kind ging vorbei, ausstaffiert wie ein kleines Püppchen, vorwärtsgezerrt von einer gestressten Mutter. Das Kind – Mädchen oder Junge, schwer zu sagen – schaute mich mit großen runden Augen an, unbelastet von der gesellschaftlichen Verpflichtung zu lächeln, der die meisten Erwachsenen meinen nachkommen zu müssen. Erinnerungen kamen hoch. Vor langer Zeit war ich dieses Kind, das von seiner dahineilenden Mutter durch die Straßen gezogen wurde. Die Erinnerung bekam klarere Konturen. Wir waren genau an diesem Laden vorbeigegangen, allerdings war hier damals noch kein Café, sondern eine Metzgerei. Im Schaufenster lagen verschieden große Fleischstücke auf weißen Marmorplatten aufgereiht, und über dem mit Sägemehl bestreuten Boden baumelten Rinderhälften. Mr Hobbins, der Metzger, hatte mir zugewinkt, und ich erinnerte mich, wie sehr ich mir gewünscht hatte, meine Mutter würde stehen bleiben und einen schönen Schinken für die Suppe einkaufen.

Hoffnungsvoll trödelte ich vor dem Schaufenster, stellte mir vor, wie die Suppe – Schinken, Porree und Kartoffeln – auf unserem Holzofen vor sich hin blubberte und unsere winzige Küche mit ihrem salzigen Dampf erfüllte. Ich malte mir den köstlichen Duft so intensiv aus, dass es beinahe schmerzte.

Aber meine Mutter blieb nicht stehen. Sie zögerte nicht einmal. Während das Klick-Klack ihrer Schritte sich immer weiter entfernte, wurde ich mit einem Mal von dem Wunsch überwältigt, ihr einen Schrecken einzujagen, sie dafür zu bestrafen, dass wir arm waren, sie glauben zu lassen, ich sei verloren gegangen.

Ich blieb, wo ich war, überzeugt, dass sie mein Fehlen bald bemerken und zurückkommen würde. Vielleicht, ja vielleicht würde sie sogar so erleichtert sein, mich zu sehen, dass sie den Schinken mit Freuden kaufen würde ...

Plötzlich zerrte etwas an mir, und ich wurde in die Richtung gezogen, aus der ich gekommen war. Es dauerte einen Augenblick, bis ich begriff, was geschehen war, bis ich merkte, dass ein Knopf meines Mantels sich im Einkaufsnetz einer elegant gekleideten Dame verfangen hatte und ich wie von Zauberhand fortgerissen wurde. Ich erinnere mich noch lebhaft daran, wie ich, während meine Beine Mühe hatten, mit der Dame mitzuhalten, meine kleine Hand ausstreckte, um ihren breiten Hintern zu berühren, mich dann jedoch nicht traute. Die Dame überquerte mit mir im Schlepptau die Straße, und ich begann zu weinen. Ich war verloren, und mit jedem Schritt, den wir machten, wurde meine Angst größer. Ich würde meine Mutter nie wiedersehen und der fremden Frau mit ihren vornehmen Kleidern ausgeliefert sein.

Plötzlich entdeckte ich meine Mutter auf der anderen Straßenseite inmitten all der anderen Leute, die dort einkaufen gingen. Erleichterung! Ich wollte sie rufen, brachte jedoch vor lauter Schluchzen kein Wort heraus. Nach Luft schnappend, das Gesicht tränenüberströmt, wedelte ich mit den Armen.

Plötzlich drehte meine Mutter sich um und entdeckte mich. Sie erstarrte, schlug sich mit der mageren Hand auf ihre flache Brust, und einen Augenblick später war sie bei mir. Verdutzt über das Durcheinander blieb die Dame stehen, die ihren blinden Passagier bis dahin gar nicht bemerkt hatte. Sie drehte sich um und schaute uns an: meine hochgewachsene Mutter mit ihrem verhärmten Gesicht und dem verschossenen Rock und den tränenüberströmten Kobold, als der ich ihr erschienen sein muss. Sie rüttelte an ihrem Einkaufsnetz und drückte es entsetzt an die Brust. »Weg! Weg! Verschwindet, sonst rufe ich die Polizei!«

Einige Leute hatten mitbekommen, dass sich ein kleiner Eklat anbahnte, und begannen, einen Kreis um uns zu bilden. Meine Mutter entschuldigte sich bei der Dame, die sie anstarrte wie eine Ratte in der Vorratskammer, versuchte, ihr zu erklären, was geschehen war, aber die Dame wich nur vor ihr zurück. Mir blieb nichts anderes übrig, als ihr zu folgen, woraufhin sie nur noch lauter kreischte. Schließlich tauchte ein Polizist auf und erkundigte sich, was der Aufruhr zu bedeuten habe.

»Sie will mir meine Tasche stehlen«, sagte die Dame, während sie mit einem zitternden Finger auf mich zeigte.

»Stimmt das?«, fragte der Polizist.

Immer noch unfähig zu sprechen, schüttelte ich den Kopf, überzeugt, dass ich verhaftet würde.

Dann erklärte meine Mutter noch einmal, was passiert war, dass mein Knopf sich in dem Einkaufsnetz verfangen hatte. Der Polizist nickte, und die Dame runzelte argwöhnisch die Stirn. Schließlich betrachteten alle das Einkaufsnetz und sahen, dass mein Knopf immer noch festhing. Der Polizist forderte meine Mutter auf, mich zu befreien.

Sie löste den Knopf aus dem Netz, bedankte sich bei dem Polizisten, entschuldigte sich noch einmal bei der Dame, dann schaute sie mich an. Ich wartete ängstlich, ob sie lachen oder weinen würde. Sie tat beides, aber erst später. Sie packte mich an meinem braunen Mantel, führte mich weg von der Menge, die sich allmählich auflöste, und blieb erst stehen, nachdem wir in die Railway Street eingebogen waren. Während der Zug nach London aus dem Bahnhof fuhr, drehte sie sich zu mir um und zischte: »Du ungezogenes Mädchen! Ich dachte, ich hätte dich verloren. Du bringst mich noch mal ins Grab! Möchtest du das? Deine eigene Mutter umbringen?« Dann strich sie meinen Mantel glatt, schüttelte den Kopf und nahm meine Hand so fest in ihre, dass es wehtat. »Manchmal wünschte ich, ich hätte dich als Findelkind im Waisenhaus abgegeben, so wahr mir Gott helfe.«

Das sagte sie jedes Mal, wenn ich unartig gewesen war, und zweifellos enthielt die Verwünschung mehr als ein Körnchen echten Gefühls. Sicherlich gab es einige Leute, die der Meinung waren, meine Mutter hätte es leichter im Leben gehabt, wenn sie mich im Waisenhaus abgegeben hätte. Nichts führte so unweigerlich wie eine Schwangerschaft dazu, dass eine Frau ihre Stellung verlor, und seit meiner Geburt wusste meine Mutter kaum jemals, wie sie über die Runden kommen sollte.

Wie es dazu kam, dass mir das Waisenhaus erspart blieb, diese Geschichte habe ich so oft zu hören bekommen, dass ich manchmal glaubte, ich hätte sie schon gekannt, als ich auf die Welt kam. Die Reise meiner Mutter zum Russell Square in London – ich in eine Decke gewickelt und unter ihrem Mantel verstaut, um mich warm zu halten – war für uns zu einer Art Legende geworden. Ihr Gang die Grenville Street und dann die Guilford Street hinunter, vorbei an Leuten, die die Köpfe schüttelten, weil sie genau wussten, wohin sie mit ihrem kleinen Bündel wollte. Wie sie das Waisenhaus schon von Weitem an den vielen jungen Frauen erkannt hatte, die vor seinen Toren standen und wie benommen ihre greinenden Babys wiegten. Dann, der Höhepunkt, die Stimme (Gottes Stimme, sagte meine Mutter, die Stimme der Dummheit, meinte meine Tante Dee), die ihr plötzlich laut und deutlich befahl, umzukehren, und ihr erklärte, es sei ihre Pflicht, ihr Baby zu behalten. Der Augenblick, für den ich nach Meinung der Familie auf ewig dankbar zu sein hatte.

An jenem Morgen, als mir das mit dem Knopf und dem Einkaufsnetz passiert war, brachte meine Mutter mich mit dem Hinweis auf das Waisenhaus zum Schweigen. Allerdings nicht, wie sie zweifellos glaubte, aus Dankbarkeit darüber, dass ich diesem Schicksal entronnen war. Vielmehr wandelte ich auf den ausgetretenen Pfaden eines meiner Lieblingstagträume. Ich liebte es geradezu mir vorzustellen, wie ich im Waisenhaus zusammen mit all den anderen Kindern Lieder sang. Dort hätte ich jede Menge Brüder und Schwestern zum Spielen gehabt, anstatt einer verschrobenen Mutter, deren Gesicht von Enttäuschungen gezeichnet war. Enttäuschungen, von denen ich sicherlich eine war.

Das Gefühl, dass jemand neben mir stand, zog mich durch den langen Tunnel der Erinnerung zurück ins Hier und Jetzt. Als ich mich umdrehte, blickte ich in das Gesicht einer jungen Frau. Es dauerte einen Augenblick, bis mir dämmerte, dass es die Kellnerin war, die den Tee serviert hatte. Sie schaute mich erwartungsvoll an.

Ich blinzelte. »Ich glaube, meine Tochter hat bereits bezahlt.«

»Aber ja«, erwiderte die junge Frau mit weicher Stimme und irischem Akzent. »Ja, das hat sie. Gleich, als sie bestellt hat.« Dennoch rührte sie sich nicht vom Fleck.

»Ist denn sonst noch was?«, fragte ich.

Sie schluckte. »Na ja, Sue in der Küche sagt, Sie sind die Großmutter von … Also, sie meint, Ihr Enkel ist … ist Marcus McCourt, und ich bin seine glühendste Verehrerin. Ich liebe Inspektor Adams. Ich habe alle Bände gelesen.«

Marcus. Die kleine Sorgenmotte flatterte in meiner Brust, wie immer, wenn jemand seinen Namen ausspricht. Ich lächelte die junge Frau an. »Freut mich zu hören. Mein Enkel würde sich darüber bestimmt freuen.«

»Es hat mir so leidgetan, als ich das von seiner Frau gelesen habe.«

Ich nickte.

Sie zögerte, und ich machte mich auf die Fragen gefasst, die kommen würden, die immer kamen: Schrieb er trotzdem wieder an einer Inspektor-Adams-Geschichte? Würde sie bald erscheinen? Ich war erstaunt, als das Taktgefühl ihre Neugier besiegte. »Tja … war nett, Sie kennenzulernen«, sagte sie. »Ich muss wieder an die Arbeit, sonst steigt Sue mir aufs Dach.« Sie machte sich auf den Weg, kehrte aber noch einmal zurück. »Werden Sie es ihm sagen? Werden Sie ihm ausrichten, wie viel mir und all seinen Fans seine Bücher bedeuten?«

Ich gab ihr mein Wort, obwohl ich nicht weiß, wann ich die Gelegenheit haben werde, es einzulösen. Wie die meisten seiner Generation bummelt er durch die Weltgeschichte. Im Gegensatz zu seinen Altersgenossen jedoch ist er nicht auf der Suche nach Abenteuern, sondern nach Ablenkung. Er ist in der Wolke seiner Trauer verschwunden, und ich habe nicht die geringste Ahnung, wo er gerade steckt. Das letzte Lebenszeichen von ihm liegt schon Monate zurück: eine Ansichtskarte von der Freiheitsstatue, abgestempelt in Kalifornien mit einem Datum vom letzten Jahr. Der kurze Text: *Viel Glück zum Geburtstag. M.*

Nein, es ist nicht einfach nur Trauer. Es sind seine Schuldgefühle, die ihn so rastlos machen. Er gibt sich zu Unrecht die Schuld an Rebeccas Tod. Er glaubt, wenn er sie nicht verlassen hätte, wäre alles anders gekommen. Ich mache mir Sorgen um ihn. Die besondere Art der Schuldgefühle jener, die eine Tragödie überlebt haben, ist mir sehr vertraut.

Durch das Fenster sah ich, wie Ruth die Straße überquerte; sie hatte sich mit dem Pfarrer und dessen Frau unterhalten und war noch gar nicht in der Apotheke gewesen. Mühsam schob ich mich bis an die Stuhlkante vor, hängte mir meine Handtasche über die Schulter und packte meinen Gehstock. Mit zitternden Beinen stand ich auf. Ich musste etwas erledigen.

Mr Butler, der Kurzwarenhändler, betreibt einen winzigen Laden auf der Hauptstraße, über dem Schaufenster kaum mehr als die Andeutung einer gestreiften Markise, eingequetscht zwischen der Bäckerei und einem Geschäft, in dem man Kerzen und Räucherstäbchen erstehen kann. Aber hinter der roten Holztür mit ihrem glänzenden Klopfring aus Messing und seiner silbernen Glocke straft eine wahre Fundgrube verschiedenster Artikel den bescheidenen Eingang Lügen. Herrenhüte und Krawatten, Schultaschen und Lederkoffer, Kasserollen und Hockeyschläger konkurrieren miteinander um einen Platz in dem engen Raum.

Mr Butler ist ein kleiner, etwa fünfundvierzigjähriger Mann mit schütterem Haar und, wie ich bemerkte, einem Bauchansatz. Ich erinnere mich noch an seinen Vater und an seinen Großvater, aber das erwähne ich nie. Geschichten von früher bringen die jungen Leute in Verlegenheit. Heute Morgen lächelte er mich über seine Brille hinweg an und machte mir ein Kompliment über mein Aussehen. Als ich noch jünger war, vielleicht so in meinen Achtzigern, hätte meine Eitelkeit mich dazu verleitet, ihm zu glauben. Heute betrachte ich solche Kommentare als Ausdruck des Erstaunens darüber, dass ich immer noch lebe. Ich bedankte mich – immerhin hatte er es gut gemeint – und erkundigte mich, ob er einen Kassettenrekorder habe.

»Zum Musikhören?«, fragte Mr Butler.

»Nein, ich möchte etwas auf Band sprechen«, erwiderte ich. »Meine Worte aufzeichnen.«

Er zögerte, fragte sich wohl, was in aller Welt ich einem Kassettenrekorder zu sagen haben mochte, dann nahm er einen kleinen, schwarzen Gegenstand aus einem Regal. »Dieser hier dürfte Ihren Ansprüchen genügen. Das ist ein Walkman. Alle Kids benutzen die Dinger heutzutage.«

»Ja«, sagte ich hoffnungsvoll. »Das scheint mir genau das Richtige zu sein.«

Er muss meine Unerfahrenheit gespürt haben, denn er erklärte mir die Handhabung des Geräts sehr ausführlich. »Es ist ganz einfach. Sie drücken hier drauf und dann sprechen Sie hier rein.« Er beugte sich vor und deutete auf ein Stückchen metallenes Gitter an der Seite des Geräts. Ich konnte den Kampfer an seinem Anzug beinahe schmecken. »Das hier ist das Mikrofon.«

Ruth war immer noch nicht aus der Apotheke zurück, als ich wieder am Café eintraf. Um weiteren Fragen seitens der Kellnerin zu entgehen, zog ich meinen Mantel eng um mich und setzte mich draußen auf die Bank an der Bushaltestelle. Von der Anstrengung war ich völlig außer Atem.

Ein kalter Wind fegte lauter vergessene Dinge vor sich her: ein Bonbonpapier, trockenes Laub, eine braun-grüne Entenfeder. Sie tanzten am Straßenrand entlang, blieben liegen und wirbelten dann mit jedem Windstoß ein Stück weiter. Schließlich gewann die Feder einen Vorsprung, wurde von einer kräftigeren Bö erfasst und flog, sich um sich selbst drehend, über die Dächer auf und davon.

Ich dachte an Marcus und wie er, getrieben von einer eindringlichen Melodie, der er nicht entkommen kann, über den Globus tanzt. In letzter Zeit braucht es nicht viel, um mir Marcus in Erinnerung zu bringen. Besonders nachts drängt er sich häufig in meine Gedanken, wie eine getrocknete Sommerblume eingeklemmt zwischen Bildern von Hannah und Emmeline und Riverton: mein Enkel. Zur falschen Zeit am falschen Ort. Erst vor Kurzem noch war er ein kleiner Junge mit flaumiger Haut und großen Augen, dann plötzlich war er ein erwachsener Mann, gezeichnet von der Liebe und ihrem Verlust.

Ich möchte sein Gesicht wiedersehen. Es berühren. Sein schönes, vertrautes Gesicht, wie alle Gesichter von den tüchtigen Händen der Geschichte geschnitzt. Gefärbt von Ahnen und einer Vergangenheit, über die er wenig weiß.

Eines Tages wird er zurückkehren, daran zweifle ich nicht, denn die Heimat ist ein Magnet, der selbst seine in die entferntesten Winkel geflüchteten Kinder zurücklockt. Aber ob das morgen oder in vielen Jahren sein wird, weiß ich nicht. Und ich habe nicht die Zeit, darauf zu warten. Ich sitze bereits im kalten Wartezimmer der Zeit, zittere vor mich hin, während alte Geister und hallende Stimmen immer leiser werden.

Deswegen habe ich mich entschlossen, ein Band für ihn zu besprechen. Vielleicht auch mehr als eins. Ich werde ihm ein Geheimnis erzählen, ein altes, wohlgehütetes Geheimnis.

Ursprünglich wollte ich alles aufschreiben, aber als ich endlich einen vergilbten Schreibblock und einen schwarzen Kugelschreiber gefunden hatte, versagten meine Finger mir den Dienst. Willige, aber nutzlose Werkzeuge, nur in der Lage, meine Gedanken in unleserliches Gekritzel zu übertragen.

Es war Sylvia, die mich auf die Idee mit dem Kassettenrekorder gebracht hat. Während einer ihrer Putzanfälle in meinem Zimmer, den sie nutzte, um den Anforderungen eines unangenehmen Heimbewohners zu entkommen, entdeckte sie meinen Schreibblock.

»Aha, Sie zeichnen also?«, hatte sie gesagt, während sie den Schreibblock hochhielt und von allen Seiten betrachtete. »Sehr modern. Hübsch. Was soll es denn darstellen?«

»Einen Brief«, sagte ich.

Da erzählte sie mir von Bertie Sinclairs Methode, sich mit seinem Sohn mithilfe von besprochenen Kassetten auszutauschen. »Und ich kann Ihnen sagen, seitdem ist er wesentlich erträglicher, nicht mehr so wehleidig. Sobald er anfängt, über seinen Hexenschuss zu jammern, brauche ich nur den Rekorder einzuschalten, und prompt ist er wieder glücklich und zufrieden.«

Ich saß an der Bushaltestelle, befühlte mein Päckchen und malte mir die Möglichkeiten aus, die das Ding mir bot. Ich nahm mir vor anzufangen, sobald ich zu Hause war.

Ruth winkte mir von der anderen Straßenseite aus grimmig lächelnd zu und verstaute eine kleine Tüte aus der Apotheke in ihrer Handtasche, während sie den Zebrastreifen überquerte. »Mum«, schalt sie mich, als sie näher kam. »Was machst du denn hier draußen in der Kälte?« Hastig sah sie sich nach allen Seiten um. »Die Leute denken am Ende noch, ich hätte dich hier warten lassen.« Sie zog mich auf die Füße und führte mich zu ihrem Wagen.

Auf der Rückfahrt nach Heathview betrachtete ich die grauen Steinhäuser, die an uns vorbeisausten. Eins davon, unauffällig eingebettet zwischen zwei völlig identisch aussehenden, ist das Haus, in dem ich geboren wurde. Ich schaute Ruth von der Seite an, aber falls sie es bemerkt haben sollte, so ließ sie sich nichts anmerken. Natürlich gibt es gar keinen Grund, warum ihr das Haus auffallen sollte. Wir fahren schließlich jeden Sonntag daran vorbei.

Während wir durch die schmale Straße aus dem Dorf hinaus aufs Land fuhren, hielt ich den Atem an – nur ein ganz kleines bisschen –, so wie ich es immer mache.

Kurz hinter der Bridge Road bogen wir um eine Ecke – und da war es: die Einfahrt von Riverton. Die schmiedeeisernen Tore, hoch wie Laternenmasten, der Eingang zu dem Tunnel aus flüsternden alten Bäumen. Das Tor ist jetzt weiß gestrichen und glänzt nicht mehr silbern wie damals. Neben den schmiedeeisernen Schnörkeln, aus denen man »Riverton« entziffern kann, hängt ein Schild: *Für Publikum geöffnet. März–Oktober, 10:00h–16:00h. Eintritt: Erwachsene 4£, Kinder 2£. Keine Ermäßigung.*

Das Bandbesprechen musste ich erst lernen. Zum Glück konnte Sylvia mir helfen. Sie hielt mir das Gerät vor den Mund, und auf ihr Zeichen hin sagte ich die ersten Worte, die mir in den Sinn kamen. »Hallo … hallo. Hier spricht Grace Bradley … Test. Eins. Zwei. Drei.«

Sylvia ließ den Walkman sinken und grinste. »Absolut professionell.« Sie drückte einen Knopf, und das Gerät fing an zu surren. »Ich spule es nur zurück, damit wir es uns anhören können.«

Als das Band zurückgelaufen war, ertönte ein Klicken. Sylvia drückte auf »play«, und wir warteten.

Es war die Stimme des Alters: schwach, verbraucht, fast unhörbar. Ein bleiches Seidenband, morsch, nur noch aus einzelnen Fäden bestehend. Ein schwacher Abklatsch meiner selbst, meiner wirklichen Stimme, die ich in meinem Kopf und in meinen Träumen höre.

»Großartig«, sagte Sylvia. »Ich lasse Sie jetzt allein. Rufen Sie mich, wenn Sie mich brauchen.«

Als sie sich zum Gehen wandte, war ich plötzlich schrecklich aufgeregt.

»Sylvia …«

Sie drehte sich um. »Ja, meine Liebe?«

»Was soll ich denn sagen?«

»Na, woher soll ich das wissen?« Sie lachte. »Tun Sie einfach so, als säße er hier neben Ihnen. Erzählen Sie ihm alles, was Ihnen gerade in den Sinn kommt.«

Und das habe ich getan, Marcus. Ich habe dich am Fußende meines Bettes vor mir gesehen, halb auf meinen Füßen liegend, so wie du es immer getan hast, als du noch klein warst, und dann habe ich angefangen zu sprechen. Ich habe dir erzählt, was ich in letzter Zeit gemacht habe, von dem Film und von Ursula. Deine Mutter habe ich vorsichtshalber kaum erwähnt und nur gesagt, dass du ihr fehlst. Dass sie sich nach dir sehnt.

Und ich habe dir von den Erinnerungen berichtet, die mich seit einiger Zeit beschäftigen. Ich habe dir natürlich nicht alles erzählt, denn ich habe ein bestimmtes Anliegen, und das besteht wirklich nicht darin, dich mit Geschichten aus meiner Vergangenheit zu langweilen. Nein, ich habe dir beschrieben, wie meine Erinnerungen eigenartigerweise realer zu werden scheinen als die Gegenwart. Wie ich ohne Vorwarnung in die alte Zeit rutsche und enttäuscht bin, wenn ich die Augen öffne und feststelle, dass ich wieder im Jahr 1999 gelandet bin. Wie das Gefühl für Zeit sich verändert und wie ich anfange, mich in der Vergangenheit zu Hause zu fühlen und mir in dieser seltsamen, blassen Erfahrung, die wir Gegenwart nennen, wie eine Besucherin vorkomme.

Ein komisches Gefühl, allein in seinem Zimmer zu sitzen und mit einer kleinen, schwarzen Kiste zu sprechen.

Anfangs habe ich geflüstert, aus Angst, dass jemand draußen mich hören könnte. Dass meine Stimme und ihre Geheimnisse über den Korridor in den Frühstückssaal geweht werden könnten wie der Klang einer Schiffssirene in einen fremden Hafen. Aber als die Oberschwester mit meinen Tabletten kam und mich ganz verblüfft ansah, war ich beruhigt.

Jetzt ist sie wieder fort. Die Tabletten habe ich neben mich auf die Fensterbank gelegt. Ich werde sie später nehmen, denn vorerst brauche ich einen klaren Kopf.

Ich beobachte, wie die Sonne über dem Hügel untergeht. Es gefällt mir, ihren Weg zu verfolgen, wenn sie still hinter den Bäumen versinkt. Heute blinzle ich und verpasse ihren letzten Abschied. Als meine Augen sich öffnen, ist der Moment vorüber, der leuchtende Halbkreis ist verschwunden und der Himmel seines Lichts beraubt: ein klares, kaltes Blau, durchwirkt von frostig weißen Streifen. Der Hügel erzittert in dem plötzlichen Dunkel, und in der Ferne kriecht ein Zug durch den Nebel im Tal, seine elektrischen Bremsen kreischen, als er in Richtung Dorf abbiegt. Ich werfe einen Blick auf meine Wanduhr. Es ist der Sechs-Uhr-Zug, voll mit Leuten, die aus Chelmsford und Brentwood und sogar aus London von der Arbeit kommen.

Vor meinem geistigen Auge kann ich den Bahnhof sehen. Vielleicht nicht so, wie er heute ist, aber so, wie er einmal war. Die große, runde Bahnhofsuhr, die über dem Bahnsteig hängt, ihr unerschütterliches Gesicht und ihre unermüdlichen Zeiger erinnern mich daran, dass Zeit und Zug auf niemanden warten. Wahrscheinlich wurde sie inzwischen längst durch eine gesichtslose, blinkende Digitaluhr ersetzt. Ich weiß es nicht. Ich bin schon lange nicht mehr auf dem Bahnhof gewesen.

Ich sehe ihn so vor mir, wie er an dem Morgen aussah, als Alfred in den Krieg zog und wir ihn verabschiedeten. Schnüre mit rot-blauen Papierwimpeln, die im Wind flattern, Kinder, die hin und her laufen, raus und rein flitzen, ihren Trillerpfeifen schrille Töne entlocken und Fähnchen schwenken. Junge Männer – so unglaublich junge Männer –, stolz und erwartungsvoll in ihren neuen Uniformen und blank gewienerten Stiefeln. Und auf den Schienen der glitzernde Zug, begierig darauf, abzufahren und seine ahnungslosen Passagiere in eine Hölle aus Schlamm und Tod bringen zu dürfen.

Aber genug davon. Ich greife viel zu weit voraus.

»In ganz Europa gehen gerade die Lichter aus.
Zu unseren Lebzeiten werden wir
sie nicht wieder angehen sehen.«

LORD GREY, BRITISCHER AUSSENMINISTER

3. August 1914

Im Westen

Das Jahr 1914 neigte sich dem Ende zu, und mit jedem Tag, der verging, schwand die Hoffnung, dass der Krieg bis Weihnachten beendet sein würde. Eine in einem fernen Land abgefeuerte Pistolenkugel hatte Europa erschüttert, und der jahrhundertealte Riese Hass war wieder aus seinem Schlaf erwacht. Die Helden längst vergessener Schlachten, unter ihnen Major Hartford, wurden entstaubt und wieder zu den Waffen gerufen, Lord Ashbury zog in seine Londoner Wohnung und schloss sich der Bloomsbury Heimwehr an. Mr Frederick, seit einer schweren Lungenentzündung im Winter 1910 für den Wehrdienst untauglich, stellte seine Automobilfabrik auf die Produktion von Kriegsflugzeugen um und bekam einen Orden für seinen wertvollen Beitrag zur Kriegsindustrie. Es sei ein schwacher Trost, sagte Nancy, die sich mit solchen Dingen auskannte, denn Mr Frederick habe immer schon davon geträumt, in der Armee dienen zu dürfen.

Die Historiker sagen, dass der Krieg erst im Laufe des Jahres 1915 seinen wahren Charakter zeigte. Aber die Geschichtsschreibung ist eine treulose Erzählerin, deren auf nachträglicher Einsicht basierende Version der Dinge die Akteure oft wie Narren dastehen lässt. Denn während in Frankreich junge Männer in nie gekanntem

Gemetzel verbluteten, verging das Jahr 1915 auf Riverton etwa ebenso ruhig wie das vorherige. Selbstverständlich wussten wir, dass die Front im Westen zum Stillstand gekommen war – Mr Hamilton hielt uns auf dem Laufenden, indem er uns täglich die grausigen Zeitungsberichte vorlas –, und natürlich gab es reichlich kleinere Unannehmlichkeiten, sodass die Leute die Köpfe schüttelten und missbilligende Bemerkungen über den Krieg machten, aber das alles trat in den Hintergrund angesichts der aufgeregten Entschlossenheit, die der Krieg jenen lieferte, die bisher ein eher langweiliges Leben geführt hatten und die froh waren über die neue Bühne, auf der sie sich beweisen konnten.

Lady Violet gründete zahllose Komitees für die unterschiedlichsten Aufgaben, von der Beschaffung anständiger Quartiere für willkommene belgische Flüchtlinge bis hin zur Organisation von Automobilausflügen für Offiziere auf Genesungsurlaub. Überall in Großbritannien leisteten junge Frauen – und auch einige halbwüchsige Jungen – ihren Beitrag zur Verteidigung des Vaterlandes, traten mit Stricknadeln bewaffnet gegen ein Meer von Problemen an und produzierten eine nicht enden wollende Flut aus Schals und Socken für die Jungs an der Front. Fanny, die zwar nicht stricken konnte, aber unbedingt Mr Frederick mit ihrem Patriotismus beeindrucken wollte, widmete sich mit Inbrunst der Koordination solcher Unternehmungen und organisierte die Verpackung und Verschiffung der Strickwaren nach Frankreich. Selbst Lady Clementine legte plötzlich Gemeinschaftsgeist an den Tag und nahm einen von Lady Violets belgischen Flüchtlingen bei sich auf – eine ältere Dame, mit nur geringen Englischkenntnissen, aber tadellosen Umgangsformen, der sie genüsslich die schauerlichen Einzelheiten über die Invasion entlockte.

Als der Dezember näher rückte, wurden Lady Jemima, Fanny und die Hartford-Kinder nach Riverton zitiert, wo Lady Violet unbedingt ein traditionelles Weihnachtsfest im Kreise ihrer Lieben feiern wollte. Fanny wäre lieber im weitaus aufregenderen London geblieben, konnte sich jedoch der Einladung einer Frau nicht widersetzen, deren Sohn sie zu heiraten hoffte. (Dass der Sohn selbst an einem weit entfernten Ort stationiert war und von ihr nichts wissen wollte, ignorierte sie dabei.) Ihr blieb also nichts anderes übrig, als sich für lange Winterwochen in Essex zu wappnen. Sie gab sich so gelangweilt, wie nur junge Leute es fertigbringen, und vertrieb sich die Zeit damit, von Zimmer zu Zimmer zu schlendern und möglichst hübsch auszusehen, für den Fall, dass Mr Frederick unerwartet nach Hause kommen sollte.

Jemima tat sich viel schwerer, und sie wirkte irgendwie rundlicher und unscheinbarer als im Jahr zuvor. Auf einem Gebiet allerdings übertrumpfte sie die schöne Fanny: Sie war verheiratet, und zwar mit einem Helden. Wenn ein Brief des Majors eintraf, von Mr Hamilton auf einem silbernen Tablett würdevoll in den Salon getragen, stand Jemima sofort im Rampenlicht. Sie nahm den Brief mit einem huldvollen Nicken entgegen, schlug respektvoll die Augen nieder, seufzte wie das Leiden in Person, riss den Umschlag auf und entnahm ihm seinen wertvollen Inhalt. Anschließend wurde der Brief in angemessen feierlichem Ton einem faszinierten Publikum vorgelesen.

Für Hannah und Emmeline im ersten Stock schien die Zeit überhaupt nicht vergehen zu wollen. Sie waren schon seit zwei Wochen auf Riverton, und da sie bei dem scheußlichen Wetter nicht draußen herumtollen konnten und ihr Schulunterricht ausfiel – Miss Prince war von kriegswichtigen Tätigkeiten in Anspruch genommen –, begannen sie sich zu langweilen. Inzwischen hatten sie jedes Spiel gespielt, das sie kannten – Fadenspiele, Domino, Goldgräber (was, glaube ich, darin bestand, an einer Stelle am Arm des anderen so lange zu kratzen, bis sie blutete oder die Langeweile siegte) –, sie hatten Mrs Townsend so lange beim Weihnachtsplätzchenbacken geholfen, bis ihnen vom Teignaschen übel war, und sie hatten Nanny Brown dazu überredet, den Dachboden aufzuschließen, damit sie zwischen verstaubten, längst vergessenen Schätzen herumklettern konnten. Aber sie sehnten sich danach, das SPIEL zu spielen. (Ich hatte Hannah in der chinesischen Kiste herumstöbern und alte Abenteuerbüchlein lesen sehen, wenn sie sich unbeobachtet fühlte.) Aber um das SPIEL zu spielen brauchten sie David, der erst in einer Woche aus Eton kommen würde.

Als ich an einem Nachmittag Ende November im Wäscheraum gerade dabei war, die besten Tischtücher für Weihnachten vorzubereiten, stürmte Emmeline herein. Sie blieb stehen, schaute sich um, dann marschierte sie auf den Wandschrank zu und riss die Tür auf. Warmes Kerzenlicht bildete einen Halbkreis auf dem Boden. »Aha!«, rief Emmeline triumphierend. »Wusste ich's doch, dass du da drin bist.«

Sie streckte die Arme aus und öffnete die Hände, und zum Vorschein kamen zwei Zuckermäuse, die außen schon klebrig waren. »Von Mrs Townsend.«

Aus dem dunklen Schrank erschien ein langer Arm und schnappte sich eine der Mäuse.

Emmeline leckte an ihrem Zuckerklumpen. »Mir ist langweilig. Was machst du gerade?«

»Ich lese«, lautete die Antwort.

»Und was liest du?«

Schweigen.

Emmeline lugte in den Schrank und zog die Nase kraus.

»*Krieg der Welten?* Schon wieder?«

Es kam keine Antwort.

Emmeline leckte nochmals nachdenklich an ihrer Zuckermaus, betrachtete sie von allen Seiten, knibbelte an einem Fädchen, das am Mäuseohr klebte. »Ich weiß was!«, rief sie plötzlich aus. »Wir könnten zum Mars fliegen! Sobald David kommt.«

Schweigen.

»Wir würden Marsmännchen treffen, gute und böse, und alle möglichen Gefahren bestehen.«

Wie alle jüngeren Geschwister hatte Emmeline es sich zur Lebensaufgabe gemacht, die Vorlieben ihres Bruders und ihrer Schwester zu imitieren; sie brauchte nicht erst im Schrank nachzusehen, um sich zu vergewissern, dass sie ins Schwarze getroffen hatte.

»Wir werden es dem Komitee vorschlagen«, lautete die Antwort.

Emmeline quiekte aufgeregt, klatschte in die klebrigen Hände und hob einen mit einem hohen Schnürschuh bekleideten Fuß, um in den Schrank zu klettern. »Und können wir David sagen, dass es meine Idee war?«, fragte sie.

»Pass auf die Kerze auf.«

»Ich könnte die Karte diesmal in Rot zeichnen anstatt in Grün. Stimmt es, dass die Bäume auf dem Mars rot sind?«

»Klar sind die rot. Auch das Wasser, der Boden, die Kanäle und die Krater.«

»Krater?«

»Riesige, tiefe, dunkle Löcher, in denen die Marsbewohner ihre Kinder unterbringen.«

Ein Arm erschien und zog die Tür zu.

»Wie Brunnen?«, wollte Emmeline wissen.

»Nur tiefer. Und dunkler.«

»Warum bringen sie denn da ihre Kinder unter?«

»Damit niemand die schrecklichen Experimente sieht, die sie an ihnen durchführen.«

»Was denn für Experimente?«, fragte Emmeline atemlos.

»Das wirst du schon noch erfahren«, antwortete Hannah. »Falls David *jemals* kommt.«

Wie immer war unser Dasein im Untergeschoss ein düsteres Spiegelbild des Lebens in den oberen Etagen.

Eines Abends, nachdem die Herrschaften sich zum Schlafen zurückgezogen hatten, versammelten wir uns am Kaminfeuer des Dienstbotentrakts. Mr Hamilton und Mrs Townsend thronten wie Buchstützen an den Enden des Tischs, während Nancy, Katie und ich auf Stühlen hockten und mit zusammengekniffenen Augen auf die Schals starrten, die wir pflichtbewusst strickten. Ein eisiger Wind rüttelte an den Fensterscheiben, und ein rebellischer Luftzug ließ Mrs Townsends Einweckgläser auf den Regalen wackeln.

Mr Hamilton legte kopfschüttelnd die *Times* beiseite, nahm seine Brille ab und rieb sich die Augen.

»Schon wieder schlechte Nachrichten?« Mrs Townsend, die gerade dabei war, die Speisenfolge für das Weihnachtsdinner zu planen, blickte von ihrem Notizbuch auf, die Wangen vom Feuer gerötet.

»Die schlimmsten, Mrs Townsend.« Er setzte seine Brille wieder auf. »Weitere Verluste bei Ypern.« Er stand auf und trat an die Anrichte, wo er auf einer Karte von Europa mithilfe von Zinnsoldaten – wahrscheinlich Davids alte Sammlung vom Dachboden – die jeweiligen Schlachten nachstellte. Er entfernte den Duke of Wellington von einer Stelle in Frankreich und ersetzte ihn durch zwei deutsche Husaren. »Das gefällt mir alles ganz und gar nicht«, murmelte er vor sich hin.

Mrs Townsend seufzte. »Und mir gefällt *das* hier nicht.« Sie pochte mit dem Zeigefinger auf ihr Notizbuch. »Wie soll ich ein Weihnachtsfestessen zubereiten, wenn es keine Butter gibt, keinen Tee und noch nicht mal einen anständigen Truthahn?«

»Kein Truthahn?« Katie starrte sie mit offenem Mund an.

»Nicht mal eine Keule.«

»Aber was werden Sie dann kochen?«

Mrs Townsend schüttelte den Kopf. »Nun reg dich mal nicht auf, Mädel. Ich werde schon eine Lösung finden. Das tue ich doch immer, nicht wahr?«

»Ja, Mrs Townsend«, erwiderte Katie ernst. »Das stimmt allerdings.«

Mrs Townsend schaute sie mit zusammengekniffenen Augen an, vergewisserte sich, dass keine Ironie im Spiel war, und beugte sich wieder über ihre Aufzeichnungen.

Ich versuchte, mich auf meine Handarbeit zu konzentrieren, aber nachdem ich in drei Reihen hintereinander jeweils eine Masche hatte fallen lassen, legte ich mein Strickzeug frustriert beiseite und stand auf. Etwas ging mir schon den ganzen Abend nicht aus dem Kopf. Etwas, das ich im Dorf beobachtet und nicht verstanden hatte.

Ich strich meine Schürze glatt und ging zu Mr Hamilton, der, so schien es mir, einfach alles wusste.

»Mr Hamilton?«, sagte ich schüchtern.

Er drehte sich zu mir um, betrachtete mich über seine Brille hinweg, den Duke of Wellington immer noch zwischen den langen Fingern. »Ja, Grace?«

Ich warf einen Blick zu den anderen hinüber, die immer noch in ihr Gespräch vertieft waren.

»Was gibt's, Mädel?«, fragte Mr Hamilton. »Hast du deine Zunge verschluckt?«

Ich räusperte mich. »Nein, Mr Hamilton«, sagte ich. »Es ist nur … Ich wollte Sie was fragen. Wegen etwas, das ich heute im Dorf gesehen hab.«

»Ja?«, sagte er. »Nur zu.«

Ich schaute zur Tür. »Wo ist Alfred, Mr Hamilton?«

Er runzelte die Stirn. »Er ist oben und serviert den Sherry. Warum? Was hat Alfred damit zu tun?«

»Es ist nur … Ich hab Alfred heute im Dorf gesehen …«

»Ja. Er war dort, um etwas für mich zu besorgen.«

»Ich weiß, Mr Hamilton. Ich hab ihn gesehen. Bei McWhirter's. Und ich hab ihn gesehen, als er wieder aus dem Laden kam.« Ich presste die Lippen zusammen. Eine unerklärliche Hemmung ließ mich zögern, den Rest auszusprechen. »Jemand hat ihm eine weiße Feder gegeben, Mr Hamilton.«

»Eine weiße Feder?« Mr Hamiltons Augen weiteten sich, und der Duke of Wellington landete unsanft auf dem Tisch.

Ich nickte und musste daran denken, wie Alfreds Auftreten sich verändert hatte, wie seine Unbekümmertheit ganz plötzlich verflogen war. Mit der Feder in der Hand war er wie benommen stehen geblieben, während die Passanten ihren Schritt verlangsamten und leise miteinander tuschelten. Dann war Alfred mit hängenden Schultern und eingezogenem Kopf davongeeilt.

»Eine weiße Feder?« Zu meinem Entsetzen sprach Mr Hamilton die Worte so laut aus, dass die anderen sie hören konnten.

»Was ist los, Mr Hamilton?« Mrs Townsend lugte über ihre Brille hinweg zu uns herüber.

Er fuhr sich mit einer Hand über eine Wange und über

die Lippen. Dann schüttelte er ungläubig den Kopf. »Alfred hat eine weiße Feder erhalten.«

»Nein«, stieß Mrs Townsend hervor und schlug sich mit der Hand auf die Brust. »Er doch nicht. Keine weiße Feder. Nicht unser Alfred.«

»Woher wissen Sie das?«, fragte Nancy.

»Grace hat es gesehen«, sagte Mr Hamilton. »Heute Morgen im Dorf.«

Ich nickte, und mein Herz begann zu rasen, weil mich das ungute Gefühl beschlich, jemandes Geheimnis preisgegeben und damit eine Büchse der Pandora geöffnet zu haben, die ich nicht wieder schließen konnte.

»Das ist absurd«, sagte Mr Hamilton und rückte seine Weste zurecht. Dann kehrte er an seinen Platz zurück und setzte seine Brille auf. »Alfred ist kein Feigling. Er leistet seinen Beitrag in diesem Krieg mit jedem Tag, an dem er dabei hilft, diesen Haushalt in Gang zu halten. Er bekleidet eine wichtige Stellung bei einer wichtigen Familie.«

»Aber das ist doch nicht so wichtig wie kämpfen, oder, Mr Hamilton?«, bemerkte Katie.

»O doch, das ist es ganz gewiss«, polterte Mr Hamilton. »In diesem Krieg hat jeder von uns seine Aufgabe, Katie. Selbst du. Es ist unsere Pflicht, die guten alten Bräuche in unserem Land zu bewahren, damit die Soldaten, wenn sie siegreich heimkehren, die Gesellschaft so vorfinden, wie sie sie in Erinnerung haben.«

»Heißt das, dass auch ich meinen Beitrag leiste, wenn ich die Töpfe schrubbe?«, fragte Katie erstaunt.

»So wie du sie schrubbst, nicht«, antwortete Mrs Townsend.

»Ja, Katie«, sagte Mr Hamilton. »Indem du deine Pflichten erfüllst und indem du Schals strickst, leistest du deinen Beitrag.« Er schaute Nancy und mich an. »So wie wir alle.«

»Wenn ihr mich fragt, reicht das nicht«, erwiderte Nancy mit gesenktem Kopf.

»Was meinst du damit, Nancy?«, wollte Mr Hamilton wissen.

Nancy hörte auf zu stricken und legte ihre knochigen Hände in den Schoß. »Nun«, sagte sie zögernd. »Nehmen wir zum Beispiel Alfred. Er ist ein junger, kräftiger Mann. Er könnte sich bestimmt nützlicher machen, wenn er den anderen Jungs drüben in Frankreich zur Seite stünde. Den Sherry kann doch jeder servieren.«

»Jeder kann ...?« Mr Hamilton erbleichte. »Ausgerechnet du müsstest wissen, dass sich nicht jeder zum Hausdiener eignet.«

Nancy errötete. »Selbstverständlich, Mr Hamilton. Ich wollte damit auch nichts anderes andeuten.« Sie rieb sich ihre geschwollenen Knöchel. »Es ... es ist nur, dass ich mir in letzter Zeit ein bisschen überflüssig vorkomme.«

Mr Hamilton wollte gerade etwas darauf entgegnen, als Alfred die Treppe heruntergelaufen kam. Mr Hamilton verstummte, und ein verschwörerisches Schweigen breitete sich im Zimmer aus.

»Alfred«, sagte Mrs Townsend schließlich, »was ist denn in dich gefahren, dass du so die Treppe runterpolterst?« Sie sah sich um und entdeckte mich. »Du hast der armen Grace einen gehörigen Schrecken eingejagt. Die Arme wäre beinahe in Ohnmacht gefallen.«

Ich lächelte Alfred verlegen an, denn ich hatte mich keineswegs erschrocken. Nur gewundert, wie alle andern auch. Und ich hatte ein schlechtes Gewissen. Ich hätte Mr Hamilton nie von der Feder erzählen sollen. Ich mochte Alfred immer mehr: Er war liebenswürdig und hatte sich oft genug Zeit genommen, um mich ein bisschen aus meinem Schneckenhaus zu locken. Hinter seinem Rücken über die für ihn peinliche Situation zu reden, hatte ihn irgendwie blamiert.

»Tut mir leid, Grace«, sagte Alfred. »Aber Master David ist eingetroffen.«

»Ja«, sagte Mr Hamilton mit einem Blick auf seine Armbanduhr. »Wie erwartet. Dawkins sollte ihn vom Zehn-Uhr-Zug am Bahnhof abholen. Mrs Townsend hat das Abendessen für ihn bereitet, du kannst es nach oben bringen.«

Alfred nickte. »Ja, das weiß ich, Mr Hamilton ...« Alfred schluckte. »Aber ... Master David, na ja, er hat jemanden mitgebracht. Von Eton. Ich glaube, es ist Lord Hunters Sohn.«

Ich hole tief Luft. Du hast mir einmal erzählt, Marcus, dass in den meisten Geschichten ein Punkt kommt, von dem an es kein Zurück mehr gibt. Wenn alle wichtigen Figuren die Bühne betreten haben und die Tragödie ihren Lauf nehmen kann. Der Erzähler zieht sich in den Hintergrund zurück, und die Figuren agieren aus eigenem Antrieb.

Robbie Hunters Auftritt bringt die Geschichte ans Ufer des Rubikon. Soll ich ihn überqueren? Vielleicht ist es noch nicht zu spät für eine Umkehr. Nicht zu spät, um sie alle vorsichtig zwischen Seidenpapier in den Schachteln meiner Erinnerung zu verstauen.

Ich lächle, denn ich kann diese Geschichte ebenso wenig anhalten wie den Lauf der Zeit. Ich bin nicht romantisch genug, um mir einzubilden, sie wolle unbedingt erzählt werden, aber ich bin ehrlich genug, um zuzugeben, dass ich sie erzählen möchte.

Kommen wir also zu Robbie Hunter.

Früh am nächsten Morgen rief Mr Hamilton mich in sein Anrichtezimmer, schloss die Tür hinter mir und ließ mir eine zweifelhafte Ehre zuteil werden. Jeden Winter wurden alle zehntausend Bücher, Zeitschriften und Manuskripte, die die Bibliothek von Riverton beherbergte, aus ihren Regalen genommen, abgestaubt und wieder zurückgestellt. Dieses jährliche Ritual wurde seit 1846 gepflegt. Ursprünglich hatte Lord Ashburys Mutter es eingeführt. Staub machte sie verrückt, sagte Nancy, und sie hatte ihre Gründe. Denn eines Nachts im späten Herbst war Lord Ashburys von allen innig geliebter kleiner Bruder, einen Monat vor seinem dritten Geburtstag, in einen Schlaf gesunken, aus dem er nie wieder erwachte. Obwohl seine Mutter keinen Arzt finden konnte, der sie in ihrer Vermutung bestärkte, blieb sie bei ihrer Überzeugung, dass ihr jüngstes Kind an dem uralten Staub gestorben war, der in der Luft hing. In erster Linie machte sie die Bibliothek für seinen Tod verantwortlich, denn dort hatten die Jungen den schicksalhaften Tag verbracht und waren zwischen den Land- und Seekarten, auf denen die Routen ihrer Vorfahren dargestellt waren, auf imaginäre Entdeckungsreisen gegangen.

Lady Gytha Ashbury war keine Frau, mit der sich spaßen ließ. Mit dem Mut und der Zielstrebigkeit aus derselben Quelle, aus der sie die Kraft geschöpft hatte, um der Liebe willen ihre Heimat und ihre Familie zu verlassen und auf ihre Mitgift zu verzichten, schob sie ihre Trauer beiseite. Unverzüglich erklärte sie dem Staub den Krieg, rief ihre Truppen zusammen und befahl ihnen, den heimtückischen Feind zu vernichten. Eine Woche lang schrubbten und wischten sie, bis Lady Ashbury endlich davon überzeugt war, dass sie das letzte Staubkörnchen vernichtet hatten. Erst dann weinte sie um ihren kleinen Jungen.

Jedes Jahr, wenn die letzten bunten Blätter von den Bäumen fielen, wurde das Ritual gewissenhaft wiederholt. Selbst nach ihrem Tod wurde der Brauch noch beibehalten. Und im Jahr 1915 wurde ich damit beauftragt, dem Gedenken an die ehemalige Lady Ashbury Genüge zu tun. (Zum Teil, da bin ich mir sicher, zur Strafe dafür, dass ich Alfred am Tag zuvor im Dorf beobachtet hatte. Mr Hamilton dankte es mir nicht, dass ich das Gespenst der Kriegsschande nach Riverton gebracht hatte.)

»In dieser Woche bist du nach dem Frühstück von deinen üblichen Pflichten entlassen«, sagte er lächelnd, während er hinter seinem Schreibtisch saß. »Dann wirst du in die Bibliothek gehen und alle Bücher aus den Regalen nehmen und abstauben. Du fängst bei der Galerie an und arbeitest dich dann weiter nach unten vor.«

Er befahl mir, mich mit einem Paar Baumwollhandschuhe und einem feuchten Lappen zu bewaffnen und mich auf eine langwierige und eintönige Arbeit gefasst zu machen.

»Und denk dran, Grace«, fügte er hinzu, die Hände auf den Schreibtisch gestützt, »Lord Ashbury ist äußerst pingelig, was Staub angeht. Dir wird eine große Verantwortung übertragen, eine, für die du dankbar sein ...«

Seine Moralpredigt wurde unterbrochen, als es an der Tür klopfte.

»Herein«, rief er stirnrunzelnd.

Die Tür flog auf, und Nancy stürzte herein, ihre dürre Gestalt nervös wie eine Spinne. »Mr Hamilton«, sagte sie, »kommen Sie schnell. Sie werden oben gebraucht.«

Er sprang auf, nahm seine schwarze Jacke von einem Bügel hinter der Tür und eilte die Treppe hinauf. Nancy und ich folgten ihm auf dem Fuße.

In der Eingangshalle stand Dudley, der Gärtner, und zerdrückte seinen Hut mit seinen rissigen Händen. Zu seinen Füßen lag eine riesige, frisch geschlagene Nordmanntanne, aus deren Stamm noch der Saft tropfte.

»Mr Dudley«, sagte Mr Hamilton. »Was machen Sie denn hier?«

»Ich habe den Weihnachtsbaum gebracht, Mr Hamilton.«

»Das sehe ich selbst. Aber was machen Sie *hier*?« Mit einer ausladenden Handbewegung zeigte er auf die große Halle, dann fiel sein Blick auf den Baum. »Und vor allem: Was hat der Baum hier zu suchen? Er ist riesig.«

»Ja, eine wunderschöne Tanne«, erwiderte Dudley feierlich, während er die Tanne betrachtete, als wäre sie seine Geliebte. »Ich habe sie schon seit Jahren im Auge und habe geduldig abgewartet, bis sie ihre ganze Pracht entfaltet hat. Und dieses Jahr Weihnachten ist sie ausgewachsen.« Er sah Mr Hamilton ernst an. »Vielleicht ein bisschen zu ausgewachsen.«

Mr Hamilton wandte sich an Nancy. »Was in aller Welt geht hier vor?«

Nancys Hände waren zu Fäusten geballt, ihr Mund zu einer Linie zusammengepresst. »Er passt nicht, Mr Hamilton. Er hat versucht, ihn im Salon aufzustellen, wo er immer steht, aber er ist einen Fuß zu hoch.«

»Haben Sie ihn denn nicht gemessen?«, fragte Mr Hamilton den Gärtner.

»O doch, Sir«, sagte Dudley. »Aber Rechnen war noch nie meine Stärke.«

»Dann holen Sie Ihre Säge, Mann, und sägen Sie ein Stück ab.«

Mr Dudley schüttelte bedauernd den Kopf. »Das würde ich ja gern tun, Sir, aber ich fürchte, ich kann nichts mehr absägen. Der Stamm ist schon so kurz, wie es geht, und ich kann schließlich oben nichts absägen, nicht wahr?« Er schaute uns an. »Wo würde dann der schöne Engel hinkommen?«

Eine Weile zerbrachen wir uns den Kopf über die missliche Lage, während die Sekunden sich in der marmornen Halle auszudehnen schienen. Wir alle wussten, dass die Herrschaften jeden Augenblick zum Frühstück erscheinen würden. Schließlich traf Mr Hamilton eine Entscheidung. »Ich schätze, dann bleibt uns keine andere Wahl. Da wir die Spitze nicht absägen und ebenso wenig den Engel seines Platzes und seines Zwecks berauben können, werden wir dieses eine Mal von der Tradition abweichen und den Baum in der Bibliothek aufstellen müssen.«

»In der Bibliothek, Mr Hamilton?«, fragte Nancy entgeistert.

»Ja. Unter der Glaskuppel.« Er warf Dudley einen vernichtenden Blick zu. »Wo die Tanne ihre ganze Pracht zur Geltung bringen kann.«

Und so kam es, dass am Morgen des 1. Dezember 1915, als ich mich hoch oben auf der Galerie der Bibliothek, am hintersten Ende des hintersten Regals für eine Woche Staubwischen wappnete, eine herrliche frühreife Tanne mitten in der Bibliothek stand und ihre Äste ekstatisch gen Himmel reckte. Ich befand mich auf Augenhöhe mit ihrer Spitze, und der berauschende Duft erfüllte die träge, verstaubte Luft im ganzen Raum.

Die Galerie auf Riverton verlief in großer Höhe an allen vier Wänden entlang, und es war gar nicht so einfach, sich nicht ablenken zu lassen. Das Zaudern ist der Freund des Widerwillens, und der Anblick, der sich mir bot, war einfach umwerfend. Egal, wie vertraut einem eine Szenerie ist, sie von oben zu betrachten ist wie eine Offenbarung. Ich stand am Geländer und ließ meinen Blick durch den Raum schweifen.

Die Bibliothek – normalerweise so riesig und imposant – kam mir mit einem Mal vor wie eine Bühnenkulisse. Ganz gewöhnliche Dinge – der Steinway-Flügel, der eichene Schreibtisch, Lord Ashburys Globus – erschienen plötzlich wie kleinere Duplikate ihrer selbst und wirkten, als seien sie Requisiten für Schauspieler, die jeden Moment die Bühne betreten würden.

Vor allem die Sitzgruppe strahlte etwas theatralisch Erwartungsvolles aus. Die Chaiselongue in der Bühnenmitte, rechts und links je ein mit hübschen geblümten Volants umrandeter Sessel, das Rechteck aus Wintersonnenlicht, das auf den Flügel und den Perserteppich fiel. Lauter Requisiten, die geduldig darauf warteten, dass die Schauspieler ihre Positionen einnahmen. Welches Stück würden sie wohl in einem solchen Bühnenbild aufführen, fragte ich mich. Eine Komödie? Eine Tragödie? Vielleicht etwas Modernes?

Auf diese Weise hätte ich den ganzen Tag vertrödeln können, wäre da nicht diese hartnäckige Stimme in meinem Ohr gewesen, die Stimme von Mr Hamilton, die mich daran erinnerte, dass Lord Ashbury gern unangekündigte Staubkontrollen durchführte. Und so schob ich meine Gedanken widerwillig beiseite und zog das erste Buch aus dem Regal. Ich wischte den Staub ab – Deckel, Rücken, Deckel –, stellte es zurück und nahm mir das nächste vor.

Am späten Vormittag hatte ich fünf der zehn Regale auf der Galerie entstaubt und wollte mir gerade das nächste vornehmen. Da ich bei den oberen Regalen angefangen hatte, konnte ich mich jetzt den unteren zuwenden und dort im Sitzen weitermachen, was mir die Arbeit ein wenig erleichterte. Nachdem ich Hunderte von Büchern entstaubt hatte, waren meine Hände geübt und führten ihre Arbeit automatisch aus, was mir ganz recht war, denn mein Kopf war wie benommen.

Ich hatte gerade das sechste Buch vom sechsten Regalbrett genommen, als ein unverschämt schriller Ton aus dem Flügel ganz plötzlich die winterliche Stille des Raums durchschnitt. Erschrocken fuhr ich herum und spähte nach unten.

Vor dem Flügel, die Finger zärtlich auf die elfenbeinernen Tasten gelegt, stand ein Mann, den ich noch nie zuvor gesehen hatte. Und doch wusste ich sofort, dass es nur Master Davids Freund aus Eton sein konnte. Lord Hunters Sohn, der in der vergangenen Nacht eingetroffen war.

Er sah sehr gut aus. Aber welcher junge Mensch tut das nicht? Bei ihm jedoch war es mehr als nur das. Es lag eine eigenwillige Schönheit in der Reglosigkeit, mit der er allein in dem großen Raum stand. Mit seinen ernsten, dunklen Augen unter den dunklen Brauen wirkte er wie das Abbild des Schmerzes. Eine tief empfundene Wunde, schlecht verheilt. Er war groß und schlank, aber nicht schlaksig, und trug sein braunes Haar länger, als es Mode war, sodass einige Strähnen seinen Kragen und seine Wangen berührten.

Ich sah, wie er sich langsam und konzentriert in der Bibliothek umschaute. Schließlich blieb sein Blick an einem Gemälde hängen. Eine mit wenigen schwarzen Strichen gezeichnete Rückenansicht einer hockenden Frau vor blauem Hintergrund. Das Bild hing unauffällig zwischen zwei bauchigen, blau-weiß gemusterten chinesischen Vasen an der hinteren Wand.

Hunter trat näher, um es genauer zu betrachten. Seine vollkommene Versunkenheit faszinierte mich, und meine Neugier war größer als mein Sinn für Schicklichkeit.

Die Bücher auf dem sechsten Regalbrett sehnten sich nach meinen Händen, die Rücken stumpf vom Staub eines Jahres, während ich den Mann dort unten beobachtete.

Kaum wahrnehmbar lehnte er sich zurück, dann wieder ein Stückchen vor, nur auf das Bild konzentriert. Ich bemerkte seine langen Finger an den schlanken Händen, die träge und reglos an seinen Seiten herabhingen.

Er stand immer noch da, den Kopf ein wenig zur Seite geneigt, den Blick auf das Gemälde geheftet, als hinter ihm die Tür aufflog und Hannah hereinstürmte, die chinesische Kiste an die Brust gedrückt.

»David! Endlich! Wir haben eine fantastische Idee! Diesmal können wir zum …«

Sie blieb wie angewurzelt stehen, als Robbie sich umdrehte und sie anschaute. Es dauerte einen Augenblick, bis sich ein Lächeln auf seinen Lippen zeigte, aber damit war auch jede Spur von Schwermut so plötzlich verschwunden, dass ich mich fragte, ob ich sie mir nur eingebildet hatte. Ohne den melancholischen Ernst wirkte sein Gesicht jungenhaft und glatt.

»Verzeihen Sie«, sagte Hannah, die Wangen vor Verlegenheit gerötet. Ein paar feine, hellblonde Strähnen hatten sich aus ihrem Zopf gelöst und fielen ihr ins Gesicht. »Ich habe Sie für jemand anderen gehalten.« Sie stellte die Kiste auf der Chaiselongue ab und strich sich die weiße Schürze glatt.

»Ich verzeihe Ihnen.« Er schenkte ihr ein Lächeln, flüchtiger als das erste, und wandte sich wieder dem Gemälde zu.

Hannah starrte seinen Rücken an, während sie verlegen mit den Fingerspitzen spielte. Ebenso wie ich wartete sie darauf, dass er sich wieder umdrehte. Um ihr die Hand zu reichen, sich ihr vorzustellen, wie die Höflichkeit es gebot.

»Wie viel man mit so wenig aussagen kann«, bemerkte er schließlich.

Hannah schaute zu dem Bild hin, doch es wurde von seinem Rücken verdeckt, und sie konnte keine Meinung dazu äußern. Verwirrt holte sie tief Luft.

»Es ist unglaublich«, fuhr er fort, »finden Sie nicht?«

Seine Unverfrorenheit ließ ihr keine andere Wahl, als sich auf das Gespräch einzulassen, und sie trat neben ihn vor das Bild. »Großvater gefällt es nicht besonders.« Ein Versuch, sich unbeschwert zu geben. »Er findet es stümperhaft und noch dazu unanständig. Deswegen versteckt er es hier.«

»Finden Sie es auch stümperhaft und unanständig?«

Sie betrachtete das Bild, als sähe sie es zum ersten Mal. »Stümperhaft vielleicht. Aber nicht unanständig.«

Robbie nickte. »Nichts, was so ehrlich ist, könnte unanständig sein.«

Hannah warf einen verstohlenen Blick auf sein Gesicht, und ich fragte mich, wann sie ihn fragen würde, wer er war und wie er dazu kam, die Gemälde in der Bibliothek ihres Großvaters zu bewundern. Sie öffnete den Mund, brachte jedoch kein Wort heraus.

»Warum hängt Ihr Großvater es auf, wenn er es unanständig findet?«, fragte Robbie.

»Es ist ein Geschenk«, sagte Hannah, froh, eine Frage gestellt zu bekommen, die sie auch beantworten konnte. »Von einem einflussreichen spanischen Grafen, der zur Jagd eingeladen war. Das Bild ist aus Spanien, wissen Sie.«

»Ja«, erwiderte Robbie. »Ein Picasso. Ich habe schon einige seiner Werke gesehen.«

Hannah hob die Brauen, und Robbie lächelte. »In einem Buch, das meine Mutter mir gezeigt hat. Sie ist in Spanien geboren und hat Verwandte dort.«

»Spanien«, wiederholte Hannah träumerisch. »Waren Sie schon mal in Cuenca? In Sevilla? Haben Sie den Alcázar besucht?«

»Nein«, erwiderte Robbie. »Aber nach all den Geschichten, die meine Mutter mir erzählt hat, kommt es mir so vor, als würde ich das Land kennen. Ich hab ihr immer versprochen, irgendwann mal mit ihr hinzufahren. Wie Zugvögel würden wir dem englischen Winter entfliehen.«

»Aber nicht in diesem Winter?«, fragte Hannah.

Er sah sie verwundert an. »Tut mir leid, ich dachte, Sie wüssten Bescheid. Meine Mutter ist tot.«

Während ich den Atem anhielt, ging die Tür auf, und David schlenderte herein. »Wie ich sehe, habt ihr beide euch schon bekannt gemacht«, sagte er mit einem lässigen Grinsen.

David war ein Stück gewachsen, seit ich ihn das letzte Mal gesehen hatte. Oder irrte ich mich? Vielleicht war es auch gar nichts so Offensichtliches, sondern die Art, wie er sich bewegte, seine Haltung, die ihn älter, erwachsener, weniger vertraut wirken ließ.

Hannah nickte und trat verlegen zur Seite. Sie warf Robbie einen Blick zu, aber falls sie vorgehabt hatte, etwas zur Klärung der Situation zu sagen, blieb ihr dazu keine Zeit. Die Tür wurde aufgerissen, und Emmeline kam in die Bibliothek gestürmt.

»David!«, rief sie. »Endlich. Wir haben uns so gelangweilt. Wir können es gar nicht erwarten, das SPIEL zu spielen. Hannah und ich haben uns schon überlegt, wohin wir diesmal …« Sie blickte auf und sah Robbie. »Oh. Guten Tag. Wer sind Sie denn?«

»Robbie Hunter«, sagte David. »Hannah hast du ja schon kennengelernt. Das ist meine kleine Schwester Emmeline. Robbie ist aus Eton mitgekommen.«

»Bleiben Sie übers Wochenende?«, fragte Emmeline mit einem Seitenblick in Hannahs Richtung.

»Robbie hatte über Weihnachten nichts vor, und da dachte ich, er könnte die Feiertage hier mit uns verbringen.«

»Die *ganzen* Weihnachtsferien?«, wollte Hannah wissen.

David nickte. »Hier draußen können wir doch immer einen zusätzlichen Gast gebrauchen. Sonst gehen wir noch irgendwann vor Langeweile die Wände hoch.«

Selbst auf meinem Beobachtungsposten oben auf der Galerie konnte ich Hannahs Gereiztheit spüren. Ihre Hände lagen auf der chinesischen Kiste. Sie dachte an das SPIEL – Regel Nummer drei: Es gibt nur drei Mitspieler. Fantasiehandlungen, herbeigesehnte Abenteuer lösten sich in Wohlgefallen auf. Hannah schaute David durchdringend an, in ihrem Blick lag ein deutlicher Vorwurf, den er jedoch geflissentlich übersah.

»Seht euch diesen riesigen Baum an«, sagte er betont fröhlich. »Am besten fangen wir schon mal an, ihn zu schmücken, wenn wir bis Weihnachten damit fertig sein wollen.«

Seine Schwestern rührten sich nicht von der Stelle.

»Komm, Emmeline«, sagte er, während er, Hannahs Blick ausweichend, die Schachtel mit dem Christbaumschmuck vom Tisch nahm und auf den Boden stellte. »Zeig Robbie mal, wie man das macht.«

Emmeline schaute Hannah an. Sie war hin- und hergerissen, das war nicht zu übersehen. Sie war ebenso enttäuscht wie ihre Schwester, hatte sich darauf gefreut, das SPIEL zu spielen. Aber sie war auch die Jüngste und gewohnt, das fünfte Rad am Wagen zu sein. Und jetzt hatte David sich ihr zugewandt. Hatte sie als Verbündete auserwählt. Der Versuchung, sich auf Davids Seite zu schlagen, konnte sie einfach nicht widerstehen. Davids Zuneigung war zu kostbar, um sie aufs Spiel zu setzen.

Sie senkte kokett die Lider, dann lächelte sie David an, nahm die Schachtel mit dem Christbaumschmuck entgegen und begann, gläserne Eiszapfen auszupacken und sie zu Robbies Erbauung einzeln hochzuhalten.

Hannah wusste, wann sie sich geschlagen geben musste. Während Emmeline beim Auspacken vergessener Kostbarkeiten Freudenschreie ausstieß, straffte Hannah ihre Schultern – würdevoll in der Niederlage – und trug die chinesische Kiste aus der Bibliothek. David schaute ihr nach und besaß wenigstens den Anstand, schuldbewusst dreinzublicken. Als sie mit leeren Händen zurückkehrte, sagte Emmeline: »Hannah, stell dir bloß vor – Robbie sagt, er hat noch nie einen Meißner Engel gesehen!«

Steifbeinig ging Hannah zum Teppich und kniete sich hin, während David sich an den Flügel setzte. Er hielt die gespreizten Finger über die Tasten, dann ließ er sie ganz langsam sinken und erweckte das Instrument mit leisen Tonleitern zärtlich zum Leben. Erst als nicht nur der Flügel, sondern auch die Zuhörer eingelullt waren, begann er unvermittelt zu spielen. Ein Musikstück, das für mich inzwischen zu den schönsten gehört, die je geschrieben wurden: Chopins Walzer in Cis-Moll.

So unmöglich das heute erscheinen mag, es war das erste Mal, dass ich Musik hörte. Richtige Musik, meine ich. Ich konnte mich vage erinnern, dass meine Mutter mir Lieder vorgesungen hatte, als ich klein war, bevor sie Probleme mit ihrem Rücken bekam und ihr das Singen verging, und dass Mr Connelly von gegenüber seine Flöte auspackte und rührselige irische Melodien spielte, wenn er freitags abends in der Kneipe zu viel getrunken hatte. Aber so etwas wie diese Musik hatte ich noch nie gehört.

Ich drückte meine Wange ans Geländer, schloss die Augen und gab mich ganz den herrlichen, herzzerreißenden Tönen hin. Natürlich konnte ich nicht beurteilen, wie gut David spielte – womit hätte ich sein Spiel vergleichen sollen? Aber für mich war es so makellos, wie es alle schönen Erinnerungen sind.

Während der letzte Ton noch in der sonnendurchfluteten Luft hing, hörte ich Emmeline sagen: »Jetzt lass mich mal was spielen, David, das ist ja gar keine richtige Weihnachtsmusik.«

Ich öffnete die Augen, als sie eine flotte Version von »O Come All Ye Faithful« klimperte. Sie spielte gar nicht schlecht, und das Lied war ganz nett, aber der Zauber war verflogen.

»Können Sie auch spielen?«, fragte Robbie und schaute Hannah an, die verdächtig still im Schneidersitz auf dem Boden hockte.

David lachte. »Hannah besitzt eine Menge Talente, aber Musikalität gehört nicht gerade dazu.« Er grinste. »Andererseits wissen wir natürlich nicht, was du in all den Unterrichtsstunden gelernt hast, die du heimlich im Dorf nimmst, wie ich höre …«

Hannah schaute Emmeline an, die zerknirscht mit den Achseln zuckte. »Es ist mir einfach rausgerutscht.«

»Mir sind Worte lieber«, sagte Hannah kühl. Sie wickelte ein paar Zinnsoldaten aus einem Tuch und legte sie sich in den Schoß. »Sie sind besser dafür geeignet, das auszudrücken, was ich sagen will.«

»Robbie schreibt auch«, sagte David. »Er ist ein Dichter. Und zwar ein verdammt guter. Ein paar von seinen Gedichten wurden dieses Jahr im *College Chronicle* veröffentlicht.« Er hielt eine gläserne Kugel hoch, die bunte Lichtprismen auf den Teppich warf. »Wie ging noch mal das, was mir so gut gefiel? Das über den verfallenen Tempel?«

Die Tür ging auf, und Robbie kam nicht mehr dazu, auf die Frage zu antworten. Alfred erschien mit einem Tablett voller Lebkuchenfiguren, in buntes Papier gewickelten Karamellbonbons und kleinen Beutelchen mit Nüssen.

»Verzeihen Sie, Miss«, sagte Alfred, als er das Tablett auf einem kleinen Tisch abstellte. »Mrs Townsend schickt diese Sachen hier für den Baum.«

»Ooooh, wie schön«, gurrte Emmeline, hörte mitten im Lied auf zu spielen und lief zu dem Tablett, um sich einen Bonbon zu stibitzen.

Als Alfred sich zum Gehen wandte, warf er einen verstohlenen Blick zur Galerie hinauf und entdeckte mich. Während die Hartfords sich wieder ihrem Weihnachtsschmuck zuwandten, schlüpfte er hinter den Baum und kam die Wendeltreppe herauf.

»Wie kommst du voran?«

»Gut«, flüsterte ich. Meine Stimme klang mir ganz seltsam in den Ohren, weil ich sie so lange nicht benutzt hatte. Schuldbewusst warf ich einen Blick auf das Buch in meinem Schoß und auf die leere Stelle zwischen den vielen Büchern, die noch ihrer Säuberung harrten.

Er folgte meinem Blick und hob die Brauen. »Nun, umso besser, dass ich hier bin, um dir zu helfen.«

»Aber wird Mr Hamilton nicht …«

»Er wird mich frühestens in einer halben Stunde vermissen.« Er lächelte mich an und zeigte auf das hintere Ende des Regals. »Ich fange da hinten an, dann treffen wir uns in der Mitte.«

Ich nickte, dankbar und verlegen zugleich.

Alfred zog einen Lappen aus der Hosentasche und ein Buch aus dem Regal und setzte sich auf den Boden. Ich beobachtete ihn, wie er, scheinbar in seine Arbeit vertieft, das Buch umdrehte, es rundum von Staub befreite, wieder ins Regal stellte und sich das nächste vornahm. Wie er da im Schneidersitz hockte, auf seine Arbeit konzentriert, während ihm die sonst so sorgfältig frisierten braunen Haare ins Gesicht fielen, wirkte er wie ein Kind, das durch Zauberei in einen Mann verwandelt worden war.

Er drehte sich zu mir um, und unsere Blicke begegneten sich kurz. Ein Schauer lief mir über die Haut. Unwillkürlich errötete ich. Ob er wohl dachte, dass ich ihn beobachtet hatte? Schaute er mich immer noch an? Ich wagte nicht nachzusehen, aus Furcht, er könnte meine Aufmerksamkeit falsch deuten. Und dennoch verursachte mir die Vorstellung, dass er mich anschaute, ein wohliges Prickeln.

So ging es schon seit Tagen. Etwas spielte sich zwischen uns ab, das ich nicht hätte benennen können. Die Unbefangenheit, mit der wir uns anfangs begegnet waren, hatte sich in Luft aufgelöst und war einer Scheu gewichen, die häufig zu Irrtümern und Missverständnissen führte. Ich fragte mich, ob die Sache mit der weißen Feder schuld daran war. Vielleicht hatte er mich auf der Straße gaffen sehen, oder schlimmer noch, vielleicht hatte er erfahren, dass ich diejenige gewesen war, die es Mr Hamilton und den anderen gegenüber ausgeplaudert hatte.

Ich konzentrierte mich darauf, das Buch in meinem Schoß übertrieben gründlich abzuwischen und betont in eine andere Richtung zu schauen, durchs Geländer und auf die Bühne unter uns. Wenn ich Alfred ignorierte, würde meine Befangenheit vielleicht einfach ebenso unbemerkt vergehen wie die Zeit.

Als ich den Hartfords wieder zusah, fühlte ich mich, als hätte ich den Faden verloren: wie eine Zuschauerin, die während der Vorstellung eingeschlafen ist und nach dem Aufwachen feststellt, dass das Bühnenbild sich geändert hat und das Stück bereits im nächsten Akt angekommen ist. Ich lauschte auf ihre Stimmen, die fremd und wie von fern durch das Winterlicht an meine Ohren drangen.

Emmeline zeigte Robbie gerade das Tablett mit Mrs Townsends Süßigkeiten, während die anderen beiden über den Krieg diskutierten.

Hannah blickte verdattert von einem silbernen Stern auf, den sie an einem Tannenzweig befestigen wollte. »Und wann reist du ab?«

»Anfang des Jahres«, sagte David mit vor Aufregung geröteten Wangen.

»Aber wann hast du dich ...? Seit wann ...?«

Er zuckte die Achseln. »Ich denke schon lange darüber nach. Du kennst mich ja, ich liebe das Abenteuer.«

Hannah schaute ihren großen Bruder an. Sie war enttäuscht über Robbies plötzliches Auftauchen und darüber, dass das SPIEL dadurch ins Wasser gefallen war, aber dieser neuerliche Verrat traf sie wesentlich härter. Ihre Stimme klang eiskalt. »Weiß Papa Bescheid?«

»Eigentlich nicht«, sagte David.

»Er wird dich nicht gehen lassen.« Wie erleichtert sie klang, wie überzeugt.

»Es wird ihm nichts anderes übrig bleiben«, entgegnete David. »Er wird erst mitbekommen, dass ich weg bin, wenn ich mich längst auf französischem Boden befinde.«

»Und was ist, wenn er von deinen Plänen erfährt?«

»Das wird er nicht«, sagte David, »weil es ihm niemand sagen wird.« Er sah sie durchdringend an. »Aber er kann mir erzählen, was er will, er kann mich nicht aufhalten. Ich werde mich nicht umstimmen lassen. Ich werde mir den Spaß nicht entgehen lassen, bloß weil er das getan hat. Ich bin mein eigener Herr, und es wird Zeit, dass Papa das einsieht. Nur weil er sein Leben verpfuscht hat …«

»David«, fauchte Hannah.

»Es stimmt«, sagte David, »auch wenn du das nicht begreifst. Sein Leben lang steht er schon unter Großmutters Fuchtel, er hat eine Frau geheiratet, die ihn nicht ausstehen konnte, jedes Geschäft, das er anfängt, geht pleite …«

»David!«, wiederholte Hannah noch einmal, und ich konnte ihre Empörung regelrecht spüren. Sie warf einen Blick zu Emmeline hinüber, um sich zu vergewissern, dass sie sich außer Hörweite befand. »Du besitzt keinen Funken Loyalität. Du solltest dich schämen!«

David hielt ihrem Blick stand und antwortete leise: »Ich werde nicht zulassen, dass er seine Verbitterung auf mich überträgt. Er tut mir nur noch leid.«

»Wovon redet ihr?« Das war Emmeline, die plötzlich mit einer Handvoll kandierter Mandeln vor ihnen stand. Sie runzelte die Stirn. »Ihr streitet euch doch nicht, oder?«

»Natürlich nicht«, sagte David, der sich ein schwaches Lächeln abrang, während Hannah ihn wütend anfunkelte. »Ich habe Hannah nur erzählt, dass ich nach Frankreich gehe. In den Krieg.«

»Wie aufregend! Gehen Sie auch, Robbie?«

Robbie nickte.

»Ich hätte es mir denken können«, sagte Hannah.

David ignorierte ihre Bemerkung. »Einer muss schließlich auf diesen Kerl hier aufpassen.« Er grinste Robbie an. »Außerdem will ich ihm nicht den ganzen Spaß allein überlassen.« Ich meinte etwas in seinem Blick zu erkennen, während er das sagte. Bewunderung vielleicht? Zuneigung?

Hannah hatte es auch gesehen. Ihre Lippen spannten sich. Für sie war bereits klar, wen sie für Davids Verrat verantwortlich machte.

»Robbie zieht in den Krieg, um seinem alten Herrn zu entkommen«, sagte David.

»Warum?«, fragte Emmeline aufgeregt. »Was hat er denn getan?«

Robbie zuckte mit den Schultern. »Die Liste ist lang und der, der sie führt, verbittert.«

»Geben Sie uns einen Tipp«, sagte Emmeline. »Bitte.« Ihre Augen weiteten sich. »Ah, ich weiß es! Er hat gedroht, Sie zu enterben!«

Robbie lachte, ein trockenes, humorloses Lachen. »Wohl kaum.« Er rollte einen gläsernen Eiszapfen zwischen den Fingern. »Eher das Gegenteil.«

Emmeline runzelte die Stirn. »Er hat gedroht, Sie als seinen Erben *einzusetzen*?«

»Er hätte gern, dass wir glückliche Familie spielen«, sagte Robbie.

»Wollen Sie denn nicht glücklich sein?«, fragte Hannah kühl.

»Ich will kein Teil der Familie sein«, erwiderte Robbie. »Ich bin lieber allein.«

Emmeline schaute ihn mit großen Augen an. »Ich könnte es nicht aushalten, allein zu sein, ohne Hannah und David. Und ohne Papa.«

»Für euch ist das anders«, sagte Robbie ruhig. »Eure Familie hat nichts Schlimmes getan.«

»Aber Ihre schon?«, fragte Hannah.

Eine Weile herrschte Schweigen, während aller Augen, einschließlich meiner, auf Robbie ruhten.

Ich hielt den Atem an. Ich wusste bereits über Robbies Vater Bescheid. An dem Abend, als Robbie unerwartet auf Riverton eingetroffen war und Mr Hamilton und

Mrs Townsend in dem Bemühen, ihm ein Abendessen und ein Bett zu bereiten, im Dienstbotentrakt eine emsige Betriebsamkeit ausgelöst hatten, hatte Nancy sich zu mir herübergebeugt und mir anvertraut, was sie wusste.

Robbie war der Sohn des erst kürzlich geadelten Lord Hasting Hunter, eines Wissenschaftlers, der sich mit der Erfindung einer neuen Art von Glas, das man im Ofen brennen konnte, einen Namen gemacht und ein Vermögen verdient hatte. Er hatte sich ein riesiges Herrenhaus außerhalb von Cambridge gekauft, dort ein Zimmer eingerichtet, in dem er seine Experimente durchführen konnte, und führte seitdem das Leben eines Landadligen. Dieser Junge, so Nancy, war das Ergebnis einer Affäre seines Vaters mit einem Dienstmädchen, einer jungen Spanierin, die kaum ein Wort Englisch sprach. Als ihr Bauch anschwoll, war Lord Hunter ihrer überdrüssig geworden, hatte sich jedoch bereit erklärt, den Jungen erziehen zu lassen, wenn sie sich verpflichtete, über die Sache Stillschweigen zu wahren. Dieses Schweigen hatte sie in den Wahnsinn und schließlich in den Selbstmord getrieben.

Eine Schande, hatte Nancy kopfschüttelnd gesagt und tief Luft geholt. Ein geschändetes Dienstmädchen und ein Junge, der vaterlos aufgewachsen war. Wer hätte kein Mitleid mit den beiden? Dennoch, fügte sie mit einem wissenden Blick hinzu, werde Lady Ashbury nicht gerade erfreut sein über diesen unerwarteten Gast. Gleich und Gleich gesellt sich gern.

Ich wusste sofort, was sie damit meinte: Es gab solche und solche Adlige, die blaublütigen und diejenigen, die glänzten wie ein nagelneues Automobil. Robbie Hunter, der Sohn (ob illegitim oder nicht) eines gerade erst geadelten Lords, war für die Hartfords und ihresgleichen nicht gut genug – und damit auch nicht gut genug für uns.

»Was ist?«, sagte Emmeline. »Erzählen Sie es uns! Was hat Ihr Vater so Schreckliches getan?«

»Was soll das werden?«, fragte David lächelnd. »Die Inquisition?« Er wandte sich an Robbie. »Tut mir leid, Hunter. Die beiden sind neugierige Nasen und nicht an Besuch gewöhnt.«

Emmeline lächelte und warf mit einem zerknüllten Stück Papier nach ihm. Es verfehlte jedoch sein Ziel und segelte zurück auf den Stapel, der sich unter dem Baum angesammelt hatte.

»Ist schon gut«, sagte Robbie und richtete sich auf. Er schob sich eine Haarsträhne aus der Stirn. »Nach dem Tod meiner Mutter hat mein Vater beschlossen, mich als Sohn anzuerkennen.«

»Anzuerkennen?«, fragte Emmeline stirnrunzelnd.

»Nachdem er mich zuerst ohne Gewissensbisse zu einem Leben in Schande verdammt hatte, braucht er jetzt plötzlich einen Erben. Offenbar kann seine Ehefrau ihm keinen liefern.«

Emmeline schaute zuerst David, dann Hannah an, in der Hoffnung auf eine Erklärung.

»Und deswegen zieht Robbie in den Krieg«, sagte David. »Um frei zu sein.«

»Das mit Ihrer Mutter tut mir leid«, sagte Hannah widerwillig.

»Ach ja«, fiel Emmeline ein, ihr kindliches Gesicht ein Muster an einstudiertem Mitgefühl. »Sie muss Ihnen sehr fehlen. Mir fehlt unsere Mutter schrecklich, dabei hab ich sie nie gekannt. Sie ist bei meiner Geburt gestorben.« Sie seufzte. »Und jetzt ziehen Sie in den Krieg, um Ihrem grausamen Vater zu entkommen. Das ist ja wie in einem Roman.«

»Ein Melodram«, sagte Hannah.

»Eine Romanze«, rief Emmeline. Sie wickelte ein

Päckchen auf, und mehrere handgezogene Kerzen fielen in ihren Schoß, die nach Zimt und Fichtennadeln dufteten. »Großmama sagt, es ist die Pflicht jedes Mannes, in den Krieg zu ziehen. Sie sagt, die, die zu Hause bleiben, sind alles Drückeberger.«

Oben auf der Galerie zuckte ich zusammen und schaute zu Alfred hinüber. Als er meinen Blick bemerkte, wandte ich mich hastig wieder ab. Seine Wangen glühten, und in seinen Augen lag Schuldbewusstsein. Genauso wie an dem Tag im Dorf. Er stand abrupt auf und sein Staubtuch fiel zu Boden, aber als ich es aufhob und ihm reichte, schüttelte er den Kopf, wich meinem Blick aus und murmelte vor sich hin, Mr Hamilton wundere sich sicherlich schon, wo er steckte. Hilflos schaute ich ihm nach, als er die Treppe hinunterlief und von den Hartford-Kindern unbemerkt aus der Bibliothek schlüpfte. Dann verfluchte ich meinen Mangel an Selbstbeherrschung.

Emmeline wandte sich vom Baum ab und schaute Hannah an. »Großmama ist enttäuscht von Papa. Sie findet, er macht es sich zu leicht.«

»Sie hat nicht den geringsten Grund, enttäuscht zu sein«, sagte Hannah aufgebracht. »Und Papa macht es sich überhaupt nicht leicht. Er würde sofort nach Frankreich gehen, wenn er könnte.«

Schweigen breitete sich im Raum aus. Mein Atem ging schneller; ich war voller Mitgefühl für Hannah.

»Sei mir nicht böse«, sagte Emmeline schmollend. »Großmama hat das gesagt, nicht ich.«

»Die alte Hexe«, sagte Hannah wütend. »Papa tut für den Krieg, was er kann. Mehr kann man von niemandem erwarten.«

»Hannah würde am liebsten mit uns an die Front ziehen«, sagte David zu Robbie. »Sie und Pa wollen einfach nicht begreifen, dass der Krieg nichts ist für Frauen und kurzatmige alte Männer.«

»Das ist kompletter Unsinn, David«, sagte Hannah.

»Was?«, fragte er. »Dass der Krieg nichts ist für Frauen und alte Männer, oder dass du mit in die Schlacht ziehen willst?«

»Du weißt ganz genau, dass ich mich ebenso nützlich machen könnte wie du. Du hast selbst oft genug gesagt, dass ich schon immer gut darin war, Strategien zu entwickeln …«

»Wir sprechen hier von der Realität«, fiel David ihr ins Wort. »Das ist Krieg – mit echten Gewehren und echten Kugeln und echten Feinden. Das ist kein Kinderspiel.«

Ich holte tief Luft; Hannah starrte David an, als hätte er sie geohrfeigt.

»Du kannst nicht dein Leben lang in einer Fantasiewelt leben«, fuhr David fort. »Du kannst nicht ewig irgendwelche Abenteuer erfinden, über Dinge schreiben, die nie passiert sind, und eine imaginäre Figur darstellen …«

»David!«, schrie Emmeline. Sie schaute erst Robbie, dann wieder David an. Ihre Unterlippe zitterte, als sie sagte: »Regel Nummer eins: Das SPIEL ist geheim.«

David sah Emmeline an. »Du hast recht«, sagte er versöhnlich. »Tut mir leid, Kleines.«

»Es ist geheim«, flüsterte sie. »Das ist wichtig.«

»Natürlich«, sagte David. Er zauste Emmelines Haar. »Komm, reg dich nicht auf.« Er beugte sich vor und lugte in die Schachtel mit dem Christbaumschmuck. »Ah«, rief er. »Sieh mal, was ich gefunden hab! Das ist Mabel!« Er hielt einen Rauschgoldengel mit Flügeln aus Glasfäden, einem goldenen Faltenrock und einem andächtigen wächsernen Gesicht in die Höhe. »Das ist doch dein Lieblingsengel, nicht wahr? Soll ich ihn auf die Spitze stecken?«

»Darf ich das diesmal machen?«, fragte Emmeline, während sie sich über die Augen fuhr. Sie mochte vielleicht aufgebracht sein, aber das bedeutete noch lange nicht, dass sie sich eine gute Gelegenheit entgehen ließ.

David wandte sich an Hannah und tat, als würde er ihre Handfläche betrachten. »Was meinst du, Hannah? Irgendwelche Einwände?«

Hannah sah ihn unterkühlt an.

»Bitte!«, rief Emmeline. Sie sprang auf, und der ganze Papierstapel flog durcheinander. »Ihr beide steckt ihn jedes Mal auf den Baum, und ich durfte das noch nie machen! Aber ich bin kein Baby mehr!«

David setzte eine theatralische Miene auf, als müsste er schwer nachdenken. »Wie alt bist du?«

»Elf«, sagte Emmeline.

»Elf …«, wiederholte David. »Praktisch zwölf.«

Emmeline nickte eifrig.

»Also gut«, sagte er schließlich. Er sah Robbie an und lächelte. »Hilfst du mir?«

Die beiden trugen die Leiter zum Baum und stellten sie zwischen all das zerknüllte Papier, das auf dem Boden verstreut lag.

»Uuh.« Den Engel in der Hand stieg Emmeline kichernd die Leiter hinauf. »Wie Jack, der an seiner Bohnenstange hochklettert.«

Auf der vorletzten Sprosse blieb sie stehen, dann streckte sie die Hand mit dem Engel nach der Tannenspitze aus, konnte sie jedoch nicht erreichen.

»Oje«, sagte sie atemlos. Sie schaute zu den nach oben gerichteten Gesichtern hinunter. »Fast. Noch eine Sprosse.«

»Sei vorsichtig«, sagte David. »Kannst du dich irgendwo festhalten?«

Sie griff zuerst mit der freien, dann mit der anderen Hand nach einem dünnen Tannenzweig, dann hob sie ganz langsam den linken Fuß und setzte ihn auf die oberste Sprosse.

Mit angehaltenem Atem sah ich zu, wie sie den zweiten Fuß hob. Triumphierend grinsend streckte sie ihre Hand aus, um den Engel auf die Spitze zu stecken, dann begegneten sich unsere Blicke. Sie schaute mich verblüfft an, dann riss sie erschrocken die Augen auf, im selben Moment rutschte ihr Fuß ab und sie verlor das Gleichgewicht.

Ich öffnete den Mund, um sie zu warnen, aber es war zu spät. Mit einem Schrei, der mir eine Gänsehaut über den Rücken jagte, stürzte sie wie eine Stoffpuppe von der Leiter und landete wie ein Knäuel aus weißen Röcken mitten in dem Papierhaufen.

Der Raum schien sich auszubreiten. Einen Augenblick lang rührte sich nichts und niemand. Dann plötzlich geriet alles in Bewegung, Panik breitete sich aus.

David nahm Emmeline in die Arme. »Emmeline? Alles in Ordnung, Kleines?« Er schaute auf den Boden, wo der Rauschgoldengel lag, die gläsernen Flügel blutig rot. »O Gott, sie hat sich geschnitten.«

Hannah fiel auf die Knie. »Ihr Handgelenk.« Sie sah sich um, erblickte Robbie. »Schnell, holen Sie Hilfe.«

Mit pochendem Herzen rannte ich die Treppe hinunter. »Ich gehe schon, Miss«, sagte ich und lief aus der Tür.

Ich rannte den Korridor hinunter, vor mir das Bild von Emmelines reglosem Körper. Jeder Atemzug war wie ein Vorwurf. Es war meine Schuld, dass sie gestürzt war. Das Allerletzte, was sie zu sehen erwartete, als sie die Spitze des Baums erreichte, war mein Gesicht. Wenn ich nicht so neugierig gewesen wäre, wenn ich sie nicht überrascht hätte …

Am Fuß der Treppe wäre ich beinahe mit Nancy zusammengestoßen.

»Vorsicht«, schalt sie mich.

»Nancy«, keuchte ich. »Du musst helfen. Sie blutet.«

»Ich verstehe kein Wort von dem, was du da brabbelst«, sagte Nancy verärgert. »Wer blutet?«

»Miss Emmeline«, sagte ich. »In der Bibliothek ... Sie ist gestürzt ... Von der Leiter ... Master David und Robert Hunter ...«

»Ich hätt's mir denken können!« Nancy drehte sich auf dem Absatz um und eilte in Richtung Dienstbotentrakt. »Dieser Bursche! Ich hatte von Anfang an ein ungutes Gefühl. Unangemeldet hier hereinzuschneien. So was tut man einfach nicht.«

Ich versuchte, ihr zu erklären, dass Robbie Hunter nichts mit dem Unfall zu tun hatte, aber Nancy wollte nichts davon hören. Sie eilte die Treppe hinunter, lief in die Küche und nahm den Erste-Hilfe-Kasten vom Regal. »Nach meiner Erfahrung machen Kerle, die so aussehen, nur Ärger.«

»Aber Nancy, es war nicht seine Schuld ...«

»Nicht seine Schuld?«, wiederholte Nancy. »Er ist eben erst angekommen, und sieh dir an, was passiert ist.«

Ich gab es auf, ihn zu verteidigen. Ich war immer noch atemlos vom schnellen Laufen, und wenn Nancy sich erst einmal eine Meinung gebildet hatte, konnte ich nichts mehr dagegen ausrichten.

Nancy schnappte sich ein Desinfektionsmittel und Verbandszeug und eilte zurück nach oben. Ich hatte Mühe, ihrer mageren, sehnigen Gestalt zu folgen, während ihre schwarzen Schuhe vorwurfsvoll über den Steinboden klapperten. Nancy würde alles wieder in Ordnung bringen; sie kannte sich mit solchen Dingen aus.

Aber als wir in der Bibliothek ankamen, brauchten wir nicht mehr einzugreifen.

Emmeline saß mitten auf der Chaiselongue, ein tapferes Lächeln auf den Lippen. Ihre Geschwister saßen rechts und links neben ihr, und David streichelte ihren unverletzten Arm. Ihr blutendes Handgelenk war mit einem Streifen weißen Stoffs verbunden – den jemand von ihrer Schürze abgerissen hatte, wie mir auffiel – und lag in ihrem Schoß. Robbie Hunter stand in der Nähe, doch er gehörte irgendwie nicht dazu.

»Alles in Ordnung«, verkündete Emmeline, als wir eintraten. »Mr Hunter hat mir den Arm verbunden.« Sie schaute Robbie mit rot geränderten Augen an. »Ich bin Ihnen so dankbar.«

»Wir sind alle dankbar«, sagte Hannah, ohne ihren Blick von Emmeline abzuwenden.

David nickte. »Verdammt eindrucksvoll, Hunter. Du solltest Arzt werden.«

»O nein«, erwiderte Robbie hastig. »Ich kann kein Blut sehen.«

David betrachtete die rot gefärbten Stoffstücke auf dem Boden. »Das hast du dir aber eben nicht anmerken lassen.« Er streichelte Emmeline übers Haar. »Zum Glück bist du nicht wie deine Vettern, Emmeline. Da hast du dich wirklich ziemlich schlimm geschnitten.«

Aber falls Emmeline die Bemerkung mitbekommen hatte, ließ sie es sich nicht anmerken. Sie starrte Robbie auf die gleiche Weise an, wie Mr Dudley zuvor den Baum angesehen hatte. Der Rauschgoldengel lag vergessen zu ihren Füßen: das Gesicht ausdruckslos, die Flügel zerbrochen, der goldene Rock blutbefleckt.

Flugzeug soll Zeppeline bekämpfen
Mr Hartfords Vorschlag
(eigener Bericht)
Ipswich, 24. Februar

Mr Frederick Hartford, der morgen vor dem Parlament eine wichtige Rede über die Luftverteidigung Englands halten wird, hat sich heute in Ipswich, wo er seine Automobilfabrik betreibt, zu dem Thema im Allgemeinen geäußert.

Mr Hartford, Bruder von Major Jonathan Hartford V.C. und Sohn von Lord Herbert Hartford of Ashbury, ist der Meinung, dass Zeppelinangriffe mithilfe von leichten und schnellen einsitzigen Flugzeugen des Anfang des Monats von Mr Louis Blériot im *Petit Journal* vorgeschlagenen Typs abgewehrt werden können.

Mr Hartford erklärte, er betrachte es nicht als sinnvoll, Zeppeline zu bauen, die er für schwerfällig und leicht verwundbar hält, und die aufgrund dessen nur nachts zum Einsatz kommen können. Falls das Parlament dem Plan zustimmt, hat Mr Hartford vor, seine Automobilproduktion vorübergehend zugunsten der Produktion von Leichtflugzeugen einzustellen.

Auch der Bankier Mr Simion Luxton, der ein ebenso großes Interesse an der Luftverteidigung hat, wird vor dem Parlament sprechen. Im Lauf des vergangenen Jahres hat Mr Luxton zwei kleinere britische Automobilwerke finanziert sowie kürzlich eine Flugzeugfabrik in der Nähe von Cambridge. Diese Fabriken haben bereits mit der Produktion von Kriegsflugzeugen begonnen.

Mr Hartford und Mr Luxton repräsentieren das alte und das neue Gesicht Großbritanniens. Die Geschichte der Familie Ashbury lässt sich zurückverfolgen bis zur Zeit König Heinrich VII, und Mr Luxton, Enkel eines Bergmanns aus Yorkshire, hat bereits als junger Mann eine Bank gegründet, mit der er große Erfolge verzeichnen konnte. Er ist verheiratet mit Mrs Estrella Luxton, der Erbin des Pharmazie-Unternehmens Stevenson.

Bis wir uns wiedersehen

In jener Nacht war es so kalt, dass Nancy und ich uns in unserem Bett oben unterm Dach eng aneinander-kuschelten. Die Wintersonne war längst untergegangen, draußen rüttelte der Wind wütend an den Dachtürmchen und heulte durch die Mauerritzen.

»Die Leute sagen, wir bekommen Schnee, noch bevor das Jahr zu Ende ist«, flüsterte Nancy, während sie sich die Decke bis unters Kinn zog. »Und ich glaube ihnen.«

»Der Wind hört sich an, als würde ein Baby weinen«, sagte ich.

»Nein«, entgegnete Nancy. »Er klingt wie alles Mögliche, aber nicht wie ein weinendes Baby.«

Und in jener Nacht erzählte sie mir die Geschichte von den Kindern des Majors, von Jemimas Kindern. Von den beiden kleinen Jungen, deren Blut nicht gerinnen wollte, die nacheinander gestorben waren und nun nebeneinander in der kalten Erde des Friedhofs von Riverton lagen.

Der erste, Timmy, war vom Pferd gefallen, als der Major mit ihm ausgeritten war.

Vier Tage und Nächte hatte er noch gelebt, so Nancy, bis das Weinen ein Ende hatte und die kleine Seele ihre Ruhe fand. Er war kreideweiß, als er starb, weil alles Blut sich in seiner geschwollenen Schulter gesammelt hatte und herausdrängte. Ich dachte an das hübsche Buch mit den Kinderreimen, das Timothy Hartford gewidmet war.

»Sein Weinen war kaum zu ertragen«, sagte Nancy und bewegte ihren Fuß, sodass kalte Luft unter die Decke gekrochen kam. »Aber im Vergleich zu *ihrem* war es gar nichts.«

»Wessen?«

»Das von seiner Mutter. Von Jemima. Sie hat angefangen zu weinen, als sie ihn weggetragen haben, und erst nach einer Woche hat sie wieder aufgehört. Wenn du das gehört hättest. So viel Trauer, dass man hätte graue Haare kriegen können. Sie hat nichts mehr gegessen und nichts mehr getrunken, bis sie am Ende fast so bleich war wie der arme Kleine, Gott sei seiner Seele gnädig.«

Mir lief ein Schauer über den Rücken. Ich versuchte, das Bild mit der unscheinbaren, pummeligen Frau in Verbindung zu bringen, die mir viel zu unbedeutend erschien, um so spektakulär leiden zu können. »Aber du hast doch von ›Kindern‹ gesprochen. Was ist mit dem anderen passiert?«

»Es waren zwei Jungen«, sagte Nancy. »Der andere hieß Adam. Er hat länger gelebt als Timmy, und wir dachten schon, er wäre dem Fluch entkommen. Aber nein, den armen Kerl hat's auch erwischt. Nur eben später, weil sie auf den besser aufgepasst haben. In der Bibliothek sitzen und lesen war das Aufregendste, was seine Mutter ihm erlaubt hat. Sie wollte auf keinen Fall denselben Fehler noch einmal begehen.« Seufzend zog Nancy die Knie bis unters Kinn. »Aber keine Mutter auf der Welt kann ihren Sohn vor Dummheiten bewahren, wenn der sich erst mal was in den Kopf gesetzt hat.«

»Was für Dummheiten hat er denn gemacht? Woran ist er gestorben?«

»Eigentlich ist er nur die Treppe raufgegangen«, sagte Nancy. »Es ist beim Major zu Hause passiert, in Buckinghamshire. Ich war selbst nicht dabei, aber Sarah, das Dienstmädchen, hat es mit eigenen Augen gesehen, weil sie gerade in der Diele Staub gewischt hat. Sie sagt, er ist zu schnell gelaufen, ist ausgerutscht und hingefallen. Das war alles. Anscheinend hat er sich nicht mal besonders wehgetan, denn er ist gleich wieder aufgesprungen und weitergelaufen. Noch am selben Abend ist sein Knie angeschwollen wie eine reife Melone – genau wie Timmys Schulter –, und in der Nacht hat er dann angefangen zu weinen.«

»Hat es mehrere Tage gedauert?«, fragte ich. »Wie bei dem anderen Jungen?«

»Nein, bei Adam nicht.« Flüsternd fuhr Nancy fort: »Sarah hat erzählt, der arme Kerl hätte die ganze Nacht lang vor Schmerzen geschrien und nach seiner Mutter gerufen und sie angefleht, ihm zu helfen. In der Nacht hat keiner im ganzen Haus ein Auge zugetan, nicht mal Mr Barker, der Stallbursche, obwohl der fast taub ist. Sie haben alle in ihren Betten gelegen und mussten mitanhören, wie der Junge vor Schmerzen schrie. Der Major war unglaublich tapfer, hat die ganze Nacht vor der Tür gestanden und keine Träne vergossen.

Und dann, kurz vor Morgengrauen, hat das Schreien ganz plötzlich aufgehört, und im Haus wurde es totenstill. Am nächsten Morgen, als Sarah dem Jungen sein Frühstück bringen wollte, fand sie Jemima quer auf seinem Bett liegen, den Jungen in den Armen. Er sah so friedlich aus wie ein Engel, als würde er schlafen.«

»Hat sie geweint, so wie bei Timmy?«

»Diesmal nicht«, sagte Nancy. »Sarah meinte, sie sah beinahe so friedlich aus wie der Junge. Wahrscheinlich war sie froh, dass er nicht mehr leiden musste. Die Nacht war vorüber, sie hatte sich von ihm verabschiedet und wusste, dass er jetzt an einem besseren Ort war, wo ihm nichts Schlimmes mehr zustoßen konnte.«

Ich dachte über das nach, was sie gesagt hatte. Dass das Schreien so plötzlich aufgehört hatte. Die Erleichterung im Gesicht seiner Mutter. »Nancy«, sagte ich langsam, »du glaubst doch nicht etwa, dass …?«

»Ich glaube, es war eine Gnade, dass der Junge nicht so lange leiden musste wie sein Bruder«, fauchte Nancy.

Wir schwiegen eine Weile, und ich dachte schon, sie wäre eingeschlafen, aber ihr Atem ging immer noch flach, woraus ich schloss, dass sie nur so tat als ob. Ich zog mir die Decke bis an die Ohren, schloss die Augen und versuchte, nicht an schreiende Jungen und verzweifelte Mütter zu denken.

Als ich fast eingeschlafen war, schnitt Nancys Flüstern durch die kalte Luft. »Und jetzt ist sie schon wieder schwanger. Das Baby kommt im August.« Mit einer plötzlichen Frömmigkeit fuhr sie fort: »Du musst ganz fest für sie beten, hörst du? Vor allem jetzt. Um Weihnachten hört der liebe Gott besonders gut zu. Bitte ihn, dass Jemima diesmal ein gesundes Kind zur Welt bringt.« Sie drehte sich um und zog die Decke mit sich. »Eins, das sich nicht mit seinem eignen Blut ins Grab bringt.«

Weihnachten kam und ging, Lord Ashburys Bibliothek wurde für staubfrei erklärt, und am Morgen nach dem Boxing-Day trotzte ich der Kälte und ging nach Saffron Green, um für Mrs Townsend etwas zu besorgen. Lady Violet plante ein Neujahrs-Lunch in der Hoffnung, Unterstützung für ihr Komitee für belgische Flüchtlinge zu gewinnen. Nancy hatte sie sagen hören, dass sie ihre Bemühungen, wenn nötig, auf Flüchtlinge aus Frankreich und Portugal ausdehnen wollte.

Mrs Townsend war der Meinung, dass man die Partygäste am besten mit original griechischem Gebäck von Mr Georgias beeindrucken konnte. Die waren nicht für Hinz und Kunz zu haben, fügte sie großspurig hinzu, vor allem nicht in diesen schwierigen Zeiten. O nein. Sie trug mir auf, in den Laden zu gehen und die Bestellung für Mrs Townsend auf Riverton abzuholen.

Trotz der Eiseskälte freute ich mich, ins Dorf gehen zu dürfen. Nach den wochenlangen Festlichkeiten – erst Weihnachten und dann Neujahr – empfand ich es als willkommene Abwechslung, in der frischen Luft und für mich allein zu sein und einen Vormittag weit entfernt von Nancys kritischen Blicken zu verbringen. Denn nachdem sie mich monatelang einigermaßen in Frieden gelassen hatte, war sie neuerdings dauernd hinter mir her, beobachtete mich und wies mich zurecht. Ich wurde das ungute Gefühl nicht los, auf eine Veränderung vorbereitet zu werden, von deren Natur ich noch nichts ahnte.

Außerdem hatte ich noch einen heimlichen Grund, mich auf den Ausflug ins Dorf zu freuen. Der vierte von Arthur Conan Doyles Sherlock-Holmes-Romanen war erschienen, und ich hatte mit dem Hausierer vereinbart, dass ich das Buch kaufen würde. Ich hatte ein halbes Jahr gebraucht, um mir das Geld dafür zusammenzusparen, und es würde das erste nagelneue Buch sein, das ich mir kaufte. *Das Tal der Angst.* Allein der Titel löste einen Schauer der Erregung in mir aus.

Der Hausierer wohnte mit seiner Frau und seinen sechs Kindern in einem von mehreren grauen Feldsteinhäusern, die wie eine Reihe von Zinnsoldaten nebeneinanderstanden. Die Straße gehörte zu einer trostlosen, hinter dem Bahnhof gelegenen Siedlung, wo der Geruch nach brennender Kohle schwer in der Luft lag. Das

Kopfsteinpflaster war schwarz, und die Straßenlaternen waren von einer dicken Rußschicht überzogen. Vorsichtig klopfte ich an die schmuddelige Tür, dann trat ich einen Schritt zurück und wartete. Ein etwa dreijähriges Kind in schmutzigen Schuhen und einem abgetragenen Pullover saß auf der Stufe vor der Tür und klopfte mit einem Stock gegen das Regenrohr. Seine nackten, mit Schorf bedeckten Knie waren blau gefroren.

Ich klopfte noch einmal, diesmal etwas lauter. Schließlich ging die Tür auf, und vor mir stand eine spindeldürre Frau mit einem hochschwangeren Bauch unter der Kittelschürze und einem rotäugigen Baby auf der Hüfte. Wortlos starrte sie mit leeren Augen durch mich hindurch, bis ich meine Sprache wiedergefunden hatte.

»Guten Tag«, sagte ich in einem Tonfall, den ich von Nancy gelernt hatte. »Ich bin Grace Reeves. Ich suche Mr Jones.«

Sie sagte immer noch nichts.

»Ich bin eine Kundin.« Meine Stimme zitterte ein bisschen, und ohne es zu wollen, sprach ich den nächsten Satz wie eine Frage aus: »Ich möchte ein Buch kaufen?«

Ein beinahe unmerkliches Flackern in ihren Augen sagte mir, dass sie mich verstanden hatte. Sie wuchtete das Baby etwas höher auf ihrer knochigen Hüfte und legte den Kopf schief. »Er ist auf dem Hof.«

Als sie ein wenig zur Seite trat, schob ich mich an ihr vorbei und ging in die einzige Richtung, die das winzige Haus gestattete. Durch eine Tür schaute ich in die Küche, aus der es nach saurer Milch stank. Zwei kleine, schmuddelige Jungen saßen am Tisch und rollten zwei Steine über die zerkratzte hölzerne Tischplatte.

Der Größere rollte seinen Stein gegen den seines Bruders, dann sah er mich mit großen Augen an. »Suchst du meinen Papi?«

Ich nickte.

»Er ist draußen und ölt seinen Wagen.«

Ich schaute ihn verwirrt an, denn er zeigte auf eine kleine Holztür neben dem Herd.

Ich nickte noch einmal und versuchte zu lächeln.

»Ich fange bald an, ihm bei der Arbeit zu helfen«, sagte der Junge, nahm seinen Stein wieder in die Hand, um einen erneuten Versuch zu machen. »Wenn ich acht bin.«

»Du hast es gut«, sagte der andere Junge neidisch.

Der größere Junge zuckte die Achseln. »Irgendeiner muss sich ja hier um alles kümmern, wenn er weg ist, und du bist noch zu klein.«

Ich ging zur Hintertür und drückte sie auf.

Unter einer Wäscheleine, an der vergilbte Laken und Hemden hingen, stand der Hausierer über die Räder seines Wagens gebeugt. »Verdammter Scheißkarren«, fluchte er vor sich hin.

Als ich mich räusperte, fuhr er so hastig herum, dass er sich den Kopf an der Deichsel stieß.

»Verflucht.« Eine Pfeife im Mundwinkel, sah er mich mit zusammengekniffenen Augen an.

Ich versuchte vergeblich, Nancys Ton anzuschlagen, war dann aber froh, überhaupt ein Wort herauszubringen. »Ich bin Grace. Ich komme wegen des Buchs?« Ich wartete. »Sir Arthur Conan Doyle?«

Er lehnte sich gegen seinen Karren. »Ich weiß, wer du bist.« Er stieß die Luft aus, und ich roch seinen nach Tabak stinkenden Atem. Während er mich musterte, rieb er sich die Hände an der Hose ab. »Ich bringe den Karren in Ordnung, damit der Junge damit zurechtkommt.«

»Wann reisen Sie denn ab?«, fragte ich.

Er schaute über die Leine mit den schweren, bleichen Wäschestücken hinweg in den Himmel. »Nächsten Monat. Mit den Royal Marines.« Mit seiner schmutzigen

Hand wischte er sich den Schweiß von der Stirn. »Schon seit ich ein Junge war, träume ich davon, einmal das Meer zu sehen.« Er schaute mich an, und irgendetwas in seinem Gesichtsausdruck, ein Anflug von Verzweiflung, ließ mich den Blick abwenden. Durch das Küchenfenster sah ich, wie die Frau, das Baby und die beiden Jungen uns anstarrten. Durch die verzogene, vom Ruß trübe Fensterscheibe sahen ihre Gesichter aus wie Spiegelbilder in einem trüben Teich.

Der Hausierer folgte meinem Blick. »In der Armee verdient man gut«, sagte er. »Wenn man Glück hat.« Er warf seinen Lappen weg und ging zum Haus. »Na, dann komm. Ich habe das Buch drinnen.«

Wir wickelten das Geschäft in dem winzigen Flur ab, dann brachte er mich zur Tür. Ich blickte stur geradeaus, um die hungrigen kleinen Gesichter nicht zu sehen, die mich ganz sicher beobachteten. Als ich aus der Haustür trat, hörte ich den großen Jungen sagen: »Was hat die Frau gekauft, Papa? Hat sie Seife gekauft? Sie roch nach Seife. Sie ist eine vornehme Dame, stimmt's?«

Ich ging so schnell ich konnte, ohne zu laufen. Ich wollte möglichst weit weg kommen von dem Haus und den Kindern, die mich für eine vornehme Dame hielten.

Erleichtert atmete ich auf, als ich schließlich in die Railway Street einbog und den erdrückenden Gestank nach Ruß und Armut hinter mir gelassen hatte. Mir war das Elend nicht fremd – meine Mutter und ich hatten oft genug kaum gewusst, wovon wir uns ernähren sollten –, aber allmählich begriff ich, dass Riverton mich verändert hatte. Ohne es zu bemerken, hatte ich mich an die Wärme, die Bequemlichkeiten und den Überfluss gewöhnt, hatte angefangen, das alles als selbstverständlich hinzunehmen. Während ich durch das Dorf eilte und hinter dem Pferdewagen von Down's Dairies die Straße überquerte, während meine Wangen vor Kälte brannten, nahm ich mir vor, das alles niemals aufzugeben. Niemals zuzulassen, dass ich meine Stellung verlor, so wie es meiner Mutter passiert war.

Kurz vor der Kreuzung High Street drückte ich mich unter einer Markise in einen Hauseingang und kauerte mich vor eine schwarze Tür mit einem glänzenden Messingschild. Mein Atem bildete weiße Wölkchen, während ich mein gerade erstandenes Buch unter dem Mantel hervorholte und meine Handschuhe auszog.

Im Flur des Hausierers hatte ich kaum einen Blick darauf geworfen, geschweige denn mich vergewissert, dass es sich um den richtigen Titel handelte. Jetzt gestattete ich mir, den Umschlag näher in Augenschein zu nehmen, den Ledereinband zu berühren und mit dem Zeigefinger die erhabenen Buchstaben auf dem Rücken nachzufahren: *Das Tal der Angst*. Ich flüsterte die schaurigen Worte vor mich hin, dann hielt ich mir das Buch unter die Nase und sog den Duft der Tinte ein. Den Duft nach Abenteuern.

Ich verstaute meinen kostbaren, verbotenen Besitz unter dem Futter meines Mantels und drückte ihn fest an die Brust. Mein erstes neues Buch. Das erste Mal überhaupt, dass ich etwas Neues besaß. Jetzt musste ich es nur noch in meine Schublade auf dem Dachboden schmuggeln, ohne Mr Hamiltons Verdacht zu erregen oder Nancys Argwohn zu bestätigen. Mühsam schob ich meine gefühllosen Finger wieder in meine Handschuhe, lugte mit zusammengekniffenen Augen in die vom Schnee weiße Straße, trat aus der Türnische heraus und stieß mit einer jungen Frau zusammen, die mit entschlossenen Schritten auf den Hauseingang zueilte.

»Oh, verzeihen Sie!«, sagte ich überrascht. »Wie ungeschickt von mir.«

Als ich aufblickte, wurden meine Wangen glühend heiß. Es war Hannah.

»Moment …« Sie zögerte verblüfft. »Ich kenne dich doch. Du arbeitest für meinen Großvater.«

»Ja, Miss. Ich bin Grace, Miss.«

»Grace.« Wie schön mein Name aus ihrem Mund klang.

Ich nickte. »Ja, Miss.« Unter meinem Mantel pochte mein Herz schuldbewusst gegen das Buch.

Hannah löste ihren leuchtend blauen Schal, sodass ein Stückchen lilienweiße Haut zum Vorschein kam. »Du hast uns einmal vor dem Tod durch romantische Poesie bewahrt.«

»Ja, Miss.«

Als sie kurz auf die Straße schaute, wo eisiger Wind die Luft in Eiskristalle verwandelte, zog sie zitternd ihren Mantel fester um sich. »Ein schreckliches Wetter, um draußen unterwegs zu sein.«

»Ja, Miss.«

»Ich hätte zu Hause bleiben sollen«, fügte sie hinzu, als sie sich mit von der Kälte geröteten Wangen zu mir umwandte. »Aber ich hatte mich für eine Stunde Musikunterricht angemeldet.«

»Ich wäre auch lieber im Haus geblieben, Miss«, sagte ich, »aber Mrs Townsend hat mich hergeschickt, um etwas abzuholen. Gebäck. Für das Neujahrslunch.«

Sie betrachtete zuerst meine leeren Hände, dann den Hauseingang, aus dem ich gekommen war. »Ein ungewöhnlicher Ort, um Gebäck zu kaufen.«

Ich folgte ihrem Blick. Auf dem Messingschild an der schwarzen Tür stand: *Mrs Doves Sekretärinnenschule*. Ich sah mich um, auf der Suche nach einer Antwort. Irgendetwas, das meine Anwesenheit in diesem Hauseingang erklären konnte. Auf keinen Fall durfte ich riskieren, dass sie das Buch entdeckte, das ich gekauft hatte. Mr Hamilton hatte sich, was die Regeln in Bezug auf Lesematerial anging, deutlich genug ausgedrückt. Aber was konnte ich ihr sagen? Wenn Hannah Lady Violet erzählte, dass ich ohne Erlaubnis Unterricht nahm, würde ich wahrscheinlich meine Stellung verlieren.

Ehe mir eine Ausrede einfiel, räusperte Hannah sich und hantierte mit einem braunen Päckchen, das sie in der Hand hielt. »Tja«, sagte sie und ließ das Wort zwischen uns in der Luft hängen.

Ängstlich wartete ich darauf, dass sie mir Vorhaltungen machte.

Hannah trat von einem Fuß auf den anderen, straffte sich und sah mir direkt in die Augen. Nach kurzem Zögern sagte sie: »Tja, Grace. Sieht so aus, als hätten wir beide ein Geheimnis.«

Ich war so verdattert, dass es mir die Sprache verschlug. Vor lauter Nervosität hatte ich gar nicht gemerkt, dass sie ebenfalls nervös war. Ich schluckte und umklammerte meinen verborgenen Schatz. »Miss?«

Sie nickte. Dann, zu meiner großen Verblüffung, nahm sie meine Hand und drückte sie fest. »Ich gratuliere dir.«

»Wirklich, Miss?«

»Ja«, sagte sie nachdrücklich. »Ich weiß, was du da unter deinem Mantel versteckst.«

»Miss?«

»Ich weiß es, weil ich dasselbe tue wie du.« Sie zeigte auf das braune Päckchen und unterdrückte ein erregtes Lächeln. »Das sind gar keine Noten, Grace.«

»Nein, Miss?«

»Und ich nehme auch keinen Musikunterricht.« Ihre Augen weiteten sich. »Ich nehme zum Vergnügen Unterricht. Und das bei diesem Wetter! Kannst du dir das vorstellen?«

Ich schüttelte verwirrt den Kopf.

Sie beugte sich verschwörerisch vor. »Was ist dein Lieblingsfach? Maschineschreiben oder Stenografie?«

»Ich weiß nicht, Miss.«

Sie nickte. »Ja, du hast recht, es ist albern, nach einem Lieblingsfach zu fragen. Sie sind alle gleich wichtig.« Sie lächelte. »Aber ich muss gestehen, dass mir Stenografie besonders liegt. Es hat so etwas Aufregendes. Es ist wie ...«

»Wie eine Geheimschrift?«, sagte ich und musste an die chinesische Kiste denken.

»Ja.« Ihre Augen leuchteten. »Ja, genau. Eine Geheimschrift. Ein Geheimnis.«

Dann richtete sie sich auf und deutete mit einem Kopfnicken auf die Tür. »Tja, ich muss los. Ich möchte Miss Dove nicht warten lassen. Du weißt ja selbst, dass sie Unpünktlichkeit überhaupt nicht leiden kann.«

Ich machte einen Knicks und trat aus dem Schutz der Markise auf den Gehweg.

»Grace?«

Durch das dichte Schneetreiben schaute ich sie blinzelnd an. »Ja, Miss?«

Sie legte ihren Zeigefinger an die Lippen. »Wir haben jetzt ein gemeinsames Geheimnis.«

Ich nickte, und einen Moment lang schauten wir uns in die Augen, als träfen wir eine Übereinkunft, dann lächelte sie und verschwand hinter Miss Doves Tür.

Am 31. Dezember, als die letzten Minuten des Jahres 1915 verstrichen, versammelten wir uns alle im Dienstbotenzimmer, um das neue Jahr zu begrüßen. Lord Ashbury hatte uns eine Flasche Champagner und zwei Flaschen Bier zugestanden, und Mrs Townsend hatte aus der geplünderten Vorratskammer ein kleines Festessen gezaubert. Mit angehaltenem Atem beobachteten wir, wie die Zeiger auf Mitternacht zumarschierten, und als die Uhr das neue Jahr einläutete, brach großer Jubel aus. Nachdem Mr Hamilton »Auld Lang Syne« angestimmt hatte und wir alle eingefallen waren, plauderten wir wie immer über unsere Pläne und guten Vorsätze für das neue Jahr. Katie erklärte, sie hätte sich vorgenommen, nie wieder etwas vom Kuchen in der Vorratskammer zu stibitzen. Plötzlich stand Alfred auf.

»Ich habe mich freiwillig gemeldet«, verkündete er, den Blick auf Mr Hamilton gerichtet. »Ich ziehe in den Krieg.«

Ich hielt den Atem an, und alle warteten schweigend auf Mr Hamiltons Reaktion. Schließlich ergriff er das Wort. »Nun«, sagte er mit einem grimmigen Lächeln. »Das ist ein ehrenwerter Entschluss, Alfred, und ich werde in deinem Namen mit Lord Ashbury darüber sprechen, aber ich fürchte, er wird nicht bereit sein, dich gehen zu lassen.«

Alfred schluckte. »Vielen Dank, Mr Hamilton. Aber das ist nicht nötig.« Er holte tief Luft. »Ich habe selbst mit Lord Ashbury gesprochen, als er aus London zu Besuch war. Er hat gesagt, ich würde das Richtige tun, und er hat mir viel Glück gewünscht.«

Mr Hamilton brauchte einen Augenblick, um das zu verdauen. Ich entdeckte ein Flackern in seinen Augen, die Empörung über Alfreds Dreistigkeit. »Selbstverständlich. Das Richtige.«

»Ich werde im März meinen Dienst antreten«, sagte Alfred schüchtern. »Zuerst muss ich aber noch eine Ausbildung machen.«

»Und dann?«, fragte Mrs Townsend, als sie endlich die Sprache wiedergefunden hatte, die Hände in die gut gepolsterten Hüften gestemmt.

»Dann …« Er lächelte freudig erregt. »Dann geht's ab nach Frankreich, schätze ich.«

»Tja«, sagte Mr Hamilton steif, nachdem er sich wieder gefasst hatte. »Darauf stoßen wir an.« Er stand auf und hob sein Glas. Zögernd folgten wir anderen seinem Beispiel. »Auf Alfred. Möge er so glücklich und gesund zu uns zurückkehren, wie er uns verlässt.«

»Auf Alfred«, rief Mrs Townsend, die ihren Stolz nicht verbergen konnte. »Auf dass er so bald wie möglich wieder bei uns ist.«

»Immer mit der Ruhe, Mrs T.«, sagte Alfred grinsend. »Allzu bald werde ich nicht zurückkommen. Erst möchte ich ein paar Abenteuer erleben.«

»Pass auf dich auf, mein Junge«, antwortete Mrs Townsend mit feuchten Augen.

Während die anderen ihre Gläser erneut füllten, wandte Alfred sich an mich. »Ich leiste meinen Beitrag zur Verteidigung des Vaterlands, Grace.«

Ich nickte. Am liebsten hätte ich ihm gesagt, dass er nie ein Feigling gewesen war. Dass ich ihn nie dafür gehalten hatte.

»Schreibst du mir, Gracie? Versprichst du es mir?«

Ich nickte noch einmal. »Natürlich.«

Er lächelte mich an, und ich spürte, wie meine Wangen glühten.

»Wo wir schon mal beim Feiern sind«, rief Nancy und schlug mit einer Gabel an ihr Glas, um für Ruhe zu sorgen. »Ich habe auch eine Neuigkeit für euch.«

Katie riss die Augen auf. »Du heiratest doch nicht etwa, oder, Nancy?«

»Selbstverständlich nicht«, fauchte Nancy.

»Was ist es dann?«, wollte Mrs Townsend wissen. »Sag bloß, du verlässt uns auch? Ich glaube, das würde ich nicht verkraften.«

»Nicht ganz«, sagte Nancy. »Ich habe mich zum Dienst als Kontrolleurin bei der Eisenbahn gemeldet. Unten im Bahnhof. Ich hab die Anzeige gesehen, als ich letzte Woche im Dorf was besorgen musste.« Sie wandte sich an Mr Hamilton. »Lady Ashbury war ganz stolz auf mich. Sie hat gesagt, es würde ein gutes Licht auf das Haus werfen, wenn sogar die Dienstboten ihren Beitrag leisten.«

»In der Tat«, sagte Mr Hamilton seufzend. »Solange wie die Übrigen es schaffen, ihren Beitrag *innerhalb* des Hauses zu leisten.« Er nahm seine Brille ab und rieb sich erschöpft die Nasenwurzel. Dann setzte er sie wieder auf und schaute mich streng an. »Du tust mir vor allem leid, meine Kleine. Wenn Alfred weg ist und Nancy eine doppelte Belastung auf sich nimmt, wird eine große Verantwortung auf deinen jungen Schultern lasten. Ich kann unmöglich einen Ersatz für Alfred finden. Nicht in diesen Zeiten. Du wirst einige von seinen Pflichten in den oberen Etagen übernehmen müssen, bis sich die Lage wieder normalisiert. Hast du das verstanden?«

Ich nickte feierlich. »Ja, Mr Hamilton.« Jetzt begriff ich auch, warum Nancy in letzter Zeit so verstärkt auf meine Leistungen geachtet hatte. Sie hatte mich darauf vorbereitet, ihren Platz einzunehmen, in der Hoffnung, dadurch leichter die Erlaubnis für eine Arbeit außerhalb des Hauses zu erhalten.

Mr Hamilton rieb sich kopfschüttelnd die Schläfen. »Du wirst am Tisch bedienen, im Salon aufwarten und den Nachmittagstee servieren müssen. Und solange Miss Hannah und Miss Emmeline hier sind, musst du ihnen beim Ankleiden helfen …«

Er zählte noch weitere Pflichten auf, aber ich hörte längst nicht mehr zu, so aufgeregt war ich über meine neuen Pflichten gegenüber den Hartford-Schwestern. Nach meiner zufälligen Begegnung mit Hannah im Dorf war ich noch mehr als zuvor von den beiden fasziniert, vor allem von Hannah. In meiner von Groschenromanen und Detektivgeschichten beflügelten Fantasie war sie die Heldin: schön, klug und mutig.

Damals hätte ich es nicht so ausdrücken können, aber heute verstehe ich, worin die Anziehungskraft lag: Wir waren zwei gleichaltrige junge Mädchen, lebten im selben Land und im selben Haushalt, und in Hannah sah ich all die Möglichkeiten verkörpert, die es für mich nie geben würde.

Da Nancy schon am kommenden Freitag ihre erste Schicht bei der Eisenbahn übernehmen musste, blieb ihr nur sehr wenig Zeit, mich in meine neuen Pflichten einzuweisen. Nacht für Nacht wurde ich durch einen heftigen Tritt gegen ein Fußgelenk oder einen Stoß in die Rippen geweckt, weil ihr wieder etwas eingefallen war, das so wichtig war, dass es nicht bis zum Morgen warten konnte.

In der Nacht zum Freitag rasten meine Gedanken so sehr, dass ich kaum Schlaf fand. Als ich um fünf Uhr vorsichtig die nackten Füße auf den kalten Holzboden setzte, meine Kerze anzündete und Strümpfe, Kleid und Schürze anzog, drehte sich mir der Magen um.

In aller Eile erledigte ich meine üblichen Arbeiten, dann kehrte ich in den Dienstbotentrakt zurück und wartete. Zu nervös, um zu stricken, saß ich am Tisch und lauschte auf das Ticken der Wanduhr.

Um halb zehn, nachdem Mr Hamilton seine Armbanduhr mit der Wanduhr verglichen und mir mitgeteilt hatte, es sei jetzt an der Zeit, den Frühstückstisch der Herrschaften abzuräumen und den jungen Damen beim Ankleiden zu helfen, konnte ich kaum an mich halten vor freudiger Erregung.

Ihre Zimmer lagen im ersten Stock, gleich neben dem Kinderzimmer. Zaghaft klopfte ich an eine Tür – eine reine Formalität, hatte Nancy gesagt – und betrat Hannahs Zimmer. Es war das erste Mal, dass ich das Shakespeare-Zimmer zu sehen bekam. Nancy, der es schwerfiel, die Kontrolle aus der Hand zu geben, hatte darauf bestanden, das Frühstück selbst zu servieren, bevor sie sich auf den Weg zum Bahnhof machte.

Die vergilbten Tapeten und schweren Möbel verliehen dem Zimmer eine düstere Atmosphäre. Bett, Nachttisch und Kommode waren aus mit Schnitzereien versehenem Mahagoni, und ein zinnoberroter Teppich bedeckte beinahe den gesamten Fußboden. Über dem Bett hingen drei Gemälde, die dem Zimmer seinen Namen gegeben hatten, lauter Bilder von Heldinnen des besten englischen Dramatikers aller Zeiten, hatte Nancy gesagt. Ich musste mich auf ihr Wort verlassen, denn keine der drei Frauen wirkte besonders heldenhaft auf mich: die erste kniete auf dem Boden und hielt eine mit einer Flüssigkeit gefüllte Flasche hoch, die zweite saß in einem Sessel, im Hintergrund zwei Männer, einer mit weißer, der andere mit schwarzer Hautfarbe, und die dritte stand bis zu den Hüften in einem Teich, während sich ihre von Blumen durchwirkten Haare auf dem Wasser auffächerten.

Als ich eintrat, war Hannah bereits aufgestanden und saß in einem weißen Baumwollnachthemd an ihrer Frisierkommode, die Fußsohlen auf dem roten Teppich wie zum Gebet übereinandergelegt, den Kopf nachdenklich über einen Brief gebeugt. So still hatte ich sie noch nie erlebt. Nancy hatte die Vorhänge schon aufgezogen, und schwaches Sonnenlicht fiel durch das Schiebefenster auf Hannahs Rücken und ihre langen, flachsblonden Zöpfe. Sie hatte nicht bemerkt, dass ich ins Zimmer gekommen war.

Ich räusperte mich, und sie blickte auf.

»Grace«, sagte sie knapp. »Nancy hat mir schon gesagt, dass du sie vertrittst, während sie am Bahnhof ihren Dienst tut.«

»Ja, Miss«, sagte ich.

»Ist das nicht zu viel, wenn du neben deinen eigenen auch noch Nancys Pflichten übernehmen musst?«

»O nein, Miss«, sagte ich. »Ganz und gar nicht.«

Hannah beugte sich vor und flüsterte: »Du musst ja wirklich viel zu tun haben, wenn du nebenher noch Unterricht bei Miss Dove nimmst.«

Einen Augenblick lang wusste ich nicht, was sie meinte. Wer war Miss Dove, und warum sollte sie mir Unterricht geben? Dann fiel es mir wieder ein. Die Sekretärinnenschule im Dorf. »Ich schaffe das schon, Miss.« Ich schluckte, begierig, das Thema zu wechseln. »Soll ich Ihnen die Haare bürsten, Miss?«

»Ja«, sagte Hannah und nickte bedächtig. »Ja, natürlich. Du hast recht, nicht darüber zu sprechen, Grace. Ich sollte vorsichtiger sein.« Vergeblich versuchte sie, ein Lächeln zu unterdrücken. Schließlich lachte sie laut. »Es ist nur … Es ist so eine Erleichterung, mit jemandem darüber reden zu können.«

Ich nickte ernst, während ich innerlich jubilierte. »Ja, Miss.«

Mit einem letzten, verschwörerischen Lächeln legte sie zum Zeichen der Verschwiegenheit einen Finger an die Lippen und wandte sich wieder ihrem Brief zu. Am Absender in der oberen Ecke konnte ich erkennen, dass der Brief von ihrem Vater war.

Ich nahm eine mit Perlmutt verzierte Bürste von Hannahs Frisiertisch, trat hinter sie und schaute in den ovalen Spiegel. Da sie immer noch über den Brief gebeugt war, wagte ich es, sie eingehender zu betrachten. Das fahle Sonnenlicht, das auf ihr Gesicht fiel, verlieh ihren Zügen etwas Ätherisches. Ich konnte das Venengeflecht unter ihrer blassen Haut erkennen, konnte sehen, wie ihre Augäpfel sich beim Lesen hin- und herbewegten.

Als sie sich aufrichtete, wandte ich meinen Blick ab, öffnete die Schleifen am Ende ihrer Zöpfe, löste die Strähnen und begann, ihre Haare zu bürsten.

Hannah faltete den Brief einmal und schob ihn unter die kristallene Bonbonniere auf dem Frisiertisch. Dann betrachtete sie sich im Spiegel, presste die Lippen zusammen und schaute aus dem Fenster. »Mein Bruder geht nach Frankreich«, murmelte sie erbittert. »Er zieht in den Krieg.«

»Wirklich, Miss?«, fragte ich.

»Er und sein Freund. Robert Hunter«, sagte sie verächtlich. Sie befühlte eine Ecke des Briefs. »Mein armer Vater weiß nichts davon. David will nicht, dass wir es ihm sagen.«

Mit rhythmischen Bewegungen bürstete ich weiter ihr Haar und zählte im Stillen die Striche. (Nancy hatte mir eingeschärft, es müssten hundert Bürstenstriche sein, und sie würde es merken, wenn ich schummelte.) Plötzlich sagte Hannah: »Ich wünschte, ich könnte mit ihm gehen.«

»In den Krieg, Miss?«

»Ja«, sagte sie. »Die Welt verändert sich, Grace, und das möchte ich miterleben.« Sie hob den Kopf und schaute in den Spiegel, das Sonnenlicht glitzerte in ihren blauen Augen. Dann sagte sie, als hätte sie die Worte auswendig gelernt: »Ich möchte wissen, wie es sich anfühlt, durch das Leben verändert zu werden.«

»Verändert, Miss?« Um nichts in der Welt konnte ich mir vorstellen, wie es möglich war, dass sie sich etwas anderes wünschte als das, was Gott ihr großzügigerweise geschenkt hatte.

»Verwandelt, Grace. Ich will nicht mein Leben lang nur lesen und spielen und so tun als ob. Ich will leben. Ich will Erfahrungen machen, die weit über mein normales Leben hinausgehen.« Sie schaute mich mit leuchtenden Augen an. »Geht dir das nicht ebenso? Wünschst du dir nicht auch manchmal mehr, als das Leben dir bietet?«

Ich starrte sie einen Augenblick lang an, fühlte mich geehrt, dass sie mir etwas anvertraut hatte, und war zugleich zerknirscht darüber, dass dieses Vertrauen eine Art von Freundschaft verlangte, die ich unmöglich erwidern konnte. Das Problem war, dass ich einfach überhaupt nichts begriff. Die Gefühle, die sie beschrieb, waren für mich wie eine Fremdsprache. Das Leben war gut zu mir. Wie konnte ich daran zweifeln? Mr Hamilton erinnerte mich immerzu daran, wie glücklich ich mich schätzen konnte, dass ich diese Stellung bekommen hatte, und wenn er es nicht tat, dann tat es meine Mutter. Hannah schaute mich erwartungsvoll an, doch ich wusste nicht, was ich sagen sollte. Ich öffnete den Mund, meine Zunge löste sich mit einem vielversprechenden Klicken von meinem Gaumen, aber ich brachte kein Wort heraus.

Schließlich seufzte sie, schüttelte die Schultern und lächelte enttäuscht. »Nein, natürlich nicht. Tut mir leid, Grace. Ich habe dich verwirrt.«

Als sie sich abwandte, hörte ich mich sagen: »Ich denke manchmal, ich wäre gern ein Detektiv, Miss.«

»Ein Detektiv?« Unsere Blicke trafen sich im Spiegel. »Du meinst wie der Inspektor Mr Bucket in *Bleak House*?«

»Mr Bucket kenne ich nicht, Miss. Ich dachte eher an Sherlock Holmes.«

»Wirklich? Ein richtiger Detektiv?«

Ich nickte.

»Einer, der Spuren sucht und Verbrechen aufklärt?«
Ich nickte erneut.

»Na dann«, sagte sie hocherfreut, »habe ich mich wohl geirrt. Du weißt also doch, was ich meine.« Und dann schaute sie lächelnd aus dem Fenster.

Ich wusste nicht recht, wie es passiert war, warum meine spontane Antwort sie so erfreut hatte, und es war mir auch nicht wichtig. Ich wusste nur, dass ich mich jetzt im warmen Glanz einer ganz neuen Beziehung sonnte.

Ich legte die Bürste wieder auf den Frisiertisch und wischte mir die Hände an meiner Schürze ab. »Nancy sagte, Sie würden heute Ihr Straßenkostüm anziehen, Miss.«

Dann holte ich das Kostüm aus dem Schrank, trug es zum Frisiertisch hinüber und hielt ihr den Rock hin, sodass sie hineinsteigen konnte.

In diesem Augenblick öffnete sich eine tapezierte Tür neben dem Bett, und Emmeline kam herein. Von meinem Platz zu Hannahs Füßen sah ich, wie sie das Zimmer durchquerte. Emmeline besaß eine Schönheit, die sie älter wirken ließ. Etwas in ihren großen blauen Augen, ihren vollen Lippen, selbst in der Art, wie sie gähnte, verlieh ihr einen Ausdruck träger Reife.

»Wie geht's deinem Arm?«, fragte Hannah, während sie sich mit einer Hand auf meiner Schulter abstützte und in ihren Rock stieg.

Ich hielt den Kopf gesenkt, hoffte, Emmeline würde der Arm nicht mehr wehtun, hoffte, sie würde sich nicht an meine Beteiligung an dem Sturz erinnern. Aber falls sie mich erkannte, ließ sie es sich nicht anmerken. Sie zuckte die Achseln und rieb sich abwesend das verbundene Handgelenk. »Es tut fast gar nicht weh. Ich lasse den Verband nur dran, um Eindruck zu schinden.«

Hannah drehte sich zur Wand, damit ich ihr das Nachthemd ausziehen und das zum Kostüm gehörende Oberteil über den Kopf streifen konnte. »Du wirst wahrscheinlich eine Narbe behalten«, zog sie Emmeline auf.

»Ich weiß.« Emmeline setzte sich an das Fußende von Hannahs Bett. »Anfangs wollte ich das nicht haben, aber Robbie sagt, ich soll es als Kriegsverletzung betrachten. Er meint, das würde mir Charakter verleihen.«

»Ach ja?«, sagte Hannah säuerlich.

»Er sagt, alle bedeutenden Leute haben Charakter.«

Ich zog Hannahs Oberteil stramm und zwang den ersten Knopf ins Knopfloch.

»Er kommt heute früh mit uns«, sagte Emmeline, während sie mit den Füßen gegen das Bett trommelte. »Er hat David gefragt, ob wir ihm den See zeigen können.«

»Ihr werdet bestimmt viel Spaß haben.«

»Kommst du denn nicht mit? Es ist der erste schöne Tag seit Wochen. Du hast doch gesagt, du würdest verrückt werden, wenn du nicht bald an die frische Luft kämst.«

»Ich hab's mir anders überlegt«, antwortete Hannah vage.

Emmeline schwieg einen Moment, dann sagte sie: »David hatte recht.«

Während ich einen Knopf nach dem anderen schloss, spürte ich, wie Hannahs Körper sich anspannte. »Wovon redest du?«

»Er hat Robbie gesagt, dass du ziemlich stur bist und dass du dich notfalls den ganzen Winter über in deinem Zimmer einschließen würdest, bloß um ihm aus dem Weg zu gehen.«

Hannah presste die Lippen aufeinander. Einen Augenblick lang wusste sie nicht, was sie sagen sollte. »Also …

du kannst David sagen, dass er sich irrt. Ich gehe ihm nicht aus dem Weg. Ich habe hier drinnen Dinge zu erledigen. Wichtige Dinge. Dinge, von denen ihr beide überhaupt keine Ahnung habt.«

»Wie zum Beispiel wütend im Kinderzimmer sitzen und die Sachen in der Kiste lesen?«

»Du kleine Schnüfflerin!«, rief Hannah empört. »Ist es denn ein Wunder, dass ich mir ein bisschen Privatsphäre verschaffe?« Sie schnaubte verächtlich. »Außerdem irrst du dich. Ich habe nicht vor, die Sachen in der Kiste zu lesen. Die Kiste ist weg.«

»Wie meinst du das?«

»Ich hab sie versteckt«, sagte Hannah.

»Wo?«

»Das sag ich dir, wenn wir das nächste Mal spielen.«

»Aber wir werden wahrscheinlich den ganzen Winter über nicht spielen«, rief Emmeline aus. »Das geht nicht. Nicht, ohne Robbie einzuweihen.«

»Dann sag ich's dir eben im Sommer«, erwiderte Hannah. »Sie wird dir schon nicht fehlen. Du und David, ihr habt ja genug anderes zu tun, jetzt, wo Robert Hunter da ist.«

»Was hast du eigentlich gegen ihn?«, wollte Emmeline wissen.

Das Gespräch geriet ins Stocken, und während des verlegenen Schweigens, das sich eine Weile hinzog, fühlte ich mich seltsam fehl am Platze, nahm plötzlich meinen eigenen Herzschlag und meinen eigenen Atem wahr.

»Ich weiß nicht«, sagte Hannah schließlich. »Seit er hier ist, hat sich alles verändert. Es ist, als würde uns alles entgleiten, ehe ich richtig weiß, was es ist.« Sie streckte einen Arm aus, damit ich die Spitzenmanschette glätten konnte. »Warum magst du ihn eigentlich?«

Emmeline zuckte die Achseln. »Weil er lustig und schlagfertig ist. Weil er Davids Freund ist. Weil er mir das Leben gerettet hat.«

»Das ist ja wohl reichlich übertrieben«, schnaubte Hannah, während ich den letzten Knopf an ihrem Oberteil schloss. »Er hat ein Stück von deiner Schürze abgerissen und es dir um den Arm gewickelt.« Sie drehte sich zu Emmeline um.

Emmeline schlug sich mit der Hand vor den Mund, und ihre Augen weiteten sich. Dann begann sie laut zu lachen.

»Was ist los?«, fragte Hannah. »Was ist so lustig?« Sie bückte sich, um sich im Spiegel zu betrachten. »Oh«, sagte sie stirnrunzelnd.

Emmeline, immer noch lachend, ließ sich seitlich auf Hannahs Bett fallen. »Du siehst aus wie dieser Dorftrottel«, prustete sie. »Wie der Junge, dem seine Mutter immer viel zu kleine Sachen anzieht.«

»Das ist grausam, Emmeline«, beschwerte sich Hannah, musste jedoch ebenfalls lachen. Während sie sich im Spiegel betrachtete, straffte sie die Schultern und versuchte so, ihr Oberteil ein bisschen zu weiten. »Außerdem stimmt es nicht. So lächerlich wie ich hat der arme Junge noch nie ausgesehen.« Sie drehte sich so, dass sie sich von der Seite betrachten konnte. »Ich muss seit dem letzten Winter gewachsen sein.«

»Ja«, sagte Emmeline, den Blick auf das Oberteil geheftet, das Hannahs Brüste einschnürte. »Du bist größer geworden. Du Glückspilz.«

»Tja«, sagte Hannah. »Das kann ich auf keinen Fall anziehen.«

»Wenn Papa sich genauso für uns interessieren würde wie für seine Automobilfabrik«, flötete Emmeline, »dann wüsste er, dass wir ab und zu was Neues zum Anziehen brauchen.«

»Er tut sein Bestes.«

»Ich möchte nicht wissen, was sein Schlechtestes wäre«, bemerkte Emmeline. »Wenn wir nicht aufpassen, müssen wir in Matrosenkleidchen zum Debütantinnenball gehen.«

Hannah zuckte mit den Schultern. »Mir ist das völlig egal. Das ist doch sowieso ein albernes, altmodisches Ritual.« Sie betrachtete noch einmal ihr Spiegelbild und zupfte an ihrem Oberteil herum. »Trotzdem werde ich Papa schreiben und ihn fragen, ob wir was Neues zum Anziehen bekommen können.«

»Ja«, sagte Emmeline. »Und bitte keine Schürzenkleider mehr, sondern richtige Kleider, so wie Fanny sie trägt.«

»Tja«, sagte Hannah. »Ich werde wohl heute ein Schürzenkleid tragen müssen, denn das hier passt mir eindeutig nicht mehr.« Sie schaute mich mit hochgezogenen Brauen an. »Bin gespannt, was Nancy sagt, wenn sie hört, dass ihre Regeln missachtet wurden.«

»Sie wird ganz bestimmt nicht erfreut sein, Miss«, sagte ich und riskierte ein Lächeln, während ich die Knöpfe wieder öffnete.

Emmeline blickte auf, legte den Kopf schief und sah mich blinzelnd an. »Wer ist das?«

»Das ist Grace«, sagte Hannah. »Erinnerst du dich? Sie hat uns letzten Sommer vor Miss Prince gerettet.«

»Ist Nancy krank?«

»Nein, Miss«, sagte ich. »Sie ist unten im Dorf und tut Dienst bei der Eisenbahn. Wegen des Kriegs.«

Hannah hob eine Braue. »Mir tut jetzt schon jeder ahnungslose Reisende leid, der sein Billett verlegt hat.«

»Ja, Miss«, sagte ich.

»Grace hilft uns beim Anziehen, wenn Nancy am Bahnhof ist«, sagte Hannah zu Emmeline. »Findest du nicht, dass es eine nette Abwechslung ist, ein Mädchen in unserem Alter zu haben?«

Ich machte einen Knicks und verließ mit klopfendem Herzen das Zimmer. Insgeheim hoffte ich, der Krieg würde niemals enden.

Es war frisch an dem Morgen, als wir Alfred verabschiedeten. Der Himmel war klar, und die Luft schien geladen von Aufregung. Ich fühlte mich seltsam beflügelt, als wir von Riverton ins Dorf hinuntergingen. Während Mr Hamilton und Mrs Townsend sich um die Feuer im Haus kümmerten, hatte man Nancy, Katie und mir unter der Bedingung, dass alle unsere Arbeiten erledigt waren, erlaubt, Alfred zum Bahnhof zu begleiten. Es wäre unsere patriotische Pflicht, hatte Mr Hamilton erklärt, die Moral der tapferen jungen Männer zu stärken, die bereit waren, ihr Leben für ihr Land einzusetzen.

Allerdings hatte die Moral ihre Grenzen: Unter gar keinen Umständen durften wir mit einem der Soldaten, für die junge Frauen wie wir eine leichte Beute wären, ein Gespräch anfangen.

Ich fühlte mich unbeschreiblich wichtig, als ich in meinem Sonntagskleid die High Street hinuntermarschierte, in Begleitung eines Mannes, der zur Armee des Königs gehörte. Ich bin sicher, dass ich nicht die Einzige war, die sich in solcher Hochstimmung befand. Mir war aufgefallen, dass Nancy sich besondere Mühe mit ihrer Frisur gegeben und ihren langen Pferdeschwanz zu einem komplizierten Knoten hochgesteckt hatte, fast so wie unsere Mistress. Selbst Katie hatte sich bemüht, ihre wilden Locken zu zähmen.

Als wir ankamen, wimmelte es auf dem Bahnhof nur so von Soldaten und deren Angehörigen. Liebespaare umarmten sich, Mütter fuhren noch einmal glättend über die neuen Uniformen ihrer Söhne, und Väter reckten ihre stolzgeschwellte Brust. Das Rekrutierungsbüro von Saffron Green hatte sich selbst übertroffen und im vergangenen Monat eine große Rekrutierungskampagne veranstaltet. Überall an den Laternenmasten hingen noch die Plakate mit Lord Kitcheners ausgestrecktem Zeigefinger. Die Männer würden zu einem Sonderbataillon zusammengestellt werden, hatte Alfred mir erklärt, den Saffron Lads, und sie würden alle zusammen eingesetzt werden. Er meinte, es sei besser, wenn sich die Männer schon kannten, die später Seite an Seite kämpfen würden.

Der wartende Zug glänzte in Schwarz und Messing und stieß zur Feier des Tages hin und wieder ungeduldig eine wichtigtuerische Dampfwolke aus. Alfred trug seinen Tornister auf den Bahnsteig, dann blieb er stehen. »Tja, Mädels«, sagte er. »Am besten, wir bringen's gleich hier hinter uns.«

Wir nickten, während wir den Trubel auf uns wirken ließen. Irgendwo am Ende des Bahnsteigs, dort, wo die Offiziere sich sammelten, spielte eine Kapelle. Nancy winkte einem strengen Zugschaffner zu, der ihren Gruß mit einem kurzen Nicken erwiderte.

»Alfred«, flötete Katie, »ich hab was für dich.«

»Wirklich?«, sagte Alfred. »Das ist aber nett von dir.« Er hielt ihr seine Wange hin.

»Ach, Alfred«, seufzte Katie, und ihre Wangen nahmen die Farbe reifer Tomaten an. »Ich meinte doch keinen *Kuss*.«

Alfred zwinkerte Nancy und mir zu. »Na, da bin ich aber enttäuscht, Katie. Ich dachte schon, du wolltest mir zum Abschied etwas schenken, woran ich mich erinnern kann, wenn ich weit weg von zu Hause bin.«

»Das will ich auch.« Katie hielt ein zusammenge-
knülltes Geschirrtuch hoch. »Hier.«

Alfred hob verblüfft eine Braue. »Ein Geschirrtuch?
Vielen Dank, Katie. Das wird mich ganz bestimmt an zu
Hause erinnern.«

»Das ist kein Geschirrtuch«, sagte Katie. »Na ja, eigentlich schon. Aber es ist nur die Verpackung. Sieh mal
nach, was drin ist.«

Alfred schlug die Ecken des Tuchs zurück, und zum
Vorschein kamen drei Stücke von Mrs Townsends Bis-
kuitkuchen.

»Er ist ohne Butter und ohne Sahne gemacht, wegen
der Rationierungen«, sagte Katie. »Aber er schmeckt
trotzdem nicht schlecht.«

»Und woher weißt du das?«, fragte Nancy hinterhältig. »Mrs Townsend wird nicht erfreut sein, wenn sie
merkt, dass du wieder aus der Vorratskammer genascht
hast.«

Katies Unterlippe begann zu zittern. »Ich wollte doch
bloß Alfred ein Abschiedsgeschenk geben.«

»Ja«, erwiderte Nancy etwas versöhnlicher. »Dann ist
es wohl entschuldbar. Aber nur dieses eine Mal, weil Alfred in den Krieg zieht.« Sie wandte sich an Alfred.
»Grace und ich haben auch was für dich. Nicht wahr,
Grace? Grace?«

Ganz hinten am Ende des Bahnsteigs hatte ich ein
paar vertraute Gesichter entdeckt: Emmeline und Dawkins, Lord Ashburys Chauffeur, inmitten von lauter jungen Offizieren in schicken Uniformen.

»Grace?« Nancy fasste mich am Arm und schüttelte
mich. »Ich hab Alfred gerade gesagt, dass wir ein Geschenk für ihn haben.«

»Ah, ja.« Ich langte in meine Tasche und reichte Alfred
ein kleines, in braunes Papier eingeschlagenes Päckchen.

Alfred lächelte und wickelte es vorsichtig aus.

»Ich hab die Socken gestrickt und Nancy den Schal«, sagte ich.

»Oh«, sagte Alfred. »Die sind ja wunderschön.« Er nahm die Socken in die Hand und schaute mich an. »Ich werde bestimmt an dich denken – an euch alle drei –, wenn ich es schön warm habe, während die anderen Jungs frieren. Die werden mich um meine drei Mädchen beneiden: die besten in ganz England.«

Er packte die Geschenke in seinen Tornister, dann faltete er das Einpackpapier säuberlich zusammen und gab es mir. »Hier Grace. Mrs T. wird sich schon genug aufregen, wenn sie entdeckt, dass ein paar Stücke von ihrem Kuchen fehlen, da wollen wir doch nicht, dass sie auch noch nach ihrem Backpapier suchen muss.«

Ich nickte, stopfte das Papier in meine Tasche, spürte Alfreds Blick auf mir.

»Du wirst doch nicht vergessen, mir zu schreiben, Gracie?«

Ich schüttelte den Kopf, schaute ihm in die Augen. »Nein, Alfred, ich werde es nicht vergessen.«

»Das möchte ich dir auch nicht geraten haben«, sagte er lächelnd. »Sonst bekommst du nämlich Ärger, wenn ich zurückkomme.« Etwas ernster fügte er hinzu: »Du wirst mir fehlen.« Dann schaute er Nancy und Katie an. »Ihr werdet mir alle fehlen.«

»Ach, Alfred«, rief Katie aufgeregt. »Sieh dir bloß die anderen Burschen an. Sie sehen so fesch aus in ihren neuen Uniformen. Gehören die auch alle zu den Saffron Lads?«

Während Alfred ihr ein paar von den jungen Männern zeigte, die er im Rekrutierungsbüro kennengelernt hatte, schaute ich noch einmal zum Ende des Bahnsteigs hinüber, sah, wie Emmeline jemandem zuwinkte und dann davonlief. Zwei der jungen Offiziere drehten sich um, sodass ich ihre Gesichter erkennen konnte. David und Robert Hunter. Wo war Hannah? Ich reckte den Hals und suchte die Menge nach ihr ab. Sie hatte sich den ganzen Winter über so gut es ging von David und Robbie ferngehalten, aber sie würde sich doch sicherlich von ihrem Bruder verabschieden, wenn er in den Krieg zog?

»… und das ist Rufus«, sagte Alfred und deutete auf einen mageren Soldaten mit langen Zähnen. »Sein Vater ist Lumpensammler. Rufus hat ihm immer geholfen, aber er meint, bei der Army hat er größere Chancen, regelmäßig was Anständiges zu essen zu bekommen.«

»Das ist gut möglich«, meinte Nancy, »wenn man der Sohn eines Lumpensammlers ist. Aber auf Riverton kannst du dich über das Essen wirklich nicht beklagen.«

»O nein«, erwiderte Alfred, »das kann ich weiß Gott nicht. Mrs T. und die Herrschaften sorgen wirklich gut für uns.« Er lächelte. »Aber ich muss gestehen, dass mir die Decke auf den Kopf fällt, wenn ich mich zu lange im Haus aufhalte. Ich freue mich darauf, eine Zeit lang in der freien Natur zu leben.«

Ein Flugzeug dröhnte über unseren Köpfen dahin, eine Blériot XI-2, wie Alfred uns erklärte, während die Leute auf dem Bahnsteig in laute Jubelrufe ausbrachen. Eine Welle der Erregung erfasste uns alle. Der Schaffner, in der Ferne als schwarz-weißer Fleck zu erkennen, blies in seine Trillerpfeife, hob sein Megafon und forderte alle Passagiere auf einzusteigen.

»Tja«, sagte Alfred mit einem zuversichtlichen Lächeln. »Dann wollen wir mal.«

Am Ende des Bahnsteigs tauchte eine Gestalt auf. Hannah. Sie schaute sich suchend um, entdeckte David, winkte zögernd. Dann schob sie sich durch die Menge und blieb erst stehen, als sie ihren Bruder erreichte. Nachdem sie ihn einen Moment lang wortlos angesehen hatte, nahm sie etwas aus ihrer Tasche und reichte es ihm. Ich wusste, was es war. Ich hatte es am Morgen auf ihrer Kommode liegen sehen: *Die Überquerung des Rubikon*. Es war eins von den winzigen Büchern aus der chinesischen Kiste, eins ihrer Lieblingsabenteuer, detailreich beschrieben, mit vielen Bildern illustriert und buntem Faden gebunden. Sie hatte es in einen Umschlag gesteckt und mit einer Schleife verschnürt.

David betrachtete erst das Päckchen, dann Hannah. Er schob das Geschenk in seine Brusttasche, klopfte mit der Hand darauf, nahm dann Hannahs Hände und drückte sie ganz fest; er machte den Eindruck, als hätte er sie am liebsten umarmt und geküsst, aber diese Art Umgang miteinander waren sie nicht gewohnt. Also ließ er es sein. Doch er beugte sich vor und flüsterte ihr etwas ins Ohr. Sie schauten beide zu Emmeline hinüber, und Hannah nickte.

Dann drehte David sich um und sagte etwas zu Robbie. Als er sich wieder Hannah zuwandte, begann sie, in ihrer Handtasche zu kramen. Offenbar suchte sie nach etwas. Vielleicht hatte David sie gebeten, Robbie ebenfalls einen Glücksbringer mitzugeben.

Alfreds Stimme dicht an meinem Ohr lenkte mich von ihnen ab. »Auf Wiedersehen, Gracie«, sagte er so nah, dass ich seinen Atem am Hals spürte. »Vielen, vielen Dank für die Socken.«

Ich fasste mir ans Ohr, das noch warm war von seinen Worten, während Alfred seinen Tornister schulterte und zum Zug ging. Beim Einsteigen drehte er sich noch einmal um, lächelte uns über die Köpfe der anderen hinweg zu und rief: »Wünscht mir Glück!« Dann war er verschwunden, in den Waggon geschoben von den anderen, die es nicht erwarten konnten, in den Zug zu gelangen.

Ich reckte meinen Arm hoch und winkte. »Viel Glück!«, rief ich den Rücken der fremden Männer zu und spürte plötzlich, welche große Lücke Alfred auf Riverton hinterlassen würde.

Weiter vorn stiegen David und Robbie mit den anderen Offizieren in die Erste-Klasse-Waggons. Dawkins trug Davids Gepäck. Es waren viel weniger Offiziere als Infanteristen, und deshalb fanden sie alle mühelos einen Sitzplatz und schauten aus den Fenstern, während Alfred immer noch um einen Stehplatz kämpfte.

Die Lokomotive pfiff und keuchte und füllte den Bahnsteig mit Dampf. Lange Antriebspleuel setzten sich in Bewegung, wurden schneller, und der Zug rollte langsam aus dem Bahnhof.

Hannah lief neben dem Zug her, während sie noch immer vergeblich ihre Handtasche durchsuchte. Schließlich, als der Zug immer schneller wurde, blickte sie auf, riss sich kurzerhand die weiße Seidenschleife aus den Haaren und reichte sie Robbie, der erwartungsvoll eine Hand aus dem Fenster streckte.

Weiter hinten entdeckte ich eine einzelne Gestalt, die reglos auf dem Bahnsteig stand: Emmeline. Sie hielt ein weißes Taschentuch in der Hand, aber sie hatte aufgehört zu winken. Ihre Augen waren geweitet, und ihr Lächeln wich einem Ausdruck großer Unsicherheit.

Sie stellte sich auf die Zehenspitzen und suchte die Menge mit den Augen ab. Zweifellos wollte sie sich von David verabschieden. Und von Robbie Hunter.

Plötzlich erhellte sich ihre Miene, offenbar hatte sie Hannah entdeckt.

Aber es war zu spät. Als sie sich durch die Menge kämpfte, wurden ihre Rufe vom Schnaufen der Lokomotive, von Pfiffen und Jubelrufen übertönt. Ich sah, wie Hannah immer noch neben den Zug her rannte, die langen Haare flogen offen im Wind. Dann verschwand der Zug und mit ihm Hannah in einer großen Dampf- wolke.

Teil 2

Die *English Heritage*-Broschüre
1999

Riverton Manor, Saffron Green, Essex

Das im frühen elisabethanischen Stil von John Thorpe entworfene Gutshaus »Riverton Manor« wurde im achtzehnten Jahrhundert vom achten Viscount of Ashbury zu einem prächtigen Herrenhaus erweitert. Anfang des neunzehnten Jahrhunderts, als es in Mode kam, das Wochenende auf dem Land zu verbringen, wurde Riverton von dem Architekten Thomas Cubitt erneut umgestaltet: Ein drittes Geschoss wurde hinzugefügt, um mehr Gäste unterbringen zu können, und im Einklang mit der ehernen Regel der viktorianischen Zeit, dass Bedienstete stets unsichtbar zu sein hatten, wurden unter dem Dach lauter winzige Dienstbotenkammern eingebaut, einschließlich einer Hintertreppe, die von dort direkt in die Küche führte.

Die eindrucksvolle Ruine dieses ehemals prächtigen Hauses ist umgeben von einem herrlichen, von Sir Joseph Paxton angelegten Park, in dem sich zwei eindrucksvolle steinerne Springbrunnen befinden. Der größere Brunnen mit Statuen von Eros und Psyche wurde erst kürzlich restauriert. Der Springbrunnen, der heute über eine computergesteuerte Pumpe verfügt, wurde früher mithilfe einer Dampfmaschine betrieben, die mit ihren 130 Düsen, die aus den Rachen von Riesenameisen, Adlern, feuerspeienden Drachen, Unterweltgestalten, Engeln und Göttern Wasserfontänen dreißig Meter hoch in die Luft schossen und zeitgenössischen Berichten zufolge einen Lärm machte wie ein vorbeirasender Eilzug.

Der zweite, etwas kleinere Brunnen am Ende des hinteren Spazierwegs stellt den Sturz des Ikarus dar. Jenseits des Ikarus-Brunnens liegen der See und das Sommerhaus, das im Jahre 1923 von Rivertons neuem Besitzer, Mr Theodore Luxton, als Ersatz für das ehemalige Bootshaus in Auftrag gegeben wurde. Im Jahre 1924 gelangte der See zu trauriger Berühmtheit, als der Dichter Robert S. Hunter sich am Vorabend der Mittsommernachtsparty auf Riverton an seinem Ufer das Leben nahm.

Mehrere Generationen von Bewohnern des Herrenhauses haben zur Gestaltung der Gartenanlagen beigetragen. Lady Gytha Ashbury, Lord Herberts dänische Gattin, entwarf den kleinen, mit kunstvoll beschnittenen Sträuchern geschmückten und von niedrigen Eibenhecken umgebenen Ziergarten, der heute noch den Namen Egeskovgarten trägt (nach dem dänischen Schloss, das Lady Ashburys weit verzweigter Familie gehörte), und Lady Violet, die Gattin des elften Lord Ashbury, legte am Rand des Rasens hinter dem Haus einen Rosengarten an.

Nach dem katastrophalen Brand im Jahre 1938 verfiel Riverton Manor zusehends. Im Jahr 1974 ging das Haus als Schenkung an den Denkmalschutzverein *English Heritage* und wurde seitdem teilweise wiederaufgebaut. Im Zuge des Programms für die Erhaltung historischer Gärten wurden der Nord- und der Südgarten mit dem Eros-und-Psyche-Brunnen restauriert. Am Ikarus-Brunnen und dem Sommerhaus werden zurzeit entsprechende Arbeiten ausgeführt.

Die Kirche von Riverton, die in dem malerischen Tal nahe des Hauses liegt, beherbergt eine Cafeteria, die während der Sommermonate täglich geöffnet ist, sowie einen sehr gut ausgestatteten Souvenirladen. Zu welchen Zeiten der Springbrunnen in Betrieb ist, erfahren Sie unter 01277-876857.

Der zwölfte Juli

*I*ch werde in dem Film auftreten. Na ja, natürlich nicht ich persönlich, sondern ein junges Mädchen, das mich darstellt. Egal, wie unbedeutend die Rolle vielleicht war, die man selbst bei einer Tragödie gespielt hat, wenn man nur lange genug lebt, wird man offensichtlich irgendwann zu einer interessanten Person. Vor zwei Tagen erhielt ich einen Anruf: Ursula, die junge, schlanke Filmemacherin mit den langen, aschblonden Haaren, wollte wissen, ob ich bereit wäre, mich mit der jugendlichen Schauspielerin zu unterhalten, der die zweifelhafte Ehre zugefallen ist, die Rolle von »Dienstmädchen 1«, nun umbenannt in »Grace«, zu übernehmen.

Sie werden hierherkommen, nach Heathview. Es ist nicht gerade der stimmungsvollste Ort für ein Gespräch, aber ich habe weder Lust noch die Kraft, weite Wege auf mich zu nehmen, und habe auch nicht vor, irgendjemandem etwas anderes vorzumachen. Und so sitze ich nun in meinem Zimmer und warte.

Es klopft an der Tür. Ich schaue auf die Uhr – halb zehn. Sie sind pünktlich. Ich merke, dass ich den Atem anhalte, und frage mich, warum wohl.

Dann sind sie im Zimmer. Meinem Zimmer. Sylvia und Ursula und das junge Mädchen, das mich darstellen soll.

»Guten Morgen, Grace«, sagt Ursula und lacht mich durch ihre blonden Ponyfransen hindurch an. Zu meiner großen Verblüffung beugt sie sich vor, um mir einen Kuss auf die Wange zu hauchen.

Mir versagt die Stimme.

Ursula setzt sich auf die Decke am Fußende meines Betts – eigentlich eine Unverschämtheit, die mir aber zu meiner eigenen Verwunderung nichts ausmacht – und nimmt meine Hand. »Grace«, sagt sie, »das ist Keira Parker.« Sie dreht sich um und lächelt dem Mädchen hinter mir zu. »Sie wird Sie in dem Film spielen.«

Keira tritt aus dem Schatten. Sie ist höchstens siebzehn und ausgesprochen hübsch. Blondes, schulterlanges Haar, im Nacken zu einem Pferdeschwanz zusammengebunden. Rundes Gesicht, volle, mit Lipgloss geschminkte Lippen, hohe Stirn und blaue Augen. Ein Gesicht, mit dem man für Schokolade werben könnte.

Ich räuspere mich, erinnere mich an meine guten Manieren. »Nehmen Sie doch Platz.« Ich zeige auf den braunen Plastikstuhl, den Sylvia heute Morgen extra aus dem Frühstücksraum geholt hat.

Keira setzt sich anmutig hin, schlägt ihre dünnen, in hautengen Jeans steckenden Beine übereinander und wirft einen verstohlenen Blick nach links, wo meine Frisierkommode steht. Ihre Jeans sind zerrissen, lose Fäden hängen aus den Taschen. Lumpen sind längst kein Zeichen mehr für Armut, hat Sylvia mir erklärt, sondern eher für Modebewusstsein. Keira lächelt träge, während sie meine Sachen betrachtet. »Danke, dass Sie mich empfangen, Grace«, sagt sie wie einstudiert.

Es stört mich, dass sie mich beim Vornamen nennt. Aber im selben Augenblick schelte ich mich innerlich für meine übertriebene Empfindlichkeit. Wenn sie mich mit meinem Titel oder mit meinem Nachnamen angesprochen hätte, hätte ich sie gebeten, auf solche Förmlichkeiten zu verzichten.

Sylvia steht immer noch in der offenen Tür und tut, als würde sie den Türrahmen abwischen, um ihre Neugier zu überspielen. Sie schwärmt für Filmschauspieler und Fußballstars. »Sylvia«, sage ich. »Könnten Sie uns vielleicht eine Kanne Tee bringen?«

Sylvia blickt auf, ihr Gesichtsausdruck ein Muster an untadeliger Pflichttreue. »Tee?«

»Vielleicht ein paar Kekse«, sage ich.

»Selbstverständlich«, sagt sie und steckt widerstrebend ihr Staubtuch weg.

Ich schaue Ursula an.

»Ja, bitte«, sagt sie. »Mit Milch und Zucker.«

Sylvia wendet sich an Keira. »Und Sie, Ms Parker?« Ihre Stimme klingt nervös, ihre Wangen röten sich, offenbar kennt sie die junge Schauspielerin.

Keira gähnt. »Grüntee mit Zitrone.«

»Grünen Tee«, sagt Sylvia gedehnt, als hätte sie soeben eine Antwort auf die Frage nach dem Ursprung des Universums erhalten. »Zitrone.« Sie steht immer noch im Türrahmen und rührt sich nicht.

»Danke, Sylvia«, sage ich. »Für mich bitte das Übliche.«

»Ja.« Sylvia blinzelt. Der Bann ist gebrochen, und es gelingt ihr endlich, sich loszureißen. Die Tür schließt sich hinter ihr, und ich bin allein mit meinen beiden Besucherinnen.

Auf der Stelle bedaure ich es, Sylvia fortgeschickt zu haben. Ganz plötzlich habe ich das unbestimmte Gefühl, dass ihre Anwesenheit die Rückkehr der Vergangenheit hätte abwehren können.

Aber nun ist sie fort, und wir drei schweigen einander eine Weile an. Verstohlen schaue ich noch einmal zu

Keira hinüber, betrachte ihr Gesicht, versuche, mein jüngeres Ich in ihren hübschen Zügen zu entdecken. Dann zerreißen gedämpft und blechern klingende Töne die Stille.

»Oh, Verzeihung«, sagt Ursula, während sie in ihrer Handtasche kramt. »Ich habe es vergessen auszuschalten.« Sie bringt ein kleines, schwarzes Handy zum Vorschein, die Töne werden lauter und brechen plötzlich ab, als sie eine Taste drückt. Ursula lächelt verlegen. »Es tut mir wirklich leid.« Sie wirft einen Blick auf das Display, und ihre Miene verdüstert sich. »Würden Sie mich einen Augenblick entschuldigen?«

Keira und ich nicken, während Ursula, das Handy am Ohr, bereits auf dem Weg nach draußen ist.

Nachdem die Tür hinter ihr zugefallen ist, wende ich mich meiner jungen Besucherin zu. »Nun«, sage ich. »Dann wollen wir mal.«

Sie nickt kaum merklich, dann zieht sie eine Aktenmappe aus ihrer Tasche, schlägt sie auf und nimmt einen Stapel Papiere heraus, die von einer dicken Klammer zusammengehalten werden. Am Layout erkenne ich, dass es sich um ein Drehbuch handelt – fett gedruckte Wörter in Großbuchstaben gefolgt von längeren Absätzen in normaler Schrift.

Sie blättert ein paar Seiten um, presst die glänzenden Lippen aufeinander. »Ich würde gern mehr über Ihr Verhältnis zur Familie Hartford erfahren«, sagt sie dann. »Zu den beiden Mädchen.«

Ich nicke. Damit habe ich gerechnet.

»Meine Rolle ist nicht sehr groß«, erklärt sie mir. »Ich habe nur wenig Text, aber besonders am Anfang trete ich in vielen Szenen auf.« Sie schaut mich an. »Sie wissen schon. Getränke servieren und solche Sachen.«

Ich nicke noch einmal.

»Ursula meinte jedenfalls, es wäre gut, mich mit Ihnen über die Mädchen zu unterhalten, zu erfahren, was Sie von ihnen hielten. Auf diese Weise würde ich eine Vorstellung davon bekommen, was meine *Motivation* ist. Als Grace.« Sie spricht das Wort mit Nachdruck aus, als handelte es sich um ein mir unbekanntes Fremdwort. Dann strafft sie die Schultern und setzt ein entschlossenes Gesicht auf. »Ich spiele zwar keine Hauptrolle, trotzdem ist es mir wichtig, meine Rolle so gut wie möglich auszufüllen. Schließlich weiß man nie, wer sich den Film ansieht.«

»Natürlich.«

»Nicole Kidman hat die Rolle in *Tage des Donners* bloß bekommen, weil Tom Cruise sie vorher in einem australischen Film gesehen hat.«

Offenbar sollen diese Namen und Tatsachen mich beeindrucken. Ich nicke, und sie fährt fort.

»Deswegen möchte ich unbedingt von Ihnen erfahren, was Sie damals gedacht und empfunden haben. In Bezug auf Ihre Arbeit und auch in Bezug auf die Mädchen.« Sie beugt sich vor, ihre Augen sind so blau wie Muranoglas. »Sehen Sie, es ist ein großer Glücksfall für mich, dass Sie … Ich meine, dass Sie immer noch …«

»Dass ich noch lebe«, sage ich. »Ja, das verstehe ich.« Ihre Offenheit ist beinahe bewundernswert. »Was genau möchten Sie denn erfahren?«

Sie lächelt, wahrscheinlich erleichtert darüber, dass ich ihren Fauxpas übergangen habe. »Nun«, sagt sie, während sie den Text auf ihren Knien überfliegt. »Fangen wir einfach mit den langweiligen Fragen an.«

Ich bekomme Herzklopfen, frage mich, was sie wohl von mir wissen will.

»Hat Ihnen die Arbeit als Hausmädchen Spaß gemacht?«, fragt sie.

Ich atme erleichtert aus. »Ja«, antworte ich. »Eine Zeit lang.«

Sie sieht mich zweifelnd an. »Wirklich? Ich kann mir gar nicht vorstellen, wie das ist, Leute von morgens bis abends zu bedienen. Was hat Ihnen denn daran gefallen?«

»Die anderen waren für mich wie eine Familie. Ich habe die Kameradschaft genossen.«

»Die anderen?« Ihre Augen weiten sich erwartungsvoll. »Sie meinen Emmeline und Hannah?«

»Nein, ich meine die anderen Dienstboten.«

»Oh.« Sie ist enttäuscht. Zweifellos hatte sie schon eine größere Rolle vor sich gesehen, ein geändertes Drehbuch, in dem das Dienstmädchen Grace das Geschehen nicht von außen beobachtet, sondern als heimliches Mitglied des erlesenen Kreises der Hartford-Geschwister. Natürlich ist Keira noch jung, und sie lebt in einer anderen Welt. Es kommt ihr nicht in den Sinn, dass gewisse Grenzen nicht überschritten werden sollten. »Wie schön«, sagt sie. »Aber ich habe keine Szenen mit anderen Dienstboten, deswegen hilft mir das eigentlich nicht weiter.« Sie fährt mit ihrem Kugelschreiber über die Liste der Fragen. »Gab es irgendetwas an Ihrer Arbeit als Dienstmädchen, das Ihnen *nicht* gefiel?«

Tag für Tag beim ersten Hahnenschrei aufzustehen; der Dachboden, der im Sommer wie ein Backofen und im Winter wie ein Kühlschrank war; vom vielen Wäschewaschen wund gescheuerte Hände; Rückenschmerzen vom Putzen; Erschöpfung bis in die Knochen. »Es war sehr anstrengend. Die Tage waren lang und mit Arbeit ausgefüllt. Man hatte nicht viel Zeit für sich selbst.«

»Ja«, sagt sie. »So versuche ich es darzustellen. Meistens brauche ich es noch nicht mal zu spielen. Nach einem Probentag hab ich die Arme voll blauer Flecken, weil ich dauernd dieses verdammte Tablett rumtragen muss.«

»Mir haben vor allem die Füße wehgetan«, sage ich. »Aber nur am Anfang und in den neuen Schuhen, die ich zu meinem sechzehnten Geburtstag bekommen hatte.«

Sie schreibt etwas mit runden, zur Seite geneigten Buchstaben auf die Rückseite des Drehbuchs und nickt. »Gut«, sagt sie. »Das kann ich verwenden.« Sie kritzelt noch ein paar Zeilen, setzt mit eleganter Geste einen Punkt. »Jetzt kommen wir zu den interessanten Fragen. Ich würde gern mehr über Emmeline wissen. Ich meine, wie Sie zu ihr gestanden haben.«

Ich zögere, unsicher, wo ich anfangen soll.

»Wir treten in einigen Szenen gemeinsam auf, und ich weiß nicht so recht, was ich von ihr halten soll und wie ich es am besten rüberbringe.«

»Was sind das denn für Szenen?«, hake ich neugierig nach.

»Na ja, zum Beispiel die Szene, wo sie R. S. Hunter zum ersten Mal begegnet, unten am See, wo sie ausrutscht und beinahe ertrinkt, und wo ich …«

»Am See?« Ich bin verwirrt. »Aber da sind sie sich nicht zum ersten Mal begegnet. Das war in der Bibliothek, es war Winter, und sie …«

»In der Bibliothek?« Sie zieht ihre perfekte Nase kraus. »Kein Wunder, dass die Drehbuchautoren das geändert haben. Ein Raum voller alter Bücher hat nichts Dynamisches. So ist es richtig dramatisch, wo er sich doch später da unten am See umbringt und alles. Irgendwie wie ein vorweggenommenes Ende der Geschichte. Es ist wahnsinnig romantisch, so ähnlich wie in diesem Film von Baz Luhrmann. *Romeo und Julia*.«

Tja, wenn sie das sagt.

»Also, ich muss jedenfalls ins Haus laufen, um Hilfe zu holen, aber wenn ich zurückkomme, hat er sie schon aus dem Wasser gezogen und ist dabei, sie wiederzubeleben. So wie die Schauspielerin das darstellt, schmachtet Emmeline ihn dermaßen an, dass sie gar nicht mitkriegt, wie wir alle angelaufen kommen, um ihr zu helfen.« Sie sieht mich mit großen Augen an, als müsse mir nun klar sein, was sie meint. »Meinen Sie nicht, dass ich ... dass Grace irgendwie reagieren sollte?«

Als ich nicht sofort antworte, fährt sie eifrig fort.

»Natürlich nicht übertrieben. Nur ein bisschen. Sie wissen schon, was ich meine.« Sie schnaubt leise vor sich hin, legt ihren Kopf schief, sodass ihre Nase in die Luft zeigt, und seufzt. Erst als sie mich erwartungsvoll anschaut, merke ich, dass das eine Kostprobe ihrer Schauspielkunst sein sollte. »Verstehen Sie?«

»Ja, ich verstehe.« Ich zögere, wähle meine Worte mit Bedacht. »Natürlich ist es Ihre Entscheidung, wie Sie Ihre Figur darstellen. Wie Sie Grace spielen. Aber wenn ich das wäre und wenn wir wieder im Jahr 1915 wären, glaube ich nicht, dass ich reagiert hätte ...« Ich mache eine hilflose Geste, unfähig, meine Gedanken in Worte zu fassen.

Sie starrt mich an, als hätte ich irgendetwas Wichtiges nicht begriffen. »Aber finden Sie es nicht ziemlich gedankenlos, sich nicht mal bei Grace dafür zu bedanken, dass sie Hilfe geholt hat? Ich komme mir richtig blöd vor, erst zum Haus zu rennen und dann zurückzukommen und wie ein Zombie da rumzustehen.«

Ich seufze. »Vielleicht haben Sie recht. Aber so war das damals, wenn man in einem solchen Haus als Dienstmädchen gearbeitet hat. Es wäre sehr ungewöhnlich gewesen, wenn Emmeline sich anders verhalten hätte. Verstehen Sie?«

Sie sieht mich verständnislos an.

»Ich hätte nichts anderes von ihr erwartet.«

»Aber Sie müssen doch etwas *empfunden* haben.«

»Sicher.« Auf einmal widerstrebt es mir zutiefst, über die Toten zu sprechen. »Aber ich habe es mir nicht anmerken lassen.«

»Nie?« Zum Glück erwartet sie keine Antwort, denn ich habe keine Lust, ihr eine zu geben. Sie zieht einen Schmollmund. »Dieses ganze Verhältnis zwischen dem Dienstmädchen und der Mistress ist doch absolut lächerlich. Dass die eine einfach alles tut, was die andere von ihr verlangt.«

»Das waren andere Zeiten«, entgegne ich trocken.

»Ja, das sagt Ursula auch ständig.« Sie seufzt. »Aber das hilft mir nicht weiter. Ich meine, schauspielern bedeutet reagieren. Aber wie soll ich meine Rolle ausfüllen, wenn in den Regieanweisungen nichts anderes steht als: ›Nicht reagieren‹? Ich komme mir vor wie eine Aufziehpuppe, die dauernd sagt ›Ja, Miss‹, ›Nein, Miss‹, ›Ja, Miss‹, ›Nein, Miss‹.«

Ich nicke. »Das ist bestimmt nicht einfach.«

»Ursprünglich hab ich mich für Emmelines Rolle beworben«, vertraut sie mir an. »Das ist wirklich eine Traumrolle. Eine irrsinnig interessante Figur. Und so eine schillernde Persönlichkeit, wo sie doch später selbst Schauspielerin war und bei diesem Autounfall ums Leben gekommen ist. Sie müssten mal die Kostüme sehen.«

Ich erinnere sie nicht daran, dass ich die Kleider im Original kenne.

»Aber die wollten eine Schauspielerin, die mehr Geld in die Kinokassen spielt.« Sie verdreht die Augen und betrachtet ihre Fingernägel. »Sie waren eigentlich ganz zufrieden mit mir, als ich vorgesprochen hab«, fährt sie fort. »Der Produzent hat mich sogar zweimal angerufen.

Er meinte, ich würde Emmeline viel ähnlicher sehen als Gwyneth Paltrow.« Sie spricht den Namen der Schauspielerin mit einem so verächtlichen Schnauben aus, dass es sie einen Augenblick lang ihrer Schönheit beraubt. »Das Einzige, was die mir voraus hat, ist, dass sie mal für den Academy Award vorgeschlagen war, und jeder weiß, dass englische Schauspieler doppelt so hart arbeiten müssen, um für einen Oscar infrage zu kommen. Vor allem, wenn man als Seifenopernstar angefangen hat.«

Ich spüre ihre Enttäuschung und kann sie ihr nicht einmal verübeln. Immerhin hat es genug Gelegenheiten gegeben, in denen ich mir gewünscht hätte, Emmeline zu sein anstatt das kleine Dienstmädchen.

»Na ja«, sagt sie missmutig, »jetzt spiele ich halt Grace, und ich muss das Beste draus machen. Außerdem hat Ursula mir versprochen, für die DVD ein längeres Interview mit mir zu machen, weil ich als Einzige das Glück habe, mit der Person zu sprechen, die ich im Film darstelle.«

»Freut mich, dass ich wenigstens ein bisschen von Nutzen sein kann.«

»Ja«, sagt sie, ohne die Ironie in meinen Worten zu bemerken.

»Haben Sie noch weitere Fragen?«

»Ich sehe mal nach.« Sie schlägt in ihrem Drehbuch nach, und etwas fällt zwischen den Seiten heraus, flattert wie eine graue Motte zu Boden. Als sie sich bückt, um es aufzuheben, sehe ich, dass es sich um ein Schwarz-Weiß-Foto handelt, auf dem lauter ernste Gesichter zu erkennen sind. Selbst von Weitem ist mir das Bild vertraut. Ich sehe die Situation augenblicklich wieder vor mir, so wie oft die kleinste Kleinigkeit die Erinnerung an einen vor langer Zeit gesehenen Film, einen Traum oder ein Gemälde auslöst.

»Darf ich mal sehen?« Ich strecke meine Hand aus.

Sie legt das Foto auf meine gekrümmten Finger. Als sich unsere Hände flüchtig berühren, zieht sie ihre Hand hastig zurück, als fürchte sie, sich etwas einzufangen. Als wäre das Alter ansteckend.

Das Foto ist eine Kopie mit kühler, matter Oberfläche. Ich halte das Bild vors Fenster, damit das Licht darauf fällt, und betrachte es mit zusammengekniffenen Augen.

Da stehen wir alle beisammen. Der gesamte Haushalt von Riverton im Sommer 1916.

Jedes Jahr wurde so eine Aufnahme gemacht, Lady Violet bestand darauf. Dann wurde ein Fotograf aus einem Londoner Studio bestellt, und jedes Mal wurde das große Ereignis mit bombastischem Aufwand begangen.

Das Foto, zwei Reihen von ernsten Gesichtern, die starr in die unter einem schwarzen Tuch verborgene Kamera blicken, wurde später von einem Boten im Haus abgeliefert und eine Zeit lang im Salon auf dem Kaminsims aufgestellt, bevor es zu den Einladungskarten, Speisekarten und Zeitungsausschnitten ins Familienalbum der Hartfords wanderte.

Hätte es sich um ein Foto aus irgendeinem anderen Jahr gehandelt, hätte ich mich sicher nicht an das Datum erinnert. Aber dieses eine Foto ist mir wegen der Ereignisse, die auf seine Aufnahme folgten, im Gedächtnis haften geblieben.

Mr Frederick sitzt vorne in der Mitte, zu seinen Seiten seine Mutter und seine Schwägerin Jemima. Jemima ist in einen schwarzen Schal gehüllt, der ihren schwangeren Bauch verbergen soll. Hannah und Emmeline, in gleichen schwarzen Kleidern, sitzen rechts und links am Rand wie Anführungszeichen. Die Kleider waren neu, allerdings überhaupt nicht nach Emmelines Geschmack.

Hinter Mr Frederick steht Mr Hamilton zwischen Mrs Townsend und Nancy, Katie und ich stehen hinter den Hartford-Schwestern und Mr Dawkins, der Chauffeur, und Mr Dudley rechts und links außen. Die Reihen sind deutlich voneinander getrennt, nur die alte Nanny Brown döst mitten drin in ihrem Korbsessel vor sich hin.

Ich betrachte mein ernstes Gesicht, meine strenge Frisur, die meinen Kopf besonders lang erscheinen lässt und meine zu großen Ohren betont. Ich stehe direkt hinter Hannah, deren blondes, gewelltes Haar einen starken Kontrast zu meinem schwarzen Kleid bildet.

Wir blicken alle sehr ernst drein, was damals üblich, aber für dieses Foto besonders angemessen war. Die Dienstboten sind wie immer ganz in Schwarz gekleidet, aber diesmal tragen auch die Familienangehörigen Schwarz. Denn in jenem Sommer waren sie von der Trauer eingeholt worden, die in England und auf der ganzen Welt Einzug gehalten hatte.

Es war der 12. Juli 1916, der Tag, nachdem Lord Ashbury und der Major gemeinsam zu Grabe getragen worden waren. Der Tag, an dem Jemimas Baby zur Welt kam, und der Tag, an dem die Frage, die uns allen auf den Nägeln brannte, beantwortet wurde.

Es war fürchterlich heiß in jenem Sommer, der heißeste Sommer, an den wir uns erinnern konnten. Vorbei war die graue Winterzeit, in der die Nächte unmerklich in die Tage übergingen. Jetzt hatten wir lange Tage mit wolkenlosem Himmel, und Morgen für Morgen ging die Sonne klar und strahlend auf.

An jenem Morgen wachte ich früher als gewöhnlich auf. Die Sonne stand über den Birken, die den See säumten, und schien direkt ins Dachbodenfenster, sodass ein heller Strahl auf mein Bett fiel und mein Gesicht liebkoste. Es war eine willkommene Abwechslung, im Hellen aufzuwachen, anstatt in der Dunkelheit des schlafenden Hauses. Für ein Dienstmädchen war die Sommersonne ein treuer Begleiter bei der täglichen Arbeit.

Der Fotograf war für halb zehn bestellt, und als wir uns auf dem Rasen vor dem Haus versammelten, herrschte bereits eine drückende Hitze. Die Schwalbenfamilie, die in Riverton ein Zuhause gefunden hatte, suchte Zuflucht unter dem Dach, weil ihr die Lust am Singen vergangen war, und beobachtete uns still und neugierig. Selbst die Bäume, die die Auffahrt säumten, gaben nicht das geringste Geräusch von sich, ihre Blätterkronen reglos, als wollten sie Energie sparen, bis eine Brise ihnen ein missmutiges Rascheln entlocken würde.

Mit verschwitztem Gesicht reihte der Fotograf uns einen nach dem anderen auf, die Familienmitglieder sitzend, die anderen dahinter stehend. Und in dieser Position verharrten wir reglos, alle in Schwarz, den Blick auf die Kamera gerichtet und in Gedanken auf dem Friedhof.

Im Dienstbotentrakt, wo es vergleichsweise kühl war, sanken wir später erschöpft auf unsere Plätze rund um den Tisch, während Katie auf Mr Hamiltons Geheiß kalten Zitronentee einschenkte.

»Eine Ära geht zu Ende, glaubt mir«, sagte Mrs Townsend und betupfte sich die geschwollenen Augen mit einem Taschentuch. Sie weinte schon den ganzen Juli hindurch. Angefangen hatte sie damit, als die Nachricht kam, dass der Major in Frankreich gefallen war, dann, nachdem sie gerade aufgehört hatte, war es noch schlimmer geworden, als Lord Ashbury in der darauffolgenden Woche einem Schlaganfall erlegen war. Inzwischen hatte sie einen Zustand erreicht, in dem ihre Augen einfach permanent tränten.

»Das Ende einer Ära«, sagte Mr Hamilton, der ihr gegenübersaß. »Das ist es in der Tat, Mrs Townsend.«

»Wenn ich an Seine Lordschaft denke ...« Kopfschüttelnd stützte sie die Ellbogen auf den Tisch und vergrub ihr aufgedunsenes Gesicht in ihren Händen.

»Der Schlaganfall kam in der Tat unerwartet«, bemerkte Mr Hamilton.

»Schlaganfall!«, schnaubte Mrs Townsend und blickte auf. »So mögen sie es vielleicht nennen, aber er ist an gebrochenem Herzen gestorben. Glauben Sie mir. Seinen Sohn auf diese Weise zu verlieren, das war einfach zu viel für ihn.«

»Ja, da haben Sie recht, Mrs Townsend«, sagte Nancy, während sie sich ihr Halstuch umband. »Sie haben sich sehr nahegestanden, Lord Ashbury und der Major.«

»Der Major!« Mrs. Townsends Augen liefen schon wieder über, und ihre Unterlippe zitterte. »Der gute Junge. Dass er so sterben musste. Auf einem gottverlassenen schlammigen Acker in Frankreich.«

»An der Somme«, sagte ich, um das runde Wort auszuprobieren, seinen Klang, der an ein böses Omen erinnerte. Ich dachte an Alfreds letzten Brief, an das dünne, schmuddelige Papier, das nach Fremde roch. Er war vor einer Woche in Frankreich aufgegeben worden, und ich hatte ihn vor zwei Tagen erhalten. Auf den ersten Blick hatte der Brief recht unbeschwert gewirkt, aber etwas zwischen den Zeilen hatte mich beunruhigt. »Ist Alfred dort, Mr Hamilton? Ist Alfred an der Somme?«

»Das nehme ich an, meine Liebe. Nach allem, was ich im Dorf gehört habe, würde ich sagen, dass die Saffron Lads dorthin geschickt wurden.«

Katie, die gerade mit dem Zitronentee kam, riss die Augen auf. »Mr. Hamilton, was ist, wenn Alfred ...«

»Katie!«, rief Nancy tadelnd mit einem Blick in meine Richtung, während Mrs Townsend sich die Hand vor den Mund schlug. »Pass auf, wo du das Tablett hinstellst und halt gefälligst den Mund!«

Mr Hamilton schürzte die Lippen. »Macht euch mal keine Sorgen um Alfred, Mädchen. Er ist mutig und in guten Händen. Und die Offiziere tun ihr Bestes. Die würden Alfred und seine Kameraden nicht in eine Schlacht schicken, wenn sie nicht darauf vertrauten, dass sie Manns genug sind, König und Vaterland zu verteidigen.«

»Das heißt noch lange nicht, dass er nicht erschossen werden kann«, entgegnete Katie schmollend. »Der Major ist auch erschossen worden, und er ist ein Held.«

»Katie!« Mr Hamiltons Gesicht wurde so rot wie Rhabarberkompott, und Mrs Townsend bekam vor Staunen den Mund nicht mehr zu. »Ein bisschen Respekt, wenn ich bitten darf.« In einem scharfen Flüsterton fügte er hinzu: »Nach allem, was die Familie in den letzten Wochen durchgemacht hat.« Kopfschüttelnd rückte er seine Brille zurecht. »Ich kann dich nicht mehr sehen, Mädel. Mach, dass du in die Spülküche kommst und ...« Er sah sich Hilfe suchend nach Mrs Townsend um.

Mrs Townsend hob ihr vom Schluchzen verquollenes Gesicht. »Ich möchte, dass du sämtliche Töpfe und Pfannen schrubbst, und zwar auch die, die draußen für den Kesselflicker bereitstehen.«

Betretenes Schweigen breitete sich aus, als Katie sich in die Spülküche verzog. Was musste sie auch vom Sterben reden. Alfred würde schon auf sich aufpassen. Das versprach er jedenfalls immer wieder in seinen Briefen, und er ermahnte mich jedes Mal, mich nicht zu sehr daran zu gewöhnen, seine Arbeiten zu verrichten, weil er schon bald wieder zurückkommen und sie wieder selbst übernehmen würde. Er bat mich, ihm seine Stelle warmzuhalten. Dann fiel mir noch etwas anderes ein, was Alfred geschrieben hatte. Etwas, das mich um alle unsere Stellen bangen ließ.

»Mr Hamilton«, sagte ich leise. »Ich möchte nicht respektlos erscheinen, aber welche Folgen wird das alles für uns haben? Wer wird das Familienoberhaupt werden, jetzt, wo Lord Ashbury …?«

»Doch sicherlich Mr Frederick«, meinte Nancy. »Er ist jetzt Lord Ashburys einziger Sohn.«

»Nein«, sagte Mrs Townsend, während sie Mr Hamilton anschaute. »Der Sohn des Majors wird das Familienoberhaupt sein, nicht wahr? Sobald er geboren ist. Er ist der nächste Anwärter auf den Titel.«

»Ich würde sagen, es kommt ganz darauf an«, erwiderte Mr Hamilton ernst.

»Worauf?«, wollte Nancy wissen.

Mr Hamilton sah uns alle einen nach dem anderen an. »Darauf, ob Jemima einen Sohn oder eine Tochter zur Welt bringt.«

Allein, dass Jemimas Name erwähnt wurde, reichte aus, um Mrs Townsend erneut in Tränen ausbrechen zu lassen. »Die arme Frau«, schluchzte sie. »Ausgerechnet jetzt ihren Mann zu verlieren, wo sie das Kind bekommt. Es ist einfach nicht gerecht.«

»Ich schätze, im Moment gibt es eine Menge Frauen in England, die ihr Schicksal teilen«, bemerkte Nancy kopfschüttelnd.

»Aber es ist nicht dasselbe, oder?«, fragte Mrs Townsend. »Es ist nicht dasselbe, wie wenn es jemanden trifft, der einem nahesteht.«

Die dritte Glocke an dem Wandbrett neben der Treppe klingelte, und Mrs Townsend zuckte zusammen. »Meine Güte«, stieß sie hervor und schlug sich an ihren ausladenden Busen.

»Haustür.« Mr Hamilton erhob sich und schob seinen Stuhl ordentlich unter den Tisch. »Das wird Lord Gifford sein. Er kommt, um das Testament zu eröffnen.« Er zog sein Jackett über, richtete den Kragen und schaute mich über seine Brille hinweg an. »Lady Ashbury wird gleich zum Tee läuten, Grace. Nachdem du den Tee aufgetragen hast, denk dran, eine Karaffe Limonade für Miss Hannah und Miss Emmeline nach draußen zu bringen.«

Als er die Treppe hinaufeilte, klopfte Mrs Townsend sich mit der Hand aufs Herz. »Meine Nerven sind einfach nicht mehr, was sie einmal waren«, seufzte sie.

»Und die Hitze macht es auch nicht einfacher«, murmelte Nancy vor sich hin. Sie warf einen Blick auf die Wanduhr. »Gott, es ist erst halb zehn. Lady Violet wird erst in zwei Stunden zum Mittagessen läuten. Machen Sie doch heute ein bisschen früher Pause. Grace kann den Tee allein auftragen.«

Ich nickte, froh, eine Aufgabe zu haben, die mich von all der Trauer ablenkte. Vom Krieg. Von Alfred.

Mrs Townsend schaute erst Nancy an und dann mich.

Nancy setzte eine strenge Miene auf, aber ihre Stimme klang weicher als gewöhnlich. »Kommen Sie, Mrs Townsend. Sie werden sich besser fühlen, wenn Sie sich erst mal ein bisschen ausgeruht haben. Ich sorge dafür, dass alles sauber und in Ordnung ist, bevor ich zum Bahnhof gehe.«

Die zweite Glocke klingelte, die für den Salon, und Mrs Townsend zuckte wieder zusammen. »Also gut.« Sie sah mich an. »Aber du weckst mich, wenn du irgendetwas brauchst, verstanden?«

Ich trug das Tablett die dunkle Treppe hoch und trat in die Eingangshalle. Grelles Licht und Hitze schlugen mir entgegen. Lady Ashbury hatte darauf bestanden, dass alle Vorhänge im Haus zum Zeichen der Trauer zugezogen blieben, wie es dem viktorianischen Brauch entsprach, aber für die ovalen Fenster über der Eingangstür gab es keine Vorhänge, sodass das Sonnenlicht dort ungehindert einfallen konnte. Es erinnerte mich an eine Kamera. Licht und Leben inmitten eines mit einem schwarzen Tuch verhangenen Gehäuses.

Ich durchquerte die Eingangshalle und öffnete die Tür zum Salon. Der Raum war erfüllt von warmer, abgestandener Luft, die mit dem Sommer eingedrungen war und nun von der Trauer des Hauses gefangen gehalten wurde. Die hohen Terrassentüren waren geschlossen, und sowohl die schweren Brokatvorhänge als auch die seidenen Gardinen darunter waren zugezogen. Ich blieb an der Tür stehen. Etwas an dem Zimmer ließ mich zögern, irgendeine Veränderung, die nichts mit der Dunkelheit oder der Hitze zu tun hatte.

Als meine Augen sich an das Dämmerlicht gewöhnt hatten, nahm die düstere Szene Formen an. Im Lehnstuhl des kürzlich verstorbenen Lord Ashbury saß Lord Gifford, ein älterer Mann mit frischer Gesichtsfarbe, auf den breiten Schenkeln einen offenen schwarzen Aktenordner. Er las laut vor und genoss es offensichtlich, wie seine Stimme in dem verdunkelten Zimmer widerhallte. Auf dem Tisch neben ihm stand eine elegante Messinglampe mit einem geblümten Schirm, die einen sauberen Kreis sanften Lichts auf seine Papiere warf.

Auf der ledernen Chaiselongue ihm gegenüber hatten Jemima und Lady Violet Platz genommen. Beide waren Witwen. Lady Violet schien seit dem frühen Morgen geschrumpft zu sein: eine winzige Gestalt in einem schwarzen Seidenkleid, das Gesicht hinter einem dunklen Spitzenschleier verborgen. Auch Jemima war ganz in Schwarz, das Gesicht aschfahl. Ihre sonst so fleischigen Hände, mit denen sie gedankenverloren ihren dicken Bauch streichelte, wirkten jetzt klein und zerbrechlich. Lady Clementine hatte sich in ihr Zimmer zurückgezogen, doch Fanny, die immer noch wild entschlossen war, Mr Fredericks Ehefrau zu werden, hatte die Erlaubnis erhalten, bei der Testamentseröffnung anwesend zu sein. Das Gesicht ein Muster an einstudierter Trauer, saß sie ebenfalls neben Lady Violet.

Auf dem Beistelltisch ließen die Blumen, die ich erst am Morgen im Garten gepflückt hatte – rosafarbene Rhododendronblüten, cremeweiße Clematis und weißer Jasmin –, die Köpfe hängen, als wären auch sie verzagt. Der Jasminduft hing so schwer in dem geschlossenen Zimmer, dass man beinahe zu ersticken meinte.

Neben dem Beistelltisch stand Mr Frederick, eine Hand auf dem Kaminsims, seine hochgewachsene Gestalt in ein steifes Jackett gekleidet. Im Dämmerlicht wirkte sein versteinertes Gesicht wie das einer Wachspuppe. Der schwache Schein der Lampe warf einen Schatten über sein linkes Auge. Das andere war starr auf etwas gerichtet, als fixierte es eine Beute. Und noch während ich ihn betrachtete, wurde mir plötzlich klar, dass er mich ansah.

Mit den Fingerspitzen der Hand, die auf dem Kaminsims ruhte, winkte er mich zu sich, eine kaum wahrnehmbare Geste, leicht zu übersehen, hätte er nicht so reglos dagestanden. Er wollte, dass ich ihm das Tablett brachte. Ich schaute kurz zu Lady Violet hinüber, verwirrt nicht nur über diese plötzliche Änderung der Gewohnheiten, sondern auch darüber, dass Mr Frederick mich so unverwandt anstarrte. Lady Violet schaute nicht in meine Richtung, und so folgte ich seinem Wunsch, bemühte mich jedoch, seinem Blick auszuweichen. Als ich das Tablett auf dem Tisch abstellte, deutete er mit einem Nicken auf die Teekanne, zum Zeichen, dass ich einschenken sollte, dann wandte er seine Aufmerksamkeit wieder Lord Gifford zu.

Ich hatte noch nie den Tee eingeschenkt, nicht im Salon, nicht für die Mistress. Ich zögerte, unsicher, wie ich vorgehen sollte, dann, dankbar für die Dunkelheit, nahm ich das Milchkännchen, während Lord Gifford fortfuhr.

»… abgesehen von den bereits näher bezeichneten Ausnahmen sollte Lord Ashburys gesamtes Vermögen zusammen mit seinem Titel an seinen ältesten Sohn und Erben Major Jonathan Hartford übergehen …«

Er machte eine Pause. Jemima unterdrückte ein Schluchzen.

Über mir schnalzte Mr Frederick leise mit der Zunge. Ein Ausdruck seiner Ungeduld, dachte ich, während ich mit einem verstohlenen Seitenblick etwas Milch in die letzte Tasse füllte. Mr Frederick stand mit vorgerecktem Kinn da, was ihm einen Ausdruck strenger Autorität verlieh. Er atmete ganz langsam aus. Während er mit den Fingern auf das Kaminsims trommelte, sagte er: »Fahren Sie fort, Lord Gifford.«

Das Leder des Lehnstuhls seufzte wie in Trauer um seinen verstorbenen Besitzer, als Lord Gifford seine Sitzposition änderte. Er räusperte sich.

»… aufgrund der Tatsache, dass seit der Nachricht von Major Hartfords Tod keine anderslautenden Anweisungen getroffen wurden, wird das Vermögen gemäß dem Erstgeburtsrecht an Major Hartfords erstgeborenen Sohn übergehen.« Über seine Brille hinweg warf er einen Blick auf Jemimas Bauch, dann fuhr er fort: »Sollte Major Hartford keinen Sohn haben, wird das Vermögen samt Titel auf Lord Ashburys zweitgeborenen Sohn Mr Frederick Hartford übergehen.«

Das Lampenlicht spiegelte sich in Lord Giffords Brillengläsern, als er aufblickte. »Wir werden uns also noch etwas gedulden müssen.«

Er ließ einen Augenblick verstreichen, und ich ergriff die Gelegenheit, um den Damen ihren Tee zu reichen. Ohne mich anzusehen, nahm Jemima ihre Tasse entgegen und hielt sie in ihrem Schoß. Lady Violet winkte ab. Nur Fanny zeigte sich erfreut, als ich ihr eine Tasse anbot.

»Lord Gifford«, fragte Mr Frederick ruhig. »Wie trinken Sie Ihren Tee?«

»Mit Milch, ohne Zucker«, antwortete Lord Gifford, während er seinen Kragen lockerte.

Vorsichtig hob ich die Teekanne und füllte eine Tasse für ihn, die er entgegennahm, anscheinend ohne mich wahrzunehmen. »Gehen die Geschäfte gut, Frederick?«, fragte er, spitzte seine dicken Lippen und trank einen Schluck Tee.

Aus dem Augenwinkel heraus sah ich Mr Frederick nicken. »Ich kann nicht klagen, Lord Gifford«, sagte er. »Meine Männer haben sich erfolgreich auf die Flugzeugproduktion umgestellt, und beim Kriegsministerium haben wir gerade ein neues Angebot für einen Lieferauftrag eingereicht.«

Lord Gifford hob die Brauen. »Hoffen wir, dass diese amerikanische Firma kein Angebot macht. Es heißt, die haben so viele Flugzeuge gebaut, dass sie sämtliche Einwohner Großbritanniens damit versorgen könnten.«

»Richtig, die Amerikaner haben eine Menge Flugzeuge hergestellt, aber ich würde keins davon fliegen wollen, Lord Gifford.«

»Ach?«

»Massenproduktion«, erklärte Mr Frederick. »Die Leute arbeiten zu schnell, weil sie mit der Geschwindigkeit der Fließbänder mithalten müssen, da bleibt nicht genug Zeit, um gute Qualität zu gewährleisten.«

»Das Kriegsministerium scheint das nicht zu stören.«

»Dem Kriegsministerium geht es nur ums Geld«, sagte Mr Frederick. »Aber das wird sich ändern. Wenn die Herren erst mal die Qualität der Flugzeuge sehen, die wir herstellen, werden sie keine von diesen Blechbüchsen mehr kaufen.« Dann lachte er viel zu laut.

Unwillkürlich blickte ich auf. Für einen Mann, der innerhalb weniger Tage seinen Vater und seinen einzigen Bruder verloren hatte, wirkte er bemerkenswert gefasst. Viel zu gefasst für meinen Geschmack. Ich fragte mich, ob Nancys Bewunderung und Hannahs innige Zuneigung nicht unangebracht waren. Vielleicht hatte David recht, als er seinen Vater als kleingeistigen, verbitterten Mann beschrieben hatte.

»Irgendwelche Nachrichten von David?«, fragte Lord Gifford.

Als ich Mr Frederick gerade seinen Tee reichte, machte er eine abrupte Bewegung mit dem Arm, sodass die Tasse umkippte und der dampfende Tee sich auf den Perserteppich ergoss.

»Oh!«, stieß ich hervor und spürte, wie ich erbleichte. »Verzeihen Sie, Sir.«

Er starrte mich an, als suchte er nach etwas in meinem Gesicht. Dann öffnete er den Mund, um etwas zu sagen, besann sich jedoch eines anderen.

Plötzlich schnappte Jemima hörbar nach Luft und zog die Aufmerksamkeit aller Anwesenden auf sich. Wortlos legte sie beide Hände auf ihren prallen Leib.

»Was ist?«, fragte Lady Violet.

Jemima, wie in stummer Kommunikation mit ihrem Kind in sich hineinhorchend, reagierte nicht. Den Blick ins Leere gerichtet, befühlte sie ihren Bauch.

»Jemima?«, sagte Lady Violet noch einmal, ihre Stimme noch eisiger, als die Trauer sie schon gemacht hatte.

Jemima neigte den Kopf, als würde sie lauschen. Dann flüsterte sie kaum hörbar: »Er hat aufgehört, sich zu bewegen.« Ihr Atem ging stoßweise. »Die ganze Zeit hat er gestrampelt, aber jetzt bewegt er sich nicht mehr.«

»Du musst dich hinlegen und ein bisschen ausruhen«, sagte Lady Violet. »Das ist diese unselige Hitze.« Sie schluckte. »Diese unselige Hitze.« Sie schaute sich wie auf Bestätigung wartend um. »Die Hitze und ...« Kopfschüttelnd presste sie die Lippen zusammen, unwillig oder vielleicht auch unfähig, den Satz zu Ende zu bringen. »Das ist alles.« Sie nahm ihren ganzen Mut zusammen, richtete sich auf und fügte mit fester Stimme hinzu: »Du musst dich ausruhen.«

»Nein«, erwiderte Jemima mit zitternder Unterlippe. »Ich möchte hier sein. Für Jonathan. Und für euch.«

Lady Violet nahm Jemimas Hände, zog sie von ihrem Bauch weg und hielt sie fest. »Das weiß ich.« Schüchtern streichelte sie ihr mausbraunes Haar. Es war eine einfache Geste, aber sie erinnerte mich daran, dass auch Lady Violet eine Mutter war. Ohne mich anzusehen sagte sie: »Grace, hilf Jemima die Treppe hinauf, damit sie sich ausruhen kann. Lass nur alles liegen. Hamilton wird sich darum kümmern.«

»Ja, Mylady.« Ich knickste, ging zu Jemima hinüber und half ihr auf die Beine, froh, dem Zimmer und der traurigen Stimmung zu entkommen.

Auf dem Weg hinaus, Jemima am Arm, fiel mir auf, was abgesehen von der Dunkelheit und der Hitze noch anders war am Salon: die Uhr auf dem Kaminsims, die normalerweise unerbittlich jede Sekunde zählte, war stehen geblieben. Ihre schlanken schwarzen Zeiger waren auf Lady Ashburys Anweisung um zehn vor fünf, dem Augenblick, als ihr Gatte gestorben war, angehalten worden.

Der Sturz des Ikarus

Nachdem ich Jemima auf ihr Zimmer begleitet hatte, ging ich zurück in den Dienstbotentrakt, wo Mr Hamilton gerade dabei war, die Töpfe und Pfannen zu inspizieren, die Katie geschrubbt hatte. Er blickte von Mrs Townsends Lieblingskasserolle auf, um mir mitzuteilen, die Hartford-Schwestern seien unten am alten Bootshaus und ich solle ihnen einen kleinen Imbiss und Limonade bringen. Von dem verschütteten Tee hatte er zum Glück noch nichts gehört. Ich holte eine Kanne Limonade aus dem Kühlraum, stellte sie zusammen mit zwei hohen Gläsern und einem Teller mit Sandwiches auf ein Tablett und machte mich auf den Weg.

Auf der obersten Treppenstufe blieb ich stehen, bis meine Augen sich an das grelle Licht gewöhnt hatten. Nach einem Monat ohne Regen waren alle Farben ausgeblichen. Die Sonne stand hoch am Himmel und verlieh allem einen goldenen Schimmer, sodass die Farben ineinanderflossen wie auf den Aquarellen, die in Lady Violets Boudoir hingen. Zwar trug ich eine Haube, aber sie bedeckte meinen Scheitel nicht, und ich spürte sofort, wie die Sonne auf der bloßen Haut brannte.

Ich überquerte den frisch gemähten Rasen, der den einschläfernden Duft von trockenem Gras verströmte. In der Nähe hockte Dudley und beschnitt die niedrigen

Hecken. Seine mit grünem Saft beschmierte Schere blitzte hin und wieder im Licht auf.

Anscheinend hatte er meine Anwesenheit gespürt, denn er drehte sich um, hielt sich schützend eine Hand über die Augen und sagte: »Verflixt heiß heute.«

»So heiß, dass man auf den Eisenbahnschienen Spiegeleier braten könnte«, erwiderte ich. Den Kommentar hatte ich von Nancy aufgeschnappt, und ich fragte mich im Stillen, ob wohl etwas Wahres daran war.

Am Ende des Rasens führten breite steinerne Stufen in Lady Ashburys Rosengarten. Fleißige Bienen summten um die gelben Herzen der weißen und rosafarbenen Knospen an den Spalieren.

Ich trat durch das Schwingtor auf den langen, mit grauem Kies bedeckten Weg, auf dem kleine Inseln aus weißem und gelbem Mauerpfeffer blühten. Auf halber Strecke wurden die hohen Buchenhecken von den niedrigen Zwergeiben abgelöst, die den Egeskovgarten säumten. Ich erschrak, als zwei der kunstvoll beschnittenen Sträucher sich plötzlich bewegten, dann musste ich über die beiden grün gefiederten Stockenten lachen, die vom See heraufgekommen waren und mich aufmerksam mit ihren schwarzen Knopfaugen betrachteten.

Am Ende des Egeskovgartens befand sich ein zweites, ganz von Jasmin umranktes Schwingtor, das zum Ikarusbrunnen führte, und dahinter, am Seeufer, lag das Bootshaus.

Die Scharniere waren rostig, und ich musste das Tablett in einem Erdbeerbeet abstellen, um das Tor öffnen zu können. Ich schob es auf, nahm die Limonade und ging durch eine Wolke aus Jasminduft in Richtung Brunnen.

Der große, prächtige Eros-und-Psyche-Brunnen dominierte wie zur Einstimmung auf das herrschaftliche

Haus den vorderen Rasen, aber der kleinere Ikarusbrunnen auf seiner sonnigen Lichtung im südlichen Garten hatte etwas wunderbar Geheimnisvolles und Melancholisches.

Der runde, gemauerte Brunnenrand war ungefähr einen halben Meter hoch, hatte einen Durchmesser von etwa sieben Metern und war am Rand mit winzigen Glasfliesen verkleidet, die so leuchtend blau waren wie die Saphirhalskette, die Lord Ashbury für Lady Violet aus dem Orient mitgebracht hatte. Auf einem hohen, rostroten Marmorblock, der sich nach oben hin verjüngte, lag anmutig hingestreckt eine lebensgroße Ikarusfigur aus cremefarbenem Marmor. An den ausgebreiteten Armen hingen aus hellgrauem Marmor geformte Flügel, die sich an den roten Felsen schmiegten. Drei Meerjungfrauen, deren engelsgleiche Gesichter von langen Locken umrahmt waren, umringten den Gestürzten: Eine hielt eine kleine Harfe, eine andere trug eine Krone aus Efeuranken, und die dritte umfasste Ikarus' Torso mit ihren weißen Händen, um ihn aus der Tiefe hochzuziehen.

Zwei Schwalben, unempfänglich für die Schönheit der Statue, ließen sich kurz auf dem marmornen Felsen nieder, flogen dann wieder auf und stießen zum Brunnen hinunter, um ihre Schnäbel mit Wasser zu füllen. Während ich sie beobachtete, überkam mich plötzlich ein unwiderstehliches Verlangen, meine Hände in das kühle Wasser zu tauchen. Ich warf einen Blick zurück auf das Haus, dessen Bewohner viel zu sehr mit ihrer Trauer beschäftigt waren, um ein Dienstmädchen zu beachten, das sich am südlichen Ende des Parks ein wenig Abkühlung gönnte.

Ich stellte das Tablett auf dem Brunnenrand ab und stützte vorsichtig ein Knie auf die Fliesen, spürte ihre Wärme durch meine schwarzen Strümpfe hindurch. Dann beugte ich mich vor, streckte eine Hand aus, zog sie jedoch schnell wieder zurück, als sie das in der Sonne glitzernde Wasser berührte. Ich krempelte meinen Ärmel hoch und streckte erneut den Arm aus, um meine Hand ins kühle Nass zu tauchen.

Plötzlich ertönte ein helles Lachen, das die sommerliche Stille wie Musik durchdrang.

Ich erstarrte. Angestrengt lauschend reckte ich den Hals und lugte hinter die Statue.

Ich erblickte Hannah und Emmeline, die nicht am Bootshaus waren, sondern sich auf der anderen Seite des Marmorfelsens auf dem Brunnenrand räkelten. Mein Schreck war komplett, als ich entdeckte, dass sie ihre schwarze Trauerkleidung abgelegt hatten und nur noch ihre Unterröcke, Schnürmieder und mit Spitze besetzten Unterhosen trugen. Auch ihre Schnürstiefel lagen auf dem weißen Kiesweg, der den Brunnen umgab. Ihre blonden Haare schimmerten im warmen Sonnenlicht. Verwundert über ihre Verwegenheit warf ich einen Blick zum Haus hinüber. Fragte mich, ob ich allein durch meine Anwesenheit in die Sache verwickelt wurde. Mir war dabei nicht klar, ob ich fürchtete oder hoffte, mich zur Komplizin zu machen.

Emmeline lag auf dem Rücken, die Füße zusammen, die Beine angewinkelt, die Knie, so weiß wie ihr Unterrock, dem klaren, blauen Himmel dargeboten, den Kopf auf einen Arm gestützt. Den anderen Arm – weiche, blasse Haut, die sonst nie der Sonne ausgesetzt wurde – hielt sie ausgestreckt über dem Brunnen und beschrieb mit dem Handgelenk kleine Achten, sodass ihre Finger abwechselnd in das Wasser tauchten. Kleine Wellenkreise entstanden und berührten einander.

Hannah saß neben ihrer Schwester, ein Bein unter sich gezogen, das andere angewinkelt, sodass sie das

Kinn aufs Knie stützen und mit den Zehen im Wasser spielen konnte. Das angewinkelte Bein mit beiden Armen umschlungen, hielt sie in einer Hand ein Blatt hauchdünnes Papier, das im Sonnenlicht beinahe transparent wirkte.

Ich zog meinen Arm zurück, rollte meinen Ärmel herunter und atmete tief durch, um meine Fassung wiederzuerlangen. Mit einem letzten sehnsüchtigen Blick auf das kühle Nass nahm ich mein Tablett vom Brunnenrand.

Als ich mich den beiden näherte, konnte ich hören, worüber sie sprachen.

»… Ich finde, er ist schrecklich dickköpfig«, sagte Emmeline. Zwischen ihnen auf dem Brunnenrand lagen Erdbeeren, die sie gepflückt hatten, und sie nahm eine davon, steckte sie sich in den Mund und warf den Stängel in den Garten.

Hannah zuckte die Achseln. »Papa ist schon immer stur gewesen.«

»Trotzdem«, erwiderte Emmeline. »Sich so anzustellen, ist einfach albern. Wenn David sich schon die Mühe macht, uns aus Frankreich zu schreiben, kann er den Brief wenigstens lesen.«

Hannah betrachtete die Statue mit schief gelegtem Kopf, und das glitzernde Wasser zauberte tanzende Reflexe auf ihr Gesicht. »David hat Papa wie einen Narren dastehen lassen. Er hat sich hinter seinem Rücken zum Kriegsdienst gemeldet und genau das getan, was Papa ihm verboten hatte.«

»Gott, das ist doch jetzt schon ein Jahr her.«

»Papa ist sehr nachtragend, und das weiß David ganz genau.«

»Aber der Brief ist so *lustig*. Lies mir noch mal die Stelle über die Kantine vor, das mit dem Pudding.«

»Nein, das werde ich nicht tun. Ich hätte ihn schon die ersten drei Male nicht vorlesen sollen. Wie er sich ausdrückt ist viel zu derb für deine jungen Ohren.« Sie hielt Emmeline den Brief hin, der einen Schatten auf ihr Gesicht warf. »Hier. Lies es selbst. Auf der zweiten Seite hat er noch eine erläuternde Zeichnung hinzugefügt.« Ein leichter Windstoß ließ das Blatt Papier flattern, so dass ich eine kleine, schwarze Zeichnung in der oberen rechten Ecke erkennen konnte.

Der Kies knirschte unter meinen Füßen. Emmeline blickte auf und sah mich hinter Hannah stehen. »Ah, Limonade«, rief sie erfreut und zog ihren Arm aus dem Wasser. Mit einem Mal war der Brief vergessen. »Wunderbar. Ich sterbe schon vor Durst.«

Hannah drehte sich um und steckte sich den Brief in den Bund ihrer Unterhose. »Grace«, sagte sie lächelnd.

»Wir verstecken uns vor dem lüsternen alten Grapscher«, verkündete Emmeline und setzte sich auf. »Ah, die Sonne ist köstlich. Sie macht mir den Kopf ganz heiß.«

»Und die Wangen«, sagte Hannah.

Emmeline schloss die Augen und hielt ihr Gesicht in die Sonne. »Das ist mir egal. Ich wünschte, es wäre das ganze Jahr lang Sommer.«

»Ist Lord Gifford wieder gegangen, Grace?«, fragte Hannah.

»Ich bin mir nicht sicher«, antwortete ich und stellte das Tablett auf dem Brunnenrand ab. »Aber ich glaube schon. Er war im Salon, als ich den Morgentee aufgetragen habe, und Lady Violet hat nichts davon erwähnt, dass er bleiben würde.«

»Hoffentlich nicht«, sagte Hannah. »Es gibt im Moment schon genug Unangenehmes hier, auch ohne dass der mir den ganzen Nachmittag auf den Busen starrt.«

Ich holte einen kleinen schmiedeeisernen Tisch heran, der zwischen rosa und gelb blühenden Sträuchern stand, drückte seine Tatzenfüße vorsichtig in den Kies, stellte das Tablett darauf und füllte zwei Gläser mit Limonade.

Zwischen Daumen und Zeigefinger ließ Hannah eine Erdbeere an ihrem Stiel kreiseln. »Du hast nicht zufällig etwas von dem mitbekommen, was Lord Gifford gesagt hat, oder, Grace?«

Ich zögerte. Es schickte sich nicht für mich, den Gesprächen zuzuhören, während ich den Tee servierte.

»Über Großvaters Vermögen«, sagte sie. »Über Riverton.« Sie wich meinem Blick aus, als wäre sie ebenso verlegen wie ich.

Ich schluckte und stellte die Kanne ab. »Ich … ich weiß nicht, Miss …«

»Sie hat es gehört!«, rief Emmeline. »Ich sehe es ihr an – sie wird ja ganz rot. Du hast was gehört, stimmt's?« Sie beugte sich vor, die Augen erwartungsvoll geweitet. »Erzähl es uns. Was wird geschehen? Wird Papa das Vermögen erben? Können wir bleiben?«

»Ich weiß es nicht, Miss«, sagte ich und wäre am liebsten im Erdboden versunken, wie immer, wenn Emmeline mich so gebieterisch ansah. »Niemand weiß es.«

Emmeline nahm sich ein Glas Limonade. »Irgendjemand muss es doch wissen«, sagte sie großspurig. »Ich dachte, Lord Gifford. Warum sonst war er heute hier, wenn nicht, um über Großvaters Vermögen zu sprechen?«

»Was ich meinte ist, es kommt darauf an, Miss.«

»Worauf?«

Hannah mischte sich ein. »Auf Tante Jemimas Baby.« Sie schaute mich an. »Das ist es doch, nicht wahr, Grace?«

»Ja, Miss«, sagte ich leise. »Ich glaube zumindest, dass sie das gesagt haben.«

»Es hängt von Tante Jemimas Baby ab?«, fragte Emmeline.

»Wenn es ein Junge wird«, sagte Hannah nachdenklich, »dann ist er der rechtmäßige Erbe. Wenn nicht, wird Papa Lord Ashbury.«

Emmeline, die sich gerade eine Erdbeere in den Mund gesteckt hatte, lachte. »Stell dir das mal vor, Papa als Lord Ashbury. Das ist doch wirklich zu komisch!« Das pfirsichfarbene Band, das ihren Unterrock hielt, hatte sich am Brunnenrand verfangen und war eingerissen. Ein langer Zickzackfaden hing an ihrem Bein herunter. Ich nahm mir vor, das Band später zu flicken. »Glaubst du, er würde wollen, dass wir hier wohnen?«

O ja, dachte ich hoffnungsvoll. Im vergangenen Jahr war es auf Riverton so ruhig gewesen. Nichts zu tun außer in leeren Zimmern Staub zu wischen und sich dabei nicht zu sehr um diejenigen zu sorgen, die im Feld kämpften.

»Ich weiß nicht«, sagte Hannah. »Aber ich will es nicht hoffen. Es ist schon schlimm genug, den ganzen Sommer lang hier festzusitzen. Auf dem Land sind die Tage doppelt so lang, und es gibt nur halb so viel zu tun.«

»Er würde bestimmt wollen, dass wir hier wohnen.«

»Nein«, erwiderte Hannah nachdrücklich. »Papa könnte es nicht ertragen, so weit entfernt von seiner Fabrik zu sein.«

»Ich weiß nicht«, sagte Emmeline. »Wenn es etwas gibt, was Papa noch mehr am Herzen liegt als seine blöden Automobile, dann ist es Riverton. Es ist sein liebster Platz auf der ganzen Welt.« Sie schaute in den Himmel. »Andererseits, wie jemand es genießen kann, am Ende der Welt zu hocken, wo es niemanden gibt, mit dem man reden kann ...« Sie unterbrach sich verdutzt. »Hannah, weißt du, was mir gerade eingefallen ist? Wenn Papa ein Lord wird, dann werden wir doch Ladys, oder?«

»Ich glaube schon«, sagte Hannah. »Aber was soll das schon wert sein?«

Emmeline sprang auf und verdrehte die Augen. »Es ist eine Menge wert.« Sie stellte ihr Glas auf dem Tisch ab und stieg auf den Brunnenrand. »Die ehrenwerte Lady Emmeline Hartford von Riverton. Das klingt doch großartig, findest du nicht?« Sie drehte sich um, machte einen Knicks vor ihrem Spiegelbild, schlug die Augen nieder und streckte ihre Hand aus, wie um einen Handkuss zu empfangen. »Erfreut, Sie kennenzulernen, Sir. Ich bin die ehrenwerte Lady Emmeline Hartford.« Sie lachte vor Vergnügen über ihren kleinen Sketch, hüpfte über den Brunnenrand, die Arme zum Balancieren ausgestreckt, während sie die Vorstellung mehrmals laut prustend wiederholte.

Eine Weile sah Hannah ihr amüsiert zu. »Hast du Schwestern, Grace?«

»Nein, Miss«, sagte ich. »Und auch keine Brüder.«

»Wirklich nicht?«, fragte sie, als könnte sie sich ein Leben ohne Geschwister nicht vorstellen.

»Ich habe nicht so viel Glück gehabt, Miss. Ich lebe mit meiner Mutter allein.«

Sie schaute mich an, die Augen gegen das Sonnenlicht zusammengekniffen. »Deine Mutter. Sie hat früher hier gearbeitet.«

Es war eher eine Feststellung als eine Frage. »Ja, Miss. Bis ich geboren wurde, Miss.«

»Du bist ihr sehr ähnlich. Äußerlich, meine ich.«

Ich war verblüfft. »Miss?«

»Ich habe ein Foto von ihr gesehen. In Großmutters Familienalbum. Auf einem Familienfoto aus dem letzten

Jahrhundert.« Wahrscheinlich spürte sie meine Verwirrung, denn sie beeilte sich fortzufahren: »Nicht dass ich danach gesucht hätte, keine Sorge, Grace. Ich war auf der Suche nach einem Foto von meiner Mutter, als ich darauf gestoßen bin. Aber die Ähnlichkeit mit dir ist mir sofort aufgefallen. Das gleiche hübsche Gesicht, die gleichen freundlichen Augen.«

Ich hatte noch nie ein Foto von meiner Mutter gesehen – zumindest kein Jugendfoto von ihr –, und Hannahs Beschreibung passte so ganz und gar nicht zu der Mutter, die ich kannte, dass ich plötzlich ein unbändiges Verlangen verspürte, es zu sehen. Ich wusste, wo Lady Ashbury ihr Familienalbum aufbewahrte – in der linken Schublade ihres Sekretärs. Und es kam vor – jetzt, wo Nancy fort war, sogar häufiger –, dass ich den Salon allein sauber machte. Wenn ich mich vergewisserte, dass alle anderen beschäftigt waren, und wenn ich mich beeilte, würde es sicherlich nicht so schwierig sein, einen Blick auf das Foto zu werfen. Vielleicht würde ich es ja wirklich wagen.

»Warum ist sie nicht nach Riverton zurückgekommen?«, fragte Hannah. »Ich meine, nach deiner Geburt?«

»Es ging nicht, Miss. Nicht mit einem Kind.«

»Ich bin sicher, dass Großmama schon mal eine Familie im Haushalt hatte.« Sie lächelte. »Stell dir bloß mal vor: Wir hätten uns schon als Kinder kennengelernt, wenn sie zurückgekommen wäre.« Stirnrunzelnd blickte sie über den Brunnen hinweg. »Vielleicht war sie ja auch unglücklich hier und wollte gar nicht zurückkommen.«

»Das weiß ich nicht, Miss«, sagte ich. Seltsamerweise machte es mich verlegen, mit Hannah über meine Mutter zu reden. »Sie spricht kaum darüber.«

»Ist sie irgendwo anders in Stellung?«

»Sie übernimmt Flickarbeiten, Miss. Im Dorf.«

»Sie arbeitet selbstständig?«

»Ja, Miss.« So hatte ich das noch nie gesehen.

Hannah nickte. »Das ist bestimmt befriedigender.«

Ich sah sie an, unsicher, ob sie sich über mich lustig machte. Aber ihr Gesicht war ernst. Nachdenklich.

»Ich weiß nicht, Miss«, stotterte ich. »Ich … Ich besuche sie heute Nachmittag. Ich könnte sie fragen, wenn Sie möchten.«

Sie wirkte abwesend, als wäre sie mit ihren Gedanken ganz weit weg. Dann schaute sie mich an, und ihr Blick hellte sich auf. »Nein, es ist nicht wichtig.« Sie befühlte Davids Brief, der immer noch in ihrem Unterhosenbund steckte. »Hast du von Alfred gehört?«

»Ja, Miss«, sagte ich, erleichtert über den Themenwechsel. Alfred war ein weitaus weniger gefährliches Terrain. Er gehörte zu der Welt von Riverton. »Er hat mir letzte Woche geschrieben. Er bekommt im September Fronturlaub. Das hoffen wir jedenfalls.«

»September«, wiederholte sie. »Das ist ja schon bald. Du freust dich sicher, ihn wiederzusehen.«

»O ja, Miss, sehr sogar.«

Hannah lächelte vielsagend, und ich errötete. »Was ich meinte, Miss, wir freuen uns alle, wenn er wieder bei uns ist.«

»Natürlich, Grace. Alfred ist ein netter Kerl.«

Meine Wangen glühten. Denn Hannah hatte richtig vermutet. Zwar schrieb Alfred nach wie vor an alle Dienstboten, aber es kamen immer mehr Briefe an, die nur an mich adressiert waren. Auch der Inhalt der Briefe änderte sich. Anstatt von den Kriegshandlungen zu berichten, schrieb er häufiger von zu Hause und anderen geheimen Dingen. Schrieb, wie sehr ich ihm fehlte, wie sehr er mich mochte. Die Zukunft … Ich blinzelte. »Und Master David, Miss?«, sagte ich. »Wird er bald nach Hause kommen?«

»Er meint, dass er im Dezember kommen kann.« Sie befühlte ihr Medaillon, warf einen Blick zu Emmeline hinüber und flüsterte: »Weißt du, ich habe das Gefühl, dass das sein letzter Besuch bei uns sein wird.«

»Miss?«

»Jetzt, wo er von hier weggekommen ist, Grace, wo er die Welt gesehen hat … Na ja, er hat doch jetzt ein ganz neues Leben kennengelernt, oder? Ein richtiges Leben. Der Krieg wird enden, und David wird in London bleiben und Klavierunterricht nehmen und ein berühmter Musiker werden. Ein aufregendes und abenteuerliches Leben führen, genau so, wie wir es früher immer gespielt haben …« Sie blickte an mir vorbei zum Haus hinüber, und ihre Miene verdüsterte sich. Dann seufzte sie. Ein lang anhaltendes Ausatmen, das sie in sich zusammensinken ließ. »Manchmal …«

Das Wort hing zwischen uns, träge und schwer, während ich vergeblich darauf wartete, dass sie den angefangenen Satz beendete. Da ich nicht wusste, was ich sagen sollte, tat ich, was ich am besten konnte. Ich schwieg und schüttete den Rest Limonade in ihr Glas.

In dem Moment blickte sie zu mir auf. Reichte mir ihr Glas. »Hier, Grace. Trink du das.«

»O nein, Miss. Vielen Dank, Miss. Ich habe keinen Durst.«

»Unsinn«, erwiderte Hannah. »Deine Wangen sind fast so rot wie Emmelines. Hier.« Sie hielt das Glas noch immer in der ausgestreckten Hand.

Ich schaute zu Emmeline hinüber, die gelbe und rosafarbene Blütenblätter in den Brunnen warf. »Wirklich, Miss, ich …«

»Grace«, unterbrach sie mich mit gespielter Strenge. »Es ist heiß, und ich bestehe darauf.« Ich nahm das Glas entgegen. Es fühlte sich verführerisch kühl an. Ich hob es an die Lippen. Ein kleiner Schluck vielleicht …

Ein lauter Freudenschrei ließ Hannah herumfahren. Blinzelnd hob ich den Blick. Die Sonne stand schon tief im Westen, und die Luft war diesig.

Emmeline hockte auf dem marmornen Felsen neben dem Ikarus. Ihr hellblondes, lockiges Haar war offen, und sie hatte sich eine Clematisblüte hinters Ohr gesteckt. Der nasse Saum ihres Unterrocks klebte ihr an den Beinen.

Im warmen, weißen Sonnenlicht sah sie aus, als wäre sie Teil der Statue, eine vierte Meerjungfrau, die gerade zum Leben erwacht war. Sie winkte uns, das heißt, sie winkte Hannah zu. »Komm rauf. Von hier aus kann man den See sehen.«

»Ich weiß«, rief Hannah ihr zu. »Ich hab's dir gezeigt, hast du das schon vergessen?«

Ein tiefes Dröhnen ertönte, als ein Flugzeug über unsere Köpfe hinwegflog. Ich wusste nicht, um welchen Typ es sich handelte. Alfred hätte es mir sicherlich sagen können.

Hannah schaute dem Flugzeug nach, bis es nur noch ein winziger Punkt war und im gleißenden Licht verschwand. Dann sprang sie unvermittelt auf und ging entschlossen zu dem Gartenstuhl hinüber, auf dem ihre Kleider lagen. Als sie sich das schwarze Kleid überzog, stellte ich das Limonadenglas ab und half ihr.

»Was machst du?«, wollte Emmeline wissen.

»Ich ziehe mich an.«

»Warum?«

»Ich hab was im Haus zu erledigen.« Hannah hielt still, während ich ihr Mieder festzog. »Miss Prince hat mir französische Verben aufgegeben.«

»Wie bitte?« Emmeline zog misstrauisch die Nase kraus. »Wir haben doch Ferien.«

»Ich hab sie um Extra-Hausaufgaben gebeten.«

»Hast du nicht.«

»Doch, hab ich.«

»Dann komme ich mit«, sagte Emmeline, ohne sich zu rühren.

»Meinetwegen«, erwiderte Hannah kühl. »Und wenn du dich langweilst, wird Lord Gifford dir bestimmt gern Gesellschaft leisten.« Sie setzte sich auf den Stuhl und begann, sich die Stiefel zu schnüren.

»Komm schon«, sagte Emmeline schmollend. »Erzähl mir, was du vorhast. Du weißt doch, dass ich den Mund halten kann.«

»Na, Gott sei Dank«, antwortete Hannah mit einem ironischen Unterton und sah ihre Schwester mit großen Augen an. »Das wäre ja auch schrecklich peinlich, wenn jemand herausfinden würde, dass ich französische Vokabeln pauke.«

Eine Weile hielt Emmeline Hannahs Blick stand, während sie mit den Füßen gegen einen von Ikarus' marmornen Flügeln schlug. Dann legte sie den Kopf schief. »Schwörst du, dass das alles ist, was du vorhast?«

»Ich *schwöre*«, antwortete Hannah. »Ich gehe ins Haus, um ein paar Übersetzungen zu machen.« Als sie mir einen verstohlenen Blick zuwarf, begriff ich die Bedeutung ihrer Halbwahrheit. Sie wollte tatsächlich etwas übersetzen, aber nicht ins Französische, sondern in Stenografie. Ich senkte den Blick, zutiefst erfreut über meine Rolle als Mitverschwörerin.

Emmeline schüttelte langsam den Kopf und sah Hannah mit zusammengekniffenen Augen an. »Lügen ist Sünde, das weißt du doch.«

»Ja, ja, Fräulein Scheinheilig«, erwiderte Hannah lachend.

Emmeline verschränkte die Arme. »Also gut. Dann behalt deine blöden Geheimnisse doch für dich. Die interessieren mich sowieso nicht.«

»Umso besser«, antwortete Hannah. »Dann sind wir ja beide zufrieden.« Sie lächelte mich an, und ich erwiderte ihr Lächeln. »Danke für die Limonade, Grace.« Und dann verschwand sie durchs Tor und ging zum Haus.

»Ich finde es sowieso raus«, rief Emmeline ihr nach. »Wie immer.«

Sie schnaubte verächtlich, als Hannah nicht reagierte. Als ich mich zu ihr umdrehte, sah ich, wie die Clematisblüte, mit der sie sich geschmückt hatte, zu Boden trudelte. Sie schaute mich wütend an. »Ist das Glas Limonade für mich? Ich sterbe vor Durst.«

Der Besuch bei meiner Mutter an jenem Nachmittag fiel kurz aus, und er wäre unter anderen Umständen nicht der Rede wert gewesen.

Wenn ich bei meiner Mutter war, saßen wir normalerweise in der Küche. Als ich noch zu Hause gewohnt hatte, verbrachten wir dort die meiste Zeit, weil das Licht zum Nähen am besten war. Aber an jenem Tag führte meine Mutter mich direkt in das winzige Wohnzimmer neben der Küche. Ich wunderte mich und fragte mich, wen sie außer mir noch erwartete, denn das Zimmer wurde kaum benutzt, außer wenn hoher Besuch kam wie Doktor Arthur oder der Pfarrer. Ich setzte mich in den Sessel am Fenster und wartete, während Mutter Tee aufsetzte.

Sie hatte sich alle Mühe gegeben, das Wohnzimmer auf Vordermann zu bringen, das sah ich sofort. Ihre

Lieblingsvase aus weißem Porzellan mit aufgemalten Tulpen, die einmal ihrer Mutter gehört hatte, stand mit einem Strauß Margeriten auf dem Couchtisch. Und das Kissen, das sie sonst zusammengerollt beim Arbeiten als Rückenstütze benutzte, prangte geglättet mitten auf dem Sofa. Es erschien mir wie ein Hochstapler, als diente es ausschließlich dekorativen Zwecken.

Das Zimmer war blitzsauber – nach Jahren als Dienstmädchen hatte meine Mutter hohe Ansprüche –, doch es war kleiner und einfacher, als ich es in Erinnerung hatte. Die gelben, ehemals freundlichen Wände waren verblasst und wirkten so windschief, dass es aussah, als würden nur das alte, zerschlissene Sofa und die beiden Sessel ihren Einsturz verhindern. Die Bilder an den Wänden, Szenen auf hoher See, die einst meine kindliche Fantasie beflügelt hatten, waren ihrer Magie verlustig gegangen und zeigten mir nur, dass sie alt und schlecht gerahmt waren.

Meine Mutter kam mit dem Tee und nahm mir gegenüber Platz. Ich sah ihr beim Einschenken zu. Auf dem Tablett standen nur zwei Tassen. Wir würden also unter uns bleiben. Das Zimmer, die Blumen und das Kissen waren für mich.

Als ich die Tasse entgegennahm, die sie mir reichte, fiel mir auf, dass sie am Rand angeschlagen war. Mr Hamilton würde das niemals durchgehen lassen. Für gesprungene Teetassen war auf Riverton kein Platz, nicht einmal im Dienstbotentrakt.

Meine Mutter hielt ihre Tasse mit beiden Händen. Ich sah, dass ihre Finger krallenartig verkrümmt waren. Mit diesen Händen konnte sie auf keinen Fall nähen. Ich fragte mich, seit wann ihre Finger schon so schlimm waren und wie sie ihren Lebensunterhalt bestritt. Zwar schickte ich ihr jede Woche einen Teil meines Lohns, aber das konnte unmöglich reichen. Vorsichtig sprach ich das Thema an.

»Das geht dich nichts an«, sagte sie. »Ich komme zurecht.«

»Aber Mutter, du hättest mit mir darüber sprechen müssen. Ich hätte dir mehr Geld schicken können. Ich habe sowieso keine Gelegenheit, es auszugeben.«

Auf ihrem verhärmten Gesicht zeigten sich abwechselnd Abwehr und Resignation. Schließlich seufzte sie. »Du bist ein gutes Mädchen, Grace. Du tust, was du kannst. Aber über das Unglück deiner Mutter musst du dir keine Gedanken machen.«

»Doch, das muss ich.«

»Pass einfach auf, dass du nicht dieselben Fehler machst.«

Ich nahm meinen Mut zusammen und fragte vorsichtig: »Was für Fehler, Mutter?«

Sie schaute weg. Während sie auf ihrer trockenen Unterlippe kaute, wartete ich mit klopfendem Herzen ab und fragte mich, ob sie mir endlich die Geheimnisse anvertrauen würde, die zwischen uns standen, seit ich mich erinnern konnte …

»Ach …«, sagte sie schließlich seufzend und wandte sich mir wieder zu. Und damit war das Thema erledigt. Mit vorgerecktem Kinn erkundigte sie sich wie immer nach dem Haus, nach der Familie.

Was hatte ich erwartet? Dass sie ganz plötzlich und unerwartet entgegen ihren Gewohnheiten handeln würde? Dass sie mir ihr Herz ausschütten und ich endlich verstehen würde, warum sie so verbittert war? Dass wir nach all den Jahren Verständnis füreinander finden würden?

Ja, ich hatte wohl tatsächlich etwas Derartiges erwartet. Ich war eben jung und naiv.

Aber diese Geschichte ist wirklich passiert, sie ist kein Roman, und so wird es niemanden überraschen, dass das Gewünschte nicht eintrat. Ich schluckte also meine Enttäuschung herunter und berichtete meiner Mutter von den Todesfällen und hatte dabei ein schlechtes Gewissen, weil ich mir so wichtig vorkam, als ich von den Schicksalsschlägen erzählte, die die Familie ereilt hatten. Zuerst der Major – wie Mr Hamilton das schwarz umrandete Telegramm ernst und feierlich entgegengenommen hatte, wie Jemimas Finger so sehr gezittert hatten, dass es ihr nur mit Mühe gelang, das Kuvert zu öffnen –, dann, wenige Tage später, Lord Ashbury.

Meine Mutter schüttelte langsam den Kopf, wobei ihr langer, dünner Hals besonders zur Geltung kam, und stellte ihre Teetasse ab. »Ja, davon hatte ich schon gehört. Aber ich wusste nicht, wie viel davon Klatsch war. Du weißt ja, wie hier im Dorf getratscht wird.«

Ich nickte.

»Woran ist Lord Ashbury denn gestorben?«, fragte sie.

»Mr Hamilton meint, es seien zweierlei verschiedene Ursachen gewesen. Zum einen der Schlaganfall und zum anderen die Hitze.«

Meine Mutter schüttelte wieder den Kopf und kaute auf der Innenseite ihrer Wange herum. »Und was hat Mrs Townsend gesagt?«

»Sie hat gesagt, es sei weder das eine noch das andere gewesen. Sie meint, der Kummer hätte ihn ins Grab gebracht.« Mit leiser Stimme und im selben Tonfall wie Mrs Townsend fuhr ich fort: »Sie sagt, der Tod des Majors hätte Lord Ashbury das Herz gebrochen. Als der Major gefallen ist, wären alle Hoffnungen und Träume seines Vaters mit ihm auf französischem Boden verblutet.«

Meine Mutter lächelte, aber es war kein glückliches Lächeln. Sie betrachtete die Bilder an der Wand. »Der arme, arme Frederick«, sagte sie. Das wunderte mich, und ich glaubte schon, ich hätte mich verhört, oder sie hätte sich geirrt und aus Versehen den falschen Namen ausgesprochen, denn es ergab überhaupt keinen Sinn. Der arme Lord Ashbury. Die arme Lady Violet. Die arme Jemima. Aber Frederick?

»Um den brauchst du dir keine Sorgen zu machen«, sagte ich. »Wahrscheinlich erbt er das Anwesen.«

»Reichtum allein macht nicht glücklich, Grace.«

Ich mochte es nicht, wenn meine Mutter vom Glück sprach. Aus ihrem Mund klang es so hohl. Meine Mutter mit ihren verbitterten Augen und ihrem leeren Haus schien mir wenig geeignet, derartige kluge Sinnsprüche zum Besten zu geben. Ich fühlte mich irgendwie getadelt. Als hätte ich ohne es zu wissen ein Unrecht begangen. Beleidigt antwortete ich: »Versuch mal, das Fanny zu erklären.«

Meine Mutter schaute mich stirnrunzelnd an; offenbar war ihr der Name unbekannt.

»Oh«, sagte ich, auf unerklärliche Weise aufgekratzt. »Das hab ich ganz vergessen. Du kennst sie nicht. Fanny ist Lady Clementines Mündel. Sie hat sich in den Kopf gesetzt, Mr Frederick zu heiraten.«

Meine Mutter starrte mich ungläubig an. »Heiraten? Frederick?«

Ich nickte. »Sie bearbeitet ihn schon seit einem ganzen Jahr.«

»Hat er ihr denn einen Antrag gemacht?«

»Nein«, sagte ich. »Aber es ist nur noch eine Frage der Zeit.«

»Wer sagt das? Mrs Townsend?«

Ich schüttelte den Kopf. »Nancy.«

Meine Mutter erlangte ihre Fassung wieder und rang sich ein Lächeln ab. »Dann irrt sie sich, diese Nancy. Frederick würde nie wieder heiraten. Nicht nach Penelope.«

»Nancy irrt sich nie.«

Meine Mutter verschränkte die Arme vor der Brust. »Diesmal schon.«

Ihre Gewissheit ärgerte mich. Sie tat gerade so, als wüsste sie besser als ich, was sich auf Riverton abspielte. »Selbst Mrs Townsend ist derselben Meinung wie Nancy«, sagte ich. »Sie sagt, Lady Violet würde die Verbindung begrüßen und dass Mr Frederick sich, auch wenn er nicht immer auf seine Mutter hört, ihren Wünschen noch nie entgegengesetzt hat, wenn es darauf ankommt.«

»Nein«, erwiderte meine Mutter ernst. »Nein, das hat er nicht.« Sie wandte sich ab und schaute durch das offene Fenster auf die graue Steinmauer des Nachbarhauses. »Ich hätte nie gedacht, dass er noch mal heiraten würde.«

Sie klang ganz niedergeschlagen, und ich bekam ein schlechtes Gewissen. Schämte mich für meinen Wunsch, ihr einen Dämpfer zu verpassen. Meine Mutter hatte Penelope wohl gemocht, die Mutter von Hannah und Emmeline. Das nahm ich zumindest an. Warum sonst hätte sie sich so vehement dagegen sträuben sollen, dass Mr Frederick noch einmal heiratete? Ich legte meine Hand auf ihre. »Du hast recht, Mutter. Ich hätte mich zurückhalten sollen. Wir wissen ja wirklich nichts Genaues.«

Sie antwortete nicht.

Ich lehnte mich zu ihr hinüber. »Und man kann weiß Gott nicht behaupten, dass Mr Frederick sich sonderlich für Fanny interessiert. Selbst seine Reitpeitsche schaut er liebevoller an.«

Mit meinem Scherz hatte ich sie aufmuntern wollen, und ich freute mich, als sie mich anschaute. Und ich war überrascht, denn einen Moment lang, als das Licht der Nachmittagssonne ihre Wangen streichelte und die grünen Fleckchen in ihren braunen Augen aufleuchten ließ, war sie beinahe hübsch. Ein Wort, das ich noch nie mit meiner Mutter in Zusammenhang gebracht hatte. Sauber und adrett vielleicht, aber niemals hübsch.

Ich dachte an Hannahs Worte, als sie das Foto beschrieben hatte, auf dem meine Mutter zu sehen war, und nahm mir fest vor, es mir anzuschauen. Meine Mutter als junge Frau zu sehen. Das Mädchen, das Hannah als hübsch bezeichnet hatte und an das Mrs Townsend sich so gern erinnerte.

»Er ist schon immer ein leidenschaftlicher Reiter gewesen«, sagte meine Mutter, während sie ihre Teetasse auf der Fensterbank abstellte. Dann nahm sie zu meiner Verblüffung meine Hand in beide Hände und streichelte die Hornhaut in meiner Handfläche. »Erzähl mir von deinen neuen Pflichten. So wie deine Hände aussehen, lassen sie dich da oben ganz schön hart arbeiten.«

»Es geht«, sagte ich, gerührt von ihrem Mitgefühl. »Das Putzen und Waschen ist ziemlich anstrengend, aber alles andere ist nicht so schlimm.«

»Ach?« Sie legte den Kopf schief.

»Nancy arbeitet so viel am Bahnhof, dass ich jetzt ganz oft die Herrschaften bedienen muss.«

»Das gefällt dir, nicht wahr?«, sagte sie ruhig. »Oben im Herrenhaus zu sein?«

Ich nickte.

»Und was gefällt dir daran?«

Mich in vornehmen Zimmern aufzuhalten, umgeben von edlem Porzellan und Gemälden und Gobelins. Hannah und Emmeline zuzuhören, wenn sie scherzten und einander aufzogen und ihren Träumen nachhingen. Mir fiel die Bemerkung ein, die meine Mutter vor einer Weile gemacht hatte, und plötzlich wusste ich, wie ich ihr eine Freude machen konnte. »Es macht mich glücklich«, sagte ich. Und dann gestand ich ihr etwas, das ich mir bisher nicht einmal selbst eingestanden hatte. »Eines Tages möchte ich gern eine Zofe werden.«

Sie sah mich stirnrunzelnd an. »Als Zofe hast du eine gute Zukunft, meine Kleine«, sagte sie mit zitternder Stimme. »Aber Glück ... Glück findet man nur am eigenen Feuer. Das kann man nicht in Nachbars Garten pflücken.«

Als ich am späten Nachmittag auf dem Rückweg nach Riverton war, ging mir die Bemerkung meiner Mutter noch immer durch den Kopf. Natürlich hatte sie mich ermahnen wollen, nicht zu vergessen, wo mein Platz war, das tat sie jedes Mal. Sie wollte mich daran erinnern, dass ich mein Glück nur in den Kohlen des Feuers im Dienstbotenzimmer finden würde und nicht in den kostbaren Perlen im Zimmer einer vornehmen Dame. Aber die Hartfords waren keine Fremden. Und wenn es mich glücklich machte, in ihrer Nähe zu arbeiten, ihren Gesprächen zu lauschen, ihre schönen Kleider zu pflegen, was war falsch daran?

Dann begriff ich plötzlich, dass sie eifersüchtig war. Sie beneidete mich um meine Stellung in dem vornehmen Haus. Sie hatte Penelope, die Mutter der Mädchen sehr gemocht, anders konnte es nicht sein: Deswegen hatte sie sich so aufgeregt, als ich davon gesprochen hatte, dass Mr Frederick womöglich wieder heiraten würde. Und dass ich jetzt die Arbeiten verrichtete, die einst zu ihren Pflichten gehört hatten, erinnerte sie an eine Welt, die sie hatte aufgeben müssen. Andererseits war sie nicht dazu gezwungen gewesen, oder? Hannah hatte gesagt, dass Lady Violet schon öfter Familien eingestellt hatte. Und wenn meine Mutter neidisch auf mich war, warum hatte sie dann so darauf gedrängt, dass ich die Stellung auf Riverton annahm?

Wütend trat ich gegen einen Erdklumpen, den ein Pferdehuf aufgeworfen hatte. Es war einfach unmöglich. Niemals würde ich den Knoten aus Geheimnissen entwirren, der zwischen uns stand. Und wenn meine Mutter es nicht für nötig hielt, offen mit mir zu sprechen, anstatt mir mysteriöse Moralpredigten zu halten, wie konnte sie dann von mir erwarten, dass ich ihren Erwartungen entsprach?

Ich atmete tief aus. Es ging nicht. Meine Mutter ließ mir keine andere Wahl, als meinen eigenen Weg einzuschlagen – und genau das würde ich tun. Und wenn das bedeutete, eine höhere Stellung im Haus anzustreben, warum nicht?

Am Ende des von Bäumen gesäumten Wegs blieb ich einen Augenblick lang stehen, um das Haus noch einmal zu betrachten. Die Sonne stand schon tief, und Riverton lag in völligem Schatten. Ein riesiger schwarzer Käfer auf dem Hügel, niedergedrückt von der Hitze und seinen eigenen Sorgen. Dennoch war ich von einem tiefen Gefühl der Geborgenheit erfüllt, als ich dort stand. Zum ersten Mal in meinem Leben fühlte ich mich sicher; irgendwo auf dem Weg vom Dorf nach Riverton hatte ich die Angst verloren, hinweggefegt zu werden, wenn ich mich nicht festklammerte.

Ich betrat das dunkle Untergeschoss und ging den schmalen Flur hinunter. Meine Schritte hallten auf dem kühlen Steinboden wider. In der Küche war alles still. Der Duft nach Rindfleischsuppe hing noch in der Luft, aber es war niemand da. Hinter mir, im Dienstbotenzimmer, hörte ich die Wanduhr ticken. Ich lugte um die Ecke, aber auch dort war niemand. Ich nahm meinen Hut ab, hängte ihn an einen Kleiderhaken und glättete meinen Rock. Ich seufzte, und das Geräusch hatte einen seltsamen Klang in den leeren Räumen. Ich musste lächeln. Noch nie hatte ich das ganze Untergeschoss für mich allein gehabt.

Ich warf einen Blick auf die Uhr. Erst in einer halben Stunde musste ich meinen Dienst wieder antreten. Ich würde eine Tasse Tee trinken. Der, den ich bei meiner Mutter bekommen hatte, hatte einen bitteren Geschmack in meinem Mund hinterlassen.

Die Teekanne auf der Küchenbank war noch warm unter ihrer wollenen Haube. Als ich mir gerade eine Tasse füllte, kam Nancy regelrecht um die Ecke geflogen, ihre Augen weiteten sich bei meinem Anblick.

»Jemima«, rief sie und schnappte nach Luft. »Das Kind kommt.«

»Aber es wird doch erst im September erwartet«, sagte ich erstaunt.

»Tja, das weiß das Baby leider nicht«, erwiderte sie und warf mir ein kleines Handtuch zu. »Hier, bring das und eine Schüssel mit warmem Wasser nach oben. Ich kann die anderen nicht finden, und jemand muss den Arzt benachrichtigen.«

»Aber ich bin noch gar nicht umgezogen ...«

»Ich glaube kaum, dass die Mutter oder das Kind daran Anstoß nehmen werden«, beschied Nancy und verschwand in Mr Hamiltons Anrichtezimmer, um zu telefonieren.

»Aber was soll ich sagen?« Die Frage war an das leere Zimmer gerichtet, an mich selbst, an das Handtuch in meiner Hand. »Was soll ich tun?«

Nancys Kopf erschien in der Tür. »Das weiß ich doch auch nicht. Dir wird schon was einfallen.« Sie machte eine ungehaltene Geste mit der Hand. »Sag ihr einfach, dass alles gut wird. Und so Gott will, wird es das auch.«

Ich legte mir das Handtuch über die Schulter, füllte eine Schüssel mit warmem Wasser und ging nach oben. Meine Hände zitterten ein wenig, sodass etwas von dem Wasser auf den Treppenläufer schwappte und dort dunkle Flecken hinterließ.

Vor Jemimas Zimmer zögerte ich einen Moment. Hinter der Tür war gedämpftes Stöhnen zu hören. Ich holte tief Luft, klopfte und trat ein.

Im Zimmer war es dunkel, nur durch einen Spalt zwischen den Vorhängen drang ein wenig Licht. In dem schmalen Lichtstreifen tanzten träge Staubteilchen. Jemima lag reglos und schwer atmend auf dem großen Himmelbett.

Ängstlich trat ich zu ihr und stellte die Schüssel auf dem kleinen Nachttisch ab.

Jemima stöhnte, und ich biss mir auf die Lippe, unsicher, was ich tun sollte. »Ganz ruhig«, sagte ich leise, so wie meine Mutter damals, als ich Scharlach hatte. »Ganz ruhig.«

Sie erschauderte, schnappte nach Luft und schloss die Augen.

»Es wird alles gut«, sagte ich. Dann tränkte ich das Handtuch mit Wasser, faltete es zweimal und legte es ihr auf die Stirn.

»Jonathan …«, flüsterte sie. »Jonathan …« Sein Name klang wundervoll aus ihrem Mund.

Ich schwieg, denn es gab nichts, was ich dazu hätte sagen können.

Sie stöhnte und wimmerte. Sie wand sich und keuchte ins Kissen. Wie um Beistand suchend tasteten ihre Finger das leere Laken neben ihr ab.

Dann wurde sie wieder still, und ihr Atem ging ruhiger.

Ich nahm das Tuch von ihrer Stirn. Es war ganz warm geworden auf ihrer Haut. Ich tauchte es ins Wasser, wrang es aus, faltete es und wollte es ihr erneut auf die Stirn legen.

Plötzlich schlug sie die Augen auf, blinzelte, schaute mir in dem schummrigen Licht suchend ins Gesicht. »Hannah«, seufzte sie. Ihr Irrtum wunderte mich. Und bereitete mir zugleich tiefe Freude. Ich öffnete den Mund, um sie zu korrigieren, doch ehe ich dazu kam, nahm sie meine Hand. »Ich bin so froh, dass du es bist«, sagte sie und drückte meine Hand ganz fest. »Ich habe solche Angst«, flüsterte sie. »Ich spüre das Kind überhaupt nicht.«

»Es wird alles gut«, sagte ich. »Das Baby ruht sich nur aus.«

Das schien sie ein wenig zu beruhigen. »Ja«, sagte sie. »Das ist immer so, kurz vor der Geburt. Ich dachte nur … es ist zu früh.« Sie wandte sich ab. Dann sagte sie so leise, dass ich sie kaum noch verstehen konnte: »Alle wünschen mir, dass es ein Junge wird. Aber ich nicht. Ich könnte es nicht ertragen, noch einen Sohn zu verlieren.«

»Das wird nicht passieren«, erwiderte ich in der Hoffnung, recht zu behalten.

»Auf meiner Familie liegt ein Fluch«, fuhr sie fort, das Gesicht immer noch abgewandt. »Meine Mutter hat es mir schon vor langer Zeit gesagt, aber ich wollte es ihr nicht glauben.«

Jetzt hat sie den Verstand verloren, dachte ich. Von Trauer und Kummer überwältigt, ist sie abergläubisch geworden. »So etwas gibt es nicht. Es gibt keine Flüche«, sagte ich leise.

Sie gab ein Geräusch von sich, eine Mischung aus Schnauben und Schluchzen. »O doch. Es ist derselbe, der unserer guten Königin Victoria ihren Sohn geraubt hat. Es ist der Fluch der Bluter.« Schweigend befühlte sie ihren Bauch, dann schaute sie mich an. Kaum hörbar flüsterte sie: »Aber Mädchen … Mädchen werden verschont.«

Die Tür wurde aufgerissen, und Nancy stürzte herein, gefolgt von einem hageren Mann in mittleren Jahren, von dem ich annahm, dass es sich um den Arzt handelte. Aber es war nicht Doktor Arthur aus dem Dorf. Kissen wurden aufgeschüttelt, Jemima wurde zurechtgerückt, und eine Lampe wurde angezündet. Irgendwann merkte ich, dass Jemima meine Hand losgelassen hatte. Im nächsten Augenblick wurde ich zur Seite geschoben und aus dem Zimmer geschickt.

Den ganzen Nachmittag und bis in den Abend hinein wartete und hoffte ich. Obwohl viel zu tun war, wollte die Zeit einfach nicht vergehen. Das Abendessen musste aufgetragen werden, die Bettdecken waren aufzuschlagen und Wäsche für den nächsten Tag musste zurechtgelegt werden. Doch während der ganzen Zeit konnte ich nur an Jemima denken.

Endlich, als der letzte Schimmer Sonnenlicht hinter dem Hügel verschwunden war, kam Nancy die Treppe heruntergelaufen, in der Hand die Schüssel und das Handtuch.

Wir hatten gerade zu Abend gegessen und saßen noch am Tisch.

»Nun?«, fragte Mrs Townsend, ein Taschentuch ängstlich an die Brust gedrückt.

»Nun«, sagte Nancy, während sie die Schüssel mit dem Handtuch auf der Küchenbank abstellte. Dann drehte sie sich um, vergeblich bemüht, ein Lächeln zu unterdrücken. »Um acht Uhr sechsundzwanzig wurde die Mutter von ihrem Kind entbunden. Klein, aber gesund.«

Ich wartete mit klopfendem Herzen.

»Trotzdem tut sie mir ein bisschen leid«, fuhr Nancy fort und hob die Brauen. »Es ist ein Mädchen.«

Es war zehn Uhr, als ich mit dem Geschirr von Jemimas Abendessen in die Küche zurückkehrte. Sie war eingeschlafen, die kleine Gytha in den Armen. Bevor ich die Nachttischlampe gelöscht hatte, war ich noch einen Moment stehen geblieben, um das winzige Mädchen zu betrachten: gekräuselte Lippen, flaumiges, rötlich blondes Haar, fest geschlossene Augen. Kein Erbe, aber ein Baby, das leben, erwachsen werden und lieben und vielleicht eines Tages selbst Kinder haben würde.

Mit dem Tablett in der Hand schlich ich mich aus dem Zimmer. Meine Lampe, die einzige Lichtquelle im Korridor, warf lange Schatten auf die Porträts an den Wänden. Während das jüngste Familienmitglied hinter der geschlossenen Tür tief und fest schlief, hielten die verstorbenen Hartfords Wache und blickten stumm in die Eingangshalle hinunter, die sie einst besessen hatten.

Unten angekommen entdeckte ich einen schmalen Lichtstreifen unter der Tür zum Salon. Über dem Drama des Abends hatte Mr Hamilton wohl vergessen, das Licht zu löschen. Ich dankte Gott dafür, dass ich diejenige war, der es auffiel. Obwohl mit einem neuen Enkel gesegnet, hätte Lady Violet sich fürchterlich aufgeregt, wenn sie entdeckt hätte, dass die Trauervorschriften vernachlässigt wurden.

Ich öffnete die Tür und blieb wie angewurzelt stehen.

Dort, im Sessel seines Vaters, saß Mr Frederick. Der neue Lord Ashbury.

Er hatte die langen Beine übereinandergeschlagen und den Kopf in die Hand gestützt, sodass sein Gesicht nicht zu sehen war.

In seiner linken Hand, erkennbar an der schwarzen Zeichnung, hielt er Davids Brief. Den Brief, den Hannah am Brunnen vorgelesen und der Emmeline so zum Kichern gebracht hatte.

Mr Fredericks Rücken bebte, und zuerst dachte ich, er würde auch lachen.

Dann hörte ich das Geräusch, das ich bis heute nicht vergessen habe: ein kehliges Schluchzen, voller Verzweiflung und Reue.

Einen Moment lang konnte ich mich nicht rühren, dann zog ich mich leise zurück. Schloss die Tür, um nicht länger eine heimliche Zeugin seines Kummers zu sein.

Es klopft an der Tür, und ich bin mit einem Schlag zurück in der Gegenwart. Es ist 1999, und ich befinde mich in meinem Zimmer in Heathview, das Foto mit unseren ernsten, ahnungslosen Gesichtern immer noch in der Hand. Die junge Schauspielerin sitzt in dem braunen Sessel und betrachtet prüfend ihre Haarspitzen. Wie lange bin ich fort gewesen? Ich werfe einen Blick auf die Uhr. Es ist kurz nach zehn. Ist es möglich? Kann es sein, dass der Boden der Erinnerung sich aufgetan hat, dass alte Szenen und Geister auferstanden sind und darüber keine Zeit vergangen ist?

Die Tür geht auf, Ursula kommt herein und gleich hinter ihr Sylvia mit drei Teetassen auf einem silbernen Tablett. Etwas vornehmer als das sonst übliche Plastik.

»Es tut mir so leid«, sagt Ursula und nimmt ihren Platz am Fußende des Betts wieder ein. »Normalerweise mache ich das nicht. Aber es war dringend.«

Zuerst weiß ich nicht so recht, wovon sie spricht, dann sehe ich das Handy in ihrer Hand.

Sylvia reicht mir eine Tasse Tee, geht um meinen Sessel herum, um auch Keira eine dampfende Tasse anzubieten.

»Ich hoffe, Sie haben schon ohne mich angefangen«, sagt Ursula.

Keira zuckt lächelnd mit den Achseln. »Wir sind so gut wie fertig.«

»Wirklich?« Ursula schaut sie mit geweiteten Augen an. »Gott, dann habe ich ja das ganze Gespräch verpasst. Ich hatte mich so darauf gefreut, zu hören, woran Grace sich erinnert.«

Sylvia legt mir eine Hand auf die Stirn. »Sie sehen ein bisschen mitgenommen aus. Brauchen Sie vielleicht ein Schmerzmittel?«

»Nein, es geht mir gut«, antworte ich mit krächzender Stimme.

Sylvia hebt die Brauen.

»Es geht mir gut«, wiederhole ich so bestimmt, wie ich kann.

Sylvia schnaubt. Dann schüttelt sie den Kopf, ein Zeichen dafür, dass sie jede Verantwortung für mich ablehnt. Vorerst. Meinetwegen, denkt sie, das sehe ich ihr an. Auch wenn ich behaupte, dass es mir gut geht, zweifelt sie keinen Augenblick daran, dass ich sie um ein schmerzstillendes Mittel bitten werde, sobald meine Gäste das Zimmer verlassen haben. Wahrscheinlich wird sie recht behalten.

Keira trinkt einen Schluck grünen Tee, dann stellt sie Tasse und Untertasse auf meiner Frisierkommode ab. »Gibt es hier ein Klo?«

Ich spüre, wie Sylvia mich mit ihrem Blick durchbohrt. »Sylvia«, sage ich. »Würden Sie Keira das Bad auf dem Korridor zeigen?«

Sylvia kann sich kaum zurückhalten. »Selbstverständlich«, sagt sie. Obwohl ich sie nicht sehen kann, weiß ich, dass sie sich aufplustert. »Bitte hier entlang, Miss Parker.«

Ursula lächelt mich an, als die Tür sich schließt. »Vielen Dank, dass Sie Keira empfangen haben«, sagt sie. »Sie ist die Tochter eines Freundes des Produzenten, deshalb muss ich mich ganz besonders um sie kümmern.« Nach einem kurzen Blick in Richtung Tür sagt sie leise, ihre Worte sorgfältig abwägend: »Sie ist ganz in Ordnung, aber sie kann manchmal ein bisschen … taktlos sein.«

»Mir ist nichts aufgefallen.«

Ursula lacht. »Das kommt davon, wenn man erfolgreiche Eltern hat«, sagt sie. »Diese Kinder erleben dauernd, dass ihre Eltern große Anerkennung dafür bekommen, dass sie reich, berühmt und schön sind – wer kann ihnen verdenken, dass sie dasselbe wollen?«

»Das ist schon in Ordnung.«

»Trotzdem«, sagt Ursula. »Ich wollte eigentlich dabei sein. Als Anstandsdame sozusagen …«

»Wenn Sie nicht aufhören, sich zu entschuldigen, werden Sie mich noch davon überzeugen, dass Sie etwas falsch gemacht haben«, erwidere ich. »Sie erinnern mich an meinen Enkel.« Als sie mich verlegen ansieht, entdecke ich etwas Neues in ihren dunklen Augen. Einen Schatten, den ich vorher noch nicht bemerkt hatte. »Haben Sie Ihr Problem lösen können?«, frage ich. »Am Telefon?«

Sie nickt seufzend. »Ja.«

Ich warte darauf, dass sie noch etwas sagt. Ich habe schon vor langer Zeit gelernt, dass Schweigen die Menschen dazu ermuntert, sich einem anzuvertrauen.

»Ich habe einen Sohn«, sagt sie schließlich. »Finn.« Der Name entlockt ihr ein Lächeln, das zugleich glücklich und traurig scheint. »Er ist letzten Samstag drei geworden.« Sie wendet sich einen Moment lang von mir ab und betrachtet den Rand der Teetasse in ihrer Hand. »Sein Vater … Er und ich waren nie …« Sie klopft zweimal mit dem Fingernagel gegen ihre Tasse, sieht mich wieder an. »Ich lebe mit Finn allein. Das eben am Telefon war meine Mutter. Sie kümmert sich um Finn während der Dreharbeiten. Er ist hingefallen.«

»Geht es ihm gut?«

»Ja. Er hat sich das Handgelenk verstaucht. Der Arzt hat ihm einen Verband angelegt. Es geht ihm gut.« Sie lächelt, aber ihre Augen füllen sich mit Tränen. »Es tut mir leid … meine Güte … es geht ihm gut. Ich weiß auch nicht, warum ich weine.«

»Sie sind besorgt«, sage ich, während ich sie ansehe. »Und erleichtert.«

»Ja«, sagt sie. Plötzlich wirkt sie sehr jung und zerbrechlich. »Und ich habe ein schlechtes Gewissen.«

»Ein schlechtes Gewissen?«

»Ja«, antwortet sie, geht aber nicht näher darauf ein. Sie nimmt ein Taschentuch aus ihrer Tasche und wischt sich die Augen. »Es ist angenehm, mit Ihnen zu sprechen. Sie erinnern mich an meine Großmutter.«

»Sie muss eine nette Frau sein.«

Ursula lacht. »Ja.« Sie schnäuzt sich. »Meine Güte, sehen Sie mich nur an. Tut mir leid, dass ich Ihnen das zumute, Grace.«

»Sie entschuldigen sich schon wieder. Ich bitte Sie, endlich damit aufzuhören.«

Auf dem Flur sind Schritte zu hören. Ursula wirft einen Blick in Richtung Tür, putzt sich die Nase. »Dann möchte ich mich wenigstens bedanken. Dafür, dass Sie uns empfangen haben. Und mit Keira gesprochen haben. Und mir zugehört haben.«

»Es war mir ein Vergnügen«, sage ich und wundere mich selbst darüber, dass ich es wirklich aufrichtig meine. »Ich bekomme nicht oft Besuch.«

Die Tür wird geöffnet, und Ursula steht auf. Beugt sich vor und drückt mir einen Kuss auf die Wange. »Ich komme bald wieder«, sagt sie und drückt mir zärtlich die Hand.

Aus unerfindlichen Gründen bin ich glücklich.

Drehbuch

Endgültige Fassung, November 1998, Seiten 43–54

NEBELSCHWADEN

Buch und Regie Ursula Ryan © 1998

Untertitel: In der Nähe von Passchendaele, Belgien. Oktober 1917

45. Innenaufnahme: Leer stehendes Bauernhaus – Abend

Die Nacht bricht herein, und es regnet heftig. Drei junge Soldaten in verdreckten Uniformen suchen Zuflucht in den Ruinen eines belgischen Bauernhauses. Sie sind den ganzen Tag lang marschiert, nachdem sie bei einem verzweifelten Rückzugsgefecht von ihrer Division getrennt wurden. Sie sind müde und demoralisiert. Das Bauernhaus, in dem sie Schutz suchen, ist dasselbe, in dem sie einen Monat zuvor auf dem Weg an die Front einquartiert waren. Die Familie Duchesne ist geflohen, als die Kämpfe das Dorf erreichten.

Eine einzelne Kerze flackert auf dem nackten Holzboden und wirft spitze Schatten an die Wände der verlassenen Küche. Einzelne Gegenstände erinnern an das Leben im Haus: eine Kasserolle in der Spüle, über dem Herd eine dünne Leine mit Wäsche, ein hölzernes Kinderspielzeug.

Einer der Soldaten – ein australischer Infanterist namens FRED – hockt mit dem Gewehr unter dem Arm neben dem Loch in der Wand, wo einmal eine Tür gewesen ist. Regen prasselt auf den schon aufgeweichten Boden, füllt die Gräben, bis sie überlaufen.

Eine Ratte taucht auf und schnüffelt an einem großen, dunklen Fleck an der Uniform des Soldaten. Es ist schwarzes, eingetrocknetes Blut.

In der Küche sitzt ein Offizier auf dem Boden, den Rücken gegen ein Tischbein gelehnt. DAVID HARTFORD hält einen Brief in der Hand; an den zerknitterten Ecken und den Flecken kann man erkennen, dass er schon oft gelesen wurde. Neben seinem ausgestreckten Bein schläft der magere Hund, der den Männern den ganzen Tag gefolgt ist.

Der dritte Mann, ROBBIE HUNTER, kommt aus einem Zimmer. Er bringt ein Grammofon, ein paar Decken und einen Stapel Schallplatten mit. Er stellt alles auf dem Küchentisch ab und beginnt, die Küchenschränke zu durchsuchen. Ganz hinten in der Vorratskammer findet er etwas. Er dreht sich um, und die Kamera fährt näher heran. Er ist dünner geworden. Ernüchterung und Lebensüberdruss haben ihn ernst gemacht. Er hat dunkle Ringe unter den Augen, und seine Haare sind von dem langen Marsch durch schlechtes Wetter zerzaust. Zwischen seinen Lippen klemmt eine Zigarette.

DAVID (ohne sich umzudrehen)
Hast du was gefunden?

ROBBIE
Brot – steinhart, aber Brot.

DAVID
Sonst noch was? Irgendwas zu trinken?

ROBBIE (nach kurzem Zögern)
Musik. Ich hab Musik gefunden.

DAVID dreht sich um, sieht das Grammofon. Sein Gesichtsausdruck ist schwer zu deuten: eine Mischung aus Freude und Traurigkeit. Unser Blick wandert von seinem Gesicht über seinen Arm hin zu seinen Händen. An den Fingern einer Hand trägt er einen provisorischen, verschmutzten Verband.

DAVID
Na dann ... Worauf wartest du noch?

ROBBIE legt eine Platte auf das Grammofon, und kratzige Musik ertönt.

Musik: Debussys »Claire de Lune«

ROBBIE geht zu DAVID, die Decken und das Brot unter dem Arm. Er bewegt sich vorsichtig und setzt sich langsam auf den Boden: Beim Einsturz des Schützengrabens hat er sich schwerer verletzt, als er sich anmerken lässt. DAVID hat die Augen geschlossen.

ROBBIE nimmt ein Taschenmesser aus seinem Tornister und macht sich an die schwierige Aufgabe, das trockene Brot in Stücke zu teilen. Nachdem er es geschafft hat, legt er ein Stück neben DAVID auf den Boden. Ein weiteres wirft er FRED zu, der immer noch neben der Tür hockt. FRED versucht gierig, etwas davon abzubeißen.

ROBBIE, immer noch mit der Zigarette im Mund, bietet dem Hund ein Stück Brot an. Der Hund schnüffelt daran, sieht Robbie an, wendet sich ab. Robbie zieht seine Schuhe und seine nassen Socken aus. Seine Füße sind schlammverkrustet und voller Blasen.

Plötzliche Gewehrschüsse zerreißen die Stille. DAVIDs Augen weiten sich erschrocken. Durch die Tür sehen wir Geschützfeuer am

Horizont. Der Lärm ist überwältigend. Die Explosionen bilden einen krassen Kontrast zu der Musik von Debussy.

Im Bauernhaus sehen wir die drei Männer, die Augen weit aufgerissen. Lichtreflexe der Explosionen auf ihren Gesichtern.

Schließlich schweigen die Geschütze, und das helle Licht verschwindet. Auf die Gesichter der Männer fällt wieder Schatten. Die Schallplatte hat aufgehört zu spielen.

FRED (den Blick immer noch auf das ferne Schlachtfeld gerichtet)
Die armen Schweine.

DAVID
Die kriechen jetzt im Niemandsland rum. Die, die noch leben. Sammeln die Toten ein.

FRED (schaudernd)
Da kriegt man ein schlechtes Gewissen. Weil man nicht da ist, um zu helfen. Trotzdem bin ich froh.

ROBBIE steht auf, geht zur Tür.

ROBBIE
Ich übernehme. Du bist müde.

FRED
Nicht mehr als du. Du hast seit Tagen nicht geschlafen. Nicht seit er (zeigt auf DAVID) dich aus dem Graben gezogen hat. Ich weiß immer noch nicht, wie du es geschafft hast, aus dem …

ROBBIE (hastig)
Mir geht's gut.

FRED (achselzuckend)
Ich will mich nicht aufdrängen, Kumpel.

FRED setzt sich neben DAVID auf den Boden. Er legt eine Decke über seine Beine, das Gewehr immer noch unterm Arm. DAVID holt ein Kartenspiel aus seiner Tasche.

DAVID
Wie wär's, Fred? Ein kleines Spielchen, bevor du dich hinhaust?

FRED
Ein Spiel hab ich noch nie abgelehnt. Das lenkt ab.

DAVID reicht FRED die Karten, deutet auf seine eigene verbundene Hand.

DAVID
Also dann.

FRED
Was ist mit ihm?

DAVID
Robbie spielt nicht. Er will das Pik-As nicht in die Hand kriegen.

FRED
Was hat er gegen das Pik-As?

DAVID (trocken)
Die Todeskarte.

FRED prustet los, das Trauma der vergangenen Wochen bricht sich in einem hysterischen Gelächter Bahn.

FRED

Abergläubischer Kerl! Was hat er gegen den Tod? Alle sind tot. Gott ist tot. Nur der Teufel ist noch übrig. Und wir drei.

ROBBIE sitzt in der Tür und schaut zur Front hinüber. Der Hund hat sich neben ihn gelegt.

ROBBIE (zu sich selbst, William Blake zitierend)
Wir stehen auf der Seite des Teufels, ohne es zu wissen.

FRED (der das mitbekommen hat)
Wir wissen es sehr wohl! Man braucht doch nur einen Fuß auf dieses gottverlassene Land zu setzen, dann weiß man sofort, dass der Teufel hier regiert.

Während DAVID und FRED Karten spielen, zündet ROBBIE sich eine weitere Zigarette an und zieht ein Notizbuch und einen Stift aus der Hosentasche. Während er schreibt, sehen wir seine Erinnerungen an die Schlacht.

ROBBIE (AUS DEM OFF)
Die Welt ist dem Wahnsinn verfallen. Der Schrecken ist alltäglich geworden. Jeden Tag werden Männer, Frauen und Kinder abgeschlachtet. Ihre Leichen werden liegen gelassen oder verbrannt, sodass nichts von ihnen übrig bleibt. Kein Haar, kein Knochen, nicht mal eine Gürtelschnalle … Die Zivilisation muss tot sein. Denn wie könnte sie jetzt noch existieren?

Man hört Schnarchen. ROBBIE hört auf zu schreiben. Der Hund hat seinen Kopf auf ROBBIEs Bein gelegt und schläft tief und fest. Seine Augenlider zittern beim Träumen.

Wir sehen ROBBIEs vom Kerzenschein erleuchtetes Gesicht, während er den Hund beobachtet. Ganz langsam und vorsichtig streckt er eine Hand aus und legt sie dem Hund auf die Flanke. ROBBIES Hand zittert. Er lächelt schwach.

ROBBIE (AUS DEM OFF)
Und doch finden die Unschuldigen inmitten von all dem Schrecken noch Trost im Schlaf.

Außenaufnahme: Verlassenes Bauernhaus – Morgen

Es ist Morgen. Schwaches Sonnenlicht bricht durch die Wolken. Das Laub an den Bäumen rund um das Haus ist noch regennass, der Boden ist schlammig. Die Vögel zwitschern. Die drei SOLDA-TEN stehen vor dem Bauernhaus, die Tornister auf dem Rücken.

DAVID hält einen Kompass in der unverletzten Hand. Er blickt auf, zeigt in die Richtung, aus der am Vorabend der Geschützlärm zu hören war.

DAVID
Osten. Muss in Passchendaele gewesen sein.

ROBBIE nickt grimmig. Schaut mit zusammengekniffenen Augen in Richtung Horizont.

ROBBIE
Dann gehen wir nach Osten.

Sie machen sich auf den Weg. Der Hund läuft ihnen nach.

Vollständiger Bericht über den
tragischen Tod von Captain David Hartford
Oktober 1917

Werter Lord Ashbury,
es ist mir eine schreckliche Pflicht, Ihnen die traurige
Nachricht vom Tod Ihres Sohnes David zu übermitteln.
Ich weiß, dass Worte in solchen Situationen kein Leid
lindern können, aber als direkter Vorgesetzter Ihres
Sohnes und als ein Mann, der Ihren Sohn kannte und
bewunderte, möchte ich Ihnen mein tief empfundenes
Beileid aussprechen.

Außerdem möchte ich Ihnen von den heroischen
Umständen berichten, unter denen Ihr Sohn ums Leben
gekommen ist, in der Hoffnung, dass es Ihnen und Ih-
rer Familie zum Trost gereiche zu wissen, dass er wie
ein Gentleman und Soldat gelebt hat und gefallen ist.
An dem Abend, als er den Tod fand, führte er einen
Stoßtrupp, der den äußerst wichtigen Auftrag hatte, die
Position des Feindes zu erkunden.

Die Männer, die Ihren Sohn begleiteten, haben mir
berichtet, dass sie bei der Rückkehr von ihrer Mission
am 12. Oktober zwischen drei und vier Uhr morgens
unter schweren Beschuss geraten sind. Während dieses
Angriffs mussten sie mit Entsetzen den Verlust ihres
Captains David Hartford erleben. Er wurde von einer
Gewehrkugel tödlich getroffen, und unser einziger
Trost ist, dass er keine Schmerzen erlitten hat.

Captain David Hartford wurde im Morgengrauen
nördlich von Passchendaele beerdigt, ein Dorf, das für
immer in der glorreichen Geschichte der britischen Ar-
mee in Erinnerung bleiben wird. Es wird Sie freuen zu

erfahren, dass wir aufgrund der hervorragenden Leis-
tung Ihres Sohnes bei seiner letzten Mission in der Lage
waren, eine für uns kritische Situation zu unseren
Gunsten zu wenden.

Sollte ich irgendetwas für Sie tun können, stehe ich
Ihnen selbstverständlich jederzeit zur Verfügung.

Mit vorzüglicher Hochachtung verbleibe ich
Ihr ergebener
Lieutenant Colonel Lloyd Auden Thomas

Die Fotografie

Es ist ein wunderschöner Märzmorgen. Die rosafarbenen Gartennelken unter meinem Fenster sind aufgeblüht und erfüllen das Zimmer mit ihrem süßen Duft. Wenn ich mich auf die Fensterbank lehne und ins Beet hinunterschaue, kann ich die äußeren Blütenblätter sehen, die in der Sonne leuchten. Als Nächstes werden die Pfirsichbäume blühen, dann der Jasmin. Es ist jedes Jahr dasselbe, und es wird bis in alle Ewigkeit so weitergehen. Noch lange, nachdem ich nicht mehr da bin und mich an den Blüten erfreuen kann. Ewig frisch, ewig hoffnungsvoll, immer wieder einfallsreich.

Ich habe über meine Mutter nachgedacht. Über das Foto in Lady Violets Familienalbum. Denn ich habe es mir angeschaut. Einige Monate nachdem Hannah an jenem Sommertag am Brunnen davon gesprochen hatte.

Es war im September 1916. Mr Frederick hatte das Anwesen seines Vaters geerbt, Lady Violet (nach Nancys Aussage stilvoll wie gewohnt) hatte Riverton geräumt und war in ihre Londoner Stadtvilla gezogen, und die Hartford-Mädchen waren auf unbestimmte Zeit zu ihr geschickt worden, um ihr beim Einräumen zu helfen.

In jenem Jahr gab es nur wenige Dienstboten im Haus – Nancy hatte mehr denn je im Dorf zu tun, und Alfred, auf den ich mich so gefreut hatte, hatte im letzten Moment doch keinen Urlaub bekommen. Wir konnten das nicht verstehen: Er war in England, in seinen Briefen versicherte er uns, dass er nicht verwundet war, und dennoch musste er seinen Urlaub in einem Militärkrankenhaus verbringen. Selbst Mr Hamilton wusste nicht, was er davon halten sollte. Er dachte lange darüber nach, saß in seinem Anrichtezimmer und brütete über Alfreds Brief, bis er schließlich wieder auftauchte, sich die Augen rieb und seine Meinung kundtat. Die einzige Erklärung, so meinte er, sei die, dass Alfred eine geheime Mission auszuführen hatte, über die er nicht sprechen dürfe. Das leuchtete uns allen ein, denn wie sonst sollten wir uns erklären, dass ein Mann, der nicht verwundet war, in einem Krankenhaus untergebracht wurde?

Und damit war das Thema erledigt. Es wurde kaum noch darüber gesprochen, und im Frühherbst 1916, als das Laub von den Bäumen fiel und die Erde hart wurde, um sich gegen den bevorstehenden Frost zu wappnen, befand ich mich eines Tages ganz allein im Salon von Riverton.

Ich hatte den Kamin gesäubert und das Feuer geschürt und war fast fertig mit dem Staubwischen. Ich fuhr mit dem Staubtuch über den Schreibtisch, wischte über die Ränder, begann dann, die Schubladengriffe aus Messing zu polieren. Es war eine Arbeit, die ich jeden Tag verrichtete, und ich kann gar nicht sagen, was an jenem Tag anders war. Warum an dem Tag, als ich mir die linke Schublade vornahm, meine Finger erst langsamer wurden, um dann ganz ihren Dienst zu verweigern. Als hätten sie, noch ehe es mir selbst bewusst war, gespürt, wonach es mich verlangte.

Einen Moment lang saß ich wie versteinert auf dem Stuhl vor dem Schreibtisch und nahm die Geräusche um mich herum verstärkt wahr. Den Wind draußen, die

Zweige, die gegen die Fensterscheiben schlugen. Die Uhr auf dem Kaminsims, die unerbittlich die Sekunden zählte. Meinen eigenen Atem, der immer schneller ging.

Mit zitternden Fingern zog ich die Schublade auf, ganz langsam und vorsichtig, und beobachtete mich gleichzeitig selbst dabei. Als die Schublade zur Hälfte draußen war, kippte sie leicht, und ihr Inhalt rutschte nach vorne.

Ich hielt den Atem an. Lauschte. Vergewisserte mich, dass ich noch immer allein war. Dann lugte ich in die Schublade.

Dort, unter Schreibzeug und einem Paar Handschuhen, lag Lady Violets Familienalbum.

Zum Zögern blieb mir keine Zeit. Mit pochendem Herzen nahm ich das Album heraus und legte es auf den Boden.

Blätterte die Seiten durch – Fotos, Einladungen, Speisekarten, Tagebucheintragungen – auf der Suche nach Daten. 1896, 1897, 1898 ...

Da war es – das Familienfoto von 1899, die Gruppierung der Familie auf dem Foto war mir vertraut, aber die Anzahl der abgebildeten Personen war ungewohnt. Zwei lange Reihen von ernst dreinblickenden Dienstboten hinter den Familienangehörigen. Lord und Lady Ashbury, der Major in Uniform, Mr Frederick – so viel jünger und so viel weniger vom Leben gezeichnet –, Jemima und eine mir unbekannte Dame, die ich für Mr Fredericks verstorbene Frau Penelope hielt, beide hochschwanger. Eins der beiden Kinder, die bald zur Welt kommen würden, musste Hannah gewesen sein, das andere ein glückloser Junge, dessen Blut ihn eines Tages im Stich lassen würde. Ein einzelnes Kind stand am Ende der Reihe neben Nanny Brown (die damals schon uralt war). Ein kleiner blonder Junge: David. Voller Leben und Hoffnung, nicht ahnend, was die Zukunft für ihn bereithielt.

Ich ließ meinen Blick von Gesicht zu Gesicht wandern, erst zur Familie, dann zu den Bediensteten in den hinteren Reihen. Mr Hamilton, Mrs Townsend, Dudley ...

Mir stockte der Atem, als ich plötzlich in die Augen eines jungen Dienstmädchens schaute. Sie war unverwechselbar. Nicht, weil sie meiner Mutter ähnelte – im Gegenteil. Nein, sie ähnelte mir. Die Haare und die Augen waren dunkler, aber die Ähnlichkeit war nicht zu übersehen. Der gleiche lange Hals, das Grübchen im Kinn, die geschwungenen Brauen, die ihr einen Ausdruck der Entschlossenheit verliehen.

Was mich jedoch noch weit mehr überraschte als die Ähnlichkeit, war etwas ganz anderes: Meine Mutter lächelte. Oh, es war kein Lächeln, das einem aufgefallen wäre, wenn man sie nicht gut gekannt hätte. Es war auch kein fröhliches oder grüßendes Lächeln. Es war kaum wahrnehmbar, kaum mehr als ein Muskelzucken, das man leicht für einen Tick hätte halten können, wenn man sie nicht kannte. Aber ich sah es. Meine Mutter lächelte still vor sich hin. Wie eine Frau, die ein Geheimnis hütet ...

Bitte entschuldige die Unterbrechung, Marcus, aber ich habe Besuch bekommen. Ich saß gerade hier, bewunderte die Gartennelken und erzählte dir von meiner Mutter, als es an der Tür klopfte. Ich dachte, es wäre Sylvia, die gekommen war, um mir von ihrem Freund zu erzählen oder sich über ein paar von den anderen Bewohnern des Seniorenheims zu beklagen, aber sie war es nicht. Es war Ursula, die Filmemacherin. Ich habe sie doch schon einmal erwähnt, nicht wahr?

»Ich hoffe, ich störe nicht«, sagte sie.

»Nein«, antwortete ich und legte meinen Walkman beiseite.

»Ich werde auch nicht lange bleiben. Aber ich war gerade in der Gegend, und ich dachte, ich schaue mal kurz vorbei, bevor ich nach London zurückfahre.«

»Sie waren im Haus.«

Sie nickte. »Wir haben eine Szene im Park gedreht. Das Licht war einfach perfekt.«

Ich erkundigte mich nach der Szene, neugierig zu erfahren, welchen Teil der Geschichte sie heute nachgestellt hatten.

»Es war eine Liebesszene«, sagte sie. »Etwas Romantisches. Eine meiner Lieblingsszenen.« Sie errötete, schüttelte dabei den Kopf so heftig, dass ihr Pony hin und her schwang wie ein Vorhang. »Es ist verrückt. Ich habe den Text geschrieben, ich kannte den Dialog schon, als er nur aus schwarzen Buchstaben auf weißem Papier bestand – ich habe die Zeilen hundertmal gestrichen und wieder neu geschrieben –, und dennoch war ich zutiefst gerührt, die Worte heute gesprochen zu hören.«

»Sie sind eine Romantikerin«, sagte ich.

»Wahrscheinlich.« Sie legte den Kopf schief. »Lächerlich, nicht wahr? Ich habe den echten Robbie Hunter ja gar nicht gekannt. Ich habe anhand seiner Gedichte und mithilfe dessen, was andere über ihn geschrieben haben, versucht, einen zu ihm passenden Charakter zu entwickeln. Trotzdem finde ich …« Sie hielt inne und hob die Brauen, als würde sie ihr eigenes Verhalten missbilligen. »Tja, ich fürchte, ich bin in eine Figur verliebt, die ich selbst erfunden habe.«

»Und wie ist Ihr Robbie?«

»Er ist leidenschaftlich. Kreativ. Entschlossen.« Nachdenklich stützte sie das Kinn in die Hand. »Aber ich glaube, was ich am meisten an ihm bewundere, ist seine

Hoffnung. Eine so zerbrechliche Hoffnung. Die Leute sagen, er war ein desillusionierter Dichter, aber ich bin mir da nicht so sicher. Ich habe in seinen Gedichten immer etwas Positives gesehen. Die Art, wie er mitten in dem Schrecken, den er erlebte, noch eine Chance erkannt hat.« Sie schüttelte mitfühlend den Kopf. »Es muss unglaublich schwierig gewesen sein. Ein sensibler junger Mann, der in so einen schrecklichen Krieg geschickt wird. Ein Wunder, dass einige Heimkehrer tatsächlich in der Lage waren, ihr normales Leben wieder aufzunehmen. Wieder zu lieben.«

»Einer von diesen jungen Männern hat mich einmal geliebt«, sagte ich. »Er ist in den Krieg gezogen, und wir haben uns Briefe geschrieben. Durch diese Briefe ist mir klar geworden, was ich für ihn empfand. Und er für mich.«

»War er verändert, als er zurückkam?«

»O ja«, erwiderte ich leise. »Keiner von ihnen ist unverändert zurückgekehrt.«

»Wann haben Sie ihn verloren?«, fragte sie sanft. »Ihren Mann?«

Es dauerte einen Moment, bis ich begriff, was sie meinte. »O nein«, sagte ich. »Er war nicht mein Mann. Alfred und ich haben nie geheiratet.«

»Ach, das tut mir leid, ich dachte ...« Sie zeigte auf das Hochzeitsfoto auf meiner Frisierkommode.

Ich schüttelte den Kopf. »Das ist nicht Alfred. Das ist John, Ruths Vater. Wir beide waren verheiratet. Aber der Herrgott weiß, dass wir nie hätten heiraten dürfen.«

Sie schaute mich fragend an.

»John war ein hervorragender Tänzer und ein wundervoller Liebhaber, aber kein guter Ehemann. Aber ich muss gestehen, ich war auch keine gute Ehefrau. Ich hatte eigentlich nie vor zu heiraten. Ich war überhaupt nicht darauf vorbereitet.«

Ursula stand auf und nahm das Foto in die Hand. Fuhr gedankenverloren mit dem Finger über den Rahmen. »Er sah gut aus.«

»Ja«, sagte ich. »Ich nehme an, das war es, was mich zu ihm hingezogen hat.«

»War er auch Archäologe?«

»Meine Güte, nein. John war Beamter.«

»Oh.« Sie stellte das Foto wieder ab. Wandte sich mir zu. »Ich dachte, Sie hätten sich vielleicht über Ihren Beruf kennengelernt, oder an der Universität.«

Ich schüttelte den Kopf. 1938, als John und ich uns kennenlernten, hätte ich einen Arzt gerufen für denjenigen, der mir gesagt hätte, dass ich einmal an einer Universität studieren würde. Dass ich Archäologin werden würde. Damals arbeitete ich in einem Restaurant – dem Lyons' Corner House in London – und servierte Unmengen von Leuten Unmengen von gebratenem Fisch. Mrs Havers, der Wirtin, gefiel die Vorstellung, eine Frau als Kellnerin einzustellen, die früher als Dienstmädchen gearbeitet hatte. Sie erzählte jedem, der es hören wollte, dass niemand das Besteck so blank polieren konnte wie die Mädchen, die früher bei den Lords und Ladys in Stellung gewesen waren.

»John und ich haben uns zufällig kennengelernt«, sagte ich. »Beim Tanzen.«

Ich hatte widerwillig zugestimmt, eine Kollegin zum Tanzen zu begleiten. Eine andere Kellnerin: Patty Everidge. Den Namen werde ich nie vergessen. Seltsam. Dabei bedeutete sie mir gar nichts. Eine Frau, mit der ich zusammen arbeitete, die ich aber mied, wo ich konnte, obwohl das nicht immer leicht war. Sie war eine von der Sorte Frauen, die sich für alles und jeden interessieren. Die ihre Nase ständig in anderer Leute Angelegenheiten stecken und sich in alles einmischen. Patty war offenbar der Meinung, dass ich zu wenig unter Leute kam, dass ich zu zurückhaltend war, wenn die Kolleginnen einander kichernd von ihren Wochenendabenteuern berichteten. Irgendwann fing sie an, mich zu bearbeiten, ich solle mit ihr zum Tanzen gehen, bis ich mich schließlich überreden ließ, mich am Freitagabend mit ihr im Marshall's Club zu treffen.

Ich seufzte. »Allerdings ist sie dort nicht aufgetaucht.«

»Aber John war da?«, fragte Ursula.

»Ja«, sagte ich und musste an die verrauchte Luft denken, an den Barhocker in der Ecke, auf dem ich unbeholfen saß und die Menge nach Patty absuchte. Oh, sie hat sich tausendmal entschuldigt, als wir uns das nächste Mal sahen, aber da war es schon zu spät. Was geschehen war, war geschehen. »Ja, stattdessen habe ich John getroffen.«

»Und Sie haben sich in ihn verliebt?«

»Ich bin schwanger geworden.«

Ursula schaute mich mit offenem Mund an.

»Vier Monate nachdem wir uns kennengelernt hatten, habe ich es festgestellt. Einen Monat später haben wir geheiratet. So war das damals.« Ich verlagerte mein Gewicht, sodass ich mit dem Kreuz auf einem Kissen lag. »Zum Glück kam der Krieg dazwischen und hat uns weiteres Affentheater erspart.«

»Er war im Krieg?«

»Wir waren beide im Krieg. John als Soldat und ich als Krankenschwester in einem Feldlazarett in Frankreich.«

Sie schaute mich verwirrt an. »Und was war mit Ruth?«

»Sie wurde evakuiert und kam zu einem älteren anglikanischen Pfarrer und dessen Frau. Sie hat die Kriegsjahre dort verbracht.«

»Sie war den ganzen Krieg über dort?« Ursula war schockiert. »Wie haben Sie das bloß ausgehalten?«

»Ach, ich habe sie besucht, wenn ich Urlaub hatte, und ich erhielt regelmäßig Briefe: Dorfklatsch und Kanzelgeschwafel. Ziemlich düstere Geschichten über die Kinder im Dorf.«

Sie schüttelte den Kopf, die Brauen besorgt zusammengezogen. »Das kann ich mir gar nicht vorstellen ... vier Jahre von meinem Kind getrennt zu sein.«

Ich wusste nicht recht, was ich ihr antworten, wie ich es ihr erklären sollte. Wie beichtet man jemandem, dass Mutterliebe nicht von allein entsteht? Dass Ruth mir vom ersten Tag an wie eine Fremde erschienen war? Dass ich das Gefühl tiefer Verbundenheit, von dem ganze Bücher handeln und um das sich Mythen ranken, nie empfunden habe?

Wahrscheinlich hatte ich meinen Vorrat an Empathie schon aufgebraucht. Bei Hannah und den anderen auf Riverton. Mit Fremden hatte ich kein Problem, ich konnte sie pflegen, sie trösten, sie bis zum Tod begleiten. Aber es fiel mir sehr schwer, noch einmal wirkliche Nähe zuzulassen. Ich zog oberflächliche Freundschaften vor und war hoffnungslos unvorbereitet auf die emotionalen Anforderungen der Mutterschaft.

Ursula bewahrte mich davor, ihr eine Antwort geben zu müssen. »Ich nehme an, es war der Krieg«, sagte sie traurig. »Da müssen alle Opfer bringen.« Sie drückte meine Hand.

Ich lächelte, versuchte, mich nicht wie eine Heuchlerin zu fühlen. Fragte mich, was sie von mir denken würde, wenn sie wüsste, dass ich es keinesfalls bedauert hatte, Ruth fortzuschicken, sondern im Gegenteil meine Freiheit genossen hatte. Dass ich, unfähig, Riverton hinter mir zu lassen, zehn Jahre lang langweilige Arbeiten verrichtet und hohle Beziehungen gepflegt hatte, und erst im Krieg meine Bestimmung fand.

»Sie haben sich also erst nach dem Krieg entschlossen, Archäologin zu werden?«

»Ja«, antwortete ich heiser. »Nach dem Krieg.«

»Warum Archäologie?«

Die Antwort auf die Frage ist so kompliziert, dass ich nur sagen konnte: »Ich verspürte so etwas wie eine Berufung.«

Sie strahlte. »Wirklich? Im Krieg?«

»Da war so viel Tod. So viel Zerstörung. Irgendwie wurden die Dinge klarer.«

»Ja«, sagte sie. »Das kann ich mir vorstellen.«

»Ich habe angefangen, mir über die Vergänglichkeit aller Dinge Gedanken zu machen. Eines Tages, sagte ich mir, wird sich niemand mehr erinnern, dass all das passiert ist. Dieser Krieg, all das Sterben, all die Zerstörung. Es würde bestimmt ein paar hundert oder sogar ein paar tausend Jahre dauern, aber irgendwann würde es doch vergessen sein. Es würde in den Ablagerungen der Zeit verschwinden. Die Grausamkeiten und der Schrecken würden ersetzt durch ähnliche Ereignisse in der Zukunft.«

Ursula schüttelte den Kopf. »Schwer vorstellbar.«

»Aber es wird so kommen. Die Punischen Kriege in Karthago, der Peloponnesische Krieg, die Schlacht von Artemisium. Von ihnen berichten auch nur noch ein paar läppische Kapitel in Geschichtsbüchern.« Ich ließ einen Augenblick verstreichen. Mein Eifer hatte mich ermüdet und mir den Atem geraubt. Ich bin es nicht gewöhnt, so viele Worte in schneller Folge zu sprechen. Mit zittriger Stimme fuhr ich fort: »Ich war auf einmal regelrecht davon besessen, die Vergangenheit zu entdecken. Mich der Vergangenheit zu stellen.«

Ursula lächelte, ihre dunklen Augen leuchteten. »Ich weiß genau, was Sie meinen. Deswegen drehe ich historische Filme. Um die Vergangenheit zu entdecken und sie neu zu erschaffen.«

»Ja«, sagte ich. So hatte ich das noch gar nicht gesehen.

Ursula schüttelte den Kopf. »Ich bewundere Sie, Grace. Sie haben so viel aus Ihrem Leben gemacht.«

»Das ist eine Illusion aus heutiger Sicht«, sagte ich achselzuckend. »Man braucht jemandem nur mehr Zeit zu geben, und schon sieht es so aus, als hätte er mehr aus seinem Leben gemacht.«

Sie lachte. »Sie sind zu bescheiden. Es wird nicht leicht gewesen sein. Eine Frau von Mitte fünfzig – eine Mutter –, die ein Universitätsstudium absolviert. Hat Ihr Mann Sie unterstützt?«

»Damals lebte ich schon allein.«

Ihre Augen weiteten sich. »Aber wie haben Sie das geschafft?«

»Ich habe lange Zeit nur halbe Tage studiert. Ruth war tagsüber in der Schule, und ich hatte eine sehr hilfsbereite Nachbarin, Mrs Finbar, die abends oft auf sie aufgepasst hat, wenn ich arbeiten musste.« Ich zögerte. »Ich hatte Glück, dass das Schulgeld bezahlt wurde.«

»Hatten Sie ein Stipendium?«

»In gewisser Weise. Ich war unerwartet zu Geld gekommen.«

»Ihr Mann«, fragte Ursula mitfühlend. »Er ist im Krieg gefallen?«

»Nein«, antwortete ich. »Nein, er ist nicht gefallen. Aber unsere Ehe ist in die Brüche gegangen.«

Ihr Blick wanderte noch einmal zu dem Hochzeitsfoto.

»Wir haben uns scheiden lassen, als ich nach London zurückkam. Die Zeiten hatten sich geändert. Jeder hatte so vieles gesehen und erlebt. Es schien auf einmal ziemlich sinnlos, mit einem Ehepartner zusammenzubleiben, den man nicht liebt. Er ist nach Amerika gezogen und hat die Schwester eines GI geheiratet, den er in Frankreich kennengelernt hatte. Der arme Kerl. Kurz darauf ist er bei einem Autounfall ums Leben gekommen.«

Sie schüttelte den Kopf. »Das tut mir leid …«

»Das braucht es nicht. Nicht meinetwegen. Es ist so lange her. Ich kann mich kaum noch an ihn erinnern, wissen Sie. Nur Erinnerungsfetzen, als stammten sie aus Träumen. Ruth fehlt er sehr. Sie hat mir nie verziehen.«

»Sie wünscht sich, Sie wären zusammengeblieben.«

Ich nickte. Meine Unfähigkeit, ihr einen Vater zu bieten, ist eins der Themen, das unser Verhältnis seit jeher belastet.

Ursula seufzte. »Wer weiß, vielleicht wird Finn mir das eines Tages auch vorwerfen.«

»Sie und sein Vater …?«

Sie schüttelte den Kopf. »Es hätte nicht funktioniert.« Das kam so bestimmt, dass ich lieber nicht weiter nachfragte. »Finn und mir geht es so besser.«

»Wo ist er heute?«, fragte ich. »Finn, meine ich?«

»Meine Mutter kümmert sich um ihn. Als ich zuletzt mit ihr gesprochen habe, wollten sie in den Park gehen und Eis essen.« Sie drehte ihre Armbanduhr um ihr Handgelenk, um die Uhrzeit abzulesen. »Meine Güte! Ich hab gar nicht gemerkt, wie spät es schon ist. Ich mache mich lieber auf den Weg, um sie abzulösen.«

»Ich glaube nicht, dass sie dringend darauf wartet. Das Verhältnis zwischen Großeltern und Enkelkindern ist etwas ganz Besonderes. Es ist viel einfacher.«

Ob das immer so ist? Ich glaube schon. Das eigene Kind nimmt einem ein Stück des Herzens, um es zu benutzen oder zu missbrauchen, aber ein Enkelkind ist anders. Keine Schuldgefühle und keine Verantwortung, die die Mutter-Kind-Beziehung belasten. Man fühlt sich frei zu lieben.

Als du geboren wurdest, Marcus, hat es mich glatt umgehauen. Ich war so überrascht über meine Gefühle. Teile von mir, die seit Jahrzehnten ausgeschaltet waren und ohne die zu leben ich gelernt hatte, erwachten zu neuem Leben. Du warst mein größter Schatz. Ein Geschenk des Himmels. Ich liebte dich mit einer beinahe schmerzlichen Inbrunst.

Als du größer warst, wurdest du mein kleiner Freund. Du hast mir immer am Rockzipfel gehangen, hast deinen Platz in meinem Arbeitszimmer beansprucht und dich darangemacht, die Karten und Zeichnungen zu studieren, die ich auf meinen Reisen gesammelt hatte. Du hast mir Löcher in den Bauch gefragt, und ich wurde es nie müde, deine Fragen zu beantworten. Ja, ich bilde mir tatsächlich ein, meinen Teil dazu beigetragen zu haben, dass du so ein wunderbarer, erfolgreicher Mann geworden bist ...

»Sie müssen doch hier drin sein«, murmelte Ursula, während sie ihre Handtasche nach ihren Autoschlüsseln durchsuchte.

Plötzlich wollte ich unbedingt, dass sie noch blieb. »Ich habe einen Enkel, wissen Sie. Marcus. Er ist Krimiautor.«

»Ich weiß«, sagte sie lächelnd und hörte auf, in ihrer Tasche zu kramen. »Ich habe seine Bücher gelesen.«

»Wirklich?« Das erfreute mich immer wieder.

»Ja«, sagte sie. »Sie sind gut.«

»Können Sie ein Geheimnis für sich behalten?«

Sie nickte eifrig und beugte sich zu mir herüber.

»Ich habe sie nicht gelesen«, flüsterte ich. »Jedenfalls nicht zu Ende.«

Sie lachte. »Ich verspreche, es nicht auszuplaudern.«

»Ich bin so stolz auf ihn, und ich habe es versucht, wirklich. Jedes neue Buch fange ich an, fest entschlossen, es zu Ende zu lesen, aber egal, wie gut es mir gefällt, ich komme immer nur bis zur Hälfte. Ich lese gern gute Kriminalromane – Agatha Christie und dergleichen –, aber ich fürchte, ich habe zu schwache Nerven. All die blutigen Details, die sie heutzutage in den Büchern beschreiben, sind einfach nichts für mich.«

»Dabei haben Sie doch in einem Feldlazarett gearbeitet!«

»Ja, aber Krieg ist eine Sache, Mord ist etwas anderes.«

»Vielleicht sein nächstes Buch …«

»Vielleicht«, sagte ich. »Aber ich weiß nicht, wann es so weit sein wird.«

»Hat er aufgehört zu schreiben?«

»Er hat vor Kurzem einen schweren Verlust erlitten.«

»Ja, ich habe vom Tod seiner Frau gelesen«, sagte Ursula. »Das tut mir sehr leid. Sie starb an einem Aneurysma, nicht wahr?«

»Ja. Ganz plötzlich.«

Ursula nickte. »Mein Vater ist auf dieselbe Weise gestorben. Ich war vierzehn und gerade auf Klassenreise.« Sie atmete tief aus. »Sie haben es mir erst gesagt, als ich nach Hause kam.«

»Wie schrecklich.« Ich schüttelte den Kopf.

»Ich hatte mich mit ihm gestritten, bevor ich weggefahren bin. Über irgendwas Lächerliches. Ich kann mich nicht mal mehr erinnern, was es war. Dann hab ich die Autotür zugeschlagen und mich nicht mehr nach ihm umgesehen.«

»Sie waren noch jung. Junge Menschen sind so.«

»Trotzdem muss ich jeden Tag an ihn denken.« Sie schloss die Augen ganz fest, öffnete sie dann wieder.

Schüttelte die Erinnerung ab. »Und Marcus? Wie geht es ihm?«

»Es hat ihn sehr schwer getroffen«, antwortete ich. »Er gibt sich die Schuld.«

Sie nickte, schien sich nicht zu wundern. Schuldgefühle und die damit verbundenen Besonderheiten waren ihr offenbar vertraut.

»Ich weiß nicht, wo er ist«, sagte ich.

Ursula schaute mich an. »Wie meinen Sie das?«

»Er ist verschwunden. Weder Ruth noch ich wissen, wo er steckt. Er ist schon seit Anfang des Jahres fort.«

»Aber ... Geht es ihm gut?«, fragte sie verblüfft. »Hat er sich bei Ihnen gemeldet?« Sie versuchte, etwas in meinen Augen zu lesen. »Hat er angerufen? Geschrieben?«

»Postkarten«, sagte ich. »Er hat ein paar Postkarten geschickt. Aber ohne Absender. Ich fürchte, er möchte nicht gefunden werden.«

»Ach, Grace«, sagte sie mitfühlend. »Das tut mir wirklich leid.«

»Mir auch«, erwiderte ich. Und dann erzählte ich ihr von den Kassetten. Davon, wie wichtig es mir ist, dich zu finden. Dass ich an nichts anderes mehr denken kann.

»Das ist genau das Richtige«, sagte sie begeistert. »Wohin werden Sie sie schicken?«

»Ich habe eine Adresse in Kalifornien. Ein alter Freund von ihm. Ich werde sie dorthin schicken, aber ob er sie tatsächlich erhält ...«

»Ganz bestimmt«, meinte sie.

Es waren nur Worte, gut gemeinter Trost, aber ich wollte noch mehr davon hören. »Glauben Sie wirklich?«, fragte ich.

»Ja«, erwiderte sie mit jugendlicher Bestimmtheit. »Das glaube ich. Und ich weiß, dass er zurückkommen wird. Er braucht einfach Zeit, um zu erkennen, dass es nicht seine Schuld war. Dass er es nicht hätte verhindern können.« Sie stand auf und beugte sich über mein Bett. Nahm meinen Walkman, legte ihn mir vorsichtig auf den Schoß. »Sprechen Sie weiter mit ihm, Grace«, sagte sie, dann gab sie mir einen Kuss auf die Wange. »Er wird wieder nach Hause kommen. Sie werden sehen.«

Oje, jetzt habe ich mein Vorhaben völlig aus den Augen verloren und erzähle dir lauter Dinge, die du längst weißt. Reine Schwatzhaftigkeit. Dabei habe ich weiß Gott keine Zeit für solche Nebensächlichkeiten.

Der Krieg verschlang die flandrischen Felder, der Major und Lord Ashbury waren kaum unter der Erde, und es sollten noch zwei lange Jahre des Blutvergießens folgen. So viel Zerstörung. Junge Männer aus den entferntesten Winkeln der Erde vollführten einen blutigen Todestanz. Erst der Major, dann David …

Nein. Ich verkrafte es nicht, diese Dinge noch einmal zu durchleben, und ich möchte es auch nicht. Es reicht zu erwähnen, dass sie sich ereignet haben. Kehren wir also zurück nach Riverton. Januar 1919. Der Krieg ist vorbei, und Hannah und Emmeline, die die letzten beiden Jahre in Lady Violets Londoner Stadtvilla verbracht haben, sind gerade eingetroffen, um bei ihrem Vater zu wohnen. Aber sie haben sich verändert, sie sind gewachsen, seit wir uns das letzte Mal gesehen haben. Hannah ist achtzehn und steht kurz vor ihrer offiziellen Einführung in die Gesellschaft. Emmeline, vierzehn, kann es kaum erwarten, in die Welt der Erwachsenen aufgenommen zu werden. Vergessen sind die Spiele der Vergangenheit. Vergessen, seit Davids Tod, das SPIEL. (Regel Nummer drei: Es darf nur drei Mitspieler geben, nicht mehr, nicht weniger.)

Gleich nach ihrer Rückkehr holt Hannah die chinesische Kiste vom Dachboden. Ich beobachte sie dabei, ohne dass sie es bemerkt. Ich folge ihr, als sie die Kiste vorsichtig in einen seidenen Beutel legt und zum See hinuntergeht.

Ich verstecke mich an der Stelle, wo der Weg zwischen dem Ikarus-Brunnen und dem See schmaler wird, und sehe, wie sie die Kiste am Ufer entlang zum alten Bootshaus trägt. Einen Moment lang bleibt sie stehen, blickt sich um. Ich ducke mich hinter ein paar Sträucher, um nicht entdeckt zu werden.

Sie stellt sich mit dem Rücken zur Uferböschung, das Gesicht dem See zugewandt, dann setzt sie ihre Füße so dicht voreinander, dass die Ferse des einen Fußes die Spitze des anderen berührt. Auf diese Art macht sie drei kleine Schritte auf den See zu und hält dann inne.

Sie wiederholt das Ganze noch dreimal, dann kniet sie sich auf den Boden und öffnet ihren Beutel. Nimmt einen kleinen Spaten heraus. (Den muss sie stibitzt haben, als Dudley gerade nicht aufgepasst hat.)

Hannah gräbt. Anfangs ist es schwer wegen der Schicht Kieselsteine, aber als sie die Erde darunter erreicht, geht es leichter voran. Sie hört erst auf, als der Erdhaufen neben ihr fast einen halben Meter hoch ist.

Schließlich nimmt sie die chinesische Kiste aus dem Beutel und legt sie in das Loch. Als sie gerade anfangen will, die Erde wieder daraufzuschütten, hält sie plötzlich inne. Sie nimmt die Kiste wieder heraus, öffnet sie und entnimmt ihr eines der winzigen Bücher. Sie öffnet das Medaillon, das sie an einer Kette um den Hals trägt, versteckt es darin, stellt die Kiste zurück in das Loch und schüttet es zu.

Ich mache mich auf den Rückweg und lasse sie allein am Seeufer zurück. Mr Hamilton wird mich vermissen, wenn ich noch länger fortbleibe, und mit ihm ist zurzeit nicht zu spaßen. In der Küche herrscht große Aufregung. Es werden Vorbereitungen getroffen für die erste Dinnerparty seit Ausbruch des Krieges, und Mr Hamilton hat uns eingeschärft, dass die Gäste, die heute Abend erwartet werden, eine wichtige Rolle für die Zukunft der Familie spielen werden.

Und damit hatte er vollkommen recht. Aber wie wichtig die Rolle wirklich sein würde, konnten wir damals noch nicht ahnen.

Die Bankiers

ankiers«, sagte Mrs Townsend mit wichtiger Miene und schaute erst Nancy, dann Mr Hamilton, dann mich an. Sie war gerade dabei, mit einem Klumpen öligen Teigs zu ringen, entschlossen, seinen Widerstand mithilfe ihrer marmornen Teigrolle zu brechen. Sie richtete sich auf und wischte sich die Stirn, sodass ihre Brauen anschließend mit Mehl betupft waren. »Und auch noch Amerikaner«, murmelte sie vor sich hin.

»Na, na, Mrs Townsend«, sagte Mr Hamilton tadelnd, während er einen prüfenden Blick auf die silbernen Salz- und Pfefferstreuer warf. »Mrs Luxton mag zwar aus der New Yorker Familie Stevenson stammen, aber Sie werden feststellen, dass Mr Luxton so englisch ist wie Sie und ich. In der *Times* steht, dass er aus dem Norden stammt.« Mr Hamilton schaute sie über seine Lesebrille hinweg an. »Ein Selfmademan sozusagen.«

Mrs Townsend schnaubte. »Von wegen Selfmademan. Dass er das Vermögen *ihrer* Familie geheiratet hat, hat ihm bestimmt nicht geschadet.«

»Mr Luxton mag in eine reiche Familie eingeheiratet haben«, erwiderte Mr Hamilton steif, »aber er hat seinen Teil zur Vermehrung des Vermögens beigetragen. Das Bankgeschäft ist eine komplizierte Angelegenheit: Man muss wissen, wem man Kredit gewähren kann und wem nicht. Ich sage ja nicht, dass sie keinen Profit dabei machen, aber so ist das nun mal bei Geschäftsdingen.«

Mrs Townsend schnaubte verächtlich.

»Hoffen wir, dass sie Lord Ashbury den Kredit geben, den er braucht«, sagte Nancy. »Ein bisschen Geld würde uns allen hier zugutekommen, wenn Sie mich fragen.«

Mr Hamilton straffte sich und warf mir einen strengen Blick zu, obwohl ich gar nichts gesagt hatte. Nancy hatte sich im Lauf des Krieges durch das viele Arbeiten außer Haus verändert. Sie versah ihre Pflichten so gründlich wie immer, aber wenn wir im Dienstbotenzimmer am Tisch saßen und uns über Gott und die Welt unterhielten, fand sie nichts mehr dabei, zu widersprechen oder Dinge infrage zu stellen. Ich dagegen war noch nicht verdorben durch äußere Einflüsse, und wie ein Schäfer, der lieber ein Schaf opfert, als den Verlust der ganzen Herde zu riskieren, war Mr Hamilton entschlossen, mich ganz besonders im Auge zu behalten. »Ich wundere mich über dich, Nancy«, sagte er, ohne seinen Blick von mir abzuwenden. »Du weißt, dass es uns nicht zusteht, die geschäftlichen Entscheidungen von Lord Ashbury infrage zu stellen.«

»Tut mir leid, Mr. Hamilton«, erwiderte Nancy, ohne Reue zu zeigen. »Ich weiß nur eins: Seit Mr. Frederick nach Riverton gekommen ist, verschließt er ein Zimmer nach dem anderen, und zwar schneller, als ich schauen kann. Ganz zu schweigen von all den Möbeln aus dem Westflügel, die er verkauft hat. Der Mahagoni-Schreibtisch zum Beispiel und Lady Ashburys dänisches Himmelbett aus Ahornholz.« Sie schaute mich über ihr Poliertuch hinweg an. »Dudley sagt, die meisten Pferde sollen auch verkauft werden.«

»Seine Lordschaft ist nur umsichtig«, entgegnete Mr Hamilton, diesmal an Nancy gewandt, um besser argumentieren zu können. »Die Zimmer im Westflügel wurden geschlossen, weil die kleine Grace die Arbeit nicht allein bewältigen konnte, während du bei der Bahn gearbeitet hast und Alfred im Krieg war. Und was die Stallungen angeht: Wozu braucht Seine Lordschaft so viele Pferde, wo er doch die schönen Automobile hat?«

Er ließ die Frage in der kühlen Winterluft hängen, nahm seine Brille ab, hauchte die Gläser an und säuberte sie mit theatralisch triumphierender Geste.

»Wenn ihr es unbedingt wissen wollt«, fuhr er fort, nachdem er seinen Auftritt ausgekostet und die Brille wieder auf die Nase gesetzt hatte, »die Stallungen sollen in eine Garage umgebaut werden. Die größte in ganz England.«

Nancy war wie vom Donner gerührt. »Trotzdem«, sagte sie leise. »Ich hab im Dorf Gerüchte gehört ...«

»Unsinn«, sagte Mr Hamilton.

»Was für Gerüchte?«, wollte Mrs Townsend wissen, deren Busen sich beim Teigrollen hob und senkte. »Neuigkeiten über die Geschäfte Seiner Lordschaft?«

An der Treppe bewegte sich etwas, und im nächsten Augenblick trat eine schlanke Frau in mittleren Jahren ins Licht.

»Miss Starling ...«, stotterte Mr Hamilton. »Ich habe Sie gar nicht gesehen. Kommen Sie, Grace wird Ihnen eine Tasse Tee machen.« Er wandte sich zu mir, die Lippen so gespannt wie der Verschluss einer Geldbörse. »Mach schon, Grace«, sagte er mit einer Geste in Richtung Herd. »Eine Tasse Tee für Miss Starling.«

Miss Starling räusperte sich, bevor sie die letzte Treppenstufe herunterstieg. Dann stöckelte sie, eine kleine Lederhandtasche unter den sommersprossigen Arm geklemmt, auf den nächsten Stuhl zu.

Lucy Starling war Mr Fredericks Sekretärin, ursprünglich für die Fabrik in Ipswich eingestellt. Seit die Familie nach Kriegsende endgültig nach Riverton umgesiedelt war, kam sie zweimal wöchentlich aus dem Dorf, um in Mr Fredericks Büro zu arbeiten. Sie sah absolut durchschnittlich aus: hellbraune Haare unter einem altmodischen Strohhut, Röcke in dunklen Farben von braun bis olivgrün, einfache weiße Blusen. Ihr einziges Schmuckstück, eine kleine, cremefarbene Kamee, schien die eigene Gewöhnlichkeit zu spüren und hing schlaff am Kragen, sodass die silberne Anstecknadel zu sehen war.

Miss Starling hatte ihren Verlobten beim Kampf um die Bunkerstellungen von Ypern verloren, und sie trug ihre Trauer ebenso wie ihre Kleidung mit ergebener Unscheinbarkeit, eine Trauer, die zu selbstverständlich erschien, um Mitgefühl auszulösen. Nancy, die sich in solchen Dingen auskannte, meinte, es sei eine Schande, dass sie den Mann verloren hatte, der wirklich bereit gewesen war, sie zu heiraten, denn der Blitz schlage nicht zweimal in denselben Baum ein, und sie würde wahrscheinlich als alte Jungfer enden. Außerdem, fügte Nancy weise hinzu, könne es nicht schaden, darauf zu achten, dass aus den oberen Etagen im Haus nichts verschwand, da anzunehmen sei, dass Miss Starling für ihr Alter vorsorgte.

Nancy war nicht die Einzige, die Miss Starling gegenüber misstrauisch war. Das Erscheinen dieser stillen, bescheidenen und, nach allem, was man hörte, äußerst gewissenhaften Frau löste unter den Bediensteten einen Aufruhr aus, den man heute nicht mehr nachvollziehen kann.

Es war ihre Stellung, die diese Unsicherheit bewirkte. Es war nicht recht, meinte Mrs Townsend, dass eine junge Frau der Mittelklasse sich bei den Herrschaften Freiheiten herausnahm, sich ins Büro Seiner Lordschaft setzte und ein Auftreten und Gebaren an den Tag legte, das ihr nicht zustand. Und obwohl es äußerst unwahrscheinlich war, dass man Miss Starling mit ihrem vernünftigen mausbraunen Haar, ihren selbst genähten Kleidern und ihrem zaghaften Lächeln den Vorwurf machen konnte, sich unbotmäßig zu verhalten, konnte ich Mrs Townsends Argwohn verstehen. Die Grenzen zwischen oben und unten waren einst klar und deutlich gewesen, aber seit Miss Starlings Ankunft gerieten bis dahin unumstößliche Gesetze ins Wanken.

Eine Zeit lang war sie weder eine von denen in den oberen Etagen, noch gehörte sie zu uns ins Untergeschoss.

Ihre Anwesenheit im Dienstbotenzimmer an jenem Nachmittag führte dazu, dass Mr Hamiltons Wangen sich röteten und seine Finger nervös an seinem Kragen nestelten. Ihre merkwürdige, unklare Stellung verwirrte ihn zutiefst, denn er betrachtete die arme, ahnungslose Frau als seine Widersacherin. Zwar war er als Butler verantwortlich für die Organisation des gesamten Haushalts, aber als Sekretärin hatte sie im Gegensatz zu ihm Zugang zu den schillernden Geheimnissen der Familiengeschäfte.

Mr Hamilton zog seine goldene Taschenuhr hervor und verglich mit großer Geste die Zeit mit der Wanduhr. Er war unglaublich stolz auf diese Taschenuhr, ein Geschenk des ehemaligen Lord Ashbury. Mit ihrer Hilfe konnte er jederzeit die Aufmerksamkeit auf sich lenken, und in schwierigen oder unangenehmen Situationen verlieh sie ihm Autorität. Mit seinem blassen Daumen fuhr er über das Glas. »Wo ist Alfred?«, fragte er schließlich.

»Er ist oben und deckt den Tisch, Mr Hamilton«, antwortete ich, erleichtert, dass der pralle Ballon des Schweigens endlich geplatzt war.

»Immer noch?« Mr Hamilton klappte die Taschenuhr zu, froh, etwas gefunden zu haben, worauf er seinen
Unmut konzentrieren konnte. »Ich habe ihn schon vor
einer Viertelstunde mit den Brandygläsern nach oben geschickt. Also wirklich, dieser Junge. Ich möchte mal wissen, was die ihm bei der Armee beigebracht haben. Seit
er wieder zurück ist, ist er zu nichts mehr zu gebrauchen.«

Ich zuckte zusammen, als hätte die Kritik mir gegolten.

»So ist das mit den meisten, die zurückgekommen
sind«, sagte Nancy. »Manche, die am Bahnhof ankommen, verhalten sich sehr merkwürdig ...« Sie hörte auf,
das Weinglas zu polieren, und suchte nach den richtigen
Worten. »Nervös und irgendwie gereizt.«

»Ja, gereizt«, sagte Mrs Townsend kopfschüttelnd.
»Er braucht einfach mal wieder gutes Essen. Du wärst
auch gereizt, wenn du von Armeerationen hättest leben
müssen. Also wirklich. Rindfleisch in *Dosen*?«

Miss Starling räusperte sich und sagte ein wenig ge-
stelzt: »Ich glaube, das nennt man Kriegsneurose.« Sie
blickte sich schüchtern um, als alle schwiegen. »Das habe ich jedenfalls gelesen. Viele der Männer leiden darunter. Sie dürfen also nicht zu streng mit Alfred sein.«

Meine Hand rutschte aus, und schwarze Teeblätter
rieselten auf den Tisch.

Mrs Townsend legte ihre Teigrolle beiseite und schob
ihre mehlbestäubten Ärmel hoch. Ihre Wangen hatten
sich gerötet. »Also, jetzt hört mir mal gut zu«, sagte sie
mit einer Autorität, die normalerweise nur Polizisten und
Müttern vorbehalten war. »Solche Reden dulde ich in
meiner Küche nicht. Alfred fehlt nichts, was sich nicht
mit ein paar guten Mahlzeiten aus meiner Küche beheben ließe.«

»Selbstverständlich nicht, Mrs Townsend«, sagte ich, während ich zu Miss Starling herüberschielte. »Wenn Alfred erst mal wieder regelmäßig Ihre gute Hausmannskost vorgesetzt bekommt, wird er bald wieder der Alte sein.«

»Natürlich kann ich nicht mehr so kochen wie früher, bevor der U-Boot-Krieg uns diese Rationierungen beschert hat.« Mrs Townsend schaute Miss Starling an, und ihre Stimme begann zu zittern. »Aber ich weiß immer noch, was so ein junger Mann wie Alfred braucht.«

»Selbstverständlich«, sagte Miss Starling, während sich verräterische Flecken auf ihren blassen Wangen ausbreiteten. »Ich wollte ja auch nicht andeuten …« Ihre Lippen bewegten sich, aber die Worte wollten nicht herauskommen. Dann brachte sie ein schwaches Lächeln zustande. »Sie kennen Alfred natürlich am besten.«

Mrs Townsend nickte knapp, während sie ihren Teig erneut in Angriff nahm. Die dicke Luft verflüchtigte sich ein wenig, und Mr Hamilton, dem die Anstrengung des Nachmittags deutlich anzusehen war, wandte sich an mich. »Beeil dich, Grace«, sagte er müde. »Sobald du fertig bist, kannst du dich oben nützlich machen und den beiden jungen Damen helfen, sich fürs Dinner fertig zu machen. Aber halt dich nicht zu lange auf. Die Tischkarten müssen noch aufgestellt und die Blumen arrangiert werden.«

Als Mr Frederick und die Mädchen nach Kriegsende auf Riverton eingezogen waren, hatten Hannah und Emmeline sich neue Zimmer im Ostflügel ausgesucht. Jetzt waren sie nicht länger Gäste, sondern Hauseigentümer, und es war zu erwarten gewesen, sagte Nancy, dass sie sich neu einrichten würden, um ihre Stellung im Haus deutlich zu machen. Von Emmelines Fenster aus konnte man den Eros-und-Psyche-Brunnen sehen, während Hannah sich für ein kleineres Zimmer mit Blick auf den Rosengarten und den See entschieden hatte. Die beiden Räume waren durch einen kleinen Salon miteinander verbunden, der immer der »Rote Salon« genannt wurde, auch wenn ich nie verstehen konnte, warum, denn die Wände waren in einem blassen Enteneiergrau gestrichen und die Vorhänge mit einem Blumenmuster in Blau- und Rosatönen bedruckt.

Der Rote Salon war noch immer geprägt vom Geschmack desjenigen, der ihn einst eingerichtet hatte, und es gab kaum etwas, was darauf schließen ließ, dass er nun von neuen Bewohnern genutzt wurde. Der Raum war gemütlich eingerichtet mit einer rosafarbenen Chaiselongue unter dem einen und einem Schreibtisch aus Walnussholz unter dem anderen Fenster. Neben der Tür zum Korridor befand sich ein majestätischer Sessel, und auf einem kleinen Mahagonitisch stand ein nagelneues, blitzblankes Grammofon, dessen Modernität den alten Möbeln einen frischen Glanz zu verleihen schien.

Als ich durch den schwach beleuchteten Korridor ging, drangen die wehmütigen Klänge eines vertrauten Lieds durch die geschlossene Tür, mischten sich mit der kalten, abgestandenen Luft, die die Fußleisten entlangstrich. *If you were the only girl in the world, And I were the only boy ...*

Es war Emmelines derzeitiges Lieblingslied, und es lief beinahe ohne Unterbrechung, seit die Hartfords aus London eingetroffen waren. Wir sangen es alle im Dienstbotentrakt. Selbst Mr Hamilton pfiff die Melodie manchmal in seinem Anrichtezimmer vor sich hin.

Ich klopfte und trat ein, überquerte den ehemals prächtigen Teppich und machte mich daran, die Seiden- und Satinkleider zu sortieren, die auf dem Sessel lagen.

Ich war froh, etwas zu tun zu haben. Auch wenn ich mich die ganze Zeit nach den Mädchen gesehnt hatte, war die Vertrautheit, die sich damals zwischen uns entwickelt hatte, in den zwei Jahren ihrer Abwesenheit verloren gegangen. Eine stille Revolution hatte stattgefunden, und die beiden Mädchen mit Schürzen und Zöpfen waren als junge Frauen zurückgekehrt. Ich war ihnen gegenüber wieder sehr schüchtern.

Und noch etwas hatte sich geändert, nur vage spürbar, und dennoch bedrückend. Es waren nur noch zwei, wo vorher drei gewesen waren. Davids Tod hatte das Dreiergespann aufgelöst, und sein Platz war jetzt leer. Zwei Punkte sind instabil; ohne Ankerpunkt driften sie in entgegengesetzte Richtungen auseinander. Wenn sie durch einen Faden zusammengehalten werden, wird er irgendwann reißen, und dann werden sie sich trennen; wenn es ein elastisches Band ist, werden sie sich immer weiter voneinander entfernen, bis die Belastung ihre Grenzen erreicht, und dann werden sie mit solcher Kraft wieder zurückschnellen, dass sie mit zerstörerischer Wucht aufeinanderprallen.

Hannah lag auf der Chaiselongue, ein Buch in der Hand, die Stirn konzentriert in Falten gelegt. Mit der freien Hand hielt sie sich ein Ohr zu, in dem vergeblichen Versuch, sich vor der krächzenden, aufdringlichen Musik aus dem Grammofon zu schützen.

Sie las gerade das neue Buch von James Joyce: *Porträt des Künstlers als junger Mann*. Ich erkannte das Buch an seinem Rücken, obwohl ich eigentlich gar nicht mehr hinzusehen brauchte, denn es hatte Hannah in seinen Bann geschlagen, seit die beiden Schwestern eingetroffen waren.

Emmeline stand mitten im Zimmer vor einem Standspiegel, den sie sich aus einem der Schlafzimmer geholt hatte. Sie hielt sich ein Kleid aus rosafarbenem Taft mit Rüschen an, das ich bisher noch nicht gesehen hatte. Noch ein Geschenk ihrer Großmutter, vermutete ich, gekauft in der bitteren Überzeugung, dass bei dem derzeitigen Mangel an heiratsfähigen jungen Männern nur noch die Attraktivsten eine Chance hatten.

Die letzten Strahlen der Wintersonne fielen durch die Terrassentüren, vergoldeten Emmelines lange Locken und malten blasse Vierecke auf den Boden vor ihren Füßen. Emmeline, die für solche Feinheiten kein Gespür besaß, wiegte sich hin und her, sodass das Taftkleid leise raschelte, und summte sehnsuchtsvoll die Melodie mit, die aus dem Grammofon krächzte. Nachdem der letzte Ton mit dem letzten Sonnenlicht verklungen war, drehte die Platte sich knisternd weiter. Emmeline warf das Kleid auf den leeren Sessel, tänzelte zu dem Apparat hinüber und hob den Tonarm, um ihn wieder an den Anfang der Platte zu setzen.

Hannah blickte von ihrem Buch auf. Ihre langen Locken hatte sie – zusammen mit allen anderen Spuren ihrer Kindheit – in London zurückgelassen und trug ihr Haar jetzt zu einem Bubikopf gestutzt. »Nicht schon wieder, Emmeline«, sagte sie stirnrunzelnd. »Leg mal was anderes auf. *Egal* was.«

»Aber das ist mein Lieblingsstück.«

»Für diese Woche«, schnaubte Hannah.

Emmeline setzte ein Schmollgesicht auf. »Was glaubst du wohl, was der arme Stephen dazu sagen würde, wenn er wüsste, dass du seine Platte nicht hören willst? Er hat sie uns geschenkt. Du könntest dich wenigstens daran erfreuen.«

»Wir haben uns genug daran erfreut«, erwiderte Hannah. Dann bemerkte sie mich. »Findest du nicht auch, Grace?«

Ich knickste und spürte, wie ich errötete, unsicher, was ich sagen sollte. Um mich vor einer Antwort zu drücken, zündete ich umständlich die Gaslampe an.

»Wenn ich einen Bewunderer wie Stephen Hardcastle hätte«, sagte Emmeline verträumt, »dann würde ich mir seine Schallplatten hundertmal am Tag anhören.«

»Stephen Hardcastle ist kein Bewunderer«, entgegnete Hannah angewidert. »Den kennen wir schon ewig. Er ist ein alter Freund. Er ist Lady Clems Patensohn.«

»Patensohn oder nicht, ich glaube kaum, dass er während seines Fronturlaubs täglich nach Kensington Place gekommen ist, bloß weil er ein makabres Vergnügen daran findet, sich von Lady Clem von ihren Krankheiten berichten zu lassen. Oder?«

»Woher soll ich das wissen?«, sagte Hannah gereizt. »Die beiden stehen sich jedenfalls sehr nahe.«

»Ach, Hannah«, sagte Emmeline. »Du liest so viel, und trotzdem kannst du manchmal so begriffsstutzig sein. Selbst *Fanny* hat es gemerkt.« Sie drehte an der Kurbel des Grammofons und senkte den Tonabnehmer, und die Platte drehte sich erneut. Als das sentimentale Gedudel wieder einsetzte, drehte Emmeline sich um und sagte: »Stephen hat die ganze Zeit gehofft, du würdest ihm ein *Versprechen* geben.«

Hannah knickte die Ecke der Seite um, die sie gerade las, und strich die Faltlinie mit dem Fingernagel glatt.

»Du weißt schon«, sagte Emmeline aufgeregt. »Das Versprechen, ihn zu heiraten.«

Ich hielt den Atem an. Ich hörte zum ersten Mal davon, dass Hannah einen Heiratsantrag erhalten hatte.

»Ich bin doch nicht blöd«, erwiderte Hannah, den Blick immer noch auf das Dreieck unter ihrem Fingernagel geheftet. »Ich weiß genau, was er wollte.«

»Und warum hast du ihm dann nicht …«

»Ich wollte ihm kein Versprechen geben, das ich nicht halten kann«, sagte Hannah hastig.

»Herrje, du kannst eine solche Trantüte sein. Was hätte es denn geschadet, über seine Witze zu lachen, sich von ihm alberne Nettigkeiten ins Ohr flüstern zu lassen? Du hast uns doch immer Vorträge darüber gehalten, wir sollten die Soldaten im Feld unterstützen. Wenn du nicht so stur gewesen wärst, hättest du ihm eine schöne Erinnerung mitgeben können, als er wieder an die Front musste.«

Hannah steckte ein besticktes Lesezeichen zwischen die Seiten und legte ihr Buch neben sich auf die Chaiselongue. »Und was hätte ich dann getan, wenn er zurückgekommen wäre? Ihm erklärt, ich hätte das alles nicht ernst gemeint?«

Einen Augenblick lang war Emmeline verunsichert, dann leuchteten ihre Augen wieder auf. »Aber das ist es ja gerade«, sagte sie. »Stephen Hardcastle ist nicht zurückgekommen.«

»Noch nicht.«

Emmeline zuckte mit den Schultern. »Na ja, alles ist möglich. Aber falls er wirklich noch zurückkehrt, wird er viel zu sehr damit beschäftigt sein, seinem Schicksal zu danken, um sich über dich Gedanken zu machen.«

Beide Mädchen schwiegen eigensinnig. Selbst das Zimmer schien Partei zu ergreifen: Die Wände und Vorhänge schlugen sich auf Hannahs Seite, während das Grammofon Emmeline seine unterwürfige Unterstützung darbot.

Emmeline zog ihren langen, lockigen Pferdeschwanz über eine Schulter und befingerte die Haarspitzen. Dann hob sie eine Bürste vom Boden unter dem Spiegel auf und begann, mit langen, regelmäßigen Strichen ihr Haar zu bürsten. Eine Weile sah Hannah ihr mit düsterer, undurchdringlicher Miene zu – wütend? ungläubig? –, bevor sie sich wieder ihrem Joyce zuwandte.

Ich nahm das rosafarbene Taftkleid vom Sessel. »Werden Sie dieses Kleid heute Abend tragen, Miss?«, fragte ich leise.

Emmeline zuckte zusammen. »Oh! Wie kannst du dich nur so anschleichen? Du hast mich fast zu Tode erschreckt.«

»Verzeihen Sie, Miss.« Meine Wangen glühten. Verstohlen schaute ich zu Hannah hinüber, die jedoch nichts bemerkt zu haben schien. »Möchten Sie dieses Kleid heute Abend tragen, Miss?«

»Ja.« Emmeline kaute auf ihrer Unterlippe. »Ich glaube schon.« Nachdenklich betrachtete sie das Kleid, griff danach und ließ die Rüschen rascheln. »Hannah, was meinst du? Blau oder rosa?«

»Blau.«

»Wirklich?« Emmeline drehte sich überrascht zu Hannah um. »Ich dachte rosa.«

»Dann eben rosa.«

»Du guckst ja noch nicht mal.«

Hannah blickte widerstrebend auf. »Egal.« Ein frustrierter Seufzer. »Sie sind beide schön.«

Emmeline stöhnte gereizt. »Hol mir das blaue Kleid. Ich muss es mir noch mal ansehen.«

Ich knickste und ging in ihr Zimmer. Als ich vor dem Kleiderschrank stand, hörte ich Emmeline sagen: »Es ist wichtig, Hannah. Heute Abend gehe ich zum ersten Mal auf eine richtige Dinnerparty, und da möchte ich elegant aussehen. Das solltest du auch. Die Luxtons sind Amerikaner.«

»Und?«

»Wir wollen doch nicht, dass sie uns für unkultiviert halten.«

»Es interessiert mich nicht, was die denken.«

»Das sollte es aber. Sie sind wichtig für Papas Geschäfte.« Emmeline senkte die Stimme und ich hielt die Luft an, die Wange an die Kleider gedrückt, um besser verstehen zu können, was sie sagte. »Ich hab Papa mit Großmama reden hören …«

»Du willst wohl sagen, du hast gelauscht«, erwiderte Hannah. »Dabei hält Großmama mich immer für die Hinterhältige!«

»Bitte sehr«, sagte Emmeline, und ich hörte an ihrem Tonfall, wie sie sorglos die Achseln zuckte. »Dann behalte ich's eben für mich.«

»Das schaffst du sowieso nicht. Ich sehe dir doch an, dass du es kaum erwarten kannst, alles brühwarm vor mir auszubreiten.«

Emmeline ließ einen Augenblick verstreichen, um ihren unrechtmäßig erworbenen Vorteil auszukosten. »Also gut«, sagte sie, »wenn du darauf bestehst, erzähle ich's dir.« Sie räusperte sich wichtigtuerisch. »Angefangen hat es damit, dass Großmama darüber gesprochen hat, was für eine Tragödie der Krieg für die Familie gewesen ist. Sie meinte, die Deutschen hätten die Ashbury-Linie ihrer Zukunft beraubt, und Großvater würde sich im Grab umdrehen, wenn er wüsste, welche Zustände hier herrschen. Papa hat versucht, ihr zu erklären, dass die Lage nicht so verzweifelt ist, wie sie denkt, aber davon wollte sie nichts hören. Sie hat gesagt, sie sei schließlich alt genug, um die Wahrheit zu erkennen, und natürlich sei die Lage verzweifelt, wo Papa der Letzte in der Linie ist, ohne einen Erben, der ihm folgen kann. Großmama meinte, es sei eine Schande, dass Papa nicht das Richtige getan und Fanny geheiratet hat, als er die Gelegenheit dazu hatte!

Daraufhin ist Papa wütend geworden und hat gesagt, er hätte zwar seinen Erben verloren, aber er hätte immer noch seine Fabrik, und Großmama solle sich nicht solche Sorgen machen, er würde sich schon um alles kümmern. Aber Großmama wollte gar nicht aufhören. Sie sagte, die Bank hätte schon angefangen, Fragen zu stellen.

Papa war eine ganze Weile still, und da hab *ich* angefangen, mir Sorgen zu machen, weil ich dachte, er wäre aufgestanden und würde gleich die Tür aufmachen und mich entdecken. Vor Erleichterung hätte ich beinahe laut gelacht, als er wieder anfing zu sprechen und ich hörte, dass er noch in seinem Sessel saß.«

»Ja, ja, und was hat er gesagt?«

Mit der optimistischen Ausstrahlung einer Schauspielerin kurz vor dem Ende einer schwierigen Textpassage fuhr Emmeline fort: »Papa hat gesagt, in den Kriegsjahren wären die Geschäfte zwar schlecht gelaufen, aber jetzt würde er keine Flugzeuge mehr bauen, sondern wieder Automobile. Die *verdammte* Bank – seine Worte, nicht meine – die *verdammte* Bank würde ihr Geld schon bekommen. Er sagte, er hätte, als er sich ans Parlament gewandt hat, einen Mann kennengelernt. Einen Finanzexperten. Der Mann, Mr Simion Luxton, hat Verbindungen, sagte Papa, und zwar nicht nur innerhalb der Geschäftswelt, sondern auch zur Regierung.« Emmeline beendete den Monolog mit einem triumphierenden Seufzer. »Das war's mehr oder weniger. Es schien Papa schrecklich peinlich zu sein, als Großmama die Bank erwähnt hat. Und in dem Moment hab ich mir vorgenommen, mein Bestes zu tun, um einen guten Eindruck auf Mr Luxton zu machen und Papa zu helfen, seine Firma zu retten.«

»Ich wusste gar nicht, dass dich das so lebhaft interessiert.«

»Natürlich tut es das«, erwiderte Emmeline affektiert.

»Und du brauchst nicht sauer auf mich zu sein, bloß weil ich mehr darüber weiß als du.«

Kurzes Schweigen. Dann Hannah: »Dein plötzliches Interesse an Papas Geschäften hat wohl nicht zufällig etwas zu tun mit diesem jungen Kerl, dem Sohn, über dessen Foto in der Zeitung Fanny fast in Ohnmacht gefallen wäre?«

»*Theodore* Luxton? Kommt der auch zum Dinner? Das wusste ich ja gar nicht«, sagte Emmeline, aber auf ihre Lippen hatte sich ein Lächeln geschlichen.

»Du bist viel zu jung für ihn. Der ist mindestens dreißig.«

»Ich bin fast fünfzehn, und alle sagen, ich sehe viel älter aus.«

Hannah verdrehte die Augen.

»Jedenfalls bin ich nicht zu jung, um mich zu verlieben«, fuhr Emmeline fort. »Julia war erst vierzehn.«

»Na, und wie es ihr ergangen ist, weißt du ja.«

»Das war doch bloß ein Missverständnis. Wenn sie Romeo geheiratet hätte und wenn ihre blöden alten Eltern sich nicht so angestellt hätten, dann wären sie glücklich und zufrieden gewesen bis an ihr Lebensende.« Sie seufzte. »Ich kann es gar nicht erwarten zu heiraten.«

»Eine Ehe besteht nicht nur darin, einen gut aussehenden Mann zum Tanzen zu haben«, bemerkte Hannah. »Da gehört noch eine Menge mehr zu.«

Die Musik hatte aufgehört, und ich hörte die Schallplatte unter der Nadel knistern.

»Was denn zum Beispiel?«

Meine Wangen glühten.

»Private Dinge«, sagte Hannah. »*Intimitäten.*«

»Oh«, flüsterte Emmeline. »*Intimitäten.* Die arme Fanny.«

Eine ganze Weile herrschte Schweigen, während wir alle über das Unglück der armen Fanny nachdachten. Frisch verheiratet und auf Hochzeitsreise mit einem äußerst merkwürdigen Mann.

Ich selbst war inzwischen nicht mehr ganz unerfahren, was derartige Schrecken anging. Wenige Monate zuvor war mir Billy, der schwachsinnige Sohn des Fischhändlers aus dem Dorf, in eine schmale Gasse gefolgt, hatte mich in eine Ecke gedrängt und mit seinen ungeschickten Fingern unter meinem Rock herumgefummelt. Anfangs war ich starr vor Schreck gewesen, doch dann waren mir die in Zeitungspapier gewickelten Makrelen in meinem Einkaufsnetz eingefallen, und ich hatte ihm das Netz um die Ohren geschlagen. Er ließ mich los, aber erst, nachdem sich seine Finger in mein Fleisch gegraben hatten. Die Erinnerung daran ließ mich auf dem ganzen Heimweg immer wieder erschaudern, und erst viele Tage später konnte ich wieder die Augen schließen, ohne das alles noch einmal vor mir zu sehen, ohne mich zu fragen, was geschehen wäre, wenn ich mich nicht gewehrt hätte.

»Hannah«, fragte Emmeline. »Was genau *sind* eigentlich Intimitäten?«

»Ich … na ja … Liebesbezeugungen«, sagte Hannah leichthin. »Sehr schön, schätze ich, mit einem Mann, den man leidenschaftlich liebt, aber absolut ekelerregend mit jedem anderen.«

»Ja, ja. Aber was ist es? Was *genau*?«

Schweigen.

»Du weißt es also auch nicht«, höhnte Emmeline. »Ich sehe es dir an.«

»Na ja, nicht genau …«

»Ich frage Fanny, wenn sie zurückkommt«, sagte Emmeline. »Dann wird sie es ja wissen.«

Während ich zwischen den hübschen Sachen in Emmelines Kleiderschrank nach dem blauen Kleid suchte, fragte ich mich, ob das, was Hannah sagte, stimmte. Ob ich das, was Billy von mir erzwungen hatte, mit einem anderen Mann jemals schön finden würde. Ich musste an die wenigen Male denken, als Alfred im Dienstbotenzimmer ganz dicht neben mir gestanden hatte, an das seltsame, aber angenehme Gefühl, das mich dabei jedes Mal überkam ...

»Ich habe ja auch nicht gesagt, dass ich *auf der Stelle* heiraten will«, sagte Emmeline. »Ich meinte nur, dass Theodore Luxton unglaublich attraktiv ist.«

»Du meinst wohl, dass er sehr wohlhabend ist«, entgegnete Hannah.

»Das ist doch eigentlich dasselbe.«

»Du hast wirklich Glück, dass Papa dir erlaubt hat, am Abendessen teilzunehmen«, sagte Hannah. »Mir hätte er das nie gestattet, als ich vierzehn war.«

»Fast fünfzehn.«

»Wahrscheinlich fehlte ihm einfach eine Tischdame.«

»Ja. Zum Glück hat Fanny diesen schrecklichen Langweiler geheiratet, und zum Glück wollte er unbedingt eine Hochzeitsreise nach Italien machen. Wenn die beiden zu Hause gewesen wären, hätte ich garantiert mit Nanny Brown im Kinderzimmer essen müssen.«

»Ich würde mich lieber mit Nanny Brown an einen Tisch setzen als mit Pas Amerikanern.«

»Blödsinn«, sagte Emmeline.

»Oder mein Buch lesen.«

»Du Heuchlerin«, empörte sich Emmeline. »Du hast dir doch dein elfenbeinfarbenes Satinkleid zurechtgelegt, das Kleid, von dem Fanny auf keinen Fall wollte, dass du es anziehst, wenn ihr alter Langweiler zu Besuch kommt.

Du würdest es heute Abend nicht tragen, wenn du nicht genauso aufgeregt wärst wie ich.«

Schweigen.

»Ha!«, rief Emmeline aus. »Ich habe recht! Du lächelst!«

»Also gut, ich freue mich auch auf heute Abend«, sagte Hannah. »Aber nicht«, fügte sie hastig hinzu, »weil ich ein paar reiche Amerikaner beeindrucken will, die ich überhaupt nicht kenne.«

»Ach nein?«

»Nein.«

Die Bodendielen knarrten, als eins der Mädchen das Zimmer durchquerte und die abgelaufene Schallplatte, die sich immer noch auf dem Plattenteller drehte, anhielt.

»Nun?« Das war Emmeline. »Es wird wohl kaum Mrs Townsends Menü aus rationierten Lebensmitteln sein, worauf du dich so freust.«

Während der kurzen Stille, die darauf folgte, rührte ich mich nicht vom Fleck und lauschte angestrengt. Als Hannah schließlich antwortete, klang ihre Stimme ruhig, dennoch verriet sie eine leichte Erregung. »Heute Abend«, sagte sie, »werde ich Papa fragen, ob ich nach London zurückkehren darf.«

Mir blieb fast das Herz stehen. Sie waren doch gerade erst angekommen; dass Hannah so bald wieder abreisen würde, war undenkbar.

»Zu Großmama?«, fragte Emmeline.

»Nein. Ich möchte allein leben. In einer Wohnung.«

»Einer *Wohnung*? Warum in aller Welt willst du in einer Wohnung leben?«

»Du wirst lachen … Ich möchte in einem Büro arbeiten.«

Emmeline lachte nicht. »Und welcher Art von Arbeit willst du dort nachgehen?«

»Büroarbeit. Tippen, Akten ablegen, stenografieren.«

»Aber du kannst doch gar nicht steno…« Emmeline unterbrach sich und seufzte resigniert. »Du *kannst* stenografieren. Diese Papiere, die ich neulich gefunden hab – das waren gar keine ägyptischen Hieroglyphen …«

»Nein.«

»Du hast Stenografieren gelernt. Heimlich«, sagte Emmeline empört. »Von Miss Prince?«

»Lieber Himmel, nein. Unterrichtet Miss Prince etwas so Nützliches? Niemals.«

»Wo dann?«

»In der Sekretärinnenschule im Dorf.«

»Wann?«

»Ich hab schon vor Jahren damit angefangen, kurz nachdem der Krieg ausgebrochen ist. Ich fühlte mich so nutzlos, und es schien mir eine gute Möglichkeit zu sein, meinen Beitrag zu den Kriegsanstrengungen zu leisten. Als wir bei Großmama wohnten, dachte ich, ich könnte eine Stelle finden – es gibt so viele Büros in London – aber … irgendwie hat es nicht geklappt. Als ich es geschafft hatte, lange genug von Großmama wegzukommen, um mich zu bewerben, wollte mich niemand nehmen. Sie meinten, ich sei zu jung. Aber jetzt, wo ich achtzehn bin, könnte ich eine Stelle bekommen. Ich habe so viel geübt, und ich bin wirklich schnell.«

»Wer weiß sonst noch davon?«

»Niemand. Nur du.«

Immer noch mit den Kleidern beschäftigt, während Hannah die Vorzüge ihrer Ausbildung beschrieb, ging mir etwas verloren: mein kleines bisschen Selbstvertrauen, das ich so lange gehütet hatte. Ich spürte, wie es mich verließ, zwischen Seide und Satin hindurchsegelte, bis es zwischen den stummen Staubkörnchen auf dem Boden des Kleiderschranks landete, wo ich es nicht mehr sehen konnte.

»Na?«, fragte Hannah. »Findest du das nicht aufregend?«

Emmeline schnaubte verächtlich. »Ich finde es hinterhältig. Das finde ich. Und albern. Und Papa wird das genauso sehen. Arbeiten, um England im Krieg zu unterstützen, ist eine Sache, aber das … Es ist einfach *lächerlich*, und du schlägst es dir am besten gleich aus dem Kopf, denn Papa wird es niemals gestatten.«

»Deswegen werde ich beim Abendessen mit ihm darüber sprechen. Das ist die perfekte Gelegenheit. Wenn Gäste am Tisch sitzen, wird er ja sagen müssen. Vor allem bei diesen Amerikanern mit ihren modernen Ideen.«

»Ich fasse es nicht. Selbst jemand wie du müsste wissen, dass das absolut unangebracht ist«, sagte Emmeline wütend.

»Ich verstehe gar nicht, warum du dich so aufregst.«

»Weil … es ist … es kann nicht …« Emmeline fehlten die Worte. »Weil du heute Abend die Gastgeberin bist, aber anstatt dafür zu sorgen, dass alles glattläuft, willst du Papa in Verlegenheit bringen. Du willst ihm vor den Luxtons eine Szene machen.«

»Ich werde ihm keine Szene machen.«

»Das sagst du immer, und dann tust du es trotzdem. Warum kannst du nicht einfach …«

»Normal sein?«

»Du bist vollkommen verrückt geworden. Wer will denn schon in einem Büro arbeiten?«

»Ich möchte die Welt sehen. Reisen.«

»Nach London?«

»Das ist der erste Schritt«, entgegnete Hannah. »Ich möchte unabhängig sein. Interessante Leute kennenlernen.«

»Interessantere als mich, willst du damit wohl sagen.«

»Sei nicht albern«, sagte Hannah. »Ich meine neue Leute, die etwas zu erzählen haben. Dinge, die ich noch nie gehört habe. Ich möchte frei sein, Emmeline. Offen für jede Art von Abenteuer, das mir begegnet und mich mitreißt.«

Ich warf einen Blick auf die Wanduhr in Emmelines Zimmer. Vier Uhr. Mr Hamilton würde mir den Kopf abreißen, wenn ich nicht bald unten erschien. Aber ich wollte unbedingt noch mehr hören, erfahren, von welcher Art Abenteuern Hannah träumte. Hin und her gerissen, schloss ich einen Kompromiss. Ich machte den Kleiderschrank zu, legte mir das blaue Kleid über den Arm, ging zur Tür und blieb zögernd stehen.

Emmeline saß immer noch mit der Haarbürste in der Hand auf dem Boden. »Du könntest doch irgendwohin fahren und Papas Freunde besuchen. Ich könnte auch mitkommen«, sagte sie. »Zu den Rothermeres in Edinburgh …«

»Und mich von Lady Rothermere auf Schritt und Tritt beaufsichtigen zu lassen? Oder schlimmer noch, mich mit ihren schrecklichen Töchtern abzugeben?«, fragte Hannah verächtlich. »Das kann man wohl kaum Unabhängigkeit nennen.«

»In einem Büro zu arbeiten auch nicht.«

»Vielleicht nicht, aber ich brauche schließlich Geld. Ich werde weder betteln noch stehlen, und ich wüsste niemanden, von dem ich mir etwas leihen könnte.«

»Und was ist mit Papa?«

»Du hast doch gehört, was Großmama gesagt hat. Manche Leute mögen sich am Krieg bereichert haben, aber Papa gehört jedenfalls nicht dazu.«

»Also, ich finde die Idee furchtbar«, sagte Emmeline. »Es … es gehört sich einfach nicht. Papa würde es niemals erlauben … und Großmama …« Emmeline atmete tief aus und ließ die Schultern hängen. Als sie wieder zu sprechen begann, klang ihre Stimme kindlich und ängstlich. »Ich will nicht, dass du mich allein lässt.« Sie schaute Hannah an. »Erst David, und jetzt du.«

Der Name ihres Bruders traf Hannah wie ein Schlag. Es war kein Geheimnis, dass sein Tod sie ganz besonders tief getroffen hatte. Die Familie hatte sich immer noch in London aufgehalten, als der gefürchtete schwarz umrandete Brief eingetroffen war, aber damals verbreiteten sich Nachrichten zwischen den Bediensteten Englands so schnell wie der Wind, und schon bald erfuhren wir von Miss Hannahs beängstigendem Zustand. Dass sie überhaupt nichts mehr aß, machte uns allen große Sorgen und führte dazu, dass Mrs Townsend eine Schachtel voll Himbeertörtchen backte, Hannahs Lieblingsgebäck seit Kindertagen, und sie nach London schicken ließ.

Ich konnte nicht sagen, ob Emmeline bewusst war, welche Auswirkung die Erwähnung von David auf Hannah hatte, oder ob sie sich nicht darüber im Klaren war, als sie fortfuhr: »Was soll ich denn ganz allein in diesem großen alten Haus tun?«

»Du wirst nicht allein sein«, sagte Hannah ruhig. »Papa wird dir Gesellschaft leisten.«

»Das ist ein schwacher Trost. Du weißt genau, dass Papa mich nicht mag.«

»Papa mag dich sehr, Emmeline«, widersprach Hannah bestimmt. »Er mag uns alle sehr.«

Emmeline drehte sich um, und ich zog mich hinter den Türrahmen zurück. »Aber *mich* mag er weniger«, sagte sie. »Auf jeden Fall mag er mich nicht so sehr wie dich.«

Hannah öffnete den Mund, um etwas zu sagen, doch Emmeline ließ sie nicht zu Wort kommen.

»Du brauchst gar nicht so zu tun, als wüsstest du das nicht. Ich habe gesehen, wie er mich anschaut, wenn er meint, ich würde es nicht merken. Als wäre er verwirrt, als wüsste er nicht so genau, wer ich bin.« Ihre Augen wurden feucht, aber sie weinte nicht. »Das liegt daran, dass er mir die Schuld an Mamas Tod gibt«, flüsterte sie.

»Das stimmt nicht.« Hannahs Wangen hatten sich gerötet. »So etwas darfst du nicht sagen. Niemand gibt dir die Schuld an Mamas Tod.«

»Pa schon.«

»Nein, tut er nicht.«

»Ich hab gehört, wie Großmama zu Lady Clem gesagt hat, dass Papa seit der schrecklichen Sache mit Mama nicht mehr derselbe ist.« Dann fügte sie mit einer Bestimmtheit hinzu, die mich überraschte: »Ich will nicht, dass du mich allein lässt.« Sie stand auf, setzte sich neben Hannah und nahm ihre Hand. Eine untypische Geste, die Hannah ebenso zu schockieren schien wie mich. »Bitte.« Und dann fing sie an zu weinen.

Eine Weile saßen die beiden nebeneinander auf der Chaiselongue. Emmeline schluchzend, während ihr letztes Wort noch in der Luft hing. Hannah blickte mit der ihr eigenen trotzigen Entschlossenheit drein, aber hinter den kräftigen Wangenknochen und dem eigensinnigen Mund entdeckte ich noch etwas anderes. Etwas Neues, das über die ganz normale Entwicklung hin zum Erwachsensein hinausging …

Und dann begriff ich: Sie war jetzt die Älteste, und sie hatte die undefinierbare, unbedingte, unerbetene Verantwortung geerbt, die diese familiäre Stellung verlangte.

Mit gespielter Heiterkeit wandte sie sich Emmeline zu. »Sei nicht so traurig«, sagte sie, während sie Emmelines Hand tätschelte. »Du willst doch nicht mit verheulten Augen zum Abendessen erscheinen, oder?«

Ich schaute noch einmal auf die Uhr. Viertel nach vier. Mr Hamilton würde an die Decke gehen. Ich konnte nicht länger warten ...

Das blaue Kleid über dem Arm betrat ich das Zimmer. »Ihr Kleid, Miss?«, sagte ich zu Emmeline.

Sie reagierte nicht. Ich tat so, als würde ich ihre tränennassen Wangen nicht bemerken, konzentrierte mich stattdessen auf das Kleid und glättete die Spitze am Ärmelrand.

»Zieh das rosafarbene an, Emmeline«, sagte Hannah sanft. »Das steht dir am besten.«

Emmeline rührte sich nicht.

Ich schaute Hannah fragend an. Sie nickte. »Das rosafarbene.«

»Und Sie, Miss?«, fragte ich.

Sie wählte das elfenbeinfarbene Satinkleid, genau wie Emmeline es vorausgesagt hatte.

»Wirst du heute Abend da sein, Grace?«, fragte Hannah, als ich das Satinkleid und ein Mieder aus ihrem Schrank nahm.

»Wahrscheinlich nicht, Miss«, erwiderte ich. »Alfred ist zurück. Er wird Mr Hamilton und Nancy bei Tisch zur Hand gehen.«

»Oh«, murmelte Hannah. »Ja.« Sie nahm ihr Buch, schlug es auf, klappte es wieder zu, fuhr mit einem Finger über den Rücken. Vorsichtig sagte sie: »Ich wollte dich das schon die ganze Zeit fragen, Grace. Wie geht es Alfred?«

»Es geht ihm gut, Miss. Er hatte eine leichte Erkältung, als er zurückkam, aber Mrs Townsend hat ihm Zitronensaft mit Gerstenzucker zu trinken gegeben, und jetzt ist er wieder wohlauf.«

»Sie meint nicht, wie es ihm *körperlich* geht«, sagte Emmeline ganz unerwartet. »Sie meint, wie es in seinem Kopf aussieht.«

»Im Kopf, Miss?« Ich schaute Hannah an, die Emmeline stirnrunzelnd anfunkelte.

»Stimmt doch.« Emmeline wandte sich mir zu, die Augen immer noch gerötet. »Als er gestern Nachmittag den Tee serviert hat, hat er sich sehr merkwürdig benommen. Erst hat er ganz normal wie immer das Tablett mit dem Gebäck gereicht, und dann hat das Tablett plötzlich angefangen zu zittern wie verrückt.« Sie lachte, ein hohles, unnatürliches Geräusch. »Sein ganzer Arm hat gezittert, und ich hab darauf gewartet, dass es aufhört, damit ich mir ein Zitronentörtchen nehmen kann, aber es war, als *könnte* er gar nicht mehr damit aufhören. Dann ist das Tablett natürlich umgekippt, und der ganze Kuchen ist auf mein schönstes Kleid gefallen. Zuerst war ich ziemlich verärgert – es war wirklich unachtsam von ihm; das Kleid hätte ruiniert sein können –, aber dann, als er so dastand mit diesem seltsamen Gesichtsausdruck, hab ich's mit der Angst bekommen. Ich dachte, er ist vollkommen wahnsinnig geworden.« Sie zuckte die Achseln. »Irgendwann hat er sich dann wieder gefangen und den Schlamassel beseitigt. Aber der Schaden war angerichtet. Er kann von Glück reden, dass es nur mich erwischt hatte. Papa wäre nicht so nachsichtig mit ihm gewesen. Er würde sich ziemlich aufregen, wenn das heute Abend noch mal passierte.« Sie sah mich mit kalten blauen Augen an. »Du glaubst doch nicht, dass er das noch mal macht, oder?«

»Ich weiß nicht, Miss.« Ich war völlig verblüfft. Es war das erste Mal, dass ich von dem Vorfall hörte. »Ich meine, ich glaube nicht, Miss. Alfred wird sich bestimmt tadellos benehmen.«

»Selbstverständlich«, beeilte Hannah sich mir beizupflichten. »Es war ein Unfall, mehr nicht. Es ist sicherlich nicht leicht, sich wieder einzugewöhnen, wenn man so lange fort war. Und diese Tabletts sehen ziemlich schwer aus, vor allem, wenn Mrs Townsend sie so vollpackt. Ich bin sicher, sie hat sich vorgenommen, uns alle zu mästen.« Sie lächelte, aber das Stirnrunzeln war noch nicht ganz verschwunden.

»Ja, Miss«, sagte ich.

Hannah nickte, und damit war das Thema erledigt. »Komm, Emmeline, sehen wir zu, dass wir uns anziehen, damit wir für Papas amerikanische Gäste die gehorsamen Töchter spielen können. Bringen wir es hinter uns.«

Die Dinnerparty

Auf dem ganzen Weg den Korridor entlang und die Treppe hinunter ging mir Emmelines Bericht durch den Kopf. Aber egal, wie ich es drehte und wendete, ich gelangte immer wieder zu demselben Schluss. Irgendetwas stimmte nicht. Es passte nicht zu Alfred, sich so ungeschickt anzustellen. In all den Jahren auf Riverton konnte ich mich nur an einige wenige Gelegenheiten erinnern, wo er seine Pflichten nicht hundertprozentig erfüllt hatte. Einmal, als er in Eile war, hatte er das Getränketablett benutzt, um die Post abzuliefern, ein anderes Mal war er die Treppe hinaufgestolpert, weil er die Grippe hatte. Aber diesmal war es etwas anderes. Ein ganzes Tablett sollte er umgekippt haben? Das war beinahe unvorstellbar.

Dennoch hatte Emmeline sich das gewiss nicht ausgedacht – aus welchem Grund auch hätte sie das tun sollen? Nein, es musste so passiert sein, und es konnte sich nur um einen Unfall gehandelt haben, so wie Hannah es gesagt hatte. Ein Moment der Ablenkung durch die untergehende Sonne, ein leichter Krampf im Handgelenk, ein rutschiges Tablett. Niemand konnte sich gegen solche Dinge schützen, erst recht niemand, der, wie Hannah betont hatte, mehrere Jahre lang fort gewesen und aus der Übung war.

Aber so gern ich diese einfache Erklärung auch akzeptiert hätte, ich konnte es nicht. Denn irgendwo in meinem Kopf bildete sich eine kleine Ansammlung zusammenhangloser Vorkommnisse – nein, nicht einmal das –, eine Ansammlung unzusammenhängender Beobachtungen. Heftige Reaktionen auf harmlose Fragen nach seinem Befinden, Überreaktionen auf Kritik, ein Stirnrunzeln anstelle eines herzhaften Lachens. Er war ganz allgemein, bei allem, was er tat, auffallend gereizt.

Ehrlicherweise musste ich mir eingestehen, dass es mir schon am Abend seiner Rückkehr aufgefallen war. Wir wollten eine kleine Party mit ihm feiern: Mrs Townsend bereitete ein ganz besonderes Abendessen zu, und Mr Hamilton erhielt die Erlaubnis, eine Flasche Wein aus dem Keller Seiner Lordschaft zu öffnen. Den halben Nachmittag brachten wir damit zu, im Dienstbotentrakt den Esstisch zu decken, und hatten viel Spaß dabei, alles so zu arrangieren, wie es Alfred gefallen würde. Ich glaube, wir waren alle ein bisschen trunken vor Freude an jenem Abend, ganz besonders ich.

Als der große Augenblick gekommen war, verteilten wir uns im Zimmer und taten möglichst unbeteiligt. Erwartungsvolle Blicke wurden ausgetauscht, während wir warteten und auf jedes Geräusch von draußen lauschten. Schließlich vernahmen wir tiefe, ernste Stimmen, eine Autotür, die zugeschlagen wurde. Sich nähernde Schritte. Mr Hamilton stand auf, glättete sein Jackett und postierte sich an der Tür. Atemlose Stille, bis Alfred klopfte, dann ging die Tür auf, und der Jubel brach los.

Es war nichts Dramatisches: Alfred beklagte sich nicht, er tobte nicht, und er wich auch nicht vor uns zurück. Er gab mir seinen Hut, und dann stand er verlegen in der Tür, als wagte er nicht einzutreten. Rang sich ein Lächeln ab. Mrs Townsend umarmte ihn und zerrte ihn über die

Schwelle wie einen aufgerollten Teppich. Sie führte ihn an seinen Platz, den Ehrenplatz zur Rechten von Mr Hamilton, und wir redeten alle durcheinander, lachten und berichteten von den Ereignissen der vergangenen zwei Jahre. Das heißt, alle außer Alfred. Oh, er gab sich Mühe. Nickte, wenn es angebracht schien, antwortete auf Fragen, brachte sogar noch ein- oder zweimal ein Lächeln zustande. Aber er verhielt sich wie ein Außenstehender, wie einer von Lady Violets Belgiern, bemüht, einem Publikum zu gefallen, das versuchte, ihn zu integrieren.

Ich war nicht die Einzige, der es auffiel. Ich sah, wie Mr Hamilton irritiert die Stirn in Falten legte, wie Nancys Miene sich verdüsterte, als hätte sie so etwas schon geahnt. Aber wir sprachen nie darüber, nur das eine Mal, an dem Tag, als die Luxtons zum Abendessen kamen, als Miss Starling ungefragt ihre Meinung äußerte. Jener Abend und die anderen Beobachtungen, die ich seit Alfreds Rückkehr gemacht hatte, wurden verdrängt. Wir gingen alle unseren Pflichten nach und hielten uns an die unausgesprochene Vereinbarung, nicht wahrzunehmen, dass sich etwas geändert hatte. Aber die Zeiten hatten sich tatsächlich geändert – und Alfred hatte sich geändert.

»Grace!« Mr Hamilton blickte auf, als ich den untersten Treppenabsatz erreichte. »Wir haben nur noch eine halbe Stunde, und es ist noch keine einzige Platzkarte auf dem Tisch. Wie stellst du dir vor, dass die ehrenwerten Gäste Seiner Lordschaft ohne Platzkarten zurechtkommen?«

Ich stellte mir vor, dass sie sich Plätze aussuchen würden, die ihnen besser gefielen als die, die man ihnen zugewiesen hatte. Aber ich war nicht Nancy, ich hatte noch nicht gelernt, mich anderen gegenüber zu behaupten, und so sagte ich: »Nicht sehr gut, Mr Hamilton.«

»Nicht sehr gut, in der Tat.« Er drückte mir einen gefalteten Tischplan und einen Stapel Platzkarten in die Hand. »Und, Grace«, sagte er, als ich mich zum Gehen wandte. »Falls du Alfred irgendwo siehst, sei doch bitte so gut und frage ihn, ob er die Güte haben könnte, sich nach unten zu bequemen. Er hat noch nicht mal das Kaffeewasser aufgesetzt.«

In Ermangelung einer Gastgeberin war Hannah zu ihrem großen Verdruss die Pflicht auferlegt worden, die Plätze zuzuweisen. Ihr Tischplan war hastig auf ein Blatt liniertes und am Rand ausgefranstes Papier gekritzelt.

Die Platzkarten selbst hingegen waren säuberlich beschriftet: Schwarz auf Weiß, das Familienwappen der Ashburys in der oberen linken Ecke. Zwar fehlte ihnen die Eleganz von Lady Ashburys Karten, aber sie würden ihren Zweck schon erfüllen, und sie passten zu der vergleichsweise nüchternen Tischdekoration, die Mr Frederick bevorzugte. Zu Mr Hamiltons großem Kummer hatte Mr Frederick sich sogar entschlossen, *à la Française* zu dinieren (anstatt *à la Russe*, wie wir es gewohnt waren), was bedeutete, dass er den Fasan selbst zerteilen würde. Mrs Townsend war ebenfalls entsetzt, während Nancy, frisch von ihrem Ausflug in die Arbeitswelt außer Haus zurückgekehrt, die Entscheidung begrüßte und meinte, Seine Lordschaft habe diese Wahl sicherlich getroffen, um dem Geschmack seiner amerikanischen Gäste entgegenzukommen.

Es stand mir nicht zu, das zu sagen, aber mir gefiel der Tisch in seiner moderneren Ausführung wesentlich besser. Ohne die baumartigen Tafelaufsätze mit den Tabletts, die überquollen von Süßigkeiten und Früchten, besaß der Tisch eine einfache Kultiviertheit, die mich beeindruckte. Das blütenweiße, an den Ecken gestärkte

Tischtuch, das säuberlich aufgereihte silberne Besteck und die glitzernden Kristallgläser.

Ich sah genauer hin. Am Rand von Mr Fredericks Champagnerkelch befand sich ein großer Daumenabdruck. Ich hauchte die anstößige Stelle an und polierte das Glas mit einer Ecke meiner Schürze.

Ich war so konzentriert, dass ich zusammenzuckte, als die Tür zur Eingangshalle plötzlich aufgerissen wurde.

»Alfred!«, sagte ich. »Du hast mich erschreckt! Beinahe hätte ich das Glas fallen lassen.«

»Du solltest die Finger davon lassen«, sagte er stirnrunzelnd. »Die Gläser sind meine Aufgabe.«

»Da war ein Fingerabdruck drauf«, entgegnete ich. »Du weißt doch, wie Mr Hamilton ist. Er würde dir die Ohren lang ziehen, wenn er so was mitbekäme. Und die würden dir bestimmt nicht gut stehen.«

Ein vergeblicher Versuch, die Situation mit Humor zu meistern. Irgendwo in den französischen Schützengräben war Alfreds Lachen gestorben, und er konnte nur noch Grimassen ziehen. »Ich hatte vor, sie später zu polieren.«

»Na ja«, sagte ich. »Jetzt brauchst du es nicht mehr zu tun.«

»Das ist unnötig«, antwortete er kühl.

»Was?«

»Dass du mich kontrollierst. Dass du mir überallhin folgst wie ein Schatten.«

»Das tue ich gar nicht. Ich hab den Fingerabdruck zufällig entdeckt, als ich gerade dabei war, die Platzkarten zu verteilen.«

»Und ich hab dir gesagt, ich wollte mich später um die Gläser kümmern.«

»Also gut«, sagte ich leise und stellte das Glas wieder auf den Tisch. »Dann lass ich's eben.«

Alfred schien zufrieden damit und zog ein Tuch aus seiner Hosentasche.

Ich rückte die Platzkarten, obwohl sie schon exakt angeordnet waren, noch einmal zurecht und tat so, als würde ich Alfred nicht beobachten.

Er hatte sich vorgebeugt, die rechte Schulter leicht hochgezogen, sodass er mir den Rücken zukehrte. Es war eine eindeutige Bitte, allein gelassen zu werden, doch die verflixten Glocken der guten Absichten klangen zu laut in meinen Ohren. Wenn ich ihn zum Sprechen brachte, herausfand, was ihn bedrückte, würde ich ihm dann vielleicht helfen können? Wer wäre dazu besser geeignet als ich? Die Nähe, die sich während seiner Abwesenheit zwischen uns entwickelt hatte, hatte ich mir doch sicherlich nicht eingebildet? Nein, unmöglich, er hatte in seinen Briefen selbst davon geschrieben. Ich räusperte mich und sagte leise: »Ich weiß, was gestern passiert ist.«

Er ließ sich nicht anmerken, ob er mich gehört hatte, sondern konzentrierte sich auf das Glas, das er gerade polierte.

Ich versuchte es etwas lauter: »Ich weiß, was gestern passiert ist. Im Salon.«

Er hielt inne, das Glas in der Hand. Stand wie versteinert. Die verletzenden Worte hingen wie Nebel zwischen uns, und am liebsten hätte ich sie zurückgenommen.

Seine Stimme klang tödlich leise. »Die kleine Miss hat wohl geplaudert, was?«

»Nein ...«

»Ich wette, sie hat sich köstlich amüsiert.«

»Nein, nein«, sagte ich hastig. »So war es gar nicht. Sie macht sich Sorgen um dich.« Ich schluckte, wagte zu sagen: »*Ich* mache mir Sorgen um dich.«

Er sah mich durch die Haare, die ihm beim Polieren der Gläser ins Gesicht gefallen waren, wütend an. Seine Lippen waren gespannt. »Du machst dir Sorgen um mich?«

Sein seltsamer, scharfer Tonfall ließ mich zurückschrecken, doch gleichzeitig hatte ich das überwältigende Bedürfnis, alles wieder in Ordnung zu bringen. »Es ist einfach … Es passt überhaupt nicht zu dir, ein ganzes Tablett fallen zu lassen, und dann hast du nicht mal was davon erwähnt … Ich dachte, du fürchtest vielleicht, dass Mr Hamilton davon erfahren könnte. Aber er würde sich nicht aufregen, Alfred, da bin ich mir ganz sicher. Jeder macht mal einen Fehler bei der Ausübung seiner Pflichten.«

Er schaute mich an, und einen Augenblick lang dachte ich, er würde gleich lachen. Stattdessen schnaubte er verächtlich: »Du dummes, kleines Mädchen. Glaubst du etwa, ich würde mir Gedanken über ein paar Stücke Kuchen machen, die auf dem Fußboden landen?«

»Alfred …«

»Du glaubst, ich wüsste nicht, was Pflichten sind? Nach allem, was ich erlebt habe?«

»Das habe ich nicht gesagt.«

»Aber du denkst es, stimmt's? Ich spüre doch, wie ihr mich alle anseht, wie ihr mich beobachtet, wie ihr darauf wartet, dass ich einen Fehler mache. Tja, ihr könnt aufhören zu warten, und ihr könnt aufhören, euch Sorgen zu machen. Mir fehlt nichts, kapiert? Nichts!«

Meine Augen brannten, und sein verbitterter Ton verursachte mir eine Gänsehaut. »Ich wollte doch nur helfen«, flüsterte ich.

»Helfen?« Er lachte gequält. »Und was bringt dich auf die Idee, du könntest mir helfen?«

»Aber Alfred«, sagte ich zögernd, unsicher, was er meinte. »Du und ich … wir … In deinen Briefen hast du mir doch geschrieben …«

»Vergiss, was ich geschrieben hab.«

»Aber Alfred …«

»Lass mich in Frieden, Grace«, sagte er kühl und konzentrierte sich wieder auf die Gläser. »Ich hab dich nicht um deine Hilfe gebeten. Ich brauche sie nicht, und ich will sie nicht. Mach, dass du rauskommst, und lass mich meine Arbeit tun.«

Meine Wangen glühten – vor Enttäuschung, vor Aufregung über den Streit, aber vor allem vor Verlegenheit. Ich hatte Nähe empfunden, wo offensichtlich keine war. In meinen geheimsten Träumen hatte ich sogar schon angefangen, mir eine Zukunft mit Alfred auszumalen. Verliebtsein, eine Hochzeit, vielleicht sogar eine kleine Familie. Und jetzt musste ich feststellen, dass ich mir alles nur eingebildet hatte …

Den frühen Abend verbrachte ich im Dienstbotentrakt. Falls Mrs Townsend sich über mein plötzliches Interesse an der Zubereitung eines gebratenen Fasans wunderte, war sie klug genug, mich nicht darauf anzusprechen. Ich befreite die Haut des Vogels von Federkielresten und half sogar bei der Zubereitung der Füllung. Ich tat alles, um zu verhindern, dass man mich wieder nach oben schickte, wo Alfred die Gäste bediente.

Alles lief gut, bis Mr Hamilton mir ein Tablett mit Cocktails in die Hände drückte.

»Aber Mr Hamilton«, sagte ich verzweifelt. »Ich helfe doch gerade Mrs Townsend beim Kochen.«

Mr. Hamilton, verblüfft über meine Aufmüpfigkeit, erwiderte: »Und ich befehle dir, diese Cocktails nach oben zu bringen.«

»Aber Alfred …«

»Alfred ist damit beschäftigt, das Esszimmer herzurichten«, sagte Mr Hamilton. »Und jetzt beeil dich. Lass Seine Lordschaft nicht warten.«

Sie waren nur zu sechst, und dennoch wirkte das Zimmer überfüllt. Laute Stimmen und übermäßige Hitze. Mr Frederick, der unbedingt einen guten Eindruck machen wollte, hatte auf zusätzlichen Heizmöglichkeiten bestanden, und Mr Hamilton hatte die Herausforderung angenommen und zwei Ölöfen gemietet. Ein besonders aufdringliches Damenparfüm entfaltete sich unter den Treibhausbedingungen besonders gut und drohte alle Anwesenden zu betäuben.

Zuerst sah ich Mr Frederick, der in seinem schwarzen Smoking beinahe so elegant aussah wie früher der Major, nur schlanker und weniger steif. Er stand vor dem Mahagonischreibtisch und unterhielt sich mit einem aufgedunsenen Mann, dessen graue Haare wie ein Kranz um seinen glänzenden Schädel lagen.

Der dicke Mann zeigte auf eine Porzellanvase auf dem Schreibtisch. »So eine hab ich bei Sotheby's gesehen«, sagte er mit einem seltsamen Akzent, einer Mischung aus bürgerlichem Nordenglisch und irgendetwas anderem. »Genau die Gleiche.« Er beugte sich vor. »Die ist eine Stange Geld wert, alter Junge.«

Mr Frederik antwortete ausweichend: »Das weiß ich nicht. Mein Urgroßvater hat sie aus dem Fernen Osten mitgebracht. Seitdem steht sie da.«

»Hast du das gehört, Estella?«, rief Simion Luxton quer durchs Zimmer seiner teigigen Frau zu, die zwischen Emmeline und Hannah auf dem Sofa saß. »Frederick sagt, sie ist seit Generationen in der Familie. Er benutzt sie als Briefbeschwerer.«

Estella Luxton lächelte ihren Mann milde an, während die beiden sich wortlos miteinander verständigten, eine durch jahrelanges Zusammenleben erworbene Fähigkeit. In diesem kurzen Augenblick wurde mir bewusst, dass die Ehe der Luxtons nur noch eine Zweckgemeinschaft war. Eine symbiotische Verbindung, deren Nützlichkeit die Leidenschaft längst überlebt hatte.

Nachdem sie ihrem Ehemann die nötige Aufmerksamkeit geschenkt hatte, wandte Estella sich wieder an Emmeline, in der sie eine verwandte Seele gefunden hatte, die sich ebenso brennend für Society-Klatsch interessierte wie sie. Was ihrem Mann an Haarpracht fehlte, machte Estella mehr als wett. Ihr zinngraues Haar war zu einem eindrucksvollen Nackenknoten gewunden, der in seiner Konstruktion sehr amerikanisch wirkte. Er erinnerte mich an ein Foto, das Mr Hamilton im Dienstbotentrakt ans schwarze Brett geheftet hatte, ein Bild von einem eingerüsteten New Yorker Wolkenkratzer: komplex und eindrucksvoll, ohne wirklich schön zu sein. Estella lächelte über etwas, das Emmeline gesagt hatte, und ich war verblüfft über ihre ungewöhnlich weißen Zähne.

Ich durchquerte das Zimmer, stellte das Cocktailtablett in den Lastenaufzug unter dem Fenster und knickste. Der junge Mr Luxton saß im Sessel und hörte mit halbem Ohr zu, wie Emmeline und Estella begeistert über die kommende Saison plauderten.

Theodore – oder Teddy, wie wir ihn später nannten – war auf eine Weise attraktiv, wie es damals alle wohlhabenden Männer waren. Durchschnittlich gutes Aussehen, veredelt durch Selbstbewusstsein, eine Fassade aus Esprit und Charme und ein verschmitztes Leuchten in den Augen.

Er hatte dunkles Haar, fast so schwarz wie sein Saville-Row-Smoking, und er trug einen eleganten schmalen Schnurrbart, der ihn aussehen ließ wie einen Filmschauspieler. Wie Douglas Fairbanks, schoss es mir durch den Kopf, und ich spürte, wie ich errötete. Sein Lächeln war offen und entspannt, seine Zähne noch weißer als die seiner Mutter. Es musste an dem amerikanischen Wasser liegen, dachte ich, denn die Zähne der Amerikaner waren so weiß wie die Perlen, die Hannah über der Goldkette mit dem Medaillon um den Hals trug.

Während Estella mit einem metallisch klingenden Akzent, den ich noch nie gehört hatte, detailliert von Lady Belmonts letztem Ball berichtete, ließ Teddy seinen Blick durchs Zimmer schweifen. Mr Frederick, dem auffiel, dass sein Gast nichts zu tun hatte, gab seiner Tochter nervös ein Zeichen, woraufhin Hannah sich räusperte und sich halbherzig an Teddy wandte: »Ich hoffe, Sie hatten eine angenehme Überfahrt?«

»Sehr angenehm«, erwiderte er lächelnd. »Allerdings würden meine Eltern sicherlich etwas anderes behaupten. Die sind beide nicht seefest und waren von dem Moment, als wir in New York abgelegt haben, bis wir in Bristol eingelaufen sind, seekrank.«

Hannah trank einen Schluck von ihrem Cocktail, dann fragte sie höflich: »Wie lange werden Sie in England bleiben?«

»Ich fürchte, für mich wird das nur ein kurzer Besuch werden. Ich reise nächste Woche nach Ägypten.«

»Ägypten«, wiederholte Hannah mit großen Augen.

Teddy lachte. »Ja, ich habe geschäftlich dort zu tun.«

»Werden Sie die Pyramiden besichtigen?«

»Diesmal wahrscheinlich nicht. Ich werde mich nur ein paar Tage in Kairo aufhalten, dann geht's weiter nach Florenz.«

»Fürchterliche Stadt«, rief Simion quer durchs Zimmer. »Voller Tauben und Ausländer. Da ist mir das gute alte England tausendmal lieber.«

Mr Hamilton deutete unauffällig auf Simions Glas, das fast leer war, obwohl ich es eben erst gefüllt hatte. Ich nahm meine Cocktailflasche und ging zu ihm.

Während ich Simion nachschenkte, spürte ich seinen Blick auf mir. »Es gibt gewisse Annehmlichkeiten«, sagte er, »die einzigartig sind in diesem Land.« Er beugte sich ein bisschen vor, sodass sein Arm meinen Schenkel streifte. »So sehr ich mich auch bemühe, ich habe sie noch in keinem anderen Land gefunden.«

Ich musste mich beherrschen, um keine Miene zu verziehen und nicht zu schnell einzuschenken. Es schien eine Ewigkeit zu dauern, bis das Glas endlich voll war und ich mich von ihm zurückziehen konnte. Als ich das Zimmer durchquerte, sah ich Hannah stirnrunzelnd zu der Stelle hinüberschauen, wo ich eben gestanden hatte.

»Mein Mann ist ganz begeistert von England«, bemerkte Estella überflüssigerweise.

»Jagen und Golf spielen«, sagte Simion. »Darin sind die Engländer unübertroffen.« Er nahm einen kräftigen Schluck von seinem Cocktail und lehnte sich in seinem Sessel zurück. »Aber das Beste ist die Einstellung«, sagte Simion. »Es gibt zwei Sorten Menschen in England: diejenigen, die geboren wurden, um Befehle zu erteilen«, unsere Blicke begegneten sich, »und diejenigen, die geboren wurden, um Befehle entgegenzunehmen.«

Hannahs Stirnfalten vertieften sich.

»Das ist die Voraussetzung dafür, dass alles reibungslos abläuft«, fuhr Simion fort. »In Amerika ist das leider anders. Der Kerl, der einem an der Straßenecke die Schuhe wienert, träumt garantiert schon von seiner eigenen Firma. Es gibt kaum etwas, das einen so verdammt nervös machen kann wie ein ganzes Volk von Arbeitern mit sinnlosen …« Er verdrehte verächtlich die Augen, bevor er das anstößige Wort ausspuckte: »*Ambitionen.*«

»Stellen Sie sich das bloß mal vor«, sagte Hannah.

»Ein Arbeiter, der mehr vom Leben erwartet als den Gestank anderer Leute Füße.«

»Abscheulich!«, rief Simion aus, ohne Hannahs Ironie zu bemerken.

»Man sollte meinen, die Arbeiter wären sich darüber im Klaren«, fuhr Hannah etwas lauter fort, »dass nur die vom Glück Gesegneten das Recht haben, sich mit Ambitionen zu beschäftigen.«

Mr Frederick warf ihr einen warnenden Blick zu.

»Die würden uns allen eine Menge Ärger ersparen, wenn sie das wüssten«, sagte Simion nickend. »Man braucht sich doch bloß die Bolschewiken anzusehen, dann weiß man, wie gefährlich diese Leute sind, wenn sie vergessen, wo ihr Platz ist.«

»Sollte nicht jeder Mensch versuchen, das Beste aus seinem Leben zu machen?«, fragte Hannah.

Der junge Teddy Luxton beobachtete sie. Ein schwaches Lächeln umzuckte seine Mundwinkel. »Oh, mein Vater hält viel davon, nach Höherem zu streben, stimmt's Vater? Als Junge habe ich kaum etwas anderes von dir zu hören bekommen.«

»Mein Großvater war Bergmann, und er hat sich aus eigener Kraft hochgearbeitet«, sagte Simion. »Und sieh dir an, wie weit es die Familie Luxton gebracht hat.«

»Bewundernswert«, bemerkte Hannah lächelnd. »Solange es nicht alle versuchen, nicht wahr, Mr Luxton?«

»Ganz recht«, sagte er. »Ganz recht.«

Mr Frederick, bestrebt, das gefährliche Terrain zu verlassen, räusperte sich gereizt und schaute Mr Hamilton an. Dieser nickte unmerklich und beugte sich zu Hannah hinunter. »Das Essen ist aufgetragen, Miss.« Dann bedeutete er mir, mich nach unten zu begeben.

»Also«, sagte Hannah, als ich im Hinausgehen war, »wollen wir essen?«

Auf Erbsensuppe folgte Fisch, auf Fisch folgte Fasan, und offenbar lief alles reibungslos. Nancy kam hin und wieder nach unten und berichtete uns vom Verlauf des Abends. Obwohl sie fieberhaft arbeitete, fand Mrs Townsend immer einen Augenblick Zeit, um sich anzuhören, wie Hannah sich als Gastgeberin bewährte. Sie nickte, als Nancy sagte, Hannah mache ihre Sache recht gut, allerdings habe sie noch nicht den Charme ihrer Großmutter.

»Natürlich nicht«, sagte Mrs Townsend, Schweißperlen auf der Stirn. »Lady Violet war ein Naturtalent. Bei ihr war jede Dinnerparty perfekt. Aber Miss Hannah wird sich verbessern, wenn sie erst mal ein bisschen Übung bekommt. Sie wird vielleicht nie eine *perfekte* Gastgeberin, aber sicherlich eine gute. Das liegt im Blut.«

»Wahrscheinlich haben Sie recht, Mrs Townsend«, sagte Nancy.

»Selbstverständlich habe ich recht. Das Mädchen wird sich schon entwickeln, Hauptsache, sie lässt sich nicht von ... *modernen Ideen* mitreißen.«

»Was für moderne Ideen?«, fragte ich.

»Sie ist immer ein intelligentes Kind gewesen«, sagte Mrs Townsend seufzend. »Und all diese Bücher verdrehen einem jungen Mädchen doch nur den Kopf.«

»Was für moderne Ideen?«

»Eine Ehe würde ihr den Kopf wieder zurechtrücken. Denkt an meine Worte«, sagte Mrs Townsend zu Nancy.

»Sie haben bestimmt recht, Mrs. Townsend.«

»Was denn für moderne Ideen?«, wiederholte ich ungeduldig.

»Manche jungen Damen wissen einfach nicht, was sie brauchen, bis sie einen passenden Ehemann finden«, sagte Mrs Townsend.

Ich konnte mich nicht länger beherrschen. »Miss Hannah wird nicht heiraten«, sagte ich. »Niemals. Ich hab selbst gehört, wie sie es gesagt hat. Sie will reisen und Abenteuer erleben.«

Nancy schnappte nach Luft, und Mrs Townsend starrte mich entgeistert an. »Was redest du da, du dummes Ding«, sagte Mrs Townsend, eine Hand an der Stirn. »Du bist ja vollkommen verrückt geworden, was für ein Unsinn. Du redest ja schon wie Katie. Selbstverständlich wird Miss Hannah heiraten. Das ist der Traum jeder Debütantin: zu heiraten und eine prächtige Hochzeit zu feiern. Außerdem ist es ihre Pflicht, jetzt, wo Master David ...«

»Nancy«, sagte Mr Hamilton, der gerade die Treppe heruntergeeilt kam. »Wo ist der Champagner?«

»Ich hab ihn, Mr Hamilton«, hörten wir Katie rufen, noch ehe wir sie sahen. Dann kam sie aus dem Kühlraum gelaufen, die Champagnerflaschen ungeschickt unter beide Arme geklemmt, ein breites Lächeln auf den Lippen. »Die anderen waren zu sehr mit Streiten beschäftigt, da hab ich ihn geholt.«

»Und jetzt beeil dich, Mädel«, sagte Mr Hamilton. »Die Gäste Seiner Lordschaft werden allmählich durstig.« Er warf einen Blick in die Küche. »Ich muss schon sagen, das kenne ich gar nicht von dir, dass du bei der Arbeit herumtrödelst, Nancy.«

»Hier, Mr Hamilton«, sagte Katie.

»Los, ab nach oben, Nancy«, sagte er verächtlich. »Jetzt, wo ich schon mal hier bin, kann ich sie auch selbst raufbringen.«

Nancy warf mir einen wütenden Blick zu, dann verschwand sie die Treppe hinauf.

»Wirklich, Mrs Townsend«, sagte Mr. Hamilton. »Nancy mit Streitereien aufzuhalten. Sie wissen doch, dass wir heute alle mit anpacken müssen. Darf ich fragen, was so wichtig war, dass Sie darüber diskutieren mussten?«

»Es war nichts, Mr Hamilton«, erwiderte Mrs Townsend, meinem Blick ausweichend. »Es war gar kein Streit, nur ein kleines Gespräch zwischen Nancy und Grace und mir.«

»Sie haben über Miss Hannah gesprochen«, sagte Katie. »Ich hab gehört, wie sie …«

»Halt den Mund, Katie«, sagte Mr. Hamilton.

»Aber ich …«

»Katie!«, fauchte Mrs Townsend. »Es reicht! Und stell die Flaschen ab, Herrgott noch mal, damit Mr Hamilton sie nach oben bringen kann.«

Katie stellte die Flaschen auf den Küchentisch.

Mr Hamilton, an seine Aufgabe erinnert, ließ das Thema fallen und öffnete die erste Flasche. Obwohl er im Entkorken von Sektflaschen geübt war, ließ dieser Korken sich nicht bewegen, bis er sich in einem unerwarteten Moment löste und …

Peng!

Er schoss aus der Flasche gegen eine Glühbirne, die in tausend Scherben zersprang, und landete in Mrs Townsends Karamellsoße, während der befreite Champagner Mr Hamilton triumphierend schäumend ins Gesicht und in die Haare spritzte.

»Katie, du dumme Gans!«, schrie Mrs Townsend. »Du hast die Flaschen geschüttelt!«

»Oh, es tut mir so leid, Mrs Townsend«, stotterte Katie und begann zu kichern, wie immer, wenn sie verlegen war. »Ich wollte mich nur beeilen, wie Mr Hamilton es mir gesagt hat.«

»Eile mit Weile, Katie«, sagte Mr Hamilton. Der Champagner in seinem Gesicht nahm ihm etwas von seiner Strenge.

»Kommen Sie, Mr Hamilton.« Mrs Townsend versuchte, mit einem Schürzenzipfel seine tropfende Nase zu säubern. »Ich wische Ihnen das ab.«

»Uuh, Mrs Townsend!« Katie kicherte. »Jetzt haben Sie ihm das ganze Gesicht mit Mehl beschmiert!«

»Katie!«, rief Mr Hamilton ärgerlich, während er sich das Gesicht mit einem Taschentuch abwischte, das in dem ganzen Wirrwarr wie aus dem Nichts aufgetaucht war. »Du bist eine alberne Gans! Nach all den Jahren hier immer noch kein Funken Verstand! Manchmal frage ich mich wirklich, warum wir dich nicht fortschicken ...«

Ich hörte Alfred, bevor ich ihn sah.

Trotz des Lärms, den die drei mit ihrem Geschrei veranstalteten, hörte ich seinen rasselnden Atem.

Später erzählte er mir, er sei nach unten gekommen, um nachzusehen, wo Mr Hamilton blieb, aber jetzt stand er plötzlich am Fuß der Treppe wie eine bleiche marmorne Statue seiner selbst, oder wie sein eigener Geist ...

Als unsere Blicke sich begegneten, war der Bann gebrochen. Er machte auf dem Absatz kehrt, verschwand im Korridor und lief hinaus in die Dunkelheit.

Alle blickten ihm stumm nach. Mr Hamilton zuckte, als wollte er ihm folgen, doch die Pflicht hielt ihn zurück. Ein letztes Mal wischte er sich mit dem Taschentuch über das Gesicht, dann wandte er sich uns zu, seine Lippen zu einer Linie pflichtbewusster Resignation zusammengepresst.

»Grace«, sagte er, als ich gerade hinter Alfred herlaufen wollte. »Binde dir deine gute Schürze um. Du wirst oben gebraucht.«

Im Speisezimmer nahm ich meinen Platz zwischen der Chiffoniere und dem Louis-XIV-Sessel ein. Nancy, die an der gegenüberliegenden Wand stand, hob die Brauen. Ohne die Möglichkeit, ihr zu berichten, was unten vorgefallen war, und gleichzeitig unsicher, was eine solche Erklärung nützen würde, hob ich nur die Schultern und wendete meinen Blick ab. Fragte mich, wo Alfred sein mochte und ob er wohl je wieder er selbst sein würde.

Sie hatten gerade den dritten Gang beendet, den mit dem Fasan, und der Raum war erfüllt vom Klimpern von Besteck auf edlem Porzellan.

»Nun«, sagte Estella, »das war ...« Sie blickte sich um. »... einfach köstlich.« Ich beobachtete ihr Profil, sah, wie sie auf den Worten herumkaute, ehe sie die leeren Hülsen durch ihre rot geschminkten Lippen presste. Besonders ihre Lippen sind mir in Erinnerung geblieben, denn sie war die einzige Frau, die Lippenstift trug. Zu Emmelines großem Verdruss hatte Mr Frederick sehr eigenwillige Ansichten über Make-up und Frauen, die es trugen.

Estella schob die Fasanenknochen auf ihrem Teller zu einer Seite und legte ihr Besteck ab. Dann küsste sie kirschfarbene Flecken auf eine weiße Leinenserviette, die ich später würde waschen müssen, und lächelte Mr Frederick an. »Das ist sicher nicht einfach bei dieser Lebensmittelknappheit.«

Nancy hob die Brauen. Es war unerhört, dass ein Gast einen direkten Kommentar zum Essen machte. Eine so eklatant unverblümte Bemerkung grenzte an Unhöflichkeit, die man allzu leicht als Ausdruck der Verwunderung deuten konnte. Wir würden uns vorsehen müssen, wenn wir Mrs Townsend davon berichteten.

Mr Frederick, ebenso verblüfft wie wir, hielt einen verlegenen Vortrag über Mrs Townsends unvergleichliche Kochkünste, was Estella nutzte, um sich prüfend umzusehen. Ihr Blick wanderte vom Deckenstuck zum Wandfries und blieb schließlich auf dem Familienwappen an der Wand haften. Währenddessen arbeitete ihre Zunge in ihrem Mund, um ein hartnäckig festsitzendes Stückchen Fleisch aus ihren makellos weißen Zähnen zu lösen.

Small Talk war nicht gerade Mr Fredericks Stärke, und er verstrickte sich in seinem Vortrag, bis es kein Entkommen mehr zu geben schien. Er fing an sich zu verhaspeln. Verlegen schaute er sich um, aber Estella, Simion, Teddy und Emmeline waren in leise Gespräche vertieft. Endlich fand er in Hannah eine Verbündete. Sie tauschten Blicke aus, und während er seine unbeholfene Lobrede auf Mrs Townsends butterfreie Scones zu Ende brachte, räusperte sich Hannah vernehmlich.

»Sie haben eben Ihre Tochter erwähnt, Mrs Luxton«, sagte sie. »Hat sie Sie nicht auf diese Reise begleitet?«

»Nein«, antwortete Estella hastig und wandte ihre Aufmerksamkeit wieder ihren Tischgenossen zu. »Nein.«

Simion blickte von seinem Fasan auf und grunzte. »Deborah reist schon lange nicht mehr mit uns«, sagte er. »Sie hat Verpflichtungen. *Geschäftliche* Verpflichtungen«, fügte er gewichtig hinzu.

Das weckte Hannahs Interesse. »Sie arbeitet?«

»Irgendetwas im Verlagsgeschäft.« Simion kaute auf einem Stück Fasanenfleisch. »Genauer kann ich Ihnen das nicht sagen.«

»Deborah ist verantwortlich für die Modekolumne von *Women's Style*«, sagte Estella. »Sie schreibt jede Woche einen kleinen Artikel.«

»Lächerliches Zeug«, Simion unterdrückte einen heftigen Rülpser, »über Schuhe und Kleider und anderen teuren Kram.«

»Ich bitte dich, Vater«, sagte Teddy lächelnd. »Debs Kolumne ist sehr beliebt. Sie hat großen Einfluss auf die New Yorker Damenmode.«

»Pah! Sie haben Glück, Frederick, dass Ihre Töchter Ihnen das nicht zumuten.« Simion schob seinen mit Soße beschmierten Teller von sich. »Von wegen Arbeit. Ihr britischen Mädchen seid viel vernünftiger.«

Das war die ideale Gelegenheit für Hannah. Ich hielt den Atem an, gespannt, ob ihre Sehnsucht nach Abenteuer die Oberhand gewinnen würde. Hoffte, dass es nicht so kommen würde. Dass sie sich an Emmelines flehentliche Bitte erinnern und hier in Riverton bleiben würde. Jetzt, wo Alfred sich so merkwürdig gebärdete, würde ich es nicht ertragen, wenn Hannah auch noch fortginge.

Sie warf Emmeline einen kurzen Blick zu, und ehe sie dazu kam, das Wort zu ergreifen, sagte Emmeline mit der klaren, melodischen Stimme, die jungen Damen für den Gebrauch in Gesellschaft antrainiert wurde: »*Ich* würde niemals arbeiten. Das wäre doch alles andere als respektabel, nicht wahr, Papa?«

»Ich würde mir eher das Herz herausreißen als zuzulassen, dass eine meiner Töchter sich eine Arbeit sucht«, sagte Mr Frederick trocken.

Hannah presste die Lippen zusammen.

»Mir hat es fast das verdammte Herz gebrochen«, sagte Simion und schaute Emmeline an. »Ich wünschte, meine Deborah wäre genauso vernünftig wie Sie.«

Emmeline lächelte, und ihr Gesicht erstrahlte in einer frühreifen Schönheit, die mich beinahe verlegen machte.

»Na ja, Simion«, sagte Estella beschwichtigend. »Du weißt doch, dass Deborah die Stelle nicht angenommen hätte, wenn du deine Zustimmung nicht gegeben hättest.« Sie lächelte die anderen übertrieben freundlich an. »Er konnte ihr noch nie etwas abschlagen.«

Simion schnaubte, widersprach ihr jedoch nicht.

»Mutter hat recht, Vater«, sagte Teddy. »Einen kleinen Job anzunehmen gehört heutzutage unter modernen jungen Leuten in New York zum guten Ton. Deborah ist noch jung, und sie ist noch ledig. Sie wird schon beizeiten vernünftig werden.«

»Bei Frauen ist mir Korrektheit immer wichtiger gewesen als Klugheit«, erwiderte Simion. »Das sind die Auswirkungen der modernen Gesellschaft. Auf einmal wollen sie alle für klug gehalten werden. Daran ist der verdammte Krieg schuld.« Er schob die Daumen unter seinen Hosenbund, um seinem Bauch ein bisschen Raum zum Atmen zu verschaffen. »Mein einziger Trost ist, dass sie gutes Geld verdient.« Bei seinem Lieblingsthema angekommen, heiterte sich seine Stimmung wieder ein wenig auf. »Sagen Sie mal, Frederick. Was halten Sie von den Reparationsverpflichtungen, die man dem guten alten Deutschland auferlegt hat?«

Emmeline warf Hannah einen verstohlenen Blick zu. Mit vorgerecktem Kinn folgte diese dem Gespräch, ihr Gesicht ein Muster an Gelassenheit, und ich war mir nicht sicher, ob sie ihre Frage überhaupt stellen würde. Vielleicht hatte Emmelines Bitte sie dazu bewogen, ihre Pläne zu überdenken. Vielleicht bildete ich mir nur ein, dass sie erschauderte, als die Gelegenheit ungenutzt vorüberzog und das Gespräch eine andere Wendung nahm.

»Die Deutschen können einem wirklich leidtun«, sagte Simion. »Es gibt eine Menge Bewundernswertes an diesem Volk. Das sind hervorragende Arbeiter, was, Frederick?«

»Ich beschäftige keine Deutschen in meiner Fabrik«, sagte Mr Frederick.

»Das ist ein Fehler. Ein fleißigeres Volk finden Sie nirgendwo. Humorlos, zugegeben, aber fleißig und zuverlässig.«

»Ich bin ganz zufrieden mit meinen Leuten.«

»Ihr Nationalismus in Ehren, Frederick, aber er darf doch nicht auf Kosten des Geschäfts gehen, oder?«

»Mein Sohn wurde von einer deutschen Kugel getötet«, erwiderte Mr Frederick, die Finger nur leicht, aber angespannt, auf der Tischkante gespreizt.

Durch diese Bemerkung entstand ein Vakuum, das alle Jovialität verscheuchte. Mr Hamilton bedeutete mir und Nancy, die Teller abzuräumen, um vom Thema abzulenken. Während wir um den Tisch gingen, räusperte Teddy sich und sagte: »Unser tiefes Mitgefühl, Lord Ashbury. Wir haben vom tragischen Tod Ihres Sohnes gehört. Es heißt, er sei ein guter Mann gewesen.«

»Junge.«

»Wie bitte?«

»Mein Sohn war ein Junge.«

»Ja.« Teddy korrigierte sich. »Ein guter Junge.«

Estella streckte ihre pummelige Hand aus und legte sie auf Mr Fredericks Handgelenk. »Wie Sie das bloß ertragen, Frederick. Ich weiß ja gar nicht, was ich täte, wenn ich meinen Teddy verlieren würde. Jeden Tag danke ich dem Herrgott dafür, dass mein Junge es vorgezogen hat, von zu Hause aus für sein Land zu kämpfen. Er und seine politischen Freunde.«

Hilflos sah sie ihren Mann an, der den Anstand besaß, wenigstens ein bisschen verlegen dreinzublicken. »Wir stehen in ihrer Schuld«, sagte er. »Junge Männer wie Ihr David haben ihr Leben für uns geopfert. Damit wir erfolgreiche Geschäfte abschließen und diesem großartigen Land wieder zu seinem alten Ruhm verhelfen können.«

Mr Frederick schaute kurz zu Simion hinüber, und zum ersten Mal sah ich einen Anflug von Abscheu in seinen hellen Augen. »In der Tat.«

Ich stapelte die Teller in den Lastenaufzug, ließ sie hinunter und beugte mich dann in den Schacht vor, um zu lauschen, ob ich Alfreds Stimme aus dem Wirrwarr da unten heraushören konnte. Hoffte, dass er nach seinem hastigen Davonlaufen wieder zurückgekehrt war. Das Klappern von Tellern, die aus dem Aufzug genommen wurden, drang an meine Ohren, Katies Plappern und Mrs Townsends Stimme, als sie Katie schalt. Schließlich wurde an einem Seil geruckt, und der Aufzug kehrte zurück, beladen mit Obst, Pudding und Karamellsoße.

»Die heutige Wirtschaft basiert auf Massenproduktion«, sagte Simion, wobei er sich wichtigtuerisch aufrichtete. »Je mehr man produziert, umso mehr kann man sich leisten zu produzieren.«

Mr Frederick nickte. »Ich habe einige gute Leute. Wirklich anständige, zuverlässige Männer. Wenn wir die anderen ausbilden ...«

»Zeit- und Geldverschwendung.« Simion schlug so heftig mit der Hand auf den Tisch, dass ich zusammenzuckte und beinahe die Karamellsoße verschüttet hätte, von der ich ihm gerade etwas auf den Teller löffelte. »Automatisierung! Darin liegt die Zukunft!«

»Fließbänder?«

Simion zwinkerte Mr Frederick zu. »Das treibt die langsamen Arbeiter an und versetzt den schnellen einen Dämpfer.«

»Ich fürchte, ich verkaufe nicht so viele Automobile, dass sich ein Fließbandbetrieb lohnen würde«, wandte Mr Frederick ein. »Nur wenige Leute in England können sich meine Autos leisten.«

»Genau darum geht es mir«, entgegnete Simion. Die Begeisterung und der Alkohol hatten sein Gesicht gerötet. »Fließbänder senken die Preise. Und Sie können mehr verkaufen.«

»Aber Fließbänder senken nicht die Preise der Einzelteile«, wandte Mr Frederick ein.

»Dann kaufen Sie eben billigere.«

»Ich verwende nur die beste Qualität.«

Mr Luxton brach in lautes Gelächter aus und schien sich gar nicht mehr beruhigen zu können. »Sie gefallen mir, Frederick«, prustete er schließlich. »Sie sind ein echter Idealist. Ein *Perfektionist*!« Letzteres sprach er mit der Genugtuung eines Ausländers aus, dem es gelungen ist, eine schwierige Vokabel anzubringen. »Aber, Frederick«, er wurde wieder ernst und beugte sich vor, die Ellbogen auf den Tisch gestützt, und zeigte mit dem Finger auf seinen Gastgeber, »wollen Sie Autos herstellen, oder wollen Sie Geld verdienen?«

Mr Frederick blinzelte. »Ich weiß nicht recht, was Sie ...«

»Ich glaube, mein Vater versucht Ihnen zu erklären, dass Sie die Wahl haben«, schaltete Teddy sich vorsichtig ein. Bisher hatte er das Gespräch mit stillem Interesse verfolgt, doch jetzt erklärte er, beinahe entschuldigend: »Es gibt zwei verschiedene Typen von Kunden, die sich ein Auto kaufen. Auf der einen Seite die wenigen Kenner, die es sich leisten können, die besten ...«

»Und auf der anderen Seite die brodelnde Masse der aufstrebenden Mittelklässler«, dröhnte Simion. »Ihre Firma, Ihre Entscheidung. Aber vom Standpunkt des Bankiers betrachtet ...« Er lehnte sich zurück, öffnete einen Knopf an seinem Smoking und atmete erleichtert auf. »Sie wissen, wofür ich mich entscheiden würde.«

»Die Mittelklasse«, sagt Mr Frederick stirnrunzelnd, als würde ihm zum ersten Mal bewusst, dass eine solche Gruppe außerhalb der Lehrsätze über Gesellschaftstheorie tatsächlich existierte.

»Die Mittelklasse«, wiederholte Simion. »Wir haben diese Klasse von Verbrauchern noch gar nicht angezapft, und sie wird unaufhaltsam größer, Gott steh uns bei. Wenn wir uns nicht bald überlegen, wie wir denen ihr Geld abknöpfen, dann werden sie es uns aus der Tasche ziehen.« Er schüttelte den Kopf. »Als hätten wir nicht schon genug Probleme mit der Arbeiterklasse.«

Mr Frederick legte unsicher die Stirn in Falten.

»Gewerkschaften«, fuhr Simion verächtlich fort. »Profitkiller. Die ruhen nicht eher, als bis sie die Produktionsmittel übernommen und Männer wie Sie kaltgestellt haben.«

»Mein Vater drückt sich gern drastisch aus«, sagte Teddy mit einem schüchternen Lächeln.

»Ich nenne die Dinge einfach beim Namen«, konterte Simion.

»Und Sie?«, wandte Mr Frederick sich an Teddy. »Betrachten Sie die Gewerkschaften nicht als Bedrohung?«

»Ich glaube, dass man sich mit ihnen arrangieren kann.«

»Unsinn.« Simion bewegte einen großen Schluck Dessertwein in seinem Mund hin und her, schluckte dann. »Teddy ist ein Gemäßigter«, sagte er verächtlich.

»Vater, bitte, ich bin ein Tory …«

»Mit seltsamen Vorstellungen.«

»Ich meine lediglich, dass wir alle Seiten anhören sollten und …«

»Er wird schon beizeiten zur Vernunft kommen«, sagte Simion kopfschüttelnd zu Mr. Frederick. »Spätestens, wenn ihn diejenigen, die er naiverweise unterstützt, in die Hand beißen, die er ihnen reicht.«

Er stellte sein Glas ab und fuhr fort: »Ich glaube, Sie ahnen gar nicht, in welcher prekären Lage Sie sich befinden, Frederick. Für den Fall, dass etwas Unvorhergesehenes passiert. Ich habe mich neulich mit Ford unterhalten, Henry Ford ...« Er unterbrach sich, vielleicht, um seinen Worten mehr Gewicht zu verleihen, und bedeutete mir, ihm einen Aschenbecher zu bringen. »Sagen wir es mal so: In dem derzeitigen wirtschaftlichen Klima müssen Sie Ihr Unternehmen in profitablere Gewässer steuern. Und zwar so schnell wie möglich.« Er blinzelte. »Falls die Situation sich hier so entwickeln sollte wie in Russland – und es gibt gewisse Anzeichen, die dafür sprechen –, dann kann nur eine gesunde Gewinnspanne Ihren guten Ruf bei Ihrem Bankier retten. So freundlich er auch sein mag, für ihn zählen nur schwarze Zahlen.« Er nahm eine Zigarre aus der silbernen Schachtel, die Mr Hamilton ihm reichte. »Und Sie müssen sich schließlich selbst schützen, nicht wahr? Sich selbst und ihre liebreizenden Töchter. Wenn Sie nicht für sie sorgen, wer soll es dann tun?« Er lächelte Hannah und Emmeline an, dann fügte er hinzu: »Ganz zu schweigen von diesem herrlichen Haus. Wie lange, sagten Sie, ist es schon im Besitz der Familie?«

»Ich hatte es noch gar nicht erwähnt«, erwiderte Mr Frederick, und falls eine Spur von Unbehagen in seiner Stimme mitgeschwungen hatte, so gelang es ihm schnell, diesen Eindruck zu zerstreuen. »Seit dreihundert Jahren.«

»Also«, gurrte Estella wie aufs Stichwort, »ist das nicht großartig? Ich *bewundere* die englische Geschichte. Diese alten Familien sind ja so faszinierend. Darüber zu lesen gehört zu meinen liebsten Freizeitbeschäftigungen.«

Simion atmete ungehalten aus, begierig, wieder aufs Geschäftliche zurückzukommen.

Estella, die ihren Mann nach all den Ehejahren gut genug kannte, verstand den Wink. »Vielleicht sollten wir Frauen uns in den Salon zurückziehen, damit die Herren sich ungestört unterhalten können«, schlug sie vor. »Dann können Sie mir alles über die Geschichte der Familie Ashbury erzählen.«

Hannah setzte eine höflich ergebene Miene auf, doch ich merkte ihr ihr Unbehagen an. Sie war hin- und hergerissen, wollte einerseits dableiben, um alles mitzubekommen, wusste andererseits um ihre Pflicht als Gastgeberin, die Damen in den Salon zu begleiten und dort auf die Männer zu warten.

»Ja«, sagte sie, »selbstverständlich. Aber ich fürchte, ich kann Ihnen nicht viel mehr erzählen, als Sie im *Debrett* nachlesen können.«

Die Männer erhoben sich. Simion nahm Hannahs Hand, während Mr Frederick Estella aus dem Sessel half. Unverhohlen ließ Simion seinen Blick über Hannahs jugendlichen Körper wandern und küsste ihre Hand mit nassen Lippen. Es gelang ihr auf bewundernswerte Weise, ihren Abscheu zu verbergen. Sie folgte Estella und Emmeline, die bereits auf dem Weg nach draußen waren. Kurz bevor sie die Tür erreichte, trafen sich unsere Blicke. Für einen ganz kurzen Moment lang verschwand ihre Erwachsenenmiene, als sie die Zunge herausstreckte und dabei die Augen verdrehte, dann war sie verschwunden.

Nachdem die Männer wieder Platz genommen und ihr Gespräch erneut aufgenommen hatten, trat Mr Hamilton zu mir.

»Du kannst jetzt gehen, Grace«, flüsterte er. »Nancy und ich erledigen den Rest.« Er schaute mich an. »Und sieh zu, dass du Alfred findest. Wir wollen nicht riskieren, dass einer von Seiner Lordschaft Gästen aus dem Fenster schaut und einen Diener im Park herumstreifen sieht.«

Von der obersten Stufe der hinteren Treppe aus suchte ich mit den Augen den dunklen Park ab. Der Mond tauchte das Gras in silbriges Licht und ließ die Kletterpflanzen am Laubengang wie Skelette erscheinen. Die Rosensträucher, prächtig anzusehen bei Tageslicht, präsentierten sich in der Nacht wie eine Ansammlung einsamer, knochiger Damen.

Schließlich entdeckte ich auf der etwas abseits gelegenen steinernen Treppe eine Gestalt, die selbst im Dunklen als menschliche zu erkennen war.

Ich straffte mich und ging hinaus in die Nacht.

Mit jedem Schritt blies mir der Wind kälter entgegen, grausamer.

Auf der obersten Stufe angekommen, blieb ich einen Moment lang neben Alfred stehen, doch er ließ sich nicht anmerken, ob er meine Anwesenheit überhaupt wahrnahm.

»Mr Hamilton hat mich geschickt«, sagte ich vorsichtig. »Du musst nicht denken, dass ich dir folge.«

Keine Antwort.

»Und du brauchst mich auch nicht zu ignorieren. Wenn du nicht ins Haus kommen willst, kannst du es mir einfach sagen, dann gehe ich wieder.«

Er starrte unverwandt auf die hohen Bäume, die den Weg säumten.

»Alfred!« Meine Stimme krächzte in der Kälte.

»Ihr glaubt alle, ich wäre derselbe Alfred, der ich vor dem Krieg war«, sagt er leise. »Die Leute erkennen mich, also muss ich diesem Alfred wohl ähnlich sehen, aber ich bin ein anderer Mensch geworden, Gracie.«

Ich war völlig verblüfft. Ich hatte mit allem Möglichen gerechnet, war darauf gefasst gewesen, dass er mich wütend wegschicken würde. Er flüsterte kaum hörbar, sodass ich mich neben ihn hocken musste, um ihn zu verstehen. Seine Unterlippe zitterte, ob vor Kälte oder aus einem anderen Grund, konnte ich nicht sagen. »Ich sehe sie vor mir, Grace. Tagsüber ist es nicht so schlimm, aber die ganze Nacht sehe ich sie. Und ich höre sie. Im Salon, in der Küche, auf der Straße im Dorf. Sie rufen meinen Namen. Aber wenn ich mich umdrehe, dann … sind sie nicht … dann sind sie alle …«

Ich setzte mich. Der Frost hatte die grauen Steinstufen mit einer Eisschicht überzogen, und mein Hintern fühlte sich durch den Stoff meines Rocks ganz taub an.

»Es ist so kalt«, sagte ich. »Komm mit ins Haus, dann mache ich uns einen heißen Kakao.«

Er reagierte nicht, starrte weiterhin in die Dunkelheit.

»Alfred?« Meine Fingerspitzen berührten die seinen, und einer spontanen Eingebung folgend, nahm ich seine Hand.

»Nicht.« Er zog seine Hand zurück, als hätte ich ihn geschlagen, und ich legte meine Hände in den Schoß. Meine kalten Wangen brannten, als hätte ich eine Ohrfeige bekommen.

»Nicht«, flüsterte er.

Er presste die Augen fest zu. Ich beobachtete sein Gesicht, fragte mich, was er hinter seinen Augenlidern sah, das seine Augäpfel so hektisch hin- und herzucken ließ.

Dann drehte er sich zu mir um, und ich hielt den Atem an. Es musste eine nächtliche Sinnestäuschung sein, sagte ich mir, denn solche Augen hatte ich noch nie in meinem Leben gesehen. Tiefe, schwarze, seltsam ausdruckslose Löcher. Er starrte mich mit seinen blinden Augen an, als suchte er etwas. Eine Antwort auf eine Frage, die er nicht gestellt hatte. Ganz leise sagte er: »Ich dachte, wenn ich wieder zu Hause wäre …« Er sprach den Satz nicht zu Ende. »Ich habe mich so nach dir gesehnt … die Ärzte haben gesagt, wenn ich mich anstrenge …« Seine Kehle schnürte sich zusammen.

Dann fiel seine mühsam aufrechterhaltene Fassade in sich zusammen, und er brach in Tränen aus. In einem vergeblichen Versuch, seine Schwäche zu verbergen, schlug er sich die Hände vors Gesicht. »Nein. O nein … Schau mich nicht an … bitte, Gracie, bitte …« Er weinte in seine Hände. »Ich bin so ein Feigling …«

»Nein, du bist kein Feigling«, sagte ich bestimmt.

»Warum kann ich es nicht aus dem Kopf bekommen? Ich will nur, dass es aus meinem Kopf verschwindet.« Mit einer Heftigkeit, die mich entsetzte, schlug er sich mit beiden Händen gegen die Schläfen.

»Alfred! Hör auf damit!« Ich versuchte, seine Hände festzuhalten, aber er presste sie sich fest vors Gesicht. Ich wartete, sah zu, wie sein ganzer Körper geschüttelt wurde, verfluchte meine Unfähigkeit. Schließlich beruhigte er sich etwas. »Erzähl mir, was du siehst«, sagte ich.

Er schaute mich an, sagte jedoch nichts, und einen Moment lang konnte ich mir vorstellen, wie er mich sah. Ein gähnender Abgrund tat sich auf zwischen seinen und meinen Erfahrungen. Und da wusste ich, dass er mir niemals würde erklären können, was er sah. Irgendwie begriff ich, dass gewisse Bilder, gewisse Geräusche sich nicht vermitteln und auch nicht abschütteln lassen. Dass sie sich im Kopf eines Menschen endlos wiederholen, bis sie ganz langsam in die tieferen Schichten der Erinnerung versinken und eine Zeit lang vergessen werden können.

Und so wiederholte ich meine Frage nicht. Ich legte meine Hand an seine Wange und drückte seinen Kopf ganz sanft auf meine Schulter. Blieb ganz still sitzen, während sein Körper neben mir bebte.

So saßen wir zusammen auf der Treppe.

Ein geeigneter Ehemann

Hannah und Teddy heirateten am ersten Samstag im Mai 1919. Es war eine schöne Hochzeit in der kleinen Kirche von Riverton. Die Luxtons hätten eigentlich London vorgezogen, damit mehr von den wichtigen Leuten aus ihrem Bekanntenkreis hätten teilnehmen können, aber Mr Frederick hatte auf Riverton bestanden, und nach den Schicksalsschlägen, die ihn in den vergangenen Monaten ereilt hatten, wagte niemand, ihm diesen Wunsch zu verwehren. Also heiratete Hannah in der kleinen Kirche im Tal, wie schon ihre Großeltern und Eltern vor ihr.

Es regnete – Kindersegen, meinte Mrs Townsend; Tränen verflossener Liebhaber, flüsterte Nancy –, und auf den Hochzeitsfotos wimmelte es von schwarzen Regenschirmen. Später, als Hannah und Teddy in der Stadtvilla am Grosvenor Square wohnten, stand ein Foto auf dem Schreibtisch im Wintergarten. Es zeigte die sechs in einer Reihe nebeneinander: Hannah und Teddy in der Mitte, Simion und Estella strahlend auf der einen, Mr Frederick und Emmeline mit ausdruckslosen Gesichtern auf der anderen Seite.

Ah, du wunderst dich, Marcus, wie es so weit kommen konnte? Hannah war doch so sehr gegen die Ehe und hatte ganz andere Pläne. Und Teddy: vernünftig, ja sogar liebenswürdig, aber gewiss nicht der Mann, der einer jungen Frau wie Hannah den Kopf verdreht hätte ...

Doch in Wirklichkeit war es gar nicht so kompliziert. Das sind solche Dinge in den seltensten Fällen. Manchmal muss dem Schicksal einfach ein bisschen auf die Sprünge geholfen werden.

Am Morgen nach der Dinnerparty brachen die Luxtons nach London auf. Sie hatten dort geschäftlich zu tun, und wir alle gingen davon aus – wenn wir überhaupt einen Gedanken daran verschwendeten –, dass wir sie zum letzten Mal gesehen hatten.

Unser Augenmerk galt nämlich längst dem nächsten großen Ereignis. Denn während der kommenden Woche würde ein ganzer Trupp tatkräftiger Frauen in Riverton einfallen, die mit der gewichtigen Aufgabe betraut waren, Hannahs Einführung in die Gesellschaft zu überwachen. Der Januar war der Höhepunkt der Ballsaison, und man durfte auf keinen Fall riskieren, dass das eigene Fest mit einem anderen, womöglich noch größeren Ball zusammenfiel, bloß weil man zu lange gewartet hatte. Daher hatte man das Datum – 20. Januar – schon frühzeitig festgelegt und die Einladungen verschickt.

An einem Morgen Anfang des neuen Jahres servierte ich Lady Clementine und Lady Ashbury den Tee im Salon. Sie saßen über Terminkalender gebeugt nebeneinander auf der Chaiselongue.

»Fünfzig ist eine gute Anzahl«, sagte Lady Violet. »Es gibt nichts Schlimmeres als eine leere Tanzfläche.«

»Nur eine überfüllte«, erwiderte Lady Clementine herablassend. »Aber unter den derzeitigen Umständen brauchen wir uns darüber nicht den Kopf zu zerbrechen.«

Sorgenvoll überflog Lady Violet die Gästeliste. »Meine Liebe«, sagte sie, »wie sollen wir nur angesichts dieser furchtbaren Knappheit zurechtkommen?«

»Mrs Townsend wird das Beste aus der Situation machen«, entgegnete Lady Clementine. »Wie üblich.«

»Nicht das Essen, Clem, ich rede von den Männern. Wo sollen wir nur mehr Männer herbekommen?«

Lady Clementine beugte sich kopfschüttelnd über die Gästeliste. »Es ist ein Verbrechen, sage ich dir. Wirklich eine Schande. Englands beste Saat verrottet auf gottverlassenen französischen Feldern, während unsere jungen Mädchen leer ausgehen und nicht einmal wissen, wo sie einen Tanzpartner hernehmen sollen. Das ist eine Verschwörung, meine Liebe. Ein *deutsches* Komplott.« Ihre Augen weiteten sich. »Um die englische Elite daran zu hindern, dass sie sich fortpflanzt!«

»Aber du kennst doch bestimmt jemanden, den wir einladen können, Clem? Du hast doch schon mehr als ein Paar zusammengebracht.«

»Gott, ich war schon froh, diesen Trottel für Fanny gefunden zu haben«, erwiderte Clementine und rieb sich das gepuderte Doppelkinn. »Ein Jammer, dass Frederick sich nie für sie interessiert hat. Das hätte alles viel einfacher gemacht. Stattdessen musste ich im Bodensatz wühlen.«

»Meine Enkelin wird keinen Ehemann aus dem Bodensatz bekommen«, sagte Lady Violet. »Die Zukunft dieser Familie hängt davon ab, dass sie eine gute Partie macht.« Ein tiefer Seufzer löste einen Hustenanfall aus, der ihren mageren Körper durchrüttelte.

»Hannah wird es besser ergehen als der armen, einfältigen Fanny«, erwiderte Lady Clementine im Brustton der Überzeugung. »Im Gegensatz zu meinem Mündel ist deine Enkelin mit Witz, Schönheit und Charme gesegnet.«

»Aber nicht mit der Neigung, diese Segnungen auch einzusetzen«, gab Lady Violet zurück. »Frederick hat die Kinder verwöhnt. Er hat ihnen zu viel Freiheit gelassen und sie nicht ausreichend diszipliniert. Das gilt besonders für Hannah. All die haarsträubenden Vorstellungen von Unabhängigkeit, die das Mädchen im Kopf hat.«

»Unabhängigkeit ...«, murmelte Lady Clementine angewidert.

»Glaub mir, sie hat es nicht eilig mit dem Heiraten. Das hat sie mir selbst gesagt, als sie in London war.«

»Tatsächlich?«

»Sie hat mir direkt in die Augen gesehen, liebenswürdig, als könnte sie kein Wässerchen trüben, und erklärt, sie würde es uns nicht übel nehmen, wenn es uns eine zu große Last wäre, einen Debütantinnenball für sie auszurichten.«

»Unfassbar!«

»Sie meinte, ein Ball sei reine Verschwendung, sie hätte sowieso nicht vor, zur feinen Gesellschaft zu gehören, auch nicht als Erwachsene. Sie sagt, sie findet die Gesellschaft ...« Lady Violet schloss die Augen »... langweilig und einfallslos.«

Lady Clementine schnappte nach Luft. »Das kann nicht wahr sein.«

»Doch, das hat sie gesagt.«

»Aber was schwebt dem Mädchen stattdessen vor? Will sie etwa hier im Haus ihres Vaters bleiben, bis sie eine alte Jungfer ist?«

Dass es noch andere Möglichkeiten geben könnte, lag jenseits ihres Vorstellungsvermögens. Lady Violet schüttelte den Kopf und ließ verzweifelt die Schultern hängen.

Lady Clementine, die begriff, dass jetzt ein wenig Aufmunterung angebracht wäre, richtete sich auf und tätschelte Violets Hand. »Deine Enkelin ist noch jung, meine liebe Violet. Es bleibt ihr noch viel Zeit, ihre Meinung zu ändern.« Sie neigte den Kopf zur Seite. »Ich meine mich zu erinnern, dass du in ihrem Alter ebenfalls recht eigenwillig warst. Du hast das hinter dir gelassen. Und bei Hannah wird es nicht anders sein.«

»Es wird ihr nichts anderes übrig bleiben«, antwortete Lady Violet ernst.

Lady Clementine nahm den Anflug von Verzweiflung wahr. »Es gibt doch hoffentlich keinen konkreten Grund, warum sie schon bald heiraten sollte ...« Sie zog die Augenbrauen zusammen. »Oder?«

Lady Violet seufzte.

»Also doch!«, rief Lady Clementine aufgeregt aus.

»Es ist Frederick. Seine verflixten Automobile. Diese Woche habe ich einen Brief von der Bank erhalten. Er ist mit den Raten seiner Hypothek noch weiter in Rückstand geraten.«

»Und davon hast du nichts gewusst?«, fragte Lady Clementine entgeistert. »Ach, du meine Güte.«

»Ich glaube, er hat es nicht gewagt, mit mir darüber zu sprechen«, erwiderte Lady Violet. »Er kennt meine Einstellung. Er hat unser gesamtes Aktienpaket beliehen, um seine Fabrik zu finanzieren. Selbst unser Grundstück in Yorkshire hat er verkauft, um die Erbschaftssteuern zu bezahlen.«

Lady Clementine schnalzte mit der Zunge.

»Hätte er doch bloß die Fabrik verkauft. Interessenten gab es schließlich genug.«

»Auch noch in jüngster Zeit?«

»Leider nicht«, seufzte Lady Violet. »Frederick ist ein wunderbarer Sohn, aber ein Geschäftsmann ist er nicht. Und jetzt muss ich erfahren, dass er all seine Hoffnungen in einen Kredit von einem Konsortium setzt, an dem Mr Luxton beteiligt ist.« Sie schüttelte den Kopf. »Er schliddert von einer Katastrophe in die nächste, Clem. Die gesellschaftlichen Pflichten, die seine Position mit sich bringt, verliert er völlig aus den Augen.« Seufzend massierte sie sich die Schläfen mit den Fingerspitzen. »Ich kann es ihm kaum verübeln. Er war schließlich nie für diese Position vorgesehen.« Dann die übliche Klage: »Wenn bloß Jonathan noch hier wäre.«

»Aber, aber«, sagte Lady Clementine. »Frederick wird bestimmt Erfolg haben. Automobile sind heutzutage groß in Mode. Hinz und Kunz knattern damit herum. Ich wäre beinahe überfahren worden, als ich am Kensington Place die Straße überquert habe.«

»O Clem! Bist du verletzt worden?«

»*Dieses* Mal nicht«, erwiderte Lady Clementine trocken. »Aber beim nächsten Mal werde ich vielleicht nicht so viel Glück haben.« Sie hob die Brauen. »Ein grausamer Tod, das kann ich dir versichern. Ich habe mich erst neulich ausführlich mit Dr. Carmichael über die möglichen Verletzungen unterhalten, die man bei einem solchen Unfall davontragen kann.«

»Schrecklich«, sagte Lady Violet und schüttelte geistesabwesend den Kopf. Sie seufzte. »Ich müsste mir nicht so viele Gedanken über Hannah machen, wenn Frederick endlich wieder heiraten würde.«

»Ist denn damit zu rechnen?«, fragte Lady Clementine.

»Kaum. Du weißt ja, dass er bisher nur wenig Interesse daran gezeigt hat, sich wieder eine Frau zu suchen. Selbst für seine erste Frau hat er sich nicht besonders interessiert, wenn du mich fragst. Er war viel zu beschäftigt mit …« Sie warf einen Blick in meine Richtung, und ich beeilte mich, die Tischdecke zurechtzurücken. »Mit dieser anderen abscheulichen Sache.« Sie schüttelte den Kopf. »Nein. Es wird keinen Sohn mehr geben, und es ist sinnlos, darauf zu hoffen.«

»Womit wir wieder bei Hannah wären.« Lady Clementine nippte an ihrem Tee.

»Ja.« Lady Violet stöhnte unwirsch und strich ihren lindgrünen Samtrock glatt. »Tut mir leid, Clem. Ich habe mir diese dumme Erkältung zugezogen. Sie drückt mir aufs Gemüt.« Sie schüttelte den Kopf. »Ich kann dieses ungute Gefühl einfach nicht abschütteln, das ich seit einiger Zeit mit mir herumtrage. Ich bin nicht abergläubisch, wie du weißt, aber ich habe so eine dunkle Ahnung …« Sie sah Lady Clementine an. »Auch auf die Gefahr hin, dass du mich auslachst, aber ich habe das seltsame Gefühl, dass uns irgendetwas Schlimmes bevorsteht.«

»Ach?« Das war Lady Clementines Lieblingsthema.

»Es ist nichts Konkretes. Nur so eine vage Vorahnung.« Als sie sich den Schal um die Schultern legte, bemerkte ich, wie gebrechlich Lady Violet geworden war. »Aber ich werde nicht tatenlos zusehen, wie diese Familie auseinanderbricht. Ich werde noch dafür sorgen, dass Hannah sich verlobt – und zwar gut verlobt –, und wenn es das Letzte ist, was ich in diesem Leben tue. Und zwar möglichst noch, *bevor* ich Jemima nach Amerika begleite.«

»New York. Ich hatte ganz vergessen, dass du diese Reise geplant hast. Gut, dass Jemima bei ihrem Bruder unterkommen kann.«

»Ja«, pflichtete Lady Violet ihr bei. »Aber sie wird mir fehlen. Die kleine Gytha ist Jonathan so ähnlich.«

»Ich habe nie viel für Babys übrig gehabt«, sagte Lady Clementine naserümpfend. »All das Greinen und Spucken.« Sie schüttelte sich, sodass ihr Doppelkinn wackelte, dann schlug sie ihren Kalender wieder auf und klopfte mit ihrem Stift auf die leere Seite. »Wie viel Zeit bleibt uns noch, einen geeigneten Ehemann zu finden?«

»Ein Monat. Unser Schiff läuft am 4. Februar aus.«

Lady Clementine notierte sich das Datum. Plötzlich richtete sie sich auf. »Oh …! Oh, Violet. Ich glaube, ich habe da eine Idee«, entfuhr es ihr. »Du sagst, Hannah ist wild entschlossen, unabhängig zu sein?«

Allein die Erwähnung des Wortes führte dazu, dass Lady Violets Augenlider zuckten. »Ja.«

»Und wie wäre es, wenn jemand sie nett und freundlich aufklärte …? Sie dazu brächte, die Ehe als etwas zu betrachten, das ihr Unabhängigkeit beschert?«

»Sie ist ebenso starrköpfig wie ihr Vater«, entgegnete Lady Violet. »Ich fürchte, sie würde gar nicht erst zuhören.«

»Sicher nicht dir oder mir. Aber ich kenne eine Person, der sie vielleicht zuhören würde.« Sie schürzte die Lippen. »Ja … Mit ein bisschen Nachhilfe müsste selbst *sie* das hinbekommen.«

Einige Tage später suchte Fanny, während ihr Mann sich gerade begeistert in Mr Fredericks Garage herumführen ließ, Hannah und Emmeline im Roten Salon auf. Emmeline, die dem bevorstehenden Ball entgegenfieberte, hatte Fanny dazu überredet, ihr einige Tanzschritte beizubringen. Das Grammofon spielte einen Walzer, und die beiden bewegten sich lachend und scherzend im Dreivierteltakt durch den Raum. Ich musste aufpassen, dass ich ihnen beim Staubwischen und Aufräumen nicht in die Quere kam.

Hannah saß am Schreibtisch und schrieb in ihrem Notizbuch, ohne sich um die Ausgelassenheit um sie herum zu kümmern. Seit sich beim Abendessen mit den Luxtons herausgestellt hatte, dass ihr Traum von einer Arbeitsstelle von der väterlichen Zustimmung abhängig war, die sie niemals erhalten würde, war sie völlig in sich gekehrt. Die freudige Erregung angesichts der Ballvorbereitungen, die das ganze Haus erfasst hatte, ging spurlos an ihr vorbei.

Nachdem sie eine Woche lang apathisch vor sich hin gegrübelt hatte, schlug ihre Stimmung plötzlich ins Gegenteil um. Sie nahm ihre Stenografieübungen wieder auf, übertrug mit verbissenem Eifer jedes Buch, das ihr in die Finger fiel, in Kurzschrift, ließ ihre Hefte jedoch geschickt verschwinden, sobald jemand in ihre Nähe kam. Aber nach Phasen wild entschlossener Arbeit fiel sie jedes Mal zurück in einen Zustand der Lethargie. Dann legte sie ihren Stift beiseite, schob die Bücher seufzend von sich und saß lustlos herum, bis eine Mahlzeit serviert wurde, ein Brief ankam oder es wieder Zeit war, sich umzuziehen.

Natürlich ruhten ihre Gedanken nicht, während sie untätig herumsaß. Man hätte meinen können, sie versuchte dem Rätsel ihres Lebens auf den Grund zu gehen. Sie sehnte sich nach Unabhängigkeit und Abenteuern, fühlte sich jedoch wie eine Gefangene – sorgenfrei und wohlbehütet, aber dennoch eine Gefangene. Unabhängigkeit erforderte finanzielle Mittel. Ihr Vater hatte kein Geld, das er ihr hätte geben können, und eine Arbeitsstelle anzunehmen, wurde ihr nicht gestattet.

Warum widersetzte sie sich nicht seinen Wünschen? Warum lief sie nicht einfach von zu Hause fort und schloss sich einem Wanderzirkus an? Ganz einfach, weil für solche Dinge feste Regeln galten, und Regeln wurden nun einmal befolgt. Zehn Jahre später – ja, bereits zwei Jahre später – sah alles schon ganz anders aus. Die Konventionen waren unter dem Gewicht tanzender Füße zusammengebrochen. Aber damals saß Hannah noch in der Falle. Und so hockte sie wie Andersens Nachtigall in ihrem goldenen Käfig, zu teilnahmslos, um zu singen.

Eingehüllt in eine Wolke der Langeweile, bis die nächste Woge fiebriger Aktivität sie erfasste.

An jenem Morgen im Roten Salon wurde sie Opfer einer solchen Woge. Fanny und Emmeline den Rücken zugewandt, saß Hannah am Schreibtisch und übertrug die Encyclopaedia Britannica in Kurzschrift. Sie war so versunken in ihre Arbeit, dass sie zusammenzuckte, als Fanny plötzlich kreischte: »Pass doch auf, du Elefant!«

Fanny humpelte zum Sessel, während Emmeline sich unter lautem Gelächter auf die Chaiselongue fallen ließ. Fanny streifte ihren Schuh ab und beugte sich vor, um ihren bestrumpften Fuß zu begutachten. »Das wird ordentlich anschwellen«, schimpfte sie.

Emmeline konnte vor Lachen nicht an sich halten.

»Jetzt kann ich bestimmt kein einziges Paar von meinen schönen Schuhen zum Ball anziehen!«

Je mehr Fanny sich beklagte, umso köstlicher wurde Emmelines Schadenfreude.

»Also«, sagte Fanny empört. »Du hast meinen Zeh ruiniert. Du könntest dich zumindest dafür entschuldigen.«

Emmeline versuchte sich zu beherrschen. »Es ... es tut mir leid«, erwiderte sie, musste sich aber auf die Lippe beißen, um nicht wieder loszuprusten. »Aber es ist doch nicht meine Schuld, wenn du mir deine Füße dauernd in den Weg stellst. Vielleicht, wenn sie nicht so groß wären ...« Erneut schüttelte sie sich vor Lachen.

»Vielleicht habe ich dir das ja noch nicht erzählt«, erwiderte Fanny pikiert, »aber Mr Collier bei Harrods hat ausdrücklich gesagt, dass ich schöne Füße habe.«

»Das kann ich mir vorstellen. Und wahrscheinlich nimmt er dir für deine Schuhe doppelt so viel ab wie den anderen Kundinnen.«

»Oh ...! Du undankbares, kleines ...«

»Ach, komm, Fanny«, gab Emmeline etwas ernster zurück. »Das war doch nur ein Scherz. Natürlich tut es mir leid, dass ich dir auf den Zeh getreten habe.«

Fanny schnaubte.

»Lass uns den Walzer noch mal probieren. Ich verspreche dir, dass ich dieses Mal besser aufpasse.«

»Lieber nicht«, sagte Fanny schmollend. »Mein Zeh muss sich erst wieder erholen. Ich würde mich gar nicht wundern, wenn er gebrochen wäre.«

»So schlimm ist es bestimmt nicht. Ich habe ihn ja kaum berührt. Zeig mal her.«

Fanny zog das Bein unter sich aufs Sofa und verbarg den Fuß vor Emmelines Blick. »Ich glaube, du hast schon mehr als genug angerichtet.«

Emmeline trommelte mit den Fingern auf der Sessellehne. »Und wie soll ich dann meine Tanzschritte üben?«

»Darüber mach dir mal keine Sorgen; Großonkel Bernard ist zu blind, um es zu merken, und Großvetter Jeremy wird viel zu beschäftigt damit sein, dich mit seinem endlosen Geschwätz über den Krieg zu langweilen.«

»Pah. Ich habe nicht vor, mit den Großonkels zu tanzen«, erwiderte Emmeline.

»Ich fürchte, es wird dir nicht viel anderes übrig bleiben«, sagte Fanny.

Emmeline hob selbstgefällig die Brauen. »Das werden wir ja sehen.«

»Ach?« Fanny betrachtete sie misstrauisch. »Was willst du damit sagen?«

Emmeline grinste breit. »Großmutter hat Vater dazu überredet, die Luxtons einzuladen …«

»Theodore Luxton?« Fanny errötete. »Der kommt auch?«

»Ist das nicht aufregend?« Emmeline ergriff Fannys Hände. »Vater hielt es nicht für angebracht, seine Geschäftspartner zu Hannahs Ball einzuladen, aber Großmutter hat sich durchgesetzt.«

»Ach, du je«, sagte Fanny, und rote Flecken erschienen auf ihrem Gesicht. »Ist das aufregend! Da bekommen wir ja zur Abwechslung mal gebildete Gesellschaft.« Kichernd klopfte sie sich abwechselnd auf die erhitzten Wangen. »Theodore Luxton, was für eine Überraschung.«

»Jetzt weißt du, warum ich tanzen lernen *muss*.«

»Daran hättest du denken sollen, bevor du mir den Fuß zerquetscht hast.«

Emmeline runzelte die Stirn. »Wenn uns Vater bloß *richtige* Stunden an der Vacani-Schule hätte nehmen lassen. Niemand wird mit mir tanzen, wenn ich die Schritte nicht beherrsche.«

Fanny rang sich ein dünnes Lächeln ab. »Du bist sicherlich nicht die begabteste Tänzerin, Emmeline«, gab sie zurück. »Aber mach dir keine Sorgen. Es wird dir auf dem Ball garantiert nicht an Tanzpartnern mangeln.«

»Oh?«, sagte Emmeline mit der gespielten Ahnungslosigkeit einer an Komplimente gewöhnten jungen Dame.

Fanny rieb ihren bestrumpften Zeh. »Von *allen* anwesenden Gentlemen wird erwartet, dass sie die Töchter des Hauses zum Tanz auffordern. Selbst die Trampel.«

Emmeline setzte eine finstere Miene auf.

Fanny, die durch ihren kleinen Sieg Auftrieb bekommen hatte, fuhr fort: »Ich erinnere mich an meinen Debütantinnenball, als wäre es gestern gewesen«, seufzte sie übertrieben wehmütig, als läge das bereits zwanzig Jahre zurück.

»Bei deiner Anmut und deinem Charme«, sagte Emmeline und verdrehte die Augen, »haben die jungen, gut aussehenden Männer bestimmt Schlange gestanden, um mit dir tanzen zu dürfen.«

»Leider nicht. Ich habe noch nie so viele alte Männer gesehen, die es nicht erwarten konnten, mir auf den Füßen herumzutrampeln, damit sie schnell wieder zu ihren Ehefrauen zurückkehren konnten, um ein Nickerchen zu machen. Ich war schrecklich enttäuscht. Die besten Männer waren im Krieg. Gott sei Dank hat Godfreys Bronchitis ihn vor dem Militär bewahrt, sonst hätten wir uns nie kennengelernt.«

»War es Liebe auf den ersten Blick?«

Fanny rümpfte die Nase. »Natürlich nicht! Godfrey war fürchterlich krank und hat den halben Abend auf der Toilette verbracht. Soweit ich mich erinnere, haben wir nur einmal miteinander getanzt. Die Quadrille. Bei jeder Drehung wurde er grüner im Gesicht, bis er mittendrin aufgehört hat und geflüchtet ist. Das hat mich damals ziemlich geärgert. Ich stand plötzlich allein da, was mir äußerst peinlich war. Monatelang habe ich ihn dann nicht mehr gesehen. Selbst danach hat es noch ein Jahr gedauert, bis wir geheiratet haben.« Sie schüttelte seufzend den Kopf. »Es war das längste Jahr meines Lebens.«

»Warum?«

Fanny überlegte. »Irgendwie hatte ich mir vorgestellt, dass sich mein Leben nach dem Debütantinnenball schlagartig ändern würde.«

»Und, hat es das nicht?«, fragte Emmeline.

»Doch, aber nicht so, wie ich es mir erhofft hatte. Es war furchtbar. Ich war zwar offiziell erwachsen, aber ich konnte nichts unternehmen und nirgendwohin gehen, ohne dass sich Lady Clementine oder irgendeine andere verstaubte alte Dame in meine Angelegenheiten eingemischt hätte. Als Godfrey mir einen Heiratsantrag gemacht hat, war ich so glücklich wie noch nie in meinem Leben. Er war die Erfüllung all meiner Träume.«

Emmeline, die sich nur schwer vorstellen konnte, wie Godfrey Vickers – aufgedunsen, fast kahl und kränklich – die Erfüllung von irgendjemandes Träumen sein konnte, rümpfte die Nase. »Wirklich?«

Fanny schaute demonstrativ in Hannahs Richtung. »Man wird einfach anders behandelt, wenn man verheiratet ist. Sobald ich als ›Mrs‹ Vickers vorgestellt werde, bin ich für die Leute kein dummes, kleines Mädchen mehr, sondern eine verheiratete Frau, die in der Lage ist, selbstständig zu denken.«

Hannah, scheinbar unbeteiligt, fuhr wild entschlossen mit ihrer Übertragungsarbeit fort.

»Habe ich dir eigentlich von meiner Hochzeitsreise erzählt?«, fragte Fanny, die ihre Aufmerksamkeit wieder Emmeline zuwandte.

»Mindestens tausendmal.«

Fanny fuhr unbeeindruckt fort. »Florenz ist die romantischste ausländische Stadt, die ich je gesehen habe.«

»Es ist die einzige ausländische Stadt, die du je gesehen hast.«

»Jeden Abend nach dem Essen sind Godfrey und ich am Arno entlangspaziert, und in einem urigen kleinen Geschäft auf dem Ponte Vecchio hat er mir eine wunderschöne Halskette gekauft. In Italien habe ich mich wie ein ganz anderer Mensch gefühlt. Wie verwandelt. Einmal sind wir auf den Forte di Belvedere geklettert und hatten einen Blick über die ganze Toscana. Es war so schön, dass ich hätte weinen können. Und erst die Museen! Es gab einfach *zu* viel zu sehen. Godfrey hat mir versprochen, so bald wie möglich wieder mit mir dorthin zu reisen.« Sie warf einen verstohlenen Blick in Richtung Schreibtisch, wo Hannah unverdrossen weiterschrieb. »Und all die *Leute*, die man erst auf Reisen kennenlernt; absolut faszinierend. Einer unserer Mitreisenden auf dem Schiff war unterwegs nach Kairo. Du würdest nie raten, was er dort vorhatte: nach verborgenen Schätzen graben! Ich konnte es gar nicht glauben, als er es erzählte. Offenbar wurden die alten Ägypter mitsamt ihrem Schmuck begraben. Ich kann mir nicht vorstellen, warum. Was für eine Verschwendung. Dr. Humphreys meinte, es hätte irgendwas mit ihrer Religion zu tun. Er hat uns unglaublich aufregende Geschichten erzählt und uns sogar eingeladen, die Ausgrabungsstätten zu besichtigen, falls wir in die Gegend kämen!« Hannah hatte aufgehört zu schreiben. Fanny gelang es nicht, ein triumphierendes Lächeln zu unterdrücken. »Godfrey war ein bisschen misstrauisch – er hatte das Gefühl, der Mann wollte uns einen Bären aufbinden –, aber ich fand es schrecklich interessant.«

»Sah er gut aus?«, fragte Emmeline.

»O ja«, schwärmte Fanny, »er …« Sie unterbrach sich, als sie sich wieder an ihr Drehbuch erinnerte. »Auf jeden Fall habe ich in den zwei Monaten, seit ich verheiratet bin, mehr Aufregendes erlebt als in meinem ganzen Leben davor.« Sie schielte kurz zu Hannah hinüber, dann spielte sie ihre Trumpfkarte aus. »Es ist merkwürdig. Bevor ich verheiratet war, dachte ich immer, sobald man einen Ehemann hat, verliert man sich selbst. Jetzt stelle ich fest, dass das Gegenteil der Fall ist. Ich habe mich noch nie so … unabhängig gefühlt. Man wird plötzlich als erwachsene Person wahrgenommen. Niemand zuckt auch nur mit der Wimper, wenn ich beschließe, einen Spaziergang zu machen. Ich rechne sogar damit, dass man mich bitten wird, dich und Hannah als Anstandsdame zu begleiten, solange ihr nicht auch verheiratet seid.« Hochmütig rümpfte sie die Nase. »Ihr könnt froh sein, dass ihr dafür jemanden wie mich habt anstatt eine langweilige alte Schachtel.«

Emmeline hob die Brauen, aber Fanny bemerkte es nicht. Sie beobachtete Hannah, deren Stift jetzt neben ihrem Buch lag.

Fannys Augen leuchteten vor Selbstzufriedenheit. »Nun«, sagte sie und zog sich den Schuh wieder über den verletzten Zeh, »so sehr ich eure anregende Gesellschaft auch genossen habe, aber ich muss jetzt gehen. Mein Mann wird bald von seinem Spaziergang zurückkommen, und ich merke, dass es mich nach einer Unterhaltung unter ... *Erwachsenen* dürstet.«

Mit einem zuckersüßen Lächeln auf den Lippen und hoch erhobenen Hauptes verließ sie das Zimmer. Nur das leichte Humpeln verdarb ihren Abgang.

Während Emmeline eine andere Schallplatte auflegte und im Dreivierteltakt durch das Zimmer schwebte, verharrte Hannah an ihrem Schreibtisch, den Rücken noch immer uns zugekehrt. Das Kinn auf die verschränkten Hände gestützt, blickte sie aus dem Fenster und über die endlosen Felder. Als ich hinter sie trat, um Staub zu wischen, konnte ich an ihrem schwachen Spiegelbild im Fenster erkennen, dass sie tief in Gedanken versunken war.

Eine Woche später trafen die Festgäste ein. Wie üblich begannen sie unmittelbar nach ihrer Ankunft, sich in die unterschiedlichen von den Gastgebern arrangierten Aktivitäten zu stürzen. Einige erkundeten das Gelände, andere spielten eine Partie Bridge in der Bibliothek, während die Sportlicheren unter ihnen sich im Ertüchtigungsraum der Fechtkunst widmeten.

Nach den übermenschlichen Anstrengungen, die es sie gekostet hatte, den Ball vorzubereiten, verschlechterte sich Lady Violets Gesundheitszustand plötzlich so drastisch, dass sie das Bett hüten musste. Lady Clementine suchte derweil anderweitig Gesellschaft. Angelockt vom Klirren der blitzenden Klingen ließ sie ihre massige Gestalt in einen Ledersessel sinken, von wo sie einen Blick auf die Fechtenden hatte. Als ich den Nachmittagstee servierte, war sie in ein gemütliches Tête-à-Tête mit Simion Luxton vertieft.

»Ihr Sohn ist ein guter Fechter«, bemerkte Lady Clementine und deutete auf einen der unter Masken verborgenen Männer. »Für einen Amerikaner.«

»Er mag ja wie ein Amerikaner sprechen, Lady Clementine, aber ich versichere Ihnen, dass er durch und durch Engländer ist.«

»In der Tat«, erwiderte Lady Clementine.

»Er ficht wie ein Engländer«, insistierte Simion lautstark. »Täuschend simpel. Im selben Stil, mit dem er bei den kommenden Parlamentswahlen einen Sitz erringen wird.«

»Ich hörte von seiner Nominierung«, sagte Lady Clementine. »Sie müssen hocherfreut sein.«

Simion war noch aufgeblasener als sonst. »Meinem Sohn steht eine blendende Zukunft bevor.«

»Wahrscheinlich repräsentiert er nahezu alles, was wir Konservativen von einem Parlamentarier erwarten. Bei meinem jüngsten Treffen der ›Konservativen Frauen‹ haben wir über den Mangel an guten, zuverlässigen Männern diskutiert, die Leuten wie Lloyd George etwas entgegenzusetzen haben.« Ihr taxierender Blick ruhte auf Teddy. »Ihr Sohn könnte dafür genau der Richtige sein, und ich wäre mehr als bereit, ihn zu unterstützen, sollte sich meine Vermutung bewahrheiten.« Sie nippte an ihrem Tee. »Natürlich gibt es da noch ein kleines Problem mit seiner Frau.«

»Da gibt es kein Problem«, erwiderte Luxton wegwerfend. »Teddy hat keine Frau.«

»Genau davon spreche ich, Mr Luxton.«

Luxton runzelte die Stirn.

»Einige der anderen Damen sind nicht so liberal eingestellt wie ich«, fuhr Lady Clementine fort. »Für sie ist das ein Zeichen eines schwachen Charakters. Die Familie hat für uns eine äußerst große Bedeutung. Ein Mann im besten Alter ohne Frau ... da fangen die Leute an, sich Gedanken zu machen.«

»Er hat einfach noch nicht die Richtige gefunden.«

»Selbstverständlich, Mr Luxton. Sie und ich wissen das. Aber die anderen Damen ... Sie betrachten Ihren Sohn und sehen einen sympathischen, gut aussehenden Mann, der so viel zu bieten hat, jedoch immer noch Junggeselle ist. Dann fragen sie sich natürlich, ob er womöglich gar keine Augen für Frauen hat.« Sie hob bedeutungsvoll Brauen.

Luxton lief rot an. »Mein Sohn ist nicht ... Noch nie wurde ein Luxton beschuldigt, ein ...«

»Aber selbstverständlich nicht, Mr Luxton«, unterbrach ihn Lady Clementine besänftigend, »und was ich eben sagte, ist doch auch nicht meine persönliche Meinung. Ich gebe nur die Überlegungen einiger unserer Damen wieder. Sie wollen wissen, dass ein Mann ein Mann ist. Und kein ... Ästhet.« Mit einem dünnen Lächeln rückte sie ihre Brille zurecht. »Wie auch immer, es ist keine große Sache, und außerdem bleibt ja genügend Zeit. Schließlich ist er noch jung. Fünfundzwanzig, nicht wahr?«

»Einunddreißig«, antwortete Luxton.

»Oh«, sagte sie. »So jung also doch nicht mehr. Dennoch kein Grund zur Beunruhigung.« Lady Clementine wusste um die Wirkung von beredtem Schweigen. Sie wandte ihre Aufmerksamkeit wieder der Fechtpartie zu.

»Sie können ganz beruhigt sein, Lady Clementine. Mit Teddy ist alles in Ordnung«, sagte Luxton. »Er ist sehr beliebt bei den Damen. Er wird sich schon beizeiten eine Braut suchen.«

»Es freut mich, das zu hören, Mr Luxton.« Ohne den Blick von den Fechtenden abzuwenden, nahm Lady Clementine einen Schluck Tee. »Ich kann nur für ihn hoffen, dass dieser Zeitpunkt bald kommen wird. Und dass er sich das richtige Mädchen aussucht.«

Simion hob fragend die Brauen.

»Wir Engländer sind ein nationalbewusstes Volk. Ihr Sohn empfiehlt sich durch viele Eigenschaften, aber einige Leute, besonders die Mitglieder der Konservativen Partei, könnten ihn noch für allzu *unerfahren* halten. Ich hoffe, dass er sich eine Frau nimmt, die etwas mehr in die Ehe einbringt als ihre ehrenwerte Persönlichkeit.«

»Was könnte wichtiger sein als die Ehre einer Frau, Lady Clementine?«

»Ihr Name, ihre Familie, ihre Abstammung.« Lady Clementine sah zu, wie Teddys Gegenspieler einen Treffer landete und damit den Kampf für sich entschied. »So bedeutungslos diese Dinge in der neuen Welt sein mögen, hier in England spielen sie eine außerordentlich große Rolle.«

»Neben der Jungfräulichkeit natürlich«, fügte Luxton hinzu.

»Natürlich.«

»Und der Demut.«

»Gewiss«, erwiderte Lady Clementine etwas weniger überzeugt.

»Diese modernen Frauen sind nichts für meinen Sohn, Lady Clementine«, sagte Simion und leckte sich die Lippen. »Wir Luxton-Männer haben es lieber, wenn die Frauen wissen, wer der Herr im Haus ist.«

»Ich verstehe, Mr Luxton«, antwortete Lady Clementine.

Simion applaudierte zur Beendigung des Kampfs. »Wenn man bloß wüsste, wo solch eine geeignete junge Dame zu finden wäre.«

Lady Clementine blickte unverwandt auf das Spielfeld. »Finden Sie nicht auch, Mr Luxton, dass die Dinge, die man sucht, sehr häufig vor der eigenen Haustür zu finden sind?«

»Durchaus, Lady Clementine«, antwortete Luxton mit einem schmallippigen Lächeln. »Ich bin durchaus Ihrer Meinung.«

Beim Abendessen wurde ich an jenem Freitag nicht gebraucht, und so sah ich weder Teddy noch seinen Vater für den Rest des Tages. Nancy erzählte mir, dass die beiden am späten Abend auf dem Korridor im ersten Stock in eine ernsthafte Diskussion vertieft waren, aber worüber sie sprachen, erfuhr ich nicht. Als ich am Samstagmorgen im Salon nach dem Kaminfeuer sah, war Teddy wie üblich die Liebenswürdigkeit in Person. Er saß im Sessel und las in der Zeitung, hinter der er seine Belustigung verbarg, während Lady Clementine sich über die Blumenarrangements beklagte. Aus Braintree waren prachtvolle Rosen geliefert worden, obwohl man Lady Clementine Dahlien versprochen hatte. Sie war darüber ziemlich empört.

»He, du«, sagte sie zu mir und wedelte mit einer Rose, »hol Miss Hartford her. Sie soll sich das selbst mal ansehen.«

»Ich glaube, Miss Hartford ist gerade dabei, ihr Pferd für einen Morgenausritt zu satteln«, erwiderte ich.

»Und wenn sie vorhätte, im Grand National an den Start zu gehen, das interessiert mich nicht. Sie muss sich um die Blumenarrangements kümmern.«

Also wurde Hannah, während die anderen jungen Damen ihr Frühstück im Bett einnahmen und schon vom bevorstehenden Abend träumten, in den Salon zitiert. Ich hatte ihr eine halbe Stunde zuvor in die Reitkleidung geholfen, und sie wirkte wie ein in die Enge getriebener Fuchs, der nach einer Fluchtmöglichkeit sucht. Während Lady Clementine vor Wut schäumte, konnte Hannah, der die Frage, ob Dahlien dem Anlass angemessener wären als Rosen, völlig gleichgültig war, nur stumm nicken und hin und wieder einen sehnsüchtigen Blick auf die Schiffsuhr werfen.

»Was sollen wir bloß tun?«, fragte Lady Clementine, nachdem sie ihre Tirade beendet hatte. »Es ist zu spät, um neue Blumen zu bestellen.«

Hannah presste die Lippen zusammen und blinzelte, als erwachte sie aus einem Tagtraum. »Wir werden wohl mit dem auskommen müssen, was wir haben«, sagte sie mit einem gespielten Seufzer.

»Aber wirst du es ertragen können?«

Hannah täuschte Resignation vor. »Wenn es sein muss, wird es schon gehen.« Sie wartete die notwendigen Sekunden ab, bevor sie gut gelaunt fortfuhr: »Wenn das dann alles ist …«

»Komm mit nach oben«, unterbrach Lady Clementine sie. »Ich will dir noch zeigen, wie fürchterlich sie sich im Ballsaal machen. Du glaubst gar nicht …«

Im Sessel räusperte sich Teddy, faltete die Zeitung zusammen und legte sie auf den Tisch neben sich. »Es ist so ein schöner Wintertag«, sagte er in den Raum hinein, ohne sich direkt an jemanden zu wenden, »ich hätte Lust, auszureiten und mir das Anwesen ein wenig anzusehen.«

Lady Clementine holte mitten im Satz Luft und bekam leuchtende Augen. »Ein Ausritt«, fuhr sie ohne Umschweife fort. »Was für eine großartige Idee, Mr Luxton. Hannah, ist das nicht eine großartige Idee?«

Als Hannah überrascht aufblickte, lächelte Teddy sie verschwörerisch an. »Sie können mich gern begleiten.«

Ehe Hannah etwas sagen konnte, antwortete Lady Clementine an ihrer Stelle: »Ja ... ein entzückender Vorschlag. Wir würden uns Ihnen gern anschließen. Natürlich nur, wenn Sie nichts dagegen haben?«

»Ich würde mich glücklich schätzen, von zwei so reizenden Damen begleitet zu werden.«

Lady Clementine drehte sich zu mir um und sagte mit ängstlichem Gesichtsausdruck: »Du, Mädchen, gehst zu Mrs Townsend und sagst ihr, sie soll ein Lunchpaket vorbereiten.« Und Teddy zugewandt fuhr sie mit einem schmallippigen Lächeln fort: »Ich liebe es auszureiten.«

Sie bildeten eine ulkige Prozession, als sie sich zu den Ställen aufmachten, erzählte Dudley später – und noch ulkiger, als sie erst auf den Pferden saßen. Er hatte einen Lachanfall bekommen, als er sie zusammen wegreiten sah, Lady Clementine auf Mr Fredericks uralter Stute, deren Körperumfang noch den ihren übertroffen hatte.

Als sie nach zwei Stunden zum Mittagessen zurückkehrten, war Teddy klatschnass und Hannah merkwürdig still, während Lady Clementine zufrieden schnurrte wie eine Katze vor einer Schüssel Milch. Was auf ihrem Ausritt geschehen war, erfuhr ich von Hannah, allerdings erst Monate später.

Vom Stall aus überquerten sie die Wiese in Richtung Westen, folgten dem Bach und hielten sich unter den mächtigen Birken, die das schilfbewachsene Ufer säumten. Die Wiesen auf beiden Seiten des Ufers waren mit einer dicken Schneeschicht bedeckt, und von den Rehen, die zur Sommerzeit dort grasten, war keine Spur zu entdecken.

Eine Zeit lang ritten sie schweigend, Hannah vorweg, Teddy dicht hinter ihr, während Lady Clementine das

Schlusslicht bildete. Unter den Hufen der Pferde knirschte das gefrorene Laub, und der eisige Bach plätscherte in Richtung Themse.

Schließlich brachte Teddy sein Pferd an Hannahs Seite und sagte gut gelaunt: »Es ist mir ein großes Vergnügen, hier zu sein, Miss Hartford. Ich muss Ihnen für Ihre freundliche Einladung danken.«

Hannah, die die Stille genossen hatte, erwiderte: »Sie müssen sich bei meiner Großmutter bedanken, Mr Luxton. Denn ich hatte mit der ganzen Geschichte wenig zu tun.«

»Aha …«, sagte Teddy. »Verstehe. Ich werde daran denken.«

Aus Mitleid mit Teddy, der schließlich nur ein wenig hatte plaudern wollen, sagte Hannah schließlich: »Womit verdienen Sie eigentlich Ihren Lebensunterhalt, Mr Luxton?«

»Ich bin Sammler«, erwiderte er schnell und vielleicht auch ein wenig erleichtert

»Was sammeln Sie denn?«

»Schöne Dinge.«

»Ich dachte, Sie arbeiteten für Ihren Vater.«

Teddy schüttelte ein Birkenblatt ab, das auf seiner Schulter gelandet war. »Mein Vater und ich haben nicht die gleiche Auffassung, was Geschäfte betrifft, Miss Hartford. Dinge, die nicht unmittelbar der Mehrung von Reichtum dienen, haben für ihn keinen sonderlichen Wert.«

»Und wie ist das bei Ihnen, Mr Luxton?«

»Ich suche Reichtum anderer Art. Den Reichtum neuer Erfahrungen. Das Jahrhundert ist noch so jung, und ich bin es ebenfalls. Es gibt zu viel zu sehen und zu tun, als dass man sich von Geschäften auffressen lassen dürfte.«

Hannah sah ihn an. »Vater meinte, Sie würden in die Politik gehen. Das wird doch sicherlich Ihre Pläne beeinträchtigen.«

Er schüttelte den Kopf. »Die Politik liefert mir noch mehr Gründe, meinen Horizont zu erweitern. Die führenden Köpfe sind diejenigen, die ihre Position um neue Blickwinkel bereichern können, finden Sie nicht auch?«

Eine Weile ritten sie schweigend in Richtung der weit abgelegenen Wiesen und blieben immer wieder stehen, damit die beiden Nachzügler sie einholen konnten. Als sie schließlich das schützende Dach eines alten, marmornen Teepavillons erreichten, waren Lady Clementine und ihre alte Mähre gleichermaßen erleichtert, dass sie ihren geschundenen Knochen eine kleine Ruhepause gönnen konnten. Teddy half Lady Clementine in den Pavillon, während Hannah das Essen aus Mrs Townsends Picknickkorb ausbreitete.

Nachdem sie heißen Tee aus der Thermoskanne getrunken und Früchtebrot gegessen hatten, meinte Hannah: »Ich glaube, ich werde einen Spaziergang zur Brücke machen.«

»Was für eine Brücke?«, fragte Teddy.

Hannah stand auf. »Sie steht hinter den Bäumen, wo der See schmaler wird und in den Fluss übergeht.«

»Haben Sie etwas dagegen, wenn ich mich anschließe?«

»Nicht im Geringsten«, erwiderte Hannah, obwohl sie durchaus etwas dagegen hatte.

Lady Clementine, hin- und hergerissen zwischen ihren Pflichten als Anstandsdame und der Fürsorge für ihr geschundenes Gesäß, sagte schließlich: »Ich bleibe hier und kümmere mich um die Pferde. Haltet euch nicht zu lange auf, damit ich mir keine Sorgen machen muss. Im Wald lauern viele Gefahren.«

Hannah bedachte Teddy mit einem angedeuteten Lächeln und machte sich auf den Weg Richtung Brücke. Teddy folgte ihr, holte sie ein und hielt sich in angemessenem Abstand neben ihr.

»Es tut mir leid, dass Lady Clementine Ihnen heute Morgen unsere Gesellschaft aufgezwungen hat, Mr Luxton.«

»Davon kann gar keine Rede sein«, erwiderte Teddy. »Ich reite gern in Gesellschaft. Von manchen Personen lasse ich mich allerdings besonders gern begleiten.«

Hannah schaute ihn nicht an. »Als Kinder«, sagte sie schnell, »sind mein Bruder, meine Schwester und ich oft hierher zum See gekommen, um zu spielen. Im Bootshaus und auf der Brücke.« Sie warf Teddy einen verstohlenen Blick zu. »Es ist nämlich eine magische Brücke.«

»Eine magische Brücke?« Teddy zog verwundert die Brauen hoch.

»Sie werden es verstehen, sobald Sie sie sehen.«

»Und was haben Sie da auf Ihrer magischen Brücke gespielt?«

»Wir sind abwechselnd rübergelaufen.« Sie sah ihn an. »Ich weiß, das hört sich ziemlich simpel an. Aber das ist nicht *irgendeine* magische Brücke. Diese hier wird bewacht von einem besonders hässlichen und rachsüchtigen Wasserdämon.«

»Tatsächlich?«, gab Teddy lächelnd zurück.

»Meistens sind wir problemlos auf die andere Seite gelangt, aber immer wieder mal hat einer von uns ihn aufgeweckt.«

»Und was passierte dann?«

»Na ja, dann gab es ein Duell auf Leben und Tod.« Sie lächelte ihn an. »Auf seinen Tod natürlich. Wir waren ausgezeichnete Fechter. Zum Glück ist der Dämon unsterblich, denn sonst hätten wir nicht lange Vergnügen an dem Spiel gehabt.«

Als sie um eine Ecke bogen, konnten sie an einer schmalen Stelle des Bachs eine wacklige Brücke ausmachen. Das Wasser war trotz der Kälte noch nicht gefroren.

»Das ist sie«, sagte Hannah atemlos.

Von der Brücke, die nicht mehr benutzt wurde, seit man näher an der Stadt eine größere errichtet hatte, die auch von Autos befahren werden konnte, war nahezu alle Farbe abgeblättert, und sie war von Moos überwuchert. Die schilfbewachsenen Bachufer, auf denen im Sommer die Wildblumen blühten, fielen sanft zum Wasser hin ab.

»Ob der Wasserdämon wohl heute auch da ist?«, fragte Teddy.

Hannah lächelte. »Keine Sorge. Wenn er auftaucht, werde ich schon mit ihm fertig.«

»Sie haben wohl eine Menge Zweikämpfe mit ihm ausgefochten?«

»Und gewonnen«, erwiderte Hannah. »Wir haben so oft wie möglich hier unten gespielt. Aber wir haben natürlich nicht *immer* gegen den Dämon gekämpft. Manchmal haben wir auch Briefe geschrieben. Aus denen haben wir dann Schiffchen gefaltet und sie über das Brückengeländer in den Bach geworfen.«

»Warum?«

»Sie sollten unsere Wünsche nach London bringen.«

»Klar.« Teddy lächelte. »Und an wen waren die Briefe gerichtet?«

Hannah strich mit dem Fuß über das Gras. »Sie werden es töricht finden.«

»Wir werden ja sehen.«

Sie schaute ihn an und musste sich ein Grinsen verkneifen. »Ich habe an Jane Digby geschrieben. Jedes Mal.«

Er runzelte die Stirn.

»An Lady Jane Digby, die nach Arabien gegangen ist und dort als Forscherin gearbeitet hat.«

»Ach ja«, sagte Teddy, der sich schwach erinnerte. »Die berüchtigte Ausreißerin. Und was hatten Sie der Dame mitzuteilen?«

»Ich habe sie gebeten, mich aus Riverton zu befreien. Ich habe ihr meine Dienste als ergebene Sklavin angeboten, falls sie mich auf ihrem nächsten Abenteuer mitnähme.«

»Aber als Sie ein kleines Mädchen waren, da war Lady Digby doch längst ...«

»Tot? Stimmt. Natürlich war sie tot. Schon lange. Nur damals wusste ich das noch nicht.« Hannah warf ihm einen Blick von der Seite zu. »Aber hätte sie noch gelebt, wäre der Plan natürlich perfekt gewesen.«

»Zweifellos«, erwiderte Teddy mit übertriebener Ernsthaftigkeit. »Sie wäre sofort hergekommen und hätte Sie mit nach Arabien genommen.«

»Und zwar als Beduinenscheich verkleidet.«

»Ihr Vater hätte absolut nichts dagegen einzuwenden gehabt.«

Hannah lachte. »Ich fürchte doch. Einmal hat er sich schrecklich aufgeregt.«

Teddy sah sie fragend an. »Ach?«

»Einer unserer Pächter hat einmal einen von diesen Briefen gefunden und meinem Vater gebracht. Der Bauer konnte nicht lesen, aber ich hatte den Brief mit dem Familienwappen versehen, deshalb hielt der Mann ihn für wichtig. Wahrscheinlich hat er sich eine Belohnung für seine Mühe erhofft.«

»Ich nehme mal an, dass er keine bekommen hat.«

»Natürlich nicht. Vater war fuchsteufelswild, aber ich weiß bis heute nicht, ob es ihn mehr geärgert hat, dass ich mich in derart skandalöse Gesellschaft begeben wollte, oder dass ich überhaupt die Frechheit besaß, einen solchen Brief zu schreiben. Ich glaube, seine größte Sorge war, dass Großmutter etwas davon erfahren könnte. Sie hat mich ohnehin immer für ein zu übermütiges Kind gehalten.«

»Was dem einen übermütig erscheinen mag«, entgegnete Teddy, »würden andere vielleicht als temperamentvoll bezeichnen.« Er bedachte sie mit einem ernsten Blick, hinter dem Hannah eine Absicht vermutete, wenn sie auch nicht genau zu sagen wusste, welche. Sie spürte, wie sie errötete, und wandte sich von ihm ab. Ihre Finger fuhren durch ein Büschel des langen, dünnen Schilfs, das entlang des Ufers wuchs. Sie zog einen Halm aus seinem Schaft und rannte plötzlich ganz ausgelassen auf die Brücke, warf den Halm auf der einen Seite in den rauschenden Bach und flitzte auf die andere Seite, um ihn wieder auftauchen zu sehen.

»Nimm meine Wünsche mit nach London«, rief sie ihm nach, als er hinter der nächsten Biegung verschwand.

»Was haben Sie sich denn gewünscht?«, wollte Teddy wissen.

Lächelnd beugte sie sich vor, und in diesem Augenblick griff das Schicksal ein. Der schon etwas ausgeleierte Verschluss ihrer Halskette, an der sie das Medaillon trug, löste sich, sodass die Kette von ihrem bleichen Hals rutschte und ins Wasser fiel. Hannah spürte es, konnte aber nicht mehr rechtzeitig reagieren. Im nächsten Moment sah sie von ihrem Medaillon nur noch ein schwaches Schimmern, das unter der Wasseroberfläche verschwand.

Mit angehaltenem Atem rannte sie über die Brücke und kletterte durch das Schilfrohr die Böschung hinunter.

»Was ist passiert?«, rief Teddy verblüfft.

»Mein Medaillon ist ins Wasser gefallen«, erwiderte Hannah, während sie sich hastig die Schuhe auszog. »Mein Bruder ...«

»Haben Sie gesehen, wohin es gefallen ist?«

»Mitten in den Bach«, sagte Hannah. Sie kämpfte sich über den schlüpfrigen Untergrund zum Ufer vor, und schon bald war ihr Rocksaum nass und schlammverschmiert.

»Warten Sie«, rief Teddy, streifte sich die Jacke ab, warf sie ans Ufer und zog die Schuhe aus. Der Bach war an dieser Stelle zwar schmal, aber ziemlich tief, und schon bald stand Teddy bis zur Hüfte im Wasser.

Mittlerweile hatte Lady Clementine sich wieder ihrer Pflichten besonnen und stapfte energisch über den unebenen Boden, um ihre beiden jungen Schützlinge zu suchen. Sie entdeckte sie in dem Augenblick, als Teddy gerade untertauchte.

»Meine Güte!«, rief Lady Clementine. »Was ist denn hier los? Es ist doch viel zu kalt zum Schwimmen.« Ihre Stimme hatte einen aufgeregt schrillen Unterton. »Sie holen sich den Tod.«

Hannah, wie taub vor Panik, reagierte nicht. Sie lief zurück auf die Brücke und versuchte verzweifelt, ihr Medaillon irgendwo zu entdecken, um Teddy eine Richtung angeben zu können.

Er tauchte immer wieder unter, während sie das Wasser mit ihren Blicken absuchte, und als sie schon die Hoffnung aufgeben wollte, richtete er sich triumphierend auf, das schimmernde Medaillon in der hochgereckten Faust.

Was für eine Heldentat! Sie passte gar nicht zu Teddy, der trotz bester Absichten eher durch Besonnenheit denn durch Galanterie bestach. Im Laufe der Jahre, wenn die

Geschichte ihrer Verlobung bei gesellschaftlichen Ereignissen kolportiert wurde, nahm sie immer mythischere Ausmaße an, auch in Teddys eigenen Erzählungen. So als könne er, ebenso wie seine lächelnden Zuhörer, immer noch nicht glauben, dass sich das alles tatsächlich ereignet hatte. Aber es war geschehen. Und zwar genau im richtigen Augenblick und in Anwesenheit der richtigen Person, sodass das Schicksal seinen Lauf nehmen konnte.

Als Hannah mir davon erzählte, sagte sie, in dem Moment, als er tropfnass und zitternd mit ihrem Medaillon in der großen Hand vor ihr gestanden habe, sei sie sich ganz plötzlich und intensiv seiner Körperlichkeit bewusst geworden. Seine nasse Haut, die Art, wie das Hemd an seinen Armen geklebt hatte, seine dunklen Augen siegessicher auf sie gerichtet. Nie zuvor habe sie so etwas empfunden – wie auch und für wen? Sie habe sich danach gesehnt, dass er sie in den Armen halten würde, genauso fest, wie er ihr Medaillon hielt.

Natürlich tat er nichts dergleichen, sondern überreichte ihr nur stolz lächelnd das Medaillon. Sie nahm es dankbar entgegen und wandte sich ab, als er sich mühsam die trockenen Kleider über die nassen zog.

Aber der Keim war gelegt.

Der Ball

Hannahs Ball ging ohne die kleinste Panne über die Bühne. Die Musiker und der Champagner trafen ein wie bestellt, und Dudley brachte alle Pflanzen aus dem Gewächshaus herüber, um die unzureichenden Blumenarrangements aufzustocken. Die Kamine an beiden Enden des Saals wurden beheizt, damit die Gäste es behaglich warm hatten.

Der Ballsaal glänzte und glitzerte. Kronleuchter funkelten, schwarze und weiße Kacheln schimmerten, und die Gäste strahlten. In der Mitte des Saals hatten sich fünfundzwanzig kichernde junge Damen versammelt, selbstbewusst in ihren teuren Kleidern und weißen Handschuhen, stolz auf ihren kostbaren Familienschmuck. Den Mittelpunkt bildete Emmeline. Obwohl sie mit ihren fünfzehn Jahren jünger war als die anderen, hatte Lady Clementine ihre Teilnahme unter der Bedingung erlaubt, dass sie den heiratsfähigen Männern nicht den Kopf verdrehte und damit die Chancen der anderen Mädchen zunichtemachte. Ein ganzes Bataillon pelzbehängter Anstandsdamen hockte auf goldfarbenen Stühlen entlang der Wand, die Wärmflaschen unter den Muff gepackt. Die Altgedienten unter ihnen erkannte man daran, dass sie sich Lektüre oder Strickzeug mitgebracht hatten, um sich die Zeit bis zu den frühen Morgenstunden zu vertreiben.

Die Herren dagegen stellten eine ziemlich bunte Mischung dar, lauter Freiwillige, die dem Ruf zum Dienst an der Heimatfront pflichtbewusst gefolgt waren. Zu den wenigen Männern, die man noch guten Gewissens als »jung« bezeichnen konnte, gehörten zwei rotgesichtige walisische Brüder, die von Lady Violets Großkusine für das Ereignis aufgeboten worden waren, und der früh kahl gewordene Sohn eines örtlichen Lords, dessen Neigungen sich, wie ziemlich schnell klar wurde, nicht auf das weibliche Geschlecht erstreckten. Neben diesen Abkömmlingen des Provinzadels wirkte Teddy mit seinen schwarzen Haaren, dem Filmstarschnurrbart und seiner amerikanischen Kleidung hinreißend attraktiv.

Als der Duft der prasselnden Kaminfeuer den Ballsaal erfüllte und irisches Gedudel von den Klängen des Wiener Walzers abgelöst wurde, kamen die alten Herren zur Sache und begannen, den über den Saal verteilten jungen Damen den Hof zu machen, einige auf charmante, andere auf joviale Weise, die meisten jedoch ohne jeden Stil. Da Lady Violet immer noch mit hohem Fieber im Bett lag, hatte Lady Clementine die Hartford-Schwestern unter ihre Fittiche genommen. Mit versteinerter Miene beobachtete sie, wie ein pickelgesichtiger junger Mann auf Hannah zusteuerte, um sie zum Tanz aufzufordern.

Teddy, der ebenfalls auf dem Weg zu Hannah gewesen war, wandte sich daraufhin breit lächelnd Emmeline zu. Strahlend erhob sie sich, ohne Lady Clementines missbilligende Blicke zu beachten, machte einen Knicks, senkte kokett die Lider, um die Augen gleich darauf wieder weit zu öffnen und sich zu voller Größe aufzurichten. Richtig tanzen konnte sie zwar immer noch nicht, aber das Geld, das sich Mr Frederick für die Privatstunden bei einer Gesellschafterin zu zahlen genötigt gefühlt hatte, erwies sich als gute Investition. Als die beiden übers

Parkett schwebten, fiel mir auf, wie eng Emmeline Teddy umarmte, wie sie ihm an den Lippen hing, wenn er etwas sagte, und zu laut lachte, wenn er einen Scherz machte.

Die Stimmung stieg, und mit jedem Tanz wurde es heißer im Ballsaal. Schweißgeruch mischte sich mit dem Rauch grüner Holzscheite, und als Mrs Townsend mich mit den Consommé-Tassen nach oben schickte, hatten sich die ersten eleganten Frisuren bereits aufgelöst und die Hitze die Wangen zum Glühen gebracht. Nach allem, was zu hören war, amüsierten sich die Gäste prächtig, mit der bemerkenswerten Ausnahme von Fannys Ehemann, der sich, von dem Fest überanstrengt, mit Migräne ins Bett zurückgezogen hatte.

Als Nancy mir auftrug, Dudley auszurichten, es werde mehr Brennholz gebraucht, war das für mich eine willkommene Gelegenheit, der Übelkeit erregenden Hitze des Ballsaals zu entkommen. Im Korridor und auf der Treppe flüsterten und kicherten die jungen Damen in kleinen Gruppen über ihren Suppentassen. Ich ging zur Hintertür hinaus und bemerkte auf halbem Weg durch den Garten eine einzelne Gestalt im Dunkeln.

Es war Hannah, die reglos wie eine Statue in den Nachthimmel starrte. Ihre nackten Schultern, die bleich und zart im Mondlicht schimmerten, hoben sich kaum vom hellen Samt ihres Kleids und der seidenen Stola ab. Ihr blondes Haar war zu einer eleganten Frisur aufgetürmt, nur einige einzelne Löckchen fielen ihr in den Nacken. Weiße Glacéhandschuhe verbargen ihre Hände.

Sie musste doch frieren, so wie sie nur mit einer Seidenstola bedeckt da draußen in der frostigen Winternacht stand. Sie brauchte eine Jacke – zumindest eine Tasse heiße Suppe. Kaum hatte ich beschlossen, ihr beides zu bringen, löste sich eine zweite Gestalt aus dem

Schatten. Zuerst dachte ich, es sei Mr Frederick, aber dann erkannte ich Teddy. Er trat zu Hannah und sagte etwas, das ich nicht verstehen konnte. Sie drehte sich um. Das Mondlicht liebkoste ihr Gesicht und fuhr zärtlich über ihre entspannten, leicht geöffneten Lippen.

Sie erschauerte leicht, und einen Moment lang dachte ich, Teddy würde seine Jacke ausziehen und sie ihr um die Schultern legen, so wie es die Helden in den romantischen Geschichten taten, die Emmeline so gern las. Aber das geschah nicht. Er sagte noch etwas zu ihr, woraufhin sie erneut in den Himmel schaute. Er ergriff ihre Hand, die seitlich herabhing, und sie zuckte ein wenig zusammen, als sich seine Finger um ihre schlossen. Er drehte ihre Hand so, dass er ihren blassen Unterarm betrachten konnte, dann hob er ihn ganz langsam an seinen Mund, neigte den Kopf und berührte mit den Lippen den kühlen Streifen Haut zwischen ihren Handschuhen und der Stola.

Sie sah zu, wie sich sein dunkler Haarschopf beugte, zog jedoch den Arm nicht zurück. Ich sah, wie ihre Brust sich hob und senkte, als ihr Atem schneller ging.

Inzwischen fror ich und fragte mich, ob seine Lippen warm waren und ob sein Schnurrbart wohl kitzelte.

Nach einer ganzen Weile hob er den Kopf wieder und sah sie an, ohne ihre Hand loszulassen. Er sagte etwas, woraufhin sie leicht nickte.

Dann ging er weg.

Sie schaute ihm nach. Als er außer Sichtweite war, berührte sie mit der einen Hand die Stelle, wo er ihren Arm geküsst hatte.

Nachdem der Ball in den frühen Morgenstunden offiziell beendet worden war, half ich Hannah beim Auskleiden. Emmeline schlief bereits und träumte von Samt und

Seide und wirbelnden Tänzern, während Hannah schweigend vor der Frisierkommode saß und ich ihre Handschuhe aufknöpfte. Durch die Körpertemperatur hatte sich der Stoff ein wenig geweitet, sodass die Handschuhe locker saßen. Als ich nach ihrem Perlenarmband griff, zog sie die Hand weg und sagte: »Ich möchte dir etwas sagen, Grace.«

»Ja, Miss?«

»Ich habe es noch niemandem erzählt.« Sie zögerte, schaute zur Tür hinüber und senkte die Stimme. »Du musst mir aber versprechen, dass du es nicht weitererzählst. Weder Nancy noch Alfred, und auch sonst niemandem.«

»Ich kann ein Geheimnis für mich behalten, Miss.«

»Ja, das stimmt. Du hast meine Geheimnisse bisher immer für dich behalten.« Sie holte tief Luft. »Mr Luxton hat mir einen Heiratsantrag gemacht.« Sie sah mich unsicher an. »Er sagt, er liebt mich.«

Ich wusste nicht recht, was ich antworten sollte. Überraschung zu heucheln erschien mir unaufrichtig. Wieder nahm ich ihre Hand. Diesmal widersetzte sie sich nicht und ließ sich das Armband abnehmen. »Sehr gut, Miss.«

»Ja«, sagte sie und kaute auf ihrer Unterlippe herum. »Wahrscheinlich ist es das.«

Als unsere Blicke sich trafen, hatte ich das vage Gefühl, eine Prüfung nicht bestanden zu haben. Ich wandte mich ab, streifte den ersten Handschuh von ihrer Hand ab wie eine Haut, die nicht mehr gebraucht wurde, und wandte mich dann dem anderen zu. Schweigend betrachtete sie meine Finger. Ein Nerv flatterte unter der Haut ihres Handgelenks. »Ich habe ihm noch keine Antwort gegeben.«

Abwartend musterte sie mich, doch ich konnte ihr nicht in die Augen sehen. »Ja, Miss«, erwiderte ich.

Als ich den zweiten Handschuh abstreifte, betrachtete sie sich im Spiegel.

»Er sagt, dass er mich liebt. Kannst du dir das vorstellen?«

Ich antwortete nicht, und sie rechnete auch nicht damit. Dann sagte sie, sie brauche mich nicht mehr, und entließ mich.

Als ich hinausging, saß sie noch immer vor dem Spiegel und betrachtete sich, als wäre es das erste Mal, als wollte sie sich ihre Gesichtszüge einprägen aus Furcht, sie könnten sich beim nächsten Blick in den Spiegel schon verändert haben.

Während Hannah an ihrer Frisierkommode saß und über diese merkwürdige und unerwartete Wendung der Dinge sinnierte, sah sich Mr Frederick in seinem im Erdgeschoss gelegenen Arbeitszimmer mit einem Schock ganz anderer Art konfrontiert. Mit atemberaubender Ignoranz hatte Mr Luxton ausgerechnet an jenem Abend seinen Schlag ausgeführt. (Die Räder des Geschäftslebens konnten schließlich nicht wegen eines Debütantinnenballs stillstehen, oder?)

Während die Tänzer und Tänzerinnen durch den Ballsaal wirbelten, hatte er Mr Frederick eröffnet, dass das Konsortium die notwendige Finanzspritze für sein kränkelndes Unternehmen verweigert habe. Das Risiko werde als zu groß betrachtet. Allerdings besitze Mr Frederick ja noch ein wertvolles Stück Land, für das er schnell und günstig einen Käufer finden könne, falls er sich vor der Peinlichkeit bewahren wolle, dass ihm die Bank eine weitere Finanzierung verweigere. (Auf Anhieb falle ihm ein amerikanischer Freund ein, der zufällig ein Grundstück in dieser Gegend suche, um die Versailler Gärten nachzubauen. Ein Geschenk für seine neue Frau.)

Mr Luxtons Kammerdiener plauderte die Neuigkeit aus, nachdem er sich bei den anderen Dienstboten einen Schnaps zu viel genehmigt hatte. Doch überrascht und bekümmert wie wir waren, blieb uns nichts anderes übrig, als unseren Pflichten weiter nachzugehen. Das Haus war voller Gäste, die mitten im Winter von weit her angereist und wild entschlossen waren, eine angenehme Zeit zu verbringen. Also taten wir wie gewohnt unsere Arbeit, servierten Tee, räumten die Zimmer auf und brachten Mahlzeiten auf den Tisch.

Mr Frederick jedoch brachte es nicht fertig, so zu tun, als wäre nichts geschehen. Während seine Gäste sich ganz wie zu Hause fühlten, sich an seinem Essen gütlich taten, seine Bücher lasen und sich an seiner Großzügigkeit erfreuten, igelte er sich in seinem Arbeitszimmer ein. Erst als der letzte Wagen abgefahren war, ließ er sich wieder blicken und begann, im Haus und im Park herumzustreifen, wie es ihm bis zu seinen letzten Tagen zur Gewohnheit werden sollte: geräuschlos, geisterhaft, die Gesichtsnerven angespannt von den Summen und Szenarien, die ihn offenbar quälten.

Lord Gifford war nun regelmäßig im Haus, und Miss Starling wurde aus dem Dorf herbeizitiert, um Dokumente in den Aktenschränken ausfindig zu machen. Tagein, tagaus wurde sie in Mr Fredericks Arbeitszimmer gebraucht und erschien alle paar Stunden, düster gekleidet und mit blasser Gesichtsfarbe, um mit uns im Dienstbotentrakt zu speisen. Wir waren gleichermaßen beeindruckt und verärgert über ihre absolute Verschwiegenheit über alles, was hinter den verschlossenen Türen vor sich ging.

Lady Violet, die immer noch krank zu Bett lag, durfte von all dem nichts erfahren. Der Arzt erklärte, er könne nichts mehr für sie tun, und wenn uns unser Leben lieb sei, sollten wir uns von ihr fernhalten. Denn es sei keine gewöhnliche Erkältung, die sie im Griff habe, sondern ein besonders bösartiger Grippevirus, der angeblich aus Spanien eingeschleppt worden war. Es sei ein grausames Spiel Gottes, bemerkte der Arzt düster, Millionen guter Menschen vier Jahre Krieg überleben zu lassen, nur um dann, als endlich wieder Frieden herrschte, den Tod über sie zu schicken.

Angesichts des entsetzlichen Gesundheitszustands ihrer Freundin verlor Lady Clementine nicht nur das Interesse an Katastrophen und Tod, sondern auch ihre Angst. Die Warnungen des Arztes ignorierend, machte sie es sich in einem Sessel neben Lady Violets Bett bequem und plapperte unbekümmert über das Leben außerhalb des warmen, dunklen Schlafzimmers. Sie berichtete von dem erfolgreichen Ball, von Lady Pamela Wroths scheußlichem Kleid und versicherte ihr, sie habe guten Grund anzunehmen, Hannah werde sich bald mit Mr Theodore Luxton verloben, dem Erben des beachtlichen Familienvermögens der Luxtons.

Ob Lady Clementine mehr wusste, als sie zugab, oder ob sie lediglich ihrer Freundin in der Stunde der Not Hoffnung machen wollte, auf jeden Fall bewies sie die Gabe der Hellseherei. Am nächsten Morgen wurde die Verlobung bekannt gegeben. Und als Lady Violet schließlich ihrer Grippe erlag, fiel sie dem Tod wenigstens als glückliche Frau in die Arme.

Es gab allerdings andere, die diese Nachricht weniger erfreut aufnahmen. Seit der offiziellen Bekanntgabe der Verlobung und dem Beginn der Hochzeitsvorbereitungen lief Emmeline mit finsterer Miene durchs Haus. Sie war eifersüchtig, das war klar. Es fragte sich nur, auf wen. Ich war mir nicht sicher.

An einem Morgen im Februar, als ich Hannah gerade dabei half, das Hochzeitskleid ihrer Mutter zu suchen, erschien Emmeline an der Tür zur Wäschekammer. Wortlos trat sie neben Hannah und sah zu, als wir das weiße Seidenpapier auseinanderfalteten und das darin eingeschlagene spitzenbesetzte Seidenkleid zum Vorschein kam.

»Wie altmodisch«, sagte Emmeline. »So was würde ich nie anziehen.«

»Zum Glück brauchst du das ja auch nicht«, sagte Hannah und lächelte mir verstohlen zu.

Emmeline schnaubte.

»Sieh mal, Grace«, sagte Hannah. »Ich glaube, da hinten ist der Schleier.« Sie beugte sich in den großen Kleiderschrank aus Zedernholz hinein. »Siehst du ihn? Da hinten?«

»Ja, Miss«, erwiderte ich und streckte die Hand aus, um ihn hervorzuholen.

Hannah ergriff ihn an einer Seite, und wir breiteten ihn vorsichtig auseinander. »Das sieht Mutter ähnlich, dass sie den längsten und schwersten Schleier haben musste.«

Er war wunderschön: feine Brüsseler Spitze mit winzigen Saatperlen an den Rändern. Ich hielt ihn hoch, um ihn gebührend würdigen zu können.

»Du kannst von Glück reden, wenn du es damit durch die Kirche schaffst, ohne dir den Hals zu brechen«, lästerte Emmeline. »Vor lauter Perlen kannst du doch überhaupt nichts mehr sehen.«

»Das schaffe ich schon«, entgegnete Hannah und drückte Emmelines Handgelenk. »Mit dir als Brautjungfer.«

Damit hatte sie Emmeline den Stachel gezogen. »Ich wünschte, du würdest es nicht tun«, seufzte sie. »Alles wird sich hier ändern.«

»Ich weiß«, gab Hannah zurück. »Endlich kannst du

auf deinem Grammofon spielen, was du willst, ohne dass dir jemand reinredet.«

»Mach keine Witze«, schmollte Emmeline. »Du hast mir versprochen, du würdest nicht weggehen.«

Um ihr nicht an den Haaren zu ziehen, legte ich den Schleier ganz vorsichtig über Hannahs Kopf.

»Ich habe gesagt, ich würde mir keine Arbeitsstelle suchen, und das habe ich auch nicht getan«, erwiderte Hannah. »Aber ich habe nie gesagt, dass ich nicht heiraten würde.«

»Doch, das hast du.«

»Wann?«

»Immer, du hast immer gesagt, du würdest niemals heiraten.«

»Das war vorher.«

»Vor was?«

Hannah antwortete nicht. »Emmeline«, sagte sie schließlich, »würdest du mir mal das Medaillon abnehmen? Ich möchte nicht, dass es sich in der Spitze verfängt.«

Emmeline öffnete den Verschluss. »Warum Teddy?«, fragte sie. »Warum musst du ausgerechnet Teddy heiraten?«

»Ich *muss* Teddy nicht heiraten, ich *will* ihn heiraten.«

»Du liebst ihn nicht«, sagte Emmeline.

Nach kurzem Zögern erwiderte Hannah leichthin: »Selbstverständlich liebe ich ihn.«

»Wie Romeo und Julia?«

»Nein, aber …«

»Dann solltest du ihn auch nicht heiraten. Du solltest ihn einer Frau überlassen, die ihn genau so liebt.«

»Niemand liebt sich wie Romeo und Julia«, entgegnete Hannah. »Das sind doch erfundene Figuren.«

Emmeline fuhr mit der Fingerspitze über die geprägte Oberfläche des Medaillons. »Ich würde so lieben wollen«, sagte sie.

»Dann tust du mir leid«, erwiderte Hannah, bemüht, ihren Worten Beiläufigkeit zu verleihen. »Sieh doch, wie es ihnen ergangen ist.«

Ich trat zur Seite, um den Brautkranz zurechtzurücken. »Das sieht wunderschön aus, Miss«, sagte ich.

»David würde es bestimmt nicht gutheißen«, sagte Emmeline unvermittelt und ließ das Medaillon wie ein Pendel hin und her schwingen. »Ich glaube nicht, dass Teddy ihm gefallen würde.«

Hannah erstarrte, als der Name ihres Bruders fiel. »Sei nicht kindisch, Emmeline.« Vergeblich versuchte sie das Medaillon zu fassen. »Und sei nicht so grob damit, am Ende geht es noch kaputt.«

»Du läufst davon.« Emmelines Stimme hatte einen scharfen Ton angenommen.

»Das tue ich nicht.«

»David würde das denken. Er würde sagen, du lässt mich im Stich.«

Leise entgegnete Hannah: »Ausgerechnet er dürfte sich das nicht anmaßen.« Während ich den Schleier über ihrem Gesicht arrangierte, bemerkte ich, dass ihre Augen feucht schimmerten.

Wortlos schmollend ließ Emmeline das Medaillon pendeln.

In dem gespannten Schweigen, das folgte, bemerkte ich beim Ordnen des Schleiers einen kleinen Riss, den ich würde flicken müssen.

»Du hast recht«, sagte Hannah schließlich. »Ich laufe davon. Genau wie du es tun wirst, sobald sich eine Möglichkeit ergibt. Manchmal, wenn ich im Park spazieren gehe, kann ich fast schon die Wurzeln spüren, die aus meinen Füßen wachsen und mich hier festhalten. Wenn ich nicht bald hier weggehe, wird mein Leben vorbei sein, und von mir wird nichts weiter übrig bleiben als ein Name auf dem Familiengrabstein.« Diese Gefühlsäußerung war ungewöhnlich düster für Hannah, und sie ließ mich das Ausmaß ihres Unglücks erahnen. »Teddy ist meine Chance«, fuhr sie fort, »die Welt zu sehen, zu reisen und interessante Menschen kennenzulernen.«

Emmeline standen Tränen in den Augen. »Ich wusste, dass du ihn nicht liebst.«

»Aber ich mag ihn, und ich werde ihn schon lieben lernen.«

»Du *magst* ihn?«

»Für mich ist das genug«, sagte Hannah. »Ich bin anders als du, Emmeline. Ich kann nicht gut mit Menschen lachen und herumalbern, an denen ich kein Interesse habe. Die meisten vornehmen Leute langweilen mich zu Tode. Wenn ich nicht heirate, bleiben mir nur zwei Möglichkeiten: endlos lange einsame Tage hier zu Hause bei Papa, oder eine gnadenlose Folge langweiliger Partys mit noch langweiligeren Anstandsdamen, bis ich alt genug bin, um selbst als Anstandsdame zu fungieren. Es ist wie Fanny gesagt hat …«

»Fanny übertreibt.«

»In dieser Hinsicht nicht.« Hannah ließ sich nicht beirren. »Die Ehe wird der Beginn meines Abenteuers sein.«

Emmeline betrachtete das Medaillon und versuchte, es zu öffnen.

Hannah griff danach, doch im selben Moment fiel sein Inhalt heraus. Wir alle erstarrten, als das winzige Buch mit dem handgebundenen Rücken und dem verblichenen Deckel auf dem Fußboden landete. *Die Schlacht gegen die Jakobiten.*

Betretenes Schweigen. Dann flüsterte Emmeline: »Du hast gesagt, sie wären alle verschwunden.«

Sie warf das Medaillon auf den Boden, rannte aus dem Zimmer und schlug die Tür hinter sich zu. Hannah, immer noch den Schleier ihrer Mutter auf dem Kopf, hob es auf. Sie nahm das Büchlein in die Hand, drehte es um und strich die Oberfläche glatt. Dann legte sie es wieder in die Aussparung im Innern des Medaillons und drückte den Deckel vorsichtig zu. Aber er ließ sich nicht mehr schließen. Das Scharnier war zerbrochen.

»Ich glaube, ich habe den Schleier lange genug anprobiert«, sagte sie. »Du kannst ihn jetzt zum Lüften aufhängen.«

Emmeline war nicht die Einzige in der Familie Hartford, der die Verlobung keine uneingeschränkte Freude bereitete. Als es ernst wurde mit den Hochzeitsvorbereitungen und der gesamte Haushalt mit Kleiderproben, Dekorieren und Backen beschäftigt war, wurde Mr Frederick immer stiller, saß allein in seinem Arbeitszimmer und erging sich in düsteren Grübeleien. Zudem wirkte er abgemagert. Der Verlust seiner Fabrik und der Tod seiner Mutter hatten ihren Tribut gefordert. Hannahs Entscheidung, Teddy zu heiraten, machte für ihn alles nur noch schlimmer.

Am Abend vor der Hochzeit suchte er Hannah in ihrem Zimmer auf, während ich ihr Abendessengeschirr zusammenräumte. Er setzte sich auf den Stuhl an ihrer Frisierkommode, stand aber sofort wieder auf, trat ans Fenster und blickte auf den Rasen hinaus. Hannah lag in ihrem weißen, gestärkten Nachthemd im Bett, die Haare fielen ihr wie Seide auf die Schultern. Sie betrachtete ihren Vater, und als sie seine knochige Gestalt, die hängenden Schultern und seine ehemals leuchtend blonden Haare, die innerhalb weniger Monate grau geworden waren, wahrnahm, wurde ihr Gesichtsausdruck sehr ernst.

»Es würde mich nicht wundern, wenn es morgen regnete«, sagte er schließlich, ohne sich vom Fenster abzuwenden.

»Ich mag Regen.«

Mr Frederick schwieg.

Ich hatte das Tablett vollgestellt. »Ist das alles, Miss?«

Sie war sich meiner Anwesenheit gar nicht mehr bewusst gewesen und drehte sich zu mir um. »Ja. Danke, Grace.« Dann ergriff sie unerwartet meine Hand. »Du wirst mir fehlen, Grace, wenn ich fortgehe.«

»Ja, Miss.« Ich knickste, und mir wurde ganz heiß. »Sie werden mir auch fehlen.« Ich machte einen Knicks vor Mr Fredericks Rücken. »Gute Nacht, Mylord.«

Er schien es gar nicht zu hören.

Ich fragte mich, was ihn in Hannahs Zimmer geführt hatte. Was er ihr am Abend vor der Hochzeit sagen musste, das nicht beim Abendessen oder anschließend im Salon hätte gesagt werden können. Ich verließ das Zimmer, zog die Tür hinter mir zu, stellte, wie ich zu meiner Schande gestehen muss, das Tablett auf dem Fußboden ab und legte mein Ohr an die Tür.

Lange herrschte Schweigen, und ich befürchtete schon, die Tür sei zu dick und ich würde Mr Frederick nicht verstehen können. Aber dann hörte ich, wie er sich räusperte.

Er sprach schnell, mit gesenkter Stimme. »Von Emmeline hatte ich erwartet, dass ich sie verlieren würde, sobald sie in das Alter käme. Aber du?«

»Du verlierst mich nicht, Papa.«

»Doch«, erwiderte er in scharfem Ton. »Erst David, dann meine Fabrik, jetzt dich. Alles, was mir lieb und teuer war ...« Offenbar versuchte er seine Fassung wiederzuerlangen, aber als er weitersprach, klang seine Stimme, als könnte sie ihm jeden Moment versagen. »Ich weiß, dass ich meinen Teil dazu beigetragen habe.«

»Papa?«

Einen Moment lang war alles still, dann hörte ich die Bettfedern quietschen. Als Mr Frederick wieder das Wort ergriff, kam seine Stimme aus einer anderen Richtung, und ich vermutete, dass er jetzt auf dem Fußende von Hannahs Bett saß. »Du darfst das nicht tun«, sagte er hastig. Erneutes Quietschen. Offenbar war er wieder aufgestanden. »Allein die Vorstellung, dass du bei diesen Leuten lebst. Sie haben meine Fabrik einfach verkauft ...«

»Papa, es gab keine anderen Interessenten. Diejenigen, die Simion gefunden hat, haben einen guten Preis dafür gezahlt. Stell dir doch die Demütigung vor, wenn die Bank ihr Geld zurückgefordert hätte. Sie haben dich davor bewahrt.«

»Davor bewahrt? Sie haben mich ausgeplündert. Sie hätten mir helfen können. Ich könnte immer noch im Geschäft sein. Und jetzt läufst du zu denen über. Das lässt mein Blut ... Nein, das steht nicht zur Debatte. Ich hätte mich durchsetzen sollen, bevor mir das ganze Geschäft aus der Hand genommen wurde.«

»Papa ...«

»Ich habe David nicht rechtzeitig aufgehalten, aber ich will verdammt sein, wenn ich denselben Fehler noch ein zweites Mal mache.«

»Papa ...«

»Ich lasse dich nicht ...«

»Papa«, sagte Hannah, diesmal wesentlich entschlossener. »Ich habe meine Entscheidung getroffen.«

»Mach sie rückgängig«, schrie er sie an.

»Nein.«

Ich bekam Angst um Hannah. Mr Fredericks Wutausbrüche waren legendär auf Riverton. Er hatte jeden

Kontakt mit David verweigert, nachdem dieser es gewagt hatte, ihn zu hintergehen. Wie würde er jetzt reagieren, wo Hannah ihm offen die Stirn bot?

Seine Stimme zitterte vor Wut. »Willst du dich etwa deinem Vater widersetzen?«

»Wenn ich glaube, dass er sich irrt, ja.«

»Du bist eine halsstarrige Närrin.«

»Ich bin wie du.«

»Lass dir eins gesagt sein, mein Mädchen«, entgegnete er, »deine Willensstärke hat mich immer zum Nachgeben bewogen, aber diese Heirat werde ich nicht tolerieren.«

»Das ist nicht deine Entscheidung, Papa.«

»Du bist mein Kind, und du wirst tun, was ich dir sage.« Als er nach kurzem Zögern weitersprach, lag ein ungewollter Anflug von Verzweiflung in seiner Stimme. »Ich befehle dir, ihn nicht zu heiraten.«

»Papa …«

»Wenn du ihn heiratest«, seine Stimme überschlug sich, »will ich dich hier nie wieder sehen.«

Mir blieb vor Schreck beinahe das Herz stehen. Denn obwohl ich Mr Fredericks Gefühle verstand und sein Bedürfnis teilte, Hannah auf Riverton zu halten, wusste ich nur zu gut, dass sie durch Drohungen nicht dazu zu bewegen war, ihre Entscheidung rückgängig zu machen.

Als sie antwortete, klang ihre Stimme stahlhart und entschlossen. »Gute Nacht, Pa.«

»Du Närrin«, sagte er mit der Verblüffung von jemandem, der nicht fassen kann, dass er das Spiel verloren hat. »Du stures, törichtes Kind.«

Seine Schritte näherten sich der Tür, und ich hob eilig das Tablett auf. Ich wollte mich gerade zurückziehen, als ich Hannah sagen hörte: »Ich werde mein Dienstmädchen mitnehmen, wenn ich gehe.« Mir blieb beinahe das

Herz stehen, als sie fortfuhr: »Nancy wird sich um Emmeline kümmern.«

Ich war so überrascht, so erfreut, dass ich kaum Mr Fredericks Antwort hörte. »Die kannst du gern mitnehmen.« Er riss die Tür so plötzlich auf, dass mir um ein Haar das Tablett aus den Händen gefallen wäre, und stürmte in Richtung Treppe. »Die brauche ich hier weiß Gott nicht mehr.«

Warum hat Hannah Teddy geheiratet? Nicht weil sie ihn liebte, sondern weil sie *bereit* war, ihn zu lieben. Sie war jung und unerfahren – womit hätte sie ihre Gefühle vergleichen sollen?

Wie auch immer, für Außenstehende passten sie gut zueinander. Simion und Estella Luxton waren entzückt, und den Dienstboten erging es ebenso. Selbst ich freute mich, jetzt, wo ich wusste, dass ich die beiden begleiten sollte. Und Lady Violet und Lady Clementine hatten letztlich recht behalten, nicht wahr? Trotz all ihrer jugendlichen Aufsässigkeit würde Hannah heiraten, und Teddy war schließlich nicht die schlechteste Partie, oder?

Sie heirateten an einem regnerischen Samstag im Mai 1919, und eine Woche später brachen wir nach London auf. Hannah und Teddy saßen im vorderen Wagen, während ich im zweiten Wagen mit Teddys Kammerdiener und Hannahs Koffern folgte.

Mr Frederick stand auf der Treppe, steif und bleich. Von meinem Platz im zweiten Wagen aus konnte ich zum ersten Mal sein Gesicht genau betrachten: ein schönes aristokratisches Gesicht, jedoch vom Leid gezeichnet.

Links neben ihm stand die Dienerschaft nach Rang aufgereiht. Selbst Nanny Brown hatte man aus dem Kinderzimmer geholt. Sie stand neben Mr Hamilton, halb so groß wie er, und wischte sich mit einem weißen Taschentuch die Tränen fort.

Nur Emmeline fehlte. Sie hatte sich geweigert, Hannah zu verabschieden. Dennoch entdeckte ich sie, kurz bevor wir abfuhren. Ihr bleiches Gesicht tauchte hinter dem bleiverglasten Fenster des Kinderzimmers auf. Zumindest meinte ich sie zu erkennen. Es konnte aber auch eine optische Täuschung gewesen sein. Einer der kleinen Geister, die auf ewig im Kinderzimmer herumspukten.

Ich hatte mich längst von allen verabschiedet. Von den Dienstboten, auch von Alfred. Seit der Nacht auf der Treppe zum Park hatten wir zögerliche Annäherungsversuche unternommen. Wir gingen sehr vorsichtig miteinander um, und Alfred behandelte mich mit einer höflichen Zurückhaltung, die mich ebenso befremdete wie es zuvor seine Wutausbrüche getan hatten. Trotzdem hatte ich ihm versprochen zu schreiben. Und ihm die Zusage entlockt, es ebenso zu halten.

Und am Wochenende vor der Hochzeit hatte ich meine Mutter besucht. Zum Abschied überreichte sie mir ein kleines Päckchen: einen Schal, den sie Jahre zuvor gestrickt hatte, und eine Schachtel mit Nadeln und Wolle für meine Flickarbeiten. Als ich mich bei ihr bedankte, zuckte sie nur mit den Schultern und meinte, die Nadeln wären nutzlos für sie; mit ihren steifen Fingern könne sie sie ohnehin nicht mehr benutzen. Bei diesem letzten Besuch stellte sie mir viele Fragen zu der Hochzeit und Mr Fredericks Fabrik und Lady Violets Tod. Ich war überrascht, wie wenig sie der Tod ihrer früheren Herrin berührte. Erst vor Kurzem war mir bewusst geworden, dass meine Mutter ihre Jahre auf Riverton genossen hatte, doch als ich von Lady Violets letzten Tagen berichtete, kam ihr keinerlei Beileid über die Lippen, nicht die

Spur einer herzlichen Erinnerung. Sie nickte nur langsam, und ihr Gesicht bekam einen gleichgültigen Ausdruck.

Aber ich kam nicht auf die Idee, sie darauf anzusprechen, denn meine Gedanken drehten sich nur noch um London.

Das dumpfe Dröhnen weit entfernter Trommeln. Ich kann es noch immer hören.

An dieser Stelle meiner Geschichte ist Robbie Hunter drauf und dran, in Hannahs Welt zurückzukehren. Es bestand ja nie der geringste Zweifel, dass das geschehen würde, oder? Seit dem Tag ihrer ersten Begegnung auf Riverton war klar, dass er seine Rolle zu spielen hat. Dies ist weder ein Märchen noch eine Romanze. Die Hochzeit stellt nicht das glückliche Ende der Geschichte dar, sondern lediglich einen neuen Anfang, die Überleitung zu einem weiteren Kapitel.

In einer weit abgelegenen grauen Ecke von London wacht Robbie Hunter auf. Schüttelt seine Albträume ab und zieht ein kleines Päckchen aus der Tasche. Ein Päckchen, das er seit den letzten Kriegstagen in der Brusttasche gehütet und dessen sichere Ablieferung er einem sterbenden Freund gelobt hat.

Teil 3

The Times
6. Juni 1919

Der Immobilienmarkt
Lord Sutherlands Villa

Wie *The Times* bereits gestern berichtete, stellt der Privatverkauf der Villa Haberdeen, Familiensitz von Lord Sutherland, durch Messrs. Mabbett and Edge die wichtigste Transaktion dieser Woche dar. Das Haus Grosvenor Square Nr. 17 wurde an den Bankier Mr S. Luxton verkauft und soll bewohnt werden von Mr T. Luxton und seiner kürzlich angetrauten Ehefrau, Mrs Hannah Hartford, der ältesten Tochter Lord Ashburys.

Mr T. Luxton und die ehrenwerte Mrs H. Hartford haben im nahe dem Dorf Saffron Green gelegenen Familiensitz der Braut, Riverton Manor, geheiratet und befinden sich zurzeit auf Hochzeitsreise in Frankreich. Nach ihrer Rückkehr im nächsten Monat werden sie in die Villa Haberdeen einziehen, die in Villa Luxton umbenannt wird.

Mr T. Luxton ist Kandidat der Torys für den Wahlbezirk Marsden in East London. Der Parlamentssitz wird bei einer Nachwahl im November vergeben.

Schmetterlinge fangen

In einem Minibus wurden wir zur Frühjahrskirmes gefahren. Unsere kleine Gruppe besteht aus acht Personen: sechs Heimbewohner, Sylvia und eine Krankenschwester, deren Name mir nicht mehr einfällt – eine junge Frau mit einem dünnen Zopf im Nacken, der ihr bis zum Gürtel reicht. Wahrscheinlich glauben die Schwestern, ein Tag an der frischen Luft täte uns gut. Was man allerdings davon haben soll, den ganzen Tag anstatt in einer gemütlichen Umgebung auf einem schlammigen Platz zu verbringen, wo man an Buden und Ständen Kuchen, Spielzeug und Seife kaufen kann, ist mir nicht so recht klar. Ich wäre lieber zu Hause geblieben, weit weg von all dem Trubel.

Hinter dem Rathaus hat man wie jedes Jahr eine provisorische Bühne errichtet und davor einige Reihen mit weißen Plastikstühlen aufgestellt. Meine Mitbewohnerinnen und das Mädchen mit dem Zopf sitzen vor der Bühne und sehen einem Mann zu, der mit Ziffern versehene Pingpongbälle aus einem Metalleimer holt. Ich ziehe es vor, am Ehrenmal auf der kleinen eisernen Bank zu sitzen. Heute fühle ich mich nicht so gut, was sicherlich an der Hitze liegt. Als ich aufwachte, war mein Kissen nass geschwitzt, und schon den ganzen Tag fühle ich mich seltsam benebelt. Meine Gedanken schwimmen.

Sie tauchen unerwartet auf, nehmen Gestalt an, aber ehe ich sie erhaschen kann, entgleiten sie mir wieder. Als wollte ich einen Schmetterling fangen. Der Zustand ist mir unangenehm und macht mich gereizt.

Eine Tasse Tee wird mir guttun.

Wohin ist Sylvia gegangen? Hat sie es mir gesagt? Vor wenigen Augenblicken war sie noch hier und wollte eine Zigarette rauchen. Sie hat mir von ihrem Freund erzählt und von ihren Plänen berichtet, mit ihm zusammenzuziehen. Früher hätte ich eine wilde Ehe als unschicklich betrachtet, aber mit der Zeit ändert man seine Ansichten zu den meisten Dingen.

Meine Füße werden von der Sonne gebraten. Ich könnte sie in den Schatten schieben, aber irgendein masochistischer Tick bringt mich dazu, sie an Ort und Stelle zu lassen. Sylvia wird die roten Flecken später sehen und daran ablesen können, wie lange sie mich allein gelassen hat.

Von meinem Platz aus blicke ich auf den Friedhof. Die östliche Seite mit den Pappeln, deren junge Blätter schon beim leisesten Windhauch erzittern. Jenseits der Pappeln, auf der anderen Seite des Hügels, befinden sich die Grabsteine, unter anderem der meiner Mutter.

Es ist eine Ewigkeit her, dass wir sie begraben haben. Ein winterlicher Tag im Jahre 1922, als die Erde hart gefroren war, der eisige Wind mir die Röcke um die dicken Strümpfe wehte und ein Mann, weit entfernt und daher kaum zu erkennen, auf dem Hügel stand. Sie hat ihre Geheimnisse mit ins Grab genommen, in die steinhart gefrorene Erde, aber irgendwann habe ich sie doch erfahren. Ich kenne mich aus mit Geheimnissen, denn ich hatte mein Leben lang welche. Vielleicht hatte ich immer gehofft, meine eigenen umso besser verstecken zu können, je mehr ich über die Natur der Geheimnisse wüsste.

Mir ist heiß. Es ist viel zu heiß für April. Daran ist bestimmt die globale Erwärmung schuld. Globale Erwärmung, schmelzende Polkappen, das Ozonloch, gentechnisch veränderte Lebensmittel. Die Welt ist ein feindseliger Ort geworden. Selbst das Regenwasser ist heutzutage nicht mehr harmlos. Es nagt sogar am Kriegerdenkmal. Eine Seite des Gesichts des steinernen Soldaten ist zerstört, die Wange pockennarbig, die Nase von der Zeit zerfressen. Wie ein Stück Obst, das zu lange in einem Abwasserkanal gelegen hat und von Vögeln angeknabbert wurde.

Aber der Soldat kennt seine Pflicht. Trotz seiner Wunden steht er seit achtzig Jahren auf seinem Sockel stramm, betrachtet die Ebene jenseits der Stadt, den leeren Blick über die Bridge Street hinweg auf das Parkhaus des neuen Einkaufszentrums gerichtet; ein Land, wie gemacht für Helden. Er ist fast so alt wie ich. Ob er auch so müde ist?

Der Soldat und der Sockel, auf dem er steht, sind von Moos überwachsen; winzige Pflanzen sprießen aus den eingemeißelten Namen der Toten. Davids Name steht hier, ganz oben zwischen den Namen der anderen Offiziere; und auch Rufus Smith, der Sohn des Lumpenhändlers, der in einem eingestürzten Schützengraben erstickte, ist hier verewigt. Weiter unten steht der Name Raymond Jones, der als Hausierer durchs Dorf zog, als ich noch ein Mädchen war. Seine kleinen Söhne müssten inzwischen alte Männer sein, aber immer noch jünger als ich. Vielleicht sind sie auch schon tot.

Kein Wunder, dass der Soldat zerbröckelt. Es ist viel verlangt von einem Mann, die unzähligen Tragödien auf seinen Schultern zu tragen und all die Tode zu bezeugen.

Aber er ist nicht allein: So einen wie ihn gibt es in jeder englischen Stadt. Sie stellen die Narben der Nation dar; sie überziehen das Land seit 1919 wie ein kunstvoller Ausschlag, Ausdruck des unbedingten Heilungswillens. Wir leisteten uns damals einen extravaganten Glauben: an den Völkerbund und an die Möglichkeit einer zivilisierten Welt. Gegen eine derart wild entschlossene Hoffnung hatten die desillusionierten Dichter keine Chance. Für jeden T. S. Eliot, für jeden R. S. Hunter gab es fünfzig kluge junge Männer, die für Tennysons Traum des Parlaments der Menschheit und einen Bund aller Nationen eintraten.

Das hielt natürlich nicht lange an. Wie sollte es auch? Die Desillusionierung war unvermeidlich; nach den Zwanzigerjahren kam die Depression in den Dreißigern, und danach wieder ein Krieg. Und nach diesem war alles anders. Keine Ehrenmäler erstanden triumphierend und trotzig und hoffnungsvoll aus dem Atompilz des Zweiten Weltkriegs. Die Hoffnung wurde in den Gaskammern in Polen vernichtet. Eine neue Generation von Kriegsopfern wurde nach Hause geschickt, und eine zweite Namenreihe wurde in die bereits existierenden Denkmäler graviert – die Söhne unter den Vätern. Und die erschöpften Überlebenden wussten bereits, dass eines Tages wieder junge Männer fallen würden.

Kriege lassen die Geschichte trügerisch einfach erscheinen. Sie setzen deutliche Wendepunkte, klare Trennlinien: vorher und nachher, Gewinner und Verlierer, richtig und falsch. Die wahre Geschichte, die wirkliche Vergangenheit ist nicht so. Sie ist weder zweidimensional noch linear. Sie hat keine deutlichen Umrisse. Sie ist schlüpfrig wie Flüssigkeit; unendlich und unfassbar wie das Universum. Und sie ist veränderlich: Immer wenn man glaubt, man hätte ein Muster erkannt, verschiebt sich die Perspektive, jemand liefert eine andere Version, und eine längst vergessene Erinnerung taucht wieder auf.

Ich habe versucht, mich auf die Wendepunkte in Hannahs und Teddys Geschichte zu konzentrieren; neuerdings führen alle meine Gedanken zu Hannah. Im Rückblick erscheint es ganz deutlich: Es gab bereits im ersten Jahr ihrer Ehe gewisse Ereignisse, die den Boden bereiteten für das, was später kommen sollte. Damals konnte ich sie nicht sehen. Im wirklichen Leben sind Wendepunkte hinterhältig. Sie ziehen unspektakulär und unbeachtet vorbei. Gelegenheiten werden verpasst, Katastrophen unwissentlich ausgelöst. Wendepunkte werden immer erst im Nachhinein entdeckt, von Historikern, die versuchen, Ordnung in eine Lebenszeit voller verworrener Momente zu bringen.

Ich frage mich, wie ihre Ehe wohl in dem Film dargestellt wird. Wie wird Ursula begründen, warum die beiden unglücklich waren? War es Deborahs Ankunft aus New York? Teddys Wahlniederlage? Das Ausbleiben eines Erben? Wird sie auch erkennen, dass die Zeichen schon auf ihrer Hochzeitsreise vorhanden waren – die zukünftigen Spannungen, die schon im Dämmerlicht von Paris sichtbar waren wie winzige Fehler im durchscheinenden Stoff der Zwanzigerjahre: hübsche, unbedeutende Gewebe, viel zu zart, um Bestand haben zu können?

Im Sommer 1919 sonnte sich Paris im warmen Optimismus der Versailler Friedenskonferenz. Abends half ich Hannah beim Auskleiden, streifte das neueste durchsichtige Kleid in Blassgrün, Rosa oder Weiß ab (Teddy war ein Mann, der seinen Brandy pur mochte und seine Frauen rein), während sie mir von den Orten erzählte, die sie besucht, von den Dingen, die sie gesehen hatten. Sie bestiegen den Eiffelturm, spazierten über die Champs-Élysées und aßen in berühmten Restaurants zu Abend. Aber was Hannah begeisterte, war noch etwas ganz anderes.

»Die Zeichnungen, Grace«, sagte sie eines Abends, als ich ihr aus dem Kleid half, »wer hätte je gedacht, dass ich einmal Zeichnungen so viel würde abgewinnen können.«

Zeichnungen, Kunstgegenstände, Menschen, Gerüche. Sie war hungrig auf jede neue Erfahrung. Sie musste Jahre nachholen, Jahre, die sie für vergeudet hielt, in denen sie nur darauf gewartet hatte, dass das Leben endlich begann. Es gab so viele Menschen, mit denen man sich unterhalten konnte: wohlhabende Leute, die sie in Restaurants kennenlernten, Politiker, die gerade den Friedensvertrag entworfen hatten, Straßenmusiker, denen sie auf ihren Spaziergängen begegneten.

Teddy war nicht blind für ihre Reaktionen, für ihren Hang zu Übertreibungen, ihre Neigung zu ungebremster Begeisterung, aber er schrieb ihre Überschwänglichkeit ihrem jugendlichen Alter zu. Diesem Zustand, den er als gleichermaßen hinreißend wie verwirrend empfand, würde sie mit der Zeit entwachsen. Nicht dass er sich das schon damals gewünscht hätte, dazu war er noch viel zu verliebt. Er versprach ihr für das nächste Jahr eine Reise nach Italien, wo sie sich Pompeji, die Uffizien und das Kolosseum ansehen würden; es gab nur wenig, das er ihr nicht versprochen hätte. Denn sie war für ihn wie ein Spiegel, in dem er sich nicht länger als Sohn seines Vaters sah – solide, konventionell, langweilig –, sondern als Ehemann einer charmanten, wenn auch unberechenbaren Frau.

Hannah selbst sprach nicht oft über Teddy. Er war nur ein Anhängsel, ein Accessoire, dessen Anwesenheit das Abenteuer möglich machte, auf das sie aus war. Natürlich mochte sie ihn. Hin und wieder amüsierte sie sich über ihn (allerdings meist dann, wenn er es am wenigsten beabsichtigte), sie fand ihn gutmütig und mochte seine Gesellschaft. Seine Interessen waren erheblich weniger vielfältig als ihre, sein Verstand weniger scharf, aber sie lernte, seinem Ego wenn notwendig zu schmeicheln und sich intellektuelle Anregung anderweitig zu holen. Und wenn sie ihn nicht liebte, welche Rolle spielte das schon? Damals war ihr der Mangel noch nicht bewusst. Wer brauchte schon Liebe, wenn das Leben einem so viel anderes zu bieten hatte?

Eines Morgens, gegen Ende der Hochzeitsreise, wachte Teddy mit einer starken Migräne auf. In den folgenden Jahren sollten immer wieder solche Anfälle auftreten; sie kamen nicht oft, aber wenn, dann sehr heftig, das Vermächtnis einer Kinderkrankheit. Er konnte dann nichts anderes tun, als ganz still in einem abgedunkelten, ruhigen Zimmer zu liegen und hin und wieder einen Schluck Wasser zu trinken. Beim ersten Mal reagierte Hannah verunsichert; sie war zeit ihres Lebens von Krankheiten verschont geblieben.

Etwas verstört bot sie ihm an, ihm Gesellschaft zu leisten, aber Teddy war ein vernünftiger Mann, dem es nicht lag, Trost aus dem Unbehagen anderer zu ziehen. Er sagte ihr, es gebe nichts, das sie tun könne, und es wäre eine Schande, wenn sie ihre letzten Tage in Paris nicht genießen würde.

Ich wurde als Begleitung gebraucht; Teddy empfand es als unziemlich, wenn eine Dame allein auf der Straße gesehen wurde, selbst wenn sie verheiratet war. Hannah hatte keine Lust, einkaufen zu gehen, und war es leid, sich in geschlossenen Räumen aufzuhalten. Sie wollte ihr Paris auf eigene Faust erforschen und erkunden. Also gingen wir spazieren. Sie benutzte keinen Stadtplan, sondern wandte sich in jede Richtung, die ihr gerade in den Sinn kam.

»Komm, Grace«, sagte sie immer wieder. »Lass uns nachsehen, was es in dieser Straße gibt.«

Schließlich erreichten wir eine Gasse, dunkler und schmaler als die vorherigen. Ein enger Pfad zwischen zwei Reihen von Häusern, die sich mit windschiefen Giebeln gegeneinanderzulehnen schienen. Leise Musik drang aus der Gasse, und in der Luft hing ein merkwürdig vertrauter Geruch nach Essen, durchsetzt mit einem Hauch von Verwesung. Und es gab Leben. Menschen. Stimmen. Einen Moment lang blieb Hannah zögernd stehen, dann betrat sie die Gasse. Mir blieb nichts anderes übrig, als ihr zu folgen.

Wir befanden uns in einem bekannten Künstlerviertel, wie ich heute weiß. Seit ich in den Sechzigerjahren Haight-Ashbury und Carnaby Street kennenlernte, habe ich einen Blick für den gewollt schlampigen Bohème-Stil mittelloser Künstler. Aber damals war all das neu für mich. Der einzige Ort, den ich außer Riverton kannte, war Saffron, und da hatte die Armut nichts Künstlerisches. Wir stapften durch die Gasse, vorbei an kleinen Ständen und offenen Türen, an mit Laken abgetrennten Räumen, an qualmenden Stäbchen, von denen ein herber Moschusgeruch ausging. Ein Kind mit riesigen hellen Augen starrte ausdruckslos durch die Ritzen einer Jalousie nach draußen.

Ein Mann, der auf roten, mit Goldfäden durchwirkten Kissen hockte, spielte auf einem mir damals noch fremden Instrument, einem langen schwarzen Stock mit glänzenden Ringen und Tasten – einer Klarinette. Für mich war es eine Schlange. Sie machte Musik, als die Finger des Mannes über sie hinwegglitten: Musik, die ich nicht einordnen konnte, die mir leichtes Unbehagen verursachte und die irgendwie intime, gefährliche Dinge zu beschreiben schien. Der Mann spielte Jazz, und bevor das Jahrzehnt zu Ende ging, sollte ich davon noch viel mehr zu hören bekommen.

Entlang der Gasse standen Tische, an denen Männer saßen und lasen, sich unterhielten oder heftig diskutierten. Sie tranken Kaffee und Getränke in merkwürdigen Farben – wahrscheinlich Schnaps – aus ungewöhnlichen Flaschen. Als wir vorbeigingen, blickten sie auf, ob interessiert oder nicht, war schwer zu beurteilen. Ich bemühte mich, sie nicht anzusehen; im Stillen wünschte ich, Hannah würde es sich anders überlegen, umkehren und uns ins Licht und in die Sicherheit zurückführen. Aber während mir unangenehmer, fremdartiger Geruch in die Nase drang und fremde Musik in den Ohren klang, schien Hannah zu schweben. Sie war von ganz anderen Dingen fasziniert. An den Häuserwänden hingen Bilder, aber nicht solche wie in Riverton. Es waren Kohlezeichnungen: menschliche Gesichter, Gliedmaßen und Augen, die uns von den Wänden her anstarrten.

Hannah blieb vor einem Bild stehen. Es war riesig, und es war das Einzige, auf dem eine vollständige Person dargestellt war, eine Frau, die auf einem Stuhl saß. Nicht auf einem Lehnstuhl, einer Chaiselongue oder einem Sofa des Künstlers, sondern auf einem einfachen Holzstuhl mit klobigen Beinen. Sie saß breitbeinig da, eine Frontalansicht. Sie war nackt, und sie war schwarz, prachtvoll in Kohle gezeichnet. Ihr Gesicht war dem Betrachter zugewandt. Große Augen, hohe Wangenknochen, geöffnete Lippen. Ihr Haar war zu einem Nackenknoten gebunden. Sie sah aus wie eine Kriegerkönigin.

Ich war schockiert von dem Bild und erwartete, dass Hannah ähnlich reagieren würde. Aber offensichtlich empfand sie etwas anderes, denn sie berührte das Bild und zog mit geneigtem Kopf die Linie der Wange nach.

Plötzlich stand ein Mann neben ihr. »Schönes Bild«, sagte er mit schwerem Akzent und noch schwereren

Augenlidern. Es gefiel mir nicht, wie er Hannah ansah. Er wusste, dass sie Geld hatte. Er sah es an ihrer Kleidung.

Hannah blinzelte, wie von einem Bann erlöst. »Ja«, erwiderte sie leise.

»Möchten Sie es vielleicht kaufen?«

An der Art, wie sie die Lippen zusammenpresste, sah ich, dass sie nachdachte. Trotz seiner erklärten Liebe zur Kunst würde Teddy das Bild nicht billigen. Irgendetwas an der Frau, an dem Bild, war gefährlich. Subversiv. Und doch wollte sie es haben. Es erinnerte sie an die Vergangenheit. An das SPIEL. An Nofretete. Eine Rolle, die sie mit der unschuldigen Inbrunst der Kindheit gespielt hatte. Sie nickte. O ja, sie wollte es haben.

Ein ungutes Gefühl beschlich mich. Das Gesicht des Mannes blieb ausdruckslos. Er rief nach jemandem. Als keine Antwort kam, bedeutete er Hannah, ihm zu folgen. Anscheinend hatten die beiden mich ganz vergessen, aber ich blieb dicht hinter Hannah, als sie dem Mann zu einer kleinen, roten Tür folgte. Der Mann schob die Tür auf. Wir betraten ein Maleratelier, das allerdings kaum mehr war als ein dunkles Loch in der Mauer. Die Wände waren wohl einmal grün gewesen, die Tapete hing in langen Streifen herunter. Der Boden – zumindest das, was ich davon unter den Hunderten mit Kohlestift bemalten Blättern entdecken konnte –, war aus Stein. In einer Ecke lag eine Matratze mit ausgeblichenen Kissen und einer Flickendecke; leere Schnapsflaschen waren davor aufgereiht.

Auf einem Hocker saß die Frau, die auf dem Bild zu sehen war. Zu meinem Entsetzen war sie vollkommen nackt. Neugier flackerte kurz in ihrem Blick auf, doch sie sagte nichts. Als sie aufstand und an den Tisch trat, sah ich, dass sie größer war als wir, selbst größer als der

Mann. Etwas an ihren Bewegungen verunsicherte mich zutiefst, etwas, das Freiheit ausdrückte, völlige Gleichgültigkeit gegenüber unseren Blicken, gegenüber der Tatsache, dass wir sie anschauten und ihre riesigen Brüste sehen konnten, die eine größer als die andere. Diese Leute waren keine Menschen wie wir. Wie ich. Die Frau zündete sich eine Zigarette an und rauchte, während wir abwartend dastanden. Ich wandte mich ab. Hannah nicht.

»Diese Dame möchte dein Porträt erwerben«, erklärte der Mann in geschraubtem Englisch.

Die schwarze Frau starrte Hannah an, dann sagte sie etwas in einer mir fremden Sprache. Kein Französisch. Etwas viel Fremderes.

Der Mann lachte und sagte zu Hannah: »Es ist nicht zu verkaufen.« Er fasste sie am Kinn. Ich war so entsetzt, dass es in meinen Ohren klingelte und rauschte. Selbst Hannah zuckte zusammen, als der Mann ihren Kopf erst zur einen, dann zur anderen Seite drehte und sie schließlich losließ. »Nur im Tausch.«

»Im Tausch?«, fragte Hannah.

»Gegen Ihr Bild«, erwiderte der Mann mit seinem schleppenden Akzent. Er zuckte die Achseln. »Sie bekommen es gegen eins von Ihnen.«

Allein der Gedanke! Ein Porträt von Hannah – womöglich sogar in unbekleidetem Zustand – sollte hier in dieser düsteren französischen Gasse hängen, sodass jeder es sehen konnte! Unvorstellbar!

»Wir müssen gehen, Ma'am«, sagte ich mit einer Entschlossenheit, die mich selbst überraschte. »Mr Luxton wird Sie längst zurückerwarten.«

Mein Tonfall musste auch Hannah überrascht haben, denn zu meiner Erleichterung nickte sie. »Ja. Du hast recht, Grace.«

Sie folgte mir zur Tür, aber als ich sie vorbeilassen wollte, drehte sie sich zu dem Maler um. »Morgen«, sagte sie leise. »Morgen komme ich wieder.«

Auf dem Weg zum Wagen wechselten wir kein Wort. Hannah ging mit schnellen Schritten und entschlossenem Gesichtsausdruck. In jener Nacht lag ich unruhig und ängstlich wach, fragte mich, wie ich sie aufhalten konnte, überzeugt, dass ich es tun musste. Etwas an der Zeichnung machte mir Angst, etwas, das ich in Hannahs Gesichtsausdruck gesehen hatte, als sie das Bild betrachtete. Wie eine auflodernde Flamme.

Die Straßengeräusche hatten plötzlich etwas Bedrohliches, das ich zuvor nicht wahrgenommen hatte. Fremde Stimmen, fremde Musik, das Lachen einer Frau in einer nahe gelegenen Wohnung. Ich sehnte mich danach, nach England zurückzukehren, an einen Ort, an dem es klare Regeln gab und jeder seinen Platz hatte. Natürlich existierte dieses England in Wahrheit nicht, aber nachts nehmen die Dinge manchmal extreme Dimensionen an.

Am nächsten Morgen lösten sich alle Probleme von selbst. Als ich Hannah beim Ankleiden helfen wollte, war Teddy bereits aufgestanden und saß im Sessel. Er habe zwar noch Kopfschmerzen, sagte er, aber er wäre ein schlechter Ehemann, wenn er seine hübsche Frau am letzten Tag ihrer Hochzeitsreise allein ließe. Er schlug ihr vor, einkaufen zu gehen. »Das ist unser letzter Tag. Ich möchte gern ein paar Souvenirs mit dir aussuchen. Etwas, das dich später an Paris erinnert.«

Als sie zurückkehrten, war die Zeichnung nicht unter den Dingen, die ich für Hannah einpacken musste. Ich weiß nicht, ob Teddy sich geweigert und sie klein beigegeben hat oder ob sie klugerweise gar nichts von dem Bild erwähnt hat, aber ich war unglaublich erleichtert.

Teddy hatte ihr stattdessen eine Stola gekauft: feinster Nerz mit vertrockneten Pfötchen und leeren schwarzen Augen.

Und so kehrten wir nach England zurück.

Ich habe Durst. Jemand sitzt neben mir, aber es ist nicht Sylvia, sondern eine fremde Frau, hochschwanger, mit Tüten voller handgestrickter Puppen und selbst gemachter Marmelade zu ihren Füßen. Ihr Gesicht glänzt feucht, und das Make-up ist ihr ziemlich verrutscht. Schwarze Halbmonde zieren ihre Wangen. Sie betrachtet mich offenbar schon eine ganze Weile.

Ich nicke ihr zu, weil ich denke, das gehört sich so, und überlege, ob ich sie wohl bitten kann, mir etwas zu trinken zu holen, aber ich verwerfe den Gedanken sofort wieder. Von uns beiden scheint offensichtlich sie diejenige zu sein, die schlimmer dran ist.

»Ein schöner Tag«, sagt sie schließlich. »Schön warm.« Schweißperlen stehen ihr auf der Stirn. Der Stoff zwischen ihren schweren Brüsten ist dunkel verfärbt.

»Ja, ein schöner Tag«, erwidere ich. »Sehr warm.«

Sie lächelt müde und schaut weg.

Am 19. Juli 1919, dem Tag des Friedensmarsches, kehrten wir nach London zurück. Wir fuhren vorbei an Autos, Omnibussen und Pferdefuhrwerken, durch Straßen voller Menschen, die Fahnen schwenkten und Transparente hochhielten. Die Unterschrift unter dem Friedensvertrag war noch nicht trocken, und die dort festgelegten Sanktionen sollten zu Verbitterung und Teilung führen, die wiederum den nächsten Weltkrieg auslösen würden, aber davon wussten die Menschen in England nichts. Zumindest damals noch nicht. Sie waren einfach nur froh, dass der Südwind die Schlachtgeräusche nicht länger über den Kanal trug. Und dass nicht noch mehr junge Burschen durch die Hand anderer junger Burschen auf den Feldern von Frankreich den Tod fanden.

Ich wurde mit dem Gepäck an der Londoner Stadtvilla abgesetzt, während Hannah und Teddy weiterfuhren. Simion und Estella erwarteten das frisch vermählte Paar zum Nachmittagstee. Hannah wäre am liebsten direkt nach Hause gefahren, aber Teddy bestand auf dem Besuch. Er musste sich ein Lächeln verkneifen. Offenbar hatte er irgendeinen Trumpf im Ärmel.

Ein Diener trat aus der Tür, nahm einen Koffer in jede Hand und verschwand damit wieder im Haus. Hannahs Handtasche ließ er zu meinen Füßen stehen. Ich wunderte mich. Ich hatte kein anderes Personal erwartet und fragte mich, wer den Mann wohl eingestellt hatte.

Einen Augenblick blieb ich stehen und ließ die Atmosphäre des Platzes auf mich wirken. Benzindämpfe mischten sich mit dem süßlichen Geruch nach warmen Pferdeäpfeln. Ich reckte meinen Hals, um die ganze sechsstöckige Villa betrachten zu können. Der braune Ziegelbau mit weißen Säulen rechts und links vom Eingang stand in einer Reihe mit beinahe identischen Häusern. Eine der weißen Säulen trug die schwarze Ziffer 17. Grosvenor Square, Nummer siebzehn. Mein neues Zuhause, wo ich als Zofe einer richtigen Lady arbeiten würde. Ich nahm Hannahs Tasche und ging nach unten.

Zum Dienstboteneingang gelangte man über eine Treppe, die parallel zur Straße in den Keller führte und mit einem schwarzen gusseisernen Geländer versehen war.

Die Eingangstür war geschlossen, aber es drangen gedämpfte Stimmen nach draußen. Zweifellos wurde da drinnen gestritten. Durch das Kellerfenster erblickte ich den Rücken eines Mädchens, dessen Gebaren (»dreist«

hätte Mrs Townsend es genannt) zusammen mit der wilden blonden Lockenpracht, die unter ihrem Hut hervorlugte, den Eindruck ungestümer Jugendlichkeit vermittelte. Sie stritt sich mit einem untersetzten, dicken Mann, dessen Hals vor Wut rot angeschwollen war.

Wie um ihre letzten triumphierenden Worte zu unterstreichen, warf sie ihre Tasche über die Schulter und schritt zum Ausgang. Ehe ich ausweichen konnte, flog die Tür auf, und wir standen uns plötzlich verblüfft gegenüber, sahen uns wie verzerrte Bilder in einem Spiegelkabinett. Sie reagierte zuerst und lachte schallend auf, wobei winzige Speicheltröpfchen auf meinem Hals landeten. »Und ich dachte, Dienstmädchen wären schwer zu kriegen!«, sagte sie gehässig. »Herzlich willkommen. Ich habe die Nase voll davon, für einen Hungerlohn im Dreck anderer Leute herumzuwühlen!«

Sie schob sich an mir vorbei und schleppte ihren Koffer die Stufen hinauf. Oben angekommen drehte sie sich noch einmal um und rief: »Izzy Batterfield sagt auf Wiedersehen. Bonjour, Mademoiselle Isabella!« Mit wehenden Röcken und einem letzten perlenden Lachen zog sie von dannen, bevor ich etwas erwidern und ihr erklären konnte, dass ich eine Zofe war. Und keineswegs ein Dienstmädchen.

Ich klopfte an die angelehnte Tür. Als niemand reagierte, trat ich ein. Das Haus hatte den unverwechselbaren Geruch nach Bienenwachs (wenn auch nicht von Stubbins & Co.) und Kartoffeln, aber da war noch etwas anderes, das mir, obwohl nicht direkt unangenehm, nicht im Geringsten vertraut war.

Der Mann saß am Tisch, eine hagere Frau stand hinter ihm, die Hände auf seinen Schultern, knotige Hände, die Haut gerötet und an den Fingernägeln eingerissen.

Sie drehten sich gleichzeitig um. Die Frau hatte einen riesigen schwarzen Leberfleck unter dem linken Auge.

»Guten Tag«, sagte ich, »ich …«

»Gut, ja?«, fiel mir der Mann ins Wort. »Mir ist soeben das dritte Dienstmädchen innerhalb von ein paar Wochen weggelaufen, in zwei Stunden haben wir ein Fest, und ich soll glauben, das wäre ein guter Tag?«

»Beruhige dich«, sagte die Frau und schürzte die Lippen. »Diese Izzy ist eine Hure. Will ihr Glück als Hellseherin versuchen. Wenn sie dafür eine Begabung hat, bin ich die Königin von Saba. Der wird noch mal ein unzufriedener Freier den Hals aufschlitzen. Ihr werdet noch sehen, dass ich recht behalte!«

Etwas in der Art, wie sie das sagte, ein grausames Lächeln, das um ihre Lippen spielte, ein Schimmer unterdrückter Schadenfreude in ihrer Stimme, ließen mich erschaudern. Am liebsten hätte ich auf dem Absatz kehrtgemacht und das Weite gesucht, aber ich rief mir Mr Hamiltons Ratschlag in Erinnerung, dass ich so anfangen sollte, wie ich weitermachen wollte. Ich räusperte mich und sagte mit aller Bestimmtheit, die ich aufbringen konnte: »Mein Name ist Grace Reeves.«

Die beiden sahen mich verwirrt an.

»Die Zofe.«

Die Frau richtete sich zu voller Größe auf, verengte ihre Augen zu Schlitzen und sagte: »Die Mistress hat nichts von einer Zofe erwähnt.«

Ich war sprachlos. »Wirklich nicht?«, stotterte ich. »Ich … ich bin sicher, dass sie aus Paris Anweisungen geschickt hat, ich habe den Brief selbst zur Post gebracht.«

»Paris?« Sie sahen sich an.

Dann schien Mr Boyle sich an etwas zu erinnern. Er nickte einige Male schnell und schüttelte die Hand der Frau von seiner Schulter.

»Natürlich«, sagte er. »Wir haben Sie schon erwartet. Ich bin Mr Boyle, der Butler von Nummer siebzehn, und dies ist Mrs Tibbit.«

Ich nickte, immer noch verwirrt. »Ich freue mich, Sie kennenzulernen.« Sie starrten mich noch immer so verdattert an, dass ich mich fragte, wer von den beiden der Einfältigere war. »Ich bin ziemlich müde von der Reise«, sagte ich langsam und deutlich. »Vielleicht könnten Sie so freundlich sein, das Dienstmädchen zu rufen, damit sie mir mein Zimmer zeigt?«

Mrs Tibbit schniefte und brachte damit die Haut um den Leberfleck herum zum Zittern. »Es gibt kein Dienstmädchen«, sagte sie. »Noch nicht. Der Mistress … also das heißt, Mrs *Estella* Luxton, ist es nicht gelungen, ein Dienstmädchen zu finden, das bleibt.«

»Genau«, sagte Mr Boyle, die gespannten Lippen so weiß wie sein Gesicht. »Und heute Abend ist hier eine Party anberaumt. Da müssen alle mit anfassen. Miss Deborah kann Pannen nicht ausstehen.«

Miss Deborah? Wer war Miss Deborah? Ich runzelte die Stirn. »*Meine* Mistress, die *neue* Mrs Luxton, hat keine Party erwähnt.«

»Nein«, erwiderte Mrs Tibbit, »das konnte sie auch nicht. Es soll ja auch eine Überraschung sein, um Mr und Mrs Luxton nach ihrer Hochzeitsreise zu Hause willkommen zu heißen. Miss Deborah und ihre Mutter haben die Party schon seit Wochen geplant.«

Als das Auto mit Teddy und Hannah vorfuhr, war die Party schon in vollem Gang. Mr Boyle hatte mich angewiesen, die beiden an der Tür zu empfangen und in den Ballsaal zu führen. Normalerweise sei das die Pflicht des Butlers, hatte er gesagt, aber Miss Deborah brauche ihn an anderer Stelle.

Ich öffnete die Tür, und sie traten ein, Teddy strahlend, Hannah müde, was nicht anders zu erwarten war nach einem Besuch bei Simion und Estella. »Ich würde einen Mord begehen für eine Tasse Tee«, sagte sie.

»Da musst du dich noch ein bisschen gedulden, mein Herz«, sagte Teddy. Er reichte mir seinen Mantel und hauchte Hannah einen Kuss auf die Wange. Wie immer zuckte sie kaum merklich zusammen. »Ich habe eine kleine Überraschung für dich«, sagte er und eilte lächelnd und sich die Hände reibend davon. Hannah schaute ihm nach, dann sah sie sich in der Eingangshalle um, ließ ihren Blick über die frisch gelb gestrichenen Wände wandern, über den zwar modernen, aber ziemlich hässlichen Kronleuchter, der über der Treppe hing, über die Kübel mit Palmen, die sich unter dem Gewicht von Lampiongirlanden bogen. »Grace«, sagte sie mit hochgezogenen Brauen, »was geht hier vor?«

Ich zuckte verlegen die Achseln und wollte es ihr gerade erklären, als Teddy zurückkam und ihren Arm nahm. »Hier entlang, Liebling«, sagte er und führte sie in Richtung Ballsaal.

Als die Türen sich öffneten, weiteten sich Hannahs Augen beim Anblick der vielen Leute, die sie nicht kannte. Dann plötzlich wurde es ganz hell, und als ich zu dem Kronleuchter aufblickte, spürte ich, dass sich hinter mir auf der Treppe etwas bewegte. Erstauntes Raunen um mich herum. Auf halber Höhe der Treppe stand eine schlanke Frau, das straffe, knochige Gesicht eingerahmt von dunklen Locken. Es war kein hübsches Gesicht, aber es hatte etwas Bemerkenswertes an sich, eine unwirkliche Schönheit, das Markenzeichen der neuen Schickeria, wie ich später feststellen sollte. Die Frau war groß und mager, und sie hielt sich auf eine Weise, wie ich es noch nie gesehen hatte, mit rundem Rücken und vorgeschobenen Becken, sodass es aussah, als würde ihr das seidene Kleid gleich von den hängenden Schultern rutschen. Ihre Haltung war zugleich gebieterisch und lässig, nonchalant und gekünstelt. Über ihren Armen hing ein heller Pelz, den ich zuerst für eine Stola hielt, bis er kurz aufbellte und ich erkannte, dass es sich um ein winziges Hündchen handelte, das so weiß war wie Mrs Townsends Schürze.

Obwohl ich die Frau nicht kannte, wusste ich sofort, wer sie war. Nach kurzem Zögern schritt sie die letzten Stufen herunter in den Saal, und die Menge teilte sich, als wäre der Auftritt choreografiert.

»Deb!«, rief Teddy, als sie näher trat, und ein strahlendes Lächeln breitete sich auf seinem unbefangenen, attraktiven Gesicht aus. Er nahm ihre Hände und küsste sie auf die dargebotene Wange.

Die Frau verzog ihre Lippen zu einem Lächeln. »Willkommen zu Hause, Teddy.« Ihre Worte klangen oberflächlich, ihr New Yorker Akzent flach und laut. Sie hatte eine Art, mit einer kaum wahrnehmbaren Intonation zu sprechen, die alles nivellierte, das Außergewöhnliche in etwas Gewöhnliches verwandelte und umgekehrt. »Was für ein großartiges Haus! Und ich habe die hübschesten jungen Dinger Londons eingeladen, um es einzuweihen.« Über Hannahs Schulter hinweg winkte sie mit ihren langen Fingern einer modisch gekleideten jungen Frau zu.

»Bist du überrascht, Liebling?«, fragte Teddy, an Hannah gewandt. »Meine Mutter und ich haben uns das zusammen ausgedacht, und Deb liebt es einfach, Partys zu organisieren.«

»Überrascht?«, erwiderte Hannah, wobei sie mir einen verstohlenen Blick zuwarf. »Das wäre maßlos untertrieben.«

Deborah lächelte ihr wölfisches Lächeln und nahm Hannahs Arm mit einer langen, bleichen Hand, die aus erkaltetem Wachs zu sein schien. »Endlich lernen wir uns kennen«, sagte sie. »Ich weiß jetzt schon, dass wir die besten Freundinnen sein werden.«

Das Jahr 1920 fing schlecht an: Teddy hatte die Wahl verloren. Es sei nicht seine Schuld gewesen, hieß es, lediglich der falsche Zeitpunkt. Man habe die Situation falsch interpretiert, habe falsch darauf reagiert. Es sei die Schuld der Arbeiterklasse und deren gehässiger, im Grunde unbedeutender Zeitungen. Schmutzige Kampagnen gegen die Oberklasse. Die Arbeiter hätten sich nach dem Krieg zusammengerottet, sie hätten überzogene Ansprüche. Sie würden noch enden wie die Iren, wenn sie nicht aufpassten, oder wie die Russen. Aber Teddy solle sich keine Sorgen machen, es würde noch andere Gelegenheiten geben. Man würde einen sichereren Wahlbezirk für ihn ausfindig machen. Nächstes Jahr, versprach Simion, würde Teddy ins Parlament einzuziehen, wenn er die närrischen Vorstellungen aufgebe, die die Konservativen irritierten.

Estella meinte, Hannah sollte ein Baby bekommen. Das wäre gut für Teddy. Es wäre gut, wenn seine Wähler ihn als Familienvater erleben könnten. Schließlich seien sie verheiratet, betonte sie immer wieder, und in einer Ehe erwarte ein Mann früher oder später einen Erben.

Teddy begann, mit seinem Vater zusammenzuarbeiten. Alle hielten es für das Beste. Nach der Wahlniederlage hatte er sich gebärdet wie jemand, der etwas Traumatisches erlebt hat. Wie Alfred nach seiner Rückkehr aus dem Krieg.

Männer wie Teddy waren es nicht gewöhnt zu verlieren, aber Trübsal zu blasen lag den Luxtons nicht. Teddys Eltern kamen häufig zu Besuch, und Simion wurde nicht müde, Geschichten über seinen Vater zu erzählen und zu betonen, dass der Weg nach oben nichts für Schwächlinge und Versager sei. Teddy und Hannahs Italienreise wurde verschoben. Es würde keinen guten Eindruck machen, wenn Teddy ins Ausland flüchtete, meinte Simion. Wer Erfolg haben wolle, müsse Erfolg demonstrieren. Außerdem würde ihnen Pompeji nicht davonlaufen.

In der Zwischenzeit gab ich mir alle Mühe, mich in London einzugewöhnen. Mit meinen neuen Pflichten hatte ich mich schnell vertraut gemacht. Mr Hamilton hatte sie mir vor unserer Abreise ausführlich erläutert – von den einfacheren Aufgaben, wie zum Beispiel der Pflege von Hannahs Kleidung, bis hin zu den komplizierteren wie der, über Hannahs guten Charakter zu wachen –, und auf dem Gebiet fühlte ich mich sicher. In meiner neuen häuslichen Umgebung dagegen kam ich mir vor, als hätte man mich auf einem fremden Planeten ausgesetzt. Zwar waren Mrs Tibbit und Mr Boyle nicht direkt hinterhältig, aber sie waren alles andere als freimütig und geradeheraus. Sie steckten immer zusammen, waren einander auf eine Art vertraut, die etwas Ausschließendes hatte. Vor allem Mrs Tibbit schien diese Situation regelrecht zu genießen. Ihr Wohlbefinden nährte sich aus der Unzufriedenheit der anderen, und wenn es sein musste, bereitete es ihr keinerlei Gewissensbisse, irgendeiner ahnungslosen Seele ein Unglück zuzufügen. Ich lernte sehr schnell, dass ich in Nummer siebzehn nur überleben konnte, wenn ich mich zurückhielt und vor allem auf der Hut war.

An einem regnerischen Vormittag traf ich Hannah allein im Salon an. Teddy und Simion waren gerade in ihre Büroräume in der Stadt aufgebrochen, und sie stand am Fenster und schaute auf die Straße. Automobile, Fahrräder, Leute, die geschäftig in alle Richtungen eilten.

»Wünschen Sie Ihren Tee, Ma'am?«, fragte ich.

Keine Antwort.

»Oder soll ich den Chauffeur bitten, den Wagen vorzufahren?«

Als ich näher trat, wurde mir klar, dass Hannah mich nicht gehört hatte. Sie war in Gedanken vertieft, die ich leicht erraten konnte. Sie langweilte sich. Ich kannte den Gesichtsausdruck aus alten Tagen auf Riverton, wenn sie mit der chinesischen Schachtel in der Hand am Kinderzimmerfenster gestanden und darauf gewartet hatte, dass David eintraf und sie endlich das SPIEL spielen konnten.

Ich räusperte mich. Als sie sich umdrehte und mich erblickte, hellte sich ihre Miene ein wenig auf. »Hallo, Grace«, sagte sie.

Erneut fragte ich sie, wo sie ihren Tee zu trinken wünsche.

»Im Wintergarten«, antwortete sie. »Aber sag Mrs Tibbit, ich möchte keine Scones. Ich habe keinen Appetit. Allein zu essen macht mir keinen Spaß.«

»Und danach, Ma'am?«, fragte ich. »Soll ich den Wagen vorfahren lassen?«

Hannah verdrehte die Augen. »Noch eine Runde durch den Park, und ich werde wahnsinnig. Ich begreife nicht, wie die anderen Ehefrauen das ertragen. Haben sie wirklich nichts Besseres zu tun, als sich tagein tagaus im Kreis herumfahren zu lassen?«

»Möchten Sie sich vielleicht mit Ihrer Nadelarbeit beschäftigen, Ma'am?«, fragte ich, obwohl ich wusste, dass sie das natürlich nicht wollte. Für die Stickerei hatte Hannah sich noch nie sonderlich interessiert. Dafür war eine Geduld nötig, die ihrem Temperament nicht entsprach.

»Ich werde ein bisschen lesen, Grace«, sagte sie. »Ich habe ein Buch mitgebracht.« Sie hielt ihre zerlesene Ausgabe von *Jane Eyre* hoch.

»Schon wieder, Ma'am?«

Sie zuckte lächelnd die Achseln. »Schon wieder.«

Ich weiß nicht, warum es mich so beunruhigte, aber das tat es. Es ließ ein Warnsignal in mir ertönen, das ich nicht zu deuten wusste.

Teddy arbeitete hart, und Hannah gab sich große Mühe. Sie ging auf seine Partys, plauderte mit den Ehefrauen seiner Geschäftspartner und mit den Müttern von Politikern. Die Gespräche zwischen den Männern drehten sich immer um dieselben Themen: Geld, Geschäfte, die Bedrohung durch die Arbeiterklasse. Wie alle Männer seines Typs war Simion von einem tiefen Argwohn gegenüber den sogenannten »Bohemiens« beseelt. Und entgegen seiner guten Absichten übernahm Teddy mit der Zeit die Haltung seines Vaters.

Hannah hätte lieber mit den Männern über Politik diskutiert. Manchmal, wenn sie und Teddy sich zur Nacht in ihre aneinandergrenzenden Suiten zurückzogen, fragte Hannah ihn beispielsweise, was dieser oder jener zu den neuen Ehegesetzen in Irland gesagt hatte. Dann lächelte er sie nur müde an und riet ihr, sich nicht ihren hübschen Kopf über solche Dinge zu zerbrechen. Das solle sie lieber ihm überlassen.

»Aber ich möchte es wissen«, sagte Hannah dann. »Es interessiert mich.«

Doch Teddy schüttelte den Kopf. »Politik ist Männersache.«

»Lass mich daran teilhaben«, bat Hannah.

»Das tue ich doch«, erwiderte er. »Wir sind ein Team, du und ich. Deine Aufgabe besteht darin, dich um die Ehefrauen zu kümmern.«

»Aber das langweilt mich. Diese Frauen langweilen mich. Ich möchte über wichtige Themen diskutieren. Ich begreife nicht, warum das nicht möglich ist.«

»Ach, Liebling«, sagte Teddy dann. »So sind nun mal die Regeln. Ich habe sie nicht gemacht, aber ich muss mich daran halten.« Dann lächelte er und tätschelte ihr die Schulter. »Es ist doch nicht alles schlecht, oder? Zumindest hast du meine Mutter und Deborah zur Seite. Deb ist doch in Ordnung, nicht wahr?«

Hannah blieb nichts anderes übrig, als widerstrebend zu nicken. Es stimmte sogar: Deborah war immer hilfsbereit. Und sie würde Hannah weiterhin eine Stütze sein, jetzt, wo sie sich entschlossen hatte, nicht nach New York zurückzukehren. Eine Londoner Zeitschrift hatte ihr angeboten, die Modeseiten zu gestalten, wie hätte sie da widerstehen können? Eine ganze neue Stadt voller Damen, die sie in Modefragen beraten und beeinflussen konnte. Sie würde bei Hannah und Teddy wohnen, bis sie eine passende Wohnung gefunden hatte. Schließlich, so meinte Estella, bestehe kein Grund zur Eile. Nummer siebzehn sei ein großes Haus mit zahlreichen Zimmern, die kaum genutzt würden. Vor allem, solange noch keine Kinder da waren.

Im November jenes Jahres kam Emmeline nach London, um dort ihren sechzehnten Geburtstag zu feiern. Es war ihr erster Besuch seit der Hochzeit von Hannah und Teddy, und Hannah hatte sich sehr darauf gefreut. Sie wartete den ganzen Vormittag im Salon, eilte jedes Mal ans Fenster, wenn ein Automobil vor dem Haus das Tempo verlangsamte, nur um nach einem falschen Alarm wieder enttäuscht aufs Sofa zu sinken.

Am Ende war sie so niedergeschlagen, dass sie Emmelines Ankunft erst mitbekam, als Boyle an die Tür klopfte und sie ankündigte.

»Miss Emmeline ist eingetroffen, Ma'am.«

Mit einem Freudenschrei sprang Hannah auf, als Boyle Emmeline in den Salon führte. »Endlich!«, rief sie und fiel ihrer Schwester um den Hals. »Ich dachte schon, du würdest nie ankommen.« Sie trat einen Schritt zurück und sagte zu mir gewandt: »Schau doch nur, Grace, sieht sie nicht fantastisch aus?«

Emmeline lächelte unwillkürlich, zog dann aber sofort wieder ihren Schmollmund. Trotz ihrer beleidigten Miene, oder vielleicht gerade deswegen, war sie schön. Sie war größer und schlanker geworden, und ihr Gesicht hatte eine kantigere Form angenommen, die ihre vollen Lippen und ihre großen runden Augen betonte. Und sie hatte den Ausdruck trägen Hochmuts erlernt, der so typisch war für ihr Alter und für diese Ära.

»Komm, setz dich«, sagte Hannah, während sie Emmeline zum Sofa führte. »Ich lasse uns Tee servieren.«

Emmeline ließ sich in die Ecke des Sofas sinken und glättete ihren Rock, als Hannah sich abwandte. Sie trug ein einfaches Kleid der vorjährigen Saison. Zwar hatte sich offenbar jemand Mühe gegeben, es zu ändern, um es der neuen, lockerer sitzenden Mode anzupassen, aber es wies immer noch die untrüglichen Anzeichen seines ursprünglichen Schnitts auf. Nachdem Hannah dem Dienstmädchen geläutet hatte, hörte Emmeline auf, an ihrem Kleid herumzuzupfen und ließ ihren Blick mit betontem Desinteresse durchs Zimmer wandern.

Hannah lachte. »Oh, das ist der allerneueste Schrei. Elsie de Wolfe hat die Einrichtung ausgesucht. Scheußlich, nicht wahr?«

Emmeline hob die Brauen und nickte langsam.

Hannah setzte sich neben sie. »Es ist so schön, dass du da bist«, sagte sie. »Wir können alles tun, was du willst, eine ganze Woche lang. Tee und Walnusstorte bei Gunter's, wir können auch ins Varieté gehen.«

Emmeline zuckte die Achseln, aber ich sah, dass ihre Finger wieder mit ihrem Rock beschäftigt waren.

»Wir könnten in ein Museum gehen«, fuhr Hannah fort. »Oder einen Abstecher zu Selfridge's machen ...« Sie zögerte, als Emmeline halbherzig nickte. Hannah lachte verunsichert. »Hör mich bloß an«, sagte sie. »Da bist du gerade erst angekommen, und schon verplane ich die ganze Woche. Ich habe dich kaum zu Wort kommen lassen und dich noch nicht mal gefragt, wie es dir geht.«

Emmeline schaute Hannah an. »Schönes Kleid«, sagte sie schließlich, dann presste sie die Lippen zusammen, als hätte sie einen Entschluss gefasst.

Jetzt war es Hannah, die die Achseln zuckte. »Gott, ich hab einen ganzen Kleiderschrank voll davon«, sagte sie. »Teddy bringt mir jedes Mal eins mit, wenn er von einer Reise zurückkommt. Er glaubt, ein neues Kleid könnte mich dafür entschädigen, dass ich nicht mitfahren kann. Warum sollte eine Frau auch reisen, außer, um sich neue Kleider zu kaufen? Und jetzt hab ich den Kleiderschrank voll und gar keine Gelegenheit, die Sachen ...« Sie unterbrach sich bestürzt und unterdrückte ein Lächeln. »Viel mehr Kleider, als ich anziehen kann.« Beiläufig musterte sie ihre Schwester. »Hättest du Lust, sie dir mal anzusehen? Vielleicht ist ja etwas dabei, was dir gefällt. Du würdest mir einen Gefallen tun, mir helfen, ein bisschen Platz in meinem Schrank zu schaffen.«

Emmeline blickte auf, und es gelang ihr nicht, ihre Erregung zu verbergen. »Keine schlechte Idee. Wenn ich dir damit eine Freude machen könnte.«

Hannah überließ Emmeline zehn Kleider aus Paris, und ich erhielt den Auftrag, die Kleider, die sie mitgebracht hatte, zu ändern. Beim Auftrennen von Nancys sauberen Nähten überkam mich schreckliches Heimweh nach Riverton. Ich hoffte, sie würde es nicht als persönliche Kränkung empfinden, dass ich mich an den Sachen zu schaffen machte, die sie genäht hatte.

Die Stimmung zwischen den Schwestern verbesserte sich: Emmeline gab ihr affektiertes Gehabe auf, und bis zum Ende der Woche hatten sie sich wieder gefunden und waren beide erleichtert darüber, dass alles wieder ganz wie früher war. Auch ich war erleichtert, denn Hannah hatte in letzter Zeit allzu viel Trübsal geblasen. Ich konnte nur hoffen, dass ihre gute Laune nicht mit Emmelines Abreise wieder verschwinden würde.

An Emmelines letztem Tag in London saßen die beiden Schwestern auf dem Sofa im Wintergarten und warteten auf den Wagen aus Riverton. Deborah, die gleich zu einer Redaktionssitzung musste, saß mit dem Rücken zu ihnen am Schreibtisch und schrieb hastig einen Beileidsbrief an eine Freundin.

Emmeline lehnte sich theatralisch zurück und stieß einen tiefen Seufzer aus. »Ich könnte jeden Tag zum Tee zu Gunter's gehen, und von dieser Walnusstorte würde ich nie genug bekommen.«

»Das würdest du spätestens, wenn deine schlanke Linie dahin wäre«, bemerkte Deborah, ohne von ihrem Brief aufzublicken. »Du weißt ja, wie schnell das geht.«

Emmeline warf Hannah, die sich beherrschen musste, um nicht zu lachen, einen vielsagenden Blick zu.

»Soll ich wirklich nicht noch ein bisschen länger bleiben?«, fragte Emmeline. »Es würde mir überhaupt nichts ausmachen.«

»Ich bezweifle, dass Papa es erlauben würde.«

»Pah«, sagte Emmeline schnippisch, »den würde das doch überhaupt nicht interessieren.« Sie legte den Kopf schief. »Ich könnte in deinem Ankleidezimmer schlafen. Du würdest mich nicht mal bemerken.«

Hannah schien über die Möglichkeit nachzudenken.

»Du wirst dich ohne mich bestimmt langweilen«, sagte Emmeline.

»Ich weiß«, erwiderte Hannah und tat, als würde sie in Ohnmacht fallen. »Wie soll ich mich bloß beschäftigen?«

Emmeline lachte und warf mit einem Kissen nach ihr.

Hannah fing es auf und kämmte eine Weile gedankenverloren mit den Fingern die Fransen. Ohne den Blick von dem Kissen zu heben, sagte sie: »Was ist eigentlich mit Pa, Emmeline? Geht es ... Geht es ihm gut?«

Hannah litt sehr unter dem gespannten Verhältnis zu ihrem Vater. Mehr als einmal hatte ich einen angefangenen Brief an ihn auf ihrem Sekretär gefunden, aber keinen davon hatte sie abgeschickt.

»Na ja«, erwiderte Emmeline achselzuckend. »Es geht ihm wie immer.«

»Oh«, sagte Hannah betrübt. »Dann ist es ja gut. Ich habe lange nichts von ihm gehört.«

»Nein«, sagte Emmeline gähnend. »Du weißt doch, wie nachtragend er ist.«

»Ja«, murmelte Hannah. »Aber ich dachte ...« Eine Weile herrschte Schweigen. Deborah saß immer noch mit dem Rücken zu ihnen, doch ich konnte regelrecht sehen, wie sie, hungrig nach Klatsch, die Ohren spitzte. Hannah musste es ebenfalls bemerkt haben, denn sie richtete sich auf und wechselte mit gezwungener Heiterkeit das Thema. »Ich weiß gar nicht, ob ich dir das erzählt habe, Emmeline – ich werde mir eine Arbeit suchen, wenn du weg bist.«

»Arbeit?«, fragte Emmeline. »In einem Modegeschäft?«

Jetzt musste Deborah lachen. Sie klebte den Umschlag zu und drehte sich zu den beiden um. Doch als sie Hannahs Gesicht sah, hörte sie auf zu lachen. »Ist das etwa dein Ernst?«

»Oh, Hannah sagt nie etwas nur so zum Spaß«, bemerkte Emmeline.

»Als wir neulich in der Oxford Street waren«, sagte Hannah zu Emmeline, »und du dir die Haare hast frisieren lassen, habe ich bei einem Verlag namens Blaxland ein kleines Schild im Fenster gesehen. Die suchen eine Redakteurin.« Sie zuckte mit den Schultern. »Ich lese gern, ich interessiere mich für Politik, ich bin gut in Orthografie und Grammatik ...«

»Sei nicht albern, Liebes«, sagte Deborah, während sie mir ihren Brief reichte. »Sieh zu, dass der mit der Morgenpost rausgeht«, sagte sie zu mir, dann, wieder zu Hannah gewandt: »Die würden dich doch nie nehmen.«

»Sie haben mich schon genommen«, entgegnete Hannah. »Ich habe mich auf der Stelle beworben. Der Chef meinte, sie suchten ganz dringend jemanden.«

Deborah atmete hörbar ein, dann verzog sie den Mund zu einem dünnen Lächeln. »Aber du wirst doch einsehen, dass das überhaupt nicht infrage kommt.«

»Und warum nicht?«, fragte Emmeline gespielt ernst.

»Weil es nicht schicklich ist«, erwiderte Deborah.

»Ich wusste gar nicht, dass es für so etwas Vorschriften gibt«, sagte Emmeline. Sie musste lachen. »Wo stehen die denn?«

Deborah holte so tief Luft, dass ihre Nasenlöcher sich zusammenzogen. »Blaxland?«, fragte sie Hannah näselnd. »Ist das nicht der Verlag, der all die niederträchtigen kleinen Handzettel druckt, die die Soldaten überall an den Straßenecken verteilen?« Ihre Augen verengten sich zu Schlitzen. »Mein Bruder würde einen Tobsuchtsanfall bekommen.«

»Das glaube ich nicht«, entgegnete Hannah. »Teddy hat schon oft seine Sympathie für die Arbeitslosen zum Ausdruck gebracht.«

Deborah riss die Augen auf: die Verwunderung eines Raubtiers, das eine Beute entdeckt. »Das hast du falsch verstanden, meine Liebe«, sagte sie. »Teddy ist nur klug genug, seine zukünftigen Wähler nicht vor den Kopf zu stoßen. Außerdem ...« Sie trat triumphierend vor den Spiegel über dem Kamin und stach eine Nadel in ihren Hut. »Sympathie hin oder her, ich kann mir nicht vorstellen, dass er begeistert sein wird, wenn er erfährt, dass du dich ausgerechnet mit den Leuten verbündest, die diese schmutzigen Zettel drucken, die dazu geführt haben, dass er die Wahl verloren hat.«

Hannah stand das Entsetzen ins Gesicht geschrieben – das hatte sie nicht gewusst. Sie schaute Emmeline an, die mitfühlend die Achseln zuckte. Deborah, die die beiden im Spiegel beobachtete, unterdrückte ein Lächeln und drehte sich zu Hannah um. »Ts, ts«, machte sie mit übertrieben enttäuschter Miene. »Wie illoyal.«

Hannah atmete langsam aus.

»Das bringt den armen Teddy um, wenn er es erfährt«, sagte Deborah kopfschüttelnd. »Das bringt ihn um.«

»Dann sag's ihm halt nicht.«

»Du kennst mich ja, *ich* kann schweigen wie ein Grab«, flötete Deborah. »Aber du vergisst die vielen Leute, die nicht so verschwiegen sind wie ich. Die werden es ihm brühwarm erzählen, wenn sie deinen Namen – *seinen* Namen auf diesen Propagandazetteln lesen.«

»Ich werde ihnen sagen, dass ich die Stelle nicht annehmen kann«, sagte Hannah ruhig und legte das Kissen weg. »Aber ich werde mir eine andere Arbeit suchen. Etwas, das schicklicher ist.«

»Meine Liebe!« Deborah lachte. »Schlag dir das aus dem Kopf. Es gibt keine Arbeit, die schicklich für dich wäre. Ich meine, wie würde das denn aussehen? Teddys Ehefrau geht arbeiten? Was würden die Leute sagen?«

»Du arbeitest doch auch«, konterte Emmeline und senkte verschlagen die Lider.

»Das ist etwas ganz anderes, Liebes«, antwortete Deborah, ohne mit der Wimper zu zucken. »Ich habe schließlich meinen Teddy noch nicht gefunden. Für den richtigen Mann würde ich das alles auf der Stelle aufgeben.«

»Aber ich muss irgendetwas tun«, sagte Hannah. »Ich bin es leid, den ganzen Tag herumzusitzen und abzuwarten, ob jemand zu Besuch kommt.«

»Selbstverständlich«, sagte Deborah und nahm ihre Handtasche vom Schreibtisch. »Niemand möchte untätig sein.« Sie hob eine Braue. »Aber ich könnte mir vorstellen, dass es hier eine Menge mehr zu tun gibt als herumzusitzen und zu warten. Ein Haushalt führt sich schließlich nicht von allein, oder?«

»Nein«, erwiderte Hannah. »Und ich würde liebend gern einen Teil der Haushaltsführung …«

»Am besten hält man sich an das, was man gut kann«, fiel Deborah ihr ins Wort, während sie sich in Richtung Tür davonstahl. »Das habe ich schon immer gesagt.« Die Türklinke in der Hand, zögerte sie, dann drehte sie sich lächelnd um. »Ich weiß was«, sagte sie. »Komisch, dass es mir nicht schon eher eingefallen ist.« Sie schürzte die Lippen. »Ich werde mit Mutter reden. Du kannst ihrer *Conservative Ladies Group* beitreten. Sie suchen nach freiwilligen Helferinnen für die bevorstehende Gala. Du kannst für sie Platzkarten beschriften und Tischdekorationen basteln – deine künstlerische Ader ausleben.«

Während Hannah und Emmeline Blicke wechselten, betrat Boyle das Zimmer.

»Der Wagen ist vorgefahren, Miss Emmeline«, sagte er. »Wünschen Sie, dass ich Ihnen ein Taxi bestelle, Miss Deborah?«

»Machen Sie sich keine Umstände, Boyle«, gurrte Deborah. »Ich brauche ein bisschen frische Luft.«

Boyle nickte und ging hinaus, um dafür zu sorgen, dass Emmelines Gepäck im Wagen verstaut wurde.

»Was für ein genialer Einfall!«, rief Deborah aus und lächelte Hannah an. »Teddy wird sich ja so freuen, wenn du und Mutter demnächst so viel Zeit miteinander verbringt!« Sie legte den Kopf schief und fügte leise hinzu: »Und von dieser anderen unglücklichen Angelegenheit braucht er ja nie etwas zu erfahren!«

Der Sturz ins Kaninchenloch

*I*ch werde nicht auf Sylvia warten. Ich werde mir selbst eine Tasse Tee besorgen. Aus den Lautsprecherboxen auf der behelfsmäßigen Bühne dröhnt laute, blecherne Musik, und sechs junge Mädchen haben angefangen, dazu zu tanzen. Sie tragen schwarz-rot gemusterte Lycra-Trikots – kaum mehr als Badeanzüge – und schwarze Stiefel, die ihnen bis über die Knie reichen. Ich frage mich, wie sie auf so hohen Absätzen tanzen können, doch dann muss ich an die Tänzerinnen aus meiner Jugendzeit denken. An das Hammersmith Palladion, an die Original Dixieland Jazz Band, an Emmeline, die den Charleston tanzte.

Ich klammere mich mit einer Hand an die Armlehne, beuge mich so weit vor, dass mein Ellbogen sich mir in die Rippen bohrt, und drücke mich aus dem Sessel. Einen Augenblick lang verharre ich, dann verlagere ich mein Gewicht auf meinen Gehstock und warte, bis sich nicht mehr alles vor meinen Augen dreht. Verflixte Hitze. Ich stochere vorsichtig mit dem Gehstock im Boden. Nach all dem Regen in letzter Zeit ist er ganz aufgeweicht, und ich fürchte stecken zu bleiben. Sorgfältig trete ich in die Fußstapfen anderer Leute. So komme ich zwar nur langsam vorwärts, aber ich fühle mich einfach sicherer ...

»Hier wird Ihnen Ihre Zukunft vorausgesagt! Lassen Sie sich Ihre Zukunft aus der Hand lesen!«

Ich kann Wahrsager nicht ausstehen. Eine Wahrsagerin hat mir einmal erklärt, ich hätte eine kurze Lebenslinie, und dann bin ich diese düstere Vorahnung nicht mehr losgeworden, bis ich Ende sechzig war.

Ohne hinzusehen gehe ich weiter. Meine Zukunft macht mir keine Sorgen. Es ist die Vergangenheit, die mir den Schlaf raubt.

Anfang 1921 suchte Hannah die Wahrsagerin auf. Es war ein Mittwochmorgen, der Tag, an dem sie jede Woche ein Damenkränzchen zum Frühstück einlud. Deborah war mit Lady Lucy Duff-Gordon im Savoy Grill verabredet, und Teddy und sein Vater waren im Büro. Teddy hatte seinen Weltschmerz inzwischen überwunden und wirkte wie jemand, der aus einem seltsamen Traum erwacht ist und erleichtert feststellt, dass er immer noch derselbe ist. Eines Abends beim Abendessen hatte er Hannah erzählt, er sei ganz überrascht darüber, wie viele Möglichkeiten das Bankgeschäft einem Mann eröffne. Es biete nicht nur die Chance, seinen Wohlstand zu mehren, hatte er hastig hinzugefügt, sondern vor allem, sich auf dem Gebiet seiner kulturellen Interessen zu bereichern. Schon bald, versprach er ihr, sobald der richtige Zeitpunkt gekommen sei, würde er seinen Vater um die Erlaubnis bitten, eine Stiftung für junge Künstler einzurichten. Das sei eine gute Idee, sagte Hannah und konzentrierte sich wieder auf ihr Abendessen, während er sich über einen neuen Kunden ausließ, einen reichen Fabrikanten. Sie hatte sich daran gewöhnt, dass sich zwischen Teddys guten Absichten und seinen Taten eine tiefe Kluft auftat.

Eine kleine Schar modisch gekleideter junger Damen hatte gerade das Haus verlassen, als ich begann, den Tisch abzuräumen. (Vor Kurzem hatte unser fünftes Dienstmädchen gekündigt, und es war noch kein Ersatz in Sicht.) Nur Hannah, Fanny und Lady Clementine saßen noch in ihren Sesseln und nippten an ihrem Tee. Hannah klopfte gedankenverloren mit ihrem Löffel gegen die Untertasse. Offenbar konnte sie es nicht erwarten, dass die beiden sich endlich verabschiedeten, auch wenn ich mir nicht vorstellen konnte, warum.

»Wirklich, meine Liebe«, sagte Lady Clementine, während sie Hannah über ihren Tassenrand hinweg beäugte. »Du solltest allmählich anfangen, dir über Nachwuchs Gedanken zu machen.« Sie tauschte einen kurzen Blick mit Fanny aus, die stolz ihren dicken Bauch zur Schau trug. Sie erwartete gerade ihr zweites Kind. »Kinder tun einer Ehe gut. Nicht wahr, Fanny?«

Fanny nickte, konnte jedoch nicht antworten, weil sie den Mund voll hatte.

»Wenn eine Frau zu lange verheiratet ist und keine Kinder bekommt«, fuhr Lady Clementine säuerlich fort, »fangen die Leute an zu reden.«

»Du hast bestimmt recht«, sagte Hannah. »Aber da gibt's nichts zu bereden.« Sie sagte das so unbekümmert, dass mir ein Schauer über den Rücken lief. Wer sie nicht kannte, wäre nie darauf gekommen, dass es sich um ein äußerst heikles Thema handelte. Dass es bittere Auseinandersetzungen in der Familie gab, weil Hannah immer noch nicht schwanger war.

Lady Clementine schaute Fanny an, die die Brauen hochzog. »Es gibt doch keine Probleme, hoffe ich? Da unten?«

Anfangs dachte ich, sie meinte das Problem, ein neues Dienstmädchen zu finden, und erkannte meinen Irrtum erst, als Fanny ihren Kuchen herunterschluckte und eifrig hinzufügte: »Du könntest einen Arzt aufsuchen. Einen Frauenarzt.«

Dazu konnte Hannah wirklich nicht viel sagen. Na ja, eigentlich doch. Sie hätte den beiden sagen können, sie sollten sich um ihre eigenen Angelegenheiten kümmern, und früher hätte sie das wahrscheinlich auch getan, aber dieses Verhalten hatte sie mit der Zeit zu viele Nerven gekostet, und so schwieg sie. Sie lächelte nur vor sich hin und wünschte inständig, die beiden würden endlich gehen.

Als sie fort waren, ließ sie sich ins Sofa sinken. »Endlich«, sagte sie. »Ich dachte schon, die würden nie verschwinden.« Sie sah mir dabei zu, wie ich die letzten Tassen auf mein Tablett lud. »Es tut mir wirklich leid, dass du das tun musst, Grace.«

»Ist schon in Ordnung, Ma'am«, sagte ich. »Es wird ja nicht für lange sein.«

»Trotzdem«, sagte Hannah. »Du bist eine Zofe. Ich werde Boyle noch einmal drängen, ein neues Dienstmädchen zu suchen.«

Ich sammelte die Löffel ein.

Hannah beobachtete mich immer noch. »Kannst du ein Geheimnis für dich behalten, Grace?«

»Sie wissen doch, dass ich das kann, Ma'am.«

Sie zog ein gefaltetes Stück Zeitung aus ihrem Rockbund und breitete es auf dem Tisch aus. »Das hab ich ganz hinten in einer von Boyles Zeitungen gefunden.« Sie reichte mir den Ausschnitt.

Wahrsagerin, las ich, *erfahrene Spiritistin. Treten Sie in Kontakt mit den Verstorbenen. Lernen Sie Ihre Zukunft kennen.*

Hastig gab ich ihr den Zeitungsausschnitt zurück und wischte mir die Hände an meiner Schürze ab. Im Dienstbotentrakt hatte ich die anderen über solche Dinge reden hören. Es war neuerdings groß in Mode, sich an Wahrsager und Spiritisten zu wenden, eine Folge des im Krieg erlittenen massenhaften Verlusts von Angehörigen. Damals sehnte sich jeder nach einem tröstlichen Wort von seinen toten Angehörigen.

»Ich habe für heute Nachmittag einen Termin ausgemacht«, sagte Hannah.

Mir fehlten die Worte. Ich atmete tief aus, wünschte, sie hätte mir nichts davon erzählt. »Wenn Sie es mir nicht übel nehmen, Ma'am, aber von Seancen und dergleichen halte ich mich lieber fern.«

»Wirklich, Grace«, sagte Hannah verwundert, »ausgerechnet von dir hätte ich gedacht, dass du etwas offener bist. Sir Arthur Conan Doyle glaubt auch an Medien, wusstest du das? Er kommuniziert regelmäßig mit seinem Sohn Kingsley. Er hält sogar Seancen bei sich zu Hause ab.«

Sie konnte nicht wissen, dass ich nicht länger eine Verehrerin von Sherlock Holmes war, dass ich, seit ich in London war, Agatha Christie verehrte.

»Das ist es nicht, Ma'am«, erwiderte ich hastig. »Es ist nicht so, dass ich nicht daran glaube.«

»Nein?«

»Nein, Ma'am. Ich glaube schon daran. Aber das ist ja gerade das Problem. Es ist nicht natürlich. Das mit den Toten. Es ist gefährlich, sich in ihre Angelegenheiten einzumischen.«

Sie hob die Brauen und überlegte. »Gefährlich ...«

Es war das falsche Argument. Indem ich es als gefährlich bezeichnete, machte ich es nur umso interessanter für Hannah.

»Ich werde Sie begleiten, Ma'am«, sagte ich kurz entschlossen.

Damit hatte sie nicht gerechnet, und sie wusste anscheinend nicht, ob sie sich darüber ärgern oder freuen sollte. Schließlich sagte sie bestimmt: »Nein, das ist nicht nötig. Ich schaffe das schon allein.« Dann fuhr sie etwas freundlicher fort: »Du hast doch heute deinen freien Nachmittag, nicht wahr? Da hast du doch sicherlich etwas Schönes vor. Etwas Interessanteres, als mich zu begleiten.«

Ich antwortete nicht. Meine Pläne waren geheim. Nachdem wir zahlreiche Briefe ausgetauscht hatten, hatte Alfred schließlich vorgeschlagen, mich in London zu besuchen. So weit fort von Riverton fühlte ich mich einsamer, als ich erwartet hatte. Trotz Mr Hamiltons ausführlicher Anweisungen stellte meine Rolle als Zofe schwierigere Anforderungen an mich, als ich geahnt hatte, vor allem, wo Hannah als junge Ehefrau nicht so glücklich war, wie sie hätte sein sollen. Und Mrs Tibbits unleidliches Wesen sorgte dafür, dass keiner der anderen Bediensteten auch nur eine Spur von Kameradschaftlichkeit an den Tag legte. Zum ersten Mal in meinem Leben fühlte ich mich isoliert. Und obwohl ich mich davor hütete, Alfreds Aufmerksamkeiten falsch zu deuten (das hatte ich schließlich schon einmal getan), sehnte ich mich nach ihm.

Dennoch folgte ich Hannah an jenem Nachmittag. Ich war erst am frühen Abend mit Alfred verabredet, und wenn ich mich beeilte, konnte ich mich davon überzeugen, dass sie das Studio der Wahrsagerin wohlbehalten wieder verließ. Ich hatte so viele unheimliche Geschichten über Spiritisten gehört, dass ich davon überzeugt war, das Richtige zu tun. Mrs Tibbit hatte von einer Kusine berichtet, die besessen war, und Mr Boyle wusste von einem Mann, dessen Frau man erst geschoren hatte, um ihr anschließend die Kehle durchzuschneiden.

Und auch wenn ich mir nicht so ganz sicher war, was ich von den Spiritisten halten sollte, so wusste ich nur zu gut, welche Sorte Menschen ihren Rat suchten. Nur jemand, der in der Gegenwart unglücklich ist, sucht sein Glück in der Zukunft.

Draußen herrschte dichter Nebel. Wie ein Detektiv folgte ich Hannah die Aldwych Street entlang, stets darauf bedacht, nicht zu weit hinter ihr zu bleiben und sie im Nebel zu verlieren. An der Ecke spielte ein Mann in einem Trenchcoat auf einer Mundharmonika: »Keep the Home Fires Burning«. Sie waren überall, diese heimatlosen Soldaten, in jeder Gasse, unter jeder Brücke, vor jedem Bahnhof. Hannah nahm sich kurz Zeit, eine Münze aus ihrer Handtasche zu kramen und sie in den Becher des Musikanten zu werfen.

In der Kean Street blieb sie vor einer alten Villa stehen. Das Haus wirkte ziemlich vornehm, aber, wie meine Mutter zu sagen pflegte, es ist nicht alles Gold, was glänzt. Ich sah, wie Hannah einen Blick auf ihren Zeitungsausschnitt warf, um sich zu vergewissern, dass es sich um die richtige Adresse handelte, und dann den Klingelknopf drückte. Die Tür wurde geöffnet, und ohne sich noch einmal umzudrehen, verschwand sie in dem Haus.

Von der gegenüberliegenden Straßenseite aus schaute ich an dem Haus hoch und fragte mich, in welches Stockwerk Hannah wohl geführt wurde. Etwas an dem Lampenschein, der an den zugezogenen Vorhängen gelbliche Ränder erzeugte, sagte mir, dass es das dritte sein musste. Ich setzte mich neben einen Mann, der kleine, aufziehbare Blechaffen verkaufte, und wartete.

Ich wartete über eine Stunde. Als Hannah schließlich wieder aus dem Haus trat, waren meine Beine steif gefroren, und ich konnte nicht schnell genug aufspringen. Ich duckte mich und hoffte inständig, dass sie mich nicht sehen würde. Aber sie hatte gar keine Augen für ihre Umgebung. Wie benommen stand sie auf der Stufe vor der Tür. Ihr Gesicht hatte einen leicht verblüfften Ausdruck, und sie schien wie versteinert. Zuerst dachte ich, die Spiritistin hätte sie, wie ich es auf Fotos gesehen hatte, mit einer Taschenuhr hypnotisiert. Meine Füße schmerzten wie von tausend Nadelstichen, und ich konnte einfach nicht zu ihr hinüberlaufen. Als ich gerade nach ihr rufen wollte, holte sie tief Luft, schüttelte sich und machte sich mit schnellen Schritten auf den Heimweg.

Ich kam ein bisschen zu spät zu meiner Verabredung mit Alfred. Nicht viel, aber genug, um ihn besorgt dreinblicken zu lassen, ehe er mich sah, und gekränkt, als er mich erblickte.

»Grace.« Verlegen begrüßten wir einander. Gleichzeitig streckten wir eine Hand aus, stießen mit den Handgelenken aneinander, und er ergriff aus Versehen meinen Ellbogen. Ich lächelte nervös und schob meine Hand unter meinen Schal. »Bitte entschuldige, dass ich so spät komme, Alfred«, sagte ich. »Ich musste für die Mistress noch eine Besorgung machen.«

»Weiß sie denn nicht, dass du heute deinen freien Nachmittag hast?«, fragte er. Er war größer, als ich ihn in Erinnerung hatte, und sein Gesicht zerfurchter, trotzdem gefiel er mir.

»Doch, aber …«

»Du hättest ihr sagen sollen, wo sie sich ihre Besorgung hinstecken kann.«

Sein verächtlicher Ton wunderte mich nicht. Alfred war seiner Arbeit als Dienstbote zunehmend überdrüssig. Die Briefe, die er mir aus Riverton schrieb, zeigten mir etwas, was mir vorher nicht bewusst gewesen war: ein unzufriedener Unterton durchzog die Beschreibungen seines Alltags. Und in letzter Zeit erkundigte er sich immer häufiger nach dem Leben in London und zitierte immer wieder aus Büchern, die er neuerdings las, Bücher über die Arbeiterklasse und über Gewerkschaften.

»Du bist schließlich keine Sklavin«, sagte er. »Du hättest es ablehnen sollen.«

»Ich weiß. Ich dachte nicht, dass es ... Es hat länger gedauert, als ich dachte.«

»Na ja«, sagte er. Seine Züge entspannten sich, und er sah wieder aus, wie ich ihn kannte. »Nicht deine Schuld. Lass uns das Beste daraus machen, ehe wir wieder zurück in die Salzminen müssen, einverstanden? Wollen wir vielleicht einen Happen essen, bevor wir uns den Film ansehen?«

Ich war überglücklich, als wir nebeneinanderher gingen. Ich fühlte mich erwachsen, und es kam mir richtig abenteuerlich vor, mit einem Mann wie Alfred durch die Stadt zu schlendern. Am liebsten hätte ich mich bei ihm untergehakt, damit die Leute, die uns sahen, uns für ein Ehepaar hielten.

»Ich habe deiner Mutter einen Besuch abgestattet«, sagte er. »Wie du es wolltest.«

»Ach, Alfred. Vielen Dank. Es geht ihr doch nicht allzu schlecht, oder?«

»Nein, nicht allzu schlecht, Grace.« Er zögerte einen Augenblick und wandte sich dann ab. »Aber auch nicht allzu gut, wenn ich ehrlich bin. Eine böse Erkältung. Und sie hat schlimme Rückenschmerzen, sagt sie.« Er schob die Hände in die Jackentaschen. »Arthritis, stimmt's?«

Ich nickte. »Es kam ganz plötzlich, als ich noch klein war. Und dann ist es ziemlich schnell mit ihr bergab gegangen. Im Winter ist es immer am schlimmsten.«

»Ich hatte eine Tante, bei der war es genauso. Sie ist viel zu schnell gealtert.« Er schüttelte den Kopf. »Ein großes Pech.«

Schweigend gingen wir weiter. »Alfred«, sagte ich nach einer Weile. »Meine Mutter ... Meinst du ... Hattest du den Eindruck, dass sie genug hat? Zum Heizen und so, meine ich.«

»O ja«, erwiderte er. »Kein Problem. Sie hat einen ordentlichen Vorrat an Kohle.« Er stieß mich mit der Schulter an. »Und Mrs Townsend sorgt dafür, dass sie regelmäßig ein Päckchen mit Kuchen und Gebäck bekommt.«

»Die gute Mrs Townsend«, sagte ich, während mir vor Dankbarkeit die Tränen kamen. »Und vielen Dank, Alfred, dass du meine Mutter besucht hast. Ich weiß, dass sie sich darüber freut, auch wenn sie es nicht sagt.«

Er zuckte nur mit den Achseln. »Ich tue es nicht, um deiner Mutter eine Freude zu machen, Gracie. Ich tue es für dich.«

Meine Wangen glühten. Ich drückte eine behandschuhte Hand an mein Gesicht, um sie zu wärmen. »Und wie geht es den anderen?«, fragte ich schüchtern. »Den anderen in Saffron? Geht es allen gut?«

Mein Themenwechsel schien ihn nachdenklich zu machen. »So gut, wie man erwarten kann«, sagte er. »Unten im Dienstbotentrakt, meine ich. Wie es oben aussieht, ist eine andere Sache.«

»Mr Frederick?« In ihrem letzten Brief hatte Nancy angedeutet, dass es ihm nicht besonders gut ging.

Alfred schüttelte den Kopf. »Der bläst nur noch Trübsal, seit du weg bist. Sieht aus, als hättest du bei ihm einen Stein im Brett gehabt.« Ich musste unwillkürlich lächeln, als er mich knuffte.

»Hannah fehlt ihm«, sagte ich.

»Aber das würde er niemals zugeben.«

»Sie auch nicht.« Ich erzählte ihm von den Briefen, die ich gefunden hatte. Einen nach dem anderen angefangen und keinen abgeschickt.

Er pfiff durch die Zähne und schüttelte den Kopf. »Und da heißt es immer, wir sollen von unseren Vorgesetzten lernen. Die könnten eher was von unsereinem lernen, wenn du mich fragst.«

Beim Weitergehen dachte ich über Mr Fredericks Kummer nach. »Glaubst du, wenn er und Hannah sich wieder vertragen würden ...?«

Alfred zuckte die Achseln. »Ehrlich gesagt, bin ich mir nicht sicher, ob es das wirklich ist. Sicher, Hannah fehlt ihm. Daran besteht kein Zweifel. Aber es ist noch etwas anderes.«

Ich schaute ihn an.

»Seine Automobile. Jetzt, wo er seine Fabrik nicht mehr hat, sieht er keinen Sinn mehr im Leben. Den ganzen Tag lang geht er im Park spazieren. Er nimmt sein Gewehr mit, behauptet, er würde nach Wilderern Ausschau halten. Dudley sagt, er bildet sich das alles ein, es gibt gar keine Wilderer, und trotzdem ist er dauernd auf der Suche nach ihnen.« Er blinzelte in den Nebel. »Das kann ich gut verstehen. Ein Mann will das Gefühl haben, gebraucht zu werden.«

»Ist Emmeline ihm denn kein Trost?«

Er hob die Schultern. »Die kleine Miss hat's faustdick hinter den Ohren, wenn du mich fragst. Seit Mr Frederick sich um nichts mehr kümmert, spielt sie sich auf wie die Hausherrin. Er scheint das in Ordnung zu finden. Aber meistens nimmt er sie sowieso kaum wahr.« Er trat nach einem Steinchen und sah zu, wie es über die Straße sprang und in einem Gully verschwand. »Nein. Riverton ist nicht mehr wie früher. Nicht, seit du fort bist.«

Während ich noch über seine letzte Bemerkung nachdachte, sagte er: »Ach ja«, und langte mit der Hand in die Hosentasche. »Apropos Riverton. Du wirst nie erraten, wer mir über den Weg gelaufen ist, als ich auf dich gewartet habe.«

»Wer denn?«

»Miss Starling. Lucy Starling. Mr Fredericks ehemalige Sekretärin.«

Seine Worte versetzten mir einen Stich. Dass er sie ganz vertraut beim Vornamen nannte. Lucy. Ein irgendwie schlüpfriger, geheimnisvoller Name, der wie Seide knisterte. »Miss Starling? Hier in London?«

»Sie sagt, sie wohnt jetzt hier. In einer Wohnung auf der Hartley Street, gleich um die Ecke.«

»Aber was macht sie denn hier?«

»Arbeiten. Nachdem Mr Fredericks Firma dichtgemacht wurde, musste sie sich eine neue Stelle suchen, und davon gibt's hier in London mehr als genug.« Er reichte mir einen Zettel. Weiß, warm, ganz zerknittert, weil er ihn in seiner Hosentasche aufbewahrt hatte. »Ich hab sie um ihre Adresse gebeten und gesagt, ich würde sie dir geben.« Er lächelte mich auf eine Weise an, die mich erneut erröten ließ. »Dann schlafe ich ruhiger«, sagte er, »wenn ich weiß, dass du in London eine Freundin hast.«

Ich fühle mich ganz matt. Meine Gedanken schwimmen. Hin und her, vor und zurück auf den Gezeiten meiner Erinnerung.

Das Gemeindehaus. Vielleicht ist Sylvia dort. Und dort wird es Tee geben. Die Frauen vom Festkomitee haben bestimmt schon alles vorbereitet und verkaufen Kuchen und Muffins und wässrigen Tee mit Holzstäbchen zum Umrühren anstelle von Löffeln. Mühsam arbeite ich mich zu den Stufen vor dem Eingang vor.

Ich hebe den Fuß, schätze die Stufe falsch ein, rutsche ab, schlage mit dem Knöchel gegen die Kante der Betontreppe. Jemand packt mich am Arm. Ein junger Mann mit dunkler Haut, grünen Haaren und einem Ring in der Nase.

»Alles in Ordnung?«, fragt er mit weicher, sanfter Stimme.

Ich starre seinen Nasenring an, finde keine Worte.

»Sie sind ja kreidebleich, meine Liebe. Sind Sie allein hier? Soll ich jemanden rufen?«

»Da sind Sie ja!« Eine Frauenstimme. Eine, die ich kenne. »Einfach so davonzulaufen! Ich dachte schon, Sie wären mir verloren gegangen.« Sie schnalzt mit der Zunge wie eine alte Glucke und stemmt die Fäuste in die Hüften. Ihre Arme sehen dabei aus wie fleischige Flügel. »Was in aller Welt haben Sie sich dabei gedacht?«

»Ich hab sie hier gefunden«, sagt Grüne Haare. »Sie wäre beinahe die Treppe raufgefallen.«

»Also, das ist doch nicht zu fassen«, sagt Sylvia. »Kaum drehe ich Ihnen den Rücken zu! Sie bringen mich noch mal um den Verstand! Ich weiß wirklich nicht, was in Sie gefahren ist.«

Ich fange an, es ihr zu erklären, höre wieder auf. Ich kann mich nicht erinnern. Irgendwie ist mir, als hätte ich nach etwas gesucht, als hätte ich etwas Bestimmtes tun wollen.

»Kommen Sie«, sagt sie, fasst mich an den Schultern und führt mich nach draußen. »Anthony kann es gar nicht erwarten, Sie kennenzulernen.«

Das Zelt ist groß und weiß. Eine Hälfte der Leinwand am Eingang ist zurückgeschlagen, damit man eintreten kann. Über dem Eingang hängt ein Stoffschild mit der handgemalten Aufschrift: *Saffron Green Historical Society*. Sylvia schiebt mich ins Zelt. Es ist heiß und riecht nach frisch gemähtem Gras. Unter dem Dach hängt eine Neonröhre, die leise summend ihr klinisch kaltes Licht auf die Plastiktische und -stühle wirft.

»Der da ist es«, flüstert Sylvia und deutet auf einen Mann, der ein derartiges Allerweltsgesicht hat, dass er mir irgendwie bekannt vorkommt. Braunes, grau meliertes Haar, grau melierter Bart, rot geäderte Wangen. Er ist mit einer matronenhaften, konservativ gekleideten Frau ins Gespräch vertieft. Sylvia beugt sich zu mir. »Ich hab Ihnen ja gesagt, dass er sehr sympathisch ist.«

Ich schwitze, und mir tun die Füße weh. Ich bin verwirrt. Plötzlich der unwiderstehliche Drang, mich bockig zu zeigen. »Ich möchte eine Tasse Tee.«

Sylvia sieht mich an, versucht, ihre Verwunderung zu verbergen. »Aber selbstverständlich, meine Liebe. Ich hole Ihnen eine, und dann hab ich noch eine Überraschung für Sie. Kommen Sie, setzen Sie sich.« Sie bugsiert mich zu einer Bank neben einem mit Sackleinen bespannten Brett, setzt mich ab und verschwindet.

Die Fotografie ist eine grausame, paradoxe Kunst. Sie zerrt eingefangene Momente in die Zukunft, Momente, die in der Vergangenheit hätten verpuffen sollen, die nur in der Erinnerung existieren sollten, nur noch verschwommen erkennbar durch den Nebel der folgenden Ereignisse. Fotos zwingen uns, Menschen zu einem Zeitpunkt zu sehen, bevor sie von der Zukunft niedergedrückt werden, bevor sie ihr eigenes Ende kennen.

Auf den ersten Blick sind sie ein Schaum aus weißen Gesichtern und Röcken in einem Sepiameer, doch das Wiedererkennen lässt schließlich einzelne Bilder gestochen scharf hervortreten. Das erste ist das Sommerhaus, das Teddy entworfen und 1924 hat bauen lassen. Nach den Personen im Vordergrund zu urteilen, muss das Foto im selben Jahr aufgenommen worden sein. Teddy steht neben der noch unfertigen Eingangstreppe an eine der weißen Marmorsäulen gelehnt. Auf dem Rasen vor dem Haus ist eine Picknickdecke ausgebreitet. Hannah und Emmeline sitzen nebeneinander darauf. Beide mit demselben, entrückten Blick. Deborah steht im Vordergrund, groß, aber modisch krumm, eine dunkle Haarsträhne über einem Auge. Sie hält eine Zigarette in der Hand. Der aufsteigende Qualm wirkt wie Dunst. Wenn ich es nicht besser wüsste, würde ich denken, dass sich noch eine fünfte Person auf dem Foto befindet, hinter diesem Dunst verborgen. Aber natürlich gibt es keine fünfte Person. Es gibt es kein einziges Foto von Robbie auf Riverton. Er war nur zweimal dort.

Das zweite Foto zeigt Riverton selbst, oder das, was davon übrig war, nachdem kurz vor dem Zweiten Weltkrieg das Feuer darin gewütet hatte. Der gesamte linke Flügel ist verschwunden, als hätte ein riesiger Bagger das Kinderzimmer, den Speisesaal, den Salon und die Schlafzimmer einfach weggeschaufelt. Der Rest des abgebrannten Hauses ist schwarz. Es heißt, es hätte noch wochenlang geraucht, und der Geruch nach Ruß hätte monatelang über dem Dorf gelegen. Ich weiß nichts darüber. Zu der Zeit stand der Zweite Weltkrieg bevor, Ruth war geboren, und ich war dabei, mir eine neue Existenz aufzubauen.

Bei dem dritten Foto sträubt sich meine Erinnerung, weigert sich, ihm seinen Platz in der Geschichte zuzuweisen. Die Personen auf dem Bild sind leicht zu erkennen, ebenso die Tatsache, dass sie sich für eine Party feingemacht haben. Damals gab es so viele Partys, und es wurde sich ständig herausgeputzt und für Fotos aufgestellt. Es könnte irgendeine beliebige Party gewesen sein. Aber nein. Ich weiß, wo das Foto aufgenommen wurde, und ich weiß, was den abgebildeten Menschen bevorsteht. Ich erinnere mich gut an ihre Kleidung. Ich erinnere mich an das Blut, an den großen, roten Fleck auf dem hellen Kleid, der es so aussehen ließ, als wäre ein Fass rote Tinte aus großer Höhe daraufgefallen. Es ist mir nie gelungen, den Fleck ganz zu entfernen, und letztendlich spielte es auch keine Rolle. Ich hätte das Kleid einfach wegwerfen sollen. Sie hat es nie wieder angesehen und erst recht nie wieder getragen.

Auf diesem Foto ahnen sie noch nichts. Sie lächeln. Hannah und Emmeline und Teddy. Lächeln in die Kamera. Das ist vorher. Ich betrachte Hannahs Gesicht, suche darauf nach einem Anzeichen für das bevorstehende Unheil. Natürlich finde ich keins. Wenn überhaupt, sehe ich Vorfreude in ihren Augen. Aber es kann sein, dass ich mir das nur einbilde, weil ich weiß, dass sie so empfand.

Jemand steht hinter mir. Eine Frau. Sie reckt den Hals vor, um dasselbe Foto zu betrachten.

»Zum Schießen, nicht wahr?«, sagt sie. »Diese albernen Kleider, die sie damals getragen haben. Eine ganz andere Welt.«

Nur ich sehe den Schatten über ihren Gesichtern. Das Wissen um das, was ihnen bevorsteht, legt sich kalt auf meine Haut. Nein, es ist nicht das Wissen. Mein Bein schmerzt, wo ich es mir gestoßen habe, etwas Kaltes läuft mir in den Schuh.

Jemand tippt mir auf die Schulter. »Dr. Bradley?« Ein Mann beugt sich zu mir vor, sein freudestrahlendes Gesicht kommt mir zu nah. Er nimmt meine Hand. »Grace? Darf ich Sie so nennen? Es ist mir eine große Freude, Sie kennenzulernen. Sylvia hat mir so viel von Ihnen erzählt. Es ist mir wirklich eine Ehre.«

Wer ist der Mann, der so laut und betont langsam mit mir spricht? Der meine Hand so energisch schüttelt? Was hat Sylvia ihm von mir erzählt? Und warum?

»… ich unterrichte Englisch, um meinen Lebensunterhalt zu verdienen, aber meine Leidenschaft ist die Heimatkunde. Ich glaube, ich darf mich mit Fug und Recht als einen großen Kenner auf diesem Gebiet bezeichnen.«

Sylvia tritt durch den Zelteingang, einen Styroporbecher mit Tee in der Hand. »Hier, Ihr Tee.«

Tee. Endlich. Ich trinke einen Schluck. Er ist lauwarm. Man kann es nicht mehr riskieren, mir ein heißes Getränk anzubieten. Ich bin schon zu oft unerwartet eingenickt.

Sylvia setzt sich auf einen Stuhl. »Hat Anthony Ihnen schon von den Augenzeugenberichten erzählt?« Sie blinzelt dem Mann mit ihren maskaraverklebten Wimpern zu. »Hast du ihr von den Augenzeugenberichten erzählt?«

»Ich bin noch nicht dazu gekommen«, antwortet er.

»Anthony interviewt die alten Leute hier in der Gegend und lässt sie vor laufender Videokamera ihre persönlichen Geschichten über Saffron Green erzählen. Für den Heimatverein.« Sie lächelt mich an. »Die Stadt hat ihm sogar die Mittel dafür zur Verfügung gestellt. Eben hat er mit Mrs Baker da drüben gesprochen.«

Gemeinsam erklären sie mir das Projekt, und hin und wieder schnappe ich Einzelheiten auf: mündliche Überlieferung, kulturelle Bedeutung, Millennium-Zeitkapsel, die Menschen in hundert Jahren …

Früher behielten die Leute ihre Geschichten für sich. Sie kamen gar nicht auf die Idee, dass sie für andere Menschen interessant sein könnten. Heutzutage schreibt jeder Hinz und Kunz seine Autobiografie, und alle wetteifern darum, wer die schlimmste Kindheit und den gewalttätigsten Vater hatte. Vor vier Jahren kam ein Student von einem nahe gelegenen College nach Heathview und hat alle möglichen Fragen gestellt; ein ernster junger Mann mit Akne und der Angewohnheit, beim Zuhören an den Fingernägeln zu kauen. Mit einem kleinen Kassettenrekorder, einem Mikrofon und einem Block mit handgeschriebenen Notizen ging er von Zimmer zu Zimmer und bat die Bewohner, ihm ein paar Fragen zu beantworten. Viele waren nur zu gern bereit, ihm ihre Geschichten zu erzählen. Mavis Buddling zum Beispiel hat ihm stundenlang von einem heldenhaften Ehemann berichtet, den sie nie hatte.

Wahrscheinlich sollte ich mich freuen. In meinem zweiten Leben, als es Riverton nicht mehr gab, nach dem Zweiten Weltkrieg, habe ich viel Zeit damit zugebracht, nachzuforschen und die Geschichten der Leute zu sammeln. Nach Hinweisen zu suchen, blanken Skeletten frisches Fleisch zu geben. Wie viel leichter wäre meine Arbeit gewesen, wenn alle Leute ihre persönliche Geschichte aufgezeichnet hätten. Aber das Einzige, was ich mir vorstellen kann, sind lauter alte Leute, die unablässig darüber lamentierten, wie viel billiger die Eier vor dreißig Jahren gewesen sind. Sind sie vielleicht alle irgendwo zusammen in einem Raum untergebracht, in einem riesigen unterirdischen Bunker mit Regalen voller Tonbandkassetten bis zur Decke, mit Wänden voller trivialer Geschichten, die anzuhören niemand mehr Zeit hat?

Es gibt nur einen Menschen, dem ich meine Geschichte erzählen möchte. Einen Menschen, für den ich sie auf Band aufnehme. Ich hoffe bloß, dass es den Aufwand wert ist. Dass Ursula recht hat: Dass Marcus zuhören und mich verstehen wird. Dass meine Schuld und die Geschichte darüber, wie ich sie mir aufgeladen habe, ihn befreien wird.

Das Licht ist grell. Ich fühle mich wie eine Gans im Ofen. Heiß, gerupft und beobachtet. Warum habe ich mich bloß darauf eingelassen? Habe ich tatsächlich zugestimmt?

»Können Sie etwas sagen, damit ich einen Soundcheck machen kann?« Anthony hockt hinter einem schwarzen Gegenstand. Eine Videokamera, nehme ich an.

»Was soll ich denn sagen?« Eine Stimme, die nicht meine ist.

»Noch einmal, bitte.«

»Ich fürchte, ich weiß wirklich nicht, was ich sagen soll.«

»Gut.« Anthony tritt hinter der Kamera hervor. »Das reicht.«

Ich rieche die Zeltplane, die in der Mittagshitze schmort.

»Ich habe mich so auf das Gespräch mit Ihnen gefreut«, sagt er strahlend. »Sylvia sagt, Sie haben früher in dem großen Haus gearbeitet.«

»Ja.«

»Sie brauchen sich nicht zum Mikrofon vorzubeugen. Das Gerät nimmt Ihre Stimme auch so auf.«

Ich hatte gar nicht gemerkt, dass ich mich vorgebeugt hatte, und lehne mich zurück mit dem Gefühl, getadelt worden zu sein.

»Sie haben auf Riverton gearbeitet.« Es ist eine Feststellung, keine Frage, doch ich komme nicht gegen das Bedürfnis an, meiner Aufgabe so exakt wie möglich nachzukommen.

»Ich habe 1914 als Dienstmädchen dort angefangen.«

Er wird verlegen, warum, weiß ich nicht. »Ja, nun ...« Hastig stellt er seine Frage: »Sie haben für Theodore Luxton gearbeitet?« Er spricht den Namen vorsichtig aus, als könnte, wenn er Teddys Geist ruft, etwas von dessen Schande auf ihn abfärben.

»Ja.«

»Hervorragend! Hatten Sie häufig mit ihm zu tun?«

Er will wissen, ob ich viel gehört habe, ob ich ihm sagen kann, was sich hinter verschlossenen Türen abgespielt hat. Ich fürchte, ich werde ihn enttäuschen müssen.

»Nein. Ich war damals die Zofe seiner Frau.«

»Dann müssen Sie aber doch eine Menge mit Theodore zu tun gehabt haben.«

»Nein, eigentlich nicht.«

»Aber ich habe gelesen, dass der Dienstbotentrakt die Zentrale für den ganzen Klatsch des Haushalts gewesen ist. Sie müssen doch etwas von seinen Aktivitäten mitbekommen haben?«

»Nein.« Vieles ist natürlich später herausgekommen. Ich habe es genau wie alle anderen in der Zeitung gelesen. Reisen nach Deutschland. Treffen mit Hitler. Die schlimmsten Anwürfe habe ich nie geglaubt. Sie haben sich eigentlich nur der Bewunderung für Hitler schuldig gemacht, der Begeisterung für seine Fähigkeit, die Arbeiterklasse zu mobilisieren, eine funktionsfähige Industrie aufzubauen. Dass das nur mithilfe von Sklavenarbeit möglich war, war für sie nicht von Belang. Das wusste damals kaum jemand. Die Geschichte musste Hitler erst noch als Wahnsinnigen entlarven.

»Das Treffen mit dem deutschen Botschafter im Jahr 1936?«

»Damals arbeitete ich längst nicht mehr auf Riverton. Seit zehn Jahren nicht mehr.«

Er schweigt. Er ist enttäuscht, wie ich es vorausgesehen habe. Seine Fragestrategie wurde auf unfaire Weise torpediert. Dann hellt sich seine Miene wieder auf. »Seit 1926?«

»1925.«

»Dann müssen Sie dort gewesen sein, als dieser Dichter, wie hieß er gleich, sich umgebracht hat?«

Das Licht bringt mich noch mehr zum Schwitzen. Mein Herz flattert ein bisschen. Oder etwas in meinem Herzen flattert, vielleicht eine Arterie, die so verschlissen ist, dass sich eine Klappe gelöst hat und jetzt hilflos in meinem Blut umhertreibt.

»Ja«, höre ich mich sagen.

Das tröstet ihn ein wenig. »Also gut. Dann können wir uns ja darüber unterhalten, nicht wahr?«

Jetzt höre ich mein Herz. Es pumpt zögernd.

»Grace?«

»Sie ist ganz blass.«

Mir ist schwindlig. Ich bin sehr müde.

»Dr. Bradley?«

»Grace? Grace!«

Es rauscht wie Wind durch einen Tunnel, ein wütender Wind, der ein Sommergewitter mit sich bringt. Es rast auf mich zu, schneller und immer schneller. Es ist meine Vergangenheit, sie holt mich ein. Sie ist überall, in meinen Ohren, hinter meinen Augen, drückt mir von innen gegen die Rippen …

»Rufen Sie einen Arzt. Jemand soll einen Krankenwagen rufen!«

Erleichterung. Auflösung. Eine Million winzige Partikel rieseln durch den Zeittunnel.

»Grace? Geht es Ihnen wieder besser? Es ist alles in Ordnung, Grace. Hören Sie mich?«

Pferdehufe auf Pflastersteinen, Automobile mit fremden Namen, Botenjungen auf Fahrrädern, Kindermädchen mit altmodischen Kinderwagen, Seilspringen, Hüpfspiele, Greta Garbo, die Original Dixieland Jazz Band, Bee Jackson, der Charleston, Chanel No. 5, *Das fehlende Glied in der Kette*, F. Scott Fitzgerald …

»Grace!«

Mein Name?

»Grace?«

Sylvia? Hannah?

»Sie ist einfach zusammengeklappt. Sie hat da gesessen und ...«

»Gehen Sie zur Seite, Ma'am. Lassen Sie uns durch, damit wir sie in den Wagen schieben können.« Eine neue Stimme. Eine Autotür wird zugeschlagen.

Eine Sirene.

Bewegung.

»Grace ... ich bin es, Sylvia. Halten Sie durch, hören Sie? Ich bin bei Ihnen ... ich bringe Sie nach Hause ... Halten Sie durch ...«

Durchhalten? Wieso? Ah ... der Brief natürlich. Ich halte ihn in der Hand. Hannah wartet auf den Brief. Die Straße ist vereist, und es hat angefangen zu schneien.

In den Tiefen

Es ist kalter Winter, und ich laufe. Ich spüre das warme Blut in meinen Adern, spüre, wie es unter der kalten Haut in meinem Gesicht pulsiert. In der eisigen Luft spannt sich meine Haut über meinen Wangenknochen, als wäre sie zu stramm über ihren Rahmen gespannt. Wie auf der Streckbank, würde Nancy sagen.

Den Brief halte ich fest in der Hand. Er ist klein, und an einer Stelle auf dem Umschlag hat der Absender die noch nasse Tinte mit dem Daumen ein wenig verschmiert. Er ist eben erst geschrieben worden.

Er ist von einem Ermittler. Von einem richtigen Privatdetektiv mit einem Büro in der Surrey Street, einer Sekretärin im Vorzimmer und einer Schreibmaschine vor sich auf dem Schreibtisch. Ich wurde losgeschickt, um den Brief persönlich abzuholen, denn er enthält – wenn wir Glück haben – Informationen, die viel zu brisant sind, um sie mit der Royal Mail zu schicken oder gar per Telefon zu übermitteln. Der Brief verrät uns, so hoffen wir, den Aufenthaltsort von Emmeline, die verschwunden ist. Ein Skandal ist zu befürchten. Ich bin eine der wenigen, denen man vertraut.

Der Anruf kam vor drei Tagen aus Riverton. Emmeline hatte das Wochenende bei Freunden der Familie auf einem Landgut in Oxfordshire verbracht. Auf dem Weg zur Kirche ist sie ihnen entwischt. Ein Auto hatte auf sie gewartet. Es war alles genau geplant. Es heißt, ein Mann sei im Spiel.

Ich freue mich über den Brief – ich weiß, wie wichtig es ist, dass wir Emmeline finden –, aber ich bin auch aus einem anderen Grund aufgeregt. Ich treffe mich heute Abend mit Alfred. Zum ersten Mal seit jenem nebligen Abend vor Monaten. Als er mir die Adresse von Lucy Starling gegeben hat, als er mir gesagt hat, wie sehr er mich mag, und als er mich am späten Abend nach Hause begleitet hat. Seitdem haben wir uns noch häufiger geschrieben (sogar richtige Liebesbriefe), und jetzt, endlich, werden wir uns wiedersehen. Wir werden uns richtig verloben. Alfred kommt nach London. Er hat Geld gespart und zwei Eintrittskarten für *Princess Ida* gekauft. Es ist ein Theaterstück. Mein erstes. Wenn ich für Hannah Besorgungen machen muss, komme ich auf dem Weg über den Haymarket manchmal an Plakaten vorbei, auf denen ein Theaterstück angekündigt wird, aber ich habe bisher noch nie eins gesehen.

Es ist mein Geheimnis. Ich sage Hannah nichts davon – sie ist mit zu vielen anderen Dingen beschäftigt – und auch nicht den anderen Bediensteten in Nummer siebzehn. In dem unfreundlichen Klima, das Mrs Tibbit pflegt, sind alle immer nur darauf aus, sich bei jeder noch so kleinen Gelegenheit über die anderen lustig zu machen. Einmal, als Mrs Tibbit sah, wie ich einen Brief las (Gott sei Dank von Mrs Townsend und nicht von Alfred!), bestand sie darauf, dass ich ihn ihr zeige. Sie meinte, es sei ihre Pflicht, dafür zu sorgen, dass die unteren Chargen (untere Chargen!) sich anständig benehmen und keine unschickliche Liaison eingehen, die der Hausherr nicht gutheißen könne.

In gewisser Hinsicht hat sie recht. Teddy ist den Bediensteten gegenüber in letzter Zeit sehr streng. Es gibt geschäftliche Probleme, und obwohl er eigentlich nicht jähzornig ist, scheint es doch, dass selbst ein Mann von sanftem Charakter ziemlich aus der Haut fahren kann, wenn man es zu weit treibt. Er hat neuerdings ständig Angst vor Bakterien und nimmt es mit der Hygiene sehr genau. Seit einiger Zeit stellt er uns allen sogar Mundwasser zur Verfügung und besteht darauf, dass wir es benutzen; eine Angewohnheit, die er von seinem Vater übernommen hat.

Deswegen dürfen die anderen Bediensteten auf gar keinen Fall etwas von der Sache mit Emmeline erfahren. Irgendeiner würde garantiert petzen in der Hoffnung, sich dadurch in ein gutes Licht zu rücken.

Beim Haus angekommen, gehe ich schnell durch den Dienstboteneingang, um nicht von Mrs Tibbit bemerkt zu werden.

Hannah wartet in ihrem Zimmer auf mich. Sie ist blass, seit sie letzte Woche den Anruf von Mr Hamilton erhalten hat. Als ich ihr den Brief gebe, reißt sie ihn sofort auf und überfliegt den Inhalt. Atmet erleichtert auf. »Sie haben sie gefunden«, sagt sie ohne aufzublicken. »Es geht ihr gut, Gott sei Dank.«

Sie liest weiter, holt tief Luft, schüttelt den Kopf. »Ach, Emmeline«, murmelt sie. »Emmeline.«

Nachdem sie den Brief zu Ende gelesen hat, legt sie ihn neben sich und schaut mich an. Presst nickend die Lippen zusammen. »Sie muss sofort von dort weggeholt werden, ehe es zu spät ist.« Sie steckt den Brief zurück in den Umschlag. Ungeduldig, hastig, sodass das Papier zerknittert. So ist sie schon seit einer ganzen Weile, seit sie diese Spiritistin aufgesucht hat: nervös und angespannt.

»Sofort, Ma'am?«

»Auf der Stelle. Sie ist ja schon seit drei Tagen fort.«

»Soll ich den Chauffeur bitten, den Wagen vorzufahren?«

»Nein«, antwortet Hannah hastig. »Nein. Ich kann nicht riskieren, dass jemand etwas davon erfährt.« Sie meint Teddy und dessen Familie. »Ich fahre selbst.«

»Ma'am?«

»Sieh mich doch nicht so verdattert an, Grace. Mein Vater hat Automobile hergestellt. Es ist überhaupt nichts dabei.«

»Soll ich Ihre Handschuhe und Ihren Schal bringen, Ma'am?«

Sie nickt. »Und für dich selbst auch.«

»Für mich, Ma'am?«

»Du kommst doch mit, oder?«, fragt Hannah und schaut mich mit großen Augen an. »Zu zweit haben wir bessere Aussichten, sie zu retten.«

Wir. Eins der schönsten Worte. Selbstverständlich begleite ich sie. Sie braucht Hilfe. Ich werde rechtzeitig zurück sein für die Verabredung mit Alfred.

Er ist Filmregisseur, Franzose und doppelt so alt wie sie. Schlimmer noch, er ist verheiratet. Hannah erzählt mir das alles unterwegs. Wir fahren zu seinem Filmstudio im Norden von London. Der Detektiv hat geschrieben, dass Emmeline sich dort aufhält.

Als Hannah bei der angegebenen Adresse hält, bleiben wir noch einen Moment im Auto sitzen und schauen durch die Windschutzscheibe. In diesem Teil von London sind wir beide noch nie gewesen. Die aus dunklen Ziegelsteinen errichteten Häuser sind schmal und niedrig. Es sind Leute auf der Straße, offenbar mit Glücksspiel beschäftigt. Teddys Rolls Royce ist verdächtig blank poliert. Hannah nimmt sich den Brief noch einmal vor, um die Adresse zu überprüfen. Sie schaut mich an, hebt die Brauen, nickt.

Es ist kaum mehr als ein Wohnhaus. Hannah klopft an die Tür, und eine Frau öffnet. Sie hat Lockenwickler in den blonden Haaren und trägt einen cremefarbenen Morgenmantel, der zwar aus Seide, aber schmuddelig ist.

»Guten Morgen«, sagt Hannah. »Ich bin Hannah Luxton. *Mrs* Hannah Luxton.«

Die Frau verlagert ihr Gewicht, sodass ein Knie unter dem Morgenmantel zum Vorschein kommt, und schaut Hannah mit großen Augen an. »Sicher, Honey«, sagt sie mit einem Akzent ähnlich dem von Deborahs texanischem Freund. »Ist schon recht. Kommst du zum Vorsprechen?«

Hannah blinzelt. »Ich komme wegen meiner Schwester. Emmeline Hartford?«

Die Frau runzelt die Stirn.

»Ein bisschen kleiner als ich«, sagt Hannah, »blond, blaue Augen?« Sie nimmt ein Foto aus ihrer Handtasche und reicht es der Frau.

»Ach die«, ruft die Frau aus und gibt Hannah das Foto zurück. »Das ist Baby.«

Hannah atmet erleichtert auf. »Ist sie hier? Geht es ihr gut?«

»Sicher«, antwortet die Frau.

»Gott sei Dank. Na dann. Ich möchte sie sprechen.«

»Tut mir leid, Süße. Geht nicht. Baby ist gerade bei Dreharbeiten.«

»Dreharbeiten?«

»Sie drehen gerade eine Szene. Philippe kann es gar nicht leiden, bei der Arbeit gestört zu werden.« Die Frau verlagert erneut das Gewicht, und jetzt schaut ihr anderes Knie hervor. Sie legt den Kopf schief. »Ihr könnt beide hier drinnen warten, wenn ihr wollt.«

Hannah schaut mich an. Ich zucke hilflos mit den Schultern, und wir folgen der Frau ins Haus.

Sie führt uns durch einen Flur, eine Treppe hinauf und in ein kleines Zimmer, in dem ein Doppelbett mit zerwühlten Decken steht. Die Vorhänge sind zugezogen und sperren das Tageslicht aus. Drei Lampen brennen, die Schirme sind mit roten Seidenschals verhängt.

An einer Wand steht ein Stuhl, und darauf erkennen wir Emmelines Koffer. Auf einem der Nachttische liegt das Pfeifenbesteck eines Mannes.

»Ach, Emmeline ...«, sagt Hannah, mehr bringt sie nicht heraus.

»Möchten Sie ein Glas Wasser, Ma'am?«, frage ich.

Sie nickt mechanisch. »Ja bitte.«

Ich wage nicht, nach zu unten gehen, um die Küche zu suchen. Die Frau, die uns nach oben geführt hat, ist verschwunden, und ich möchte nicht wissen, was hinter den verschlossenen Türen lauert. Aber am Ende des Flurs entdecke ich ein kleines Bad. Die Ablage ist übersät mit Bürsten und Schminkpinseln, Puderdöschen und künstlichen Wimpern. Die einzige Tasse, die ich finde, ist eine schwere Henkeltasse, an deren Innenseite sich mehrere klebrige Ringe gebildet haben. Ich versuche, sie zu spülen, aber die Ringe lassen sich nicht entfernen. Mit leeren Händen kehre ich zu Hannah zurück. »Tut mir leid, Ma'am ...«

Sie sieht mich an. Atmet tief durch. »Grace«, sagt sie, »ich will dich nicht schockieren. Aber ich glaube, Emmeline lebt mit einem Mann zusammen.«

»Ja, Ma'am«, antworte ich, darauf bedacht, mir mein Entsetzen nicht anmerken zu lassen, um ihres dadurch nicht noch zu vergrößern. »Es sieht so aus.«

Die Tür wird aufgerissen, und wir wirbeln herum. Emmeline steht vor uns. Ich bin wie vom Donner ge-

rührt. Ihr blondes Haar ist zu einer Lockenfrisur aufgetürmt, die ihre Wangen einrahmt, falsche Wimpern lassen ihre Augen noch größer erscheinen. Ihre Lippen sind
knallrot geschminkt, und sie trägt den gleichen Morgenmantel wie die Frau, die uns eingelassen hat. Das Gehabe einer Erwachsenen, und doch wirkt sie irgendwie
noch jünger. Es ist der Ausdruck auf ihrem Gesicht, denke ich. Ihr fehlt die Abgebrühtheit einer Erwachsenen:
Sie ist zutiefst schockiert, uns hier anzutreffen, und es
gelingt ihr nicht, das zu verbergen. »Was macht ihr denn
hier?«, fragt sie.

»Gott sei Dank«, sagt Hannah mit einem erleichterten
Seufzer und geht auf Emmeline zu.

»Was macht ihr hier?«, wiederholt Emmeline. Inzwischen hat sie sich wieder gefangen, ihre großen Augen
sind unter schweren Lidern halb verschwunden, und ihre
Lippen sind zu einem Schmollmund geschürzt.

»Wir sind gekommen, um dich zu holen«, sagt Hannah.
»Beeil dich und zieh dich an, damit wir fahren können.«

Emmeline geht langsam zu dem Schminktisch und lässt
sich auf den Hocker sinken. Sie schüttelt eine Zigarette aus
einer Schachtel, steckt sie sich in den Mund und zündet sie
an. Nachdem sie den Rauch ausgeblasen hat, sagt sie: »Ich
gehe nirgendwohin. Du kannst mich nicht dazu zwingen.«

Hannah packt sie am Arm und zerrt sie auf die Füße.
»O doch, du kommst mit, und ich kann dich sehr wohl
zwingen. Wir fahren jetzt nach Hause.«

»Das hier ist jetzt mein Zuhause«, entgegnet Emmeline, während sie sich losreißt. »Ich bin Schauspielerin.
Ich werde ein Filmstar sein. Philippe sagt, ich habe genau
das richtige Gesicht.«

»Das kann ich mir vorstellen, dass er das sagt«, faucht
Hannah. »Grace, pack Emmelines Sachen, während ich
ihr beim Anziehen helfe.«

Als Hannah versucht, Emmeline den Morgenmantel vom Leib reißen, bleibt uns beiden vor Schreck die Luft weg. Unter dem Morgenmantel trägt sie ein durchsichtiges Negligé. Zartrosa Brustwarzen schimmern durch schwarze Spitze. »Emmeline!«, entfährt es Hannah, während ich mich schnell abwende, um mich um den Koffer zu kümmern. »Was ist das für ein Film, der hier gedreht wird?«

»Ein Liebesfilm«, erwidert Emmeline, bindet ihren Morgenmantel wieder zu und zieht an ihrer Zigarette.

Hannah schlägt die Hände vor den Mund und schaut mich an – eine Mischung aus Entsetzen, Sorge und Wut spiegelt sich in ihren großen blauen Augen. Es ist viel schlimmer, als wir es uns hätten träumen lassen. Wir sind beide sprachlos. Ich nehme eins von Emmelines Kleidern aus dem Koffer, Hannah hält es ihr hin. »Zieh dich an«, stößt sie hervor. »Zieh dich sofort an.«

Von draußen ist ein Geräusch zu hören, schwere Schritte auf der Treppe, und plötzlich steht ein Mann in der Tür, klein, dunkelhäutig, mit Schnurrbart und einem Gebaren träger Arroganz. Er sieht aus wie ein wohlgenährtes, sonnengebräuntes Reptil, und die mit Gold- und Bronzefäden durchwirkte Weste, die er zu seinem Anzug trägt, spiegelt die längst vergangene Opulenz des Hauses wider. Eine halb aufgerauchte Zigarre klemmt zwischen seinen Lippen.

»Philippe«, sagt Emmeline triumphierend, während sie sich aus Hannas Griff befreit.

»Was ist 'ier los?«, fragt er mit schwerem französischem Akzent. Die Zigarre hindert ihn offenbar nicht am Sprechen. »Was erlauben Sie sisch?«, sagt er zu Hannah. Dann geht er zu Emmeline hinüber und legt ihr besitzergreifend eine Hand auf den Arm.

»Ich werde sie mit nach Hause nehmen«, sagt Hannah.

»Und wer«, fragt Philippe, während er Hannah ausgiebig von oben bis unten mustert, »sind Sie?«

»Ihre Schwester.«

Das scheint ihm zu gefallen. Ohne seinen Blick von Hannah abzuwenden, setzt er sich aufs Bett und zieht Emmeline neben sich. »Wozu die Eile?«, sagt er grinsend, die Zigarre zwischen den Zähnen. »Vielleischt tritt die große Schwester in ein paar Szenen zusammen mit Baby auf, he?«

Hannah schnappt nach Luft, fängt sich jedoch schnell wieder. »Ganz bestimmt nicht. Wir brechen beide jetzt sofort auf.«

»Ich nicht«, sagt Emmeline.

Philippe zuckt die Achseln, wie nur ein Franzose es kann. »Mir scheint, sie will nischt.«

»Sie wird nicht gefragt«, entgegnet Hannah. Dann schaut sie mich an. »Hast du alles gepackt, Grace?«

»Fast, Ma'am.«

Erst da bemerkt Philippe mich. »Drei Schwestern?« Er hebt anerkennend eine Braue, und ich winde mich unter seinem Blick, als wäre ich nackt.

Emmeline lacht. »Ach, Philippe, red keinen Unsinn. Das ist doch nur Grace, Hannahs Zofe.«

Obwohl ich mich durch seinen Irrtum geschmeichelt fühle, bin ich dankbar, als Emmeline an seinem Ärmel zupft und er sich abwendet.

»Sag's ihr«, fordert Emmeline Philippe auf. »Sag ihr, was wir vorhaben.« Mit der Begeisterung einer Siebzehnjährigen strahlt sie Hannah an. »Wir sind durchgebrannt. Wir werden heiraten.«

»Und was sagt Ihre Gattin dazu, Monsieur?«, fragt Hannah.

»Er hat keine Gattin«, sagt Emmeline. »Noch nicht.«

»Sie sollten sich schämen, Monsieur«, sagt Hannah

mit zitternder Stimme. »Meine Schwester ist erst siebzehn.«

Wie von der Tarantel gestochen zuckt Philippe zusammen und nimmt seinen Arm von Emmelines Schultern.

»Mit siebzehn bin ich alt genug, um mich zu verlieben«, sagt Emmeline. »Wir werden heiraten, sobald ich achtzehn bin, nicht wahr, Philippe?«

Verlegen lächelnd wischt Philippe sich die Hände an der Hose ab und steht auf.

»Nicht wahr?«, wiederholt Emmeline etwas lauter. »So wie wir es besprochen haben. Sag es ihr.«

Hannah wirft das Kleid auf Emmelines Schoß. »Ja, Monsieur, sagen Sie es mir.«

Eine der Lampen geht nach einem kurzen Flackern aus. Philippe zuckt die Achseln, die Zigarre klebt an seiner Unterlippe. »Isch, äh … isch …«

»Hör auf, Hannah«, fleht Emmeline mit zitternder Stimme. »Du machst alles kaputt.«

»Ich nehme meine Schwester jetzt mit nach Hause«, sagt Hannah. »Und wenn Sie die Sache noch komplizierter machen, als sie schon ist, wird mein Mann dafür sorgen, dass Sie nie wieder einen Film drehen. Er hat Freunde bei der Polizei und in der Regierung. Die würden sich bestimmt für die Filme interessieren, die Sie hier machen.«

Plötzlich ist Philippe äußerst hilfsbereit. Er holt Emmelines Sachen aus dem Bad und stopft sie in den Koffer, wenn auch nicht mit derselben Sorgfalt, wie ich es getan hätte. Er trägt ihre Koffer zum Auto und bleibt ungerührt, als Emmeline ihm weinend erklärt, wie sehr sie ihn liebe, und ihn anbettelt, Hannah zu sagen, dass sie heiraten werden. Schließlich, verunsichert durch Emmelines Gerede und Hannahs Drohung, sieht er Hannah an und sagt: »Ich weiß nischt, wovon sie redet. Sie ist verrückt. Sie hat mir gesagt, sie wäre einundzwanzisch.«

Emmeline weint auf dem ganzen Heimweg. Heiße, wütende Tränen. Ich bezweifle, dass sie auch nur ein Wort von der Moralpredigt hört, die Hannah ihr über Verantwortung und den Ruf der Familie hält und darüber, dass Durchbrennen keine Lösung sei.

»Er liebt mich«, ist alles, was sie sagt, als Hannah fertig ist. Ihre Wangen sind tränennass, und ihre Augen sind gerötet. »Wir wollen heiraten.«

Hannah seufzt. »Hör auf damit, Emmeline, bitte.«

»Wir lieben uns. Philippe wird kommen und mich abholen.«

»Das bezweifle ich«, entgegnet Hannah.

»Warum musstest du kommen und alles ruinieren?«

»Alles ruinieren?«, fragt Hannah. »Ich habe dich gerettet. Du kannst von Glück reden, dass ich gekommen bin, bevor du in ernsthafte Schwierigkeiten geraten bist. Er ist bereits verheiratet. Er hat dich angelogen, damit du in seinen ekelhaften Filmen mitspielst.«

Emmeline starrt Hannah an, ihre Unterlippe zittert. »Du kannst es einfach nicht ertragen, dass ich glücklich bin«, sagt sie, »dass ich verliebt bin. Dass ich endlich etwas Wunderbares erlebe. Dass jemand *mich* liebt.«

Hannah antwortet nicht. Wir sind zu Hause angekommen, und der Chauffeur übernimmt den Wagen, um ihn zu parken.

Emmeline verschränkt schniefend die Arme vor der Brust. »Also gut, vielleicht hast du diesen Film ruiniert. Aber ich werde trotzdem Schauspielerin werden. Philippe wird auf mich warten. Und die anderen Filme werden sowieso gezeigt werden.«

»Die anderen Filme?« Hannah schaut mich im Rückspiegel an, und ich weiß genau, was sie denkt. Sie wird es Teddy sagen müssen. Nur er wird dafür sorgen können, dass diese Filme niemals gezeigt werden.

Nachdem Hannah und Emmeline im Haus verschwunden sind, laufe ich die Treppe zum Dienstbotentrakt hinunter. Ich habe keine Armbanduhr, aber ich bin mir sicher, dass es schon kurz vor fünf ist. Das Theaterstück fängt um halb sechs an. Ich öffne die Tür, aber es ist Mrs Tibbit, die mich in Empfang nimmt, nicht Alfred.

»Alfred?«, sage ich außer Atem.

»Netter Kerl«, erwidert sie mit einem verschlagenen Lächeln. »Schade, dass er so früh gehen musste.«

Mir rutscht das Herz in die Hose, und ich werfe einen Blick auf die Uhr. »Wann ist er denn gegangen?«

»Ach, schon vor einer Weile«, sagt sie, dreht sich um und geht in die Küche. »Hat hier rumgesessen und dauernd nach der Uhr gesehen, bis ich ihn von seinem Elend erlöst habe.«

»Von seinem Elend?«

»Ich hab ihm gesagt, dass er seine Zeit vergeudet. Dass du unterwegs bist, um einen *geheimen Auftrag* für die Mistress zu erledigen, und wahrscheinlich nicht so bald zurück sein wirst.«

Ich laufe schon wieder. Die Regent Street hinunter in Richtung Piccadilly. Wenn ich mich beeile, kann ich ihn vielleicht einholen. Beim Laufen verfluche ich Mrs Tibbit, diese alte Hexe. Was hat sie sich dabei gedacht, Alfred zu sagen, ich würde nicht so bald zurück sein? Und dass ich an meinem freien Tag einen Auftrag für Hannah erledigt habe! Es ist, als wüsste sie genau, dass sie mir damit am meisten schaden kann. Ich kenne Alfred inzwischen gut genug, um seine Gedanken erraten zu können. In letzter Zeit enthalten seine Briefe immer mehr Kommentare, in denen er seine Frustration über die »feudale Ausbeutung von Sklaven und Leibeigenen« zum Ausdruck bringt und dazu aufruft, »den schlafenden Riesen namens Proletariat« zu wecken. Es ärgert ihn allein schon die Tatsache, dass ich meine Arbeitsstelle nicht als Ausbeutung empfinde. Miss Hannah braucht mich, schreibe ich ihm immer wieder, und die Arbeit macht mir Spaß: Wie kann man das als Ausbeutung bezeichnen?

Als ich von der Regent Street auf Piccadilly stoße, nehmen der Lärm und das Gedränge zu. Die Saqui & Lawrence-Uhren stehen auf halb fünf – Büroschluss – und der Piccadilly Circus ist völlig verstopft von Fußgängern und Automobilen. Vornehme Damen und Herren, Geschäftsleute und Botenjungen drängen in alle Richtungen. Ich schiebe mich zwischen einem Autobus und einem parkenden Taxi hindurch und werde beinahe von einem mit prallen Jutesäcken beladenen Pferdewagen platt gefahren.

Ich eile weiter, den Haymarket hinunter, springe über einen Spazierstock, dessen Besitzer mir hinterherflucht. Ich halte mich dicht an den Häusern, wo der Verkehr nicht ganz so dicht ist, bis ich atemlos vor dem Königlichen Theater stehe. Direkt unter dem Theaterplakat lehne ich mich gegen die Wand, schaue in die lachenden, stirnrunzelnden, plaudernden, nickenden Gesichter, die an mir vorüberziehen, und hoffe, ein vertrautes darunter zu entdecken. Ein dünner Herr und eine noch dünnere Dame eilen die Stufen zum Theater hinauf. Er zeigt zwei Eintrittskarten vor, und die beiden werden eingelassen. In der Ferne schlägt eine Uhr – Big Ben? – die Viertelstunde. Ob Alfred noch kommt? Hat er es sich anders überlegt? Oder bin ich zu spät, und er hat seinen Platz schon eingenommen?

Ich warte, bis Big Ben die volle Stunde schlägt, dann für alle Fälle noch eine Viertelstunde. Niemand hat nach den beiden vornehm gekleideten Windhunden das Theater betreten oder verlassen. Ich sitze inzwischen auf der

Treppe. Schließlich ergebe ich mich betrübt in mein Schicksal. Ich werde Alfred heute Abend nicht treffen.

Als ein Straßenfeger mir einen lüsternen Blick zuwirft, beschließe ich, mich auf den Heimweg zu machen. Ich ziehe meinen Schal fester um die Schultern, rücke meinen Hut zurecht und kehre zur Nummer siebzehn zurück. Ich werde Alfred schreiben. Ihm erklären, was passiert ist. Werde ihm von Hannah und Mrs Tibbit berichten, ihm vielleicht sogar die ganze Wahrheit über Emmeline und Philippe und den Beinahe-Skandal erzählen. Trotz all seiner Reden über Ausbeutung und feudale Gesellschaft wird er das doch verstehen, oder?

Hannah hat Teddy von Emmelines Filmen erzählt, und er ist außer sich. Der Zeitpunkt könnte nicht schlechter gewählt sein, sagt er: Er und sein Vater stehen kurz vor der Fusionierung mit der Briggs Bank. Sie werden eins der größten Banksyndikate Londons sein. Der Welt. Wenn sich diese anstößige Geschichte herumspricht, wird es nicht nur ihn, sondern sie alle ruinieren.

Hannah nickt und wirbt um Verständnis, erinnert Teddy daran, dass Emmeline jung, naiv und leichtgläubig ist. Verspricht, dass sie sich ändern wird.

Teddy stöhnt. Er stöhnt oft in letzter Zeit. Er fährt sich mit einer Hand durch seine dunklen Haare, die allmählich grau werden. Emmeline hat niemanden, der sich um sie kümmert, meint er, das ist das Problem. Geschöpfe, die ohne jede Kontrolle aufwachsen, verwildern eben.

Hannah gibt ihm zu bedenken, dass Emmeline in demselben Haus aufwächst, in dem sie aufgewachsen ist, aber Teddy hebt nur spöttisch die Brauen.

Er schnaubt. Er hat keine Zeit, weiter darüber zu diskutieren, er muss in seinen Club. Er lässt sich von Hannah die Adresse des Filmregisseurs aufschreiben und ermahnt sie, ihm in Zukunft nichts mehr vorzuenthalten. Zwischen Eheleuten dürfe es keinerlei Geheimnisse geben, sagt er.

Am nächsten Morgen, als ich Hannahs Frisierkommode aufräume, finde ich eine Nachricht mit meinem Namen darauf, die sie für mich dagelassen hat. Sie muss sie dort hingelegt haben, nachdem ich ihr beim Anziehen geholfen hatte. Ich falte den Zettel mit zitternden Fingern auseinander. Warum zittere ich? Nicht vor Angst oder den anderen Gefühlen, die einen normalerweise zum Zittern bringen. Es ist die Erregung, die Überraschung, die freudige Erwartung.

Doch dann stelle ich fest, dass ich die Nachricht nicht lesen kann. Lauter geschwungene Linien und Punkte und Striche in säuberlichen Zeilen. Stenografie, schießt es mir durch den Kopf, während ich darauf starre. Ich erinnere mich an die Schreibblöcke, die ich vor Jahren beim Aufräumen in Hannahs Zimmer auf Riverton gefunden habe. Sie hat mir eine Nachricht in Geheimschrift hinterlassen, einer Schrift, die ich nicht lesen kann.

Den ganzen Tag über, während ich putze, nähe und flicke, behalte ich den Zettel bei mir. Zwar gelingt es mir, meine Arbeiten irgendwie zu erledigen, aber ich kann mich nicht konzentrieren. In Gedanken bin ich immer mit Hannahs Nachricht beschäftigt, frage mich, was sie beinhalten könnte und wie ich es herausfinden kann. Ich suche nach Büchern, mit deren Hilfe ich die Nachricht entschlüsseln könnte – hat Hannah sie aus Riverton mit hierhergebracht? –, doch ich kann keins finden.

Als ich einige Tage später gerade dabei bin, das Teegeschirr abzuräumen, beugt Hannah sich zu mir vor und flüstert: »Hast du meine Nachricht bekommen?«

Ich bestätige, dass ich sie gefunden habe, und mein Magen verkrampft sich, als sie sagt:

»Unser Geheimnis«, und mich anlächelt. Das erste Lächeln seit Langem.

Jetzt weiß ich, dass es wichtig ist, dass es ein Geheimnis ist und dass ich die Einzige bin, der sie es anvertraut hat. Entweder ich muss gestehen, oder ich muss eine Möglichkeit finden, die Nachricht zu lesen. Natürlich entscheide ich mich für Letzteres. Es ist das erste Mal in meinem Leben, dass mir jemand einen Brief in Geheimschrift geschrieben hat.

Tage später weiß ich plötzlich, was ich tun muss. Ich ziehe *Die Rückkehr des Sherlock Holmes* unter meiner Matratze hervor und schlage es an einer vertrauten Stelle auf. Dort, zwischen zwei meiner Lieblingsgeschichten, befindet sich mein geheimes Versteck. Zwischen Alfreds Briefen liegt ein Zettel, den ich seit einem Jahr aufbewahre. Zum Glück habe ich ihn behalten, nicht weil er ihre Adresse enthält, sondern weil er seine Handschrift trägt. Eine Zeit lang habe ich den Zettel immer wieder hervorgeholt, ihn betrachtet, daran gerochen, in Gedanken noch einmal den Tag erlebt, an dem er ihn mir gegeben hat. Aber seit einigen Monaten, seit er mir so liebevolle Briefe schreibt, habe ich den Zettel nicht mehr angesehen. Jetzt nehme ich ihn aus seinem Versteck: Lucy Starlings Adresse.

Ich habe sie noch nie besucht, es gab auch nie einen Anlass dafür. Ich habe viel zu tun, und meine wenigen freien Stunden verbringe ich damit, Bücher zu lesen oder an Alfred zu schreiben. Und es gibt noch einen anderen Grund, der mich bisher davon abgehalten hat, sie aufzusuchen: eine winzige Flamme der Eifersucht, lächerlich und dennoch wirksam, wurde entzündet, als Alfred an dem Abend im Nebel ihren Vornamen so beiläufig aussprach.

Als ich vor dem Haus stehe, überkommen mich Zweifel. Tue ich das Richtige? Wohnt sie überhaupt noch hier? Hätte ich mein anderes, mein gutes Kleid anziehen sollen? Ich drücke die Klingel, und eine alte Dame öffnet. Ich bin erleichtert und zugleich enttäuscht.

»Entschuldigen Sie«, sage ich. »Ich suche nach jemand anderem.«

»Ja?«, sagt die alte Dame.

»Eine alte Freundin.«

»Ihr Name?«

»Miss Starling«, sage ich, obwohl sie das nichts angeht. »Lucy Starling.«

Nachdem ich zum Gruß genickt und mich zum Gehen gewandt habe, sagt sie plötzlich irgendwie verschlagen: »Erster Stock. Zweite Tür links.«

Die Vermieterin schaut mir nach, als ich die mit einem roten Läufer ausgelegte Treppe hinaufsteige. Auch wenn ich sie nicht mehr sehen kann, spüre ich ihren Blick im Rücken. Oder auch nicht. Vielleicht habe ich nur zu viele Kriminalromane gelesen.

Zögernd gehe ich den Flur entlang. Es ist dunkel. Das einzige Fenster über der Treppe ist völlig verrußt. Zweite Tür links. Ich klopfe an, höre ein Rascheln. Offenbar ist sie zu Hause. Ich atme tief durch.

Die Tür öffnet sich. Sie ist es. Genau, wie ich sie in Erinnerung habe.

Sie mustert mich einen Moment lang. »Ja?« Sie blinzelt. »Kennen wir uns?«

Die Vermieterin beobachtet mich immer noch. Ich habe mich also nicht geirrt. Sie ist die halbe Treppe hochgekommen, um mich nicht aus den Augen zu verlieren. Ich drehe mich kurz zu ihr um, dann sehe ich Miss Starling an.

»Ich bin Grace. Grace Reeves. Wir haben uns auf Riverton kennengelernt.«

Plötzlich erkennt sie mich. »Grace. Natürlich. Wie schön, Sie zu sehen.« Die merkwürdige Stimme, die sie auf Riverton von den anderen unterschied. Sie lächelt, tritt zur Seite und bedeutet mir einzutreten.

Damit habe ich gar nicht gerechnet. Die Idee, sie aufzusuchen, war ziemlich spontan gewesen.

Miss Starling steht in einem kleinen Wohnzimmer und wartet darauf, dass ich Platz nehme, damit sie sich auch setzen kann.

Sie bietet mir eine Tasse Tee an, und es erscheint mir unhöflich, sie abzulehnen. Als sie in der kleinen Küche verschwindet, sehe ich mich verstohlen in dem Zimmer um. Hier ist es heller als im Flur, und mir fällt auf, dass ihre Fenster, ebenso wie die Wohnung selbst, makellos sauber sind. Sie hat aus ihrer bescheidenen Situation das Beste gemacht.

Sie kommt mit einem Tablett zurück. Teekanne, Zuckerdose, zwei Tassen.

»Was für eine angenehme Überraschung«, sagt sie. In ihrem Blick sehe ich die Frage, die sie aus Höflichkeit nicht stellt.

»Ich bin gekommen, um Sie um einen Gefallen zu bitten«, sage ich.

Sie nickt. »Worum geht es?«

»Können Sie stenografieren?«

»Selbstverständlich«, sagt sie stirnrunzelnd.

Es ist die letzte Gelegenheit für mich, es mir anders zu überlegen und wieder zu gehen. Ich könnte ihr sagen, ich hätte einen Fehler gemacht, meine Tasse abstellen und zur Tür hinausspazieren. Die Treppe hinuntereilen, das Haus verlassen und nie wieder zurückkehren. Aber dann werde ich es nie erfahren. Und ich muss es wissen. »Würden Sie mir etwas vorlesen?«, höre ich mich sagen.

»Aber gern.«

Ich gebe ihr den Zettel. Halte den Atem an, hoffe, die richtige Entscheidung getroffen zu haben.

Ihre blassen Augen überfliegen den Text Zeile für Zeile, unerträglich langsam, so scheint es mir. Schließlich räuspert sie sich. »Hier steht: *Danke für deine Hilfe bei der unsäglichen Sache mit dem Film. Wie hätte ich das ohne dich überstanden? T. war nicht gerade begeistert … Wie du dir bestimmt lebhaft vorstellen kannst. Ich habe ihm nicht alles erzählt, vor allem nicht von unserem Besuch in diesem grässlichen Haus. Er kann es nicht leiden, wenn man Geheimnisse hat. Ich weiß, dass ich mich auf dich verlassen kann, meine liebe Grace. Du bist mir mehr eine Schwester als eine Zofe.*« Miss Starling blickt auf. »Ergibt das für Sie einen Sinn?«

Ich nicke, bringe jedoch kein Wort heraus. Mehr wie eine Schwester. Eine Schwester. Plötzlich befinde ich mich an zwei Orten zugleich: hier in Lucy Starlings bescheidenem Wohnzimmer und weit weg in einer lang zurückliegenden Zeit im Kinderzimmer auf Riverton, den Blick sehnsüchtig auf zwei Mädchen geheftet, zwei blonde Schwestern mit gleichfarbigen Schleifen in den Haaren. Mit gemeinsamen Geheimnissen.

Ohne einen weiteren Kommentar gibt Miss Starling mir den Zettel zurück. Plötzlich wird mir klar, dass der Inhalt, die Erwähnung von unsäglichen Dingen und zu wahrenden Geheimnissen, ihren Verdacht erregt haben könnte.

»Es gehört zu einem Spiel«, sage ich hastig. Dann, etwas bedächtiger, meine Schwindelei beinahe genießend, füge ich hinzu: »Ein Spiel, das wir manchmal spielen.«

»Wie nett«, sagte Miss Starling mit einem unbefangenen Lächeln. Sie ist Sekretärin und daran gewöhnt, die Geheimnisse anderer zu erfahren und gleich wieder zu vergessen.

Wir plaudern noch eine Weile über London und die alten Zeiten auf Riverton. Ich bin überrascht zu erfahren, dass Miss Starling immer ganz nervös war, wenn sie zu uns nach unten kommen musste. Dass sie Mr Hamilton weitaus bewundernswerter fand als Mr Frederick. Wir müssen beide lachen, als ich ihr erzähle, dass wir genauso nervös waren wie sie.

»Meinetwegen?«, sagt sie, während sie sich die Augenwinkel mit einem Taschentuch trocken tupft. »Ausgerechnet.«

Als ich aufstehe, um mich zu verabschieden, bittet sie mich, sie wieder zu besuchen, und ich verspreche es ihr. Ich meine es ernst. Ich frage mich, warum ich sie nicht schon eher einmal besucht habe. Sie ist eine liebenswerte Person, und wir haben beide keine anderen Freunde in London. Sie begleitet mich zur Tür, und wir verabschieden uns.

Als ich mich zum Gehen wende, sehe ich etwas auf ihrem Schreibtisch liegen und beuge mich vor, um mich zu vergewissern.

Ein Theaterprogramm.

Ich hätte mir nichts dabei gedacht, wenn mir der Titel des Stücks nicht so bekannt vorgekommen wäre.

»*Princess Ida?*«, frage ich.

»Ja.« Sie wirft einen Blick auf das Programm. »Ich habe es letzte Woche gesehen.«

»Oh.«

»Es war unglaublich lustig«, sagt sie. »Sie müssen es sich unbedingt ansehen.«

»Ja«, antworte ich. »Das hatte ich eigentlich vor.«

»Wenn ich's mir recht überlege«, sagt sie, »ist es wirklich ein seltsamer Zufall, dass Sie mich heute besucht haben.«

»Ein Zufall?« Mir wird ganz kalt.

»Sie werden nie erraten, mit wem ich im Theater war.«

Oh, ich fürchte, das werde ich doch.

»Alfred Steeple. Sie erinnern sich an Alfred? Aus Riverton?«

»Ja«, stammle ich.

»Ich hatte gar nicht damit gerechnet. Er hatte eine Eintrittskarte übrig. Jemand hatte ihn im letzten Moment versetzt. Er meinte, er habe schon allein ins Theater gehen wollen, und da sei ihm eingefallen, dass ich in London wohne. Wir waren uns vor über einem Jahr einmal zufällig über den Weg gelaufen, und er erinnerte sich noch an meine Adresse. Also sind wir zusammen hingegangen. Es wäre eine Schande gewesen, eine Eintrittskarte verfallen zu lassen. Sie wissen ja, was die heutzutage kosten.«

Bilde ich mir ein, dass sie unter ihren sommersprossigen Wangen errötet, dass sie mit einem Mal verlegen und mädchenhaft wirkt, obwohl sie mindestens zehn Jahre älter ist als ich?

Irgendwie schaffe ich es, ihr zum Abschied zuzunicken, als sie die Tür hinter mir schließt. In der Ferne hupt ein Auto.

Alfred, mein Alfred, hat eine andere Frau mit ins Theater genommen. Hat mit ihr gelacht, ihr ein Abendessen spendiert, sie nach Hause begleitet.

Ich gehe die Treppe hinunter.

Während ich die Straßen nach ihm abgesucht habe, ist er hier gewesen und hat Miss Starling eingeladen, ihn ins Theater zu begleiten. Hat ihr die Eintrittskarte angeboten, die er für mich gekauft hatte.

Ich bleibe stehen und lehne mich gegen die Wand. Schließe die Augen und balle die Fäuste. Es gelingt mir nicht, das Bild zu verscheuchen: die beiden Arm in Arm, während sie lächelnd die Ereignisse des Abends noch einmal an sich vorüberziehen lassen. Genau so, wie ich es mir erträumt hatte. Es ist unerträglich.

Ein Geräusch ganz in der Nähe. Ich öffne die Augen. Die Vermieterin steht am Fuß der Treppe, die knochige Hand auf dem Geländer, fixiert sie mich mit ihren bebrillten Augen. Im Gesicht ein Ausdruck unerklärlicher Genugtuung. Natürlich ist er mit ihr ins Theater gegangen, sagt ihr Blick, wieso soll er sich mit einer wie dir abgeben, wenn er eine wie Lucy Starling haben kann? Du hast dich verschätzt, wolltest zu hoch hinaus. Du hättest auf deine Mutter hören und daran denken sollen, wo dein Platz ist.

Am liebsten möchte ich in ihr grausames Gesicht schlagen.

Ich eile die Treppe hinunter, laufe an der alten Frau vorbei auf die Straße.

Und schwöre mir, Miss Lucy Starling nie wieder zu besuchen.

Hannah und Teddy streiten sich über den Krieg. Anscheinend streiten sich neuerdings alle Leute in London über den Krieg. Inzwischen ist genug Zeit vergangen – wenngleich die Trauer geblieben ist, die nie vergehen wird –, und die Distanz erlaubt den Menschen eine kritischere Betrachtungsweise.

Hannah bastelt Mohnblumen aus rotem Seidenpapier und schwarzem Draht, und ich helfe ihr dabei. Aber mit den Gedanken bin ich nicht bei der Arbeit. Ich muss immer noch an Alfred und Lucy Starling denken. Ich bin verwirrt und verärgert, aber vor allem verletzt es mich, dass er seine Zuneigung so leicht auf eine andere übertragen konnte. Ich habe ihm einen Brief geschrieben, aber noch keine Antwort erhalten. Ich fühle mich seltsam leer, und abends im Bett muss ich immer wieder weinen. Tagsüber ist es leichter, da gelingt es mir, solche Gefühle beiseitezuschieben. Ich setze meine Dienstmädchenmaske auf und versuche, die beste Zofe zu sein, die ich nur irgend sein kann. Und das muss ich auch tun. Denn ohne Alfred ist Hannah alles, was ich habe.

Die Mohnblumen sind Hannahs neueste Beschäftigung. Es hat etwas zu tun mit Mohnblumen auf flandrischen Feldern, sagt sie. Die Mohnblumen kommen in einem Gedicht von einem kanadischen Sanitäter vor, der den Krieg nicht überlebt hat. Mit den Mohnblumen gedenken wir in diesem Jahr der Gefallenen.

Teddy hält das für überflüssig. Er meint, diejenigen, die im Krieg gefallen sind, haben ihr Leben für eine gute Sache geopfert, aber jetzt ist es an der Zeit, in die Zukunft zu blicken.

»Es war kein Opfer«, sagt Hannah, nachdem sie eine weitere Blume fertiggestellt hat. »Es war Verschwendung. Sie haben ihr Leben verschwendet. Die, die gefallen sind, und auch die, die zurückgekehrt sind: die lebenden Toten, die mit Schnapsflaschen an den Straßenecken sitzen und betteln.«

»Opfer, Verschwendung, das ist doch gehupft wie gesprungen«, entgegnet Teddy. »Du nimmst es einfach immer viel zu genau.«

Hannah wirft ihm vor, er sei abgestumpft. Ohne aufzublicken fügt sie hinzu, er täte gut daran, auch eine Mohnblume im Knopfloch zu tragen. Es könnte helfen, den Ärger im Dienstbotentrakt zu beenden.

In letzter Zeit hat es Probleme gegeben. Es hat damit angefangen, dass Lloyd George Simion wegen seiner Verdienste während des Krieges in den Adelsstand erhoben hat. Einige der Bediensteten waren selbst im Krieg oder haben Väter und Brüder verloren, und sie haben keine hohe Meinung von Simions Verdiensten während des Krieges. Kriegsgewinnler wie Simion und Teddy, die durch den Tod anderer Profite gemacht haben, sind nicht sehr beliebt.

Teddy geht nicht auf das ein, was Hannah sagt, er murmelt nur etwas vor sich hin über undankbare Leute, die froh sein sollten, dass sie in solchen Zeiten überhaupt eine Arbeitsstelle haben, aber er nimmt eine Mohnblume, fasst sie am Stängel und dreht sie zwischen den Fingern. Eine Weile sagt er nichts und tut so, als konzentriere er sich auf seine Zeitung, während Hannah und ich Blütenblätter aus rotem Seidenpapier formen und an den Stängeln befestigen.

Schließlich faltet Teddy seine Zeitung zusammen und wirft sie auf den Beistelltisch. Er steht auf und glättet sein Jackett. Er muss in den Club, sagt er. Dann geht er zu Hannah und steckt ihr die Mohnblume vorsichtig ins Haar. Sie soll sie für ihn tragen, sagt er, sie stehe ihr besser als ihm. Er beugt sich vor, haucht ihr einen Kuss auf die Wange und geht. An der Tür bleibt er stehen, als wäre ihm noch etwas eingefallen. Er dreht sich um.

»Es gibt eine ganz sichere Möglichkeit, den Krieg vergessen zu machen«, sagt er. »Und zwar indem man die verlorenen Leben durch neue ersetzt.«

Diesmal antwortet Hannah nicht. Sie zuckt zusammen, sichtbar nur für jemanden, der sie genau beobachtet. Sie schaut mich nicht an. Langsam hebt sie die Hand und zieht Teddys Mohnblume aus ihren Haaren.

Hannah ist immer noch nicht schwanger. Es ist ein ständiger Grund für Streit zwischen Teddy und ihr, zusätzlich verschlimmert durch Estellas zunehmend eindringliche Ermahnungen. Sie spricht nicht mit mir darüber, und ich weiß nicht, wie sie darüber denkt. Anfangs glaubte ich, sie würde es absichtlich verhindern, vielleicht mithilfe irgendeines Mittels. Aber es gibt nichts, was diesen Verdacht bestätigen könnte. Vielleicht gehört sie einfach zu den Frauen, die nie schwanger werden. Zu denen, die Glück haben, wie meine Mutter sagen würde.

Im Herbst 1921 macht man einen Versuch, mich abzuwerben. Lady Pemberton-Brown, eine Freundin von Estella, erwischt mich während eines Wochenendes auf dem Land und bietet mir eine Stellung an. Zuerst bewundert sie meine Stickerei, dann beklagt sie sich, wie schwer es heutzutage sei, eine gute Zofe zu finden, und erklärt mir schließlich, wie sehr sie sich freuen würde, wenn ich mich entschließen könnte, für sie zu arbeiten.

Ich fühle mich geschmeichelt: Es ist das erste Mal, dass jemand mir eine Stellung anbietet. Die Pemberton-Browns wohnen in Glenfield Hall und sind eine der ältesten und vornehmsten Familien Englands. Mr Hamilton hat uns früher Geschichten über Glenfield erzählt, über den vorbildlichen Haushalt, an dem sich jeder englische Butler orientierte, der etwas auf sich hielt.

Ich danke Lady Pemberton-Brown für ihre freundlichen Worte, erkläre ihr jedoch, dass ich meine derzeitige Stelle unmöglich aufgeben kann. Sie meint, ich solle noch einmal darüber nachdenken, und sagt, sie würde am nächsten Tag noch einmal wiederkommen, um zu hören, ob ich es mir anders überlegt hätte.

Und das tut sie tatsächlich. Überschüttet mich lächelnd mit Schmeicheleien.

Ich sage wieder nein. Diesmal bestimmter. Ich erkläre ihr, dass ich weiß, wo ich hingehöre. Zu wem ich gehöre.

Wochen später, als wir längst wieder zu Hause sind, erfährt Hannah von der Sache mit Lady Pemberton-Brown. Sie lässt mich eines Morgens in den Salon kommen. In dem Augenblick, als ich das Zimmer betrete, weiß ich sofort, dass sie verärgert ist, kann mir jedoch nicht erklären, warum. Sie geht nervös auf und ab.

»Grace, kannst du dir vorstellen, wie es ist, bei einem Mittagessen mit sieben Frauen, die nur darauf warten, mich zu verspotten, plötzlich zu erfahren, dass jemand versucht hat, meine Zofe abzuwerben?«

Ich schnappe verdattert nach Luft.

»Mitten zwischen diesen Frauen zu sitzen und mir anzuhören, wie sie sich das Maul darüber zerreißen, darüber lachen und so tun, als wunderten sie sich, dass ich nichts davon wusste? Dass so etwas direkt vor meiner Nase passieren konnte? Warum hast du mir nichts davon gesagt?«

»Es tut mir leid, Ma'am ...«

»Das hoffe ich. Ich muss dir vertrauen können, Grace. Ich dachte, nach all den Jahren könnte ich das. Nach allem, was wir zusammen durchgemacht haben ...«

Ich habe immer noch nichts von Alfred gehört. Vor lauter Müdigkeit und Sorge klingt meine Stimme gereizt. »Ich habe Lady Pemberton-Browns Angebot abgelehnt, Ma'am. Ich habe Ihnen nichts davon gesagt, weil ich keinen Augenblick daran gedacht habe, das Angebot zu akzeptieren.«

Hannah bleibt stehen, sieht mich an, atmet tief aus. Sie setzt sich auf die Chaiselongue und schüttelt den Kopf. Ringt sich ein Lächeln ab. »Ach, Grace. Es tut mir leid. Wie scheußlich von mir. Ich weiß gar nicht, was in mich gefahren ist, dass ich mich so aufführe.« Sie wirkt blasser als gewöhnlich.

Sie stützt den Kopf in die Hände und schweigt eine Weile. Als sie wieder aufblickt, schaut sie mir in die Augen und sagt mit zitternder Stimme: »Es ist einfach alles so viel anders, als ich erwartet hatte, Grace.«

Sie wirkt derart mitgenommen, dass ich es sofort bereue, so ungehalten mit ihr gesprochen zu haben. »Was ist anders, Ma'am?«

»Alles.« Sie macht eine fahrige Geste. »Das hier. Dieses Zimmer. Dieses Haus. London. Mein Leben. Ich fühle mich so unfähig. Manchmal zermartere ich mir den Kopf und frage mich, wann ich die erste falsche Entscheidung getroffen habe.« Ihr Blick wandert zum Fenster hinüber. »Ich habe das Gefühl, dass Hannah Hartford, die echte Hannah Hartford, durchgebrannt ist, um ihr Leben zu leben, und mich hier zurückgelassen hat, um ihren Platz einzunehmen.« Einen Augenblick später wendet sie sich mir wieder zu. »Erinnerst du dich noch, dass ich letztes Jahr diese Wahrsagerin aufgesucht habe?«

»Ja, Ma'am.« Mir schwant Übles.

»Am Ende hat sie mir die Zukunft nicht vorausgesagt.«

Ich atme erleichtert auf, bis sie fortfährt.

»Sie konnte nicht. Wollte nicht. Sie hat es versucht: Ich musste mich hinsetzen, und sie hat mich eine Karte ziehen lassen. Aber als ich ihr die Karte gegeben habe, hat sie sie wieder zurückgesteckt, die Karten neu gemischt und mich eine neue ziehen lassen. Ich habe ihrem Gesicht angesehen, dass ich wieder dieselbe Karte gezogen hatte, und wusste sofort, welche es war: die Todeskarte.« Hannah steht auf und geht im Zimmer auf und ab. »Zuerst wollte sie es mir nicht sagen. Sie hat versucht, mir aus der Hand zu lesen, aber das ging auch nicht. Sie meinte, sie könne nicht deuten, was sie sieht, es sei alles so verschwommen. Aber eins sei sicher.« Hannah dreht sich zu mir um. »Sie meinte, der Tod schleiche um mich herum, und ich solle auf mich aufpassen. Tod in der Vergangenheit oder Tod in der Zukunft, das wusste sie nicht, aber sie hat etwas Dunkles gesehen.«

Es kostet mich alle Überzeugung, die ich aufbringen kann, um ihr zu sagen, sie soll sich keine Gedanken darüber machen, ihr zu versichern, dass die Frau nur darauf aus war, an ihr zu verdienen, dafür zu sorgen, dass weitere Sitzungen nötig waren. Schließlich kann man heutzutage in London bei fast jedem davon ausgehen, dass er einen lieben Menschen verloren hat, vor allem bei Leuten, die die Dienste von Wahrsagern und Spiritisten in Anspruch nehmen. Aber Hannah schüttelt ungeduldig den Kopf.

»Ich weiß, was es bedeutet. Ich habe es selbst herausgefunden. Ich habe darüber gelesen. Es war ein symbolischer Tod. Manchmal sprechen die Karten in Metaphern. Es geht um mich. Ich bin innerlich tot, das spüre ich schon seit einiger Zeit. Es ist, als wäre ich gestorben und als wäre alles, was passiert, der seltsame, schreckliche Traum einer anderen Person.«

Ich weiß nicht, was ich darauf sagen soll. Ich versichere ihr, dass sie nicht tot ist. Dass alles wirklich ist.

Sie lächelt mich traurig an. »Na dann. Das ist ja noch schlimmer. Wenn das das wirkliche Leben ist, dann habe ich gar nichts mehr.«

Ausnahmsweise weiß ich darauf eine Antwort. *Eher eine Schwester als eine Zofe.* »Sie haben mich, Ma'am.«

Als unsere Blicke sich begegnen, nimmt sie meine Hand. Drückt sie beinahe grob. »Verlass mich nicht, Grace. Bitte, verlass mich nicht.«

»Das werde ich nicht, Ma'am«, sage ich, gerührt von ihrer Ernsthaftigkeit. »Ich werde Sie niemals verlassen.«

»Versprichst du es mir?«

»Ich verspreche es.«

Und ich habe mein Wort gehalten. Auf Gedeih und Verderb.

Die Auferstehung

Dunkelheit. Stille. Schattenhafte Gestalten. Das ist nicht London. Das ist nicht der Wintergarten am Grosvenor Square Nummer siebzehn. Hannah ist verschwunden. Vorerst.

»Willkommen zu Hause.« Jemand beugt sich im Dunkeln über mich.

Ich blinzle. Dann noch einmal. Vorsichtig.

Ich erkenne die Stimme. Es ist Sylvia, und plötzlich bin ich alt und müde.

Selbst meine Augenlider funktionieren nicht mehr. Sind wie zwei ausgeblichene Rollos mit ausgeleierten Federn.

»Sie haben lange geschlafen. Wir haben uns schon Sorgen gemacht. Wie fühlen Sie sich?«

Verloren. Übrig geblieben. Außerhalb der Zeit.

»Möchten Sie ein Glas Wasser?«

Ich muss wohl genickt haben, denn plötzlich habe ich einen Strohhalm im Mund. Ich sauge. Lauwarmes Wasser. Wie immer.

Aus unerklärlichen Gründen bin ich traurig. Nein, nicht aus unerklärlichen Gründen. Ich bin traurig, weil die Waagschalen gekippt sind und ich weiß, was kommt.

Es ist wieder Samstag. Seit der Frühjahrskirmes ist eine Woche vergangen. Seit dem *Vorfall*, wie sie es inzwischen nennen. Ich bin in meinem Zimmer, liege in meinem Bett. Die Vorhänge sind aufgezogen, und die Sonne schimmert über dem Hügel. Es ist Vormittag, Vögel zwitschern. Ich erwarte Besuch. Sylvia war hier und hat mich vorbereitet. Wie eine Stoffpuppe hat sie mich gegen einen Stapel Kissen gelehnt. Das Laken ist fein säuberlich über die Decke geschlagen und bildet einen breiten, weißen Streifen unter meinen Händen. Sylvia ist wild entschlossen, mich präsentabel aussehen zu lassen. Die Gute hat mir sogar die Haare gebürstet.

Es klopft.

Ursula steckt den Kopf zur Tür herein, vergewissert sich, dass ich wach bin, lächelt. Heute trägt sie einen Haarreifen, der den Blick auf ihr Gesicht freigibt. Es ist ein kleines, rundes Gesicht, zu dem ich mich seltsamerweise sehr hingezogen fühle.

Jetzt steht sie neben meinem Bett, den Kopf geneigt, und schaut mich an. Diese großen, dunklen Augen: Augen, die in ein Ölgemälde gehören.

»Wie geht es Ihnen?«, fragt sie, so wie alle fragen.

»Viel besser. Danke, dass Sie gekommen sind.«

Sie schüttelt energisch den Kopf; keine Ursache, sagt die Geste. »Ich wäre schon früher gekommen. Ich habe es erst gestern erfahren, als ich angerufen habe.«

»Das ist auch gut so. Ich werde ziemlich belagert. Meine Tochter hat sich hier einquartiert, nachdem es passiert ist. Sie hat einen ordentlichen Schrecken bekommen.«

»Ich weiß. Ich habe sie in der Einganghalle getroffen.« Sie lächelt verschwörerisch. »Sie hat mir gesagt, ich soll Sie nicht aufregen.«

»Um Gottes willen.«

Sie setzt sich auf den Stuhl neben dem Kopfende, stellt ihre Tasche auf den Boden.

»Der Film«, sage ich. »Erzählen Sie mir, wie Sie mit Ihrem Film vorankommen.«

»Er ist fast fertig«, antwortet sie. »Die letzten Schnitte sind gemacht. Die Musik für den Abspann und der Soundtrack sind fast fertig.«

»Soundtrack«, wiederhole ich. Natürlich haben sie einen Soundtrack. Eine Tragödie muss immer mit Musik untermalt werden. »Was für Musik?«

»Es gibt ein paar Stücke aus den Zwanzigerjahren«, sagt sie. »Hauptsächlich Tanzmusik, ein paar Klavierstücke. Traurige, schöne, romantische Klavierstücke im Stil von Tori Amos.«

Ich muss wohl verständnislos dreinschauen, denn sie fährt fort, Musiker aufzuzählen, die mir vielleicht eher etwas sagen könnten.

»Ein bisschen Debussy und Prokofjew.«

»Chopin?«

Sie hebt die Brauen. »Chopin? Nein. Brauchen wir Chopin?« Sie sieht mich entgeistert an. »Sagen Sie bloß, eine der Schwestern war verrückt nach Chopin?«

»Nein«, sage ich. »Es war ihr Bruder – David. Der hat Chopin gespielt.«

»Oh, Gott sei Dank. Er spielt keine der Hauptrollen. Er ist ein bisschen zu früh gestorben, um den Lauf der Dinge groß zu beeinflussen.«

Darüber ließe sich streiten, aber ich sage nichts.

»Wie ist der Film geworden?«, frage ich. »Ist er gut?«

Sie beißt sich auf die Lippe, atmet aus. »Ich glaube schon. Ich hoffe es. Ich fürchte, ich kann das gar nicht mehr richtig beurteilen.«

»Ist er denn so geworden, wie Sie es sich vorgestellt haben?«

Sie überlegt. »Ja und nein. Das ist schwer zu erklären.«
Sie seufzt. »Bevor ich angefangen habe, als alles nur in meinem Kopf existierte, schien das Projekt ein unbegrenztes Potenzial zu haben. Jetzt, wo es auf Film gebannt ist, habe ich das Gefühl, dass es an allen Ecken und Enden von Einschränkungen begrenzt wird.«

»Ich fürchte, so ist es bei allem, was man unternimmt.«

Sie nickt. »Aber ich fühle mich den Hartford-Schwestern so verpflichtet, ihrer Geschichte. Ich wollte alles perfekt machen.«

»Nichts ist perfekt.«

»Nein.« Sie lächelt. »Manchmal denke ich, ich bin gar nicht dafür geeignet, diese Geschichte zu erzählen. Was ist, wenn ich es nicht richtig hinkriege? Was weiß ich denn schon?«

»Lytton Strachey hat mal gesagt, Unwissenheit sei die beste Voraussetzung für einen Historiker.«

Sie runzelt die Stirn.

»Unwissenheit schafft Klarheit«, sage ich. »Sie wählt aus und lässt weg, ohne die Ruhe zu verlieren.«

»Zu viel Wahrheit ruiniert eine gute Geschichte – ist es das, was Sie sagen wollen?«

»So ungefähr.«

»Aber Wahrheit ist doch das Wichtigste, oder? Vor allem bei einer biografischen Geschichte.«

»Was ist schon Wahrheit?«, frage ich, und ich würde die Achseln zucken, wenn ich die Kraft dazu hätte.

»Das, was sich wirklich zugetragen hat.« Sie sieht mich an, als hätte ich den Verstand verloren. »Das müssten doch gerade Sie wissen. Immerhin haben Sie jahrelang in der Vergangenheit gegraben. Auf der Suche nach der Wahrheit.«

»Stimmt. Aber ich frage mich, ob ich sie je gefunden habe.« Ich rutsche an meinen Kissen hinunter. Ursula bemerkt es, packt mich vorsichtig unter den Achseln und zieht mich wieder ein Stück hoch. Bevor sie mich in weitere Diskussionen über Semantik verwickeln kann, fahre ich fort: »Ich wollte mal Detektiv werden. Als ich noch jung war.«

»Wirklich? Bei der Polizei? Und warum sind Sie es nicht geworden?«

»Polizisten machen mich nervös.«

Sie grinst. »Das wäre natürlich ein Problem gewesen.«

»Stattdessen bin ich Archäologin geworden. Der Unterschied ist gar nicht so groß, wenn man es genau betrachtet.«

»Die Opfer sind nur schon länger tot.«

»Ja«, sage ich. »Agatha Christie hat mich auf die Idee gebracht. Das heißt, eine ihrer Figuren. Ein Mann. Er hat zu Hercule Poirot gesagt: ›Sie hätten einen guten Archäologen abgegeben, Monsieur Poirot. Sie besitzen die Gabe, die Vergangenheit neu zu erfinden.‹ Ich habe das Buch während des Krieges gelesen. Während des Zweiten Weltkriegs. Eigentlich hatte ich längst aufgehört, Kriminalromane zu lesen, aber eine der anderen Feldschwestern hatte das Buch dabei, und alte Gewohnheiten sind hartnäckig.«

Sie lächelt, dann fährt sie plötzlich hoch. »Oh! Da fällt mir ein, ich habe Ihnen etwas mitgebracht.« Sie beugt sich zu ihrer Tasche hinunter und zieht eine kleine, rechteckige Schachtel heraus.

Sie hat die Größe eines Buchs, aber etwas darin rappelt. »Ein Hörbuch«, sagt sie. »Agatha Christie.« Verlegen hebt sie die Schultern. »Ich wusste ja nicht, dass Sie sich gar nicht mehr für Krimis interessieren.«

»Nein, nein, das war nur ein vorübergehendes Desinteresse, ein vergeblicher Versuch, mein jugendliches Ich abzuschütteln. Nach dem Krieg habe ich wieder angefangen, Krimis zu lesen.«

Sie zeigt auf den Walkman auf meinem Nachttisch. »Soll ich die Kassette für Sie einlegen, bevor ich gehe?«

»Ja«, sage ich. »Bitte.«

Sie reißt die Plastikverpackung auf, nimmt die erste Kassette heraus und öffnet meinen Walkman. »Hier liegt schon eine drin.« Sie hält sie hoch, damit ich sie sehen kann. Es ist die Kassette, die ich gerade für Marcus bespreche. »Ist das für ihn? Für Ihren Enkel?«

Ich nicke. »Legen Sie sie einfach auf den Tisch, bitte. Ich brauche sie später wieder.« Das stimmt. Die Zeit läuft mir davon, ich spüre es. Und ich will meine Geschichte unbedingt zu Ende erzählen, ehe es so weit ist.

»Haben Sie inzwischen von ihm gehört?«, fragt sie.

»Nein, noch nicht.«

»Er wird sich melden«, sagt sie bestimmt. »Da bin ich mir ganz sicher.«

Ich bin zu müde, um es zu glauben, aber ich nicke trotzdem, weil sie so fest davon überzeugt ist.

Sie schiebt Agatha in den Walkman und legt das Gerät wieder zurück auf meinen Nachttisch. »So.« Sie hängt sich ihre Tasche über die Schulter. Sie wird sich gleich verabschieden.

Ich greife nach ihrer Hand, als sie sich zum Gehen wendet, halte sie ganz fest. So weich und glatt. »Ich möchte Sie etwas fragen«, sage ich. »Ich möchte Sie um einen Gefallen bitten, bevor Ruth ...«

»Selbstverständlich«, antwortet sie. »Alles, was Sie wollen.« Sie sieht mich fragend an, hat die Dringlichkeit in meiner Stimme wahrgenommen. »Worum geht es denn?«

»Riverton. Ich möchte Riverton noch einmal sehen. Ich möchte, dass Sie mit mir hinfahren.«

Sie spannt die Lippen an, runzelt die Stirn. Ich habe sie in Verlegenheit gebracht.

»Bitte.«

»Ich weiß nicht, Grace. Was würde Ruth dazu sagen?«

»Sie würde nein sagen. Deswegen bitte ich ja auch Sie darum.«

Ihr Blick richtet sich auf die Wand. Die Situation ist ihr unangenehm. »Vielleicht könnte ich Ihnen stattdessen ein paar Filmszenen mitbringen, die wir dort gedreht haben? Ich könnte sie auf Video überspielen lassen …«

»Nein«, sage ich bestimmt. »Ich muss noch einmal dorthin.« Sie schaut mich immer noch nicht an. »Bald«, sage ich. »Es muss bald sein.«

Sie dreht sich zu mir um, und noch bevor sie nickt, weiß ich, dass sie ja sagen wird.

Ich nicke auch, bedanke mich, dann zeige ich auf die Schachtel mit den Agatha Christie-Kassetten. »Ich bin ihr mal begegnet, wissen Sie. Agatha Christie.«

Es war Ende 1922. Teddy und Hannah hatten in der Nummer siebzehn zu einer Dinnerparty geladen. Teddy und sein Vater hatten irgendetwas mit Archibald Christie zu besprechen, etwas, das mit einer Erfindung zu tun hatte, an deren Entwicklung er damals arbeitete.

In jenen ersten Jahren des Jahrzehnts hatten sie sehr häufig Gäste. Aber an dieses Abendessen erinnere ich mich aus mehreren Gründen besonders gut. Einer davon ist die Anwesenheit von Agatha Christie. Sie hatte damals erst ein Buch veröffentlicht, *Das fehlende Glied in der Kette*, aber in meiner Fantasiewelt war Hercule Poirot bereits an die Stelle von Sherlock Holmes getreten. Letzterer war ein Kamerad aus Kindertagen, Ersterer Teil meiner neuen Welt.

Emmeline war auch da. Sie hielt sich seit einem Monat in London auf. Sie war achtzehn Jahre alt und war in Hannah und Teddys Haus in die Gesellschaft eingeführt worden. Niemand redete davon, einen Ehemann für sie zu finden, so wie es damals bei Hannah gewesen war. Seit dem Ball auf Riverton waren nur vier Jahre vergangen, aber die Zeiten hatten sich verändert. Die jungen Frauen hatten sich verändert. Sie hatten sich von ihren Korsetts befreit, nur um sich stattdessen strengen Diäten zu unterwerfen. Sie wirkten wie junge Fohlen mit ihren schlaksigen Beinen, abgebundenen Brüsten und glatten Bubiköpfen. Sie flüsterten nicht mehr hinter vorgehaltener Hand und schlugen nicht länger scheu die Augen nieder. Sie scherzten und tranken, rauchten und fluchten mit den jungen Männern. Die Taillen waren nach unten gerutscht, die Stoffe dünner geworden, und mit der Moral nahm man es nicht mehr so genau.

Vielleicht erklärt das alles die ungewöhnliche Diskussion bei Tisch, oder aber es war die Anwesenheit von Mrs Christie, die das Gespräch darüber aufkommen ließ. Ganz zu schweigen von der Flut von Zeitungsartikeln, die sich in jüngster Zeit mit diesem Thema beschäftigt hatten.

»Sie werden beide an den Galgen kommen«, sagte Teddy gut gelaunt. »Edith Thompson und Freddy Bywaters. Genau wie dieser Kerl, der seine Frau umgebracht hat. Anfang des Jahres, in Wales. Wie hieß er noch gleich? War er nicht bei der Armee, Colonel?«

»Major Herbert Rowse«, sagte Colonel Christie.

Emmeline erschauderte theatralisch. »Das muss man sich mal vorstellen, die eigene Frau umzubringen, einen Menschen, den man eigentlich lieben müsste.«

»Die meisten Morde geschehen zwischen Menschen, die vorgeben, sich zu lieben«, sagte Mrs Christie trocken.

»Die Menschen werden ganz allgemein immer gewalttätiger«, bemerkte Teddy, während er sich eine Zigarre anzündete. »Man braucht nur die Zeitung aufzuschlagen, dann wird einem das klar. Trotz des Verbots von Schusswaffen.«

»Wir leben in England, Mr Luxton«, sagte Colonel Christie, »dem Heimatland der Fuchsjagd. Sich eine Schusswaffe zu besorgen, ist wirklich nicht sehr schwer.«

»Ich habe einen Freund, der immer eine Pistole bei sich trägt«, flötete Emmeline.

»Blödsinn«, sagte Hannah kopfschüttelnd. Sie schaute Mrs Christie an. »Ich fürchte, meine Schwester hat zu viele amerikanische Filme gesehen.«

»Aber es stimmt«, sagte Emmeline. »Dieser Freund – dessen Namen ich hier nicht nennen werde – hat gesagt, es ist so einfach, als würde man sich eine Schachtel Zigaretten kaufen. Er meinte, er könnte mir jederzeit auch eine besorgen.«

»Ich wette, das war Harry Bentley«, knurrte Teddy.

»Harry?«, rief Emmeline aus, die Augen mit den falschen Wimpern theatralisch geweitet. »Harry könnte keiner Fliege etwas zuleide tun. Höchstens seinem Bruder Tom.«

»Du kennst die falschen Leute«, sagte Teddy. »Darf ich dich daran erinnern, dass Handfeuerwaffen verboten sind, ganz zu schweigen davon, dass sie äußerst gefährlich sind.«

Emmeline zuckte die Achseln. »Ich hab schon als kleines Mädchen schießen gelernt. Alle Frauen in unserer Familie können schießen. Großmama hätte uns glatt enterbt, wenn wir es nicht gelernt hätten. Du kannst ja Hannah fragen: In einem Jahr wollte sie sich vor der Fuchsjagd drücken. Sie hat zu Großmama gesagt, sie fände es unrecht, wehrlose Tiere abzuknallen. Da hat

Großmama ihr gehörig die Meinung gesagt. Stimmt's, Hannah?«

Hannah hob die Brauen und trank einen Schluck Wein, während Emmeline fortfuhr. »Sie hat gesagt: ›Unsinn. Du bist eine Hartford. Das Schießen liegt dir im Blut.‹«

»Wie dem auch sei«, schaltete Teddy sich ein. »In meinem Haus dulde ich keine Pistolen. Stellt euch bloß mal vor, was meine Wähler davon halten würden, wenn ich illegale Schusswaffen besäße!«

Emmeline verdrehte die Augen, als Hannah bemerkte: »Deine zukünftigen Wähler.«

»Entspann dich, Teddy«, sagte Emmeline. »Wenn du so weitermachst, brauchst du keine Angst mehr vor Schusswaffen zu haben. Dann kriegst du nämlich einen Herzinfarkt. Ich hab ja gar nicht gesagt, ich würde mir eine Pistole besorgen. Ich hab nur gesagt, dass eine Frau heutzutage gar nicht vorsichtig genug sein kann. Wenn Männer und Frauen sich gegenseitig umbringen. Meinen Sie nicht auch, Mrs Christie?«

Mrs Christie war dem Gespräch schmunzelnd gefolgt. »Ich fürchte, mir sind Schusswaffen nicht sehr sympathisch«, sagte sie. »Ich würde Gift vorziehen.«

»Das muss ja ziemlich beunruhigend sein, Archie«, sagte Teddy in einem seltenen Anflug von Humor. »Eine Gattin mit einer Vorliebe für Gift?«

Archibald Christie lächelte schmallippig. »Das ist nur eins von den entzückenden kleinen Hobbys meiner Frau.«

Ehemann und Ehefrau blickten einander über den Tisch hinweg an.

»Nicht entzückender als deine morbiden kleinen Hobbys«, entgegnete Mrs Christie. »Aber wesentlich weniger kostspielig.«

Später am Abend, nachdem die Christies gegangen waren, zog ich mein Buch *Das fehlende Glied in der Kette* unter der Matratze hervor. Es war ein Geschenk von Alfred, und ich war so darin vertieft, seine Widmung noch einmal zu lesen, dass ich beinahe das Telefon nicht gehört hätte. Mr Boyle muss an den Apparat gegangen und das Gespräch zu Hannah durchgestellt haben. Ich dachte mir nichts dabei. Erst als Mr Boyle an meine Tür klopfte, um mir zu sagen, die Mistress wünsche mich zu sprechen, begann ich, mir Sorgen zu machen.

Hannah trug immer noch ihr austernfarbenes Seidenkleid, das sich an ihren Körper schmiegte, als wäre es flüssig. Ihr blondes Haar umspielte in großzügigen Wellen ihr Gesicht, und sie trug ein mit Diamanten besetztes Diadem. Sie stand mit dem Rücken zur Tür und drehte sich um, als ich eintrat.

»Grace«, sagte sie und nahm meine Hände. Die Geste beunruhigte mich. Sie war zu persönlich. Irgendetwas war passiert.

»Ma'am?«

»Bitte setz dich.« Sie führte mich zur Chaiselongue, nahm neben mir Platz und schaute mich aus blauen, besorgten Augen an.

»Ma'am?«

»Das war deine Tante am Telefon.«

Sofort war mir alles klar. »Meine Mutter«, sagte ich.

»Es tut mir so leid, Grace.« Sie schüttelte mitfühlend den Kopf. »Sie ist gestürzt. Der Arzt konnte ihr nicht mehr helfen.«

Hannah sorgte dafür, dass mich jemand nach Saffron Green brachte. Am folgenden Nachmittag fuhr der Wagen vor, und ich nahm auf dem Rücksitz Platz. Es war sehr liebenswürdig von Hannah und mehr, als ich erwartet hatte. Ich hatte mit dem Zug fahren wollen. Unsinn, hatte Hannah gesagt, es tue ihr nur leid, dass sie mich wegen der Dinnerparty für Teddys Geschäftspartner nicht begleiten könne.

Ich schaute aus dem Fenster, als der Fahrer erst in die eine, dann in die nächste Straße einbog, als London immer weniger vornehm, immer belebter und schmutziger wurde und schließlich hinter uns zurückblieb. Die Umgebung flog nur so vorbei, und je weiter wir in Richtung Osten fuhren, umso kälter wurde es. Schneeregen schlug gegen die Fensterscheiben, sodass ich die Landschaft nur noch als eine Reihe verschwommener Bilder an mir vorbeiziehen sehen konnte. Der Winter hatte die Welt ihrer Lebendigkeit beraubt. Schneebedeckte Felder gingen in den grauen Himmel über, wurden allmählich verdrängt von den für Essex typischen uralten Waldgebieten in Graubraun und Moosgrün.

Wir verließen die Landstraße und fuhren durch das kalte, menschenleere Moor nach Saffron. Silbrige Schilfhalme zitterten an vereisten Bachufern, und Bartflechten hingen an den kahlen Bäumen. Während ich die Kurven zählte, hielt ich aus irgendeinem Grund den Atem an und atmete erst wieder aus, als wir die Abzweigung nach Riverton hinter uns gelassen hatten. Wir hielten vor dem kleinen grauen Steinhaus auf der Market Street, das wie immer stumm und eingezwängt zwischen seinen beiden Schwestern stand. Der Fahrer half mir beim Aussteigen und stellte meinen Koffer auf dem nassen Pflaster ab.

»Da sind wir«, sagte er.

Ich bedankte mich, und er nickte.

»Ich hole dich in fünf Tagen wieder ab«, sagte er. »Wie die Mistress es mir aufgetragen hat.«

Während ich dem Auto nachschaute, wie es die Straße hinunterfuhr und in die Saffron High Street einbog, hätte ich den Fahrer am liebsten zurückgerufen und ihn angefleht, mich nicht dort zurückzulassen. Aber dazu war es zu spät. Im fahlen Licht der Abenddämmerung blickte ich an dem Haus hoch, in dem ich die ersten vierzehn Jahre meines Lebens verbracht hatte, dem Haus, in dem meine Mutter gelebt hatte und gestorben war. Und ich empfand nichts.

Ich empfand nichts seit dem Augenblick, als Hannah es mir gesagt hatte. Auf dem ganzen Weg nach Saffron hatte ich versucht, mich zu erinnern. An meine Mutter, meine Vergangenheit, an die, die ich einmal gewesen war. Wohin verschwinden unsere Kindheitserinnerungen? Es muss doch so viele geben. Ganz neue, farbenfrohe Erfahrungen. Vielleicht leben Kinder so sehr für den Augenblick, dass sie weder die Zeit noch das Bedürfnis haben, sich die Bilder für später einzuprägen.

Die Straßenlaternen gingen an – verschwommen gelb in kalter Luft –, und der Schneeregen setzte wieder ein. Meine Wangen waren schon so taub, dass ich die feinen, nassen Flocken im Laternenlicht sah, ehe ich sie spürte.

Ich hob meinen Koffer auf, nahm meinen Schlüssel aus der Tasche und hatte gerade einen Fuß auf die Stufe gesetzt, als die Haustür aufgerissen wurde. Vor mir stand meine Tante Dee, die Schwester meiner Mutter. Sie hielt eine Lampe in der Hand, die Schatten auf ihr Gesicht warf und sie dadurch älter und runzliger erscheinen ließ, als sie in Wirklichkeit war. »Da bist du ja«, sagte sie. »Na, dann komm rein.«

Sie führte mich zuerst ins Wohnzimmer. Sie schlafe in meinem alten Bett, erklärte sie mir, ich müsse also mit dem Sofa vorliebnehmen. Während sie sich verlegen räusperte, stellte ich meinen Koffer an die Wand.

»Ich hab Suppe zum Abendessen gemacht. Ist vielleicht nicht so gut wie das, was du in dem vornehmen

Haus in London bekommst, aber für mich und die meinen ist sie immer gut genug gewesen.«

»Suppe wäre schön«, sagte ich.

Schweigend aßen wir am Küchentisch. Meine Tante saß am Kopfende vor dem warmen Herd und ich am Fenster, auf dem Platz meiner Mutter. Inzwischen fielen dicke Schneeflocken, die sanft an die Fensterscheibe klopften. Die einzigen anderen Geräusche waren das Klappern unserer Löffel und hin und wieder ein Knacken vom Herdfeuer.

»Ich nehme an, du willst deine Mutter noch mal sehen«, sagte meine Tante, als wir fertig gegessen hatten.

Meine Mutter lag auf ihrem Bett, ihr braunes Haar offen auf dem Kissen. Ich kannte ihre Haare nur zusammengebunden; sie waren sehr lang und viel feiner als meine. Jemand – meine Tante? – hatte ihr eine leichte Decke bis unters Kinn gezogen, und es sah aus, als würde sie schlafen. Sie wirkte noch grauer, älter und verhärmter, als ich sie in Erinnerung hatte. Und sie sah merkwürdig flach aus. Ihre Matratze war vom jahrelangen Gebrauch dünn geworden, und es war schwer, die Form ihres Körpers unter der Decke auszumachen. Man hätte beinahe meinen können, dass da gar kein Körper mehr war, dass sie bereits angefangen hatte, sich Stück für Stück aufzulösen.

Wir gingen nach unten, wo meine Tante Tee kochte, den wir später gemeinsam im Wohnzimmer tranken. Wir redeten wenig. Nach einer Weile sagte ich, ich sei müde von der Reise, und begann, mir mein Bett auf dem Sofa herzurichten. Ich breitete das Laken und die Decke aus, die meine Tante mir zurechtgelegt hatte, doch als ich das Kissen meiner Mutter aufschütteln wollte, war es nicht da. Meine Tante beobachtete mich.

»Falls du das Kissen suchst«, sagte sie, »ich hab es weggeworfen. Es war schmutzig, völlig verschlissen. An einer Stelle ein Riesenloch. Dabei war sie Näherin!« Sie schüttelte den Kopf. »Möchte wissen, was sie mit dem Geld gemacht hat, das ich ihr geschickt hab.«

Dann ging sie. Legte sich neben dem Zimmer schlafen, in dem ihre tote Schwester lag. Über mir hörte ich Bodendielen knarren und Bettfedern quietschen. Dann war Ruhe.

Ich lag im Dunkeln, fand jedoch keinen Schlaf. Ich stellte mir vor, wie meine Tante die Sachen im Haus mit kritischem Blick betrachtete, ohne dass meine Mutter Gelegenheit hatte, sich zu schützen, sich von ihrer besten Seite zu zeigen. Ich hätte als Erste hier sein sollen. Ich hätte alles in Ordnung bringen und für meine Mutter in ein gutes Licht rücken sollen. Endlich konnte ich ein bisschen weinen.

Wir begruben sie auf dem Friedhof in der Nähe des Kirmesplatzes. Wir waren eine kleine, aber respektable Trauergesellschaft. Mrs Rodgers aus dem Dorf, die Eigentümerin des Kleidergeschäfts, für die meine Mutter geflickt hatte, und Doktor Arthur. Der Tag war so grau, wie solche Tage sein sollten. Der Schneeregen hatte aufgehört, aber die Luft war kalt, und wir wussten, dass es nur eine Frage der Zeit war, bis es erneut schneien würde. Der Pfarrer las kurz aus der Bibel vor, den Blick zum Himmel gerichtet – ob er nach dem Herrgott oder nach dem Wetter Ausschau hielt, war mir nicht klar. Er sprach von Pflicht und Treue und davon, wie diese Tugenden dem Menschen den Weg durchs Leben weisen.

An Einzelheiten erinnere ich mich nicht, denn ich war mit den Gedanken ganz woanders. Ich versuchte, mich daran zu erinnern, wie meine Mutter gewesen war, als ich noch klein war. Seltsam. Jetzt, wo ich alt bin, kommen die Erinnerungen von ganz allein: meine Mutter, die mir zeigt, wie man Fensterscheiben putzt, ohne dass sich Streifen bilden; meine Mutter beim Kochen des Weihnachtsschinkens, die Haare feucht vom Dampf; meine Mutter, wie sie über etwas, das Mrs Rodgers ihr über ihren Ehemann erzählt hat, das Gesicht verzieht. Aber damals ließ mich meine Erinnerung im Stich. Ich konnte nichts anderes sehen als das graue, eingesunkene Gesicht vom Vorabend.

Ein eisiger Wind fegte mir entgegen und ließ meinen Rock um meine bestrumpften Beine flattern. Als ich in den halbdunklen Himmel aufblickte, sah ich neben der alten Eiche auf dem Hügel eine Gestalt stehen. Es war ein Mann, ein Gentleman, das war gut zu erkennen. Er trug einen langen, schwarzen Mantel und einen steifen, glänzenden Hut. In der Hand hielt er einen Spazierstock, oder vielleicht war es auch ein fest zusammengewickelter Regenschirm. Anfangs dachte ich mir nichts dabei, hielt ihn für jemanden, der ein anderes Grab besuchte. Dass es seltsam war, dass ein Gentleman, der sicherlich ein eigenes Anwesen und einen eigenen Familienfriedhof besaß, ein Grab auf dem Dorffriedhof aufsuchte, kam mir in jenem Augenblick nicht in den Sinn.

Als der Pfarrer die erste Handvoll Erde auf den Sarg meiner Mutter warf, schaute ich noch einmal zu dem Baum hinüber. Der Gentleman stand immer noch da. Er beobachtete uns. Es fing wieder an zu schneien, und der Mann schaute nach oben. Licht fiel auf sein Gesicht.

Es war Mr Frederick. Aber er hatte sich verändert. Wie das Opfer eines Fluchs in einem Märchen war er ganz plötzlich alt geworden.

Der Pfarrer beeilte sich, zum Ende zu kommen, und der Totengräber gab seinen Männern Anweisung, das Grab wegen des schlechten Wetters schnell zuzuschütten.

Meine Tante stand neben mir. »Nicht zu fassen«, murmelte sie. Zuerst dachte ich, sie meinte den Totengräber oder vielleicht den Pfarrer. Aber als ich ihrem Blick folgte, sah ich, dass sie zu Mr Frederick hinüberschaute. Ich fragte mich, woher sie ihn kannte. Sagte mir, dass meine Mutter ihn ihr bei einem Besuch wahrscheinlich einmal gezeigt hatte. »Nicht zu fassen. Dass der es wagt, sich hier blicken zu lassen.« Sie schüttelte den Kopf, die Lippen fest zusammengepresst.

Ihre Worte ergaben für mich keinen Sinn, doch als ich mich umdrehte, um sie danach zu fragen, war sie schon fort, unterhielt sich lächelnd mit dem Pfarrer und bedankte sich für die einfühlsame Grabrede. Ich nahm an, dass sie die Familie Hartford für die Rückenprobleme meiner Mutter verantwortlich machte, aber der Vorwurf war ungerecht. Es stimmte zwar, dass die jahrelange Arbeit auf Riverton ihrem Rücken geschadet hatte, aber ihre Arbeit hatte sie wegen der Schwangerschaft verloren, und das Flicken hatte sie am Ende wegen ihrer Arthritis aufgeben müssen.

Plötzlich waren alle Gedanken an meine Tante verflogen. Neben dem Pfarrer stand, einen schwarzen Hut in der Hand, Alfred.

Unsere Blicke begegneten sich über das Grab hinweg, und er hob eine Hand zum Gruß.

Ich zögerte, dann nickte ich und zitterte gleichzeitig so sehr, dass meine Zähne klapperten.

Er setzte sich in Bewegung. Kam auf mich zu. Ich heftete meinen Blick auf ihn, als würde er verschwinden, sobald ich mich abwandte. Dann stand er neben mir. »Wie geht es dir?«

Ich nickte wieder. Mehr brachte ich nicht zustande. In meinem Kopf wirbelten die Worte so wild durcheinander, dass ich keins zu fassen bekam. Wochenlang hatte ich auf einen Brief gewartet, wochenlang war ich verletzt, verwirrt und traurig gewesen, wochenlang hatte ich nachts wachgelegen und mir vorgestellt, wie ich ihm alles erklären könnte und wir uns versöhnen würden. Und jetzt ...

»Geht es dir gut?«, fragte er steif, streckte zögernd eine Hand nach meiner aus, zog sie wieder zurück. Legte sie an seine Hutkrempe.

»Ja«, stieß ich hervor, meine Hand schwer, wo er sie nicht berührt hatte. »Danke, dass du gekommen bist.«

»Das war doch selbstverständlich.«

»Du hättest dir die Mühe nicht zu machen brauchen.«

»Es war keine Mühe, Grace«, sagte er, während er den Hutrand durch seine Finger gleiten ließ.

Die letzten Worte schwebten verloren zwischen uns. Mein Name, vertraut und doch so spröde aus seinem Mund. Ich schaute zum Grab hinüber, sah den Totengräbern beim Schaufeln zu. Alfred folgte meinem Blick.

»Das mit deiner Mutter tut mir leid«, sagte er.

»Ich weiß«, antwortete ich hastig. »Das weiß ich doch.«

»Sie hat ihr Leben lang hart gearbeitet.«

»Ja«, sagte ich.

»Ich war noch letzte Woche bei ihr ...«

Ich schaute ihn an. »Wirklich?«

»Hab ihr ein paar Kohlen gebracht, die Mr Hamilton übrig hatte.«

»Das hast du wirklich getan, Alfred?«, fragte ich gerührt.

»In letzter Zeit wird es nachts ziemlich kalt. Ich wollte nicht, dass deine Ma friert.«

Ich war ihm sehr dankbar, denn ich hatte insgeheim gefürchtet, dass meine Mutter gestorben war, weil sie es nicht warm genug gehabt hatte.

Eine Hand legte sich fest um mein Handgelenk. Meine Tante stand neben mir. »So, es ist vorbei«, sagte sie. »Der Pfarrer hat seine Sache gut gemacht. Da hätte sie keinen Grund, sich zu beschweren.« Rechtfertigend, obwohl ich ihr nicht widersprochen hatte. »Mehr hätte ich nicht tun können.«

Alfred beobachtete uns.

»Alfred«, sagte ich. »Das ist meine Tante Dee, die Schwester meiner Mutter.«

Mit zusammengekniffenen Augen sah sie Alfred an; ein grundloser Argwohn, der ihr angeboren war. »Der ist bestimmt entzückt, mich kennenzulernen.« Sie wandte sich wieder mir zu. »Gehen wir, Miss«, sagte sie, rückte ihren Hut zurecht und zog ihren Schal fester um sich. »Der Vermieter kommt morgen früh, und das Haus muss tadellos sauber sein.«

Ich schaute Alfred an, verfluchte innerlich die Wand aus Unsicherheit, die immer noch zwischen uns stand. »Tja«, sagte ich. »Dann werde ich wohl …«

»Eigentlich«, sagte Alfred hastig, »hatte ich gehofft … das heißt, Mrs Townsend dachte, du hättest vielleicht Lust, zum Tee zu kommen?«

Er warf meiner Tante einen Blick zu, die ihn ihrerseits böse anfunkelte. »Was soll sie denn da oben im Haus?«

Alfred zuckte die Achseln, trat von einem Fuß auf den anderen. Sein Blick ruhte auf mir. »Die ehemaligen Kollegen besuchen. Ein bisschen plaudern. Über alte Zeiten.«

»Das glaube ich kaum«, erwiderte meine Tante schnippisch.

»Doch«, sagte ich bestimmt, als ich endlich meine Sprache wiederfand. »Ich würde gern mitkommen.«

»Das ist gut«, antwortete Alfred erleichtert.

»Tja«, sagte meine Tante. »Tu, was du willst. Mir soll's recht sein.« Sie schniefte. »Aber halt dich nicht lange auf. Glaub ja nicht, dass ich die ganze Plackerei allein mache.«

Alfred und ich gingen Seite an Seite durchs Dorf. Duftige Schneeflocken, zu leicht, um zu fallen, tanzten im Wind. Eine Zeit lang gingen wir schweigend. Unsere Schritte kaum hörbar auf dem feuchten Weg. Glöckchen klingelten, wenn Leute Läden betraten oder verließen. Ab und zu ein Automobil, das an uns vorbeisauste.

Als wir uns der Bridge Road näherten, begannen wir, über meine Mutter zu sprechen. Ich erzählte Alfred von dem Tag, als mein Mantelknopf in einem Einkaufsnetz hängen geblieben war, von der Kasperltheater-Vorstellung vor langer Zeit, davon, wie ich um ein Haar in einem Waisenhaus gelandet wäre.

Alfred nickte. »Deine Mutter war eine tapfere Frau, wenn du mich fragst. Kann nicht leicht für sie gewesen sein, sich allein durchzuschlagen.«

»Das hat sie mir auch immer wieder vorgehalten«, antwortete ich verbitterter als beabsichtigt.

»Eine Schande, das mit deinem Dad«, sagte er, als wir am Haus meiner Mutter vorbeigingen und hinter dem Dorf das flache Land erreichten. »Dass er sie so sitzen lassen musste.«

Zuerst dachte ich, ich hätte mich verhört. »Mein was?«

»Dein Dad. Eine Schande, dass die beiden so ein Pech hatten.«

Meine Stimme zitterte, so sehr ich mich auch bemühte, ruhig zu sprechen. »Was weißt du denn über meinen Vater?«

Alfred zuckte die Achseln. »Nur, was deine Mutter mir über ihn erzählt hat. Sie meinte, sie sei jung gewesen

507

und hätte ihn geliebt, aber letztlich hätte er sie unmöglich heiraten können. Es hatte wohl was mit seiner Familie und seinen Verpflichtungen zu tun. So ganz genau hat sie es mir nicht erzählt.«

Meine Stimme war so zart und dünn wie die tanzenden Schneeflocken. »Wann hat sie dir das erzählt?«

»Was?«

»Das über ihn. Meinen Vater.« Ich zog meinen Schal fester um mich.

»Ich hab sie in letzter Zeit öfter besucht«, sagte er. »Sie war so allein, jetzt, wo du in London bist. Hat mich ja nicht viel gekostet, ihr ab und zu ein bisschen Gesellschaft zu leisten. Und da haben wir halt über dies und das geplaudert.«

»Hat sie dir sonst noch was erzählt?« Konnte es sein, dass meine Mutter sich, nachdem sie mir mein Leben lang ihre Geheimnisse vorenthalten hatte, am Ende jemandem anvertraut hatte?

»Nein«, sagte Alfred. »Nicht viel. Jedenfalls nichts über deinen Dad. Ehrlich gesagt hab ich wohl die meiste Zeit geredet. Sie hörte lieber zu, meinst du nicht?«

Ich wusste nicht, was ich denken sollte. Der Tag hatte mich völlig aus dem Gleichgewicht gebracht. Erst die Beerdigung, dann Alfreds unerwartetes Auftauchen, und jetzt erfuhr ich, dass er meine Mutter regelmäßig besucht und mit ihr über meinen Vater gesprochen hatte. Als wir das Tor nach Riverton erreichten, beschleunigte ich meine Schritte, wie um dem Tag zu entkommen, genoss die feuchte Kälte in der langen, dunklen Einfahrt. Folgte einem inneren Drang, der mich unaufhaltsam weitertrieb.

Ich hörte, wie Alfred sich hinter mir beeilte, um mich einzuholen. Kleine Zweige knackten unter unseren Füßen, und die Bäume schienen uns zu belauschen.

»Ich wollte dir schreiben, Gracie«, sagte er hastig. »Deine Briefe beantworten.« Er ging neben mir her. »Ich hab es immer wieder versucht.«

»Und warum hast du nicht geschrieben?«, fragte ich, ohne stehen zu bleiben.

»Ich hab einfach nicht die richtigen Worte gefunden. Du weißt doch, wie durcheinander ich manchmal bin. Seit dem Krieg …« Er tippte sich an die Stirn. »Irgendwie funktioniert da oben nicht mehr alles richtig. Nicht wie früher. Das Briefeschreiben fällt mir schwer.« Er musste sich sputen, um mit mir mithalten zu können. »Außerdem«, fügte er atemlos hinzu, »gibt es Dinge, die ich dir nur persönlich sagen kann.«

Die eisige Luft biss in meine Wangen. Ich verlangsamte meine Schritte. »Warum hast du nicht auf mich gewartet?«, fragte ich leise. »An dem Tag, als wir ins Theater gehen wollten.«

»Ich hab gewartet, Gracie.«

»Aber als ich zurückkam, war es gerade erst fünf.«

Er seufzte. »Ich hab bis zehn vor gewartet. Wir haben uns wohl nur knapp verpasst.« Er schüttelte den Kopf. »Ich hätte auch noch länger gewartet, Gracie, aber Mrs Tibbit meinte, du hättest es bestimmt vergessen. Du müsstest was für die Mistress erledigen und würdest erst Stunden später zurückkommen.«

»Aber das stimmte gar nicht!«

»Warum hätte sie sich so was ausdenken sollen?«, fragte Alfred verwirrt.

Ich zuckte hilflos mit den Schultern. »So ist sie halt.«

Wir hatten das Ende der Einfahrt erreicht. Dort, auf dem Hügel, erhob sich Riverton Manor, groß und dunkel zeichnete es sich vor dem Abendhimmel ab. Unbewusst hielten wir einen Augenblick lang inne, dann gingen wir am Brunnen vorbei zum Dienstboteneingang.

»Ich bin dir nachgelaufen«, sagte ich, als wir den Rosengarten durchquerten.

»Wirklich?« Er schaute mich verblüfft an.

Ich nickte. »Ich bin zum Theater gegangen und hab bis zum allerletzten Moment auf dich gewartet. Ich dachte, ich könnte dich dort abfangen.«

»Ach, Gracie«, sagte Alfred und blieb am Fuß der Treppe stehen. »Es tut mir so leid.«

Ich blieb ebenfalls stehen.

»Ich hätte nie auf diese Mrs Tibbit hören sollen«, sagte er.

»Das konntest du ja nicht wissen.«

»Aber ich hätte darauf vertrauen sollen, dass du rechtzeitig zurückkommen würdest. Es ist nur …« Er warf einen Blick auf die verschlossene Eingangstür, atmete hörbar aus. »Mir ist die ganze Zeit was durch den Kopf gegangen, Grace. Etwas Wichtiges, über das ich mit dir sprechen wollte, wonach ich dich fragen wollte. Ich war total aufgeregt an dem Tag. Schrecklich nervös.« Er schüttelte den Kopf. »Als ich dachte, du hättest mich versetzt, war ich so enttäuscht, dass ich es nicht länger aushalten konnte und gemacht hab, dass ich da weg kam, so schnell ich konnte. Ich bin einfach in die erste Straße eingebogen und immer weiter gelaufen.«

»Aber Lucy …«, sagte ich leise, den Blick auf meine behandschuhten Finger geheftet, auf denen die Schneeflocken schmolzen. »Lucy Starling …«

Er seufzte und blickte über meine Schulter hinweg. »Ich hab Lucy eingeladen, um dich eifersüchtig zu machen, Gracie. Das gebe ich zu.« Er schüttelte den Kopf. »Das war unfair, ich weiß, dir gegenüber und auch Lucy gegenüber.« Vorsichtig hob er mein Kinn mit einem Finger an, bis unsere Blicke sich trafen. »Ich hab es getan, weil ich so enttäuscht war, Grace. Auf dem ganzen

Weg von Saffron nach London hab ich mich gefreut, dich zu sehen, hab die ganze Zeit geübt, was ich dir sagen wollte.«

Seine braunen Augen wurden ernst. An seinem Kinn zuckte ein Nerv.

»Was wolltest du mir denn sagen?«, fragte ich.

Er lächelte verlegen.

Eiserne Scharniere quietschten, als die Tür zum Dienstboteneingang aufgerissen wurde. Mrs Townsend, ihre kräftige Gestalt umrahmt vom Licht im Hintergrund, die Wangen gerötet vom Sitzen am Feuer.

»Lieber Himmel!«, rief sie aus. »Was macht ihr zwei denn hier draußen in der Kälte?« Sie drehte sich um zu denen, die drinnen saßen. »Die stehen hier draußen in der Kälte rum! Hab ich's euch nicht gesagt?« Sie schaute uns wieder an. »Ich hab zu Mr Hamilton gesagt: ›Mr Hamilton, ich will verdammt sein, wenn ich nicht draußen Stimmen gehört hab!‹ ›Das bilden Sie sich ein, Mrs Townsend‹, sagt er. ›Wieso sollten sie draußen in der Kälte stehen, wenn sie es hier drinnen warm und gemütlich haben könnten?‹ ›Das weiß ich nicht, Mr Hamilton‹, sage ich, ›aber wenn meine Ohren mich nicht täuschen, dann sind sie da draußen.‹ Und ich hatte recht.« Sie rief ins Haus. »Ich hatte recht, Mr Hamilton.« Dann holte sie mit dem Arm aus und bedeutete uns einzutreten. »Nun kommt schon rein, ihr holt euch noch den Tod, ihr beiden.«

Die Entscheidung

*I*ch hatte ganz vergessen, wie düster es im Dienstbotentrakt von Riverton war, die Deckenbalken so niedrig, der Steinboden so kalt. Und ich hatte vergessen, wie
eisig der Winterwind vom Hügel her wehte und durch
die morschen Wände pfiff. Ganz anders als in Teddy und
Hannahs Stadtvilla, die nach allerneuesten Standards
isoliert und beheizt war.

»Du Ärmste«, sagte Mrs Townsend, zog mich an sich
und drückte meinen Kopf an ihre vom Feuer gewärmten
Brüste. (Ich musste an all die ungeborenen Kinder denken, die nie in den Genuss einer solchen Wohltat kommen würden. Aber so war das damals, das hatte meine
Mutter am eigenen Leib erfahren: Eine Frau, die es als
Dienstmädchen zu etwas bringen wollte, musste auf eine
eigene Familie verzichten.) »Komm, setz dich«, sagte sie.
»Nancy? Eine Tasse Tee für Grace.«

Ich wunderte mich. »Wo ist Katie?«

Die anderen schauten einander an.

»Was ist denn los?«, fragte ich. Wahrscheinlich nichts
Schlimmes, dachte ich. Alfred hätte es mir bestimmt …

»Sie hat geheiratet«, sagte Nancy naserümpfend, ehe
sie in der Küche verschwand.

Mir blieb der Mund offen stehen.

Mrs Townsend sagte leise: »Einen Kerl aus dem Norden, der im Bergwerk arbeitet. Hat ihn im Dorf kennengelernt, als sie was für mich erledigen sollte, die dumme Gans. Es ging ganz schnell. Es wundert dich bestimmt nicht zu hören, dass was Kleines unterwegs ist.« Sie strich ihre Schürze glatt, zufrieden über die Wirkung, die die Neuigkeit auf mich hatte, und warf einen kurzen Blick in Richtung Küche. »Aber sprich nicht darüber, wenn Nancy in der Nähe ist. Die Gute ist die Unschuld in Person, auch wenn sie's nicht zugeben will.«

Ich nickte verblüfft. Die kleine Katie verheiratet? Und werdende Mutter?

Während ich die erstaunliche Neuigkeit zu verarbeiten versuchte, redete Mrs Townsend unablässig auf mich ein, bestand darauf, dass ich mich auf den Platz am Feuer setzte, meinte, ich sei zu dünn und zu blass und nur ihr Christmaspudding würde mich wieder zu Kräften bringen. Als sie verschwand, um mir eine Portion davon zu holen, spürte ich, wie alle mich erwartungsvoll ansahen. Ich schob den Gedanken an Katie beiseite und erkundigte mich nach den neuesten Ereignissen auf Riverton.

Alle verstummten und tauschten Blicke untereinander aus, bis Mr Hamilton schließlich sagte: »Tja, Grace, hier ist es nicht mehr ganz so, wie du es in Erinnerung hast.«

Als ich ihn fragte, was er damit meinte, rückte er sein Jackett zurecht. »Es ist sehr viel ruhiger geworden. Nicht mehr so hektisch.«

»Wie ein Geisterhaus«, sagte Alfred, der unruhig an der Tür von einem Bein aufs andere trat. Schon seit wir hereingekommen waren, wirkte er nervös. »Und der da oben schleicht umher wie ein lebender Toter.«

»Alfred!«, schalt ihn Mr Hamilton, allerdings mit weniger Strenge, als ich erwartet hätte. »Du übertreibst.«

»Nein, ich übertreibe nicht«, entgegnete Alfred. »Kommen Sie, Mr Hamilton, Grace ist eine von uns, sie kann die Wahrheit vertragen.« Er schaute mich an. »Es ist so, wie ich es dir schon in London erzählt hab. Seitdem Miss Hannah im Streit weggegangen ist, ist Seine Lordschaft einfach nicht mehr derselbe.«

»Sicher, er war wütend, aber er ist nicht nur deswegen so trübsinnig, weil Miss Hannah im Streit weggegangen ist«, sagte Nancy. »Er hat ja auch seine Fabrik verloren. Und seine Mutter.« Sie beugte sich zu mir vor. »Du müsstest mal sehen, wie es oben aussieht. Wir tun unser Bestes, aber es ist nicht leicht. Er lässt nicht zu, dass wir Handwerker kommen lassen – er sagt, er kann das Klopfen von Hämmern und das Geräusch von Leitern, die über den Boden geschoben werden, nicht ertragen. Wir mussten noch weitere Zimmer schließen. Er sagt, er lädt sowieso keine Gäste mehr ein, deswegen sollten wir unsere Zeit und Energie nicht damit vergeuden, die Zimmer in Ordnung zu halten. Als er mich einmal beim Staubwischen in der Bibliothek erwischt hat, hat er mir fast den Kopf abgerissen.« Nach einem kurzen Blick zu Mr Hamilton fuhr sie fort: »Wir stauben nicht mal mehr die Bücher ab.«

»Das liegt daran, dass hier keine Mistress mehr ist«, bemerkte Mrs Townsend, die gerade mit einem Teller voll Pudding zurückkam und sich einen Rest Sahne vom Finger ableckte. »So ist das überall, wo keine Mistress im Haus ist.«

»Meistens geistert er im Park rum, auf der Jagd nach Wilderern«, sagte Nancy. »Und wenn er im Haus ist, hockt er die ganze Zeit im Waffenzimmer und säubert seine Gewehre. Das ist regelrecht beängstigend, wenn ihr mich fragt.«

»Na, na, Nancy«, sagte Mr Hamilton leicht niedergeschlagen. »Es steht uns nicht zu, die Aktivitäten Seiner Lordschaft zu hinterfragen.« Er nahm seine Brille ab und rieb sich die Augen.

»Ja, Mr Hamilton«, erwiderte Nancy. Dann sah sie mich an und fügte schnell hinzu: »Aber du müsstest ihn mal sehen, Grace. Du würdest ihn nicht wiedererkennen. Er ist über Nacht alt geworden.«

»Ich hab ihn gesehen«, antwortete ich.

»Wo denn?«, fragte Mr Hamilton erschrocken. Er setzte seine Brille wieder auf. »Nicht im Park, hoffe ich? Er war doch nicht etwa in der Nähe des Sees?«

»O nein, Mr Hamilton«, erwiderte ich. »Ganz und gar nicht. Ich hab ihn im Dorf gesehen. Auf dem Friedhof. Bei der Beerdigung meiner Mutter.«

»Er war auf der Beerdigung?«, fragte Nancy mit großen Augen.

»Er stand oben auf dem Hügel«, sagte ich. »Aber er hat die ganze Zeit zugesehen.«

Mr Hamilton schaute Alfred fragend an, doch der hob die Schultern und schüttelte den Kopf. »Ich hab ihn nicht gesehen.«

»Aber er war da«, beharrte ich unbeirrt. »Ich weiß, was ich gesehen habe.«

»Wahrscheinlich hat er nur einen Spaziergang gemacht«, sagte Mr Hamilton wenig überzeugt. »Wollte ein bisschen frische Luft schnappen.«

»Ich hab ihn aber nicht herumgehen sehen«, sagte ich nachdenklich. »Er hat nur irgendwie verloren dagestanden und auf das Grab heruntergeschaut.«

Mr Hamilton tauschte einen Blick mit Mrs Townsend aus. »Nun ja, er hat deine Mutter immer sehr gemocht, als sie hier gearbeitet hat.«

»Gemocht?«, entgegnete Mrs Townsend mit hochgezogenen Brauen. »So nennen Sie das also?«

Ich schaute die beiden abwechselnd an. Etwas lag in ihren Blicken, das ich nicht verstand. Offenbar wussten sie etwas, wovon ich keine Ahnung hatte.

»Und was ist mit dir, Grace?«, fragte Mr Hamilton plötzlich und wandte sich mir zu. »Wir haben genug über uns gesprochen. Jetzt erzähl du uns mal ein bisschen von London. Wie geht es der jungen Mrs Luxton?«

Ich hatte ihm nur mit halbem Ohr zugehört. In meinem Kopf geriet etwas in Bewegung. Geflüsterte Bemerkungen, Blicke, Andeutungen, die ich im Lauf der Zeit aufgeschnappt hatte, begannen, sich zu einem Bild zusammenzufügen. Aber noch konnte ich es nicht klar erkennen.

»Nun, Grace?«, drängte Mrs Townsend ungeduldig. »Hast du die Sprache verloren? Wie geht es Miss Hannah?«

»Entschuldigung, Mrs Townsend«, stotterte ich. »Ich war mit den Gedanken woanders.«

Sie schauten mich alle erwartungsvoll an, und so versicherte ich ihnen, Hannah gehe es gut. Es schien mir das Richtige zu sein. Wo hätte ich anfangen sollen, wenn ich ihnen etwas anderes erzählt hätte? Hätte ich ihnen von den Streitereien mit Teddy berichten sollen, von dem Besuch bei der Spiritistin, dem beängstigenden Gespräch mit mir, als sie mir gesagt hatte, sie sei innerlich tot? Stattdessen beschrieb ich ihnen das großartige Haus, Hannahs schöne Kleider und die schillernden Gäste, die zu Besuch kamen.

»Und wie steht es mit deinen Pflichten?«, wollte Mr Hamilton wissen und richtete sich auf. »In London weht sicher ein ganz anderer Wind. Gibt es viele Partys? Ich nehme an, sie haben eine Menge Bedienstete?«

Ich erklärte ihm, es gebe viele Bedienstete, die jedoch längst nicht so tüchtig seien wie die Dienstboten hier auf Riverton, und das schien ihn zufriedenzustellen. Und ich erzählte ihnen, dass Lady Pemberton-Brown versucht hatte, mich abzuwerben.

»Ich gehe davon aus, dass du ihr die Meinung gesagt hast«, bemerkte Mr Hamilton. »Höflich, aber bestimmt, so wie ich es dir beigebracht habe?«

»Ja, Mr Hamilton«, erwiderte ich. »Selbstverständlich habe ich das.«

»Gutes Mädchen.« Er strahlte wie ein stolzer Vater. »Glenfield Hall, wie? Du musst dir ja inzwischen einen guten Namen gemacht haben, wenn solche Leute schon versuchen, dich von Miss Hannah wegzulocken. Aber du hast das Richtige getan. Was bleibt uns denn in unserer Position, wenn nicht die Loyalität?«

Wir nickten alle zustimmend. Alle außer Alfred, wie ich feststellte.

Mr Hamilton war es auch aufgefallen. »Ich nehme an, Alfred hat dir von seinen Plänen berichtet?«, sagte er und hob eine silbergraue Braue.

»Was für Pläne?« Ich schaute Alfred an.

»Ich wollte es dir sagen.« Alfred musste ein Lächeln unterdrücken, als er zu mir kam und sich neben mich setzte. »Ich gehe fort, Grace. Für mich ist es vorbei mit dem ewigen ›Jawohl, Sir‹.«

Zuerst dachte ich, er würde wieder aus England fortgehen. Wo wir uns doch gerade erst wieder vertragen hatten.

Er lachte über mein verblüfftes Gesicht. »Ich gehe nicht weit fort, gebe nur meine Stellung als Hausdiener auf. Ein Kriegskamerad und ich, wir werden uns zusammen etwas aufbauen.«

»Alfred …« Ich wusste nicht, was ich sagen sollte. Einerseits war ich erleichtert, andererseits machte ich mir Sorgen um ihn. Seine Stellung verlassen? Die Sicherheit von Riverton aufgeben? »Was habt ihr denn vor?«

»Wir machen uns als Elektriker selbstständig. Mein Freund ist unglaublich geschickt. Er bringt mir bei, wie man Türklingeln und solche Sachen einbaut. Und ich werde den Laden organisieren. Ich werde hart arbeiten und Geld sparen, Gracie – ein bisschen hab ich schon zurückgelegt. Eines Tages werde ich ein eigenes Geschäft haben, ich werde mein eigener Herr sein. Du wirst sehen.«

Später begleitete Alfred mich zurück ins Dorf. Es wurde kälter, und wir beschleunigten unsere Schritte, um nicht zu frieren. Obwohl es mich freute, dass Alfred bei mir war und dass wir uns endlich ausgesöhnt hatten, sprach ich wenig. Ich war in Gedanken versunken, versuchte, in dem Bild, das sich aus den vielen einzelnen Fragmenten zusammensetzte, einen Sinn zu erkennen. Alfred schien es nichts auszumachen, schweigend neben mir herzugehen. Auch in seinem Kopf kreisten die Gedanken, allerdings um ein anderes Thema.

Ich dachte an meine Mutter. An die Verbitterung, die immer unter der Oberfläche geschlummert hatte, an ihre Überzeugung, ja, die Erwartung, dass ihr Leben vom Pech gezeichnet war. Das war die Mutter, an die ich mich erinnerte. Aber seit einiger Zeit wusste ich, dass sie nicht immer so gewesen war. Mrs Townsend hatte sie in liebevoller Erinnerung, und Mr Frederick, dem man es nie recht machen konnte, hatte sie gemocht.

Aber was hatte das junge Dienstmädchen mit dem geheimnisvollen Lächeln so verändert? Die Antwort auf diese Frage, das begriff ich allmählich, war der Schlüssel zu den Geheimnissen meiner Mutter. Und ich war der Antwort dicht auf der Spur. Sie lauerte wie ein schwer zu fangender Fisch, der sich im Gewirr meiner Gedanken verborgen hielt. Ich wusste, dass sie da war, konnte sie spüren, ihre undeutliche Gestalt erkennen, aber jedes Mal, wenn ich nach ihr griff, entglitt sie mir.

Eins war gewiss: Es hatte etwas mit meiner Geburt zu tun. So viel hatte meine Mutter mir gesagt. Und ich war davon überzeugt, dass das Gespenst meines Vaters eine Rolle spielte, der Mann, über den sie mit Alfred, aber nicht mit mir gesprochen hatte. Der Mann, den sie geliebt hatte und mit dem sie nicht hatte zusammenkommen können. Was hatte Alfred gesagt? Welche Gründe hatte er erwähnt? Seine Familie? Seine Verpflichtungen?

»Grace.«

Meine Tante wusste, wer er war, aber sie schwieg sich ebenso darüber aus, wie meine Mutter es getan hatte. Trotzdem wusste ich, was sie von ihm hielt. Als ich klein war, hatte ich die beiden oft genug miteinander flüstern hören, hatte mitbekommen, wie meine Tante meiner Mutter vorgeworfen hatte, sie sei auf den Falschen hereingefallen, wie sie ihr an den Kopf geworfen hatte, sie hätte sich die Suppe selbst eingebrockt, jetzt müsse sie sie auch auslöffeln, wie meine Mutter geweint hatte, wenn Tante Dee ihr tröstend auf die Schulter geklopft und gleichzeitig barsch erklärt hatte: »Es ist besser so«, »Es hätte sowieso nicht gut gehen können«, »Sei froh, dass du da weg bist«. Schon als Kind wusste ich, dass es um das vornehme Haus oben auf dem Hügel ging. Und ich wusste auch, dass Tante Dees Verachtung für meinen Vater einzig von ihrer Verachtung für Riverton übertroffen wurde. Die beiden großen Katastrophen im Leben meiner Mutter, hatte sie immer gesagt.

»Grace.«

Eine Verachtung, die anscheinend selbst Mr Frederick einschloss. »Nicht zu fassen«, hatte sie gesagt, als sie ihn auf dem Friedhof entdeckt hatte, »dass der es wagt, sich hier blicken zu lassen.« Ich fragte mich, woher meine Tante ihn kannte und was Mr Frederick ihr getan haben könnte, dass sie so wütend geworden war.

Und ich fragte mich, was er dort gewollt haben mochte. Ein Dienstmädchen zu mögen war eine Sache, aber dass Seine Lordschaft auf dem Dorffriedhof aufgetaucht war, um zuzusehen, wie eine Frau zu Grabe getragen wurde, die vor langer, langer Zeit einmal für ihn gearbeitet hatte ...

»Grace.« In der Ferne, jenseits meines Gedankenwirrwarrs, sprach Alfred zu mir. Ich schaute ihn geistesabwesend an. »Ich möchte dich schon den ganzen Tag etwas fragen«, sagte er. »Und ich fürchte, wenn ich es nicht bald tue, verliere ich den Mut.«

Und meine Mutter hatte Mr Frederick auch gemocht. »Der arme, arme Frederick«, hatte sie gesagt, als sein Vater und sein Bruder gestorben waren. Nicht arme Lady Violet oder arme Jemima. Ihr Mitgefühl hatte einzig und allein Mr Frederick gegolten.

Aber das war verständlich, oder? Mr Frederick musste ein junger Mann gewesen sein, als meine Mutter im Haus gearbeitet hatte, es war doch ganz natürlich, dass sie sich einem Familienmitglied in ihrem Alter besonders nahe gefühlt hatte. Genauso wie ich mich Hannah besonders nahe fühlte. Außerdem schien meine Mutter Penelope, Mr Fredericks Frau, ebenso gemocht zu haben. »Frederick würde nie wieder heiraten«, hatte sie gesagt, als ich ihr erzählt hatte, dass Fanny hoffte, er würde um ihre Hand anhalten. Erst ihre Gewissheit und dann ihre Niedergeschlagenheit, als ich entgegnet hatte, es sei durchaus möglich: All das ließ sich doch nur mit ihrer Loyalität gegenüber ihrer ehemaligen Mistress erklären.

»Ich bin nicht besonders wortgewandt, Gracie, das weißt du so gut wie ich«, sagte Alfred. »Und deswegen werde ich keine großen Umschweife machen. Ich habe dir ja erzählt, dass ich mich demnächst selbstständig machen werde ...«

Ich nickte daraufhin wohl, aber meine Gedanken waren weit weg. Der schwer zu fangende Fisch war in Reichweite gekommen. Ich konnte seine schillernden Schuppen erkennen, sah ihn durch das Schilf huschen, aus dem Schatten herausgleiten ...

»Aber das ist nur der erste Schritt. Ich werde sparen und sparen, und eines Tages werde ich ein Geschäft haben mit einem Schild über der Tür, wo Alfred Steeple draufsteht, du wirst schon sehen.«

... ins Licht. War es möglich, dass ihre Bestürzung gar nichts mit der Loyalität gegenüber ihrer ehemaligen Mistress zu tun hatte? Sondern vielmehr damit, dass der Mann, den sie einst geliebt hatte – und den sie bis zuletzt liebte –, womöglich die Absicht hatte, wieder zu heiraten? Dass meine Mutter und Mr Frederick ...? Dass sie vor all den Jahren, als sie auf Riverton in Stellung war ...?

»Ich hab gewartet und gewartet, Grace, weil ich dir etwas bieten wollte. Etwas Besseres, als ich es jetzt kann ...«

Aber das konnte nicht sein. Es wäre ein Skandal gewesen. Die Leute hätten davon gewusst. Ich hätte davon gewusst. Oder nicht?

Erinnerungen, aufgeschnappte Bemerkungen fielen mir ein. War es das, was Lady Violet gemeint hatte, als sie Lady Clementine gegenüber etwas von einer abscheulichen Sache erwähnt hatte? Hatten die Leute es gewusst? Hatte es auf Riverton vor zweiundzwanzig Jahren einen Skandal gegeben, als eine Frau aus dem Dorf in Schimpf und Schande aus dem Haus gejagt wurde, schwanger von einem der Söhne der Mistress?

Aber wenn es so gewesen war, warum hatte Lady Violet mich dann in ihren Dienst genommen? Ich hätte sie doch sicherlich auf unangenehme Weise an die Vergangenheit erinnert?

Es sei denn, es war eine Art Wiedergutmachung. Der Preis für das Schweigen meiner Mutter. War meine Mutter sich deswegen so sicher gewesen, dass ich auf Riverton eine Anstellung finden würde?

Und dann plötzlich wusste ich es. Der Fisch kam aus dem Schatten hervor, und seine Schuppen glänzten im Sonnenlicht. Wieso hatte ich es nicht schon eher begriffen? Die Verbitterung meiner Mutter, Mr Fredericks Weigerung, wieder zu heiraten. Mit einem Mal ergab das alles einen Sinn. Auch er hatte meine Mutter geliebt. Deswegen war er zu ihrer Beerdigung gekommen. Deswegen hatte er mich oft so seltsam angesehen, als hätte er ein Gespenst erblickt. Deswegen hatte er nichts dagegen gehabt, dass ich Riverton verließ, deswegen hatte er Hannah gesagt, er brauche mich dort nicht.

»Gracie, ich …« Alfred nahm meine Hand.

Hannah. Ich erstarrte, als mir eine Erkenntnis kam.

Ich schnappte nach Luft. Es erklärte so vieles: die tiefe Verbundenheit – wie Schwestern –, die wir empfanden.

Alfred hielt meine Hand fest, verhinderte, dass ich stürzte. »Ganz ruhig, Gracie«, sagte er, nervös lächelnd. »Du brauchst ja nicht gleich in Ohnmacht zu fallen.«

Meine Beine gaben unter mir nach, ich fühlte mich, als hätte ich mich in unzählige Einzelteile aufgelöst, als rieselte ich wie Sand aus einem Eimer.

Wusste Hannah Bescheid? Hatte sie deswegen darauf bestanden, mich mit nach London zu nehmen? Hatte sie sich deshalb an mich gewandt, als sie sich so einsam fühlte? Mich angefleht, sie niemals zu verlassen? Mir das Versprechen abgenommen?

»Grace?«, sagte Alfred, einen Arm um mich gelegt, um mich zu stützen. »Geht es dir gut?«

Ich nickte, versuchte, etwas zu sagen. Brachte kein Wort heraus.

»Gott sei Dank«, sagte er. »Denn ich bin noch nicht fertig. Aber ich glaube, du ahnst schon, was kommt.«

Dass ich etwas ahnte? Über meine Mutter und Mr Frederick? Über Hannah? Nein. Alfred hatte mir etwas erzählt. Worüber? Sein neues Geschäft, seinen Kriegskameraden …

»Gracie«, sagte Alfred und nahm meine Hände. Er lächelte mich an und schluckte. »Würdest du mir die Ehre erweisen, meine Frau zu werden?«

Plötzlich war ich hellwach. Ich blinzelte. Konnte nicht sprechen. Meine Gedanken und Gefühle überstürzten sich. Alfred hatte mir einen Heiratsantrag gemacht. Alfred, den ich liebte, stand vor mir und wartete auf meine Antwort. Meine Lippen formten Worte, aber meine Stimme wollte mir nicht gehorchen.

»Grace?«, sagte Alfred mit erwartungsvoll geweiteten Augen.

Ich spürte, wie ich lächelte, hörte mich lachen. Ich konnte gar nicht mehr aufhören. Und gleichzeitig weinte ich, heiße Tränen liefen mir über die Wangen. Ich nehme an, es war ein hysterischer Anfall: In den letzten Minuten war so viel über mich hereingebrochen, gab es plötzlich so vieles, das ich erst einmal verarbeiten musste. Der Schock der Erkenntnis, in welchem Verhältnis ich zu Mr Frederick und zu Hannah stand. Die Überraschung und Freude über Alfreds Antrag.

»Gracie?« Alfred musterte mich verunsichert. »Heißt das, du bist einverstanden? Mich zu heiraten, meine ich?«

Ihn heiraten. Ich. Früher hatte ich oft davon geträumt, aber jetzt, wo es wirklich passierte, traf es mich völlig unvorbereitet. Schon längst hatte ich solche Träume meiner jugendlichen Naivität zugeschrieben. Hatte aufgehört, mir vorzustellen, dass es jemals so weit kommen könnte. Dass jemand mir einen Antrag machen würde. Dass Alfred mich bitten würde, seine Frau zu werden.

Irgendwie gelang es mir, mich zu beruhigen, und ich nickte. Hörte mich »Ja« sagen. Kaum mehr als ein Flüstern. Ich schloss die Augen. In meinem Kopf drehte sich alles. Ein bisschen lauter: »Ja.«

Alfred stieß einen Freudenschrei aus, und ich öffnete die Augen. Er lächelte, strahlte vor Erleichterung. Auf der anderen Straßenseite gingen ein Mann und eine Frau vorbei. Als sie zu uns herüberschauten, rief Alfred ihnen zu: »Sie hat ja gesagt!« Dann wandte er sich wieder mir zu, presste die Lippen zusammen, versuchte ein Lachen zu unterdrücken, um sprechen zu können. Er packte mich an den Armen, zitternd vor Aufregung. »Ich hatte so gehofft, dass du ja sagen würdest.«

Ich nickte wieder, lächelte. Es passierte so viel auf einmal.

»Grace«, sagte er leise. »Ich … Ich … Darf ich dich küssen?«

Ich muss wohl noch einmal ja gesagt haben, denn er legte eine Hand an meinen Kopf, beugte sich vor und drückte seine Lippen auf meine. Ein seltsames, fremdes Gefühl. Kühl, weich, geheimnisvoll.

Die Zeit schien stehen zu bleiben.

Langsam löste er sich wieder von mir. Strahlte mich an, so jung, so gut aussehend im Dämmerlicht.

Dann hakte er sich bei mir unter, zum ersten Mal, und wir gingen die Straße entlang. Wir sagten nichts, gingen einfach schweigend nebeneinander her. Sein Arm lag in meinem, drückte den Stoff meiner Bluse gegen meine Haut. So warm, so schwer, so verheißungsvoll.

Alfred streichelte mein Handgelenk mit seinen behandschuhten Fingern, und ich erschauderte. Meine Sinne waren hellwach: als hätte jemand eine Hautschicht abgetragen, sodass ich intensiver, freier empfinden konnte. Ich schmiegte mich an ihn. Dass sich innerhalb eines Tages so viel hatte ändern können. Ich hatte das Geheimnis meiner Mutter gelüftet, hatte endlich begriffen, warum ich mich Hannah so nahe fühlte, und Alfred hatte mir einen Heiratsantrag gemacht. Beinahe hätte ich ihm erzählt, was ich über meine Mutter und Mr Frederick herausgefunden hatte, aber die Worte erstarben auf meinen Lippen. Wir hatten genug Zeit, ich konnte es ihm später noch erzählen. Alles war noch so frisch. Ich wollte das Geheimnis meiner Mutter noch ein wenig für mich allein auskosten. Und mein Glück. Und so schwieg ich, und wir gingen weiter Arm in Arm durch die Straße, in der meine Mutter gelebt hatte.

Köstliche, perfekte Minuten, die ich im Lauf meines Lebens immer wieder in Gedanken nachempfunden habe. Manchmal stelle ich mir vor, wie wir am Haus ankommen. Wir gehen hinein, stoßen auf unsere Gesundheit an und heiraten bald darauf. Und leben glücklich und zufrieden bis ans Ende unserer Tage.

Aber dazu ist es nicht gekommen, wie du weißt. Wir spulen zurück. Lassen das Band von vorne laufen. Wir waren vor Mr Connellys Haus angekommen – rührselige Flötenmusik drang nach draußen –, als Alfred sagte: »Sobald du wieder in London bist, kannst du kündigen.«

Ich sah ihn entgeistert an. »Kündigen?«

»Bei Mrs Luxton.« Er lächelte mich an. »Wenn wir erst mal verheiratet sind, brauchst du ihr nicht mehr beim Ankleiden zu helfen. Wir ziehen gleich nach der Hochzeit nach Ipswich. Du kannst für mich arbeiten, wenn du willst. Kannst die Buchführung machen. Oder, wenn dir das lieber ist, kannst du auch nähen und Flickarbeiten übernehmen.«

Kündigen? Hannah verlassen? »Aber Alfred«, antwortete ich, »ich kann meine Stellung nicht aufgeben.«

»Natürlich kannst du das«, sagte er. Dann grinste er breit. »Ich tue es doch auch.«

»Das ist etwas anderes …« Ich suchte nach erklärenden Worten, nach Worten, die ihn überzeugen konnten. »Ich bin eine Zofe. Hannah braucht mich.«

»Sie braucht nicht *dich*, sie braucht irgendeine Sklavin, die ihre Handschuhe in Ordnung hält.« Dann fuhr er etwas sanfter fort: »Dafür bist du zu schade, Grace. Du hast was Besseres verdient. Du hast es verdient, dein eigenes Leben zu führen.«

Ich hätte es ihm so gern erklärt. Dass Hannah sicherlich ein anderes Mädchen finden würde, aber dass ich mehr war als eine Zofe. Dass uns etwas ganz Tiefes verband. Seit dem Tag im Kinderzimmer, als wir vierzehn Jahre alt waren und als ich mich gefragt hatte, wie es wohl sein mochte, eine Schwester zu haben. Als ich für Hannah Miss Prince belogen hatte, so spontan, dass es mich selbst erschreckt hatte.

Dass ich ihr ein Versprechen gegeben hatte. Als sie mich angefleht hatte, sie nicht zu verlassen, hatte ich ihr mein Wort gegeben.

Dass wir Schwestern waren. Heimliche Schwestern.

»Außerdem«, sagte er, »werden wir in Ipswich wohnen. Da kannst du wohl kaum weiter in London arbeiten, oder?« Er tätschelte mir gutmütig den Arm.

Ich betrachtete sein Gesicht von der Seite. So aufrichtig. So sicher. Ohne Hintergedanken. Ich spürte, wie meine Argumente sich in Luft auflösten, wie sie bedeutungslos wurden, noch während ich sie formulierte. Es gab keine Worte, die ihm in wenigen Minuten etwas begreiflich machen würden, das zu durchschauen ich Jahre gebraucht hatte.

Und in dem Augenblick wusste ich, dass ich nie beide würde haben können, Alfred und Hannah. Dass ich mich würde entscheiden müssen.

Kälte unter meiner Haut, die sich ausbreitete wie eine eisige Flüssigkeit.

Ich entwand ihm meinen Arm, sagte, es tue mir leid. Sagte, ich hätte einen Fehler begangen, einen schrecklichen Fehler.

Und dann bin ich von ihm weggerannt. Ich habe mich nicht einmal mehr umgedreht, obwohl ich wusste, dass er wie angewurzelt dort in dem kalten gelben Laternenlicht stand. Dass er mir nachschaute, als ich die dunkle Straße hinunterlief, kreuzunglücklich vor der Tür wartete, bis meine Tante öffnete, und in Tränen aufgelöst im Haus verschwand. Als ich zwischen uns die Tür zu einer gemeinsamen Zukunft zuschlug.

Die Fahrt zurück nach London war eine Qual. Sie dauerte ewig, ich fror, und die Straßen waren spiegelglatt. Aber das Schlimmste war, dass ich mit all meinen Gedanken in dem Automobil gefangen war und nicht aufhören konnte, eine sinnlose Debatte mit mir selbst zu führen. Auf der ganzen Fahrt sagte ich mir immer wieder, dass ich mit dem Entschluss, wie versprochen bei Hannah zu bleiben, die richtige Entscheidung getroffen hatte, die einzig mögliche. Und als wir vor der Nummer siebzehn hielten, hatte ich mich endlich selbst davon überzeugt.

Außerdem glaubte ich ganz fest, dass Hannah sich unserer tiefen Verbindung bewusst war. Dass sie es irgendwann erraten hatte, dass sie die Leute hatte flüstern hören oder dass es ihr vielleicht sogar jemand gesagt hatte. Denn schließlich würde das erklären, warum sie sich mit ihrem Kummer an mich wandte und mich immer wieder ins Vertrauen zog. Seit dem Morgen, als ich ihr zufällig in der kalten Gasse vor Mrs Doves Sekretärinnenschule über den Weg gelaufen war.

Jetzt wussten wir es also beide.

Und das Geheimnis würde zwischen uns unausgesprochen bleiben.

Ein stilles Band der Zuneigung und Treue.

Ich war erleichtert, dass ich Alfred nichts davon erzählt hatte. Er hätte meine Entscheidung, das Ganze für mich zu behalten, nicht verstanden. Hätte mich gedrängt, mit Hannah darüber zu sprechen, womöglich gar irgendeine Art von Entschädigung von ihr zu verlangen. So liebenswert und fürsorglich er sein mochte, er hätte niemals nachvollziehen können, wie wichtig es für mich war, alles so zu belassen, wie es war. Er hätte nicht eingesehen, warum niemand anders davon wissen durfte. Denn was würde passieren, wenn Teddy davon erführe? Oder seine Familie? Mich konnte man entlassen, aber Hannah würde leiden.

Nein, es war besser so. Ich hatte keine andere Wahl. Es war das einzig Richtige.

Teil 4

Hannahs Geschichte

Es ist an der Zeit, von Dingen zu berichten, die ich nicht selbst miterlebt habe. Grace und ihre Sorgen in den Hintergrund zu schieben und Hannah in den Vordergrund treten zu lassen. Denn während meiner Abwesenheit war etwas geschehen. Ich spürte es sofort, als ich sie sah. Etwas war anders. Hannah war anders. Fröhlicher. Zufriedener. Geheimtuerisch.

Was in der Villa vorgefallen war, erfuhr ich erst nach und nach, wie vieles von dem, was sich in jenem letzten Jahr ereignete. Natürlich hatte ich einen Verdacht, doch ich sah nichts und ich hörte nichts. Nur Hannah wusste genau, was passiert war, und sie hatte noch nie das Bedürfnis verspürt, jemandem ihr Herz auszuschütten. Das war nicht ihr Stil; sie behielt ihre Geheimnisse lieber für sich. Aber nach den schrecklichen Ereignissen des Jahres 1924, als wir gemeinsam auf Riverton von der Welt abgeschlossen waren, wurde sie gesprächiger. Und ich war eine gute Zuhörerin. Folgendes hat sie mir erzählt.

I

Es war der Montag nach dem Tod meiner Mutter. Ich war nach Saffron Green abgereist, Teddy und Deborah waren bei der Arbeit, und Emmeline hatte sich mit

Freunden zum Mittagessen getroffen. Hannah saß allein im Wintergarten. Sie hatte vorgehabt, ihre Korrespondenz zu erledigen, aber ihr Briefpapier lag unangerührt auf der Chaiselongue. Sie hatte sich nicht dazu aufraffen können, überschwängliche Dankesbriefe an die Ehefrauen von Teddys Geschäftspartnern zu schreiben, und so saß sie stattdessen am Fenster und stellte sich vor, wie das Leben einzelner vorbeieilender Passanten aussehen mochte. Sie war so in ihr Gedankenspiel vertieft, dass sie nicht sah, wie er an die Haustür kam. Dass sie die Klingel nicht hörte. Sie tauchte erst wieder aus ihrer Gedankenwelt auf, als Boyle an die Tür des Wintergartens klopfte und Besuch ankündigte.

»Ein Gentleman wünscht Sie zu sprechen, Ma'am.«

»Ein Gentleman, Boyle?«, fragte sie, während sie ein kleines Mädchen beobachtete, das sich von der Hand seiner Mutter losriss und in den winterlichen Park rannte. Wann war sie selbst zum letzten Mal gerannt? So schnell, dass sie den Wind im Gesicht spürte und ihr Herz so laut klopfte, dass sie meinte, ihr würde die Brust zerspringen?

»Er sagt, er hätte etwas, das Ihnen gehört und das er Ihnen zurückbringen möchte.«

Wie lästig. »Kann er es nicht einfach Ihnen geben, Boyle?«

»Er sagt, nein, Ma'am. Er sagt, er muss es persönlich abliefern.«

»Ich wüsste nicht, dass ich irgendetwas vermisse.« Hannah riss sich widerwillig vom Anblick des kleinen Mädchens los und wandte sich vom Fenster ab. »Also gut, dann führen Sie ihn bitte herein.«

Mr Boyle zögerte. Schien noch etwas sagen zu wollen.

»Gibt es noch etwas?«, fragte Hannah.

»Nein, Ma'am«, erwiderte er. »Nur, dass dieser Gentleman ... Ich glaube, er ist kein richtiger Gentleman, Ma'am.«

»Was meinen Sie damit?«

»Nur, dass er nicht sehr respektabel wirkt.«

Hannah hob die Brauen. »Er ist doch hoffentlich seriös gekleidet, oder?«

»Ja, Ma'am, an seiner Kleidung ist nichts auszusetzen.«

»Und er führt keine obszönen Reden?«

»Nein, Ma'am«, erwiderte Boyle. »Er ist durchaus höflich.«

Hannah erschrak. »Es ist doch hoffentlich kein Franzose? Klein, mit Schnurrbart?«

»O nein, Ma'am.«

»Dann erklären Sie's mir, Boyle. In welcher Hinsicht ist er nicht respektabel?«

Boyle runzelte die Stirn. »Das kann ich Ihnen nicht sagen, Ma'am. Es ist nur so ein Gefühl.«

Hannah tat, als dächte sie über Boyles Gefühl nach, doch ihre Neugier war geweckt. »Wenn der Gentleman sagt, er hat etwas, das mir gehört, dann wünsche ich es zurückzubekommen. Sollte er sich auf irgendeine Weise ungebührlich betragen, werde ich sofort nach Ihnen läuten, Boyle.«

»Sehr wohl, Ma'am«, erwiderte Boyle, der sich plötzlich sehr wichtig vorkam. Er verbeugte sich und verließ das Zimmer, während Hannah ihr Kleid glatt strich. Als die Tür erneut aufging, stand Robbie Hunter vor ihr.

Zuerst erkannte sie ihn nicht. Schließlich hatte sie ihn nur kurze Zeit erlebt, einen Winter lang, und der lag fast ein Jahrzehnt zurück. Und er hatte sich verändert. Als sie ihn auf Riverton kennengelernt hatte, war er noch ein Junge gewesen. Mit glatter, weicher Haut, großen, braunen Augen und einem sanftmütigem Wesen. Und er war still gewesen, erinnerte sie sich. Das hatte sie damals so wütend gemacht. Seine zurückhaltende Art. Wie er ohne Vorwarnung in ihr Leben getreten war, ihr Äußerungen entlockt hatte, die sie nie hätte von sich geben sollen, und dann ganz unbekümmert ihren Bruder mit sich fortgelockt hatte.

Der Mann, der jetzt vor ihr stand, war groß gewachsen. Er trug einen schwarzen Anzug und ein weißes Hemd. An seiner Kleidung war nichts ungewöhnlich, und doch wirkte sie an ihm anders als an Teddy und den anderen Geschäftsleuten, die Hannah kannte. Sein Gesicht war bemerkenswert schön, aber sehr mager, mit hohlen Wangen und dunklen Schatten unter den Augen. Sie konnte verstehen, was Boyle gemeint hatte, als er sagte, er wirke nicht sehr respektabel, hätte jedoch ebenso wenig wie der Butler beschreiben können, woran genau das lag.

»Guten Morgen«, sagte sie.

Er schaute sie an, als könnte er tief in ihr Innerstes blicken. Es war nicht das erste Mal, dass ein Mann sie anstarrte, aber etwas an seinem Blick ließ sie erröten. Da lächelte er. »Sie haben sich nicht verändert.«

In diesem Augenblick erkannte sie ihn. An seiner Stimme. »Mr Hunter«, sagte sie ungläubig. Sie betrachtete ihn erneut, sah ihn jetzt mit anderen Augen. Dasselbe dunkle Haar, dieselben dunklen Augen. Derselbe sinnliche Mund, immer zu einem kaum merklichen Grinsen verzogen. Sie fragte sich, warum ihr das vorher nicht aufgefallen war. Sie richtete sich auf, beruhigte sich. »Wie schön, dass Sie gekommen sind.« Kaum hatte sie die Worte ausgesprochen, erschienen sie ihr zu nichtssagend, und sie hätte sie am liebsten zurückgenommen.

Er lächelte. Ziemlich ironisch, wie es Hannah schien.

»Wollen Sie nicht Platz nehmen?« Sie deutete auf Teddys Sessel, und Robbie setzte sich, mechanisch wie ein Schuljunge, der weiß, dass es sich nicht lohnt, sich einer alltäglichen Aufforderung zu widersetzen. Einmal mehr kam sie sich langweilig und gewöhnlich vor.

Er schaute sie noch immer an.

Demonstrativ überprüfte sie ihre Frisur, vergewisserte sich mit beiden Händen, dass alle Haarnadeln noch an der richtigen Stelle saßen, glättete die blonden Strähnen in ihrem Nacken. Sie lächelte höflich. »Fehlt noch etwas, Mr Hunter? Muss ich noch etwas ändern?«

»Nein«, sagte er. »Ich habe mir die ganzen Jahre über ein Bild von Ihnen in meiner Erinnerung bewahrt ... Sie sind immer noch dieselbe.«

»Nicht dieselbe, Mr Hunter, das versichere ich Ihnen«, sagte sie so leichthin wie möglich. »Ich war fünfzehn, als wir uns zuletzt gesehen haben.«

»So jung?«

Wieder dieser Mangel an Schicklichkeit. Oh, es waren nicht so sehr seine Worte – er hatte immerhin eine ganz normale Frage gestellt –, es war die Art, wie er sie ausgesprochen hatte. Als enthielten sie eine doppelte Bedeutung, die ihr verborgen blieb. »Ich lasse Tee kommen, ja?«, sagte sie und bedauerte es auf der Stelle. Jetzt würde er bleiben.

Sie stand auf, drückte die Klingel über dem Kaminsims und nutzte die Zeit, bis Boyle erschien, um ein paar Gegenstände zu verrücken und sich zu sammeln.

»Mr Hunter wird mir zum Tee Gesellschaft leisten«, sagte Hannah.

Boyle sah Robbie argwöhnisch an.

»Er war ein Freund meines Bruders«, fügte Hannah hinzu. »Ein Kriegskamerad.«

»Ah«, sagte Boyle. »Sehr wohl, Ma'am. Ich werde Mrs Tibbit anweisen, Tee für zwei aufzutragen.« Wie ehrerbietig er war. Und wie konventionell wiederum dieses Verhalten sie selbst erscheinen ließ.

Robbie sah sich im Wintergarten um. Die Art-déco-Möbel, die Elsie de Wolfe ausgewählt (»der letzte Schrei«) und die Hannah immer toleriert hatte. Sein Blick wanderte von dem achteckigen Spiegel über dem Kamin zu den Vorhängen mit den goldenen und braunen Rauten.

»Modern, was?«, sagte Hannah, um Respektlosigkeit bemüht. »Ich weiß nie so richtig, ob es mir gefällt, aber ich fürchte, darum geht es gerade bei dem modernen Zeug.«

Robbie schien gar nicht zuzuhören. »David hat oft von Ihnen gesprochen«, sagte er. »So oft, dass ich das Gefühl habe, Sie zu kennen. Sie und Emmeline.«

Als Davids Name fiel, sank Hannah auf die Chaiselongue. Sie hatte gelernt, nicht an ihn zu denken, die Pandorabüchse ihrer Erinnerungen nicht anzurühren. Doch jetzt saß vor ihr der einzige Mensch, mit dem sie über David würde sprechen können. »Ja«, sagte sie, »erzählen Sie mir von David, Mr Hunter.« Sie straffte sich. »War er ... Hat er ...« Sie presste die Lippen zusammen, schaute Robbie an. »Ich habe so oft gehofft, er würde mir verzeihen.«

»Ihnen verzeihen?«

»Ich war so eine überhebliche Zicke in dem Winter, bevor er uns verlassen hat. Wir hatten nicht mit Ihrem Besuch gerechnet. Wir waren es gewöhnt, David für uns allein zu haben, und ich fürchte, ich war ganz schön stur. Habe Sie die ganze Zeit ignoriert und mir nur gewünscht, Sie wären nicht da.«

Er zuckte die Achseln. »Das ist mir nicht aufgefallen.«

Hannah lächelte wehmütig. »Dann habe ich offenbar meine Energie vergeudet.«

Die Tür ging auf, und Boyle erschien mit dem Teetablett. Hannah wartete, bis er den Tisch gedeckt hatte.

»Mr Hunter«, sagte Hannah, während Boyle sich Zeit ließ, um Robbie zu beäugen. »Boyle sagte, Sie wollten mir etwas zurückgeben.«

»Ja«, sagte Robbie und langte in seine Brusttasche. Hannah gab Boyle mit einem Nicken zu verstehen, dass sie die Situation in der Hand habe und er nicht länger gebraucht werde. Als die Tür sich schloss, zog Robbie ein Stück Stoff aus der Tasche. Es war vollkommen zerschlissen, und Hannah fragte sich, wie in aller Welt es ihr gehören konnte. Dann, während sie es immer noch anstarrte, erkannte sie, dass es sich um eine alte, ehemals wohl weiße, jetzt bräunliche Schleife handelte. Mit zitternden Fingern wickelte Robbie sie auf und reichte sie ihr.

Ihr blieb fast das Herz stehen. Auf der zerfledderten Seide lag ein winziges Buch.

Vorsichtig nahm sie es an sich. Drehte es, um den Titel auf dem Umschlag lesen zu können, obwohl sie genau wusste, was darauf stand: *Die Überquerung des Rubikon.*

Erinnerungen überschwemmten sie: wilde Jagden durch den Park von Riverton, trunkene Erregung angesichts der Abenteuer, geflüsterte Geheimnisse im Kinderzimmer. »Das habe ich David mitgegeben. Als Glücksbringer.«

Robbie nickte.

Ihre Blicke begegneten sich. »Warum haben Sie es an sich genommen?«

»Das habe ich nicht.«

»David hätte es niemals weggegeben.«

»Nein, bestimmt nicht, und das hat er auch nicht. Ich bin nur der Bote. Er wollte, dass Sie es zurückbekommen. Seine letzten Worte waren: ›Bring es Nofretete‹. Und das habe ich getan.«

Hannah senkte ihren Blick. Der Name. Ihr geheimer Name. Er kannte sie nicht gut genug. Sie umschloss das winzige Buch mit einer Hand, versiegelte die Büchse mit den Erinnerungen an Tapferkeit und Unbezähmbarkeit und Zukunftsträume, hob den Kopf und sah Robbie an. »Lassen Sie uns über etwas anderes sprechen.«

Robbie nickte knapp und steckte die Schleife zurück in seine Brusttasche. »Worüber spricht man denn, wenn man sich auf diese Weise wieder begegnet?«

»Man fragt den anderen, wie es ihm die ganze Zeit ergangen ist«, erwiderte Hannah, während sie das winzige Buch in ihrer Schreibkassette verstaute. »Wohin das Leben ihn geführt hat.«

»Nun denn«, sagte Robbie. »Was haben Sie die ganze Zeit gemacht, Hannah? Wohin das Leben Sie geführt hat, kann ich ja sehen.«

Hannah richtete sich auf, schenkte Tee ein und reichte ihm eine Tasse. Die Tasse klapperte leicht auf der Untertasse. »Ich habe geheiratet. Einen Gentleman namens Theodore Luxton, vielleicht haben Sie von ihm gehört. Er und sein Vater sind Bankiers. Sie arbeiten in der City.«

Robbie schaute sie an, ließ sich jedoch nicht anmerken, ob Teddys Name ihm bekannt war.

»Ich wohne in London, wie Sie wissen«, fuhr Hannah fort, bemüht zu lächeln. »Eine großartige Stadt, finden Sie nicht? Es gibt so viel zu sehen, so viel zu tun. So viele interessante Menschen …« Ihre Stimme verlor sich. Robbie lenkte sie ab, er beobachtete sie mit derselben irritierenden Konzentration, mit der er damals in der Bibliothek den Picasso betrachtet hatte. »Mr Hunter«, sagte sie leicht ungehalten. »Wirklich. Ich muss Sie bitten, damit aufzuhören. Es ist unmöglich, wie Sie mich ...«

»Sie haben recht«, erwiderte er leise. »Sie haben sich verändert. Ihre Augen sind traurig.«

Am liebsten hätte sie ihm widersprochen, ihm erklärt, dass er sich irrte. Ihm gesagt, dass die Spur von Traurigkeit, die er zu entdecken meinte, nichts weiter sei als die Reaktion auf die wiedererwachte Erinnerung an ihren Bruder. Aber etwas in seiner Stimme ließ sie verstummen. Etwas, das dazu führte, dass sie sich durchsichtig, unsicher, verletzlich fühlte. Als würde er sie besser kennen, als sie sich selbst. Es gefiel ihr nicht, aber sie ahnte, dass es keinen Zweck hatte, sich zu rechtfertigen.

»Tja, Mr Hunter«, sagte sie und erhob sich steif. »Ich danke Ihnen für Ihren Besuch. Für das Buch, das Sie mir zurückgebracht haben.«

Robbie erhob sich ebenfalls. »Ich hatte es versprochen.«

»Ich werde Boyle bitten, Sie zur Tür zu begleiten.«

»Bemühen Sie ihn nicht«, sagte Robbie. »Ich kenne den Weg.«

Als er die Tür öffnete, stürmte Emmeline herein, ein Wirbelwind aus rosafarbener Seide, die blonden Haare zu einem Bubikopf gestutzt. Ihre Wangen glühten vor Übermut, vor Begeisterung, jung zu sein, gute Beziehungen zu haben und in einer Stadt und einer Zeit zu leben, die eben diesen jungen Menschen mit guten Beziehungen gehörte. Sie ließ sich aufs Sofa plumpsen und schlug die Beine übereinander. Plötzlich kam Hannah sich unscheinbar vor, seltsam blass. Wie ein Aquarell, das man aus Versehen im Regen hatte stehen lassen, sodass alle Farben ineinander verlaufen waren.

»Puh. Ich bin fix und fertig«, sagte Emmeline. »Ist noch Tee übrig?«

Dann blickte sie auf und bemerkte Robbie.

»Du erinnerst dich doch sicher an Mr Hunter, Emmeline?«, sagte Hannah.

Einen Moment lang überlegte Emmeline. Sie beugte sich vor, stützte das Kinn in eine Hand und musterte sein Gesicht mit großen blauen Augen.

»Davids Freund«, sagte Hannah. »Er hat uns mal auf Riverton besucht.«

»Robbie Hunter«, sagte Emmeline, während sich ganz langsam ein strahlendes Lächeln auf ihrem Gesicht ausbreitete. Sie ließ ihre Hand in den Schoß fallen. »Aber natürlich. Wenn ich mich recht erinnere, schulden Sie mir ein Kleid. Vielleicht können Sie ja diesmal dem Drang widerstehen, es mir vom Leib zu reißen.«

Auf Emmelines Drängen hin blieb Robbie zum Abendessen. Er könne doch unmöglich schon wieder gehen, meinte sie, wo er doch gerade erst gekommen sei. Und so saß Robbie an jenem Abend zusammen mit Deborah, Teddy, Emmeline und Hannah am Grosvenor Square Nummer siebzehn am Tisch.

Hannah saß auf der einen Seite, Deborah und Emmeline ihr gegenüber, Robbie am einen, Teddy am anderen Ende des Tischs. Die beiden Männer wirkten wie zwei komische Buchstützen, dachte Hannah: Robbie, der junge Bohemien, und Teddy, der nach vier Jahren im Bankgeschäft zu einer Karikatur der Macht und des Wohlstands geworden war. Er sah immer noch gut aus – Hannah hatte schon mehrmals beobachtet, wie die Ehefrauen einiger seiner Geschäftspartner ihm schöne Augen gemacht hatten, auch wenn es ihnen nichts eingebracht hätte –, aber sein Gesicht war voller und seine Haare waren grauer geworden. Auch seine roten Wangen zeugten von einem Leben im Überfluss. Er lehnte sich auf seinem Stuhl zurück.

»Und? Womit verdienen Sie Ihre Brötchen, Mr Hunter? Meine Frau sagt, Sie sind kein Geschäftsmann.« Dass es noch etwas anderes geben könnte, hatte er längst vergessen.

»Ich schreibe«, sagte Robbie.

»Ein Schreiberling, wie?«, sagte Teddy. »Sie schreiben für die *Times*?«

»Früher einmal«, antwortete Robbie. »Unter anderem. Jetzt schreibe ich nur noch für mich selbst.« Er lächelte. »Dummerweise hatte ich angenommen, ich sei leichter zufriedenzustellen.«

»Was muss man für ein Glückspilz sein«, flötete Deborah, »wenn man so viel Zeit und Muße hat. Ich kann mir gar nicht vorstellen, wie es ist, nicht dauernd von A nach B rennen zu müssen.« Dann erging sie sich in einem langen Monolog über eine Modenschau, die sie kürzlich organisiert hatte, wobei sie Robbie mit einem wölfischen Blick fixierte.

Deborah flirtet mit ihm, dachte Hannah. Sie schaute Robbie genauer an. Ja, er sah gut aus, und zwar auf eine irgendwie träge, sinnliche Weise, die eigentlich ganz und gar nicht Deborahs Typ entsprach.

»Also Bücher, ja?«, fragte Teddy.

»Lyrik«, sagte Robbie.

Teddy hob theatralisch die Brauen. »*›How dull it is to stop, to rust unburnished rather than to sparkle in use‹.*«

Hannah zuckte zusammen, als Teddy Tennyson falsch zitierte.

Robbie sah sie an und grinste. »*›As though to breathe were life‹.*«

»Ich habe Shakespeare schon immer verehrt«, sagte Teddy. »Schreiben Sie so ähnliche Gedichte?«

»Ich fürchte, da kann ich nicht mithalten«, erwiderte

Robbie. »Aber ich gebe nicht auf. Lieber aktiv untergehen als verzweifelt verwelken.«

»Darauf können Sie Gift nehmen«, sagte Teddy.

Während Hannah Robbie beobachtete, dämmerte ihr etwas. Plötzlich wusste sie, wer er war. Sie holte hörbar Luft. »Sie sind R. S. Hunter.«

»Wer?«, fragte Teddy. Er schaute erst Hannah und Robbie an, dann warf er Deborah einen fragenden Blick zu. Deborah hob mit affektierter Miene ratlos die Schultern.

»R. S. Hunter«, sagte Hannah, ohne sich von Robbie abzuwenden. Sie lachte. Sie konnte nicht anders. »Ich habe Ihre gesammelten Gedichte.«

»Die erste oder die zweite Sammlung?«, wollte Robbie wissen.

»*Fortschritt und Zerfall*«, sagte Hannah. Sie hatte gar nicht gewusst, dass es eine weitere Sammlung gab.

»Ah!« Deborahs Augen weiteten sich. »Ja, ich habe einen Artikel in der Zeitung über Sie gelesen. Sie haben doch diesen Preis gewonnen.«

»*Fortschritt und Zerfall* ist mein zweiter Gedichtband«, sagte Robbie zu Hannah.

»Dann würde ich gern auch den ersten Band lesen«, erwiderte sie. »Nennen Sie mir doch bitte den Titel, Mr Hunter, damit ich mir das Buch kaufen kann.«

»Sie können mein Exemplar haben«, erwiderte Robbie. »Ich habe die Gedichte schon gelesen. Unter uns gesagt, finde ich den Autor ziemlich langweilig.«

Deborahs Lippen verzogen sich zu einem Lächeln, und ihre Augen funkelten. Sie versuchte Robbies Wert zu schätzen, ging die Liste der Leute durch, die sie beeindrucken konnte, wenn sie ihn zu einer ihrer Soireen einlud. Gemessen an der Art, wie sie ihre rot geschminkten Lippen schürzte, musste sein Wert sehr hoch sein. Plötzlich hatte Hannah das seltsame Gefühl, ihren Besitz verteidigen zu müssen.

»*Fortschritt und Zerfall*?«, fragte Teddy und zwinkerte Robbie zu. »Sie sind doch nicht etwa Sozialist, Mr Hunter?«

Robbie lächelte. »Nein, Sir. Ich habe weder Besitztümer, die ich umverteilen könnte, noch verspüre ich das Verlangen, mir welche zuzulegen.«

Teddy lachte.

»Aber, aber, Mr Hunter«, sagte Deborah. »Ich fürchte, Sie amüsieren sich auf unsere Kosten.«

»Ich amüsiere mich. Ich hoffe jedoch, nicht auf Ihre Kosten.«

Deborah lächelte auf eine Weise, die sie für verführerisch hielt. »Ein kleines Vögelchen sagt mir, dass Sie längst nicht so mittellos sind, wie Sie uns glauben lassen wollen.«

Hannah schaute zu Emmeline hinüber und verbarg ein Grinsen hinter ihrer Hand. Es war nicht so schwer zu erraten, wer Deborahs kleines Vögelchen war.

»Wovon redest du, Deb?«, wollte Teddy wissen. »Raus mit der Sprache.«

»Unser Gast hält uns zum Narren«, erwiderte Deborah triumphierend. »Denn er ist gar nicht *Mr* Hunter, sondern *Lord* Hunter.«

Teddy hob die Brauen. »Hä? Was soll das heißen?«

Robbie ließ sein Weinglas zwischen den Fingern kreisen. »Es stimmt, mein Vater war Lord Hunter. Aber ich benutze den Titel nicht.«

Teddy beäugte Robbie über seinen Teller mit Roastbeef hinweg. Einen Titel zu verleugnen, das war etwas, wofür er kein Verständnis hatte. Er und sein Vater hatten lange und hart für die Erhebung in den Adelsstand gekämpft. »Sind Sie wirklich kein Sozialist?«, fragte er noch einmal.

»Schluss mit der Politik«, platzte Emmeline heraus und verdrehte die Augen. »Natürlich ist er kein Sozialist. Robbie ist einer von uns, und wir haben ihn nicht eingeladen, um ihn zu Tode zu langweilen.« Das Kinn in die Hand gestützt, blickte sie Robbie an. »Erzählen Sie uns, wo Sie gewesen sind, Robbie!«

»Kürzlich?«, sagte Robbie. »In Spanien.«

Spanien, dachte Hannah. Wie herrlich!

»Wie primitiv«, sagte Deborah lachend. »Was um alles in der Welt haben Sie denn da gemacht?«

»Ich habe ein Versprechen eingelöst, das ich vor langer Zeit gegeben habe.«

»Sie waren in Madrid?«, fragte Teddy.

»Eine Zeit lang«, erwiderte Robbie. »Auf dem Weg nach Segovia.«

Teddy runzelte die Stirn. »Was zieht denn einen Mann nach Segovia?«

»Ich war im Alcázar.«

Hannah spürte ein Prickeln auf der Haut.

»In dieser verstaubten alten Festung?«, fragte Deborah grinsend. »Etwas Hässlicheres kann ich mir gar nicht vorstellen.«

»O nein«, entgegnete Robbie. »Es war außergewöhnlich. Magisch. Als würde man eine andere Welt betreten.«

»Erzählen Sie uns davon.«

Robbie zögerte, suchte nach den richtigen Worten. »Manchmal kam es mir so vor, als könnte ich in die Vergangenheit sehen. Abends, wenn ich ganz allein war, konnte ich beinahe das Flüstern der Toten hören. Das leise Rauschen uralter Geheimnisse, die an mir vorüberwirbelten.«

»Wie makaber«, bemerkte Deborah.

»Warum sind Sie nicht dort geblieben?«, fragte Hannah.

»Ja«, sagte Teddy. »Was hat Sie nach London zurückgeführt, Mr Hunter?«

Robbie suchte Hannahs Blick. Er lächelte, dann wandte er sich an Teddy. »Das Schicksal, fürchte ich.«

»So viele Reisen«, gurrte Deborah. »Sie müssen mehr als nur ein paar Tropfen Zigeunerblut in den Adern haben.«

Robbie lächelte, schwieg jedoch dazu.

»Entweder das, oder unser Gast hat ein schlechtes Gewissen«, fuhr Deborah fort, beugte sich zu Robbie hinüber und senkte betörend die Stimme. »Ist es das, Mr Hunter? Sind Sie auf der Flucht?«

»Nur vor mir selbst, Miss Luxton«, erwiderte Robbie.

»Sie werden schon noch sesshaft werden«, bemerkte Teddy. »Wenn Sie erst mal ein paar Jährchen älter sind. Ich hatte früher auch Hummeln im Hintern und war von der fixen Idee besessen, ich müsste die Welt sehen, Kunstgegenstände und Erfahrungen sammeln.« Beim Sprechen fuhr er mit den flachen Händen rechts und links von seinem Teller über die Tischdecke, und Hannah ahnte, dass jetzt eine Moralpredigt folgen würde. »Mit den Jahren entwickelt sich dann mehr Verantwortungsgefühl. Man wird wählerischer. Das Fremdartige, das man früher so aufregend fand, macht einen dann eher nervös. Nehmen Sie zum Beispiel Paris; ich war erst kürzlich dort. Früher war ich ganz begeistert von Paris, aber die ganze Stadt geht vor die Hunde. Kein Respekt vor Tradition. Sie müssten mal sehen, wie die Frauen sich dort kleiden!«

»Ach, Teddy«, lachte Deborah. »Du hast wirklich keine Ahnung vom Pariser Chic.«

»Ich weiß ja, dass du für die Franzosen und ihre Stoffe eine Menge übrig hast«, sagte Teddy. »Und für euch alleinstehende Frauen mag das ja auch ganz amüsant sein. Aber meiner Frau würde ich niemals gestatten, sich derart in der Weltgeschichte herumzutreiben!«

Hannah brachte es nicht fertig, Robbie anzusehen. Den Blick auf ihren Teller geheftet, stocherte sie in ihrem Essen herum und legte schließlich die Gabel beiseite.

»Reisen öffnen einem die Augen für andere Kulturen«, sagte Robbie. »In Fernost bin ich einmal zu Gast bei einem Volksstamm gewesen, wo die Männer Muster in die Wangen ihrer Frauen ritzten.«

Emmeline schnappte nach Luft. »Mit einem Messer?«

Teddy schluckte entgeistert ein Stück halb gekautes Fleisch hinunter. »Warum zum Teufel?«

»Ehefrauen gelten dort als Objekte, die nur zum Vergnügen der Männer da sind und natürlich stolz vorgezeigt werden«, erklärte Robbie. »Und die Ehemänner betrachten es als ihr von Gott gegebenes Recht, ihre Frauen nach Belieben zu schmücken.«

»Barbaren«, sagte Teddy kopfschüttelnd, während er Boyle bedeutete, Wein nachzuschenken. »Und die wundern sich, wenn wir es als unsere Pflicht betrachten, sie zu zivilisieren.«

Nach diesem Abend ließ sich Robbie mehrere Wochen lang nicht sehen. Hannah dachte, er hätte sein Versprechen, ihr seinen Gedichtband zu leihen, längst vergessen. Wahrscheinlich war es typisch für ihn, vermutete sie, sich erst zum Dinner einladen zu lassen, leere Versprechungen zu machen und dann spurlos zu verschwinden. Sie war nicht gekränkt, nur enttäuscht über sich selbst, dass sie auf ihn hereingefallen war, und beschloss, nicht weiter darüber nachzudenken.

Doch als sie vierzehn Tage später in dem kleinen Buchladen auf der Drury Lane vor dem Regal mit den Autoren von H bis J stand und das Buch mit Robbies erster Gedichtsammlung entdeckte, kaufte sie es. Schließlich hatte sie seine Gedichte geschätzt, lange bevor sie wusste, was für ein unzuverlässiger Mann ihr Autor war.

Dann starb Vater, und damit war Robbie vorerst völlig vergessen. Nachdem die Nachricht vom plötzlichen Tod ihres Vaters eingetroffen war, fühlte Hannah sich, als hätte sie einen Anker verloren, als würde sie aus sicheren Gewässern in ein Meer hinausgespült, dessen Gezeiten sie nicht kannte und dem sie nicht traute. Das war natürlich lächerlich. Sie hatte Vater so lange nicht gesehen, denn er hatte sich seit ihrer Hochzeit geweigert, sie zu empfangen, und ihr war es nicht gelungen, ihn umzustimmen. Dennoch war er ihr zeit seines Lebens ein Halt gewesen, und diesen Halt hatte sie jetzt verloren. Sie fühlte sich von ihm im Stich gelassen. Sie hatten sich oft gestritten, das gehörte einfach zu ihrer ungewöhnlichen Beziehung, aber sie hatte immer gewusst, dass er ganz besonders an ihr hing. Und nun war er nicht mehr da. Nachts träumte sie von dunklen Meeren, leckgeschlagenen Schiffen, unbarmherzigen Wogen. Und tagsüber begann sie erneut, über die Worte der Wahrsagerin nachzugrübeln, die von Tod und Dunkelheit gesprochen hatte.

Vielleicht würde alles anders werden, wenn Emmeline erst ganz in ihre Stadtvilla zog, sagte sie sich. Denn nach Vaters Tod war beschlossen worden, dass Hannah als eine Art Vormund für Emmeline fungieren sollte. Besser, sie behielten sie im Auge, hatte Teddy gemeint, nach dieser unsäglichen Geschichte mit dem Filmregisseur. Je länger Hannah darüber nachdachte, umso mehr sah sie dem Zeitpunkt mit freudiger Erwartung entgegen. Sie würde eine Verbündete im Haus haben. Jemanden, der sie verstand. Sie würden abends lange zusammensitzen, plaudern und lachen, einander Geheimnisse anvertrauen, so wie sie es als Kinder getan hatten.

Doch als Emmeline in London eintraf, hatte sie ganz andere Vorstellungen. Die Stadt hatte sie schon immer fasziniert, und sie stürzte sich mit Begeisterung in das gesellschaftliche Leben, für das sie so sehr schwärmte. Jeden Abend ging sie auf eine andere Kostümparty – auf »weiße Partys«, »Zirkuspartys«, »Unterseepartys« –, Hannah konnte gar nicht mehr mitzählen. Emmeline nahm an aufwendigen Schnitzeljagden teil, in deren Verlauf die ausgefallensten Trophäen erbeutet werden mussten, von Bettlerbechern bis hin zu Polizeihelmen. Sie trank zu viel und rauchte zu viel und betrachtete es als persönlichen Misserfolg, wenn sie am Morgen nach einer durchtanzten Nacht kein Foto von sich in den Klatschspalten der Zeitungen entdeckte.

Eines Nachmittags traf Hannah Emmeline im Wintergarten mit einigen Freunden an. Sie hatten die Möbel zur Seite gerückt, und der teure Wollteppich lag notdürftig zusammengerollt vor dem offenen Kamin. Eine junge Frau in einem offenherzigen, lindgrünen Chiffonkleid, die Hannah vorher noch nie gesehen hatte, hockte träge rauchend auf der Teppichrolle, ließ ihre Asche einfach auf den Boden fallen und sah zu, wie Emmeline einem milchgesichtigen jungen Mann mit zwei linken Füßen den Foxtrott beibrachte.

»Nein, nein«, rief Emmeline lachend. »Es sind vier Schritte, Harry, Darling. Nicht drei. Komm, nimm meine Hände, ich zeig's dir.« Sie legte eine neue Platte auf. »Fertig?«

Hannah ging vorsichtig an der Wand entlang. Die Selbstverständlichkeit, mit der Emmeline und ihre Freunde das Zimmer (das schließlich ihr Zimmer war) in Beschlag genommen hatten, irritierte sie so sehr, dass sie völlig vergaß, weswegen sie eigentlich hergekommen war. Während sie so tat, als suche sie etwas in ihrem Sekretär, ließ Harry sich aufs Sofa fallen und sagte: »Es reicht. Du bringst mich noch um, Emmeline.«

Emmeline ließ sich neben ihn plumpsen und legte ihm einen Arm um die Schultern. »Wie du willst, Harry, Darling, aber du kannst nicht erwarten, dass ich auf Clarissas Party mit dir tanze, wenn du die Schritte nicht beherrschst. Der Foxtrott ist der letzte Schrei, und ich habe vor, die ganze Nacht zu tanzen!«

Ja, die ganze Nacht, dachte Hannah. Immer häufiger kehrte Emmeline von ihren Partys erst in den frühen Morgenstunden zurück. Nicht damit zufrieden, bis Mitternacht im Claridge's zu tanzen und eine Mischung aus Brandy und Cointreau zu trinken, die sie *Sidecars* nannten, hatten sie und ihre Freunde sich angewöhnt, die Party anschließend bei jemandem zu Hause fortzusetzen. In den meisten Fällen bei jemandem, den sie nicht einmal kannten. »*Gate-crashing*« nannten sie das: In Abendgarderobe fuhren sie kreuz und quer durch Mayfair, bis sie eine Party fanden, zu der sie sich einladen konnten. Sogar die Bediensteten fingen schon an, darüber zu reden. Erst neulich war das neue Dienstmädchen um halb sechs in der Früh gerade beim Fegen der Eingangshalle gewesen, als Emmeline hereingerauscht kam. Emmeline konnte von Glück reden, dass Teddy nichts davon ahnte und dass Hannah dafür sorgte, dass das auch so blieb.

»Jane sagt, Clarissa meint es diesmal ernst«, sagte die junge Frau in dem grünen Chiffonkleid.

»Glaubst du, sie wird es wirklich tun?«, fragte Harry.

»Das werden wir ja heute Abend sehen«, sagte Emmeline. »Clarissa redet immerhin schon seit Monaten davon, dass sie sich die Haare abschneiden lassen will.« Sie lachte. »Wenn sie es tut, werden wir was zu lachen haben: Mit ihrem kantigen Schädel sieht sie mit einem Bubikopf bestimmt aus wie ein deutscher Feldwebel.«

»Nimmst du Gin mit?«, wollte Harry wissen.

Emmeline zuckte die Achseln. »Oder Wein. Das spielt keine Rolle. Clarissa sagt, sie stellt einfach alles hin, und die Leute können sich selbst bedienen.«

Eine *Bottle-Party*, dachte Hannah. Davon hatte sie schon gehört. Teddy las ihr gern am Frühstückstisch die Berichte vor. Dann senkte er die Zeitung, um sich ihrer Aufmerksamkeit zu versichern, schüttelte seufzend den Kopf und sagte: »Hör dir das an. Schon wieder eine von diesen Partys. Diesmal in Mayfair.« Und dann las er ihr den Artikel vor, Wort für Wort, wobei es ihm ein besonderes Vergnügen bereitete, so schien es Hannah, die uneingeladenen Gäste zu beschreiben, die unschicklichen Dekorationen, die Polizeirazzien. Warum konnten diese jungen Leute sich nicht so benehmen wie früher, als sie beide jung gewesen waren, fragte er sie. Warum konnten sie nicht anständige Bälle veranstalten, mit einem gepflegten Dinner, mit Dienstboten, die Wein einschenkten, mit Tanzkarten?

Hannah war so entsetzt über Teddys Bemerkung, mit der er andeutete, dass sie selbst nicht mehr jung war, dass sie, obwohl sie Emmelines Eskapaden empfand wie einen Tanz auf den Gräbern, nicht viel dazu sagte.

Und vor allem sorgte sie dafür, dass Teddy nichts von Emmelines Teilnahme an solchen Partys erfuhr. Erst recht nicht, dass Emmeline sie mit organisierte. Hannah entwickelte ein außerordentliches Geschick darin, sich Vorwände für Emmelines nächtliche Aktivitäten auszudenken.

Aber als sie an jenem Abend die Treppe zu Teddys Arbeitszimmer hinaufging, um ihm eine nur zum Teil wahre Geschichte über Emmelines Freundschaft zu Lady Clarissa aufzutischen, war er nicht allein. Durch die verschlossene Tür konnte sie Stimmen hören: die von Teddy und die von Simion. Sie wollte gerade wieder nach unten gehen, um später noch einmal wiederzukommen, als sie hörte, wie der Name ihres Vaters fiel. Mit angehaltenem Atem legte sie ein Ohr an die Tür.

»Eigentlich kann der Mann einem leidtun«, sagte Teddy. »Egal, was man von ihm hält. Aber so zu sterben, bei einem Jagdunfall ... Ausgerechnet er, der das Landleben kannte und liebte.«

Simion räusperte sich. »Also, Teddy, unter uns gesagt, das war kein normaler Unfall.« Bedeutungsvolles Schweigen. Dann geflüsterte Worte, die Hannah nicht verstehen konnte.

Teddy atmete hörbar ein. »Selbstmord?«

Lügen, dachte Hannah, dummes Geschwätz. Nichts als Lügen.

»Sieht ganz so aus«, antwortete Simion. »Lord Gifford sagt, einer von den Dienern – der ältere Bursche, dieser Hamilton – hat ihn draußen im Park gefunden. Die Bediensteten haben sich alle Mühe gegeben, die Umstände zu vertuschen – ich hab dir ja schon oft genug gesagt, dass kein Diener sonst auf der Welt einem britischen Bediensteten das Wasser reichen kann, wenn es um Diskretion geht –, aber Lord Gifford hat sie daran erinnert, dass es seine Pflicht ist, den Ruf der Familie zu schützen, und dass er die Wahrheit wissen muss, wenn er seine Aufgabe erfüllen soll.«

Gläser klirrten, und Hannah wusste, dass Sherry nachgeschenkt wurde.

»Und was hat Gifford gesagt?«, fragte Teddy. »Wie ist er zu dem Schluss gekommen, dass es ... vorsätzlich war?«

Simion seufzte vielsagend. »Der Mann war schon seit einiger Zeit nicht mehr ganz auf der Höhe. Nicht jeder ist dem rauen Klima des Geschäftslebens gewachsen. Er ist immer unausstehlicher geworden und dauernd mit seinem Gewehr im Park rumgelaufen. Die Diener sind ihm gefolgt, um zu verhindern, dass er ...« Er riss ein Streichholz an, und Hannah stieg durch den Türspalt hindurch Zigarrenrauch in die Nase. »Sagen wir mal: So wie ich das sehe, war dieser sogenannte Unfall vorauszusehen.«

Eine Weile herrschte Stille, offenbar dachten beide Männer über diese letzte Bemerkung nach. Atemlos lauschte Hannah auf Schritte.

Nachdem er eine gebührende Schweigeminute eingehalten hatte, fuhr Simion mit erneutem Eifer fort. »Aber Lord Gifford hat seine Sache gut gemacht – niemand wird je davon erfahren –, und wir sollten das Beste daraus machen.« Hannah hörte den Sessel quietschen, als er sein Gewicht verlagerte. »Ich finde, du solltest es allmählich noch mal mit der Politik versuchen. Die Geschäfte sind noch nie so gut gelaufen wie jetzt, du hast eine weiße Weste, hast dir unter den Konservativen einen Ruf als zuverlässiger Mann erworben. Du könntest dich doch für den Sitz für Saffron aufstellen lassen.«

»Du meinst, wir sollten nach Riverton ziehen?«, fragte Teddy hoffnungsvoll.

»Das Anwesen gehört jetzt dir, und die Leute auf dem Land verehren ihren Gutsherrn.«

»Vater«, sagte Teddy atemlos, »du bist ein Genie. Ich werde Lord Gifford sofort benachrichtigen. Vielleicht kann er bei den anderen ein gutes Wort für mich einlegen.« Hannah hörte, wie der Telefonhörer abgenommen wurde. »Oder ist es schon zu spät?«

»Für Geschäfte ist es nie zu spät«, sagte Simion. »Und für Politik auch nicht.«

Hannah zog sich zurück. Sie hatte genug gehört.

An jenem Abend sprach sie nicht mehr mit Teddy. Immerhin kam Emmeline gegen zwei Uhr nach Hause, vergleichsweise früh. Hannah lag immer noch wach im Bett, als Emmeline durch den Korridor stolperte. Sie drehte sich um und schloss die Augen, versuchte, nicht mehr über das nachzudenken, was Simion über Vater gesagt hatte und darüber, wie er gestorben war. Über seine stille Verzweiflung. Seine Einsamkeit. Die Dunkelheit, die ihm die Kraft genommen hatte. Und sie schob den Gedanken an die Danksagungsbriefe beiseite, die sie noch immer nicht alle geschrieben hatte.

Während Teddy im Nebenzimmer zufrieden schnarchte und gedämpfte Straßengeräusche durch die Fenster drangen, schlief sie schließlich auch ein und träumte von schwarzen Gewässern, verlassenen Schiffen und fernen Nebelhörnern, deren Ruf von den Wellen an einsame Küsten getragen wird.

2

Robbie kam zurück. Ohne eine Erklärung für seine lange Abwesenheit abzugeben, setzte er sich in Teddys Sessel, als wäre er gestern erst da gewesen, und überreichte Hannah seinen ersten Gedichtband. Als sie ihm gerade sagen wollte, dass sie bereits ein Exemplar davon besaß, zog er ein weiteres Buch aus seiner Jackentasche. Ein kleines mit grünem Einband.

»Für Sie«, sagte er und reichte es ihr.

Hannah blieb fast das Herz stehen, als sie den Titel las. Es war *Ulysses* von James Joyce, ein Buch, das überall verboten war.

»Woher …«

»Von einem Freund in Paris.«

Hannah fuhr mit den Fingerspitzen über den Schriftzug auf dem Buchdeckel. Sie wusste, dass die Geschichte von einem Ehepaar und ihrer zum Scheitern verurteilten sexuellen Beziehung handelte. Sie hatte Auszüge des Buchs in der Zeitung gelesen – das heißt, Teddy hatte sie ihr vorgelesen. Er hatte den Text als Schmutz bezeichnet, und sie hatte zustimmend genickt. In Wahrheit hatte sie ihn auf seltsame Weise ergreifend gefunden. Aber sie konnte sich Teddys Reaktion vorstellen, wenn sie ihm das gesagt hätte. Er hätte sie wohl für geisteskrank erklärt und ihr geraten, einen Arzt aufzusuchen. Und vielleicht hatte er ja sogar recht.

Aber so aufregend sie es fand, den Roman zu lesen, wusste sie nicht so recht, was sie davon halten sollte, dass ausgerechnet Robbie ihn ihr mitgebracht hatte. Hielt er sie für eine Frau, für die solche Texte alltägliche Lektüre waren? Oder schlimmer noch: Erlaubte er sich einen Scherz mit ihr? Hielt er sie für prüde? Als sie ihn gerade danach fragen wollte, sagte er:

»Das mit Ihrem Vater tut mir leid.« Einfache Worte, mitfühlend.

Und ehe sie dazu kam, etwas zu *Ulysses* zu sagen, brach sie in Tränen aus.

Niemand schenkte Robbies Besuchen viel Beachtung. Zumindest anfangs nicht. Natürlich kam auch niemand auf die Idee, dass sich zwischen ihm und Hannah irgendetwas Unschickliches abspielen könnte. Hannah wäre die Erste gewesen, derartige Verdächtigungen von sich zu weisen. Jeder wusste, dass Robbie ein Freund ihres Bruders gewesen war, dass er diesem in seinen letzten Stunden beigestanden hatte. Falls er ein wenig außergewöhnlich, vielleicht nicht ganz respektabel wirkte – was Boyle nach wie vor fand –, so ließ sich das leicht mit den mysteriösen Auswirkungen des Kriegs erklären.

Robbie kam nicht regelmäßig, seine Besuche waren nie verabredet, aber Hannah begann sich auf ihn zu freuen, ja auf ihn zu warten. Manchmal war sie allein, manchmal waren Emmeline oder Deborah bei ihr. Aber das spielte alles keine Rolle mehr. Für Hannah wurde Robbie zum Rettungsanker. Sie diskutierten über Bücher und über das Reisen. Über weit hergeholte Ideen und weit entfernte Orte. Er schien Hannah inzwischen so gut zu kennen. Es war beinahe, als wäre David zurückgekehrt. Sie begann sich nach ihm zu sehnen, wurde rastlos zwischen zwei Besuchen, fühlte sich von allem anderen gelangweilt.

Wäre Hannah in Ihren Gedanken nicht so sehr mit Robbie beschäftigt gewesen, hätte sie vielleicht bemerkt, dass sie nicht die Einzige war, die seinen Besuchen entgegenfieberte. Vielleicht wäre ihr aufgefallen, dass Deborah neuerdings häufiger zu Hause blieb. Aber sie bemerkte es nicht.

Es traf sie völlig unerwartet, als Deborah eines Morgens im Salon ihr Kreuzworträtsel weglegte und sagte: »Mr Hunter, ich gebe nächste Woche eine kleine Soiree, um den neuen Chanel-Duft vorzustellen, und wissen Sie, was? Ich bin die ganze Zeit so beschäftigt gewesen mit der Organisation, dass ich gar nicht dazu gekommen bin, mir einen Begleiter zu suchen.« Sie lächelte ihn mit ihren roten Lippen an und zeigte dabei ihre weißen Zähne.

»Ich glaube kaum, dass das für Sie ein Problem ist«, erwiderte Robbie. »Wahrscheinlich stehen die Männer Schlange nach einer Eintrittskarte in die Glitterwelt der feinen Gesellschaft.«

»Selbstverständlich«, antwortete Deborah, der Robbies Ironie entgangen war. »Trotzdem ist es verflixt kurzfristig, um noch jemanden zu finden.«

»Lord Woodall wird dich bestimmt gern begleiten«, sagte Hannah.

»Lord Woodall ist verreist«, entgegnete Deborah hastig. Wieder lächelte sie Robbie an. »Und allein kann ich mich unmöglich blicken lassen.«

»Emmeline behauptet, es ist neuerdings groß in Mode, allein auf einer Party zu erscheinen«, sagte Hannah.

Deborah tat, als hätte sie die Bemerkung nicht gehört. Sie schaute Robbie an und klimperte mit den Wimpern. »Es sei denn …« Mit einer Schüchternheit, die überhaupt nicht zu ihr passte, schüttelte sie den Kopf. »Nein, natürlich nicht.«

Robbie schwieg.

Deborah schürzte die Lippen. »Es sei denn, Sie würden mich begleiten, Mr Hunter?«

Hannah hielt den Atem an.

»Ich?«, erwiderte Robbie lachend. »Lieber nicht.«

»Warum nicht?«, fragte Deborah. »Wir würden uns bestimmt köstlich amüsieren.«

»Auf diesem Parkett kenne ich mich nicht aus«, sagte Robbie. »Ich würde mich fühlen wie ein Fisch an Land.«

»Ich bin eine gute Schwimmerin«, entgegnete Deborah. »Ich würde Sie schon über Wasser halten.«

»Trotzdem«, sagte Robbie. »Nein.«

Nicht zum ersten Mal stockte Hannah der Atem. Es mangelte ihm auf eine Weise an Schicklichkeit, die nicht das Geringste mit der aufgesetzten Vulgarität von Emmelines Freunden zu tun hatte. Er war aufrichtig und, wie Hannah fand, dabei überaus hinreißend.

»Ich bitte Sie, es sich noch einmal zu überlegen«, sagte Deborah mit beinahe schriller Stimme, weil sie ihre Felle davonschwimmen sah. »Alles, was Rang und Namen hat, wird dort sein.«

»Diese Leute interessieren mich nicht«, antwortete Robbie trocken, inzwischen leicht gelangweilt. »Zu viele Leute, die zu viel Geld ausgeben, um diejenigen zu beeindrucken, die zu dumm sind, es zu durchschauen.«

Deborah öffnete den Mund. Machte ihn wieder zu.

Hannah hatte Mühe, ein Lächeln zu unterdrücken.

»Also, wenn Sie sich ganz sicher sind«, sagte Deborah.

»Absolut«, erwiderte Robbie gut gelaunt. »Trotzdem vielen Dank.«

Deborah rüttelte die Zeitung auf ihrem Schoß zurecht und tat so, als widmete sie sich wieder ihrem Kreuzworträtsel. Die Brauen hochgezogen, die Wangen eingesogen wie ein Fisch, schaute Robbie Hannah an. Da konnte Hannah sich nicht länger beherrschen. Sie lachte.

Deborahs Kopf fuhr hoch, sie funkelte erst Hannah, dann Robbie an. Hannah erkannte diesen Blick: Deborah hatte ihn zusammen mit ihrem Jagdfieber von Simion geerbt. Ihre Lippen spannten sich um den bitteren Geschmack der Niederlage. »Sie sind doch ein Wortkünstler, Mr Hunter«, sagte sie kühl. »Ein anderes Wort für ›Taktlosigkeit‹, das mit ›F‹ anfängt, sieben Buchstaben?«

Wenige Tage später beim Abendessen rächte sich Deborah für Robbies Fauxpas.

»Mr Hunter war ja heute wieder hier«, sagte sie, während sie ein Klößchen aufspießte.

»Er hat mir ein Buch mitgebracht, von dem er meinte, dass es mich interessieren könnte«, sagte Hannah.

Deborah warf einen Blick zu Teddy hinüber, der am Kopfende des Tischs saß und gerade seinen Fisch filetierte. »Ich hoffe bloß, dass Mr Hunters Besuche nicht anfangen, das Personal zu beunruhigen.«

Hannah legte ihr Besteck zur Seite. »Ich wüsste nicht, warum das Personal Mr Hunters Besuche als beunruhigend empfinden könnte.«

»Nein«, erwiderte Deborah und richtete sich auf. »Ich hatte befürchtet, dass du das nicht sehen würdest. Das wäre ja auch das erste Mal, dass du dich für das Personal verantwortlich fühlst«, sagte sie langsam, jedes einzelne Wort betonend. »Dienstboten sind wie kleine Kinder, meine Liebe. Sie brauchen feste Gewohnheiten, ja, sie sind regelrecht darauf angewiesen. Und wir, die über ihnen stehen, müssen ihnen diesen sicheren Rahmen bieten.« Sie neigte den Kopf. »Aber wie du weißt, kommt Mr Hunter stets unangemeldet. Und wie er selbst zugibt, hat er keine Ahnung von höflichem Umgang. Er ruft nicht einmal an, um seinen Besuch anzukündigen. Mrs Tibbit gerät jedes Mal in helle Aufregung, wenn plötzlich Tee für zwei verlangt wird, anstatt für eine Person. Das ist wirklich nicht fair. Meinst du nicht auch, Teddy?«

»Wie?« Er blickte von seinem Fischkopf auf.

»Ich sprach gerade darüber, wie bedauerlich es ist«, sagte Deborah, »dass das Personal in letzter Zeit so beunruhigt ist.«

»Das Personal ist beunruhigt?«, wiederholte Teddy. Natürlich teilte er die große Angst seines Vaters, dass die Bediensteten eines Tages den Aufstand proben könnten.

»Ich werde mit Mr Hunter reden«, sagte Hannah hastig. »Ich werde ihn bitten, seine Besuche demnächst telefonisch anzukündigen.«

Deborah tat so, als dächte sie darüber nach. »Nein«, sagte sie kopfschüttelnd. »Ich fürchte, dazu ist es zu spät. Ich denke, es wäre das Beste, wenn er seine Besuche ganz einstellen würde.«

»Meinst du nicht, das ist ein bisschen übertrieben?«, entgegnete Teddy, und Hannah empfand eine Welle der Zuneigung für ihn. »Mr Hunter ist doch ein harmloser Bursche. Ein Bohemien, sicher, aber doch harmlos. Wenn er seine Besuche ankündigt, werden die Bediensteten sicherlich ...«

»Es gibt noch einige andere Umstände, die wir berücksichtigen müssen«, fuhr Deborah gereizt fort. »Wir wollen doch nicht riskieren, dass irgendjemand falsche Schlüsse zieht, oder, Teddy?«

»Falsche Schlüsse?« Teddy runzelte die Stirn. Dann musste er lachen. »Gott, Deb, du glaubst doch nicht im Ernst, irgendeiner könnte auf die Idee kommen, Hannah und Mr Hunter ... Dass meine Frau mit einem Kerl wie dem ...?«

Hannah senkte die Lider.

»Selbstverständlich nicht«, erwiderte Deborah spitz. »Aber die Leute reden gern, und Klatsch ist schlecht fürs Geschäft. Und für die Politik.«

»Politik?«, fragte Teddy.

»Mutter sagt, du willst es noch einmal versuchen«, antwortete Deborah. »Wie sollen die Leute dir zutrauen, dass du deinen Wahlkreis unter Kontrolle hast, wenn du nicht mal deine eigene Frau unter Kontrolle hast?« Triumphierend schob sie sich ein Stück Fisch in den Mund, wobei sie sorgfältig darauf achtete, ihre geschminkten Mundwinkel nicht zu berühren.

Teddy machte ein besorgtes Gesicht. »Daran hatte ich noch gar nicht gedacht.«

»Und das solltest du auch nicht«, sagte Hannah leise. »Mr Hunter war der beste Freund meines Bruders. Er kommt zu Besuch, um mit mir über meinen Bruder zu sprechen.«

»Das weiß ich doch, meine Liebe«, erwiderte Teddy mit einem bedauernden Lächeln. Er zuckte hilflos mit den Schultern. »Aber Deb hat recht. Das verstehst du doch, oder? Wir können nicht riskieren, dass die Leute auf falsche Gedanken kommen.«

Danach hing Deborah an Hannah wie eine Klette. Sie wollte sich vergewissern, dass Robbie die Quittung dafür bekam, dass er sie so schnöde hatte abblitzen lassen. Und so saß sie wieder mit Hannah auf dem Sofa im Wintergarten, als Robbie das nächste Mal zu Besuch kam.

»Guten Morgen, Mr Hunter«, sagte sie mit einem breiten Lächeln, während sie ihre silbergraue Katze Bunty streichelte. »Wie schön, Sie zu sehen. Ich hoffe, es geht Ihnen gut?«

Robbie nickte. »Und Ihnen?«

»Oh, ich bin in Topform«, sagte Deborah.

Robbie lächelte Hannah an. »Wie hat es Ihnen gefallen?«

Hannah presste die Lippen zusammen. Das Leseexemplar von T. S. Eliots *Das wüste Land* lag neben ihr. Sie reichte ihm das Buch. »Sehr gut, Mr Hunter. Es hat mich tief berührt.«

Er lächelte. »Ich wusste, dass es das tun würde.«

Hannah warf einen Blick zu Deborah hinüber, die sie mit geweiteten Augen durchdringend anfunkelte. »Mr Hunter«, sagte Hannah und biss sich auf die Unterlippe. »Es gibt etwas, das ich mit Ihnen besprechen muss.« Sie deutete auf Teddys Sessel.

Robbie setzte sich und schaute sie aus seinen dunklen Augen an.

»Mein Mann«, setzte Hannah an, wusste jedoch nicht, wie sie es formulieren sollte. »Mein Mann ...«

Sie drehte sich zu Deborah um, die sich räusperte und so tat, als sei sie mit dem Fell ihrer Katze beschäftigt. Eine Weile sah Hannah ihr zu, wie gebannt von Deborahs langen, dünnen Fingern, ihren lackierten Nägeln ...

Robbie folgte ihrem Blick. »Ihr Mann, Mrs Luxton?«

Leise antwortete Hannah: »Mein Mann würde es begrüßen, wenn Sie uns nicht mehr ohne triftigen Anlass besuchen würden.«

Deborah schob Bunty von ihrem Schoß und klopfte ihr Kleid ab. »Das werden Sie doch hoffentlich verstehen, nicht wahr, Mr Hunter?«

In dem Augenblick kam Boyle mit dem Teetablett. Er stellte es auf dem Tisch ab, nickte Deborah zu und zog sich wieder zurück.

»Sie bleiben doch zum Tee, nicht wahr?«, gurrte sie mit einer falschen Liebenswürdigkeit, die Hannah einen Schauer über den Rücken jagte. »Ein letztes Mal?« Sie schenkte Tee ein und reichte Robbie eine Tasse.

Unter Deborahs Regie führten sie ein stockendes Gespräch über den Zusammenbruch der Regierungskoalition und das Attentat auf Michael Collins. Hannah hörte kaum zu. Sie wollte nur ein paar Minuten allein sein mit Robbie, um die Situation zu erklären. Und wusste gleichzeitig, dass Deborah das auf jeden Fall verhindern würde.

Während sie sich fragte, ob sie je wieder eine Gelegenheit haben würde, sich mit Robbie zu unterhalten, und ihr bewusst wurde, wie überaus wichtig ihr seine Gesellschaft geworden war, flog die Tür auf, und Emmeline, die gerade von einem Mittagessen mit ihren Freunden kam, rauschte ins Zimmer.

An jenem Tag war sie ganz besonders hübsch: Sie hatte ihr blondes Haar in große Wellen legen lassen, und sie trug einen Seidenschal in der neuen Modefarbe Sienabraun, die ihrer Haut einen goldenen Schimmer verlieh. Wie es ihre Art war, ließ sie sich theatralisch auf die Chaiselongue fallen, sodass Bunty erschrocken unter den Sessel flüchtete, und legte sich die Hände mit dramatischer Geste auf den Bauch.

»Puh«, sagte sie, ohne die Spannung im Raum zu bemerken. »Ich fühle mich wie eine gefüllte Weihnachtsgans.
Ich glaube, ich werde nie wieder einen Bissen zu mir nehmen können.« Sie neigte affektiert den Kopf. »Wie sieht's
aus, Robbie?« Ohne auf eine Antwort zu warten, setzte
sie sich plötzlich auf, die Augen geweitet. »Oh! Sie werden nie erraten, wen ich neulich auf Lady Sybil Colefax'
Party getroffen habe. Ich unterhielt mich gerade mit dem
entzückenden Lord Berners, der mir von dem putzigen
kleinen Piano erzählte, das er sich in seinen Rolls Royce
hat einbauen lassen, als plötzlich die Sitwells erschienen!
Alle drei Sitwells! Sie leibhaftig zu erleben war einfach
zum Totlachen. Der gute Sachy mit seinen witzigen Bemerkungen, und Osbert mit seinen kleinen Sprüchen, die
so sinnige Pointen ...«

»Epigramme«, murmelte Robbie.

»Er ist mindestens so geistreich wie Oscar Wilde«,
sagte Emmeline. »Aber am meisten hat mich Edith beeindruckt. Wir haben Tränen gelacht, als sie eins von
ihren Gedichten vorgetragen hat. Na ja, Sie kennen ja
Lady Colefax – sie betet Literaten an –, und ich konnte
einfach nicht an mich halten, Robbie, Darling, und habe erzählt, dass ich Sie kenne. Die Leute sind fast *gestorben*. Natürlich haben sie mir kein Wort geglaubt, die
denken alle, ich hätte eine blühende Fantasie – weiß gar
nicht, wie die darauf kommen –, aber verstehen Sie? Sie
müssen einfach heute Abend mit auf die Party kommen,
um denen zu beweisen, dass ich nicht geflunkert habe!«

Sie holte tief Luft, nahm eine Zigarette aus ihrer
Handtasche und zündete sie an. Nachdem sie den Rauch
ausgeblasen hatte, fuhr sie fort: »Sagen Sie ja, Robbie.
Dass die Leute einem misstrauen, wenn man wirklich
lügt, ist eine Sache, aber es ist etwas ganz anderes, wenn
man die Wahrheit sagt.«

Robbie überlegte. »Um wie viel Uhr soll ich Sie abholen?«, fragte er.

Hannah blinzelte. Sie hatte damit gerechnet, dass er ablehnen würde, wie immer, wenn Emmeline ihn mit einer Einladung überfiel. Sie hatte angenommen, Robbie würde die gleiche Aversion gegenüber Emmelines Freunden empfinden wie sie. Aber vielleicht erstreckte sich seine Verachtung nicht auf Personen wie Lord Berner und Lady Sybil. Vielleicht war die Aussicht, die Sitwells zu treffen, einfach allzu verlockend.

»Um sechs«, erwiderte Emmeline strahlend. »Gott, wie aufregend!«

Robbie traf um halb sechs ein. Es hatte etwas Ironisches, dachte Hannah, dass jemand, der die Angewohnheit hatte, unangemeldet ins Haus zu schneien, plötzlich tadellose Manieren an den Tag legte, wenn er mit einer Frau verabredet war, die noch unzuverlässiger war als er selbst.

Da Emmeline noch damit beschäftigt war, sich zurechtzumachen, setzte Robbie sich zu Hannah in den Salon. Sie war froh, endlich eine Gelegenheit zu haben, ihm alles zu erklären und zu erzählen, wie Deborah Teddy dazu angestachelt hatte, sein Besuchsverbot auszusprechen. Robbie bat sie, die Geschichte einfach zu vergessen, er hätte sich so etwas schon gedacht. Sie unterhielten sich über dies und das, und die Zeit muss wie im Flug vergangen sein, denn plötzlich stand Emmeline in der Tür, fertig angezogen und bereit, sich auf den Weg zu machen. Robbie nickte Hannah zum Abschied zu, dann tauchte er mit Emmeline in die dunkle Nacht ein.

Eine Zeit lang ging es so weiter. Hannah sah Robbie, wenn er kam, um Emmeline abzuholen, und Deborah konnte nichts dagegen tun. Einmal, als sie einen letzten verzweifelten Versuch unternahm, seine Besuche zu unterbinden, zuckte Robbie nur mit den Achseln und erklärte, es sei eine Frage der Höflichkeit, dass die Hausherrin einen Gast unterhielt, der ihre jüngere Schwester abholte. Oder sollte sie den Begleiter ihrer Schwester etwa allein im Salon sitzen lassen?

Hannah versuchte, sich mit den kostbaren Minuten zufriedenzugeben, musste sich jedoch eingestehen, dass sie ständig an Robbie dachte. Er hatte ihr noch nie erzählt, was er tat, wenn sie nicht zusammen waren. Sie wusste nicht einmal, wo er wohnte. Und so begann sie, sich sein Leben auszumalen. Sie hatte schon immer über eine blühende Fantasie verfügt.

Dabei ließ sie die Tatsache völlig außer Acht, dass er sehr viel Zeit mit Emmeline verbrachte. Welche Rolle spielte das schon? Emmeline hatte eine Menge Freunde. Robbie war nur einer von vielen.

Dann, eines Morgens, als sie gerade mit Teddy am Frühstückstisch saß, schlug dieser mit der Hand gegen die vor ihm ausgebreitete Zeitung und sagte: »Sieh mal einer an, deine kleine Schwester. Was soll man dazu sagen?«

Hannah wappnete sich, fragte sich, was Emmeline diesmal wieder angestellt haben mochte. Sie nahm die Zeitung entgegen, die Teddy ihr reichte.

Es war nur ein kleines Foto. Es zeigte Robbie und Emmeline beim Verlassen eines Nachtclubs am vergangenen Abend. Ein guter Schnappschuss von Emmeline, das musste Hannah zugeben, das Kinn hochgereckt, während sie Robbie am Arm mit sich zog. Sein Gesicht war nicht so gut zu erkennen. Er hatte sich im entscheidenden Augenblick abgewendet.

Teddy nahm ihr die Zeitung wieder ab und las den Begleittext vor: »*Die ehrenwerte Miss E. Hartford, eine der schillerndsten Persönlichkeiten des gesellschaftlichen Lebens, in Begleitung eines düsteren Fremden. Es heißt, bei dem geheimnisvollen Mann handle es sich um R. S. Hunter. Nach Auskunft unserer Quelle hat Miss Hartford angedeutet, dass eine Verlobung kurz bevorsteht.«* Er legte die Zeitung weg und spießte ein gefülltes Ei auf. »Stille Wasser sind tief. Ich hätte nie gedacht, dass Emmeline ein Geheimnis für sich behalten könnte«, sagte er. »Hätte schlimmer kommen können. Stell dir vor, sie hätte sich diesen Harry Bentley geangelt.« Er pulte mit dem Daumen ein Stückchen Eigelb aus seinem Schnurrbart. »Aber du wirst ihn dir vornehmen, nicht wahr? Dafür sorgen, dass alles korrekt abläuft. Ich kann wirklich keinen Skandal gebrauchen.«

Als Robbie Emmeline am nächsten Abend abholte, empfing Hannah ihn wie üblich. Eine Weile plauderten sie wie immer, bis Hannah es schließlich nicht mehr aushalten konnte.

»Mr Hunter«, sagte sie, während sie an den Kamin trat. »Ich muss Sie das fragen: Gibt es etwas, worüber Sie mit mir zu sprechen wünschen?«

Er lehnte sich zurück und lächelte sie an. »Ja, natürlich. Und ich dachte, wir wären schon dabei.«

»Gibt es da noch etwas anderes, Mr Hunter?«

Sein Lächeln verschwand. »Ich glaube, ich kann Ihnen nicht folgen.«

»Etwas, wonach Sie mich fragen wollten?«

»Vielleicht, wenn Sie mir sagen würden, was Sie von mir erwarten«, erwiderte Robbie.

Hannah seufzte. Sie nahm die Zeitung vom Sekretär und reichte sie ihm.

Er überflog die Seite, dann gab er ihr die Zeitung zurück. »Und?«

»Mr Hunter«, sagte Hannah leise, denn sie wollte nicht von einem der Dienstboten gehört werden, der sich womöglich in der Eingangshalle aufhielt. »Ich bin der Vormund meiner Schwester. Wenn Sie sich mit ihr verloben wollen, wäre es der Höflichkeit halber angebracht, wenn Sie Ihre Absichten zunächst mit mir besprechen würden.«

Robbie lächelte, doch als er sah, dass Hannah keineswegs scherzte, setzte er ein ernstes Gesicht auf. »Ich werde das beherzigen, Mrs Luxton.«

Sie blinzelte. »Nun, Mr Hunter?«

»Nun, Mrs Luxton?«

»Gibt es etwas, das Sie mich fragen möchten?«

»Nein«, erwiderte Robbie lachend. »Ich habe nicht die Absicht, Emmeline zu heiraten. Weder jetzt noch später. Aber danke für die Nachfrage.«

»Oh«, sagte Hannah. »Weiß Emmeline das?«

Robbie zuckte die Achseln. »Ich wüsste nicht, warum sie etwas anderes annehmen sollte. Ich habe ihr keinen Anlass dazu gegeben.«

»Meine Schwester ist hoffnungslos romantisch«, sagte Hannah. »Sie fasst sehr leicht Zuneigung zu einem Menschen.«

»Dann wird sie ihre Zuneigung eben jemand anderem schenken müssen.«

Hannah hatte Mitgefühl mit Emmeline, aber sie empfand auch noch etwas anderes. Schuldbewusst stellte sie fest, dass es Erleichterung war.

»Was ist?«, fragte Robbie. Er stand plötzlich ganz nah bei ihr. Sie fragte sich, wann er aufgestanden, wie er zu ihr gekommen war.

»Ich mache mir Sorgen um Emmeline«, sagte Hannah, wich ein bisschen zurück, stieß mit der Wade ans Sofa. »Sie glaubt, dass Sie ernsthafte Gefühle für sie hegen.«

»Was soll ich machen?«, fragte Robbie. »Ich habe ihr bereits gesagt, dass das nicht der Fall ist.«

»Sie müssen aufhören, sich mit ihr zu treffen«, sagte Hannah ruhig. »Sagen Sie ihr, Sie interessieren sich nicht für ihre Partys. Das wird Ihnen doch sicher nicht schwerfallen. Sie haben mir selbst erzählt, dass es kaum etwas gibt, worüber Sie mit diesen Leuten reden können.«

»Stimmt.«

»Wenn Sie also nichts für Emmeline empfinden, dann seien Sie ihr gegenüber aufrichtig. Bitte, Mr Hunter. Hören Sie auf, sie zu begleiten. Sonst wird sie Schaden nehmen, und das kann ich nicht zulassen.«

Robbie schaute sie an. Er hob eine Hand und schob ihr zärtlich eine Strähne aus dem Gesicht. Sie rührte sich nicht, nahm nur noch ihn wahr. Seine dunklen Augen, die Wärme, die seine Haut ausstrahlte, seine weichen Lippen. »Ich würde es tun«, sagte er. »Auf der Stelle.« Jetzt stand er ganz dicht vor ihr. Sie hörte seinen Atem, spürte ihn an ihrem Hals. Ganz leise flüsterte er: »Aber wann würde ich Sie dann je wiedersehen?«

Von da an war alles anders. Es war unvermeidlich. Ein Stillschweigen war gebrochen worden. Ein Licht war in Hannahs Dunkelheit gedrungen. Natürlich verliebte sie sich in ihn, auch wenn sie sich anfangs dessen nicht bewusst war. Sie war noch nie verliebt gewesen, hatte keinen Vergleich. Zwar hatte sie sich durchaus schon einmal zu jemandem hingezogen gefühlt, kannte diese plötzliche, unerklärliche Anziehungskraft, die sie einmal bei Teddy erlebt hatte. Aber es ist doch ein Unterschied, ob man die Gesellschaft eines Menschen genießt, ihn attraktiv findet, oder ob man hoffnungslos verliebt ist.

Die gelegentlichen Minuten des Zusammenseins, auf die sie sich bisher gefreut hatte, kostbare Minuten, gestohlen, während Emmeline sich zurechtmachte, reichten ihr nicht mehr. Hannah sehnte sich danach, Robbie an einem anderen Ort zu treffen, irgendwo, wo sie ungestört miteinander reden konnten. Wo sie nicht jederzeit damit rechnen mussten, dass sich jemand zu ihnen gesellte.

Die Gelegenheit bot sich eines Abends Anfang des Jahres 1923. Teddy war auf Geschäftsreise in Amerika, Deborah verbrachte das Wochenende auf dem Land, und Emmeline war mit Freunden zu einer von Robbies Dichterlesungen gegangen. Hannah traf eine Entscheidung.

Sie nahm ihr Abendessen allein im Speisezimmer zu sich, saß noch eine Weile im Wintergarten und trank eine Tasse Kaffee, dann zog sie sich ins Schlafzimmer zurück. Als ich kam, um ihr beim Auskleiden zu helfen, war sie im Bad und saß auf dem Rand der eleganten, auf Löwentatzen ruhenden Badewanne. Sie trug einen zarten Satinunterrock, den Teddy ihr von einer seiner Reisen mitgebracht hatte. In der Hand hielt sie etwas Schwarzes.

»Möchten Sie ein Bad nehmen, Ma'am?«, fragte ich. Es geschah nicht oft, aber es kam doch gelegentlich vor, dass sie nach dem Abendessen noch badete.

»Nein«, sagte Hannah.

»Soll ich Ihnen Ihr Nachthemd bringen?«

»Nein«, sagte sie noch einmal. »Ich gehe nicht ins Bett, Grace. Ich gehe aus.«

Ich war verblüfft. »Ma'am?«

»Ich gehe aus. Und ich brauche deine Hilfe.«

Sie wollte nicht, dass einer der anderen Bediensteten davon erfuhr. Sie seien allesamt Spione, erklärte sie trocken, und weder Teddy noch Deborah – noch Emmeline – dürften wissen, dass sie nicht den ganzen Abend zu Hause verbracht hatte.

Der Gedanke, dass sie vorhatte, ohne Teddys Wissen allein und mitten in der Nacht das Haus zu verlassen, beunruhigte mich. Ich fragte mich, wohin sie wollte, ob sie es mir sagen würde. Doch trotz meines unguten Gefühls half ich ihr. Natürlich tat ich das. Sie hatte mich schließlich darum gebeten.

Wir schwiegen beide, während ich Hannah in das Kleid half, das sie sich bereits ausgesucht hatte: hellblaue Seide mit Fransen, die ihre nackten Knie umspielten. Sie setzte sich vor den Spiegel und sah mir zu, wie ich ihr die Haare mit Klammern eng am Kopf befestigte. Zupfte an ihrem Kleid, befingerte ihr Medaillon, biss sich auf die Lippe. Dann reichte sie mir eine Perücke mit schwarzen, glatten und zu einem Bubikopf gestutzten Haaren, die Emmeline vor Monaten zu einer Kostümparty getragen hatte. Zwar wunderte ich mich – normalerweise trug sie keine Perücken –, aber ich setzte sie ihr auf, rückte sie zurecht und trat einen Schritt zurück, um sie zu begutachten. Hannah sah aus wie ein völlig anderer Mensch. Wie Louise Brooks.

Sie griff nach einem Parfümfläschchen – auch ein Geschenk von Teddy, Chanel No. 5, das er ihr im Jahr zuvor aus Paris mitgebracht hatte –, überlegte es sich aber wieder anders. Stellte die Flasche zurück und betrachtete sich im Spiegel. Dann entdeckte ich den Zeitungsausschnitt auf ihrer Kommode: *R. S. Hunter liest*, stand da. *Im Stray Cat in Soho, am Samstag um 22:00 Uhr*. Sie nahm den Zeitungsausschnitt, stopfte ihn in ihre Unterarmtasche, ließ sie zuschnappen. Dann begegneten sich unsere Blicke im Spiegel. Sie sagte nichts; das brauchte sie auch nicht. Ich fragte mich, warum ich es nicht schon vorher geahnt hatte. Wer sonst konnte sie so rastlos machen? So nervös? So erwartungsvoll?

Ich ging voraus und vergewisserte mich, dass die Dienstboten alle unten waren. Dann sagte ich Mr Boyle, ich hätte einen Fleck auf einer Scheibe in der Tür der

Eingangshalle entdeckt. Das stimmte natürlich nicht, aber ich konnte nicht riskieren, dass jemand hörte, wie die Haustür grundlos geöffnet und wieder geschlossen wurde.

Ich ging wieder nach oben und bedeutete Hannah, die auf dem Treppenabsatz stand, dass die Luft rein war. Ich hielt ihr die Haustür auf, und sie schlüpfte hinaus. Auf der letzten Stufe drehte sie sich noch einmal lächelnd zu mir um.

»Seien Sie vorsichtig, Ma'am«, sagte ich, erfüllt von bösen Vorahnungen.

Sie nickte. »Danke, Grace. Für alles.«

Dann verschwand sie lautlos in der Nacht, die Schuhe in der Hand.

Eine Straße weiter winkte Hannah ein Taxi heran und nannte dem Fahrer die Adresse des Clubs, wo Robbies Lesung stattfinden sollte. Vor lauter Aufregung bekam sie kaum Luft. Sie musste die ganze Zeit mit ihren Absätzen auf den Boden des Taxis trommeln, um sich davon zu überzeugen, dass all das wirklich passierte.

An die Adresse zu kommen, war ein Leichtes gewesen. Emmeline besaß einen Kalender, in dem sie Flugblätter und Werbezettel und Einladungen ablegte, und Hannah hatte nicht lange gebraucht, um den richtigen Zettel zu finden. Es stellte sich heraus, dass sie sich die Mühe hätte sparen können. Nachdem sie dem Taxifahrer den Namen des Clubs genannt hatte, brauchte er keine weiteren Anweisungen mehr. Das *Stray Cat* war wohlbekannt in Soho, ein beliebter Treffpunkt für Künstler, Drogenhändler, Tycoons und die schillernde aristokratische Jugend, gelangweilte Müßiggänger, begierig, sich von den Fesseln ihrer adligen Geburt zu befreien.

Der Fahrer hielt vor dem Club, riet ihr, vorsichtig zu sein, und schüttelte den Kopf, als sie ihn bezahlte. Sie drehte sich noch einmal nach dem davonfahrenden Taxi um und sah, wie der Name des Clubs, der sich in dem schwarzen Lack des Taxis spiegelte, in der Dunkelheit verschwand.

Hannah war noch nie in einem solchen Club gewesen. Eine Weile blieb sie vor dem Gebäude stehen, betrachtete die einfache Backsteinfassade, das leuchtende Schild und die lachenden Menschen, die aus dem Eingang traten. Das war es also, was Emmeline meinte, wenn sie von Clubs sprach. Hierher kamen sie und ihre Freunde, um sich abends zu amüsieren. Zitternd zog Hannah ihren Schal fester um sich, trat mit gesenktem Kopf ein und winkte ab, als der Kellner ihr den Mantel abnehmen wollte.

Der Club war klein, kaum mehr als ein geräumiges Zimmer, es war sehr warm, und viele Gäste drängelten sich auf engem Raum. Ein süßlicher Geruch nach Gin lag in der verrauchten Luft. Sie blieb in der Nähe des Eingangs neben einer Säule stehen und hielt Ausschau nach Robbie.

Er war bereits auf der Bühne, wenn denn überhaupt von einer Bühne die Rede sein konnte: eine kleine freigeräumte Stelle zwischen dem Flügel und der Bar. Er saß auf einem Hocker, eine Zigarette zwischen den Lippen, und rauchte lässig. Sein Jackett hing über einem Stuhl neben ihm. Er war nur mit einem weißen Hemd und seiner schwarzen Hose bekleidet. Der Kragen war geöffnet und sein Haar unfrisiert. Er war gerade dabei, in einem Notizbuch zu blättern. Vor ihm hatten sich Leute um kleine, runde Tische gruppiert. Andere saßen auf Barhockern oder lehnten an den Wänden.

Dann entdeckte Hannah Emmeline an einem der Tische. Fanny war auch dabei, in dieser Gruppe bereits eine alte Dame. (Das Eheleben hatte sich für Fanny als große Enttäuschung erwiesen. Mit einem strengen Kindermädchen, das sich um ihre Sprösslinge kümmerte, und einem hypochondrischen Gatten, der unter ständig neuen Krankheiten litt, waren ihre Tage erfüllt von Langeweile. Wer konnte es ihr verübeln, dass sie an der Seite ihrer jungen Freundin das Abenteuer suchte?) Sie tolerierten sie, hatte Emmeline Hannah einmal erklärt, weil sie auf so ungekünstelte Weise ihr Vergnügen suche, und außerdem sei sie erfahrener und könne ihnen häufig aus der Klemme helfen. Vor allem sei sie unübertroffen darin, Polizisten Honig um den Bart zu schmieren, wenn sie nach der Sperrstunde in eine Razzia gerieten. Emmeline und ihre Freunde tranken Cocktails aus Martinigläsern, ein junger Mann beugte sich gerade über eine Linie weißen Pulvers auf dem Tisch. Normalerweise hätte Hannah sich Sorgen um Emmeline gemacht, aber an jenem Abend war sie in die ganze Welt verliebt.

Hannah drückte sich dichter an die Säule, aber das wäre gar nicht nötig gewesen. Die Leute um Emmelines Tisch waren so mit sich selbst beschäftigt, dass sie kaum Augen und Ohren für das hatten, was um sie herum geschah. Der junge Mann mit dem weißen Pulver flüsterte Emmeline etwas ins Ohr, woraufhin sie den Kopf in den Nacken warf und laut und unbefangen lachte.

Robbies Hände zitterten. Hannah sah es an seinem Notizbuch. Er legte seine Zigarette in einem Aschenbecher auf der Bar ab und begann ohne Einleitung vorzulesen. Ein Gedicht über Vergangenheit und Geheimnisse und Erinnerungen: »Nebelschwaden«. Es war eins ihrer Lieblingsgedichte.

Hannah beobachtete ihn; es war das erste Mal, dass sie Gelegenheit hatte, ihren Blick auf seinem Gesicht ruhen und langsam über seinen Körper wandern zu lassen, ohne dass er es bemerkte. Und sie hörte zu. Die Worte hatten sie schon beim Lesen berührt, aber sie aus seinem Mund zu hören, war, als würde sie in sein Herz blicken.

Das Gedicht war zu Ende, das Publikum applaudierte, jemand rief etwas, es wurde gelacht, und er blickte auf. Sah sie. Er ließ sich nichts anmerken, aber sie wusste, dass er sie trotz ihrer Verkleidung erkannt hatte.

Einen Augenblick lang existierten nur sie beide.

Dann schaute er wieder in sein Notizbuch, schlug einige Seiten um, rutschte auf dem Stuhl hin und her und begann, das nächste Gedicht vorzutragen.

Er sprach zu ihr. Gedicht für Gedicht. Über Wissen und Unwissen, Wahrheit und Leid, Liebe und Begierde. Sie schloss die Augen, und jedes seiner Worte brachte mehr Licht ins Dunkel.

Schließlich kam er zum Ende, und das Publikum klatschte. Die Barkeeper traten in Aktion, mixten amerikanische Cocktails und füllten Schnapsgläser, die Musiker nahmen ihre Plätze ein und spielten wilden Jazz. Einige der betrunkenen, lachenden Gäste schoben ein paar Tische zur Seite, um eine improvisierte Tanzfläche zu schaffen. Hannah sah, wie Emmeline Robbie zuwinkte und ihm bedeutete, sich zu ihnen zu gesellen. Robbie winkte zurück und zeigte auf seine Armbanduhr. Emmeline schob in gespielter Enttäuschung ihre Unterlippe vor, dann stieß sie einen spitzen Schrei aus und winkte, als einer ihrer Freunde sie vom Stuhl riss, um mit ihr zu tanzen.

Robbie zündete sich eine Zigarette an, schlüpfte in sein Jackett und steckte das Notizbuch in seine Brusttasche. Er sprach kurz mit einem der Barkeeper, dann durchquerte er den Raum und kam auf Hannah zu.

In dem Augenblick, als die Zeit stillzustehen schien und sie sah, wie er näher kam, wurde ihr schwindlig. Als stünde sie auf einer hohen Klippe, würde vom Wind erfasst und könnte nichts anderes tun als sich fallen lassen.

Ohne ein Wort nahm er sie an der Hand und führte sie nach draußen.

Um drei Uhr früh schlich Hannah durch den Dienstboteneingang zurück ins Haus Nummer siebzehn. Wie versprochen, hatte ich auf sie gewartet, wenn auch mit einem Stein im Magen. Sie kam später, als ich angenommen hatte, und die Dunkelheit und die Stille hatten meine Fantasie inzwischen mit düsteren Szenen belebt.

»Gott sei Dank«, flüsterte Hannah, als ich ihr die Tür aufhielt. »Ich hatte schon befürchtet, du hättest es vergessen.«

»Selbstverständlich nicht«, erwiderte ich gekränkt.

Hannah durchquerte den Dienstbotentrakt und eilte, die Schuhe in der Hand, auf Zehenspitzen die Treppe hinauf. Auf den Stufen zur zweiten Etage bemerkte sie, dass ich ihr folgte. »Du brauchst mir nicht beim Auskleiden zu helfen, Grace. Ich würde gern ein bisschen allein sein.«

Ich nickte und blieb in meinem weißen Nachthemd auf der untersten Treppenstufe stehen wie ein vergessenes Kind.

»Ma'am«, sagte ich hastig.

Hannah drehte sich um. »Ja?«

»Haben Sie sich amüsiert, Ma'am?«

Hannah lächelte. »Ach, Grace«, sagte sie. »Heute Nacht habe ich angefangen zu leben.«

3

Sie trafen sich immer bei ihm. Sie hatte sich schon so oft gefragt, wo er wohnen mochte, aber was auch immer sie sich vorgestellt hatte, kam der Wirklichkeit nicht im Geringsten nahe. Er besaß ein kleines Boot namens *Sweet Dulcie*, das normalerweise in der Nähe der Chelsea Bridge am Thames Embankment festgemacht war. Er hatte es nach dem Krieg in Frankreich jemandem abgekauft und war damit nach London gesegelt. Es war ein robustes kleines Boot und durchaus hochseetauglich, auch wenn es auf den ersten Blick nicht den Anschein haben mochte.

Die Kabine war erstaunlich gut ausgestattet: Der gesamte Innenraum war mit Holzpaneelen verkleidet, es gab eine winzige Küche mit glänzenden Kupfertöpfen, die an Haken hingen, und einen Wohnbereich mit einem Klappbett unter einer Reihe von kleinen Fenstern. Es gab sogar eine Dusche und ein WC. Dass er an einem so ungewöhnlichen Ort lebte, so anders als alles, was sie je gesehen hatte, machte das Ganze nur noch abenteuerlicher. Die gestohlenen Stunden der Nähe an einem so geheimen Ort hatten etwas ganz besonders Köstliches, fand Hannah.

Ihre Treffen waren leicht zu arrangieren. Robbie kam, um Emmeline abzuholen, und während er auf sie wartete, steckte er Hannah einen Zettel zu, auf dem stand, wann sein Boot an welcher Brücke liegen würde. Hannah überflog den Zettel, nickte, und sie trafen sich. Manchmal kam es vor, dass sie eine Verabredung nicht einhalten konnte – wenn Teddy auf ihrer Anwesenheit bei einem Geschäftsessen bestand oder Estella sie wieder einmal für irgendein Komitee eingetragen hatte. Dann hatte sie keine Möglichkeit, ihn zu benachrichtigen, und jedes Mal quälte sie die Vorstellung, dass er vergeblich auf sie wartete.

Aber in den meisten Fällen klappte es. Zu Hause gab sie vor, mit einer Freundin zum Mittagessen verabredet zu sein oder bummeln zu gehen, und dann verschwand sie. Stets achtete sie darauf, nicht zu lange fortzubleiben. Alles, was länger dauerte als einen halben Tag, würde Verdacht erregen. Heimliche Liebe macht erfinderisch, und Hannah lernte schnell, sich spontane Erklärungen einfallen zu lassen, wenn sie unerwartet jemandem über den Weg lief. Einmal traf sie Lady Clementine am Oxford Circus. Wo ihr Fahrer sei, wollte Lady Clementine wissen. Sie sei zu Fuß unterwegs, antwortete Hannah. Bei dem wunderbaren Wetter habe sie Lust auf einen Spaziergang verspürt. Aber Lady Clementine war nicht auf den Kopf gefallen. Sie fixierte Hannah mit zusammengekniffenen Augen, nickte wissend und riet ihr, auf der Hut zu sein. Die Straßen hätten Augen und Ohren.

Die Straßen vielleicht, aber nicht die Themse. Zumindest nicht die Sorte Augen und Ohren, vor der Hannah sich hätte hüten müssen. Damals sah die Themse noch ganz anders aus. Sie war eine viel befahrene Wasserstraße: Kohleschlepper unterwegs zu Fabriken, Lastkähne, die alle möglichen Güter transportierten, Fischerboote, die ihre Ware zum Markt brachten; und am Kanal entlang Treidelpfade mit kräftigen, gutmütigen Zugpferden, die unentwegt von frechen Möwen attackiert wurden.

Hannah liebte die Stunden auf der Themse. Sie konnte es gar nicht fassen, dass sie schon so lange in London lebte und das Herz der Stadt dabei nicht entdeckt hatte. Natürlich war sie hin und wieder über eine der vielen Brücken geschlendert, war von ihrem Chauffeur oft genug hinübergefahren worden. Aber nie hatte sie dem pulsierenden Leben unter den Brücken die geringste Beachtung geschenkt. Wenn sie überhaupt je einen Gedanken an die Themse verschwendet hatte, dann nur, weil sie ein Hindernis darstellte, das überwunden werden musste auf dem Weg in die Oper, in eine Kunstgalerie, ins Museum.

Ihre Treffen folgten einem festen Ritual. Hannah verließ das Haus und begab sich zu der von Robbie bezeichneten Brücke. Manchmal in einer ihr vertrauten Gegend, manchmal in einem ihr völlig unbekannten Teil Londons. Sie fand die Brücke, ging zum Kai hinunter und suchte nach seinem kleinen, blauen Boot.

Stets war er schon vor ihr da und erwartete sie. Wenn sie sich dem Boot näherte, streckte er eine Hand aus und half ihr an Bord. Sie gingen nach unten in die Kabine, zogen sich zurück von der geschäftigen, lärmenden Welt und tauchten ein in ihre eigene.

Manchmal überwältigten ihre Gefühle sie bereits, bevor sie in der schützenden Kabine waren. Dann hielt er sie in seinen Armen und küsste sie, noch ehe sie etwas sagen konnte.

»Ich habe so lange gewartet«, sagte er dann, wenn sie Stirn an Stirn voreinander standen, »dass ich schon dachte, du würdest nie mehr kommen.«

Und dann gingen sie hinein.

Hinterher lagen sie manchmal noch zusammen und ließen sich sanft auf den Wellen schaukeln. Erzählten einander von ihrem Leben. Wie Geliebte es tun, sprachen sie über Gedichte und Musik und über die Orte, die Robbie bereist hatte und die zu sehen sie sich so sehr wünschte.

An einem Winternachmittag, als die Sonne tief am Himmel stand, stiegen sie gemeinsam nach oben ins Ruderhaus. Nebel war aufgezogen und mit ihm das Geschenk, sich unbeobachtet an Deck aufhalten zu können. In der Ferne, auf einem anderen Abschnitt der Themse, sahen sie es brennen. Vom Boot aus konnten sie den Rauch riechen, und während sie das Feuer beobachteten, schlugen die Flammen höher und höher.

»Das muss ein Schleppkahn sein«, sagte Robbie. Dann explodierte etwas, und er zuckte zusammen. Ein heller Funkenregen flog durch die Luft.

Hannah sah, wie der Nebel in goldenes Licht getaucht wurde. »Wie schrecklich«, sagte sie. »Und wie schön.« Es erinnerte sie an ein Gemälde von Turner.

Robbie schien ihre Gedanken zu lesen. »Whistler hat an der Themse gelebt«, sagte er. »Er liebte es, die Nebelschwaden zu malen, die Lichteffekte einzufangen. Monet hat sich auch eine Zeit lang hier aufgehalten.«

»Dann bist du ja in guter Gesellschaft«, bemerkte Hannah.

»Die Freundin, der ich die *Dulcie* abgekauft habe, ist Malerin«, sagte Robbie.

»Die Freundin?«

»Ja, Marie Seurat.«

Plötzlich war Hannah eifersüchtig. Auf diese Phantomfrau, die auf einem eigenen Boot gelebt hatte, ihren Lebensunterhalt mit Malerei verdiente, Robbie vor ihr gekannt hatte.

»Hast du sie geliebt?«, fragte sie, während sie sich gleichzeitig für die Antwort wappnete.

»Ich habe sie sehr gemocht«, antwortete er, »aber leider hatte sie nur Augen und Ohren für Georgette, ihre Geliebte.« Er lachte, als er Hannahs Gesicht sah. »In Paris ist alles erlaubt.«

»Ich würde so gern noch einmal nach Paris fahren«, sagte sie.

»Das werden wir«, erwiderte Robbie und nahm ihre Hand. »Eines Tages werden wir nach Paris fahren.«

Als der Winter verging und der Frühling anbrach, waren Robbie und Hannah einander fast so vertraut wie ein Ehepaar. Eines Morgens sah er ihr bei der Zubereitung des Tees zu und musste grinsen, als sie laut überlegte, wie die Teeblätter noch zu etwas taugen konnten, so vertrocknet, wie sie waren.

»Wenn wir zusammenleben würden«, sagte Hannah, »würde ich bestimmt furchtbar häuslich werden. Die Vorstellung, selbst zu backen, gefällt mir sehr gut.«

Robbie hob die Brauen. Immerhin hatte er schon oft genug erlebt, wie sie den Toast anbrennen ließ.

»Und du«, fuhr Hannah fort, »würdest den ganzen Tag lang wundervolle Gedichte schreiben, und dann würdest du hier am Fenster sitzen und sie mir vorlesen. Wir würden Austern und Äpfel essen und Wein trinken.«

»Wir würden nach Spanien segeln, um dem Winter zu entkommen«, sagte Robbie.

»Ja«, bekräftigte Hannah. »Und ich würde Stierkämpferin werden. Maskiert. Ich würde der berühmteste Stierkämpfer Spaniens werden.« Sie stellte die Tasse mit dem wässrigen Tee, in dem noch die Blätter schwammen, auf das kleine Regal am Bett und setzte sich neben ihn. »Überall würden die Leute sich den Kopf darüber zerbrechen, wer ich wohl in Wirklichkeit bin.«

»Aber es würde unser Geheimnis bleiben«, flüsterte Robbie.

»Ja«, erwiderte sie. »Es würde unser Geheimnis bleiben.«

An einem regnerischen Tag im April lagen sie eng umschlungen im Bett und lauschten auf das Wasser, das sanft gegen den Bootsrumpf schlug. Hannah schaute die ganze Zeit auf die Wanduhr und zählte die Minuten, die ihr noch blieben. Schließlich, als der grausame Zeiger die volle Stunde anzeigte, setzte sie sich auf. Nahm ihre Strümpfe vom Fußende des Betts und begann, sich den linken überzustreifen. Robbie ließ seine Finger über ihren Rücken wandern.

»Geh nicht«, sagte er.

Sie rollte ihren rechten Strumpf auf und schob ihn über ihren Fuß.

»Bleib.«

Sie stand auf. Zog sich den Unterrock über den Kopf, glättete ihn über den Hüften. »Du weißt, dass ich das am liebsten tun würde. Ich würde für immer bleiben, wenn ich könnte.«

»In unserer geheimen Welt.«

»Ja.« Sie lächelte, setzte sich auf die Bettkante und streichelte sein Gesicht. »Das gefällt mir. Unsere geheime Welt. Ich liebe Geheimnisse.« Sie seufzte. Schon lange hatte sie mit dem Gedanken gespielt, ihm davon zu erzählen, konnte sich jedoch nicht recht erklären, weshalb es sie so danach drängte, diese Erinnerung mit ihm zu teilen. »Als Kinder«, sagte sie, »haben wir immer ein ganz bestimmtes Spiel gespielt.«

»Ich weiß«, sagte Robbie. »David hat mir davon erzählt.«

»Wirklich?«

Robbie nickte.

»Aber das SPIEL ist geheim«, sagte Hannah automatisch. »Warum hat er dir davon erzählt?«

»Du wolltest mir doch gerade selbst davon erzählen.«

»Ja, aber das ist etwas anderes. Du und ich … Es ist etwas anderes.«

»Dann erzähl mir von dem SPIEL«, sagte er. »Vergiss, dass ich schon davon weiß.«

Sie warf einen Blick auf die Uhr. »Ich muss jetzt wirklich los.«

»Erzähl es mir einfach ganz schnell«, sagte er.

»Also gut. Ganz kurz.«

Und das tat sie. Sie berichtete von Nofretete und von Charles Darwin, von Königin Victoria und von den Abenteuern, die sie erlebt hatten, eines außergewöhnlicher als das andere.

»Du hättest Schriftstellerin werden sollen«, sagte er, während er ihren Arm streichelte.

»Ja«, antwortete sie ernst. »Ich hätte mit einem Federstrich meine Abenteuer und Fluchten gestalten können.«

»Es ist noch nicht zu spät«, sagte er. »Du kannst immer noch anfangen zu schreiben.«

Sie lächelte. »Das ist nicht nötig. Jetzt habe ich dich. Ich fliehe zu dir.«

Manchmal kaufte er Wein, den sie aus alten Wassergläsern tranken. Sie aßen Käse und Brot dazu und lauschten romantischer Musik von dem winzigen Grammofon, das er aus Paris mitgebracht hatte. Manchmal zogen sie die Gardinen vor und tanzten. Ungeachtet der Enge im Boot.

An einem solchen Nachmittag schlief Robbie ein. Sie trank ihren Wein aus, legte sich neben ihn und versuchte, in seinem Rhythmus zu atmen, was ihr schließlich auch gelang. Doch sie konnte nicht schlafen. Neben ihm zu liegen, war ihr noch zu wenig vertraut. *Er* war ihr noch zu wenig vertraut. Sie kniete sich auf den Boden und betrachtete sein Gesicht. Sie hatte ihn noch nie schlafen sehen.

Er träumte. Sie konnte sehen, wie die Muskeln um seine Augen zuckten, wenn er irgendetwas unter seinen geschlossenen Lidern erblickte. Das Zucken wurde heftiger. Sie überlegte, ob sie ihn wecken sollte. Es gefiel ihr nicht, ihn so zu sehen, das schöne Gesicht so verzerrt.

Dann fing er an zu schreien, und sie fürchtete schon, jemand auf dem Kai könnte es hören. Könnte ihnen zu Hilfe eilen wollen. Jemanden verständigen. Die Polizei rufen oder Schlimmeres.

Sie legte eine Hand auf seinen Unterarm, fuhr zärtlich mit den Fingern über die vertraute Narbe. Er wurde nicht wach, hörte nicht auf zu schreien. Sie schüttelte ihn sanft, sagte seinen Namen. »Robbie? Du träumst, mein Herz.«

Mit einem Mal riss er die Augen auf, und ehe sie wusste, wie ihr geschah, lag sie auf dem Boden, er auf ihr, seine Hände an ihrem Hals. Er würgte sie, sodass sie kaum noch Luft bekam. Sie versuchte, seinen Namen zu sagen, ihn zum Aufhören zu bewegen, doch es gelang ihr nicht. Es dauerte nur einen Augenblick, dann kam er ganz plötzlich zu sich, erkannte sie. Begriff, was er tat. Er ließ von ihr ab. Sprang auf.

Sie setzte sich auf und rutschte rückwärts, bis sie die Wand in ihrem Rücken spürte. Sie schaute ihn schockiert an, fragte sich, was in ihn gefahren war. Für wen er sie wohl gehalten hatte.

Er stand an der gegenüberliegenden Wand, die Hände vors Gesicht geschlagen, die Schultern eingezogen. »Alles in Ordnung?«, fragte er, ohne sie anzusehen.

Sie nickte unsicher. »Ja«, antwortete sie schließlich.

Dann kam er zu ihr, kniete sich neben sie. Sie muss vor ihm zurückgewichen sein, denn er hob beschwichtigend die Hände und sagte: »Keine Angst, ich werde dir nicht wehtun.« Mit einer Hand hob er ihr Kinn an, um ihren Hals zu betrachten. »O Gott.« Er stöhnte.

»Es ist schon gut«, sagte sie, diesmal bestimmter. »Und du …?«

Er legte ihr einen Finger auf die Lippen, sein Atem ging noch immer schnell. Gedankenverloren schüttelte er den

Kopf. Sie wusste, dass er es ihr erklären wollte. Und nicht konnte.

Mit einer Hand hielt er ihren Kopf. Sie schmiegte ihre Wange in seine Hand, und ihre Blicke begegneten sich. So dunkle Augen, voller Geheimnisse, die er ihr nicht anvertraute. Sie sehnte sich danach, sie alle zu erfahren, nahm sich vor, sie ihm mit der Zeit zu entlocken. Und als er ihren Hals küsste, ganz zart, brachte er ihre Leidenschaft zum Erglühen. Wie immer.

Danach musste sie eine Woche lang Halstücher tragen. Aber das störte sie nicht. Irgendwie gefiel es ihr sogar, von ihm gezeichnet zu sein. Es machte die Zeit, bis sie ihn wiedersehen konnte, erträglicher. Erinnerte sie daran, dass er wirklich existierte, dass es sie beide wirklich gab. Ihre geheime Welt. Manchmal betrachtete sie ihren Hals im Spiegel, so wie eine jung verheiratete Frau ihren Ehering betrachtet, um sich zu vergewissern, dass sie nicht träumt. Sie wusste, er wäre entsetzt gewesen, wenn sie ihm davon erzählt hätte.

Jede Liebesgeschichte lebt anfangs nur in der Gegenwart. Doch irgendwann kommt ein Zeitpunkt – ein Ereignis, eine Veränderung, irgendein unerwarteter Auslöser –, der die Vergangenheit und die Zukunft wieder ins Blickfeld rückt. Für Hannah war es dieses Erlebnis. Er hatte also noch andere Seiten. Seiten, die sie bisher nicht gekannt hatte. Vor lauter Glück über diese unerwartete Liebe hatte sie nichts anderes sehen können. Aber je länger sie über diese neue Seite an ihm nachdachte, über die sie so wenig wusste, umso frustrierter wurde sie. Umso entschlossener, mehr darüber zu erfahren.

An einem kühlen Septembernachmittag saßen sie nebeneinander auf dem Bett und schauten durchs Fenster zum Kai hinüber. Leute liefen in alle Richtungen, Fremde, denen sie Namen und imaginäre Lebensläufe andichteten. Eine ganze Weile hatten sie nun schon schweigend dagesessen, zufrieden damit, das Treiben am Kai von ihrem Versteck aus zu beobachten, als Robbie unvermittelt aus dem Bett sprang.

Sie blieb liegen, drehte sich auf die Seite und sah zu, wie er sich an den Küchentisch setzte, ein Bein unter sich gezogen, und sich über sein Notizbuch beugte. Er versuchte, ein Gedicht zu schreiben. Hatte es schon den ganzen Tag über immer wieder versucht. Er war ihr die ganze Zeit abgelenkt erschienen, hatte wenig Begeisterung für ihr Spiel aufgebracht. Doch das störte sie nicht. Auf eine Weise, die sie sich nicht erklären konnte, machte seine gedankenverlorene Stimmung ihn für sie noch anziehender.

Vom Bett aus beobachtete sie, wie seine Finger den Bleistift in Kreisen und Schleifen über die Seite dirigierten, nur um immer wieder abrupt innezuhalten, zu zögern und den eben genommenen Weg umso entschlossener wieder fortzusetzen. Dann schob er das Notizbuch von sich, warf den Bleistift auf den Tisch und rieb sich die Augen.

Sie sagte lieber nichts. Es war nicht das erste Mal, dass sie ihn so erlebte. Er ärgerte sich über sein Unvermögen, die richtigen Worte zu finden. Das hatte er ihr zwar nie direkt gesagt, doch sie wusste es auch so. Sie hatte ihn beobachtet, hatte über das Phänomen gelesen: in der Bibliothek und in Zeitungen und Zeitschriften. Es war ein Anzeichen für das, was die Ärzte Kriegstrauma nannten. Ein schleichender Gedächtnisverlust, die Abstumpfung des Gehirns durch traumatische Erlebnisse.

Wie gern hätte sie ihm geholfen, diese Erlebnisse zu vergessen. Sie hätte alles dafür gegeben, ihn von dieser schrecklichen Angst, allmählich den Verstand zu verlieren, befreien zu können. Er nahm die Hand von den Augen, griff nach dem Bleistift und dem Notizbuch. Fing erneut an zu schreiben, hielt inne, strich wieder durch, was er gerade geschrieben hatte.

Hannah drehte sich auf den Bauch und beobachtete die Leute, die draußen vorbeigingen.

Und es war wieder Winter. Robbie stellte den kleinen Ofen vor die Küchenwand. Sie setzten sich auf den Boden und sahen dem Flackern der Flammen zu. Ihre Haut war warm, und sie waren beschwipst vom Wein und voneinander.

Hannah trank einen Schluck Wein und sagte: »Warum sprichst du nie über den Krieg?«

Anstatt ihr zu antworten, zündete er sich eine Zigarette an.

Sie hatte bei Freud über Verdrängung gelesen und dachte, wenn sie Robbie dazu bringen könnte, über seine Erlebnisse zu sprechen, würde er vielleicht geheilt werden. Sie hielt den Atem an, wagte kaum, die Frage zu stellen. »Ist es, weil du jemanden getötet hast?«

Er schaute sie von der Seite an, zog an seiner Zigarette, blies den Rauch aus, schüttelte den Kopf. Dann begann er leise vor sich hin zu lachen. Schließlich legte er eine Hand an ihre Wange.

»Ist es das?«, flüsterte sie, ohne ihn anzusehen.

Er antwortete nicht, zog wieder an seiner Zigarette.

»Von wem träumst du?«

Er nahm seine Hand weg. »Die Antwort darauf kennst du«, sagte er. »Ich träume nur von dir.«

»Das will ich nicht hoffen«, erwiderte Hannah. »Es sind keine schönen Träume.«

Er zog an der Zigarette, atmete aus. »Frag mich nicht danach«, sagte er.

»Du leidest an einem Kriegstrauma, nicht wahr?«, sagte sie und wandte sich ihm zu. »Ich habe darüber gelesen.«

Ihre Blicke begegneten sich. So tiefe Dunkelheit. Wie nasse Farbe. Voller Geheimnisse.

»Kriegstrauma«, sagte er. »Ich frage mich schon lange, wer sich dieses Wort ausgedacht hat. Wahrscheinlich brauchten sie ein nettes Wort, um den reizenden Damen zu Hause das Unaussprechliche zu beschreiben.«

»Reizende Damen wie ich, meinst du«, sagte Hannah. Sie war enttäuscht. War nicht in der Stimmung, sich aufziehen zu lassen. Sie setzte sich auf und zog ihren Unterrock über, griff nach ihren Strümpfen.

Er seufzte. Sie wusste, dass er sie nicht so gehen lassen wollte. So verärgert über ihn.

»Hast du was von Darwin gelesen?«, fragte er.

»Charles Darwin?«, fragte sie und schaute ihn an. »Natürlich. Aber was hat Charles Darwin damit zu tun, dass …«

»Anpassung. Das Überleben ist eine Frage der Anpassung. Manchen gelingt es besser als anderen.«

»Anpassung woran?«

»An den Krieg. Daran, sich irgendwie durchs Leben zu schlagen. An die neuen Spielregeln.«

Hannah dachte darüber nach. Ein großes Schiff glitt vorüber und brachte das Boot zum Schaukeln.

»Ich lebe«, sagte Robbie, während das Licht des Feuers auf seinem Gesicht tanzte, »weil irgendein anderes armes Schwein tot ist. Viele andere.«

Jetzt wusste sie es also.

Sie fragte sich, wie sie selbst darüber dachte. »Ich bin froh, dass du lebst«, sagte sie, spürte jedoch, wie sie innerlich erschauderte. Und als seine Finger ihr Handgelenk streichelten, zog sie ihre Hand unwillkürlich zurück.

»Deswegen spricht niemand darüber«, sagte er. »Denn wenn man es tut, sehen die Menschen einen, wie man wirklich ist. Mitglieder einer Teufelsbande, die sich unter normalen Menschen bewegen, als gehörten sie noch dazu. Als wären sie keine Monster, die gerade noch mordend durch die Lande gezogen sind.«

»Sag so etwas nicht«, entgegnete Hannah. »Du bist kein Mörder.«

»Ich habe Menschen getötet.«

»Das ist etwas anderes. Es war Krieg. Es war Selbstverteidigung. Verteidigung anderer.«

Er zuckte die Achseln. »Trotzdem haben viele eine Kugel in den Kopf gekriegt.«

»Hör auf«, flüsterte sie. »Ich mag es nicht, wenn du so redest.«

»Dann hättest du nicht fragen sollen.«

Sie mochte es nicht. Sie wollte ihn nicht so sehen, und doch konnte sie sich nicht dagegen wehren. Dass ein Mensch, den sie kannte, ein Mann, mit dem sie geschlafen hatte, dessen Hände zärtlich ihren Körper streichelten, dem sie tief vertraute – dass so jemand getötet haben sollte ... Das änderte alles. Es änderte ihn. Nicht zum Schlechten. Sie liebte ihn nicht weniger. Aber sie sah ihn mit anderen Augen. Er hatte einen Menschen getötet. Mehrere Menschen. Zahllose, namenlose Menschen.

Eines Nachmittags, als er auf dem Boot herumkramte, dachte sie darüber nach. Er hatte eine Hose an, aber sein Hemd lag noch auf dem Stuhl. Sie betrachtete gerade seine muskulösen Arme, seine nackten Schultern, seine schönen, brutalen Hände, als es passierte.

Schritte an Deck. Beide erstarrten, sahen einander an. Robbie hob die Schultern.

Es klopfte. Dann eine Stimme: »Robbie? Machen Sie auf, ich bin's nur.«

Emmeline.

Hannah sprang aus dem Bett und sammelte hastig ihre Sachen zusammen.

Robbie legte einen Finger an seine Lippen und schlich auf Zehenspitzen an die Tür.

»Ich weiß, dass Sie da drin sind«, sagte Emmeline. »Ein netter alter Mann auf dem Treidelpfad sagt, er hätte Sie aufs Boot gehen sehen und Sie wären den ganzen Nachmittag nicht wieder rausgekommen. Lassen Sie mich rein, es ist eiskalt hier draußen.«

Robbie bedeutete Hannah, sich in der Toilette zu verstecken.

Hannah nickte, durchquerte auf Zehenspitzen die Kabine und verschwand in dem winzigen Raum. Das Herz schlug ihr bis zum Hals. Mit zitternden Händen zog sie ihr Kleid über, kniete sich dann vor die Tür und lugte durchs Schlüsselloch.

Robbie öffnete die Tür. »Wie haben Sie mich gefunden?«

»Sie scheinen ja hocherfreut zu sein«, sagte Emmeline, tauchte unter seinem Arm hindurch und schlenderte in die Kabine. Hannah sah, dass sie ihr neues gelbes Kleid trug. »Desmond hat's Freddy gesagt, Freddy hat's Jane gesagt. Sie wissen ja, wie die Leute sind.« Sie ließ ihren Blick durch den Raum wandern. »Das ist ja göttlich, Robbie, Darling! Was für ein großartiges Versteck. Hier müssen Sie unbedingt mal eine Party geben … Das wird bestimmt richtig gemütlich.« Sie hob die Brauen, als sie die zerwühlten Laken auf dem Bett entdeckte, drehte sich zu Robbie um und grinste, als ihr auffiel, dass er nur halb angezogen war. »Hab ich Sie etwa bei irgendwas gestört?«

Hannah hielt den Atem an.

»Ich hab geschlafen«, sagte Robbie.

»Um Viertel vor vier?«

Er zuckte die Achseln und zog sich sein Hemd über.

»Ich wollte schon immer wissen, was Sie den lieben langen Tag treiben. Und ich dachte, Sie würden hier sitzen und Gedichte schreiben.«

»Das habe ich auch getan.« Er rieb sich den Nacken und stöhnte ärgerlich. »Was wollen Sie?«

Hannah erschrak, als sie seinen scharfen Ton hörte. Es wurmte ihn, dass Emmeline ihn auf seine Lyrik angesprochen hatte: Robbie hatte schon seit Wochen nichts mehr geschrieben. Emmeline schien seine Gereiztheit nicht zu bemerken. »Ich wollte wissen, ob Sie heute Abend kommen. Zu der Party bei Desmond.«

»Ich sagte Ihnen bereits, dass ich nicht vorhabe zu kommen.«

»Das weiß ich, aber ich dachte, vielleicht haben Sie sich's ja noch mal überlegt.«

»Nein.«

Einen Moment lang herrschte Stille, als Robbie sich zur Tür umdrehte und Emmeline sich sehnsüchtig in der Kabine umsah. »Vielleicht könnte ich …«

»Gehen Sie«, sagte Robbie ungeduldig. »Ich muss arbeiten.«

»Ich könnte Ihnen vielleicht ein bisschen helfen.« Mit spitzen Fingern hob sie einen schmutzigen Teller an. »Ein bisschen aufräumen oder …«

»Ich sagte nein.« Robbie hielt die Tür auf.

Hannah sah, wie Emmeline sich ein kesses Lächeln abrang. »Es war nur ein Scherz, Darling. Sie haben doch nicht im Ernst geglaubt, dass ich an einem so schönen Nachmittag nichts Besseres zu tun hätte als zu putzen?«

Robbie erwiderte nichts.

Emmeline schlenderte zur Tür, drehte sich noch einmal um und richtete Robbies Kragen. »Aber zu Freddys Party morgen kommen Sie doch, wie versprochen?«

Er nickte.

»Sie holen mich um sechs ab?«

»Ja«, sagte Robbie, dann schloss er die Tür hinter ihr.

Im selben Augenblick kam Hannah aus der Toilette. Sie fühlte sich schmutzig. Wie eine Ratte, die aus ihrem Loch kroch.

»Vielleicht sollten wir uns eine Weile nicht sehen?«, fragte sie. »Eine Woche oder so?«

»Nein«, erwiderte Robbie. »Ich habe Emmeline gebeten, nicht hierherzukommen. Ich werde es ihr noch einmal sagen. Und ich werde dafür sorgen, dass sie meine Worte ernst nimmt.«

Hannah nickte, fragte sich, warum sie so ein schlechtes Gewissen hatte. Wie schon so oft zuvor erinnerte sie sich selbst daran, dass es so, wie es war, sein musste. Dass Emmeline keinen Schaden nehmen durfte. Robbie hatte Emmeline schon vor langer Zeit klipp und klar erklärt, dass er sie nicht liebte. Sie habe gelacht, hatte er Hannah erzählt, und ihn gefragt, wie in aller Welt er auf die Idee gekommen wäre, dass sie etwas anderes annehmen könnte. Und dennoch. Etwas in Emmelines Stimme, die Anspannung hinter ihrer gespielten Schnodderigkeit. Und das gelbe Kleid. Ihr Lieblingskleid …

Hannah warf einen Blick auf die Wanduhr. Noch eine halbe Stunde, bis sie sich auf den Weg machen musste. »Vielleicht sollte ich lieber gehen«, sagte sie.

»Nein. Bleib.«

»Aber ich …«

»Wenigstens fünf Minuten. Lass Emmeline ein bisschen Vorsprung.«

Hannah nickte, als Robbie auf sie zutrat. Er nahm ihr Gesicht in beide Hände und presste seine Lippen auf ihre.

Ein stürmischer, gieriger Kuss, der sie völlig überraschte und alle bösen Vorahnungen beiseitefegte.

Ein feuchter Nachmittag im Dezember. Sie saßen zusammen im Ruderhaus. Das Boot war in der Nähe der Battersea Bridge unter alten Trauerweiden festgemacht.

Hannah atmete langsam aus. Sie hatte die ganze Zeit auf den richtigen Moment gewartet. »Ich werde dich zwei Wochen lang nicht treffen können«, sagte sie. »Wegen Teddy. Geschäftsfreunde aus Amerika werden für vierzehn Tage bei uns zu Gast sein, und er möchte, dass ich die gute Ehefrau spiele. Sie unterhalten, überallhin begleiten.«

»Mir wird schlecht, wenn ich mir vorstelle, wie du vor ihm kriechst«, sagte Robbie.

»Ich krieche nicht vor ihm. Und wenn ich es täte, würde Teddy sich sehr wundern.«

»Du weißt, was ich meine«, sagte Robbie.

Sie nickte. Natürlich wusste sie, was er meinte. »Ich finde es auch schrecklich. Ich würde alles tun, um dich nie wieder verlassen zu müssen.«

»Alles?«

»Fast alles.« Sie zitterte, als der Wind den Regen ins Ruderhaus fegte. »Verabrede dich irgendwann nächste Woche mit Emmeline. Lass mich wissen, wann und wo wir uns nach Neujahr sehen können, ja?«

Robbie schloss das Fenster. »Ich will diese Geschichte mit Emmeline abbrechen.«

»Nein«, sagte Hannah entsetzt. »Noch nicht. Wie sollen wir uns dann sehen? Woher soll ich wissen, wo ich dich finde?«

»Das wäre kein Problem, wenn du bei mir wohnen würdest. Dann würden wir uns immer finden. Dann würden wir einander nicht verloren gehen.«

»Ich weiß, ich weiß.« Sie nahm seine Hand. »Aber bis dahin ... Wie kannst du überhaupt daran denken, die Sache mit Emmeline abzubrechen?«

Er zog seine Hand weg und versuchte, das Fenster zu schließen. Aber es klemmte, ließ sich nicht bewegen. »Sie hängt allmählich zu sehr an mir.«

»Lass das«, sagte Hannah. »Du wirst ja ganz nass.«

Endlich gab das Fenster nach, und Robbie schlug es zu. Er setzte sich, die Haare klatschnass. »Viel zu sehr.«

»Emmeline ist überschwänglich«, sagte Hannah, nahm ein Handtuch aus dem Schrank hinter sich und trocknete Robbies Gesicht ab. »So ist sie nun mal. Aber wie kommst du überhaupt darauf?«

Er schüttelte ungehalten den Kopf.

»Was ist?«, fragte Hannah.

»Nichts«, sagte Robbie. »Du hast recht. Wahrscheinlich ist da überhaupt nichts.«

»Ich weiß, dass da nichts ist«, erwiderte Hannah bestimmt. Und sie war in dem Moment auch fest davon überzeugt. Hätte es gesagt, wenn es anders gewesen wäre. So ist die Liebe: beharrlich, sicher, überzeugend. Sie bringt alle unguten Gefühle zum Schweigen.

Inzwischen regnete es stärker. »Du frierst ja«, sagte Hannah, während sie Robbie das Handtuch um die Schultern legte. Sie kniete sich vor ihn und rubbelte seine nackten Arme trocken. »Du erkältest dich noch.« Ohne ihn anzusehen sagte sie: »Teddy will, dass wir zurück nach Riverton ziehen.«

»Wann?«

»Im März. Er will das Haus wieder in Ordnung bringen, ein Sommerhaus bauen lassen. Seit Wochen redet er von nichts anderem.« Dann fügte sie trocken hinzu: »Er sieht sich schon als Landedelmann.«

»Warum hast du mir das nicht eher erzählt?«

»Weil ich selbst nicht daran denken wollte«, antwortete sie hilflos. »Ich hab die ganze Zeit gehofft, dass er es sich noch anders überlegt.« Plötzlich fiel sie ihm um den Hals. »Du musst den Kontakt mit Emmeline aufrechterhalten. Ich kann dich nicht nach Riverton einladen, aber sie kann es. Sie bekommt bestimmt oft Besuch von Freunden, die übers Wochenende bleiben und Partys auf dem Land feiern.«

Er nickte, wich ihrem Blick aus.

»Bitte«, sagte Hannah. »Tu's für mich. Ich muss wissen, dass du kommst.«

»Und dann werden wir eins von diesen Landhauspaaren?«

»Ja.«

»Wir spielen dieselben Spiele, die zahllose Paare vor uns gespielt haben. Nachts schleichst du dich in mein Bett, und tagsüber tun wir so, als wären wir nur flüchtige Bekannte?«

»Ja«, sagte sie leise.

»Das sind nicht unsere Regeln.«

»Ich weiß.«

»Das reicht mir nicht«, sagte er.

»Ich weiß«, sagte sie erneut.

»Also gut. Weil du es bist.«

Das Jahr 1924 brach an, Teddy war auf Geschäftsreise, und Deborah und Emmeline hatten sich für den Abend mit ein paar Freunden verabredet. Das Boot lag in einem Teil von London, in dem Hannah zuvor noch nie gewesen war. Während das Taxi immer tiefer in das Straßengewirr des East End eintauchte, schaute Hannah aus dem Fenster. Es wurde allmählich dunkel, und außer grauen Gebäuden und Pferdefuhrwerken mit pendelnden Laternen gab es kaum noch etwas zu sehen. Hier und da spielten ein paar rotwangige Kinder in wollenen Hosen Murmeln und deuteten aufgeregt auf das Taxi, als sie vorbeifuhren. Dann am Ende einer Straße plötzlich bunte Lichter, Menschengedränge, laute Musik.

Hannah beugte sich vor und fragte den Fahrer: »Was bedeutet das? Was geht da vor?«

»Neujahrsfest«, sagte der Mann in schwerem Cockney. »Die sind doch alle vollkommen verrückt. Mitten im Winter. Die sollten lieber drinnen bleiben.«

Fasziniert beobachtete Hannah das bunte Treiben, während das Taxi im Schneckentempo auf die Themse zufuhr. Schnüre mit bunten Lampions waren quer über die Straße von einem Haus zum anderen gespannt, sodass sie ein Zickzackmuster bildeten. Um eine Gruppe Musikanten mit Geigen und einem Akkordeon standen Leute, die klatschten und lachten. Kinder wuselten zwischen den Erwachsenen hindurch, zogen bunte Luftschlangen hinter sich her und bliesen auf Trillerpfeifen. Männer und Frauen drängten sich um große, metallene Fässer, in denen Kastanien geröstet wurden, und tranken Bier aus dicken Krügen. Der Taxifahrer musste seine Hupe betätigen und laut rufen, um sich den Weg durch die Menge zu erkämpfen. »Die sind ja völlig verrückt«, knurrte er, als sie am Ende der Straße angekommen waren und endlich um die Ecke biegen konnten. »Komplett durchgedreht.«

Hannah war zumute, als wäre sie durch ein Märchenland gefahren. Als der Fahrer schließlich am Kai hielt, lief sie atemlos zum Boot, wo Robbie schon auf sie wartete.

Robbie hatte keine Lust, aber Hannah bat und bettelte und überredete ihn schließlich, mit ihr auf das Fest zu gehen. Sie kämen so wenig unter Leute, sagte sie, wann hätten sie schon einmal die Gelegenheit, zusammen auf eine Party zu gehen? Niemand würde sie dort kennen. Alles vollkommen ungefährlich.

Hannah ging voraus, war sich aber nicht sicher, ob sie sich den Weg richtig eingeprägt hatte, und fürchtete, die Party hätte sich inzwischen aufgelöst wie ein Feentanz in einem Kindermärchen. Doch schon bald hörten sie die kreischenden Geigen, die Trillerpfeifen der Kinder, das Rufen und Lachen, und da wusste sie, dass es nicht mehr weit sein konnte.

Kurz darauf bogen sie um die Ecke ins Wunderland und schlenderten die Straße hinunter. Die kühle Brise trug ihnen eine Mischung aus Gerüchen nach gerösteten Kastanien, Schweiß und guter Laune entgegen. Leute lehnten in den Fenstern, prosteten den unten Stehenden zu, sangen, lachten, hießen das neue Jahr willkommen, verabschiedeten das alte. Mit großen Augen bestaunte Hannah das fröhliche Durcheinander, klammerte sich an Robbies Arm, deutete aufgeregt hierhin und dorthin, lachte vor Freude über die Leute, die sich auf dem behelfsmäßigen Tanzboden wiegten.

Sie blieben stehen, um den Tänzern zuzusehen, mitten in der wachsenden Menge, fanden Sitzplätze auf einem über Holzkisten liegenden Brett. Eine dicke Frau mit roten Wangen und dichten Locken saß bei den Musikanten auf einem Hocker, sang ein Lied und schlug dazu den Takt mit einem Tamburin. Das Publikum feuerte die Sängerin an, Röcke wirbelten über den Tanzboden.

Hannah war hingerissen. Noch nie hatte sie Menschen so ausgelassen feiern sehen. Natürlich war sie auf zahlreichen Partys gewesen, aber im Vergleich hierzu erschienen sie ihr furchtbar zahm und gekünstelt. Sie klatschte, lachte, drückte Robbies Hand. »Sie sind wunderbar!«, rief sie, ohne sich von den Tänzern abzuwenden. Männer und Frauen in allen Formen und Größen hakten einander unter, drehten sich, stampften mit den Füßen, klatschten in die Hände. »Sind sie nicht wunderbar?«

Die Musik war ansteckend. Schneller, lauter drang sie in Hannahs Poren, mischte sich mit ihrem Blut, bis ihre Haut prickelte. Ein treibender Rhythmus, der ihr durch Mark und Bein ging.

Dann Robbies Stimme an ihrem Ohr. »Ich hab Durst. Lass uns gehen. Ich möchte was trinken.«

Sie hörte nur mit halbem Ohr zu. Schüttelte den Kopf. Merkte, dass sie die ganze Zeit vor Spannung die Luft angehalten hatte. »Nein. Geh du nur. Ich möchte noch zusehen.«

Er zögerte. »Ich möchte dich nicht allein lassen.«

»Mach dir keine Sorgen.« Sie spürte vage, dass seine Hand die ihre noch einen Moment lang festhielt, sich dann löste. Keine Zeit, ihm nachzublicken, zu viel anderes zu sehen. Zu hören. Zu fühlen.

Später fragte sie sich, ob sie an seiner Stimme etwas hätte bemerken müssen. Ob sie hätte mitbekommen müssen, dass der Lärm, der Trubel, das Menschengewimmel ihm so zu schaffen machte, dass er kaum noch atmen konnte. Aber sie nahm es nicht wahr. Sie war zu verzaubert.

Robbies Platz wurde schnell wieder besetzt, ein anderer warmer Schenkel drückte sich gegen ihren. Sie warf einen Blick zur Seite. Ein kleiner, stämmiger Mann mit rotem Schnauzbart und braunem Filzhut.

Der Mann bemerkte ihren Blick, beugte sich zu ihr, zeigte mit dem Daumen in Richtung Tanzboden. »Woll'n wir ein Tänzchen wagen?«

Sein Atem roch nach Tabak. Seine hellblauen Augen ruhten auf ihrem Gesicht.

»Oh … Nein.« Sie lächelte ihn an. »Danke. Ich bin in Begleitung hier.« Sie drehte sich um, suchte nach Robbie. Meinte, ihn in der Dunkelheit auf der anderen Straßenseite zu erkennen. Neben dem rauchenden Fass. »Er kommt gleich zurück.«

Der Mann legte den Kopf schief. »Haben Sie sich doch nicht so. Nur ein Tänzchen. Das hält warm.«

Hannah schaute sich noch einmal um. Keine Spur von Robbie. Hatte er ihr gesagt, wohin er wollte? Wie lange er fortbleiben würde?

»Nun?« Sie wandte sich dem Mann zu. Überall Musik. Es erinnerte sie an eine Straße in Paris, in der sie vor Jahren gewesen war. Auf ihrer Hochzeitsreise. Sie biss sich auf die Lippe. Ein Tanz konnte doch nicht schaden? Welchen Sinn hatte das Leben, wenn man eine gute Gelegenheit nicht beim Schopf ergriff? »Also gut«, sagte sie und nahm seine Hand. Lächelte nervös. »Aber ich weiß nicht, ob ich das kann.«

Der Mann grinste. Zog sie auf den Tanzboden, mitten hinein in die im Kreis wirbelnde Menge.

Und sie tanzte. In seiner festen Umarmung bekam sie die Schritte irgendwie hin. Sie hüpften und drehten sich, ließen sich vom Fluss der tanzenden Paare mitreißen. Geigen sangen, Stiefel stampften, Hände klatschten. Der Mann hakte sich bei ihr ein, Ellbogen an Ellbogen, und rundherum ging es weiter. Sie lachte ausgelassen. Noch nie hatte sie sich so frei gefühlt. Sie hob das Gesicht in den Nachthimmel, schloss die Augen, spürte den Kuss der kalten Luft auf ihren warmen Lidern, auf ihren heißen Wangen. Sie öffnete die Augen wieder und suchte in der Menge nach Robbie. Sehnte sich danach, mit ihm zu tanzen. Von ihm gehalten zu werden. Sie blickte in das Gesichtermeer – so viele waren es doch zuvor nicht gewesen? –, doch sie drehte sich zu schnell. Nur noch verschwommen nahm sie Augen, Münder, Worte wahr.

»Ich ...« Außer Atem fasste sie sich in den Nacken. »Ich muss jetzt aufhören. Mein Freund wird gleich zurückkommen.« Sie klopfte dem Mann, der sie nicht losließ, der einfach weitertanzte, auf die Schulter. Schrie ihm direkt ins Ohr: »Es ist genug. Danke.«

Einen Augenblick lang dachte sie, er würde nie aufhören, würde immer weitertanzen und sie nie wieder loslassen. Doch dann verloren sie plötzlich an Schwung, sodass ihr beinahe schwindlig wurde, und sie landeten wieder bei der Bank.

Sie war inzwischen von anderen Zuschauern besetzt. Immer noch keine Spur von Robbie.

»Wo ist Ihr Freund denn?«, fragte der Mann. Er hatte beim Tanzen seinen Hut verloren, fuhr sich mit der Hand durch den roten Haarschopf.

»Er wird schon kommen«, sagte Hannah, während sie die fremden Gesichter absuchte. Sie blinzelte, um das Schwindelgefühl abzuschütteln. »Gleich.«

»In der Zwischenzeit sollten Sie lieber nicht rumsitzen«, sagte der Mann. »Sie erkälten sich noch.«

»Nein«, sagte Hannah. »Danke, aber ich warte lieber hier.«

Der Mann packte sie am Handgelenk. »Los, kommen Sie. Zieren Sie sich nicht so.«

»Nein«, wiederholte Hannah bestimmt. »Ich habe genug.«

Der Mann lockerte seinen Griff. Er zuckte die Achseln, strich sich den Schnurrbart glatt, rieb sich den Nacken. Wandte sich zum Gehen.

Plötzlich Bewegung. Ein Schatten löste sich aus der Dunkelheit. Kam näher.

Robbie.

Ein Ellbogen traf sie an der Schulter, und sie verlor das Gleichgewicht.

Ein Schrei.

Hannah fiel gegen eine Wand aus Gaffern.

Die Musik ging weiter, auch das Stampfen und Klatschen.

Sie schaute nach oben. Robbie hatte sich auf den Mann gestürzt. Schlug mit der Faust zu. Wieder und wieder.

Panik. Hitze. Angst.

»Robbie!«, schrie sie. »Robbie, hör auf!«

Sie raffte sich auf, kämpfte sich durch die Menge.

Die Musiker hatten aufgehört zu spielen, und die Leute bildeten einen Kreis um die beiden raufenden Männer. Irgendwie gelang es ihr, bis zu den beiden vorzudringen. Sie packte Robbie am Hemd. »Robbie!«

Er riss sich von ihr los. Drehte sich kurz zu ihr um. Die Augen ausdruckslos, blind für ihren Blick. Blind für sie.

Der Mann schlug Robbie die Faust ins Gesicht. War plötzlich über ihm.

Blut.

Hannah schrie. »Nein! Lassen Sie ihn! Bitte, lassen Sie ihn los.« Sie weinte. »Warum hilft denn keiner?«

Sie konnte später nicht mehr sagen, wie es aufgehört hatte. Erfuhr nie den Namen des Mannes, der ihr zu Hilfe eilte, der Robbie auf die Beine half. Der den Mann mit dem roten Schnurrbart wegzerrte und Robbie an eine Hauswand lehnte. Der erst Wasser, dann Whisky holte und ihr riet, ihren Kerl mit nach Hause zu nehmen und schleunigst ins Bett zu stecken.

Wer auch immer dieser Mann war, er war nicht verwundert. Lachte nur und meinte, es sei kein richtiges Fest, wenn es keine ordentliche Prügelei gebe. Dann fügte er achselzuckend hinzu, Red Wycliffe sei eigentlich kein schlechter Kerl – er sei halt im Krieg gewesen und seitdem einfach nicht mehr derselbe. Schließlich schickte er sie mit einem Schulterklopfen fort. Robbie auf Hannah gestützt.

Kaum jemand beachtete sie, als sie die Straße hintergingen und das ausgelassene Treiben hinter sich ließen.

Im Boot angekommen, wusch sie ihm das Gesicht. Er saß auf einem niedrigen Hocker, sie kniete vor ihm. Er hatte auf dem Weg kaum etwas gesprochen, und sie hatte ihn nicht fragen wollen. Was in ihn gefahren war, warum er auf den Mann losgegangen war, wo er gewesen war. Sie ahnte, dass er sich dieselben Fragen stellte, und sie vermutete richtig.

»Was hätte passieren können?«, murmelte er schließlich. »Was hätte passieren können?«

»Schsch«, sagte sie, während sie ihm ein feuchtes Tuch an die Schläfe drückte. »Es ist vorbei.«

Robbie schüttelte den Kopf. Schloss die Augen. Unter seinen dünnen Lidern zuckten seine Gedanken. Hannah konnte ihn kaum verstehen, als er flüsterte: »Ich hätte ihn umgebracht. So wahr mir Gott helfe, ich hätte ihn umgebracht.«

Sie gingen nie wieder zusammen aus. Nicht nach diesem Erlebnis. Hannah gab sich die Schuld daran, machte sich Vorwürfe, dass sie gegen seinen Willen durchgesetzt hatte, auf das Straßenfest zu gehen. Die Lichter, der Lärm, die Menschenmenge. Sie hatte doch über das Kriegstrauma gelesen: Sie hätte es besser wissen müssen. Sie nahm sich vor, sich in Zukunft besser um ihn zu kümmern. Daran zu denken, dass er Schlimmes durchgemacht hatte. Sanft mit ihm umzugehen. Und den Vorfall nie wieder zu erwähnen. Es war vorbei. Es würde nicht wieder passieren. Dafür würde sie sorgen.

Etwa eine Woche später lagen sie im Bett, spielten ihr Spiel, stellten sich vor, sie würden in einem winzigen, abgelegenen Dorf im Himalaya wohnen, als Robbie sich unvermittelt aufsetzte und sagte: »Ich hab dieses Spiel satt.«

Hannah stützte sich auf einen Ellbogen. »Was wäre dir denn lieber?«

»Ich möchte, dass es Wirklichkeit wird.«

»Ich auch«, sagte Hannah. »Stell dir bloß vor ...«

»Nein«, fiel Robbie ihr ins Wort. »Warum können wir es nicht Wirklichkeit werden lassen?«

»Liebling«, sagte Hannah, während sie mit den Fingerspitzen die Narbe in seinem Gesicht berührte. »Vielleicht hast du das ja vergessen, aber ich bin bereits verheiratet.« Sie bemühte sich, es leichthin zu sagen. Wollte ihn zum Lachen bringen. Doch es funktionierte nicht.

»Es gibt Leute, die sich scheiden lassen.«

Sie fragte sich, was für Leute das wohl sein mochten. »Ja, aber ...«

»Wir könnten mit dem Boot fortsegeln, irgendwohin, wo uns niemand kennt. Möchtest du das nicht?«

»Du weißt, dass ich das möchte«, erwiderte Hannah.

»Nach den neuen Gesetzen brauchst du deinem Mann nur Ehebruch nachzuweisen.«

Hannah nickte. »Aber Teddy betrügt mich nicht.«

»Bestimmt hat er dich schon mal betrogen«, sagte Robbie. »In all den Jahren, wo wir ...«

»So ist er nicht«, sagte Hannah. »Er war noch nie besonders leidenschaftlich.« Hannah fuhr ihm mit einer Fingerspitze über die Lippen. »Nicht mal, als wir frisch verheiratet waren. Erst nachdem ich dich kennengelernt habe, habe ich begriffen ...« Sie unterbrach sich, küsste ihn. »Habe ich begriffen.«

»Er ist ein Trottel«, sagte Robbie. Er sah sie durchdringend an, während er seine Hand zärtlich von ihrer

Schulter über ihren Arm bis zu ihrem Handgelenk gleiten ließ. »Verlass ihn.«

»Wie bitte?«

»Zieh nicht mit ihm nach Riverton«, sagte er. Er setzte sich vor sie, nahm ihre Hände. Gott, er war so schön. »Brenn mit mir durch.«

»Das meinst du doch nicht ernst«, sagte sie unsicher. »Du willst mich auf den Arm nehmen.«

»Ich habe noch nie etwas so ernst gemeint.«

»Einfach verschwinden?«

»Einfach verschwinden.«

Eine Weile schwieg sie nachdenklich.

»Das kann ich nicht«, sagte sie schließlich. »Und das weißt du.«

»Warum nicht?« Unwirsch ließ er ihre Hände los, stand auf und zündete sich eine Zigarette an.

»Es gibt eine Menge Gründe ...« Sie überlegte. »Emmeline ...«

»Scheiß auf Emmeline.«

Hannah zuckte zusammen. »Sie braucht mich.«

»Ich brauche dich auch.«

Das stimmte. Sie wusste, dass er sie brauchte. Und das zu wissen war zugleich Furcht einflößend und berauschend.

»Sie wird auch ohne dich zurechtkommen«, sagte Robbie. »Sie ist zäher, als du denkst.«

Er saß inzwischen am Tisch und rauchte. Er wirkte magerer als noch vor Kurzem. Er hatte abgenommen. Sie fragte sich, warum ihr das nicht eher aufgefallen war.

»Teddy würde mich zurückholen«, sagte sie. »Seine Familie würde mich zurückholen.«

»Das würde ich nicht zulassen.«

»Du kennst sie nicht. Sie würden den Skandal nicht ertragen.«

»Wir würden irgendwo hingehen, wo sie dich nicht finden würden. Die Welt ist groß.«

Er wirkte so zerbrechlich, wie er da saß. So allein. Sie war alles, was er hatte. Sie trat zu ihm, legte die Arme um ihn, drückte seinen Kopf an ihren Bauch.

»Ich kann nicht ohne dich leben«, sagte er. »Lieber würde ich sterben.« Er sagte es mit einer solchen Selbstverständlichkeit, dass ihr ein Schauer über den Rücken lief. Sie war von sich selbst angewidert, weil sie sich von seinen Worten auch noch geschmeichelt fühlte.

»Sag so etwas nicht.«

»Ich will mit dir zusammenleben.«

»Lass mich darüber nachdenken«, sagte Hannah. Sie hatte gelernt, Robbie nicht zu widersprechen, wenn er in einer solchen Stimmung war.

Und so ließ sie ihn Pläne schmieden. Für ihre große Flucht. Er hörte auf, Gedichte zu schreiben, nahm sein Notizbuch höchstens vor, um neue Ideen für ihre Flucht darin festzuhalten. Manchmal half sie ihm sogar. Es war ein Spiel, redete sie sich ein, genau wie die anderen, die sie immer gemeinsam gespielt hatten. Es machte ihn glücklich, und oft genug ließ sie sich von seiner Begeisterung mitreißen. Wenn er von weit entfernten Orten sprach, wo sie leben könnten, von den Abenteuern, die sie erleben würden. Ein Spiel. Ihr Spiel in ihrer geheimen Welt.

Sie ahnte nicht, konnte nicht ahnen, wo all das hinführen würde.

Wenn sie es geahnt hätte, sagte sie mir einmal, hätte sie ihn ein letztes Mal geküsst und wäre so schnell sie konnte davongelaufen.

Der Anfang vom Ende

Man braucht es eigentlich gar nicht zu erwähnen: Geheimnisse kommen früher oder später immer ans Tageslicht. Hannah und Robbie konnten das ihre erstaunlich lange wahren – über das ganze Jahr 1923 hinweg bis Anfang 1924. Aber, wie bei allen unmöglichen Liebesgeschichten, war das Ende schon vorprogrammiert.

Die Dienstboten hatten angefangen, über Hannah zu tuscheln. Es war Caroline, Deborahs neues Dienstmädchen, die den Stein ins Rollen brachte. Sie war eine neugierige kleine Miss, die früher im Haus der berüchtigten Lady Penthrop gearbeitet hatte (von der es hieß, sie habe mit der Hälfte der Londoner Lords eine Affäre gehabt). Sie war mit einem erstklassigen Empfehlungsschreiben entlassen worden, das sie neben einer hübschen Summe Bargeld von ihrer ehemaligen Mistress erpresst hatte, nachdem sie diese in einer besonders kompromittierenden Situation erwischt hatte. Ironischerweise hätte sie sich die Mühe sparen können: Als sie zu uns kam, brauchte sie gar kein Empfehlungsschreiben. Ihr Ruf war ihr bereits vorausgeeilt, und Deborah stellte sie nicht etwa ein, weil sie so gut putzen konnte, sondern wegen ihrer Fähigkeiten als Spionin.

Wenn man weiß, wo man suchen muss, findet man immer Spuren, und Caroline wusste genau, wo sie suchen musste. Papierschnipsel mit ungewohnten Adressen, die sie aus dem Feuer rettete, Abdrücke von hastig notierten Worten auf Schreibblocks, Einkaufstaschen, die kaum mehr enthielten als entwertete Eintrittskarten. Und es fiel ihr nicht schwer, die anderen Bediensteten zum Reden zu bringen. Die Erwähnung des Themas Scheidung und die Andeutung, dass sie im Falle eines Skandals alle ihre Stellung verlieren würden, löste ihre Zungen.

Caroline hütete sich davor, mich anzusprechen, aber letztendlich brauchte sie das auch gar nicht. Sie fand Hannahs Geheimnis ziemlich schnell heraus. Ich mache mir Vorwürfe deswegen, denn ich hätte besser aufpassen müssen. Wenn ich nicht in Gedanken so sehr mit anderen Dingen beschäftigt gewesen wäre, hätte ich bemerkt, was Caroline im Schilde führte, und dann hätte ich Hannah warnen können. Doch ich fürchte, dass ich in jenen Wochen keine gute Zofe war, dass ich meine Pflichten gegenüber Hannah bedauerlicherweise etwas vernachlässigte. Ich war abgelenkt, musste selbst eine herbe Enttäuschung verarbeiten. Denn aus Riverton waren Nachrichten über Alfred gekommen.

Und so erfuhren wir beide erst am Abend des Opernbesuchs davon, als Deborah in Hannahs Schlafzimmer kam. Ich hatte Hannah gerade in einen Unterrock aus blasser französischer Seide geholfen und war dabei, ihre Haare an Stirn und Schläfen zu kleinen Löckchen zu legen, als es an der Tür klopfte.

»Ich bin gleich fertig, Teddy«, rief Hannah und verdrehte die Augen. Teddy war immer überpünktlich. Ich schob eine Haarnadel in eine besonders widerspenstige Locke.

Die Tür ging auf, und Deborah rauschte ins Zimmer, elegant in einem roten Kleid mit Flügelärmeln. Sie setzte sich auf Hannahs Bett und schlug die Beine übereinander, sodass die rote Seide raschelte.

Hannah schaute mich im Spiegel an. Ein Besuch von Deborah in ihrem Zimmer war etwas Ungewöhnliches. »Freust du dich auf *Tosca*?«, fragte Hannah.

»Ungemein«, sagte Deborah. »Ich liebe Puccini.« Sie nahm einen Taschenspiegel aus ihrer Handtasche, klappte ihn auf, spitzte die Lippen und betupfte die Mundwinkel mit den Fingerspitzen, um eventuelle Lippenstiftreste zu entfernen. »Andererseits ist es so eine traurige Geschichte. Wie die Liebenden getrennt werden.«

»In der Oper gibt es selten ein glückliches Ende«, entgegnete Hannah.

»Nein«, sagte Deborah. »Und ich fürchte, im wirklichen Leben auch nicht.«

Hannah presste die Lippen zusammen. Wartete.

»Du bist dir doch hoffentlich darüber im Klaren«, fuhr Deborah fort, während sie in dem kleinen Spiegel ihre Brauen glättete, »dass es mich einen feuchten Kehricht interessiert, mit wem du schläfst, sobald mein vertrottelter Bruder dir den Rücken kehrt.«

Hannah schaute mich an. Vor Schreck ließ ich eine Haarnadel fallen.

»Ich bin lediglich um das Geschäft meines Vaters besorgt.«

»Ich wusste gar nicht, dass die Geschäfte deines Vaters etwas mit mir zu tun haben«, bemerkte Hannah. Zwar war es ihr gelungen, ihre Worte einigermaßen ungezwungen klingen zu lassen, doch ich spürte, dass ihr Atem flacher und schneller ging.

»Stell dich nicht dümmer, als du bist«, erwiderte Deborah und ließ ihren Spiegel zuschnappen. »Du weißt genau, welche Rolle du hier spielst. Die Leute vertrauen uns, weil wir das Beste aus zwei Welten verbinden. Moderne Geschäftsmethoden kombiniert mit den traditionellen Werten, die deine Familie repräsentiert. Fortschritt und Tradition Seite an Seite.«

»Progressive Tradition? Ich hatte doch schon immer den Verdacht, dass Teddy und ich ein widersprüchliches Paar sind«, sagte Hannah.

»Spar dir deine Spitzfindigkeiten«, erwiderte Deborah ungehalten. »Du und die deinen, ihr profitiert von dieser Verbindung ebenso wie wir. Nach dem Schlamassel, den dein Vater mit seinem Erbe ...«

»Mein Vater hat sein Bestes getan«, gab Hannah mit geröteten Wangen zurück.

Deborah hob die Brauen. »Ach, so nennst du das? Dass er sein Geschäft in den Ruin getrieben hat?«

»Mein Vater ist wegen des Kriegs bankrottgegangen. Er hat einfach Pech gehabt.«

»Selbstverständlich«, höhnte Deborah. »Kriege sind etwas Schreckliches. Bringen Unglück über so viele Menschen. Und dein Vater war ein ach so anständiger Mann. So entschlossen, durchzuhalten und seine Firma zu retten. Er war ein Träumer. Er war kein Realist wie du.« Sie lachte und trat neben Hannah, sodass ich zur Seite treten musste. Dann beugte sie sich über Hannah und sagte zu deren Spiegelbild: »Es ist kein Geheimnis, dass er gegen deine Heirat mit Teddy war. Weißt du, dass er meinen Vater eines Abends aufgesucht hat? O ja. Er hat ihm ins Gesicht gesagt, er wüsste, was er vorhätte, aber das könne er vergessen, denn du würdest niemals ja sagen.« Sie richtete sich auf und lächelte triumphierend, als Hannah sich abwandte. »Dennoch hast du ja gesagt. Weil du ein kluges Mädchen bist. Hast deinem Vater das Herz gebrochen, aber du wusstest genauso gut wie er, dass dir gar keine andere Wahl blieb. Und du hattest recht. Wo wärst du denn heute, wenn du meinen Bruder nicht geheiratet hättest?« Sie hob eine säuberlich gezupfte Braue. »Mit deinem mittellosen Dichter?«

Ich stand am Kleiderschrank, wusste nicht, wie ich zur Tür gelangen sollte, und wäre am liebsten im Erdboden versunken. Aus Hannahs Gesicht war alle Farbe gewichen. Sie saß so angespannt da wie jemand, der einen Schlag erwartet und nicht weiß, aus welcher Richtung er kommen wird.

»Und deine Schwester?«, sagte Deborah. »Was wäre mit der kleinen Emmeline?«

»Emmeline hat nichts damit zu tun«, antwortete Hannah mit zitternder Stimme.

»Da bin ich aber ganz anderer Meinung«, entgegnete Deborah. »Was wäre aus ihr geworden, wenn meine Familie nicht gewesen wäre? Eine kleine Waise, deren Daddy zuerst das Familienvermögen durchgebracht und sich anschließend eine Kugel in den Kopf gejagt hat. Deren Schwester es mit einem ihrer Freunde treibt. Schlimmer könnte es nur noch werden, wenn diese widerlichen kleinen Filme wieder auftauchen würden!«

Hannah erstarrte.

»O ja, meine Liebe. Ich weiß alles darüber. Du hast doch nicht im Ernst geglaubt, mein Bruder würde irgendetwas vor mir verheimlichen, oder?«, sagte Deborah triumphierend. »Das würde er nicht wagen. Ich bin schließlich seine Schwester.«

»Was willst du von mir?«

Deborah lächelte schmallippig. »Ich wollte dir nur klarmachen, wie viel wir alle zu verlieren hätten, wenn es auch nur den Hauch eines Skandals gäbe. Und dass es aufhören muss.«

»Und wenn nicht?«

Deborah seufzte und nahm Hannahs Handtasche vom Bett. »Wenn du nicht freiwillig aufhörst, dich mit ihm zu treffen, werde ich dafür sorgen, dass du ihn nie wiedersiehst.« Sie ließ die Handtasche zuschnappen und reichte sie Hannah. »Männer wie er – vom Krieg traumatisierte Künstler – verschwinden jeden Tag, die armen Kerle. Und kein Mensch wundert sich darüber.« Sie strich ihr Kleid glatt und ging zur Tür. »Entweder siehst du zu, dass du ihn loswirst, oder ich tue es für dich.«

Damit war die *Sweet Dulcie* kein sicherer Ort mehr. Robbie ahnte natürlich nichts, bis Hannah mich mit einem Brief zu ihm schickte, in dem sie ihm alles erklärte und ihm einen Ort nannte, wo sie sich ein letztes Mal treffen konnten.

Er stutzte, als ich an Hannahs Stelle erschien, und war nicht gerade erfreut. Argwöhnisch nahm er den Brief entgegen, sah sich auf dem Kai um, um sich zu vergewissern, dass ich allein war, dann begann er zu lesen. Sein Haar war zerzaust, und er war unrasiert. Ein dunkler Schatten lag auf seinen Wangen und auf der zarten Haut um seine Lippen, die sich stumm bewegten, während er Hannahs Worte las. Er roch ungewaschen.

Ich hatte noch nie einen Mann in einem so natürlichen Zustand gesehen und wusste nicht, wohin ich meinen Blick wenden sollte. Verlegen konzentrierte ich mich auf das Wasser der Themse hinter ihm. Als er den Brief zu Ende gelesen hatte und sich unsere Blicke begegneten, sah ich, wie dunkel seine Augen waren und wie viel Verzweiflung in ihnen lag. Ich blinzelte, wandte mich ab und ging, sobald er gesagt hatte, dass er zu dem Treffen kommen würde.

Sie trafen sich zum letzten Mal in jenem Winter im ägyptischen Saal im Britischen Museum. Es war ein verregneter Vormittag im März 1924. Während ich so tat, als läse ich einige Artikel über Howard Carter, saßen

Hannah und Robbie an den beiden Enden einer Bank vor der Tutanchamun-Büste und sahen aus wie zwei Fremde, die nichts weiter verband als das Interesse für Ägyptologie.

Wenige Tage später half ich Emmeline, die zu Fanny ziehen sollte, auf Hannahs Bitte hin beim Packen. Emmeline hatte sich während ihres Aufenthalts in der Nummer siebzehn in zwei Zimmern ausgebreitet, und zweifellos würde sie ohne Hilfe nicht rechtzeitig fertig werden. Ich war gerade dabei, Emmelines Winteraccessoires von einem Regal voller Plüschtiere zu klauben, die ihre Verehrer ihr geschenkt hatten, als Hannah hereinkam, um nachzusehen, wie weit wir waren.

»Du sollst mit anpacken, Emmeline«, sagte sie. »Und nicht Grace die ganze Arbeit überlassen.«

Hannahs Stimme klang gequält, wie schon die ganze Zeit seit dem Tag im Museum, doch Emmeline bemerkte es nicht, denn sie war viel zu sehr damit beschäftigt, in ihrem Terminkalender zu blättern. Seit dem frühen Nachmittag saß sie im Schneidersitz auf dem Boden, brütete über alten Eintrittskarten und Zeichnungen, Fotos und überschwänglichen Kritzeleien. »Hör dir das an«, sagte sie. »Von Harry. *Du musst unbedingt zu Desmonds Party kommen, sonst sind wir nur drei Männer: Dessy, ich und Clarissa.* Ist er nicht zum Piepen? Die arme Clarissa, hätte sie sich bloß die Haare nicht kurz schneiden lassen!«

Hannah setzte sich aufs Bett. »Du wirst mir fehlen.«

»Ich weiß«, sagte Emmeline, während sie eine zerknitterte Seite in ihrem Kalender glättete. »Aber du verstehst doch sicher, dass ich unmöglich mit euch nach Riverton ziehen kann. Ich würde vor Langeweile sterben.«

»Ich weiß.«

»Nicht dass es für dich langweilig sein wird, Liebes«, fügte Emmeline hastig hinzu, als sie merkte, dass sie Hannah womöglich verletzt hatte. »Du weißt ja, dass ich das nicht so gemeint habe.« Sie lächelte. »Komisch, nicht wahr, wie manche Dinge sich entwickeln.«

Hannah hob die Brauen.

»Ich meine, als wir klein waren, haben wir beide uns immer von zu Hause fort gesehnt. Weißt du noch, wie du sogar mal eine Zeit lang davon gesprochen hast, dir eine Stelle in einem Büro zu suchen?« Emmeline lachte. »Ich kann mich gar nicht mehr erinnern – bist du je so weit gegangen, Papa um Erlaubnis zu bitten?«

Hannah schüttelte den Kopf.

»Ich wüsste zu gern, was er dazu gesagt hätte«, fuhr Emmeline fort. »Der arme Pa. Er war schrecklich wütend, als du Teddy geheiratet und mich mit ihm allein gelassen hast. Ich weiß bloß nicht mehr, warum.« Sie seufzte selig. »Aber alles hat sich doch schließlich zum Guten gewendet, findest du nicht?«

Hannah presste die Lippen zusammen, suchte nach den richtigen Worten. »Du bist glücklich hier in London, nicht wahr?«

»Was für eine Frage! Ich bin im siebten Himmel!«

»Gut.« Hannah stand auf und wollte gehen, zögerte, setzte sich wieder. »Und du weißt, falls mir irgendetwas zustoßen sollte …«

»Du meinst, falls du von Marsmännchen entführt wirst?«, fragte Emmeline.

»Ich meine es ernst, Emmeline.«

Emmeline verdrehte theatralisch die Augen. »Hab ich's doch gewusst. Du bist schon die ganze Woche so miesepetrig.«

»Lady Clementine und Fanny werden dich immer unterstützen. Das weißt du doch, oder?«

»Ja, ja«, erwiderte Emmeline. »Das hast du mir schon hundertmal gesagt.«

»Ich weiß. Es ist nur … Dich allein in London zurückzulassen …«

»Du lässt mich nicht zurück«, entgegnete Emmeline. »Ich bleibe freiwillig hier. Und ich werde nicht allein sein, ich werde bei Fanny wohnen.« Sie machte eine wegwerfende Geste. »Es wird mir gut gehen.«

»Ich weiß«, sagte Hannah. Als unsere Blicke sich begegneten, wandte sie sich hastig ab. »Dann lasse ich euch mal weitermachen.«

Hannah war schon an der Tür, als Emmeline sagte: »Ich hab Robbie in letzter Zeit gar nicht mehr gesehen.«

Hannah zuckte zusammen, drehte sich jedoch nicht um. »Nein«, sagte sie. »Jetzt, wo du es erwähnst, fällt mir auch auf, dass er schon seit Tagen nicht mehr hier war.«

»Ich hab nach ihm gesucht, aber sein kleines Boot war nicht mehr da. Deborah sagt, er ist weggefahren.«

»Ach ja?«, sagte Hannah. »Und hat sie auch gesagt, wohin?«

»Nein.« Emmeline runzelte die Stirn. »Sie meinte, du wüsstest es vielleicht.«

»Woher soll ich das wissen?«, fragte Hannah und drehte sich zu Emmeline um. Sie vermied es, mich anzusehen. »Mach dir keine Sorgen. Wahrscheinlich hat er sich irgendwohin zurückgezogen, um Gedichte zu schreiben.«

»Nein, er wäre nicht einfach weggefahren. Er hätte mir Bescheid gesagt.«

»Nicht unbedingt«, entgegnete Hannah. »Bei ihm weiß man doch nie genau, was er als Nächstes tut. Er ist unzuverlässig.« Sie hob die Schultern, ließ sie wieder fallen. »Aber was spielt das schon für eine Rolle?«

»Vielleicht ist es dir egal, aber mir nicht. Ich liebe ihn.«

»O nein, Emmeline«, sagte Hannah leise. »Du liebst ihn nicht.«

»Doch«, beharrte Emmeline. »Ich habe ihn immer geliebt. Von dem Tag an, als er zum ersten Mal auf Riverton war und mir den Arm verbunden hat.«

»Da warst du elf.«

»Natürlich, und damals war es nur eine kindliche Schwärmerei«, sagte Emmeline. »Aber da hat es angefangen. Seit ich Robbie begegnet bin, vergleiche ich jeden Mann mit ihm.«

Hannah biss sich auf die Lippe. »Und was war mit deinem Filmregisseur? Was ist mit Harry Bentley und all den anderen jungen Männern, in die du dich allein in diesem Jahr verliebt hast? Du hast dich mit mindestens zweien von ihnen verlobt.«

»Robbie ist anders«, sagte Emmeline.

»Und was empfindet er für dich?«, fragte Hannah, wagte es aber nicht, Emmeline anzusehen. »Hat er dir jemals einen Anlass gegeben anzunehmen, dass er dasselbe für dich empfindet?«

»Ich bin mir ganz sicher, dass er das tut«, antwortete Emmeline. »Er hat sich nie eine Gelegenheit entgehen lassen, mit mir auszugehen. Und ich weiß, dass er das nicht getan hat, weil er meine Freunde mag. Er hat kein Geheimnis daraus gemacht, dass er sie für einen Haufen verwöhnter Tagediebe hält.« Sie nickte entschlossen. »Ich bin mir sicher, dass er mich auch liebt. Und ich liebe ihn.«

»Nein«, erwiderte Hannah mit einer Bestimmtheit, die Emmeline verblüffte. »Er ist kein Mann für dich.«

»Woher willst du das wissen?«, fragte Emmeline. »Du kennst ihn doch kaum.«

»Ich kenne diese Sorte«, entgegnete Hannah. »Der Krieg ist schuld. Ganz normale Männer sind in den Krieg

gezogen und völlig verändert zurückgekehrt. Gebrochen.«
Ich dachte an Alfred, an die Nacht damals auf den Stufen im Park, als seine Geister ihn heimgesucht hatten. Dann schob ich den Gedanken beiseite.

»Das ist mir egal«, sagte Emmeline trotzig. »Ich finde das romantisch. Ich würde mich um ihn kümmern. Ihm helfen, wieder er selbst zu werden.«

»Männer wie Robbie sind gefährlich«, sagte Hannah. »Denen ist nicht zu helfen. Sie sind, wie sie sind.« Sie seufzte frustriert. »Du hast so viele Verehrer. Kannst du nicht einen von denen lieben?«

Emmeline schüttelte eigensinnig den Kopf.

»Natürlich kannst du das. Versprichst du mir, es zu versuchen?«

»Nein, ich will nicht.«

»Du musst.«

Als Emmeline sich von Hannah abwandte, entdeckte ich etwas Neues in ihrem Gesichtsausdruck: etwas Hartes, Unnachgiebiges. »Eigentlich geht dich das gar nichts an, Hannah«, sagte sie trocken. »Ich bin zwanzig. Ich lasse mir von dir nicht in meine Entscheidungen hineinreden. Du hast mit zwanzig geheiratet, und du hast weiß Gott niemanden um seine Meinung gebeten.«

»Das ist nicht dasselbe …«

»Ich brauche keine große Schwester, die mich auf Schritt und Tritt überwacht. Jetzt nicht mehr.« Emmeline atmete aus und drehte sich zu Hannah um. Etwas freundlicher sagte sie: »Wollen wir uns darauf einigen, dass wir uns von jetzt an gegenseitig in Frieden lassen? Sodass wir beide das Leben führen können, das wir wollen? Was sagst du dazu?«

Hannah hatte dem nichts entgegenzusetzen. Sie nickte zustimmend und schloss die Tür hinter sich.

Am Abend vor dem Umzug nach Riverton packte ich Hannahs restliche Kleider ein. Sie saß am Fenster und blickte in die Abenddämmerung hinaus. Als die Straßenlaternen angingen, drehte sie sich zu mir um und sagte: »Hast du schon mal jemanden geliebt, Grace?«

Ihre Frage verblüffte mich. Sie kam so unerwartet. »Ich … Ich weiß nicht, Ma'am.« Ich legte ihren Fuchspelzmantel in den Überseekoffer.

»Wenn du schon einmal geliebt hättest, dann würdest du es wissen«, sagte sie.

Ich vermied ihren Blick. Versuchte, gleichgültig zu klingen, in der Hoffnung, dass sie das Thema wechseln würde. »In dem Fall muss ich nein sagen, Ma'am.«

»Wahrscheinlich kannst du von Glück reden.« Sie schaute wieder aus dem Fenster. »Liebe ist wie eine Krankheit.«

»Eine Krankheit, Ma'am?« In dem Augenblick wurde mir tatsächlich beinahe übel.

»Früher habe ich das nie verstanden. Ob in Büchern, in Theaterstücken oder in Gedichten. Ich habe nie begriffen, was intelligente, vernünftige Menschen dazu bringen kann, so abwegige, irrationale Dinge zu tun.«

»Und jetzt, Ma'am?«

»Ja«, sagte sie leise. »Jetzt verstehe ich es. Es ist eine Krankheit. Sie erwischt einen, wenn man am wenigsten damit rechnet. Es gibt kein Heilmittel dagegen. Und manchmal, in ihrer extremsten Form, kann sie tödlich enden.«

Ich schloss kurz die Augen. Mir war schwindlig. »Doch sicherlich nicht tödlich, Ma'am?«

»Nein. Wahrscheinlich hast du recht, Grace. Ich übertreibe.« Sie wandte sich zu mir um und lächelte. »Siehst du? Ich bin der lebende Beweis. Ich benehme mich wie eine Heldin in einem Groschenroman.« Sie schwieg eine Weile, aber anscheinend ging ihr das Thema nicht aus dem Sinn, denn schließlich neigte sie den Kopf, sah mich fragend an und sagte: »Weißt du, Grace, ich dachte immer, du und Alfred ...«

»O nein, Ma'am«, erwiderte ich hastig. Allzu hastig. »Alfred und ich waren nur gute Freunde.« Meine Haut brannte wie von tausend Nadelstichen.

»Wirklich?« Sie überlegte. »Was hat mich dann bloß dazu veranlasst, etwas anderes anzunehmen?«

»Ich weiß nicht, Ma'am.«

Sie sah mir zu, wie ich mit ihren Seidenkleidern hantierte. »Ich habe dich in Verlegenheit gebracht«, sagte sie lächelnd.

»Nein, überhaupt nicht, Ma'am«, entgegnete ich. »Es ist nur ...« Ich klammerte mich an das Gespräch. »Ich musste gerade an einen Brief denken, den ich bekommen habe. Mit Nachrichten aus Riverton. Was für ein Zufall es ist, dass Sie mich ausgerechnet jetzt auf Alfred ansprechen.«

»Ach?«

»Ja, Ma'am.« Die Worte sprudelten nur so aus mir heraus. »Erinnern Sie sich an Miss Starling, die für Ihren Vater gearbeitet hat?«

Hannah runzelte die Stirn. »Die magere Frau mit dem mausbraunen Haar? Die immer mit einer ledernen Tasche durchs Haus geschlichen ist?«

»Ja, Ma'am, die meine ich.« Es war, als stünde ich neben mir und würde zusehen, wie ich so tat, als wäre ich die Gelassenheit in Person. »Miss Starling und Alfred haben geheiratet, Ma'am. Im vergangenen Monat. Sie wohnen jetzt in Ipswich, wo er sich als Elektriker selbstständig gemacht hat.« Ich schloss den Überseekoffer und nickte. Ohne Hannah anzusehen, sagte ich: »Wenn Sie mich jetzt bitte entschuldigen wollen, Ma'am. Ich glaube, Mr Boyle braucht mich unten.«

Dann schloss ich die Tür hinter mir und war allein. Ich hielt mir den Mund zu. Kniff die Augen zusammen. Spürte, wie meine Schultern bebten, während ich mein Schluchzen unterdrückte.

Irgendwie schienen meine Knochen nachzugeben, und ich klappte zusammen. Sank, mit den Schultern zuerst, gegen die Wand, hätte mich am liebsten in Luft aufgelöst.

Und dort blieb ich liegen. Reglos. Stellte mir vor, wie Teddy oder Deborah oder beide mich im dunklen Korridor fanden, als sie zu Bett gingen. Wie Mr Boyle gerufen wurde, um mich in mein Zimmer zu tragen. Und empfand nichts. Keine Scham. Kein Pflichtbewusstsein. Denn welche Rolle spielte es schon? Welche Rolle spielte überhaupt noch irgendetwas?

Dann, irgendwo im Untergeschoss, lautes Krachen. Teller und Besteck.

Ich hielt den Atem an. Riss die Augen auf. Kehrte plötzlich zurück in die Gegenwart.

Natürlich spielte es eine Rolle. Hannah spielte eine Rolle. Jetzt brauchte sie mich mehr denn je. Jetzt, wo sie ohne Robbie nach Riverton zurückkehren musste.

Ich atmete zitternd aus. Straffte meine Schultern und schluckte.

Es würde niemandem helfen, wenn ich vor Selbstmitleid verging und meine Pflichten nicht mehr erfüllen konnte.

Ich drückte mich von der Wand ab, stand auf, glättete meinen Rock und rückte meine Manschetten zurecht. Wischte mir die Augen.

Ich war eine Zofe. Nicht irgendein Dienstmädchen. Auf mich musste Verlass sein. Ich konnte es mir nicht leisten, mich derart gehen zu lassen.

Noch einmal atmete ich aus. Ganz tief. Entschlossen. Nickte mir selbst zu und ging mit großen, selbstbewussten Schritten den Korridor entlang.

Als ich die Stufen zu meinem Zimmer hinaufstieg, schlug ich die Tür in meinem Innern zu, durch die ich einen flüchtigen Blick erhascht hatte auf den Ehemann, das Haus und die Kinder, die ich einmal hätte haben können.

Zurück auf Riverton

Ursula ist gekommen, wie sie es versprochen hat. Wir fahren über die kurvenreiche Landstraße nach Saffron Green. Schon bald werden wir hinter einer Biegung die Schilder sehen, die Touristen auf Riverton willkommen heißen. Ich betrachte Ursulas Gesicht, während sie fährt; sie lächelt mir zu, um sich dann wieder auf die Straße zu konzentrieren. Ihre Bedenken, ob dieser Ausflug wirklich eine gute Idee ist, hat sie beiseitegeschoben. Sylvia war nicht sonderlich erfreut darüber, aber sie hat versprochen, der Heimleiterin nichts davon zu sagen und Ruth notfalls zu beschwichtigen. Wahrscheinlich ahnen sie, dass das meine letzte Gelegenheit ist. Dass es zu spät ist, sich um meine Zukunft zu sorgen.

Das eiserne Tor steht offen. Ursula biegt in die Auffahrt ein, und wir fahren den gewundenen Weg zum Haus hinauf. Es ist dunkel, in dem Tunnel aus Baumkronen regt sich nichts, es ist so merkwürdig still, wie ich es in Erinnerung habe, als lauschten die Bäume auf irgendetwas. Nach der nächsten Biegung liegt das Haus vor uns. Wie so viele Male zuvor: An meinem ersten Tag auf Riverton, als ich vierzehn Jahre alt und noch völlig naiv war; am Tag des Theaterstücks, als ich voller Erwartung vom Besuch bei meiner Mutter zurückkehrte; am Abend nach Alfreds Heiratsantrag und an jenem Morgen im Jahr 1924, als wir aus London nach Riverton zurückkehrten. Der Tag heute ist für mich irgendwie wie nach Hause kommen.

Zwischen der Einfahrt und dem Brunnen mit Eros und Psyche befindet sich jetzt ein betonierter Parkplatz. Ursula kurbelt das Fenster auf der Fahrerseite herunter, als wir uns dem Kassenhäuschen nähern. Sie wechselt ein paar Worte mit dem Wachmann, der uns anschließend durchwinkt. Weil ich offensichtlich zu gebrechlich bin, wird ihr gestattet, mich zuerst abzusetzen, bevor sie einen Parkplatz sucht. Sie fährt den Wendekreis entlang – der jetzt mit Asphalt anstatt mit Kies bedeckt ist – und hält direkt vor dem Eingang. Ursula führt mich zu einer kleinen eisernen Gartenbank neben dem Portikus, damit ich mich setzen kann, und geht zum Wagen zurück.

Ich denke gerade an Mr Hamilton, frage mich, wie oft er wohl vor seinem Herzinfarkt im Frühjahr 1924 die Haustür geöffnet haben mag. Und da passiert es.

»Wie schön, dass du wieder hier bist, Grace.«

Als ich in die wässrige Sonne (oder tränen meine Augen nur?) blinzle, steht er da, auf der obersten Stufe.

»Mr Hamilton«, erwidere ich. Natürlich halluziniere ich, aber es erscheint mir unhöflich, einen alten Gefährten einfach zu ignorieren, auch wenn er schon seit sechzig Jahren tot ist.

»Wir haben uns oft gefragt, wann wir dich wiedersehen würden, Mrs Townsend und ich.«

»Wirklich?« Mrs Townsend war kurz nach ihm gestorben, an einem Schlaganfall, der sie im Schlaf überrascht hatte.

»O ja. Wir freuen uns immer, wenn die Jungen zurückkehren. Es ist ein bisschen einsam hier, nur noch wir beide. Ohne Familie, der wir zu Diensten sein können. Nur Gehämmere und Geklopfe und schmutzige Stiefel.« Kopfschüttelnd betrachtet er den Bogen des Säulenvorbaus. »Tja, das alte Haus hat sich sehr verändert. Wart's ab, wenn du erst mal siehst, was sie mit meinem Zimmer gemacht haben.« Dann strahlt er über das ganze Gesicht. »Und du, Grace«, sagt er sanft. »Wie geht es dir?«

»Ich bin müde«, erwidere ich. »Ich bin sehr müde, Mr Hamilton.«

»Ich weiß, Kleines«, sagt er. »Nicht mehr lange.«

»Was ist los?« Ursula steht neben mir und verstaut das Parkticket in ihrer Handtasche. »Sind Sie müde?« Sie schaut mich stirnrunzelnd an. »Ich werde Ihnen einen Rollstuhl besorgen. Bei der Renovierung hat man Aufzüge eingebaut.«

Ich antworte, dass das wohl das Beste wäre, und schiele noch einmal zu Mr Hamilton hinüber. Aber er ist nicht mehr da.

In der Eingangshalle begrüßt uns eine quirlige, wie die Gattin eines Landedelmanns in den Vierzigerjahren gekleidete Frau, die uns erklärt, dass die Eintrittskarte eine Führung beinhaltet, mit der sie jetzt gleich beginnen wird. Bevor wir widersprechen können, werden wir einer Gruppe von sieben weiteren ahnungslosen Besuchern zugeteilt: ein Pärchen aus London auf einem Tagesausflug, ein Schüler, der für den Heimatkundeunterricht recherchiert, und eine vierköpfige amerikanische Familie – Eltern und Sohn in den gleichen Turnschuhen und T-Shirts, die halbwüchsige Tochter groß, bleich und ganz in Schwarz. Unsere Führerin – sie stellt sich als Beryl vor, und deutet auf ihr Namensschild – lebt seit ihrer Geburt in Saffron Green und ermuntert uns, Fragen zu stellen.

Die Führung beginnt im Dienstbotentrakt, dem Herzen des englischen Herrenhauses, wie Beryl lächelnd und augenzwinkernd verrät. Ursula und ich nehmen den Aufzug, der an der Stelle eingebaut wurde, wo sich früher die Garderobe befand. Als wir unten ankommen, drängen sich die anderen bereits um Mrs Townsends Küchentisch und amüsieren sich laut über eine komische Liste traditioneller englischer Gerichte aus dem neunzehnten Jahrhundert, die Beryl vorliest.

In dem Dienstbotentrakt ist alles noch wie früher, aber irgendetwas wirkt dennoch verändert. Es ist das Licht. Elektrische Glühbirnen haben die flackernden, flüsternden Ecken zum Schweigen gebracht. Wir hatten auf Riverton sehr lange keine Elektrizität. Selbst als Teddy Mitte der Zwanzigerjahre elektrischen Strom legen ließ, war es mit dem jetzigen Zustand nicht zu vergleichen. Ich vermisse das Dämmerlicht, aber die Räume mit den Mitteln von damals zu beleuchten wäre vermutlich heute gar nicht mehr erlaubt, noch nicht einmal, um einen historisch authentischen Effekt zu erzielen. Solche Dinge werden heutzutage durch Gesetze geregelt. Gesundheit und Sicherheit. Öffentliche Haftung. Niemand will sich verklagen lassen, nur weil ein Tourist zufällig in einem spärlich beleuchteten Treppenhaus ausrutscht.

»Folgen Sie mir«, zwitschert Beryl. »Wir nehmen den Dienstbotenausgang zur Terrasse hinter dem Haus, aber keine Sorge, Sie brauchen keine Schürzen anzuziehen.«

Wir befinden uns auf dem Rasen oberhalb von Lady Ashburys Rosengarten. Überraschenderweise sieht es hier unverändert aus, obwohl neben den Stufen Rampen angelegt wurden. Es gibt jetzt ein Team von festangestellten Gärtnern, sagt Beryl, die sich um eine Menge Dinge kümmern müssen: um die Gärten selbst, die Rasenflächen, die Brunnen und diverse Gebäude auf dem Anwesen und schließlich um das Sommerhaus.

Der Bau des Sommerhauses war eins der ersten Dinge, die Teddy veranlasste, nachdem ihm Riverton im Jahre

1923 zugefallen war. Es wäre ein Verbrechen, meinte er, dass ein so schöner See, das Juwel des Grundstücks, nicht mehr genutzt würde. Er stellte sich Sommerpartys auf Booten vor, mit abendlichem Sternegucken. Teddy ließ auf der Stelle Pläne anfertigen, und als wir im April 1924 aus London eintrafen, war das Haus nur deswegen noch nicht ganz fertig, weil eine Lieferung italienischen Kalksteins noch nicht eingetroffen war und der anhaltende Frühlingsregen die Bauarbeiten verzögert hatte.

Auch an dem Morgen unserer Ankunft regnete es. Erbarmungslos strömender Regen, der eingesetzt hatte, als wir durch die abgelegenen Dörfer von Essex fuhren, und gar nicht mehr aufhören wollte. Die Moore standen unter Wasser, der Waldboden war durchweicht, und als die Autos die schlammige Auffahrt von Riverton hinaufkrochen, war das Haus nicht zu sehen. Jedenfalls nicht auf den ersten Blick. Es war so eingehüllt von dichtem Nebel, dass es erst nach und nach hervortrat, wie eine geisterhafte Erscheinung. Als wir näher kamen, wischte ich mit der Hand die beschlagene Scheibe frei und spähte durch die Nebelwolke zum bleiverglasten Kinderzimmerfenster hinauf. Und plötzlich war mir, als wäre irgendwo in diesem großen düsteren Haus die junge Grace damit beschäftigt, den Tisch im Speisesaal herzurichten, Hannah und Emmeline beim Ankleiden zu helfen und sich eine von Nancys berüchtigten Standpauken anzuhören. Hier und dort, damals und heute, alles gleichzeitig, den unberechenbaren Launen der Zeit unterworfen.

Der erste Wagen hielt, und unter dem Portikus trat Mr Hamilton hervor, einen schwarzen Regenschirm in der Hand, um Hannah und Teddy beim Aussteigen zu helfen. Der zweite Wagen fuhr weiter und hielt vor dem Hintereingang. Ich zog mir den Regenmantel schützend über meinen Hut, nickte dem Fahrer zu und lief zum Eingang des Dienstbotentrakts.

Vielleicht war ja der Regen schuld. Wenn es ein schöner Tag gewesen wäre mit blauem Himmel und strahlendem Sonnenschein, der durch die Fenster lächelte, wäre der Verfall des Hauses womöglich nicht so schockierend gewesen. Obwohl Mr Hamilton und das andere Personal sich alle Mühe gegeben hatten – sie hatten rund um die Uhr geputzt, sagte Nancy –, war das Haus in einem erbärmlichen Zustand. Es würde eine große Herausforderung sein, das durch Mr Frederick jahrelang vernachlässigte Anwesen wieder auf Vordermann zu bringen.

Hannah traf es besonders hart. Als sie die heruntergekommenen Räume sah, wurde ihr bewusst, wie einsam Vater in seinen letzten Tagen gewesen sein musste. Und ihre Schuldgefühle erwachten erneut, weil es ihr nicht gelungen war, die Brücken zwischen ihm und ihr wieder aufzubauen.

»Mir vorzustellen, dass er so gelebt hat«, sagte sie zu mir, als ich ihr an jenem Abend beim Ausziehen half. »Während ich in London war und nichts davon geahnt habe. Emmeline hat zwar hin und wieder ihre Witze darüber gemacht, aber ich hätte mir nie träumen lassen ...« Sie schüttelte den Kopf. »Allein der Gedanke, Grace. Allein der Gedanke, dass der arme Pa so unglücklich war.« Nach kurzem Schweigen fuhr sie fort: »Da sieht man, was passiert, wenn ein Mensch sich selbst untreu wird, nicht wahr?«

»Ja, Ma'am«, erwiderte ich, ohne zu merken, dass wir längst nicht mehr von Vater sprachen.

Teddy war zwar ebenso überrascht vom Ausmaß des Zerfalls auf Riverton, doch er ließ sich nicht beirren. Er hatte ohnehin eine Totalsanierung geplant.

»Wir wollen doch den alten Schuppen ins zwanzigste Jahrhundert bringen, oder?«, sagte er mit einem wohlwollenden Lächeln zu Hannah.

Inzwischen war eine Woche vergangen. Es hatte aufgehört zu regnen. Teddy stand mit dem Rücken zum Fenster und ließ den Blick durch Hannahs sonnendurchflutetes Zimmer schweifen. Hannah und ich saßen auf der Chaiselongue und sortierten ihre Kleider.

»Wie du willst«, lautete ihre unverbindliche Antwort.

Teddy sah sie verwirrt an: War es denn nicht aufregend, den alten Familiensitz wieder herzurichten? Waren nicht alle Frauen darauf versessen, ihrer Umgebung ein weibliches Flair zu verleihen? »Ich werde keine Kosten scheuen«, verkündete er.

Hannah blickte auf und lächelte geduldig wie gegenüber einem übereifrigen Verkäufer. »Was auch immer du für das Beste hältst.«

Teddy hätte es sicher gern gesehen, wenn sie seine Begeisterung für das Bauprojekt geteilt hätte: die Gespräche mit den Architekten, das Aussuchen von Stoffen oder der Kauf einer originalgetreuen Nachbildung des königlichen Garderobenständers. Aber er machte nicht viel Aufhebens darum. Er hatte sich daran gewöhnt, mit seiner Frau uneins zu sein. Und so schüttelte er nur den Kopf, strich ihr kurz übers Haar und ließ das Thema fallen.

Hannah interessierte sich zwar nicht für die Renovierungsarbeiten, aber die Rückkehr nach Riverton versetzte sie überraschenderweise in bessere Stimmung. Ich hatte erwartet, dass sie am Boden zerstört sein würde, weil sie London und Robbie hatte verlassen müssen, und war auf das Schlimmste gefasst. Aber ich hatte sie falsch eingeschätzt. Sie war besser gelaunt als gewöhnlich. Während im Haus die Renovierungsarbeiten Fortschritte machten, verbrachte sie viel Zeit im Freien. Sie ging im

Park spazieren, wanderte zu den weit abgelegenen Wiesen und kehrte strahlend zum Mittagessen zurück, die Wangen gerötet und den Rocksaum mit winzigen Grassamen übersät.

Sie hat Robbie aufgegeben, dachte ich. Es mochte Liebe gewesen sein, aber offenbar hatte sie beschlossen, darauf zu verzichten. Man mag mich für naiv halten, und das war ich wohl auch. Schließlich hatte ich nichts zum Vergleich außer meinen eigenen Erfahrungen. Ich hatte Alfred aufgegeben, war nach Riverton zurückgekehrt und hatte mich daran gewöhnt, dass er nicht da war, und ich ging davon aus, dass es sich bei Hannah ebenso verhielt. Dass auch sie eingesehen hatte, dass ihre Pflichten woanders lagen.

Eines Tages machte ich mich auf den Weg, um sie zu suchen. Teddy war für den Sitz der Torys in Saffron nominiert worden, und ein Mittagessen mit Lord Gifford war geplant. Er sollte in einer halben Stunde eintreffen, und Hannah war noch nicht von ihrem Spaziergang zurückgekehrt. Schließlich fand ich sie im Rosengarten. Sie saß auf den Steinstufen unter dem Laubengang – an derselben Stelle, wo Alfred vor all den Jahren gesessen hatte.

»Gott sei Dank, Ma'am«, rief ich außer Atem. »Lord Gifford wird jeden Moment eintreffen, und Sie sind noch nicht angezogen.«

Hannah lächelte mich über die Schulter hinweg an. »Also, ich hätte schwören können, dass ich mein grünes Kleid anhabe.«

»Na, Sie wissen doch, was ich meine, Ma'am. Sie müssen sich zum Mittagessen umziehen.«

»Ich weiß«, erwiderte sie. Sie streckte ihre Arme aus und ließ die Hände kreisen. »Heute ist so ein schöner Tag. Es ist doch eine Schande, sich im Haus aufzuhalten. Vielleicht können wir Teddy ja dazu überreden, auf der Terrasse zu speisen?«

»Ich weiß nicht, Ma'am«, antwortete ich. »Ich glaube nicht, dass Mr Luxton das für eine gute Idee hält. Sie wissen doch, dass er Insekten nicht leiden kann.«

Sie lachte. »Du hast natürlich recht. Na ja, war auch nur so ein Gedanke.« Sie stand auf, sammelte ihre Schreibutensilien ein und klemmte sie sich unter den Arm. Obenauf lag ein unfrankierter Brief.

»Soll ich Mr Hamilton den Brief geben, damit er ihn für Sie zur Post bringt, Ma'am?«

»Nein«, erwiderte sie lächelnd und hielt sich den Schreibblock fest vor die Brust. »Nein, danke, Grace. Ich gehe heute Nachmittag in die Stadt und bringe ihn selbst zur Post.«

Kein Wunder, dass ich sie für glücklich hielt. Sie war es tatsächlich. Aber nicht, weil sie es geschafft hatte, Robbie aufzugeben. Da irrte ich mich. Und erst recht nicht, weil ihre Liebe zu Teddy neu entflammt war. Und auch nicht, weil sie wieder auf ihren Familiensitz zurückgekehrt war. Nein. Sie war glücklich aus einem ganz anderen Grund. Hannah hatte ein Geheimnis.

Beryl führt uns durch den Park. Es ist eine holprige Fahrt im Rollstuhl, aber Ursula ist sehr umsichtig. Als wir das zweite Schwingtor erreichen, finden wir ein Hinweisschild vor. Beryl erklärt, dass der hintere Teil des Parks wegen Renovierungsarbeiten am Sommerhaus geschlossen ist und wir es nicht besichtigen können. Wir dürfen bis an den Ikarus-Brunnen gehen, aber nicht weiter. Dann öffnet sie das Tor, und wir gehen einzeln hindurch.

Die Party war Deborahs Idee. Die Leute sollten wissen, dass Teddy und Hannah sich, auch wenn sie nicht mehr in London lebten, keineswegs aus dem gesellschaftlichen Leben zurückgezogen hatten. Teddy war begeistert. Die Renovierungsarbeiten waren weitgehend abgeschlossen, und eine Party war eine ausgezeichnete Gelegenheit, seinen neuen Wohnsitz zu präsentieren. Überraschenderweise hatte auch Hannah keine Einwände. Mehr noch, sie nahm die Organisation selbst in die Hand. Teddy, überrascht, aber hocherfreut, zog es vor, keine Fragen zu stellen. Deborah, die es nicht gewohnt war, die Planung einer Party mit jemandem zu teilen, war hingegen weniger begeistert.

»Aber du willst dich doch sicherlich nicht mit all den Einzelheiten belasten«, sagte sie, als die beiden Frauen beim Morgentee zusammensaßen.

Hannah lächelte. »Im Gegenteil. Ich habe eine ganze Menge Ideen. Wie wär's zum Beispiel mit chinesischen Lampions?«

Es war Hannahs Wunsch, anstelle einer Dinnerparty mit wenigen ausgesuchten Gästen ein rauschendes Fest zu feiern. Sie stellte Gästelisten zusammen und schlug vor, einen Tanzboden aufbauen zu lassen. Die Mittsommernachtparty sei einst eine Tradition auf Riverton gewesen, erklärte sie Teddy; warum sie nicht wieder ins Leben rufen?

Teddy war entzückt. Seine Frau und seine Schwester zusammenarbeiten zu sehen, war schon lange sein größter Wunsch gewesen. Er gab Hannah völlig freie Hand, und sie nahm die Gelegenheit nur zu gern wahr. Sie hatte ihre Gründe. Heute weiß ich das. Aus einer großen, aufgekratzten Menschenmenge kann man sich leichter davonstehlen als von einer kleinen Dinnerparty.

Ursula schiebt mich langsam um den Ikarus-Brunnen herum. Er wurde offensichtlich gesäubert. Die blauen

Fliesen und der Marmor leuchten wie nie zuvor, aber Ikarus und seine drei Meerjungfrauen sind immer noch in der Szene erstarrt, wie der tote Ikarus aus dem Wasser gerettet wird. Ich blinzle, und die beiden geisterhaften Gestalten in weißen Petticoats, die sich auf dem Fliesenrand räkeln, sind wieder verschwunden.

»Ich bin der König der Welt.« Der amerikanische Junge ist auf den Kopf der Nixe mit der Harfe gestiegen und breitet seine Arme aus.

Beryl unterdrückt ihren Unmut und ruft mit aufgesetzter Freundlichkeit: »Komm da runter, Kleiner. Der Brunnen ist zum Anschauen da, nicht zum Herumklettern.« Sie zeigt mit dem Finger auf den Weg, der zum See führt. »Geh da hinunter. Du darfst nicht hinter die Absperrung, aber du kannst einen Blick auf unseren berühmten See werfen.«

Der Junge springt vom Brunnenrand und landet vor meinen Füßen. Er wirft mir einen verächtlichen Blick zu, dann rennt er los. Seine Eltern und seine Schwester folgen ihm.

Der Weg ist zu schmal für den Rollstuhl, aber ich möchte mir den See auch so gerne ansehen. Es ist derselbe Weg, dem ich in jener Nacht folgte. Ich bitte Ursula, mich beim Gehen zu stützen. Sie sieht mich skeptisch an.

»Sind Sie sicher?«

Ich nicke.

Sie schiebt den Rollstuhl bis zu der Stelle, wo der Weg anfängt, und ich lege meine Arme um sie, während sie mich hochhievt. Wir bleiben einen Augenblick stehen, bis sie ihr Gleichgewicht gefunden hat, dann setzen wir uns langsam in Bewegung. Ich spüre kleine Steine unter meinen Schuhen, lange Grashalme streichen an meinem Rock entlang, in der warmen Luft schweben Libellen.

Wir bleiben stehen, als die amerikanische Familie an uns vorbei zum Brunnen zurückgeht. Sie beschweren sich lautstark über die Bauarbeiten.

»In Europa ist alles durch Baugerüste verdeckt«, lamentiert die Mutter.

»Eigentlich müssten sie uns Geld zurückerstatten«, fügt der Vater hinzu.

»Ich bin nur hierhergekommen, um zu sehen, wo er gestorben ist«, sagt das Mädchen in den schwarzen Lederstiefeln.

Ursula grinst, und wir setzen unseren Weg fort. Das Hämmern wird lauter, je näher wir kommen. Nach vielen kleinen Pausen gelangen wir schließlich an die Absperrung, wo unser Weg endet. Sie befindet sich an derselben Stelle wie das Absperrband vor so vielen Jahren.

Ich halte mich daran fest und schaue auf den See. Still liegt er da, nur am gegenüberliegenden Ufer kräuselt sich die Wasseroberfläche leicht. Das Sommerhaus ist zwar hinter Baufolie verborgen, aber die Geräusche der Bauarbeiten sind dennoch zu hören. Sie erinnern mich an das Jahr 1924, als die Handwerker sich beeilten, das Haus zur Party fertigzustellen. Vergeblich, wie sich herausstellte. Der Kalkstein wurde in Calais aufgrund von Zollschwierigkeiten festgehalten und traf, sehr zu Teddys Verdruss, nicht zum vorgesehenen Termin ein. Außerdem hatte er gehofft, dass das neue Teleskop rechtzeitig installiert sein würde, damit die Partygäste an den See kommen und den Nachthimmel dadurch betrachten konnten. Hannah besänftigte ihn.

»Mach dir nichts draus«, sagte sie. »Wenn erst alles fertiggestellt ist, kannst du noch eine Party geben. Eine richtige Sterngucker-Party.« Sie sagte »du«, nicht »wir«. Sie hatte bereits aufgehört, sich als Teil von Teddys Zukunft zu betrachten.

»Wahrscheinlich hast du recht«, erwiderte Teddy mit der Stimme eines quengelnden Kindes.

»Es ist bestimmt besser so«, sagte Hannah. Sie neigte den Kopf zur Seite. »Vielleicht ist es gar keine so schlechte Idee, auf dem Weg zum See Absperrungen aufzustellen, damit die Leute nicht so dicht ans Ufer gehen. Es könnte gefährlich sein.«

Teddy runzelte die Stirn. »Inwiefern gefährlich?«

»Du weißt doch, wie Handwerker sind«, antwortete sie. »Wahrscheinlich sind sie auch an allen möglichen anderen Stellen noch nicht fertig geworden. Lass uns lieber warten, bis du Zeit findest, alles genau zu überprüfen.«

O ja, Liebe kann einen Menschen sehr erfinderisch machen. Es kostete sie nicht viel Mühe, Teddy zu überreden. Sie beschwor die Gefahr von Schadensersatzklagen und hässlicher Publicity herauf. Teddy ließ Mr Boyle Schilder und Absperrungen aufstellen, um die Gäste vom See fernzuhalten. Im August würde er anlässlich seines Geburtstags dann noch eine Party veranstalten. Eine Lunchparty im Sommerhaus mit Booten, Spielen und farbig gestreiften Zelten. Genauso wie auf dem Gemälde dieses Franzosen, wie war gleich noch sein Name?

Natürlich fand diese Party nie statt, denn im August 1924 stand niemandem, außer Emmeline, der Sinn danach, eine Party zu geben. Aber bei ihr war das damals eher eine besondere Art der Exaltiertheit, wie eine Abwehrreaktion auf all das Entsetzen und das Blut.

Das Blut. So viel Blut. Wer hätte sich je vorstellen können, dass so viel Blut fließen könnte? Von da, wo ich jetzt stehe, kann ich die Stelle am Ufer des Sees sehen. Da standen sie. Da stand er, ehe er …

Mein Kopf wird plötzlich ganz leer, und meine Beine geben unter mir nach. Ursula hakt mich unter, um mich festzuhalten.

»Geht es Ihnen nicht gut?«, fragt sie mit besorgten, dunklen Augen. »Sie sind ja ganz blass.«

Meine Gedanken schwimmen. Mir ist so heiß. Und schwindlig.

»Wollen Sie lieber ins Haus gehen?«

Ich nicke.

Ursula führt mich den Weg zurück, hilft mir in den Rollstuhl und erklärt Beryl, dass sie mich ins Haus bringen muss.

Das ist die Hitze, sagte Beryl verständnisvoll, ihrer Mutter mache sie auch zu schaffen. Es sei einfach viel zu heiß für die Jahreszeit. Sie beugt sich zu mir vor und lächelt mich breit an, sodass ihre Augen sich zu Schlitzen verengen. »Es ist die Hitze, meine Liebe, die Hitze.«

Ich nicke. Es lohnt sich nicht, ihr zu widersprechen. Wie soll ich ihr auch begreiflich machen, dass es nicht die Hitze ist, die mich bedrückt, sondern das Gewicht einer uralten Schuld.

Ursula bringt mich zum Salon. Wir bleiben gleich hinter dem Eingang stehen; weiter geht es nicht. Etwa einen Meter hinter der Tür hat man eine dicke, rote Kordel gespannt. Wahrscheinlich wollen sie nicht, dass jeder einfach durch den Salon spaziert und mit seinen schmutzigen Fingern alles anfasst. Ursula stellt meinen Rollstuhl vor der Wand ab und nimmt auf einer Bank Platz, die für Besucher aufgestellt wurde.

Touristen gehen vorbei, zeigen auf den opulenten Tisch und betrachten unter vielen »Aahs« und »Oohs« das Tigerfell auf der Rückenlehne des Chesterfield-Sofas. Keiner von ihnen scheint zu bemerken, dass es in dem Raum nur so von Geistern wimmelt.

Hier in diesem Salon hat die Polizei ihre Vernehmungen durchgeführt. Der arme Teddy. Er war völlig verwirrt. »Er war Dichter«, sagte er dem Polizisten, der ihn befragte, und schlang sich, immer noch im Smoking, eine Decke um die Schultern. »Meine Frau und er kannten sich als Jugendliche. Ein netter Kerl; künstlerisch veranlagt, aber harmlos. Er ist immer mit meiner Schwägerin und ihrer Clique herumgezogen.«

Alle wurden in jener Nacht von der Polizei vernommen. Außer Hannah und Emmeline. Dafür hatte Teddy gesorgt. Es sei schon schlimm genug, dass sie so etwas hätten mitansehen müssen, erklärte er den Polizisten; das Ganze noch einmal zu durchleben sei eine Zumutung. Der Einfluss der Familie Luxton war so groß, dass die Polizisten nicht weiter insistierten.

Allerdings waren sie auch nicht wirklich erpicht darauf, die Schwestern zu vernehmen. Es war schon sehr spät, und sie wollten möglichst bald nach Hause zu ihren Frauen und zurück in ihr warmes Bett. Sie hatten alles erfahren, was sie wissen mussten. Der Vorfall war nichts Ungewöhnliches. Deborah hatte selbst gesagt, dass es in ganz London, auf der ganzen Welt junge Männer gab, denen es nach allem, was sie im Krieg gesehen und getan hatten, schwerfiel, wieder in ein normales Leben zurückzufinden. Dass er ein Dichter war, machte die ganze Geschichte noch plausibler. Künstler neigten ja bekannterweise zu übertrieben emotionalen Reaktionen.

Die anderen aus unserer Gruppe haben uns gefunden. Beryl bittet uns, uns ihnen wieder anzuschließen, und geleitet uns in die Bibliothek.

»Dies ist einer der wenigen Räume, die bei dem Brand im Jahr 1938 nicht zerstört wurden«, sagt sie und schreitet zielstrebig den Korridor entlang. »Ein Segen, kann ich Ihnen versichern. Die Familie Hartford besaß eine unschätzbare Sammlung alter Bücher. Über neuntausend Bände.«

Das kann ich bestätigen.

Unser bunt zusammengewürfeltes Grüppchen folgt Beryl in den Raum und verteilt sich dort. Hälse recken sich, um die gläserne Gewölbedecke zu bewundern und die Bücherregale, die sich von dort bis zum Boden erstrecken. Robbies Picasso ist nicht mehr da. Wird wohl in irgendeinem Museum gelandet sein, denke ich. Vorbei sind die Tage, wo in jedem englischen Haus Werke großer Meister einfach so an den Wänden hingen.

Hier verbrachte Hannah nach Robbies Tod die meiste Zeit: ganze Tage zusammengekauert auf einem Sessel in der Stille der Bibliothek. Sie las nicht, saß einfach nur da. Durchlebte in Gedanken immer und immer wieder die Ereignisse der letzten Monate. Eine Zeit lang war ich die Einzige, die sie sehen wollte. Sie erzählte wie besessen von Robbie, beschrieb mir ihre Affäre in allen Einzelheiten. Jede noch so kleine Begebenheit. Und jedes Mal endete sie mit derselben Klage.

»Ich habe ihn geliebt, du weißt es, Grace«, sagte sie. So leise, dass sie kaum zu hören war.

»Ich weiß, Ma'am.«

»Ich konnte einfach nicht …« Dann schaute sie mich an, Tränen in den Augen. »Es hat einfach nicht gereicht.«

Anfangs akzeptierte Teddy, dass sie sich so abkapselte – es schien eine natürliche Reaktion zu sein auf das, was sie hatte mitansehen müssen –, doch als die Wochen vergingen, ohne dass sich ihr Zustand besserte, begann er sich doch darüber zu wundern, wie sehr es ihr an der berühmten britischen Selbstbeherrschung mangelte.

Alle hatten eine Meinung dazu, wie sie sich verhalten sollte und was man unternehmen könnte, um ihre Lebensgeister wieder zu wecken. Eines Abends nach dem Essen gab es eine Diskussion am runden Tisch.

»Sie braucht ein neues Hobby«, verkündete Deborah und zündete sich eine Zigarette an. »Ich kann ja verstehen, dass sie unter Schock steht, nachdem dieser Mann sich vor ihren Augen erschossen hat, aber schließlich geht das Leben weiter.«

»Was denn für ein Hobby?«, fragte Teddy stirnrunzelnd.

»Ich dachte an Bridge«, erwiderte Deborah und schnippte die Asche auf einen Teller. »Eine gute Partie Bridge kann einen von nahezu allem ablenken.«

Estella, die auf Riverton geblieben war, um »ihr Teil beizutragen«, war ebenfalls der Auffassung, dass Hannah Ablenkung benötigte, hatte jedoch ihre eigene Vorstellung davon, welcher Art diese sein sollte: Sie brauchte ein Baby. Welche Frau brauchte das nicht? Ob Teddy ihr nicht dazu verhelfen könne?

Teddy meinte, er werde sein Bestes tun. Und da er Hannahs Gleichgültigkeit als Zustimmung interpretierte, tat er das auch.

Zu Estellas Entzücken erklärte der Arzt drei Monate später, Hannah sei schwanger. Doch die Hoffnung, eine Schwangerschaft würde Hannah auf andere Gedanken bringen, bestätigte sich nicht. Im Gegenteil, sie wirkte teilnahmsloser denn je. Sie erzählte mir immer weniger über ihre Affäre mit Robbie und bestellte mich schließlich gar nicht mehr in die Bibliothek. Ich war enttäuscht, aber mehr noch besorgt. Ich hatte gehofft, ihre Bekenntnisse würden sie irgendwie aus ihrem selbst gewählten inneren Exil erlösen. Dass sie, indem sie mir alles über ihre Affäre mit Robbie erzählte, wieder zu uns zurückfinden würde. Aber es sollte nicht sein.

Stattdessen zog sie sich auch von mir immer mehr zurück; sie begann, sich allein anzuziehen, mir merkwürdige, beinahe feindselige Blicke zuzuwerfen, sobald ich ihr meine Hilfe anbot. Ich redete auf sie ein, beschwor sie zu begreifen, dass es nicht ihre Schuld war, dass sie ihn nicht hatte retten können, doch sie starrte mich nur blicklos an. Als wüsste sie nicht, wovon ich redete, oder schlimmer noch, als unterstellte sie mir unlautere Absichten.

In jenen letzten Monaten wandelte sie wie ein Geist durchs Haus. Nancy meinte, es sei beinahe, als wäre Mr Frederick wieder da. Teddy machte sich immer größere Sorgen. Schließlich ging es jetzt nicht mehr allein um Hannah. Sein Kind, sein Sohn, der Erbe der Luxtons hatte etwas Besseres verdient. Er ließ einen Arzt nach dem anderen kommen. Doch die Ärzte, frisch zurück aus dem Krieg, gelangten übereinstimmend zu der Diagnose, dass Hannah unter Schock stand, eine normale Reaktion, meinten sie, nach allem, was sie durchgemacht habe.

Einer von ihnen nahm Teddy nach der Untersuchung beiseite und sagte: »Zweifellos Schock. Sehr interessanter Fall; völlig abgekapselt von ihrer Umwelt.«

»Wie kriegen wir das wieder hin?«, fragte Teddy.

Der Arzt schüttelte bedauernd den Kopf. »Ich würde sonst was dafür bezahlen, wenn ich es wüsste.«

»Geld spielt keine Rolle«, erwiderte Teddy.

Der Arzt runzelte die Stirn. »Gab es noch weitere Zeugen?«

»Die Schwester meiner Frau«, antwortete Teddy.

»Schwester«, sagte der Arzt und machte sich eine Notiz. »Gut. Stehen die beiden sich nahe?«

»Sehr«, sagte Teddy.

Der Doktor richtete seinen Zeigefinger auf Teddy. »Holen Sie sie her. Sie muss reden: die einzige wirksame

Methode bei dieser Art Hysterie. Ihre Frau muss mit jemandem zusammen sein, der denselben Schock erlitten hat.«

Teddy beherzigte den Rat des Arztes, und Emmeline wurde mehrfach eingeladen, aber sie wollte nicht kommen. Konnte angeblich nicht kommen. Sie war zu beschäftigt.

»Ich begreife das nicht«, sagte Teddy eines Abends nach dem Essen zu Deborah. »Wie kann sie ihre eigene Schwester im Stich lassen? Nach allem, was Hannah für sie getan hat?«

»Du solltest froh sein«, erwiderte Deborah mit hochgezogenen Brauen. »Nach allem, was ich so gehört habe, ist es vielleicht besser, wenn sie sich von Riverton fernhält. Es heißt, sie sei ziemlich vulgär geworden. Auf den Partys ist sie immer die Letzte, die geht. Und sie umgibt sich mit äußerst zweifelhaften Gestalten.«

Es stimmte: Emmeline hatte sich wieder ins quirlige Londoner Partyleben gestürzt. Überall stand sie im Mittelpunkt, spielte in einer Reihe von Liebes- und Horrorfilmen mit und fand eine Nische als Darstellerin der missbrauchten Femme fatale.

Eine Schande, wurde in Partykreisen geflüstert, dass Hannah sich nicht ebenso wieder gefangen hatte. Man fand es merkwürdig, dass sie sich die Sache mehr zu Herzen nahm als ihre Schwester. Schließlich sei doch Emmeline mit dem Mann herumgezogen.

Aber auch Emmeline war tief getroffen. Nur ging sie anders mit ihrem Kummer um. Sie lachte noch lauter und trank noch mehr. Einem Gerücht zufolge fand die Polizei an dem Tag, als sie auf der Braintree Road ums Leben kam, offene Brandyflaschen in ihrem Wagen. Die Luxtons sorgten jedoch dafür, dass dieser Umstand nicht ans Tageslicht kam. Wenn es damals etwas gab, was sich mit Geld kaufen ließ, dann war es die Polizei. Vielleicht ist es ja heute noch genauso, ich weiß es nicht.

Anfangs verschwieg man Hannah den Unfall. Estella fand es zu heikel, so kurz vor der Niederkunft, und Teddy stimmte ihr zu. Lord Gifford gab in Teddys und Hannahs Namen die entsprechenden Erklärungen ab.

Am Abend nach dem Unglück kam Teddy zu uns herunter. Im düsteren Dienstbotentrakt wirkte er irgendwie fehl am Platz, wie ein Schauspieler, der in die falsche Kulisse geraten ist. Da er sehr groß war, musste er den Kopf einziehen, um sich nicht am Deckenbalken über der letzten Stufe zu stoßen.

»Mr Luxton«, sagte Mr Hamilton überrascht. »Wir haben nicht damit gerechnet ...« Dann verstummte er, sprang auf, drehte sich zu uns um, klatschte leise in die Hände und mit den Gesten eines Orchesterleiters, der ein sehr schnelles Musikstück dirigiert, bedeutete er uns aufzustehen. Irgendwie stellten wir uns in einer Reihe auf, die Hände auf dem Rücken verschränkt, und warteten ab.

Was Teddy uns zu sagen hatte, fasste er in knappe Worte. Emmeline sei bei einem schrecklichen Autounfall ums Leben gekommen. Nancy umklammerte meine Hand hinter meinem Rücken.

Mrs Townsend sank mit einem Aufschrei auf ihren Stuhl und fasste sich ans Herz. »Die arme Kleine«, sagte sie. »Das ist ja furchtbar.«

»Es ist für uns alle ein großer Schock, Mrs Townsend«, fuhr Teddy fort, während er einen Blick in die Runde warf. »Ich möchte Sie allerdings um etwas bitten.«

»Wenn ich stellvertretend für die Dienstboten sprechen darf«, sagte Mr Hamilton mit aschfahlem Gesicht, »wir würden uns glücklich schätzen, in dieser schrecklichen Situation auf jede erdenkliche Weise helfen zu können.«

»Danke, Mr Hamilton.« Teddy nickte feierlich. »Wie Sie alle wissen, hat Mrs Luxton sich immer noch nicht von dem schockierenden Ereignis am See erholt. Ich halte es für das Beste, ihr von dieser neuerlichen Tragödie vorerst nichts zu erzählen. Wir dürfen sie nicht noch mehr durcheinanderbringen. Zumindest nicht, solange sie schwanger ist. Ich bin sicher, dass Sie mir alle zustimmen werden.«

Wir schwiegen, während Teddy fortfuhr.

»Ich möchte Sie bitten, weder Miss Emmeline noch den Unfall mit einem Wort zu erwähnen. Sorgen Sie dafür, dass keine Zeitungen herumliegen, durch die Mrs Luxton davon erfahren könnte.«

Er schaute uns alle der Reihe nach an.

»Haben Sie mich verstanden?«

Mr Hamilton nahm Haltung an. »Sehr wohl. Ja, Sir.«

»Gut«, sagte Teddy. Er nickte einige Male kurz, kam zu dem Schluss, dass es nichts weiter zu sagen gab, und ging mit einem bitteren Lächeln wieder nach oben.

Nachdem Teddy verschwunden war, drehte sich Mrs Townsend mit großen Augen zu Mr Hamilton um. »Aber ... soll das heißen, wir dürfen Miss Hannah überhaupt nichts sagen?«

»Sieht ganz so aus, Mrs Townsend«, erwiderte Mr Hamilton. »Zumindest vorerst nicht.«

»Aber der Tod ihrer eigenen Schwester ...«

»So lautet die Anweisung, Mrs Townsend.« Mr Hamilton atmete hörbar aus und rieb sich den Nasenrücken. »Mr Luxton ist der Hausherr, so wie Mr Frederick es vor ihm war.«

Mrs Townsend öffnete den Mund, um etwas zu entgegnen, aber Mr Hamilton schnitt ihr das Wort ab. »Sie wissen ebenso wie ich, dass die Anweisungen des Hausherrn zu befolgen sind.« Er nahm die Brille ab und putzte sie mit grimmigem Blick. »Gleichgültig, was wir von ihnen halten. Oder von ihm.«

Später, als Mr Hamilton oben das Abendessen auftrug, setzten sich Mrs Townsend und Nancy zu mir an den Tisch im Dienstbotenzimmer, wo ich gerade dabei war, Hannahs silberfarbenes Kleid zu flicken. Mrs. Townsend auf der einen, Nancy auf der anderen Seite. Wie zwei Wachleute, die mich zum Galgen begleiten sollten.

Mit einem Blick zur Treppe sagte Nancy: »Du musst es ihr sagen.«

Mrs Townsend schüttelte den Kopf. »Es ist nicht recht. Ihre eigene Schwester. Sie sollte es wissen.«

Ich steckte die Nadel in die Spule mit dem Silbergarn und legte das Kleid zur Seite.

»Du bist ihre Zofe«, sagte Nancy. »Sie mag dich. Du musst es ihr sagen.«

»Ich weiß«, sagte ich ruhig. »Ich werde es tun.«

Am nächsten Morgen traf ich sie wie erwartet in der Bibliothek an. Sie saß in einem Sessel am anderen Ende des Raums und schaute durch die hohen Glastüren zum Friedhof hinüber. Sie war so konzentriert auf irgendetwas in der Ferne, dass sie mich nicht kommen hörte. Ich trat hinter den ihr gegenüberstehenden Sessel. Das Licht der Morgensonne, das durchs Fenster fiel, verlieh ihrem Profil etwas beinahe Ätherisches.

»Ma'am?«, sagte ich leise.

Ohne mich anzusehen sagte sie: »Du bist gekommen, um mir von Emmeline zu erzählen.«

Ich schwieg überrascht und fragte mich, woher sie das wusste. »Ja, Ma'am.«

»Ich wusste, dass du es mir sagen würdest. Obwohl er dich aufgefordert hat, es nicht zu tun. Ich kenne dich sehr gut nach all den Jahren, Grace.« Ihr Tonfall war schwer zu deuten.

»Es tut mir leid, Ma'am. Wegen Miss Emmeline.«

Sie nickte kaum merklich, den Blick immer noch auf jenen fernen Punkt auf dem Friedhof geheftet. Ich wartete eine Weile ab, und als ich begriff, dass sie allein sein wollte, fragte ich sie, ob ich ihr irgendetwas bringen könne. Vielleicht Tee? Oder ein Buch? Sie antwortete nicht gleich, schien mich nicht gehört zu haben. Dann plötzlich, wie aus heiterem Himmel, sagte sie: »Du kannst Stenografie gar nicht lesen.«

Es war eine Feststellung, keine Frage, und so erwiderte ich nichts.

Später fand ich heraus, was sie gemeint hatte, warum sie in diesem Augenblick von Kurzschrift gesprochen hatte. Aber bis dahin sollten noch viele Jahre vergehen. An jenem Morgen ahnte ich noch nicht, welche Rolle meine Täuschung gespielt hatte.

Sie verlagerte ihr Gewicht, zog ihre langen, nackten Beine näher an den Sessel heran. Immer noch mied sie meinen Blick. »Du kannst gehen, Grace«, sagte sie so kühl, dass es mir die Tränen in die Augen trieb.

Es gab nichts, was ich noch hätte sagen können. Ich nickte und verließ die Bibliothek, ohne zu ahnen, dass dieses Gespräch unser letztes sein sollte.

Beryl führt uns in das Zimmer, das Hannah zum Schluss bewohnt hat. Anfangs habe ich Zweifel, ob ich das wohl durchhalten werde. Aber das Zimmer sieht jetzt anders aus. Man hat es neu gestrichen und mit viktorianischen Möbeln eingerichtet, die nicht zu den ursprünglichen auf Riverton gehörten. Das Bett ist nicht das, auf dem Hannahs Kind geboren wurde.

Die meisten Leute glaubten, die Geburt sei die Ursache für ihren Tod gewesen, genauso wie bei ihrer Mutter, die Emmelines Geburt nicht überlebt hatte. So plötzlich, sagten sie kopfschüttelnd. So traurig. Ich aber wusste es besser. Es war eine bequeme Erklärung, die sehr gelegen kam. Es stimmt, die Geburt war nicht leicht, aber Hannah hatte auch keinen Lebenswillen mehr. Was am See geschehen war, Robbies Tod und kurz darauf Emmelines, hatte sie getötet, lange bevor das Baby in ihrem Becken stecken blieb.

Anfänglich war ich mit im Zimmer gewesen, aber als die Wehen heftiger wurden und in immer kürzeren Abständen auftraten und das Kind sich den Weg hinaus erkämpfte, wurde Hannah mehr und mehr Opfer ihrer Wahnvorstellungen. Sie starrte mich an, die Augen vor Angst und Wut geweitet, und schrie, ich solle verschwinden, es sei alles meine Schuld. Es sei nichts Ungewöhnliches, dass kreißende Frauen, vor Schmerz von Sinnen, anfingen zu halluzinieren, erklärte mir der Arzt, als er mich bat, ihrer Aufforderung nachzukommen.

Doch ich konnte sie nicht verlassen, nicht so. Ich entfernte mich von ihrem Bett, verließ aber nicht das Zimmer. Während der Arzt das Skalpell ansetzte, sah ich von der Tür aus zu und betrachtete ihr Gesicht. Als sie ihren Kopf zurücklegte, stieß sie einen Seufzer aus, der nach tiefer Erleichterung klang. Erlösung. Sie wusste, wenn sie nicht dagegen ankämpfte, konnte sie aus dem Leben scheiden. Dann wäre alles vorüber.

Nein, es war kein plötzlicher Tod; ganz langsam ist sie gestorben, über Monate hinweg.

Ich war am Boden zerstört. In gewisser Weise hatte ich mich selbst verloren. Das passiert, wenn man sein ganzes Leben in den Dienst eines anderen Menschen stellt. Man ist untrennbar mit diesem Menschen verbunden. Ohne Hannah hatte ich keine Aufgabe mehr.

Aber ich war außerstande, etwas zu empfinden. Fühlte mich so leer, als hätte jemand mich wie einen sterbenden Fisch aufgeschlitzt und mir alle Eingeweide herausgerissen. Mechanisch verrichtete ich meine Pflichten, von denen mir nach Hannahs Tod ohnehin nur noch wenige geblieben waren. Einen ganzen Monat lang verharrte ich in diesem Zustand und bewegte mich gleichgültig von einem austauschbaren Ort zum andern. Bis ich Teddy eines Tages mitteilte, dass ich gehen würde.

Er wollte, dass ich blieb; als ich ablehnte, flehte er mich an, es mir noch einmal zu überlegen, wenn schon nicht um seinetwillen, dann wenigstens Hannah zuliebe, ihrem Angedenken zuliebe. Ob ich denn nicht wüsste, wie sehr sie mich gemocht hätte? Sie würde sich gewünscht haben, dass ich Teil des Lebens ihrer Tochter wäre, Teil von Florences Leben.

Aber ich konnte nicht, brachte es einfach nicht fertig. Ich war blind für Mr Hamiltons Missbilligung und Mrs Townsends Tränen. Ich hatte keine Vorstellung, wie meine Zukunft aussehen mochte, wusste nur, dass ihr Schauplatz nicht Riverton sein würde.

Riverton zu verlassen, meine Stellung aufzugeben, hätte mich zu Tode geängstigt, wäre ich noch zu Gefühlen fähig gewesen. Zum Glück war ich es nicht, denn die Angst hätte über meinen Kummer gesiegt und mich für immer an das Haus auf dem Hügel gekettet. Ich kannte das Leben nur als Dienstmädchen und Zofe. Die Aussicht auf Unabhängigkeit hätte mich in Panik versetzt. Hätte mich davor zurückschrecken lassen zu reisen, selbstständig zu handeln, eigene Entscheidungen zu treffen.

Doch ich fand eine kleine Wohnung in der Nähe des Marble Arch, und das Leben ging weiter. Ich nahm jede

Arbeit an, die ich bekommen konnte – putzte, kellnerte, nähte –, mied nach Möglichkeit menschliche Nähe, kündigte, wenn Leute zu viele Fragen stellten und mehr von mir wollten, als ich zu geben bereit war. So vergingen zehn Jahre, in denen ich, ohne es zu wissen, auf den nächsten Krieg wartete. Und auf Marcus, dessen Geburt mir das bescheren würde, was die Geburt meiner Tochter mir nicht geben konnte. Zu mir selbst zurückzufinden nach der Leere, die Hannahs Tod hinterlassen hatte.

Während der ganzen Zeit dachte ich kaum an Riverton zurück. An all das, was ich verloren hatte.

Oder anders ausgedrückt: Ich weigerte mich, an Riverton zu denken. Sobald ich merkte, dass ich in einem Moment der Untätigkeit in Gedanken ins Kinderzimmer wanderte, auf den Stufen in Lady Ashburys Rosengarten verharrte oder auf dem Rand des Ikarus-Brunnens balancierte, suchte ich mir schnell eine Beschäftigung, die mich ablenkte.

Woran ich allerdings häufig dachte, war das Kind, die kleine Florence. Meine Halb-Nichte, nehme ich an. Sie war ein hübsches kleines Ding. Sie hatte Hannahs blondes Haar, aber nicht ihre Augen. Ihre waren sehr groß und tiefbraun. Vielleicht haben sie sich verändert, als sie größer wurde. Das kommt vor. Aber ich vermute, sie sind braun geblieben, wie die ihres Vaters. Denn sie war Robbies Tochter, daran gab es keinen Zweifel.

In all den Jahren habe ich oft an sie gedacht. Es ist natürlich möglich, dass Hannah, die Teddy nie ein Kind hatte schenken können, im Jahre 1924 plötzlich und unerwartet von ihm schwanger wurde. Es sind schon merkwürdigere Dinge vorgekommen. Aber ist die Erklärung nicht andererseits zu einfach? In den letzten Jahren ihrer Ehe hatten Teddy und Hannah nur noch selten das Bett miteinander geteilt, aber Teddy wollte unbedingt ein Kind.

Wenn Hannah also nicht schwanger wurde, liegt es da nicht nahe, dass einer der beiden ein Problem hatte? Und dass sie empfangen konnte, hat Hannah schließlich mit Florence bewiesen.

Ist es nicht eher wahrscheinlich, dass Teddy nicht Florences Vater war? Dass Florence am See gezeugt wurde? Dass Hannah und Robbie, als sie sich nach Monaten der Trennung in jener Nacht in dem fast fertiggestellten Sommerhaus trafen, einfach nicht länger beherrschen konnten? Vom Zeitpunkt her hätte es jedenfalls genau gepasst. Für Deborah jedenfalls war die Sache eindeutig: Ein Blick auf diese großen, dunklen Augen, und sie wusste Bescheid.

Ob sie diejenige war, die es Teddy schließlich gesagt hat, weiß ich nicht. Vielleicht ist er auch von selbst darauf gekommen. Wie auch immer, Florence blieb nicht lange auf Riverton. Man konnte von Teddy schwerlich erwarten, dass er sie in seinem Haus behielt: eine ständige Erinnerung daran, dass man ihm Hörner aufgesetzt hatte. Die Luxtons vertraten allesamt die Auffassung, dass es das Beste wäre, wenn er die ganze peinliche Geschichte schnell hinter sich brächte, sich weiterhin um Riverton Manor kümmerte und sein politisches Comeback betrieb.

Ich erfuhr, dass Florence nach Amerika gebracht wurde und dass Jemima sich bereit erklärte, sie als Schwesterchen von Gytha großzuziehen. Sie hatte sich immer mehrere Kinder gewünscht. Hannah würde sich darüber gefreut haben, glaube ich; sie hätte es sicherlich vorgezogen, ihre Tochter als eine Hartford und nicht als eine Luxton aufwachsen zu lassen.

Die Führung ist beendet, und wir werden zurück in die Eingangshalle geleitet. Trotz Beryls emsiger Bemühungen umschiffen Ursula und ich den Souvenirladen.

Ich warte auf der schmiedeeisernen Bank, während Ursula den Wagen holt. »Es wird nicht lange dauern«, verspricht sie mir. Sie solle sich keine Gedanken machen, erwidere ich, meine Erinnerungen seien mir gute Gefährten.

»Kommst du bald mal wieder?«, fragt Mr Hamilton vom Eingang her.

»Nein«, antworte ich. »Ich glaube nicht, Mr Hamilton.«

Er scheint mich zu verstehen und lächelt knapp. »Ich werde Mrs Townsend ausrichten, dass du dich verabschiedet hast.«

Ich nicke, und er verschwindet, sein Bild löst sich in einem staubigen Sonnenstrahl auf.

Ursula hilft mir ins Auto. An einem Automaten im Kassenhäuschen hat sie eine Flasche Wasser gekauft und öffnet sie für mich, nachdem ich angeschnallt bin. »Für Sie«, sagt sie, schiebt einen Strohhalm in die Öffnung und legt meine Hände um die kühle Flasche.

Dann lässt sie den Motor an, und wir rollen langsam vom Parkplatz. Als wir unter dem dunklen Blätterdach der Auffahrt entlangfahren, wird mir bewusst, dass dies mein allerletzter Besuch auf Riverton war, aber ich drehe mich nicht um.

Eine Zeit lang fahren wir schweigend, bis Ursula sagt: »Wissen Sie, es gibt da etwas, das mich beschäftigt.«

»Ja?«

»Die Hartford-Schwestern haben gesehen, wie er es getan hat, stimmt's?« Sie wirft mir einen verstohlenen Blick von der Seite zu. »Aber was hatten die beiden unten am See zu suchen, wo sie eigentlich hätten oben auf der Party sein müssen?«

Als ich nicht antworte, schaut sie mich erneut an, denkt vielleicht, ich hätte sie nicht gehört.

»Zu welchem Schluss sind Sie gekommen?«, frage ich. »Was geschieht in dem Film?«

»Sie sehen ihn verschwinden, folgen ihm zum See und versuchen ihn aufzuhalten.« Sie zuckt die Achseln. »Ich habe überall gesucht, aber ich konnte weder von Hannah noch von Emmeline polizeiliche Vernehmungsprotokolle finden, und so blieb mir letztlich nichts anderes übrig, als zu raten. Es ergab am ehesten einen Sinn.«

Ich nicke.

»Außerdem meinten die Produzenten, diese Version sei spannender, als es so darzustellen, als hätten sie ihn rein zufällig überrascht.«

Ich nicke.

»Sie können sich selbst eine Meinung bilden«, sagt sie, »wenn Sie den Film sehen.«

Ich hatte eigentlich vorgehabt, der Filmpremiere beizuwohnen, aber irgendwie fürchte ich, dass ich es nicht mehr schaffen werde. Ursula scheint das auch zu denken.

»Ich bringe Ihnen so bald wie möglich eine Kopie des Films auf Video«, sagt sie.

»Das würde mir gefallen.«

Sie biegt in die Auffahrt zum Heim ein. »Oje, oje«, sagt sie mit großen Augen. Sie legt ihre Hand auf meine. »Auf in den Kampf.«

Ruth steht schon da und wartet. Ich rechne damit, dass sie den Mund missbilligend verzieht. Aber nein. Sie lächelt. Fünfzig Jahre lösen sich auf, und ich sehe sie als kleines Mädchen. Bevor das Leben die Möglichkeit hatte, sie zu enttäuschen. Sie hält etwas in der Hand und winkt damit. Ich stelle fest, dass es sich um einen Brief handelt. Und ich weiß, von wem er ist.

Losgelöst

*E*r ist hier. Marcus ist nach Hause gekommen. Seit einer Woche besucht er mich jeden Tag. Manchmal kommt Ruth mit; aber oft sind wir beide auch allein. Wir unterhalten uns nicht immer. Manchmal sitzt er einfach nur neben mir und hält meine Hand, während ich döse. Ich habe es gern, wenn er meine Hand hält. Es ist die freundlichste aller Gesten: ein Trost von Kindheit an bis ins hohe Alter.

Mit mir geht es zu Ende. Niemand hat es mir gesagt, aber ich kann es ihnen an den Gesichtern ablesen. An ihren freundlichen, sanften Mienen, an den traurig lächelnden Augen, an ihren flüsternden Stimmen, an den verstohlenen Blicken, die sie austauschen. Und ich spüre es selbst.

An der Beschleunigung.

Ich gleite aus der Zeit heraus, wie losgelöst. Die zeitlichen Begrenzungen, an denen ich mich ein Leben lang orientiert habe, werden plötzlich bedeutungslos: Sekunden, Minuten, Stunden, Tage. Das sind nur noch Wörter. Alles, was mir bleibt, sind Augenblicke.

Marcus hat ein Foto mitgebracht. Als er es mir hinhält, weiß ich schon, bevor ich es genau sehen kann, welches es ist: eins meiner Lieblingsfotos, aufgenommen vor vielen Jahren bei einer archäologischen Ausgrabung. »Wo hast du das denn gefunden?«, frage ich.

»Ich hatte es bei mir«, erwidert er verlegen und fährt sich mit der Hand durch seine ziemlich langen, von der Sonne gebleichten Haare. »Die ganze Zeit, als ich fort war. Ich hoffe, du nimmst es mir nicht übel.«

»Es freut mich«, beruhige ich ihn.

»Ich wollte ein Foto von dir. Das hier hat mir immer besonders gut gefallen, als ich noch klein war. Du siehst so glücklich darauf aus.«

»Das war ich auch. Sehr glücklich sogar.« Ich betrachte das Foto noch einmal, dann gebe ich es ihm zurück. Er stellt es so auf meinen Nachttisch, dass ich es anschauen kann, wann immer ich möchte.

Ich habe ein bisschen gedöst, und als ich aufwache, steht Marcus am Fenster und blickt hinaus auf die Heidelandschaft. Zuerst habe ich das Gefühl, dass Ruth mit uns im Zimmer ist, aber sie ist es nicht. Es ist jemand anders. Etwas anderes. Sie ist vor einer Weile erschienen. Und seitdem ist sie da. Niemand außer mir kann sie sehen. Ich weiß, dass sie auf mich wartet, und ich bin bald bereit. Heute Morgen habe ich die letzte Kassette für Marcus besprochen. Jetzt ist alles gesagt und getan. Das Versprechen, das ich gegeben habe, ist gebrochen, und er wird mein Geheimnis erfahren.

Marcus spürt, dass ich aufgewacht bin. Er dreht sich zu mir um. Lächelt. Sein wunderbares breites Lächeln. »Grace.« Er tritt vom Fenster an mein Bett. »Soll ich dir etwas bringen? Vielleicht ein Glas Wasser?«

»Ja, bitte«, erwidere ich.

Ich sehe ihm zu: seine schlanke Gestalt in den lässigen Kleidern: Jeans und T-Shirt, die Uniform der heutigen Jugend. In seinem Gesicht entdecke ich noch den kleinen Jungen von damals, das Kind, das mir von Zimmer zu Zimmer folgte, mir Fragen stellte, Geschichten hören wollte: über die Orte, an denen ich gewesen war, die Gegenstände, die ich ausgegraben hatte, das große Haus auf dem Hügel und die Kinder mit ihrem SPIEL. Ich sehe den jungen Mann vor mir, der mir eine große Freude bereitete, als er verkündete, er wolle Schriftsteller werden. Der mich bat, einige seiner Arbeiten zu lesen und ihm zu sagen, was ich davon hielte. Und ich sehe den erwachsenen Mann vor mir, der im Kummer gefangen ist, hilflos. Nicht bereit, sich helfen zu lassen.

Ich mache es mir etwas bequemer, räuspere mich. Es gibt etwas, das ich ihn fragen muss. »Marcus?«, sage ich.

Er schaut mich von der Seite an, eine braune Locke in der Stirn. »Grace?«

Ich mustere seine Augen, in der Hoffnung, dass er mir die Wahrheit sagt. »Wie geht es dir?«

Erfreulicherweise weicht er mir nicht aus. Er setzt sich hin, rückt meine Kissen zurecht, glättet meine Haare und reicht mir eine Tasse Wasser. »Ich glaube, das wird schon wieder«, erwidert er.

Es gibt so vieles, das ich ihm gern noch sagen würde, um ihn zu beruhigen. Aber ich bin zu schwach. Zu müde. Ich kann nur nicken.

Ursula kommt ins Zimmer. Sie küsst mich auf die Wange. Ich möchte meine Augen öffnen, ihr dafür danken, dass sie sich der Hartfords angenommen hat, die Erinnerung am Leben hält, aber es gelingt mir nicht. Marcus kümmert sich um alles. Ich höre, wie er das Videoband entgegennimmt, sich bei ihr bedankt und ihr versichert, dass ich mich darauf freue, es mir anzusehen. Dass ich in höchsten Tönen von ihr gesprochen hätte. Er fragt, ob die Premiere gut gelaufen sei.

»Sie war großartig«, sagt sie. »Ich war total nervös, aber sie ist ohne Panne vonstatten gegangen. Es gab sogar schon ein paar positive Besprechungen.«

»Ich habe sie gelesen«, sagt Marcus. »Eine sehr gute Kritik im *Guardian*. Glückwunsch.«

»Danke«, sagt Ursula, und ich kann mir ihr scheues, erfreutes Lächeln genau vorstellen.

»Grace hat es sehr bedauert, dass sie nicht dabei sein konnte.«

»Ich weiß«, antwortet Ursula. »Ich auch. Ich hätte sie so gern dabeigehabt.« Vergnügt fügt sie hinzu: »Aber meine Großmutter ist gekommen. Sie ist extra aus den Staaten angereist.«

»Alle Achtung. Sie muss ja eine große Verehrerin von Ihnen sein.«

»Das Ganze hat beinahe etwas Poetisches. Sie war nämlich diejenige, die mein Interesse für diese Geschichte geweckt hat. Sie ist eine entfernte Verwandte der Hartford-Schwestern. Eine Kusine zweiten Grades, glaube ich. Sie ist in England geboren, aber ihre Mutter ist mit ihr in die Staaten gezogen, als sie noch klein war.«

»Das ist ja großartig, dass sie herkommen und sich ansehen konnte, wozu sie den Anstoß gegeben hat.«

»Ich hätte sie gar nicht davon abhalten können, selbst wenn ich es gewollt hätte«, erwidert Ursula lachend. »Oma Florence duldet keinen Widerspruch.«

Ursula kommt näher. Ich spüre es. Sie nimmt das Foto von meinem Nachttisch. »Das habe ich bisher noch nicht gesehen. Ist sie nicht schön? Wer ist das da neben ihr?«

Marcus lächelt; ich kann es an seiner Stimme hören. »Das ist Alfred.«

Und nach einem Moment des Schweigens fährt er mit warmer Zuneigung in der Stimme fort: »Meine Großmutter ist eine unkonventionelle Frau. Sehr zu Mutters Verdruss hat sie sich im hohen Alter von fünfundsechzig einen Liebhaber genommen. Offenbar kannte sie ihn aus früheren Zeiten. Er hat sie schließlich irgendwie aufgespürt.«

»Ein Romantiker«, sagt Ursula.

»Stimmt«, erwidert Marcus. »Alfred war großartig. Sie haben zwar nicht geheiratet, aber fast zwanzig Jahre zusammengelebt. Grace hat immer gesagt, sie hätte ihn einmal gehen lassen und nicht die Absicht, denselben Fehler ein zweites Mal zu machen.«

»Typisch Grace«, sagt Ursula.

»Alfred hat sie immer aufgezogen: Er meinte, es wäre gar nicht so schlecht, dass sie Archäologin ist. Je älter er wurde, desto mehr interessierte sie sich für ihn.«

Ursula lachte. »Was ist aus ihm geworden?«

»Er ist im Schlaf gestorben, vor neun Jahren. Danach ist Grace hier eingezogen.«

Durch das offene Fenster streicht mir eine warme Brise über die Augenlider. Ich glaube, es ist Nachmittag.

Marcus ist hier. Schon seit einer ganzen Weile. Ich kann ihn neben mir hören, wie er mit seinem Stift auf dem Papier kratzt. Hin und wieder seufzt er. Steht auf, geht zum Fenster, ins Bad, zur Tür.

Mittlerweile ist es später. Ruth trifft ein. Sie kommt an mein Bett, streichelt mein Gesicht und küsst mich auf die Stirn. Ich rieche den Duft ihres Puders. Sie setzt sich.

»Schreibst du etwas?«, fragt sie Marcus zögerlich. Ihre Stimme klingt angestrengt.

Sei großherzig, Marcus; sie gibt sich Mühe.

»Ich bin mir noch nicht sicher«, erwidert er. Und nach einer Weile: »Ich denke darüber nach.«

Ich kann die beiden atmen hören. Sagt endlich was, einer von beiden.

»Inspektor Adams?«

»Nein«, antwortet Marcus schnell. »Ich spiele mit dem Gedanken, etwas Neues zu schreiben.«

»Aha?«

»Grace hat mir Bänder geschickt.«

»Bänder?«

»Wie Briefe, nur auf Band gesprochen.«

»Davon hat sie mir gar nichts erzählt«, sagt Ruth ruhig. »Wovon handeln sie denn?«

»Von allem Möglichen.«

»Hat sie ... hat sie mich auch erwähnt?«

»Ein paarmal. Sie beschreibt, was sie jeden Tag tut, erzählt aber auch von der Vergangenheit. Sie hat ein erstaunliches Leben geführt, findest du nicht?«

»Ja, das hat sie.«

»Ein ganzes Jahrhundert, vom Dienstmädchen zur promovierten Archäologin. Ich würde gerne über sie schreiben.« Und nach einer Weile: »Du hättest doch nichts dagegen, oder?«

»Warum sollte ich etwas dagegen haben?«, antwortet Ruth. »Natürlich nicht. Warum auch?«

»Ich weiß nicht ...« Ich höre, wie Marcus die Achseln zuckt. »Es war nur so ein Gefühl.«

»Ich würde es gern lesen«, sagt Ruth bestimmt. »Du solltest ihre Geschichte aufschreiben.«

»Ich würde sie verändern«, sagt Marcus. »Es würde etwas anderes dabei herauskommen.«

»Aber kein Krimi.«

Marcus lacht. »Nein. Kein Krimi. Einfach nur eine nette wahre Geschichte.«

Ach, mein Liebling. So etwas gibt es doch gar nicht.

Ich bin wach. Marcus sitzt neben mir im Sessel und schreibt in seinen Notizblock. Er blickt auf.

»Hallo, Grace«, begrüßt er mich lächelnd. Er legt den Block beiseite. »Ich bin froh, dass du wach bist. Ich wollte mich bei dir bedanken.«

Bedanken? Ich hebe die Brauen.

»Für die Bänder.« Er hält jetzt meine Hand. »Für die Geschichten, die du mir geschickt hast. Ich hatte schon fast vergessen, wie sehr ich Geschichten mag. Sie zu lesen, zu hören, sie aufzuschreiben. Seit Rebecca ... es war so ein Schock ... ich konnte einfach nicht mehr ...« Er holt tief Luft und lächelt mir zaghaft zu. Beginnt noch einmal von vorn. »Ich hatte ganz vergessen, wie sehr ich Geschichten brauche.«

Freude – oder ist es Hoffnung? – wärmt mir das Herz. Ich möchte ihn ermutigen. Möchte ihm zu verstehen geben, dass die Zeit eine Meisterin der Perspektive ist. Eine leidenschaftslose Meisterin, atemberaubend effizient. Offenbar sieht er mir die gedankliche Anstrengung an, denn er sagt leise: »Sag nichts.« Er hebt eine Hand, streichelt mir sanft mit dem Daumen über die Stirn. »Ruh dich jetzt aus, Grace.«

Ich schließe die Augen. Wie lange mag ich schon so daliegen? Schlafe ich?

Als ich meine Augen wieder öffne, sage ich: »Es gibt noch eine.« Meine Stimme ist ganz heiser, weil ich sie kaum noch benutze. »Noch eine Kassette.« Ich zeige auf die Kommode, und er geht nachsehen.

Er findet die Kassette neben den Fotos. »Diese hier?«

Ich nicke.

»Wo ist dein Walkman?«

»Nein«, sage ich schnell. »Nicht jetzt. Die ist für später.«

Er ist verblüfft.

»Später«, wiederhole ich.

Er fragt nicht, wann später? Das braucht er nicht. Er steckt die Kassette in seine Brusttasche und tätschelt sie. Lächelt mich an und streichelt meine Wange.

»Danke, Grace«, sagt er leise. »Was werde ich nur ohne dich tun?«

»Dir wird es gut gehen«, erwidere ich.

»Versprichst du mir das?«

Ich mache keine Versprechungen, nicht mehr. Aber ich nehme all meine Kraft zusammen, um seine Hand zu drücken.

Der Abend dämmert: Ich merke es an dem purpurnen Licht. Ruth steht an meiner Zimmertür, einen Beutel unter dem Arm, die Augen besorgt geweitet. »Ich komme doch nicht zu spät, oder?«

Marcus steht auf, nimmt ihr den Beutel ab und umarmt sie. »Nein, du kommst nicht zu spät.«

Wir werden uns den Film, Ursulas Film, gemeinsam ansehen. Ein Familienereignis. Ruth und Marcus haben es organisiert, und wie ich sie so zusammen erlebe, wie sie Pläne machen, werde ich mich nicht einmischen.

Ruth gibt mir einen Kuss, stellt einen Stuhl so hin, dass sie neben meinem Bett sitzen kann.

Noch ein Klopfen an der Tür. Ursula.

Der nächste Kuss auf meiner Wange.

»Schön, dass Sie es noch geschafft haben«, sagt Marcus strahlend.

»Ich wollte das Ereignis auf gar keinen Fall verpassen«, erwidert Ursula. »Danke für die Einladung.«

Sie setzt sich auf meine andere Seite.

»Ich lass nur noch die Jalousien runter«, sagt Marcus. »Fertig?«

Es wird dunkler. Marcus zieht sich einen Stuhl heran und nimmt neben Ursula Platz. Flüstert etwas, worüber sie lachen muss. Ich bin glücklich, dass sich um mich herum alles zu einem guten Ende gefügt hat.

Die Musik setzt ein, und der Film beginnt. Ruth drückt meine Hand. Wir sehen ein Auto in der Ferne, das über eine kurvenreiche Landstraße näher kommt. Ein Mann und eine Frau sitzen im Wagen und rauchen. Die Frau trägt ein Paillettenkleid und eine Federboa. Sie biegen ab und folgen der gewundenen Auffahrt von Riverton. Und da steht es. Das Haus. Riesig und kalt. Ursula hat die bizarre und dekadente Schönheit von Riverton perfekt eingefangen. Ein Diener tritt an den Wagen. Wir sind im Dienstbotentrakt, den ich am Fußboden erkenne. An den Geräuschen. Sektflöten. Hektische Betriebsamkeit. Dann geht es die Treppe hinauf. Die Tür öffnet sich, die Kamera fährt durch die Eingangshalle und gibt den Blick auf die Terrasse frei.

Es ist unheimlich. Die Partyszene. Hannahs chinesische Lampions flackern in der Dunkelheit. Die Jazzband, die jaulende Klarinette. Ausgelassene Menschen tanzen Charleston …

Dann ein schrecklich lauter Knall – und ich bin wach. Es ist der Film, der Schuss. Ich bin eingeschlafen und habe die entscheidende Szene verpasst. Es spielt keine Rolle. Ich weiß, wie der Film endet: am See von Riverton Manor erschießt sich der Kriegsveteran und Dichter Robbie Hunter im Beisein der beiden schönen Schwestern.

Und ich weiß natürlich, dass es sich in Wirklichkeit so nicht zugetragen hat.

Das Ende

Endlich. Nach neunundneunzig Jahren ist mein Ende gekommen. Der letzte Faden, der mich noch zusammengehalten hat, hat sich gelöst, und der Nordwind trägt mich fort. Ich löse mich in Nichts auf.

Noch kann ich sie hören. Mir ist vage bewusst, dass sie alle hier sind. Ruth hält meine Hand. Marcus liegt quer über dem Fußende meines Betts. Ich spüre seine Wärme auf meinen Füßen.

Da ist noch jemand anders im Fenster. Sie tritt schließlich vor, aus dem Schatten heraus, und ich blicke in das schönste aller Gesichter. Es ist Mutter, und es ist Hannah, und doch wiederum nicht.

Sie lächelt. Streckt ihre Hand aus. Voller Erbarmen, Vergebung und Frieden.

Ich nehme die Hand.

Ich stehe am Fenster und sehe mich selbst im Bett liegen: alt und gebrechlich und weiß. Meine Finger reiben gegeneinander, meine Lippen bewegen sich, finden aber keine Worte.

Meine Brust hebt und senkt sich.

Ein Rasseln.

Erlösung.

Ruth stockt der Atem.

Marcus blickt auf.

Aber ich bin schon fort.

Ich drehe mich um und blicke nicht zurück.

Mein Ende ist gekommen. Und ich habe absolut nichts dagegen.

Das Band

*T*est. Eins. Zwei. Drei. Band für Marcus. Nummer vier. Dies ist das letzte Band, das ich besprechen werde. Ich bin beinahe am Ende angekommen, und es gibt nichts darüber hinaus.

Es war am 22. Juni 1924. Sommersonnenwende und der Tag der Mittsommernachtsparty auf Riverton.

Unten in der Küche herrschte hektische Betriebsamkeit. Mrs Townsend ließ den Herd auf Hochtouren einheizen und erteilte den drei Frauen aus der Stadt, die als Küchenhilfen angeheuert waren, lautstark Anweisungen. Sie strich die Schürze über ihrem rundlichen Bauch glatt und überwachte die Frauen, die Hunderte von kleinen Pasteten zubereiteten.

»Eine richtige Party«, sagte sie mit strahlendem Gesicht, als ich vorbeieilte. »Endlich. Das war aber auch allerhöchste Zeit.« Mit dem Handgelenk wischte sie sich eine Haarsträhne aus dem Gesicht, die sich aus ihrem Dutt gelöst hatte. »Lord Frederick – der Herr sei seiner armen Seele gnädig – hatte nichts für Partys übrig, und er wird seine Gründe gehabt haben. Aber wenn ihr mich fragt, braucht ein Haus ab und zu eine schöne Feier, damit die Leute wissen, dass es noch existiert.«

»Stimmt es«, fragte die dünnste der Frauen aus der Stadt, »dass Prinz Edward kommt?«

»Alles, was Rang und Namen hat, wird hier sein«, erwiderte Mrs Townsend, während sie demonstrativ ein Haar von einer Pastete klaubte. »Die Herrschaften, die in diesem Haus wohnen, verkehren nur in den besten Kreisen.«

Bis zehn Uhr hatte Dudley den Rasen gemäht und gewalzt, und die Dekorateure waren eingetroffen. Mr Hamilton stand mitten auf der Terrasse und wedelte mit den Armen wie ein Orchesterdirigent.

»Nein, nein, Mr Brown«, sagte er und winkte nach links. »Der Tanzboden muss an der westlichen Seite aufgebaut werden. Abends weht kühler Nebel vom See herein, und die Ostseite ist ungeschützt.« Er trat einen Schritt zurück, sah sich prüfend um, dann stöhnte er: »Nein, nein, nein. Nicht dort. Der Platz ist für die Eisskulptur bestimmt. Ich habe das doch alles schon Ihrem Kollegen erklärt.«

Der Kollege, der gerade auf einer Leiter stand und Schnüre für die Lampions vom Laubengang zum Haus spannte, konnte sich schwerlich verteidigen.

Ich verbrachte den Morgen damit, die Gäste in Empfang zu nehmen, die über das Wochenende bleiben würden. Ihre Aufregung war nicht zu übersehen. Jemima, die zum Ferienmachen aus Amerika gekommen war, traf schon früh mit ihrem neuen Ehemann und der kleinen Gytha ein. Das Leben in den Vereinigten Staaten schien ihr gut zu bekommen: Sie war braun gebrannt und ziemlich mollig. Lady Clementine und Fanny trafen zusammen aus London ein, Erstere mit demonstrativer Leidensmiene – sie war felsenfest davon überzeugt, dass eine Party im Freien zu dieser Jahreszeit ihr garantiert Arthritis bescheren würde.

Emmeline fuhr nach dem Mittagessen mit einer großen Anzahl von Freunden vor und verursachte gleich einen Riesenwirbel. Sie waren mit mehreren Autos im Konvoi aus London angereist, kamen laut hupend die Auffahrt herauf und umkurvten johlend Eros und Psyche. Auf einer der Motorhauben hockte eine Frau in einem leuchtend rosa Seidenkleid. Ein gelber Schal flatterte um ihren Hals. Nancy, mit den Lunchtabletts unterwegs in die Küche, blieb wie angewurzelt stehen, als sie Emmeline erblickte.

Aber wir hatten weiß Gott keine Zeit, uns über die Dekadenz der englischen Jugend aufzuregen. Aus Ipswich war die Eisskulptur eingetroffen, aus Saffron waren die Floristen gekommen, und Lady Clementine bestand darauf, ihren Tee wie in alten Zeiten im Wintergarten einzunehmen.

Am späten Nachmittag traf die Kapelle ein, und Nancy führte die Musiker durch den Dienstbotentrakt zur Terrasse.

»Neger!«, sagte Mrs Townsend mit ängstlich geweiteten Augen. »Auf Riverton! Lady Ashbury würde sich in ihrem Grab umdrehen.«

»Welche Lady Ashbury?«, fragte Mr Hamilton, der gerade die für den Abend angeheuerten Kellner einer genauen Inspektion unterzog.

»Alle, würde ich sagen«, erwiderte Mrs Townsend, die Augen noch immer weit aufgerissen.

Schließlich ging der Nachmittag in den Abend über. Die Luft kühlte ab und wurde schwerer, und die Lampions begannen, in Grün und Rot und Gelb gegen den Abendhimmel zu leuchten.

Ich entdeckte Hannah am Fenster des roten Zimmers. Sie kniete auf der Chaiselongue, den Blick auf den Rasen gerichtet, und beobachtete, wie ich annahm, die Partyvorbereitungen.

»Zeit zum Umziehen, Ma'am.«

Sie zuckte zusammen. Stieß nervös die Luft aus. So war sie schon den ganzen Tag: schreckhaft wie ein Kätzchen. Fing erst dies an, dann jenes, ohne irgendetwas zu Ende zu bringen.

»Einen Augenblick noch, Grace.« Sie verweilte noch einen Moment am Fenster, und die untergehende Sonne tauchte eine Hälfte ihres Gesichts in rotes Licht. »Mir ist noch nie wirklich aufgefallen, wie schön der Ausblick von hier ist«, sagte sie. »Findest du ihn nicht auch großartig?«

»Doch, Ma'am.«

»Seltsam, dass mir das bisher entgangen ist.«

In ihrem Zimmer drehte ich ihr die Haare auf, was nicht ganz einfach war. Sie schaffte es nicht, so lange stillzusitzen, bis ich die Lockenwickler befestigt hatte. Und so vergeudete ich ziemlich viel Zeit damit, die Wickler immer wieder aus ihren Haaren zu lösen und noch einmal von vorn anzufangen. Nachdem sie schließlich halbwegs an Ort und Stelle waren, half ich Hannah beim Umziehen. Ein Kleid aus silberfarbener Seide mit einem tiefen Rückenausschnitt, das ihre Figur umschmeichelte und ihr bis knapp unter die blassen Knie reichte.

Während sie sich das Kleid zurechtzupfte, holte ich ihre Schuhe. Der neueste Schrei aus Paris: ein Geschenk von Teddy. Silbersatin mit schmalen Riemchen. »Nein«, wehrte sie ab, »die nicht. Ich ziehe die schwarzen an.«

»Aber, Ma'am, das sind doch Ihre Lieblingsschuhe.«

»Die schwarzen sind bequemer«, sagte sie, während sie sich vorbeugte, um sich die Strümpfe anzuziehen.

»Aber zu dem Kleid, da ist es doch eine Schande …«

»Ich sagte, die schwarzen, Herrgott noch mal; wie oft muss ich das denn noch wiederholen, Grace?«

Ich atmete tief durch, trug die silberfarbenen Schuhe zurück und holte die schwarzen.

Hannah entschuldigte sich auf der Stelle. »Ich bin schrecklich nervös. Ich sollte es nicht an dir auslassen. Tut mir leid.«

»Schon in Ordnung, Ma'am«, sagte ich. »Es ist nur natürlich, dass Sie aufgeregt sind.«

Als ich die Wickler herausnahm, fiel ihr das Haar in blonden Locken um die Schultern. Ich zog einen Seitenscheitel, bürstete die Haare über die Stirn und befestigte sie mit einer Diamantspange.

Hannah neigte den Kopf, um einen langen Perlenohrring anzubringen, zuckte zusammen und fluchte, weil sie ihre Fingerspitze in dem Clip eingeklemmt hatte.

»Nicht so hastig, Ma'am«, sagte ich leise. »Sie müssen vorsichtig damit umgehen.«

Sie drückte mir die Ohrringe in die Hand. »Ich habe heute zwei linke Hände.«

Als ich gerade dabei war, ihr eine mehrreihige Kette aus sanft schimmernden Perlen anzulegen, rollte der erste Wagen mit Gästen knirschend über den Kies auf der Einfahrt. Ich richtete die Kette so aus, dass die Perlen zwischen Hannahs Schulterblättern ruhten.

»So«, sagte ich, »fertig.«

»Ich hoffe es, Grace.« Mit hochgezogenen Brauen überprüfte sie ihr Spiegelbild. »Hoffentlich habe ich nichts übersehen.«

»Oh, ich glaube nicht, Ma'am.«

Mit den Fingerspitzen fuhr sie hastig die Linie ihrer Brauen nach. Dann rückte sie die Perlenkette zurecht, zog sie noch ein bisschen tiefer, schob sie wieder hoch, seufzte ungehalten.

Plötzlich ertönte der schrille Klang einer Klarinette.

Hannah hielt den Atem an und schlug sich auf die Brust. »Mein Gott!«

»Das muss wirklich aufregend sein, Ma'am«, sagte ich vorsichtig. »Dass das Fest nach all dem Planen und Organisieren jetzt endlich stattfindet.«

Sie sah mich durchdringend an, schien etwas sagen zu wollen, unterließ es aber. Sie presste ihre rot geschminkten Lippen aufeinander. »Ich habe etwas für dich, Grace. Ein Geschenk.«

Ich war verblüfft. »Aber heute ist nicht mein Geburtstag, Ma'am.«

Sie lächelte, öffnete mit einer raschen Bewegung die kleine Schublade ihrer Frisierkommode. Dann drehte sie sich zu mir um, hielt das Schmuckstück an der Kette hoch und ließ es in meine Handfläche fallen.

»Aber Ma'am«, sagte ich. »Das ist doch Ihr Medaillon.«

»Das war es einmal. Es war mein Medaillon. Jetzt gehört es dir.«

Ich wollte es ihr sofort zurückgeben. Unerwartete Geschenke machten mich verlegen. »O nein, Ma'am. Nein, danke.«

Sie schob meine Hand entschlossen beiseite. »Ich bestehe darauf. Es ist mein Dank für alles, was du für mich getan hast.«

Habe ich nicht einmal in diesem Augenblick die Anzeichen eines endgültigen Abschieds bemerkt?

»Ich tue doch nur meine Pflicht, Ma'am«, erwiderte ich hastig.

»Nimm das Medaillon, Grace«, sagte sie. »Bitte.«

Bevor ich noch etwas einwenden konnte, stand Teddy in der Tür. Groß und schlank in seinem dunklen Anzug; Kammspuren in den mit Pomade geglätteten Haaren, die breite Stirn in Falten gelegt.

Ich schloss die Hand um das Medaillon.

»Fertig?«, fragte er Hannah, während er nervös an

seinem Schnurrbart zupfte. »Dieser Freund von Deborah ist unten, Cecil Soundso, der Fotograf. Er möchte die Familienfotos machen, bevor zu viele Gäste da sind.« Er klopfte noch zweimal mit der Handfläche gegen den Türrahmen, dann ging er den Korridor hinunter: »Wo, zum Teufel, steckt denn Emmeline?«

Hannah strich sich das Kleid über der Hüfte glatt. Ich bemerkte, dass ihre Hände zitterten. Sie lächelte mich ängstlich an. »Wünsch mir Glück.«

»Viel Glück, Ma'am.«

Dann überraschte sie mich, als sie auf mich zutrat und mir einen Kuss auf die Wange gab. »Und für dich auch viel Glück.«

Sie drückte meine Hand und eilte Teddy nach, während ich mit dem Medaillon in der Hand zurückblieb.

Eine Weile beobachtete ich das bunte Treiben vom Fenster im ersten Stock aus. Damen – in Grün, Gelb, Rosa – und Herren erschienen auf der Terrasse und gingen die Steinstufen hinunter zum Rasen. Jazzmusik erfüllte die Luft, Lampions flackerten in der Brise, die von Mr Hamilton angeheuerten Kellner schlängelten sich durch die Menge, wobei sie silberne Tabletts mit glitzernden Sektflöten auf hoch erhobenen Händen balancierten. Emmeline – in leuchtendem Pink – führte einen jungen Mann auf den Tanzboden, um mit ihm den Shimmy zu tanzen.

Ich drehte das Medaillon immer wieder um und konnte es gar nicht oft genug betrachten. Konnte es sein, dass ich in seinem Innern etwas leise rascheln hörte? Oder machte ich mir zu viele Gedanken über Hannahs Nerven? In einem solchen Zustand hatte ich sie schon lange nicht mehr erlebt, nicht seit den ersten Tagen in London, nachdem sie die Spiritistin aufgesucht hatte.

»Da bist du ja.« Nancy stand atemlos in der Tür, die Wangen gerötet. »Eine von Mrs Townsends Küchenhilfen ist zusammengeklappt, und jemand muss die Strudel mit Puderzucker bestäuben.«

Erst gegen Mitternacht ging ich hinauf in mein Zimmer. Unten auf der Terrasse war die Party noch in vollem Gange, aber Mrs Townsend hatte mich zu Bett geschickt, sobald sie mich entbehren konnte. Anscheinend war Hannahs Nervosität ansteckend, und in einer Küche, in der Hochbetrieb herrschte, konnte man keine ungeschickten Hände gebrauchen.

Langsam stieg ich die Treppe hoch. Mir schmerzten die Füße. Durch die jahrelange Arbeit als Zofe waren sie nichts mehr gewöhnt. Nach einem Abend in der Küche spürte ich die Blasen. Mrs Townsend hatte mir ein kleines Päckchen Bikarbonat gegeben, und ich hatte vor, ein warmes Fußbad zu nehmen.

In jener Nacht konnte man der Musik nicht entkommen: Sie erfüllte die Luft, durchdrang die steinernen Hauswände. Im Verlauf der Stunden war sie immer wilder geworden, passend zur zunehmend ausgelassenen Stimmung der Partygäste. Selbst auf dem Dachboden spürte ich noch den Trommelwirbel im Bauch. Bis heute lässt mir Jazzmusik das Blut in den Adern gefrieren.

Auf dem obersten Treppenabsatz angekommen, hätte ich mir am liebsten gleich ein Bad eingelassen, beschloss jedoch, zuerst mein Nachthemd und meine Zahnbürste zu holen.

Warme, abgestandene Luft schlug mir entgegen, als ich die Tür zu meinem Zimmer öffnete. Ich schaltete das Licht an, humpelte zum Fenster und riss es auf.

Einen Moment lang blieb ich dort stehen, genoss die

kühle Luft und sog den leichten Geruch nach Zigarettenrauch und Parfüm ein. Langsam atmete ich aus. Zeit für ein ausgiebiges Bad, und danach würde ich schlafen wie ein Stein. Ich nahm meine Zahnbürste vom Nachttisch und ging zum Bett, um mein Nachthemd zu holen.

Da entdeckte ich die Briefe. Es waren zwei. Sie lehnten an meinem Kopfkissen.

Einer war an mich adressiert, einer an Emmeline.

In Hannahs Handschrift.

Eine böse Vorahnung überkam mich. Ein seltener Augenblick unbewusster Klarheit.

Ich wusste sofort, dass ich die Erklärung für Hannahs seltsames Verhalten in diesen Briefen finden würde.

Ich ließ mein Nachthemd fallen und nahm den Umschlag mit der Aufschrift *Grace* in die Hand. Mit zitternden Fingern riss ich ihn auf. Glättete das gefaltete Papier, überflog die Seite. Und erstarrte.

Er war in Stenografie geschrieben.

Ich setzte mich aufs Bett und starrte auf das Blatt Papier, als könnte ich ihm allein mit Willenskraft seine Nachricht entlocken.

Die Tatsache, dass ich den Brief nicht entziffern konnte, brachte mich umso mehr zu der Überzeugung, dass sein Inhalt von immenser Wichtigkeit war.

Ich nahm den zweiten Umschlag in die Hand. Den, der an Emmeline adressiert war. Befühlte seinen Rand.

Ich zögerte nur eine Sekunde lang. Hatte ich eine andere Wahl?

Gott möge mir vergeben – ich öffnete ihn.

Meine wunden Füße waren augenblicklich vergessen. Mit pochendem Herzen, dröhnendem Kopf, im Takt der Musik nach Luft ringend rannte ich die Treppe hinunter, durch leere Zimmer und hinaus auf die Terrasse.

Atemlos blieb ich stehen und suchte in der Menge fieberhaft nach Teddy. Konnte ihn unter all den zuckenden Schatten und verschwommenen Gesichtern nicht entdecken.

Mir blieb keine Zeit. Ich würde es allein versuchen müssen.

Ich bahnte mir meinen Weg durch die Menge, überflog im Vorbeieilen die Gesichter – rote Lippen, geschminkte Augen, lachende Münder. Ich wich Zigaretten und Champagnergläsern aus, duckte mich unter bunten Lampions hindurch und schob mich an der tropfenden Eisskulptur vorbei bis zum Tanzboden hin. Ellbogen, Knie, Schuhe, Handgelenke wirbelten um mich herum. Farben. Bewegung. Das Blut pochte in meinen Schläfen. Ich bekam kaum noch Luft.

Dann sah ich Emmeline. Oben auf der Steintreppe. Ein Cocktailglas in der Hand, den Kopf lachend in den Nacken gelegt, ihre lange Perlenkette wie ein Lasso um den Hals eines jungen Mannes geworfen. Sein Jackett über ihren Schultern.

Zu zweit würden wir es schaffen können.

Ich blieb stehen. Versuchte, mich zu beruhigen.

Sie richtete sich auf, musterte mich mit schweren Augenlidern. »Grace«, sagte sie affektiert. »Ist das das beste Partykleid, das du finden konntest?« Dann warf sie lachend den Kopf in den Nacken.

»Ich muss mit Ihnen reden, Miss …«

Ihr Begleiter flüsterte ihr etwas zu, woraufhin sie ihm einen schmatzenden Kuss auf die Nase drückte.

Ich versuchte es noch einmal. »Eine sehr dringende Angelegenheit …«

»Du machst mich neugierig.«

»Bitte ...«, sagte ich. »Unter ... vier Augen.«

Sie seufzte theatralisch, nahm ihre Perlenkette vom Hals ihres Gefährten, kniff ihm in die Wange und zog einen Schmollmund. »Dass du mir nicht zu weit wegläufst, Harry, Darling.«

Sie knickte auf ihrem hohen Absatz um, quiekte, folgte mir dann kichernd und humpelnd die Treppe hinunter. »Also, was ist los?«, fragte sie beinahe lallend, als wir den Fuß der Treppe erreichten.

»Es ... geht um Miss Hannah, Miss. Sie ... hat etwas vor ... etwas ... etwas Schreckliches ... unten am See ...«

»Nein!«, sagte Emmeline und beugte sich so dicht zu mir herüber, dass ich den Gin in ihrem Atem roch. »Sie will doch nicht etwa mitten in der Nacht schwimmen gehen, oder? Wie s-s-skandalös!«

»Ich ... ich glaube, sie will sich das Leben nehmen, Miss ... das heißt, ich weiß, dass sie das vorhat ...«

Ihr Lächeln erstarb, ihre Augen weiteten sich. »Was sagst du da?«

»Ich ... ich habe einen Brief gefunden, Miss.« Ich reichte ihn ihr.

Sie schluckte, wankte, dann, mit schriller Stimme: »Aber ... hast du ... Teddy ...?«

»Keine Zeit, Miss.«

Ich packte sie am Handgelenk und zog sie mit in Richtung See.

Die Hecken waren so hoch, dass sie sich über dem Weg trafen, und es war stockfinster. Wir rannten, stolperten, tasteten uns mit den Händen an den Hecken entlang. Je weiter wir uns entfernten, umso traumgleicher wirkten die Partygeräusche. Ich weiß noch, wie ich dachte, dass Alice sich so gefühlt haben muss, als sie in das Kaninchenloch gefallen ist.

Als wir den Egeskovgarten durchquerten, blieb Emmeline mit ihrem Absatz irgendwo hängen und schlug lang hin.

Ich wäre beinahe über sie gestolpert, blieb stehen und versuchte, ihr aufzuhelfen.

Sie schlug meine Hand weg, rappelte sich auf, und wir rannten weiter.

Dann hörten wir ein Geräusch im Garten, und es schien, als würde sich eine der Heckenskulpturen bewegen. Man hörte sie kichern und stöhnen – aber es war keine Skulptur, sondern ein Liebespaar, das sich hierher verdrückt hatte. Die beiden ignorierten uns, und wir hielten es genauso.

Das zweite Schwingtor stand offen, und wir erreichten den Platz mit dem Brunnen. Der volle Mond stand hoch am Himmel, und Ikarus und seine Meerjungfrauen schimmerten geisterhaft im fahlen Licht. Außerhalb des Schutzes der Hecken ertönten die Musik und die Partygeräusche wieder ungedämpft laut. Seltsam nah.

Im hellen Schein des Mondlichts schafften wir es schneller den schmalen Weg zum See hinunter. Wir erreichten die Absperrung mit dem Verbotsschild und schließlich die Stelle, an der der Weg auf den See stieß.

Wir blieben beide abrupt stehen und betrachteten atemlos die Szenerie, die sich uns bot. Der See schimmerte stumm im Mondschein. Das Sommerhaus und das steinige Ufer glänzten im silbrigen Licht.

Emmeline schnappte nach Luft.

Ich folgte ihrem Blick.

Auf den Kieselsteinen am Ufer standen Hannahs schwarze Schuhe. Die, die ich ihr nur wenige Stunden zuvor gebracht hatte.

Emmeline stolperte auf die Schuhe zu. Im Mondlicht wirkte sie sehr blass, und das große Herrenjackett, das sie noch immer über den Schultern trug, ließ sie beinahe winzig erscheinen.

Ein Geräusch aus dem Sommerhaus. Das Öffnen einer Tür.

Emmeline und ich blickten auf.

Jemand trat aus dem Haus.

Hannah. Sie lebte.

Emmeline schluckte. »Hannah«, rief sie. Ihre Stimme, heiser vom Alkohol und vor Panik, hallte vom See wider.

Hannah erstarrte, zögerte. Sie warf einen flüchtigen Blick zurück in Richtung Sommerhaus, dann schaute sie Emmeline an. »Was machst du denn hier?«

»Dich retten!«, erwiderte Emmeline und brach vor Erleichterung in wildes Gelächter aus.

»Geh zurück«, sagte Hannah hastig. »Du musst wieder zurückgehen.«

»Damit du dich ertränken kannst?«

»Ich werde mich nicht ertränken«, erwiderte Hannah. Wieder schaute sie verstohlen zum Sommerhaus hinüber.

»Was hast du denn vor? Willst du deine Schuhe auslüften?« Emmeline hielt sie kurz hoch. »Ich habe deinen Brief gelesen.«

»Der war nicht ernst gemeint. Der Brief war ein … Scherz.« Hannah schluckte. »Ein Spiel.«

»Eine Schnitzeljagd?«

»So etwas Ähnliches.«

Ich hielt den Atem an. Der Brief war nicht ernst gemeint. Er gehörte zu einem ausgeklügelten Spiel. Und der, der an mich adressiert war? Hatte Hannah gewollt, dass ich irgendwie bei dem Spiel mitmachte? Erklärte das ihre Nervosität? War es nicht die Party, sondern das Spiel, das erfolgreich sein sollte?

»Ich bin gerade dabei, die Hinweise zu verstecken«, sagte Hannah.

Emmeline blinzelte. Bekam einen Schluckauf. »Ein Spiel«, sagte sie langsam.

»Ja.«

Emmeline lachte heiser und ließ die Schuhe fallen. »Warum hast du mir nichts davon gesagt? Ich liebe Spiele! Wie raffiniert von dir, Darling.«

»Geh zurück zur Party«, sagte Hannah. »Und erzähl niemandem, dass du mich gesehen hast.«

Emmeline machte eine Geste, als würde sie ihre Lippen mit einem Schlüssel verschließen. Dann drehte sie sich um und balancierte über die Steine zum Weg zurück. Als sie an der Stelle vorbeikam, wo ich mich versteckte, warf sie mir einen wütenden Blick zu. Ihr Make-up war verschmiert.

»Tut mir leid, Miss«, flüsterte ich. »Ich dachte, der Brief wäre ernst gemeint.«

»Du kannst von Glück reden, dass du nicht alles vermasselt hast.« Sie setzte sich auf einen dicken Stein und zupfte das Jackett zurecht. »Jetzt hab ich mir den Knöchel verstaucht und werde noch mehr von der Party verpassen, wenn ich mich ausruhe. Aber zum Feuerwerk muss ich unbedingt wieder zurück sein.«

»Ich bleibe bei Ihnen und helfe Ihnen zurück.«

»Das will ich auch hoffen«, erwiderte Emmeline.

Eine Zeit lang saßen wir schweigend nebeneinander. In der Ferne hörten wir die Musik und hin und wieder helles Lachen. Emmeline rieb sich den Knöchel, versuchte immer wieder vorsichtig, ihn zu belasten.

Über dem Moor hatte sich Morgennebel gebildet, der zum See hinüberdriftete. Es würde ein heißer Tag werden, aber die Nacht war angenehm kühl.

Emmeline schauderte, als sie das Jackett ihres Ge-
fährten aufhielt und die Innentasche durchsuchte. Im
Mondlicht schimmerte etwas Schwarzes im Futter des
Jacketts. Ich schnappte nach Luft: eine Pistole.

Als Emmeline meinen Schreck spürte, drehte sie sich
zu mir um. »Sag bloß, das ist die erste Pistole, die du gesehen hast. Du bist vielleicht ein Herzchen, Grace.« Sie
nahm die Pistole aus dem Jackett, drehte sie um, reichte
sie mir. »Hier. Willst du sie mal halten?«

Ich schüttelte den Kopf, als sie laut lachte, wünschte, ich hätte die Briefe nicht gefunden. Wünschte mir
ausnahmsweise, Hannah hätte mich aus dem Spiel gelassen.

»Ist wahrscheinlich auch besser so«, sagte Emmeline
und hickste. »Pistolen und Partys. Keine gute Kombina-
tion.«

Sie steckte die Pistole wieder ein, kramte weiter in den
Taschen herum, bis sie schließlich eine kleine, flache, silberne Flasche in der Hand hielt. Sie schraubte den Deckel ab, legte den Kopf in den Nacken und nahm einen
kräftigen Schluck.

»Der gute Harry«, sagte sie schmatzend. »Auf alle
Eventualitäten vorbereitet.« Sie trank noch einen Schluck,
dann steckte sie die Flasche wieder weg. »Komm, gehen
wir. Ich hab ja jetzt mein Schmerzmittel genommen.«

Ich half ihr auf die Beine, den Kopf gesenkt, als sie
sich auf meine Schultern stützte. »Das reicht«, sagte sie.
»Du brauchst nur …«

Ich wartete. »Miss?«

Als ich hörte, wie sie nach Luft schnappte, hob ich
den Kopf und folgte ihrem Blick in Richtung See. Hannah stand vor dem Sommerhaus, aber sie war nicht allein. Neben ihr stand ein Mann, eine Zigarette im Mundwinkel. In der Hand einen kleinen Koffer.

Emmeline erkannte ihn vor mir.

»Robbie«, sagte sie. Plötzlich war der Knöchel ganz vergessen. »Mein Gott. Das ist Robbie.«

Emmeline humpelte zum Seeufer zurück, während ich mich im Schatten hielt. »Robbie!«, rief sie und winkte ihm zu. »Robbie, hier bin ich!«

Hannah und Robbie erstarrten. Sahen einander an.

»Was machst du denn hier?«, fragte Emmeline aufgeregt. »Und warum zum Teufel kommst du durch die Hintertür?«

Robbie zog an seiner Zigarette, stieß dann den Rauch aus.

»Komm mit auf die Party«, sagte Emmeline. »Ich besorge dir einen Drink.«

Robbie schaute über den See hinweg. Als ich seinem Blick folgte, sah ich am anderen Ufer etwas metallisch glänzen. Ein Motorrad, das im Gestrüpp am Wiesenrand stand.

»Ich weiß, was hier los ist«, sagte Emmeline plötzlich. »Du hilfst Hannah bei ihrem Spiel.«

Hannah trat ins Mondlicht. »Emmeline …«

»Los, kommt«, fiel ihr Emmeline ins Wort. »Lasst uns zum Haus gehen und ein Zimmer für Robbie finden. Damit er seinen Koffer abstellen kann.«

»Robbie geht nicht ins Haus«, sagte Hannah.

»Aber sicher. Er kann doch nicht die ganze Nacht hier draußen bleiben«, erwiderte Emmeline lachend. »Wir mögen vielleicht Juni haben, aber die Nächte sind ganz schön kalt, ihr Lieben.«

Hannah schaute Robbie an, eine stumme Verständigung.

Emmeline sah es ebenfalls. In diesem Augenblick, als das Mondlicht ihr Gesicht fahl beleuchtete, sah ich, wie freudige Erregung in Verwirrung, wie Verwirrung in schreckliche Erkenntnis umschlug. Jetzt verstand sie: all die Monate in London, als Robbie immer ein wenig zu früh gekommen war, um sie abzuholen ... wie sie benutzt worden war.

»Es gibt gar kein Spiel, nicht wahr?«, fragte sie leise.

»Nein.«

»Und der Brief?«

»Ein Fehler«, sagte Hannah.

»Warum hast du ihn geschrieben?«, wollte Emmeline wissen.

»Ich wollte nicht, dass du dir Gedanken machst«, erwiderte Hannah. »Dass du dich fragst, wohin ich verschwunden sein könnte.« Sie schaute Robbie an. Er nickte kaum merklich. »Wohin wir verschwunden sein könnten.«

Emmeline schwieg.

»Komm«, sagte Robbie knapp, nahm den Koffer und ging in Richtung See. »Es wird spät.«

»Bitte, versuch, es zu verstehen, Emmeline«, sagte Hannah. »Du hast doch selbst vorgeschlagen, wir sollten einander zugestehen, dass jede ihr eigenes Leben führt.« Sie zögerte. Robbie bedeutete ihr, sich zu beeilen. Sie ging rückwärts in seine Richtung. »Ich kann es dir jetzt nicht erklären, wir haben keine Zeit. Ich werde dir schreiben, dich wissen lassen, wo wir sind. Du kannst uns besuchen kommen.« Sie drehte sich um, schaute Emmeline ein letztes Mal an und folgte Robbie dann am nebelverhangenen Ufer des Sees entlang.

Emmeline blieb wie angewurzelt stehen, die Hände in die Jacketttaschen vergraben. Sie schwankte, schauderte.

»Nein«, sagte sie so leise, dass ich es kaum verstehen konnte. »Nein.« Dann rief sie: »Bleibt stehen!«

Hannah drehte sich um, doch Robbie zog sie an der Hand weiter. Sie sagte etwas zu ihm, kam ein Stück zurück.

»Ich lasse dich nicht gehen«, rief Emmeline.

Hannah war näher gekommen. Leise, aber bestimmt, erwiderte sie: »Doch. Das musst du.«

Emmelines Hand bewegte sich in der Jackentasche. Sie schluckte. »Nein.«

Sie zog die Hand aus der Tasche. Etwas Metallenes blitzte auf. Die Pistole.

Hannah schnappte nach Luft.

Robbie rannte auf Hannah zu.

Mein Herz raste.

»Ich lasse nicht zu, dass du ihn bekommst«, sagte Emmeline. Ihre Hand zitterte.

Hannahs Brust hob und senkte sich. Sie wirkte bleich im Mondlicht. »Sei nicht verrückt. Steck die Pistole weg.«

»Ich bin nicht verrückt.«

»Steck sie weg.«

»Nein.«

»Du willst doch gar nicht schießen.«

»Doch.«

»Wen von uns beiden wirst du denn erschießen?«, fragte Hannah.

Robbie stand inzwischen neben Hannah, und Emmelines Blick ging zwischen den beiden hin und her. Ihre Unterlippe bebte.

»Du wirst keinen von uns erschießen«, sagte Hannah. »Oder?«

Emmeline fing an zu weinen. »Nein.«

»Dann steck die Pistole weg.«

»Nein.«

Ich erstarrte, als Emmeline sich die Pistole mit zitternder Hand an den eigenen Kopf hielt.

»Emmeline!«, schrie Hannah.

Emmeline schluchzte.

»Gib sie mir«, sagte Hannah. »Wir werden reden. Einen Ausweg finden.«

»Wie denn?« Emmeline konnte kaum sprechen. »Wirst du ihn mir zurückgeben? Oder wirst du ihn für dich behalten wie all die anderen? Wie Pa. Wie David. Wie Teddy.«

»So ist es nicht«, erwiderte Hannah.

»Diesmal bin ich dran«, sagte Emmeline.

Plötzlich ertönte ein lauter Knall. Das Feuerwerk begann. Alle zuckten zusammen. Ihre Gesichter wurden rot erleuchtet. Millionen rote Funken fielen in den See.

Robbie bedeckte sein Gesicht mit den Händen.

Hannah machte einen Satz nach vorn, entriss Emmeline die Pistole und zog sich wieder zurück.

Emmeline rannte auf Hannah zu, den Lippenstift im tränennassen Gesicht verschmiert. »Gib sie mir zurück. Gib sie mir zurück, sonst schreie ich. Wag es nicht wegzufahren. Ich werde es allen erzählen. Ich werde allen sagen, dass du abgehauen bist, und Teddy wird dich finden und ...«

Peng! Grüne Funken zerstoben am Himmel.

»... Teddy wird dafür sorgen, dass du nicht weit kommst, und dann wirst du Robbie nie wiedersehen und ...«

Peng! Silberne Funken.

Hannah kletterte die Böschung hinauf, Emmeline hinterher, immer noch weinend. Das Feuerwerk krachte.

Die Partymusik prallte von den Bäumen, vom See, von den Wänden des Sommerhauses ab.

Robbie hatte den Kopf eingezogen und hielt die Hände auf die Ohren gepresst. Seine Augen waren weit aufgerissen, das Gesicht entsetzlich bleich.

Zuerst hörte ich ihn nicht, aber ich sah, wie seine Lippen sich bewegten. Er zeigte auf Emmeline und rief Hannah etwas zu.

Peng! Rote Funken.

Robbie zuckte zusammen. Sein Gesicht war angstverzerrt. Immer noch rief er nach Hannah.

Hannah zögerte, sah ihn verunsichert an. Sie hatte gehört, was er ihr zugerufen hatte. Plötzlich wich die Spannung aus ihrem Körper.

Das Feuerwerk war beendet, und die letzten Funken regneten lautlos vom Himmel.

Und dann hörte ich ihn auch.

»Erschieß sie!«, schrie er. »Erschieß sie!«

Mir lief ein eiskalter Schauer über den Rücken.

Emmeline blieb wie angewurzelt stehen. Schluckte. »Hannah?« Ihre Stimme dünn wie die eines kleinen Mädchens. »Hannah?«

»Erschieß sie«, wiederholte er. »Sie wird uns alles kaputt machen.« Er rannte auf Hannah zu.

Hannah starrte ihn verständnislos an.

»Erschieß sie doch endlich!« Er war in heller Panik.

Hannahs Hände zitterten. »Das kann ich nicht«, sagte sie schließlich.

»Dann gib mir die Pistole.« Er war fast bei ihr. »Ich werde es tun.«

Und er würde es tun. Ich wusste es. Ich sah die Verzweiflung und die Entschlossenheit in seinem Gesicht.

Emmeline zuckte zusammen. Begriff. Rannte auf Hannah zu.

»Ich kann nicht«, sagte Hannah.

Robbie griff nach der Pistole, Hannah zog ihren Arm zurück, stolperte rückwärts weiter die Böschung hinauf.

»Tu es!«, sagte Robbie. »Sonst mache ich es.«

Hannah war oben auf der Böschung angelangt. Robbie und Emmeline kamen auf sie zu. Sie konnte nicht ausweichen. Schaute die beiden abwechselnd an.

Und dann blieb die Zeit stehen.

Zwei Punkte eines Dreiecks, ohne den Halt eines dritten, hatten sich immer weiter voneinander entfernt. Das elastische Band zwischen ihnen war bis zum Zerreißen gespannt.

Ich hielt den Atem an, aber das Band riss nicht.

In dem Augenblick schnellte es zurück.

Die beiden Punkte prallten aufeinander, eine Kollision von Treue und Blut und Versagen.

Hannah zielte und drückte ab.

Das Schlimmste kam danach. Denn es gibt immer ein Danach. Das wird meist vergessen. Blut, so viel Blut. Auf ihren Kleidern, ihren Gesichtern, in ihren Haaren.

Die Pistole fiel zu Boden. Schlug mit einem dumpfen Knall auf den Steinen auf und blieb dort liegen.

Hannah stand schwankend auf der Böschung.

Robbie lag tot am Ufer. Sein Kopf nur noch eine blutige Masse.

Ich konnte mich nicht rühren, das Blut rauschte mir in den Ohren, mir war zugleich heiß und kalt. Plötzlich musste ich mich übergeben.

Emmeline stand da wie versteinert, die Augen fest geschlossen. Sie weinte nicht, jetzt nicht mehr. Sie gab ein grässliches krächzendes Geräusch von sich, wie ich es noch nie zuvor gehört hatte. Eins, das ich nie vergessen werde. Es war, als würde ihr jemand die Luft abdrücken.

Sekunden vergingen, ich weiß nicht, wie viele, dann hörte ich von etwas weiter hinten Stimmen. Lachen.

»Es ist nicht mehr weit, gleich da unten«, sagte jemand. »Sie werden staunen, Lord Gifford. Die Treppe ist noch nicht fertig – die verdammten Franzosen und ihre ewigen Lieferverzögerungen –, aber ansonsten ist es sehr eindrucksvoll geworden.«

Ich wischte mir den Mund ab und versteckte mich hastig am Ufer.

»Teddy kommt«, sagte ich vor mich hin. Ich stand natürlich unter Schock. Wie wir alle. »Teddy kommt.«

»Du kommst zu spät«, sagte Hannah, während sie sich panisch mit den Händen ins Gesicht schlug und an ihren Haaren riss. »Du kommst zu spät.«

»Teddy kommt, Ma'am.« Ich zitterte.

Emmeline riss die Augen auf. Ein silberblauer Schatten im Mondlicht. Sie erschauderte, richtete sich auf, zeigte auf Hannahs Koffer. »Bring den ins Haus«, sagte sie heiser. »Geh hinten rum.«

Ich zögerte.

»Nun mach schon!«

Ich nickte, nahm den Koffer und rannte los. Ich konnte nicht mehr klar denken. Im Schutz der Bäume drehte ich mich noch einmal um. Meine Zähne schlugen unkontrolliert aufeinander.

Teddy und Lord Gifford hatten das Ende des Wegs erreicht und traten ans Seeufer.

Teddy blieb abrupt stehen. »Großer Gott«, sagte er. »Was, zum Teufel …«

»Teddy, Darling«, sagte Emmeline. »Gott sei Dank.« Sie drehte sich zitternd zu ihm um und sagte gefasst: »Mr Hunter hat sich erschossen.«

Der Brief

Heute Nacht werde ich sterben und damit ein neues Leben anfangen.

Ich erzähle es dir und nur dir. Du begleitest mich schon so lange bei diesem Abenteuer, und wenn man in den nächsten Tagen den See nach meiner Leiche absucht, die man nicht finden wird, sollst du wissen, dass ich in Sicherheit bin.

Wir fahren zuerst nach Frankreich. Wohin es von dort aus geht, weiß ich noch nicht. Vielleicht werde ich Nofretetes Büste zu sehen bekommen!

Ich habe dir einen zweiten, an Emmeline adressierten Brief aufs Bett gelegt. Es ist ein Abschiedsbrief für einen Selbstmord, der nie stattfinden wird. Sie muss ihn morgen früh finden. Auf gar keinen Fall früher! Pass auf sie auf, Grace. Sie wird schon zurechtkommen. Sie hat genug Freunde.

Ich möchte dich um einen letzten Gefallen bitten. Es ist von größter Wichtigkeit. Egal, was passiert, halte Emmeline heute Abend vom See fern. Robbie und ich werden von dort aus fliehen. Ich kann nicht riskieren, dass sie es erfährt. Sie wird es nicht verstehen. Noch nicht.

Ich werde mich später bei ihr melden, wenn die Gefahr vorüber ist.

Und nun zum letzten Punkt. Vielleicht hast du schon bemerkt, dass das Medaillon, das ich dir gegeben habe, nicht leer ist? Darin verborgen ist ein kleiner Schlüssel für ein Schließfach bei Drummonds auf der Charing

Cross Street. Das Schließfach lautet auf deinen Namen, Grace, und alles, was es enthält, ist für dich. Ich weiß, dass du nicht viel von Geschenken hältst, aber bitte, nimm es einfach und such nicht nach Gründen. Ist es vermessen, wenn ich sage, es ist deine Eintrittskarte in ein neues Leben?

Leb wohl, Grace. Ich wünsche dir ein langes Leben voller Abenteuer und Liebe. Wünsch mir dasselbe ...

Ich weiß ja, wie gut du ein Geheimnis für dich behalten kannst.

Anmerkungen der Autorin

Die in *Das geheime Spiel* auftretenden Figuren sind ausnahmslos fiktiv, das Milieu, in dem sie sich bewegen, dagegen nicht. Das sozio-historische Umfeld, in dem der Roman spielt, hat mich schon immer fasziniert: Das neunzehnte Jahrhundert war gerade erst dem zwanzigsten gewichen, und die Welt, wie wir sie heute kennen, begann, Formen anzunehmen. Königin Victoria starb, und mit ihr wurden nicht wenige bis dahin unumstößliche Gewissheiten zu Grabe getragen; das aristokratische System fing an zu bröckeln, die Menschheit erlebte einen Krieg mit Schlachten nie da gewesenen Ausmaßes, und die Frauen begannen, sich von rigiden gesellschaftlichen Erwartungen zu befreien.

Um eine historische Epoche wiederaufleben zu lassen, die man selbst nicht miterlebt hat, muss man intensive Recherchen betreiben. Natürlich kann ich unmöglich jede einzelne Quelle auflisten, derer ich mich bedient habe, doch ich möchte gern einige davon erwähnen, ohne die das Buch wesentlich ärmer geblieben wäre. *The Rare and the Beautiful* von Cressida Connolly, *1939: The Last Season* und *The Viceroy's Daughters* von Anne de Courcy, *Vita* (Vita Sackville West – Eine Biographie) von Victoria Glendinning, *The Mitford Girls* von Mary S. Lovell, *Life in a Cold Climate* von Laura Thompson, und *The Edwardian Country House*, eine Fernsehserie auf Channel 4, haben mir ein lebhaftes Bild vom englischen Landhausleben zu Anfang des zwanzigsten Jahrhunderts vermittelt.

Auf breiterer Ebene fand ich wertvolles Informationsmaterial in *The Bronte Myth* von Lucasta Miller, *Voices from the Trenches: Letters to Home* von Noel Carthew, *The Theory of the Leisure Class* (Theorie der feinen Leute) von Thorstein Veblen, *Paris 1919* von Margaret MacMillan, *Forgotten Voices of the Great War* von Max Arthur, *A History of London* von Stephen Inwood, *Yesterday's Britain* von Reader's Digest, *The Repression of War Experience* von W. H. Rivers, *Flapper Jane* von Bruce Bliven, *Moving Frontiers and the Fortunes of the Aristocratic Townhouse* von F. M. L. Thompson, und auf Michael Duffys Website firstworldwar.com.

Außerdem erwiesen sich *Sweet and Twenties* von Beverley Nichols, *Child of the Twenties* von Frances Donaldson, *Myself When Young* (Ich möchte nicht noch einmal jung sein) von Daphne du Maurier, das *Punch*-Magazin und *The Letters of Nancy Mitford and Evelyn Waugh*, herausgegeben von Charlotte Mosley, lauter authentische Berichte über das literarische Leben in den Zwanzigerjahren, als reichhaltige Quelle. Erwähnen möchte ich weiterhin den Aufsatz »Life Below Stairs at Gayhurst House« von Esther Wesley, der auf der Website der Stoke Goldington Association zu finden ist. Für Informationen über die edwardianische Etikette habe ich wie zahllose junge Frauen vor mir *The Essential Handbook of Victorian Etiquette* von Professor Thomas E. Hill zurate gezogen sowie *Manners and Rules of Good Society or Solecisms to be Avoided*, im Jahre 1924 von »einem Mitglied der Aristokratie« veröffentlicht.

Darüber hinaus habe ich wertvolle historische Informationen verwertet, die in Romanen und Theaterstücken aus jener Zeit enthalten sind. Vor allem den folgenden Autoren fühle ich mich zu Dank verpflichtet: Nancy Mitford, Evelyn Waugh, Daphne du Maurier, F. Scott Fitzgerald, Michael Arlen, Noel Coward und H. V. Morton. Auch einige zeitgenössische Werke haben meine Begeisterung für die Zwanzigerjahre genährt: *Remains of the Day* (Was vom Tage übrig blieb) von Kazuo Ishiguro, *Gosford Park* von Robert Altman und natürlich die britische Fernsehserie *Upstairs Downstairs*.

Sowohl als Leserin als auch als Literaturwissenschaftlerin habe ich mich schon immer für Romane interessiert, die ebenso wie *Nebelschwaden* Metaphern aus der Gruselliteratur verwenden: die Überschattung der Gegenwart durch die Vergangenheit, die Hartnäckigkeit von Familiengeheimnissen, das Wiederauftauchen von allem Unterdrückten und Verdrängten, die zentrale Bedeutung von Erbschaft (sowohl materieller, psychologischer als auch physischer Art), das Misstrauen gegenüber neuer Technologie und sich ändernden Methoden, die ausweglose Situation von Frauen (physischer wie sozialer Art) und die damit einhergehende Klaustrophobie, parallele Identitäten, die Unzuverlässigkeit von Erinnerungen und der parteiische Charakter der Geschichte, Mysteriöses und Unsichtbares, vertrauliche Bekenntnisse und eingebettete Textstellen. An dieser Stelle möchte ich einige Beispiele nennen, falls einige unter meinen Lesern dieses Interesse teilen: *The Chatham School Affair* (Wer das Dunkel erblickt) von Thomas H. Cook, *Possession* (Besessen) von A. S. Byatt, *The Blind Assassin* (Der blinde Mörder) von Margaret Atwood, *Half Broken Things* (Des Hauses Hüterin) von Morag Joss und *A*

Dark-Adapted Eye (Die im Dunkeln sieht man doch) von Barbara Vine.

Und schließlich, nachdem ich mir die Freiheit genommen habe, so viele Quellen und Interessen zu nennen, erkläre ich mich persönlich verantwortlich für sämtliche auftretenden Fehler und Irrtümer.

PROLOG

Und natürlich sollte es zum Jahreswechsel eine Lunchparty geben. Eigentlich keine große Sache, nur die Familie, aber Thomas wollte trotzdem das ganze Drum und Dran. Alles andere schien undenkbar. Die Turners legten großen Wert auf Tradition, und da Nora und Richard aus Sydney zu Besuch waren, sollte auf nichts von dem ganzen Firlefanz und Trara verzichtet werden.

Isabel hatte beschlossen, dieses Jahr einen anderen Teil des Gartens herzurichten. Normalerweise saßen sie unter dem Walnussbaum auf der östlichen Rasenfläche, aber jetzt hatte es ihr der Rasen im Schatten von Mr. Wentworths Zeder angetan. Sie war darüber geschlendert, als sie kurz zuvor die Blumen für den Tisch geschnitten hatte, und der schöne Blick nach Westen auf die Berge hatte sie beeindruckt. *Ja*, hatte sie zu sich selbst gesagt, *das wird sehr gut passen.* Dieser unerwartete Gedanke und ihre eigene Entschlossenheit fühlten sich berauschend an.

Sie redete sich ein, dass das alles zu ihrem Neujahrsvorsatz gehörte, das Jahr 1959 mit neuen Augen und Erwartungen anzugehen, aber da war auch eine kleine innere Stimme, die beharrlich fragte, ob sie ihren Mann mit dem plötzlichen Bruch des Protokolls nicht ein wenig quälte. Seit sie das sepiafarbene Foto von Mr. Wentworth und seinen Freunden – alle mit ähnlichen viktorianischen Bärten – entdeckt hatten, die in eleganten Holzliegen auf dem östlichen Rasen ruhten, war Thomas unerschütterlich davon überzeugt gewesen, dass sich dieser Ort am besten für eine Festlichkeit eignete.

Isabel wusste nicht mehr genau, wann sie begonnen hatte, mit schuldbewusstem Vergnügen diese kleine vertikale Stirnfalte zwischen den Augenbrauen ihres Mannes hervorzurufen.

Ein Windstoß drohte ihr die Wimpelkette aus den Händen zu reißen, und sie hielt sich an der höchsten Sprosse der Holzleiter fest. Sie hatte die Leiter am Vormittag selbst aus dem Gartenschuppen hergetragen und die Anstrengung dabei genossen. Als sie das erste Mal nach oben kletterte, kam ihr eine Kindheitserinnerung in den Sinn – ein Tagesausflug nach Hampstead Heath mit ihrer Mutter und ihrem Vater, wo sie auf einen der riesigen Mammutbäume geklettert war und Richtung Süden auf die Stadt London geblickt hatte. »Ich kann St. Paul's sehen!«, hatte sie ihren Eltern zugerufen, als sie die vertraute Kuppel durch den Smog hindurch entdeckte.

»Nicht loslassen«, hatte ihr Vater zurückgerufen.

Erst in jenem Moment, als er das sagte, hatte Isabel das unerklärliche Verlangen verspürt, genau das zu tun. Dieses Empfinden hatte ihr für einen Moment den Atem geraubt.

Ein Schwarm Galahs flog aus dem Wipfel der dicksten Banksie auf, ein panisches Gewirr aus rosafarbenen und grauen Federn, und Isabel erstarrte. Da war jemand! Sie hatte schon immer einen ausgeprägten Instinkt für Gefahr gehabt. »Du hast wohl ein schlechtes Gewissen«, pflegte Thomas in London zu ihr zu sagen, als sie sich noch nicht so gut kannten, aber schon voneinander verzaubert waren. »Unsinn«, hatte sie erwidert. »Ich bin nur ungewöhnlich feinsinnig.« Isabel blieb regungslos am oberen Ende der Leiter stehen und lauschte.

»Da, schau doch!«, flüsterte jemand theatralisch. »Beeil dich und töte sie mit dem Stock.«

»Ich kann nicht!«

»Doch, du kannst – du musst! Du hast einen Schwur geleistet.«

Es waren nur die Kinder, Matilda und John! Was für eine Erleichterung, dachte Isabel. Trotzdem blieb sie still, um sich nicht zu verraten.

»Brich ihr einfach das Genick und bring es hinter dich.« Das war Evie, ihre Jüngste, neun Jahre alt.

»Ich *kann* nicht.«

»Ach, John«, sagte Matilda, vierzehn, die einem manchmal wie vierundzwanzig vorkam. »Gib her. Sei doch nicht so ein Spielverderber.«

Isabel wusste sofort, was vor sich ging. Seit Jahren spielten sie immer wieder *Schlangenjagd*. Ursprünglich hatten sie die Idee aus einem Buch, einem Sammelband mit Buschgedichten, den Nora geschickt hatte. Isabel hatte ihnen daraus vorgelesen, und die Kinder hatten großen Spaß daran gehabt. Wie so viele der Erzählungen aus dieser Gegend waren es warnende Geschichten. Es schien, als gäbe es an diesem Ort entsetzlich viel zu fürchten: Schlangen und Sonnenuntergänge und Gewitter und Dürren und Schwangerschaft und Fieber und Buschfeuer und Überschwemmungen und verrückte Stiere und Krähen und Adler und Fremde – »schurkische Gesellen«, die aus dem Busch kamen und Mord im Sinn hatten.

Isabel fand die schiere Anzahl der tödlichen Bedrohungen manchmal geradezu überwältigend, aber die Kinder waren richtige kleine Australier, freuten sich über solche Geschichten und genossen das Spiel. Es war eine der wenigen Aktivitäten, die alle gleichermaßen begeisterten, trotz des Altersunterschieds und ihrer unterschiedlichen Neigungen.

»Ich hab sie erledigt!«

»Gut gemacht.«

Schallendes Gelächter ertönte.

»Los jetzt!«

Sie liebte es, die Kinder fröhlich und ausgelassen zu erleben; dennoch hielt sie den Atem an und wartete darauf, dass das Spiel sie verschlucken würde. Manchmal ertappte sich Isabel bei der Vorstellung, dass sie alle Kinder verschwinden lassen könnte – auch wenn sie nie gewagt hätte, das laut auszusprechen. Natürlich nur für kurze Zeit, sonst würde sie sie schrecklich vermissen! Vielleicht eine Stunde lang oder einen Tag – aber allerhöchstens eine Woche. Gerade lange genug, damit sie etwas Zeit zum Nachdenken bekam. Davon gab es nie genug, schon gar nicht, um einen Gedanken bis zu seinem logischen Ende zu verfolgen.

Thomas sah sie an, als wäre sie verrückt, wenn sie solche Dinge ansprach. Er hatte ziemlich klare Vorstellungen davon, wie eine Mutter zu sein hatte. Und eine Ehefrau. In Australien waren die Frauen anscheinend häufig auf sich gestellt, wenn es darum ging, mit Schlangen, Bränden und wilden Hunden fertigzuwerden. Thomas bekam dieses gewisse Funkeln in den Augen, wenn er über das Thema sprach. Als romantischer Gefühlsmensch war er fasziniert von der Folklore seines Landes. Er stellte sie sich gern als Pionier-Ehefrau vor, die sämtliche Entbehrungen ertrug und das heimische Feuer am Brennen hielt, während er in der Welt herumreiste und sich vergnügte.

Diese Vorstellung hatte sie einmal amüsiert. Das war, als sie das Ganze noch für einen Scherz hielt. Aber er hatte recht, wenn er sie daran erinnerte, dass sie seinem großen Plan zugestimmt hatte – sie hatte sogar freudig die Gelegenheit ergriffen, sich auf etwas Neues einzulassen. Der Krieg war lang und grausam und furchtbar entbehrungsreich gewesen; er hatte London stark gezeichnet, und Isabel war erschöpft. Thomas hatte auch recht, als er darauf hinwies, dass das Leben in ihrem großen Haus keineswegs mit einem Pionierleben zu vergleichen war. Immerhin hatte sie ein Telefon, elektrisches Licht und ein Schloss an jeder Tür.

Was allerdings nicht bedeutete, dass es nicht manchmal einsam und sehr dunkel wurde, nachdem die Kinder zu Bett gegangen waren. Sogar das Lesen, lange Zeit eine Quelle des Trostes, fühlte sich inzwischen wie eine ziemlich einsame Tätigkeit an.

Ohne die Leiter loszulassen, drehte sich Isabel um. Hing die Girlande hoch genug, um den Tisch darunterstellen zu können? Es genau richtig hinzubekommen, war schwieriger, als sie es sich vorgestellt hatte. Bei Henrik sah es immer so leicht aus. Sie hätte ihn bitten können – oder sollen –, ihr diese Aufgabe abzunehmen, bevor er am Vortag seine Arbeit beendet hatte. Es war kein Regen angesagt; die Fähnchen hätten über Nacht hängen bleiben können. Aber das ging nicht. Die Dinge hatten sich verändert zwischen ihnen, seit sie ihn an jenem Nachmittag im Büro angetroffen hatte, als er noch arbeitete, während Thomas in Sydney war. Sie fand es jetzt peinlich, ihn um niedere Arbeiten im Haus zu bitten, fühlte sich dann verlegen und bloßgestellt.

Sie musste es ganz einfach selbst machen. Der Wind hatte jedoch zugenommen. Sie hatte den Rasen auf der Westseite ausgewählt, bevor er aufkam, und vergessen, dass dies die weniger geschützte Seite des Gartens war. Aber Isabel hatte einen Hang zur Sturheit, schon ihr ganzes Leben lang. Eine weise Freundin hatte ihr einmal gesagt, dass sich die Menschen im Laufe ihres Lebens nicht änderten, sie wurden nur älter und trauriger. Gegen Ersteres, so hatte sie sich gedacht, konnte sie nicht viel ausrichten, aber Isabel nahm sich fest vor, Letzteres nicht zuzulassen. Zum Glück war sie von Natur aus ein sehr positiver Mensch.

Die windigen Tage brachten allerdings Unruhe mit sich, zumindest in letzter Zeit. Sie war sich sicher, dass sie diese Unruhe im Bauch nicht von jeher gespürt hatte. Früher, in einem anderen Leben, war sie dafür bekannt gewesen, über Nerven aus Stahl zu verfügen. Jetzt konnte es jederzeit passieren, dass sie aus dem Nichts heraus von einer plötzlichen Welle der Nervosität erfasst wurde. Sie hatte das Gefühl, allein auf der Oberfläche des Lebens zu stehen, die sich so zerbrechlich anfühlte wie Glas. Atmen half. Ob sie wohl eine Tinktur oder einen Tee brauchte? Etwas, das ihre Gedanken beruhigte, damit sie wenigstens einschlafen konnte. Sie hatte sogar an einen Arzt gedacht, aber nicht an Maud McKendrys Mann auf der Hauptstraße. Gott bewahre.

Wie auch immer sie es angehen würde, Isabel würde alles in Ordnung bringen. Das war der andere Neujahrsvorsatz, den sie gefasst hatte, doch sie hatte ihn für sich behalten. Sie gab sich ein weiteres Jahr, um ihr Gleichgewicht wiederzuerlangen. Die Menschen verließen sich auf sie, und es war höchste Zeit.

An ihrem nächsten Geburtstag würde sie achtunddreißig Jahre alt werden. Praktisch vierzig! Weder ihr Vater noch ihre Mutter hatten dieses Alter erreicht. Vielleicht war das der Grund, weshalb sie in letzter Zeit von Erinnerungen an ihre Kindheit überwältigt wurde. War nun der Moment gekommen, zurückzublicken und den weiten Ozean der Zeit mit Klarheit zu betrachten? Sie konnte sich kaum daran erinnern, dieses Meer überquert zu haben.

Es war lächerlich, sich einsam zu fühlen. Seit vierzehn Jahren lebte sie in diesem Haus. Sie war von mehr Familie umgeben, als sie je gehabt hatte – selbst wenn sie es versuchte, konnte sie den Kindern weiß Gott nicht entkommen. Und doch gab es Zeiten, in denen sie sich vor ihrer eigenen Verlassenheit fürchtete, vor dem nagenden Gefühl, etwas verloren zu haben, das sie nicht benennen und deshalb auch nicht finden konnte, sosehr sie darauf hoffte.

Unten, in der Kurve der Auffahrt, bewegte sich etwas. Sie kniff ein wenig die Augen zusammen, um es besser erkennen zu können. Ja, da kam tatsächlich jemand. Ein Fremder? Ein Bushranger, der auf seinem Pferd die Einfahrt hinauffegte, wie aus einem Gedicht von Banjo Paterson?

694

Es war der Postbote, das wurde ihr klar, als sie das braun eingewickelte Paket entdeckte, das er vor sich hertrug. Am Neujahrstag! Das Leben auf dem Lande, wo jeder jeden kannte, bot einige Vorzüge, zum Beispiel den Service außerhalb der üblichen Zeiten. Doch so etwas hatte sie noch nie erlebt. Sie verspürte ein aufgeregtes Kribbeln, und ihre Finger stellten sich plötzlich ungeschickt an, als sie versuchte, die Girlande festzubinden, damit sie rechtzeitig unten war, um die Lieferung abzufangen. Sie hoffte, dass es die Bestellung war, die sie vor einigen Wochen aufgegeben hatte. Ihre Befreiung! Sie hatte nicht erwartet, dass sie so bald eintreffen würde.

Aber es war zum Verrücktwerden. Die Schnur hatte sich verheddert, und der Wind schlug sie um die Fähnchen herum. Isabel mühte sich ab, fluchte leise vor sich hin und schaute immer wieder über ihre Schulter, um den Weg des Postboten zu verfolgen.

Sie wollte nicht, dass ihr Paket zum Haus geliefert wurde.

Als er die letzte Kurve der Auffahrt erreichte, wusste Isabel, dass sie die Schnur loslassen musste, um rechtzeitig unten anzukommen. Sie zögerte einen kurzen Moment, dann rief sie: »Hallo!«, und winkte ihm zu. »Ich bin hier drüben.«

Er schaute überrascht auf, und als ein weiterer Windstoß sie dazu zwang, sich an der Leiter festzuklammern, erkannte Isabel, dass sie sich geirrt hatte. Der Mann trug zwar ein Paket, aber der Fremde in der Einfahrt war nicht der Postbote.

Wenn man ihn später danach fragte – wie so oft im Laufe seines wahrlich langen Lebens –, sagte Percy Summers wahrheitsgemäß, er habe gedacht, sie schliefen. Es war ein heißer Tag gewesen. Den ganzen Dezember über war die Hitze von Westen her eingedrungen, hatte das Zentrum der Wüste durchquert und war dann nach Süden weitergezogen; dort hatte sie sich gesammelt, hing unbeeindruckt über ihnen und weigerte sich zu verschwinden. Jeden Abend hörten sie den Wetterbericht im Radio und warteten auf die Nachricht, dass die Hitze endlich nachließe, aber sie hofften vergebens auf Erleichterung. An den langen Nachmittagen standen sie am Zaun zum Nachbarn und blinzelten im goldenen Licht, während die schimmernde Sonne jenseits des Stadtrandes mit dem Horizont verschmolz. Sie schüttelten den Kopf und beklagten die Hitze, diese verdammte Hitze, und fragten sich gegenseitig, wann sie wohl endlich aufhören würde, doch niemand erwartete eine Antwort.

Währenddessen standen die blauen Eukalyptusbäume hoch und anmutig auf den Hügeln, die das Flusstal umgaben, schweigend und mit metallisch schimmernden, ledrigen Blättern. Sie waren alt und hatten schon viel gesehen. Sie waren schon vor den Häusern aus Stein, Holz und Eisen da gewesen, vor den Straßen, Autos und Zäunen, vor den langen Reihen von Reben und Apfelbäumen und vor dem Vieh auf den Koppeln. Die Eukalyptusbäume waren zuerst da gewesen und hatten der glühenden Hitze des Sommers und der kalten Nässe des Winters getrotzt. Dies war ein uralter Ort, ein Land der gewaltigen Extreme.

Auch wenn man die üblichen Maßstäbe anlegte, war der Sommer 1959 außergewöhnlich heiß. Die Temperaturrekorde fielen, und die Menschen in Tambilla spürten das in jeder Hinsicht. Percys Frau Meg hatte sich angewöhnt, noch vor dem Morgengrauen aufzustehen, um die Milchlieferung des Tages in den Laden zu bringen, bevor sie verderben konnte; Jimmy Riley sagte, dass selbst seine Tanten und Onkel sich an eine solche Trockenheit nicht erinnern konnten; und in allen Köpfen war die Brandgefahr präsent, vor allem, weil die Erinnerungen an 1955 noch so frisch waren.

»Schwarzer Sonntag« hatten die Zeitungen diesen Tag getauft. Es waren die schlimmsten Brände seit Bestehen der Kolonie gewesen. Am zweiten Januar vor vier Jahren hatten alle schon bei Tagesanbruch das Gefühl, dass sich eine Katastrophe zusammenbraute. Über Nacht war ein Staubsturm aufgezogen, der von den trockenen Ebenen im Norden kam und Windböen von hundert Stundenkilometern mit sich brachte. Die Bäume bogen sich, und ihre Blätter sausten durch die Schluchten. Wellblechplatten wurden von den Dächern der landwirtschaftlichen Gebäude gerissen. Stromleitungen brachen und entfachten zahlreiche Brände, die immer weiter wüteten und anwuchsen und sich schließlich zu einer großen, hungrigen Feuerwand vereinigten.

Stunde um Stunde kämpften die Einwohner gegen das Feuer, mit nassen Säcken, Schaufeln und allem, was sie finden konnten, bis es am Abend wie durch ein Wunder zu regnen begann und der Wind die Richtung änderte – aber erst, nachdem etwa vierzig Häuser zerstört worden und zwei bedauernswerte Menschen ums Leben gekommen waren. Seitdem hatten sie eine richtige

Feuerwehr gefordert, aber die Entscheidungsträger in der Stadt zögerten zu lange; in diesem Jahr hatte die Freiwillige Feuerwehr angesichts der beängstigend ähnlichen Wetterbedingungen die Sache selbst in die Hand genommen.

Jimmy Riley, der als Fährtenleser für einige der Farmer in den Hills arbeitete, hatte schon seit Langem von einer Brandrodung gesprochen. Seit Tausenden von Jahren, so sagte er, hätten seine Vorfahren in der kühleren Jahreszeit regelmäßig kontrollierte Brände durchgeführt, um die Brandlast zu reduzieren. Auf diese Weise blieb nicht mehr genug übrig, um ein Feuer zu entfachen, wenn die Erde glühte, die Nordwestwinde heulten und der geringste Funke genügte. Percy hatte den Eindruck, dass Männern wie Jimmy Riley, die dieses Land bis in den letzten Winkel kannten, zu wenig Gehör geschenkt wurde.

Der letzte Anruf war in der Woche zuvor von Angus McNamara aus der Nähe von Meadows gekommen. Die milden, feuchten Jahre seit 1955 hatten zu üppigem Wachstum geführt, und der Wald von Kuitpo war dicht belaubt. Ein verirrter Blitz, ein fallen gelassenes Streichholz, und alles würde brennen wie Zunder. Sie hatten die ganze Woche über gearbeitet und waren rechtzeitig vor Weihnachten mit dem Fällen fertig geworden. Gut so: Für das Wochenende hatte der Wetterbericht zwar Sturm vorhergesagt, aber es bestand durchaus die Möglichkeit, dass der Regen an ihnen vorbeizog und sie stattdessen nur ein Trockengewitter abbekamen. Meg hatte sich vor Begeisterung nicht gerade überschlagen, als Percy ihr sagte, dass er während der arbeitsreichsten Zeit des Jahres nicht im Laden sein würde, aber sie wusste, dass es getan werden musste und dass Percy sich nicht drücken würde. Ihre Jungs waren zu Percys Stellvertretern ernannt worden, und Meg hatte ihm widerwillig beigepflichtet, dass die beiden ruhig ein wenig Verantwortung übernehmen konnten. Percy hatte ihnen den Ford Utility überlassen und war auf Blaze nach Meadows geritten.

Um ehrlich zu sein: Percy zog es vor, zu Pferd zu reisen. Er hatte es damals gehasst, den Utility während des Krieges einzumotten, aber Benzin konnte man weder für Geld noch für Liebe bekommen – das bisschen, das es noch gab, war von der Armee und anderen wichtigen Institutionen beschlagnahmt worden. Doch bis man wieder Treibstoff bekommen konnte, hatte er es sich abgewöhnt, mit dem Auto zu fahren. Den Utility hatten sie für größere Lieferungen behalten, aber wann immer er konnte, sattelte Percy Blaze auf. Sie war jetzt ein altes Mädchen, nicht mehr das wilde Fohlen, das sie 1941 gekauft hatten, aber sie liebte es immer noch zu galoppieren.

Das McNamara-Anwesen war ein großer Rinderhof in der Nähe von Meadows, den die meisten Leute einfach »die Farm« nannten. Darauf stand ein großes, flaches Haus mit einer breiten, umlaufenden Veranda und einem tiefen Vordach aus Eisen, das die Hitze abhielt. Man hatte Percy zum Schlafen einen Platz im Schuppen angeboten, aber er hatte sein Lager lieber unter dem Sternenhimmel aufgeschlagen. In letzter Zeit hatte er nicht oft die Gelegenheit gehabt, im Freien zu übernachten, denn der Laden forderte seine ganze Kraft, und die Jungen wuchsen heran. Sechzehn und vierzehn waren sie jetzt, ihm beide schon über den Kopf gewachsen und mit großen Stiefeln an den Füßen; inzwischen zogen sie es vor, ihre Zeit mit Freunden zu verbringen, anstatt mit dem Vater zelten zu gehen. Percy gönnte seinen Jungs ihre Unabhängigkeit, aber er vermisste sie. Er hatte die schönsten Erinnerungen daran, wie sie zusammen am Lagerfeuer saßen, einander Geschichten erzählten und sich gegenseitig zum Lachen brachten. Wie sie die Sterne am Nachthimmel zählten und er ihnen beibrachte, frisches Wasser zu finden und ihr eigenes Essen zu fangen.

Zu Weihnachten schenkte er jedem Jungen eine neue Angelrute. Meg hatte ihm Verschwendung vorgeworfen, als er ihr die

Geschenke aus der Stadt zu Hause zeigte, aber sie hatte dabei gelächelt. Sie wusste, dass er etwas gesucht hatte, um den schrecklichen Verlust ihres alten Hundes Buddy im Frühjahr erträglicher zu machen. Percy hatte die Kosten gerechtfertigt, indem er sie daran erinnerte, dass sich vor allem Marcus zu einem guten Angler entwickelt hatte; es wäre sicherlich kein Unglück, wenn er es zu seinem Beruf machte. Kurt, der Ältere der beiden, würde nach seinem Schulabschluss auf die Universität gehen. Der Erste in der Familie! Obwohl Percy sich bemühte, nicht zu viel Aufhebens um seine glänzenden Schulzeugnisse zu machen, schon gar nicht vor Marcus, war er unbändig stolz – genau wie Meg. Kurt hatte es geschafft, seine guten Noten zu halten, trotz der Ablenkung durch Matilda Turner in letzter Zeit. Percy wünschte sich nur, seine eigene Mutter wäre noch am Leben und könnte lesen, was Kurts Lehrer über ihn schrieben.

Die Hitze pulsierte im Unterholz, knochentrockene Zweige knackten unter Blazes Hufen. Sie hatten die Farm am Morgen verlassen und waren den ganzen Tag unterwegs gewesen. Percy lenkte das alte Mädchen langsam und gleichmäßig den Weg entlang und hielt sich, wann immer er konnte, im Schatten auf. Vor ihnen lag die Ortsgrenze von Hahndorf; nicht mehr lange, und sie wären zu Hause.

Durch die Wärme des Tages auf dem Rücken und das monotone Summen der unsichtbaren Insekten war Percy schläfrig geworden. Die trockene Sommerluft weckte Erinnerungen an seine Kindheit: wie er in seinem Bett in dem kleinen Hinterzimmer des Hauses lag, das er mit seiner Mutter und seinem Vater teilte, und die Ohren auf die Geräusche von draußen richtete; wie er die Augen schloss, um sich besser in das Leben jenseits des Fensters hineinfühlen zu können.

Percy hatte fast sein ganzes zwölftes Lebensjahr in diesem Bett verbracht. Für einen Jungen, der so gerne im Freien herumtollte, war es nicht leicht gewesen, bettlägerig zu sein. Er konnte seine Freunde draußen auf der Straße hören, wie sie einander etwas zuriefen, wie sie lachten und johlten, während sie Fußball spielten. Er hatte sich danach gesehnt, bei ihnen zu sein, zu spüren, wie das Blut in seinen Beinen pulsierte, wie sein Herz gegen seinen Brustkorb schlug. Stattdessen hatte er gespürt, wie er schrumpfte, wie er immer schwächer wurde und sich langsam auflöste.

Seine Mutter jedoch stammte aus einer Familie, in der die anglikanischen Tugenden hochgehalten wurden, und sah nicht tatenlos dabei zu, wie das Selbstmitleid ihren Sohn zu verschlingen drohte. »Es ist nicht tragisch, dass dein Körper ans Haus gefesselt ist«, hatte sie in ihrer strengen, geradlinigen Art zu ihm gesagt. »Es gibt andere Möglichkeiten zu reisen.«

Sie hatte mit einem Kinderbuch angefangen, in dem es um einen Koala mit Spazierstock ging, um einen Seemann und einen Pinguin und um einen Pudding, der sich auf wundersame Weise jedes Mal neu bildete, nachdem man ihn gegessen hatte. Diese Erfahrung war eine Offenbarung gewesen, denn selbst als Kleinkind hatte man Percy nie vorgelesen. In der Schule hatte er Bücher auf dem Schreibtisch seiner Lehrerin gesehen, sie aber – vielleicht beeinflusst durch seinen Vater – für Objekte der Bestrafung und Mühsal gehalten. Er hatte nicht geahnt, dass sich zwischen den Buchdeckeln ganze Welten verbargen, voller Menschen und Orte, voller Scherze und Humor, die nur darauf warteten, von ihm entdeckt zu werden.

Als Percy die Kindergeschichten so oft gehört hatte, dass er jede einzelne auswendig kannte, wagte er es, seine Mutter um mehr zu bitten. Sie zögerte eine Weile. Zuerst befürchtete er, er hätte eine rote Linie überschritten, hatte Angst, dass die Geschichten sich verflüchtigen würden und er wieder allein mit seinem kaputten Körper wäre. Aber dann hatte seine Mutter vor sich hin gemurmelt: »Ich frage mich …«, und war tief im Wagenschuppen in der hinteren Ecke des Gartens verschwunden, dem Ort, den sein Vater nie betrat.

Ein seltsamer Gedanke, dass er Jane Austen vielleicht nie kennengelernt hätte, wäre er nicht an Kinderlähmung erkrankt. »Mein Lieblingsbuch«, flüsterte seine Mutter, als würde sie ihm ein Geheimnis anvertrauen. »Schon bevor ich deinen Vater kannte.« Sie habe keine Zeit, ihm daraus vorzulesen, sagte sie – »Die ganze Stadt wird verhungern, wenn ich ihnen nicht Milch und Eier verkaufe« –, aber sie hatte ihm das Buch in die Hand gedrückt und ihm stumm und ernst zugenickt. Percy verstand. Sie waren jetzt Verschworene.

Percy hatte eine Weile gebraucht, um sich an die Sprache zu gewöhnen, und einige Wörter waren ihm neu, aber er konnte nirgendwo anders hin, und einmal darin eingetaucht, gab es kein Zurück mehr. *Stolz und Vorurteil*, *Verstand und Gefühl*, *Emma*: Anfangs schienen sie eine Welt zu beschreiben, die seiner eigenen vollkommen unähnlich war, aber je mehr er las, desto mehr erkannte er die Menschen seiner Stadt in Austens Figuren wieder, ihre Selbstgefälligkeit und ihren Ehrgeiz, die Missverständnisse und die verpassten Chancen, die Geheimnisse und den schwelenden Groll. Er hatte mit ihnen gelacht, leise in sein Kopfkissen geweint, wenn sie litten, und sie angefeuert, wenn ihnen endlich ein Licht aufging. Er hatte sie lieb gewonnen, wie ihm klar wurde; irgendwie hatte er sie, obwohl es Fantasiegebilde einer in Raum und Zeit weit entfernten Schriftstellerin waren, mit der gleichen tiefen Zuneigung betrachtet, die er seinen Eltern und seinen allerbesten Freunden entgegenbrachte.

Als der kleine Vorrat an Büchern, den seine Mutter in ihrem Geheimfach im Schuppen aufbewahrte, erschöpft war, überredete Percy sie, ihm neue Bücher aus der Wanderbibliothek auszuleihen, jeweils drei auf einmal. Er las mit dem Rücken zur Tür, bereit, den verbotenen Roman unter der Bettdecke zu verstecken, sobald er die Schritte seines Vaters im Flur hörte. Sein Vater kam jeden Abend nach der Arbeit nach oben, um an Percys Bett zu stehen. Er war ein großer, hilfloser Mann, der mit ohnmächtiger Frustration die Stirn runzelte, wann immer er sich danach erkundigte, ob es Percy besser gehe, und den nutzlosen Beinen seines Sohnes im Stillen wünschte, dass sie wieder gesund würden.

Und vielleicht hatte dieses Wünschen tatsächlich geholfen, denn Percy gehörte zu denjenigen, die Glück hatten. Mit dem Fußball konnte er nicht mehr viel anfangen, und auf dem Cricketfeld lief er zu langsam, aber mithilfe einer Schiene lernte er, seine Beine langsam wieder zu gebrauchen, und in den folgenden Jahren hätte ein unwissender Beobachter kaum vermutet, dass der Junge, der sich als Schiedsrichter opferte, körperlich weniger fit war als die anderen Jungs.

Percy hörte nicht auf zu lesen, aber er machte auch kein Aufhebens darum. Romane, Sachbücher und, als er älter wurde und seine wechselhaften Gefühle ihn selbst verwirrten, auch Gedichte. Er verschlang Emily Dickinson, staunte über Wordsworth und fand in Keats einen Freund. Wie war es möglich, fragte er sich, dass T. S. Eliot, ein Mann, der in Amerika geboren war und in London lebte – der geschichtsträchtigen Stadt des englischen Nationalcharakters, eine Stadt, die Percy fremd war, in jeder Ecke Geheimnisse und Gebäude aus grauem Stein –, direkt in Percys Herz blicken und dort so deutlich seine Überlegungen über Zeit und Erinnerung sehen konnte, darüber, was es bedeutete, ein Mensch in der Welt zu sein?

Ende der Leseprobe

Kate Morton

Tiefe Gefühle – dunkle Geheimnisse

Als die junge Australierin Cassandra von ihrer Großmutter ein kleines Cottage an der Küste Cornwalls erbt, ahnt sie nichts von dem unheilvollen Versprechen, das zwei Freundinnen ein Jahrhundert zuvor an jenem Ort einlösten. Auf den Spuren der Vergangenheit entdeckt Cassandra ein Geheimnis, das seinen Anfang in den Gärten von Blackhurst Manor nahm und seit Generationen das Schicksal ihrer Familie bestimmt.

978-3-453-42853-9

HEYNE